레닌의 키스

受活

Copyright ⓒ 閻連科, 2004
Korean Translation Copyright ⓒ MUNHAKDONGNE Publishing Corp., 2020

This Korean edition is published by arrangement with
Yan Lianke through The Institute of Sino-Korean Culture.
All rights reserved.

이 도서의 국립중앙도서관 출판예정도서목록(CIP)은
서지정보유통지원시스템 홈페이지(http://seoji.nl.go.kr)와
국가자료종합목록 구축시스템(http://kolis-net.nl.go.kr)에서 이용하실 수 있습니다.
(CIP제어번호: CIP2020032830)

레닌의 키스

受活

엔롄커
장편소설
김태성
옮김

문학동네

일러두기

1. 이 책은 다음의 원서를 옮긴 것이다: 閻連科, 受活, 北京十月文藝出版社, 2009年 6月.
2. 각주는 모두 옮긴이주다.
3. 국립국어원 외래어표기원칙에 따라 신해혁명(1911년) 이전의 인명과 지명은 한자음으로 표기했다. 단, 일부 지명은 중국어 표기법에 따라 원어 발음으로 표기했다. 신해혁명 이후의 인명과 지명은 중국어 표기법에 따라 원어 발음으로 표기했다.
4. 단편과 중편은 「 」, 장편은 『 』, 연속간행물·음악·공연명 등은 〈 〉로 구분했다.

문학의 역병

『레닌의 키스』(원제: 즐거움受活)가 마침내 한국 독자들에게 선보인다.

이 작품을 쓰기 시작했을 때, 중국에서는 사스SARS가 소리 없이 폭발했다. 이 작품을 다 쓰고 나자 일단 중국에서는 사스가 끝나 있었다. 이 책은 사스와 함께 태어난 작품이라고 할 수 있다. 그래서인지 나는 항상 내가 『레닌의 키스』를 쓰는 바람에 사스가 중국에 들어온 건 아닌가 하는 생각을 하곤 했다. 심지어 나의 글쓰기 자체가 일종의 바이러스가 아닌가 하는 생각도 했다. "그의 소설은 문학의 역병이야." 십 년 전에 한 친구가 또다른 친구에게 사적인 자리에서 단언한 내 문학에 대한 평가이다. 친구가 이런 단언을 내게 전할 때, 나는 그와 함께 커피숍에 앉아 있었다. 그는 내가 이 말에 대해 몹시 분개하면서 거친 반응을 보일 것이라고 생각했다. 하지만 나는 얘기를 듣고 나서 그 친구에게 담담한 미소를 보내면서 말했다.

"그 사람 말이 맞는 것 같네."

틀린 말이 아니었다.

2003년 사스가 물러가고 나서 『레닌의 키스』가 출판되었을 때, 초판에는 후기가 달려 있었다. 「주의主義를 초월하는 현실을 찾아서」라는 제목의 후기에서 나는 아주 거칠게 말했다.

정말로 갈수록 문학의 성취와 발전을 저해하는 최대의 적은 다른 것이 아니라 줄기가 지나치게 굵고 뿌리가 지나치게 깊으며 잎이 무성한 현실주의, 즉 흔들리지 않을 정도로 굵은 줄기에 깊은 뿌리, 무성한 잎으로 일찌감치 하늘을 가리는 큰 나무가 되어버린 현실주의라는 생각이 든다. 리얼리즘은 샤오랑디* 공사와 싼샤댐**처럼 문학의 황하와 창강 위를 횡단하면서 격류를 끊어버리고 풍경을 침몰시켜버렸다. 그러고도 황하와 창강을 구한 영웅으로 인식되고 있다.

오늘날의 상황에 미루어 보건대 현실주의는 문학을 모살한 최대 범죄 집단의 괴두라고 할 수 있다.

적어도 우리가 수십 년 동안 제창하고 이끌어왔던 현실주의가 문학을 모살한 최대의 원흉인 것이다.

---

* 황하 본류를 막아 만든 수리시설. 국책사업의 일환으로 1997년 공사를 시작해 2001년 말 완공했다.
** 창강 중상류인 중국 후베이성 이창의 협곡을 잇는 댐.

그 시대가 얼마나 부러운지 모른다. 뜻밖에도 나는 스스로 무림의 호한好漢이라도 되는 것처럼 칼을 비껴들고 말에 올라 강성한 중국문학의 큰길 위에서 중국문학과 현실주의 혹은 중국 특유의 현실주의를 큰 소리로 욕했었다. 게다가 한 저명한 작가는 책을 사가지고 집으로 돌아가서는 후기를 읽고 격분하여 작품을 박박 찢어버리면서 다시는 옌롄커의 작품을 읽지 않겠다고 맹세했다고 하지 않던가. 나는 이런 얘기를 듣고 그저 혼자 조용히 쓴웃음을 지을 뿐이었다. 그리고 곧 『레닌의 키스』와 후기를 둘러싸고 사람들 사이에 아주 오랫동안 격한 토론과 비판이 이어졌다. 욕을 하는 사람은 책을 땅바닥에 내던졌고, 칭찬하는 사람은 소설을 천상의 작품이라고 노래했다. 나는 이런 반응들도 침착하게 직시하고 받아들였다. 이 책『레닌의 키스』를 쓰고 출판했다는 이유로 이십칠 년 동안 복무했던 군대에서 쫓겨나야 했을 때도 마찬가지다. (군대에서 쫓겨난 것이 그뒤 내 인생 후반의 생활과 운명을 완전히 바꾸어놓았다.) 중국에서 『레닌의 키스』가 십몇 년 동안 출판되지 못하던 현실에 대해서도 그랬고, 이 책이 해외에서 번역 출판되어 내게 하늘만큼 커다란 명예를 가져다준 데 대해서도 그랬다. 『레닌의 키스』에 대한 한 무더기나 되는 갖가지 반응에 대해 나는 그저 피식 웃고 지나칠 뿐이었다. 개미가 산을 지고 천천히 걸어가는 것처럼 한 걸음 한 걸음 앞을 향해 기어올라갈 뿐이었다.

젊다는 것은 얼마나 멋지고 좋은 일인가.

오늘날, 되돌아보면 그 시대가 얼마나 관용과 자유가 넘치는 시대였는지 깨닫게 된다. 중국문학이 폭발적으로 발전하던 황금시기였다. 하지만 지금은 이 모든 것들이 다 끝나버린 것 같다. 나는 이미 그때처럼 젊지 않고 시대 또한 그때처럼 좋지 않다. 망설임이나 주저함이 없는 자유자재의 글쓰기. 밥을 먹고 옷을 입는 것처럼 문학 자체에 대한 배반과 반동, 혁명을 일상적으로 하는 것을 내 글쓰기의 앞길에 펼쳐질 가능성과 경계석으로 삼고 있다. 하지만 입으로는 더이상 "문학의 빛나는 얼굴에 침을 뱉으라. 그 더러운 바짓가랑이를 세게 걷어차라"라고 말하기가 어렵다. 입으로는 더이상 거친 말을 하지 못한다.

탄식할 것도 없다. 되돌아보면 일출이 석양이 되어 있다.

한 시대가 그렇게 지나가버렸다. 하지만 글쓰기는 계속되어야 한다. 매일, 매년의 성실한 노력과 사유를 이어가면서 내 글쓰기가 영원히 문학의 바이러스나 세균이 되기를 기대한다.

인류는 바이러스나 세균에 끊임없이 대항하며 오늘날에 이르렀다. 지금 전 세계가 코로나19에 대항하고 있는 것도 마찬가지다. 문학도 끊임없이 새로운 문학의 아름다움을 발견하면서 오늘에 이르렀다. 이처럼 다른 유형의 아름다움들이 맨 처음 나타났을 때는 바이러스 같은 '다른 꽃' 혹은 '혐오와 분노의 책'으로 간주되었다.『레닌의 키스』를 시작으로 누군가 나의 글쓰기가 '문학의 역병'이라는 사실을 발견했다면, 그냥 그렇게 역병으로 퍼져나가면 그만이다.

스스로의 작품이 이러한 명예에 어울리지 못할까 두려울 뿐이다.

『레닌의 키스』의 번역은 틀림없이 역자에게 거대한 수고와 어려움을 가져다주었을 것이다. 출판사도 독자들로부터 환영받지 못해 책이 잘 팔리지 않는 위험을 감수해야 할지도 모른다. 독자들은 이

책을 읽는 동안 자세히 음미해야 하는 인내심을 가져야 할 것이다. 이 자리에서 역자와 출판사, 독자들께 한꺼번에 사죄의 말씀을 드리며 한국의 동인들께 양해를 구하고 싶다.

2020년 3월 베이징에서

옌롄커

서문

영혼에서 피 흘리는 소리가 들립니다.

이제 제게 글쓰기는 더이상 즐거운 일이 아닙니다.

삼십 년에 가까운 글쓰기 인생에서 최근 십 년 동안에는 글을 쓰고 난 다음에나 글을 쓰는 과정에서나 어떤 즐거움도 찾을 수 없었습니다. 그럼에도 이렇게 하루하루 글쓰기를 유지하는 이유는 저의 나이와 몸이 또다른 직업을 선택하는 것을 허락하지 않기 때문입니다.

살아 있는 한 밥을 먹어야 하는 것과 마찬가지로, 글을 쓴다는 것은 제가 아직 이 세상에서 숨을 쉬고 걸어다니고 있다는 것을, 그리고 친구나 독자들과 교류하면서 개인적인 말을 주고받고 있다는 사실을 증명합니다. 또한 사람들과 허심탄회하게 대화하고 싶은 바람과 가능성을 증명하기도 하지요. 어느 날 제가 글을 쓰지 않는다면 제가 죽은 것은 아닐 테고, 아마도 더이상 사람들과 대화하고 교류하기를 원치 않음을 의미할 테지요. 이 세상을 향해 스스로의 고유한 목소리를 내고 싶지 않음을 시사하는 일이 될 것입니다.

이 현실세계를 마주하여 제 영혼은 이미 피를 흘리고 있습니다.

고향의 그 작은 땅에는 저의 할아버지와 할머니가 묻혀 계십니다. 뿐만 아니라 저의 아버지 역시 두터운 황토 아래 조용히 누워 계신지 이미 이십 년이 넘었습니다. 아버지의 무덤을 투시해보면 썩은 유골과 관이 물과 젖처럼 황토와 서로 잘 융합되어 있음을 알 수 있을 겁니다. 그리고 저의 어머니는 벌써 일흔이 넘으셨지요. 어머니 인생의 마지막 장을 생각할 때마다 춥지도 않은데 제 몸이 떨리곤 합니다. 아주 오랫동안 아무 말도 하지 못하고 생명의 영락에 무력감을 느낍니다. 저의 누나와 형, 형수 그리고 조카들은 모두 저를 그 땅과 이어주는 가슴 아픈 끈입니다. 저는 항상 그들이 주위 사람들보다 더 잘살기를 기대합니다. 하지만 저의 글쓰기가 그들에게 주는 힘은 어두운 밤을 비추려 발버둥치는 가느다란 불빛에 불과하지요. 결국 그들은 여전히 그들일 수밖에 없습니다. 그렇게 번잡하고 피곤한 삶이 그들의 필연적인 운명인 것입니다.

제가 가족과 함께 살고 있는 이 복잡하고 거대한 도시 베이징에서 저는 아내와 아들, 일상적인 걱정과 웃음 때문에 이 수도 베이징이라는 세계와 아주 가느다란 줄로 연결되어 있는 듯한 느낌을 받습니다. 이런 것들이 아니라면 저와 베이징의 관계는 사막과 그 위를 고독하게 걷고 있는 한 마리 낙타의 관계와 다르지 않을 겁니다. 1989년의 어느 날 밤, 저는 혼자 베이징의 창안가를 걷고 있었습니다. 저는 아주 오랫동안 수도와 도시를 동경해왔습니다. 대지에 대한 아침해의 탐욕과 같은 감정이었지요. 하지만 지금 저는 베이징의 팽창과 번화함, 현대화된 대로와 작은 골목들에 대해 남몰래 혐오와 두려움을 느끼고 있습니다.

세상물정 모르던 시절에서 마흔이 넘기까지 죽음을 생각할 때마다 마음속에는 몸서리치는 두려움이 있었습니다. 그러나 최근 몇 년 사이에는 죽음을 대하는 마음이 뜻밖에도 점점 담담해졌습니다. 작년 팔월에 혼자 베이징 5환* 밖의 지하철 13호선 플랫폼 위를 천천히 거닌 적이 있었습니다. 짙어지는 석양 속에서 저는 갑자기 철로 위에 가로눕고 싶다는 충동을 느꼈습니다. 그리고 실제로 철로 위로 내려가 한참을 서 있었습니다. 제 등뒤에서 기차가 요란한 소리와 함께 달려와 강철소리가 제 머리를 울릴 때까지 서 있다가 천천히 철로 위를 벗어났지요. 작년에는 친구와 함께 샹산에 올라가 가파른 절벽 위에 선 적이 있습니다. 그때도 저는 그 절벽에서 뛰어내리고 싶은 충동을 느꼈습니다. 게다가 그 절벽 아래 산수는 너무나 아름답고 풍광이 유난히 훌륭했어요. 얼마 전에는 돌아갈 곳이 없는 어떤 인물이 우연히 책상 앞에서 몸을 일으켜 창가로 갔다가 건물 아래서 발생한 교통사고를 목격하는 이야기를 썼습니다. 제 소설 속의 그 인물은 돌아갈 집이 없는 것이 아니라 삶 속에서 정말로 길을 잃었다는 생각이 들었습니다. 생명을 탐해 구차하게 살다보니 이

---

* 베이징은 시 중심에서 일정한 간격으로 동심원을 그리며 순환도로가 조성되어 있고, 이를 2환, 3환, 4환, 5환 등으로 부른다.

미 눈앞에 벌어진 교통사고를 본 사람처럼 집으로 돌아가는 진정한 길을 보고도 못 본 척하게 된 것이지요. 물론 이렇게 반짝하고 스쳐 지나가는 생각들이 저를 다른 길로 인도하지는 못합니다. 제 아들과 아내 그리고 수많은 조카들을 위해, 그들이 좀더 오래 저를 삼촌 혹은 외삼촌이라고 부를 수 있도록 안전하게 살아 있어야 한다는 걸 잘 압니다. 하지만 죽음에 대한 저의 두려움은 이미 완전히 사라진 것 같습니다. 심지어 죽음을 생각할 때마다 일종의 내면적 위안 같은 것이 마음 깊은 곳에서 한들거림을 감지할 수 있습니다. 그것이 좋은 일인지 나쁜 일인지는 모르겠습니다.

어떨 때는 현실에 직면하여 현실의 얼굴에 더러운 가래침을 뱉어주고 현실의 가슴을 발로 몇 번 거칠게 밟아주고 싶기도 했습니다. 하지만 지금은 현실이 그때보다 더 더럽고 혼란스러워졌지요. 현실이 광대한 군중 앞에 나와 바지를 벗는다 해도 제가 몇 번 더 쳐다보거나 몇 마디 말을 더 섞는 일은 없을 것 같습니다.

사랑과 인자함에 대해 한때 저는 아주 작은 초록 잎새 하나라 해도 무성한 봄으로 여겼습니다. 하지만 지금은 무성한 봄이라 해도 겨울이 우리에게 던진 속임수가 아닐까, 일종의 위선이 아닐까 하는 의심이 먼저 듭니다.

현실의 가슴을 향해 발길질할 수 있는 용기는 아직 남아 있습니다. 하지만 힘이 없습니다. 조상의 무덤 앞에서 그러듯이 인자함 앞에서 두 무릎을 꿇고 싶지만, 인자함의 진위를 구별할 수가 없습니다. 그래서 제 글쓰기에는 말없이 영혼의 피가 흐르고 있는 것입니다. 거칠든 섬세하든, 간결하든 과도하든 간에 제가 쓰는 문자들은 글쓰기의 이유이자 근본이며 제 영혼이 내지르는 소리입니다. 하지만 또 항상 이러한 문자들이 존재해야 하는 이유와 근거를 따져 묻게 됩니다. 1990년대 중반에 문집을 출간하면서 과거에 발표했던 작품들의 조악함을 한탄하고 뒤를 돌아봄에 따르는 아픔을 거론한 적이 있습니다. 그뒤로 십여 년이 지난 지금, 새로이 작품들을 묶어내면서 저는 작품에 대해 가슴 아파하지는 않습니다. 단지 이 세상에 대해, 제가 대할 수 있는 이 조그만 세계에 대해 아픔과 무력감을 느낄 뿐입니다. 십여 년 전의 글쓰기에서는 작품에 중복되거나 거친 측면이 많긴 했지만 충실한 감정과 진지함이 유지될 수 있었습니다. 십여 년 이후의 글쓰기에서는 독자들의 비판이 조수와 같고 제 얼굴에 무수한 침방울이 날아온다 해도 얼굴이 빨개지거나 저 자신을 책망하진 않을 것입니다. 저의 소설이, 제 영혼이 피 흘리며 토해낸 눈물의 소리임을 잘 알고 있고 또 그럴 것이라고 굳게 믿기 때문입니다.

놀라움과 고백이 필요한 것은 영혼이 피를 흘리고 난 다음에도 아직 살아 있지만 이미 많이 시들고 썩은 제 몸의 골수를 마지막 먹물로 사용할 수 있느냐 하는 부분입니다. 사람들과 소통할 힘이 없어지고 제 손에서 펜이 사라지고 나서도 진정한 침묵을 할 수 있느냐 하는 것입니다.

2007년 7월 21일
옌롄커

제1권

수 염

1장

날은 더워졌는데 눈이 내렸다
세월이 병들었다

보라, 펄펄 끓는 지독한 여름에 사람들은 원래 수확[1]하지 않았지만 또 눈이 내렸다. 엄청난 규모의 열설[3]이었다.

하룻밤 사이에 겨울이 몸을 돌려 돌아왔다. 아니면 눈 깜짝할 사이에 여름은 가버리고 가을이 미처 찾아오기도 전에 겨울이 빠른 걸음으로 앞질러 달려온 것인지도 몰랐다. 이해 지독한 여름 속에서 계절의 순서가 뒤죽박죽이 되고 정신이 착란을 일으켰다. 회오리바람이 일어 하룻밤 내내 요란하게 몰아치더니 모든 규칙이 어지러워지고 말았다. 왕법이 없어지자 큰 눈이 내렸다.

정말이지, 시절이 병들었다. 정신이 착란을 일으켰다.

밀이 이미 완전히 익어 온 세상이 뜨거운 향기로 넘치다가 갑자기 큰 눈에 덮여버리고 말았다. 수확장[5] 사람들은 잘 때 알몸으로 침대에 누워 커다란 부들부채나 보드라운 종이부채를 부쳤다. 옆에

는 얇은 홑이불 한 장을 두지만 덮지는 않았다. 하지만 한밤중이 되
어 한차례 바람이 불어오자 너나없이 눈을 가늘게 뜨고서 홑이불을
찾아 끌어당겨 덮기 시작했다. 홑이불을 덮었는데도 한기가 이불 틈
새로 밀려들어왔다. 사람들의 뼛속을 파고들고 심장과 간, 비장과
위 속으로 비집고 들어왔다. 사람들은 침대에서 일어나 궤짝이나 옷
장을 뒤져 잘 정리해두었던 이불을 꺼냈다.

다음날, 집집마다 문을 열었다. 여자들이 모두 똑같은 표정으로
놀라서 소리쳤다. "어머, 눈이 내리네! 오뉴월에 큰 눈이 내리네."

남자들도 하나같이 똑같은 표정으로 문을 밀어 열고는 한참을
멍하니 있다가 한마디 탄식을 내뱉었다. "젠장! 열설이라니, 또 흉
년이!"

아이들은 하나같이 신바람이 나서 소리를 질러댔다. "와! 눈이다!
눈이 온다!" 곧 새해라도 될 것 같았다.

마을의 느릅나무와 홰나무, 오동나무, 백양나무가 정말로 하얬다.
겨울에 눈이 내려서야 가지가 하얗게 변하는 나무들이었다. 여름에
는 나뭇잎이 무성하여 온통 짙은 그늘을 드리웠는데, 이제 갑자기
한덩어리 흰빛이 되어버렸다. 산봉우리도 거대하고 두꺼운 흰색 우
산을 펼친 것처럼 하얗게 변했다. 눈을 받치고 있을 힘이 없는 나뭇
잎에서 눈이 떨어져내렸다. 눈은 쉬익 하고 밀가루 경단처럼 떨어져
땅 위에 희고 밝은 점들을 만들었다.

밀이 익을 계절에 큰 열설이 내렸다. 바러우산맥 사이사이의 수많
은 처지아[7]들이 해가 뜨자마자 차가운 세상을 만났다. 하나의 밀밭
에 또다른 밀밭이 이어져 있던 땅에 밀이 전부 누워버렸다. 큰 눈에

땅바닥 위로 처참하게 눌린 채 덮여버렸다. 간신히 눈 밖으로 삐져나온 이삭도 목이 잘려 어지러웠다. 큰 바람이 휩쓸고 간 골짜기와 풀 언덕을 다시 큰 눈이 덮쳐버린 모양이었다. 산맥 위에서도 밭머리에서도 한줄기 밀향기를 맡을 수 있었다. 하지만 그 향은 어깨에 관을 멘 사람들이 지나간 뒤에 관을 안치해두었던 천막 안에서 나는 향불 냄새처럼 희미했다.

보라. 지독한 여름에 큰 눈이 내려 끝없는 천지가 온통 흰빛이 되었다.

완전히 하얀 세상이 되었다.

음력으로 용해인 경진년 계미 유월에 바러우산맥을 덮친 이 눈 때문에 산맥과 산맥 사이에 있는 서우훠마을 사람들은 천재를 겪게 되었다.

해설

1) 수활受活(서우훠): 중국 북방 방언으로, 허난성 서부 바러우산맥 사람들이 사용하는 단어다. 즐거움, 향락 등의 의미로 쓰이지만 바러우산맥에서는 특히 '고통 속의 즐거움', 혹은 '고통 속에서 즐거움을 찾는다'는 뜻으로 쓰인다.

3) 열설熱雪: 여름에 내리는 눈을 의미하는 방언이다. 현지 사람들은 흔히 여름을 열천熱天이라고 부른다. 그래서 여름에 내리는 눈을 열설이라 부르면서 소열설小熱雪과 대열설大熱雪로 구분하곤 한다. 여름에 내리는 눈이 흔한 일이 아니지만 나는 현지의 지방지地方誌에서 십몇

년, 혹은 몇십 년에 한 번씩 여름에 눈이 내린 적이 있었다는 사실을 발견했다. 몇 년을 연달아 지독한 여름에 대열설이 온 적도 있다 한다.

5) 수활장受活莊(서우휘마을): 전해지는 바에 의하면 서우휘마을은 명 황조의 홍무洪武에서 영락永樂 연간에 백성들에게 대규모 이주를 강제하면서 이주 규정을 정한 데서 유래했다고 한다. 당시의 규정에 따르면 한 가족이 네 식구이면 그 가운데 한 명만 남고 다 떠나야 했고, 여섯 식구 중에서는 둘만, 아홉 식구 중에서는 셋만 남고 모두 떠나야 했다. 이리하여 집집마다 노인과 장애인들만 남고 젊은 사람들은 전부 대규모 이주 행렬에 합류하게 되었다. 이주민 수가 매일 만 명이 넘다보니 하루종일 여기저기서 이별의 울음소리가 그치지 않았다. 대규모 이주가 계속되면서 백성들도 완강하게 저항하기 시작했다. 이에 명 조정에서는 포고령을 내렸다. 떠나기를 원치 않는 사람들은 사흘 내에 홍둥현으로 돌아와 커다란 홰나무 앞으로 모이고, 떠나기를 원하는 사람들은 집에 가서 기다리라는 것이었다. 이 소식이 전해지자 산시 지역 사람들은 서둘러 홰나무 앞으로 달려갔다. 그 가운데 아버지는 맹인이라 두 눈이 완전히 안 보이고 형은 태어나면서부터 반신불수로 걷지 못하는 가족이 있었다. 동생은 효심을 보이고자 아버지와 형을 수레에 실어 홍둥현 홰나무 앞으로 데려다놓고 자신은 집으로 돌아와 기다렸다. 그렇게 사흘이 지나 홰나무 앞이 인산인해가 되었을 때, 명 조정의 군대가 들이닥쳐 홰나무 아래 모인 십만의 백성들을 전부 강제로 이주시키고 오히려 집안에 남아 있던 사람들은 고향에 남아 농사를 짓게 했다.

대규모 이주는 사람의 머릿수가 기준이었다. 맹인이든 절름발이든,

노인이든 어린아이든 할 것 없이 무조건 한 사람으로 쳤다. 노인은 두 눈이 멀었는데도 하는 수 없이 이주 대오에 합류하여 느린 걸음으로 점차 고향집에서 멀어져갔다. 가는 길 내내 두 눈이 멀쩡한 아들이 길을 안내했고 아버지는 그나마 성한 두 다리로 아들의 걸음을 대신했다. 눈 뜨고 보기 어려울 정도로 참혹한 광경이었다. 이주 행렬은 밤낮을 가리지 않고 움직였고 하루도 멈추지 않았다. 산시 훙둥현을 떠나 허난 서부의 바러우산맥에 이르렀을 때 노인의 두 다리는 이미 벌갛게 부어올랐고 발바닥에서는 피가 났다. 아들은 노인의 등에 업혀 쉴새없이 눈물을 흘렸고 몇 번이고 자살을 생각했다. 이런 부자의 모습을 본 이주 행렬의 모든 사람들이 슬픔의 눈물을 흘리면서 이주를 관장하는 관리를 무리 지어 찾아가 부자를 풀어줘 어디에서든 살게 해줄 것을 간청했다. 이런 호소는 한 단계 한 단계 위로, 이주를 관장하는 각급 관리들에게 전달되어 이주대신인 호대해에게까지 전달되었다. 호대해는 이런 호소를 듣자마자 악독한 경고를 쏟아냈다. "누구든지 이주자를 풀어줄 경우 반드시 사형에 처하고 가족 전체를 타향으로 강제이주시킬 것이다."

호대해에 관해 산둥과 허난, 산시의 백성들은 너무나 잘 알고 있었다. 본적은 산둥이고 원나라 말년에 기근을 피해 산시로 왔다고 했다. 얼굴은 형편없는 추물이지만 기골이 장대했다. 약간 호탕해 보이긴 했지만 악독하기가 원수와 같았다. 봉두난발에 후덕한 얼굴이 무척 용감하고 아주 솔직한 성격의 소유자인 것처럼 보였지만 속이 좁았다. 온몸이 힘으로 가득한 듯 보이나 하는 일 없이 빈둥거려 그의 모든 언행이 백성들에게는 비웃음의 대상이었다. 한때 그가 구걸 행각으로 세월을 보낼 적에 사람들은 악귀를 본 듯이 그를 피했고 남은 밥이나 국물이 있어도 그에게 나눠주지 않았다. 낮에 밥을 먹다가도 그가 나타났다 하면 집집마다 문을 꼭 닫아걸었다. 어느 날, 그가 구걸을 하기 위해 산시 홍둥현으로 들어섰다. 오래 굶어 너무나 배가 고팠던 그는 어느 부잣집 대문 앞에 이르러 높고 화려한 건물을 바라보며 마침내 밥 한 끼 얻어먹을 수 있게 되었다고 생각하고는 손을 내밀며 구걸을 시작했다. 하지만 뜻밖에도 토박이 부자인 노인은 그에게 치욕을 주려고 먹을 것을 주지 않았다. 게다가 손자가 먹다 남긴 방금 구운 커다란 파전을 전부 개에게 던져주었다. 그러고는 개에게 그를 물라고 하여 문밖으로 쫓아내버렸다. 이때부터 호대해는 홍둥현 사람들에게 원한을 품게 되었다. 그뒤로 산시 홍둥현을 떠난 그는 구걸을 하면서 허난 서쪽의 바러우산맥에 이르렀다. 배고픔은 더해만 갔다. 한 걸음씩 발을 뗄때마다 쓰러질 것만 같았다. 바로 이때, 계곡에 초가집이 한 채 서 있는 것을 발견했다. 마침 초가집에서는 나이든 아낙네가 식사를 준비하고 있었다. 그녀가 만들고 있는 것은 조악한 반찬에 만터우*가 전부였다. 주저하면서 생각에 잠긴 그는 결국 손을 벌리지 않기로 마음먹었다. 그런데 뜻밖에도 허난 사람들은 비교적 선량한 편이었다. 호대해가 몸을 돌려 가려는 순간 아낙네가 그를 발견하고 잡아끌었다. 아낙네는 그에게 자리를 권하고는 얼굴 닦을 물을 떠다주고 집에 있는 음식을 전부 꺼내 그를 위해 맛있는 한끼 식사를 대접했다. 식사를 마친 호대해는 크게 감격하여 감사의 인사를 건넸지만 아낙네는 아무 말도

---

* 소가 없는 중국식 찐빵.

하지 않았다. 알고 보니 아낙네는 성치 않은 데가 있었다. 듣지도 못하고 말도 하지 못했다. 게다가 몸은 장작처럼 말랐다. 두 지역의 이런 차이를 비교하면서 호대해는 중원에 자리한 바러우 사람들의 선량한 심성을 깊이 체감했다. 산시 훙둥현 백성들의 사악한 인상은 점차 그의 마음속에 보복의 의지를 숙성시켰다. 나중에 호대해는 구걸 생활을 그만두고 주원장의 휘하로 들어가 전장에서 승승장구하기 시작했다. 생사를 넘나들면서 탁월한 전공을 세운 그는 비렁뱅이에서 명 황조의 개국공신으로 변신하게 되었다. 홍무 원년에 주원장은 전쟁이 끝나고 폐허처럼 파괴된 산하를 바라보면서 큰 소리로 탄식을 내뱉었다. 전쟁중에 중원 땅이 황폐해지고 인구 수가 현격히 감소했기 때문이다. 중원의 거의 모든 주가 피해를 입었다. 가장 처참한 지역에서는, 살아남은 주민의 수는 너무나 희소한 반면 유골들로 작은 산을 이루었다. 밭을 개간하고 호구를 늘리는 것이 중원 지역의 급선무로 떠올랐다. 황제는 대규모 이주를 결정하고 호대해에게 이주대신이라는 직책을 맡겼고, 그는 인구가 밀집한 산시 훙둥현을 중심으로 산시 사람들을 대대적으로 허난이나 산둥 등지로 이주시키기 시작했다. 물론, 과거에 구걸하던 자신을 외면하고 손자가 먹다 남긴 파전을 개에게 던져주었던 노인 일가와 그 주변 지역이 가장 먼저 이주 대상으로 선정되어 한 명도 남지 못하고 전부 고향을 떠나야 했다. 이 이주 행렬에는 남녀노소의 구별이 없었고 맹인이나 절름발이도 예외가 될 수 없었다.

이런 이유로 그해의 이주 행렬에 훙둥현의 맹인 노인이 반신불수의 아들을 등에 업은 채 걷고 있다는 얘기를 들은 호대해는 부자를 동정하기는커녕, 오히려 보복의 쾌감을 느꼈다. 그리하여 그는 맹인 부자를 도중에 대오에서 풀어주어 현지에서 살길을 찾게 해달라는 백성들의 건의를 일언지하에 묵살해버렸다. 노인 부자는 거대한 이주 행렬에 섞인 채 힘들게 천릿길을 걸으며 온갖 고생을 다 겪어야 했다. 몇 달이 지나 이주 대오는 허난의 바러우산맥을 지나게 되었다. 바러우산맥에 도착해서도 사람들은 호대해에게 맹인 노인과 반신불수 아들을 그곳에 남게 해달라고 간청했지만 호대해는 이를 무시한 채 칼을 뽑아들고는 간청하는 사람들의 목을 베겠다고 겁박하면서 고개를 들어 사람들을 둘러보았다. 그렇게 간청하는 사람들 중에서 호대해는 과거에 자신에게 훌륭한 한끼 식사를 대접해주었던 나이든 아낙네를 발견하고는 황급히 칼을 내려놓고 아낙네에게 다가가 무릎을 꿇었다.

듣지도 말하지도 못하는 바러우 아낙네의 애절한 눈빛을 이기지 못한 호대해는 간청을 받아들여 맹인 부자를 그곳에 남게 했을 뿐만 아니라, 적지 않은 은냥도 건넸다. 아울러 병사 백 명을 보내 이들에게 집을 지어주고 수십 무畝*에 달하는 양전을 일궈주도록 했다. 떠날 때는 듣지도 말하지도 못하는 아낙네와 맹인 노인, 그리고 반신불수 아들에게 말했다.

"바러우산맥의 이 계곡은 물이 풍족하고 땅이 비옥한데다 양곡과 은냥도 넉넉하니 여기서 농사를 지으면서 즐겁게受活 살도록 하시오."

이때부터 바러우산맥 사이의 이 협곡은 서우휘受活계곡이라 불렸다. 벙어리와 맹인, 반신불수 세 사람이 한집에 살며 천국 같은 나날을 보내게 되자 사방의 이웃 마을, 심지어 이웃 군과 현의 장애인들이 몰

* 1무는 약 666.5제곱미터.

려들기 시작했다. 맹인과 절름발이, 벙어리, 팔이나 다리가 한 짝씩 없는 사람들이 몰려들어 벙어리 아낙네로부터 논밭과 은냥을 나눠받아 자기만족을 찾는 생활을 하기 시작했고, 그뒤로 점차 번성하여 마을을 이루게 되었다. 후대 사람들에게도 유전적 질환이 많이 나타나긴 했지만 벙어리 아낙네가 배정하는 바에 따라 집집마다 적절한 자리에 있게 되었다. 그래서 이 마을 이름도 서우훠마을로 지었다. 벙어리 아낙네는 서우훠마을의 조상신인 서우훠 할머니가 되었다.

이건 전설이다. 전설이긴 하지만 모르는 사람이 없다.

한편 솽화이현 현지縣志에서는 서우훠마을의 역사가 이 전설보다 더 오래되었다고 기록하지만 실제로 문자 기록이 남겨진 것은 근래의 백 년을 넘지 않는다. 기록에 따르면 서우훠마을은 천하 장애인들의 집결지였을 뿐만 아니라 혁명의 성지이기도 했다. 홍군 제4방면군 전사였던 마오즈의 인생 서식지였던 것이다. 현지의 기록에 따르면 음력 병자년(1936) 가을, 장궈타오가 제4방면군을 이끌고 있다가 당과 분열되어 산시로 들어와 북진을 계속하던 상황이었다. 그는 부상당한 병사들이 지칠 것을 먼저 걱정하다가, 나중에는 부상병들이 옌안으로 가서 실상을 폭로하면 자신이 당을 버린 증거가 될까 두려워 경상자와 중상자를 분류하여 고향으로 돌아가 쉬게 했다. 부상당한 이들 홍군 병사들은 아침저녁으로 함께하면서 밤낮을 가리지 않고 전투에 참여했던 부대와 전우들 곁을 떠난 지 얼마 되지 않아 국민당 군대의 공격을 받아 절반이 전사했다. 살아남은 사람들은 부상이 더 심해졌다. 결국 이들은 하는 수 없이 군장을 던져버리고 농민으로 변장하여 각자 흩어져 고향으로 돌아가야 했다.

현지의 기록에 의하면 마오즈는 홍군 대오에서 가장 어린 여병으로서 홍군이 되었을 때의 나이가 겨우 열한 살이었고, 제4방면군을 이탈할 때에도 열다섯 살밖에 되지 않았다. 모친이 국민당 군대의 제5차 포위공격에서 장렬하게 희생되었기 때문에 그녀는 혁명 대오에서 고아가 되었다. 본적이 허난이라는 것은 알지만 구체적으로 어느 현인지는 알지 못했다. 부친이 계해년(1923)에 발생한 정저우 철도노동자 파업에 참가하여 투옥된 후 사망하자 모친이 그녀를 데리고 혁명에 투신했다가 계유년(1933) 임술시의 제5차 포위공격에서 희생되었다. 그뒤로 그녀는 모친의 전우들을 따라 장정長征에 참가하여 갖가지 노동을 전전했다. 모친의 전우가 제4방면군으로 파견되자 그녀도 홍군 제4방면군 전사가 되어 설산을 넘다가 발가락 열 개 중 여섯 개가 동상에 걸렸고 산길을 가다가 계곡으로 떨어지는 바람에 왼쪽 다리가 부러지고 말았다. 이때부터 완전히 몸을 제대로 쓰지 못하게 되어 지팡이 없이는 움직이지 못했다. 산베이에서 장궈타오의 비밀 명령으로 귀향하면서 대부분의 부상병들은 사망하거나 행방불명이 되었지만 그녀는 몸을 말아 무덤구덩이 속으로 기어들어간 덕분에 간신히 목숨을 부지했다. 하지만 이때부터 조직과의 연락이 끊기는 바람에 걸식을 하면서 고향으로 돌아가다 허난 땅에 이르렀고, 바러우산맥을 지나다가 서우훠마을에 장애인들이 많은 것을 보고는 그곳에 주저앉아 마을 주민이 되기로 마음먹었다. 현지에는 마오즈 할머니가 홍군 혁명에 참가했다는 증거가 될 만한 아무런 기록이 없었지만 서우훠마을 사람들과 바러우산 사람들, 그리고 현 전체의 인민들은 그녀를 홍군의 전사이자 혁명의 선배로 떠받든다고 기록하고 있다. 바러우산은 마오즈로 인해 영광을 얻었고 서우훠마을도 마오즈가 와서 정착한 덕분에 생활에 방향이 생겼다고 한다. 마을 사람들 대부분이 (혹은 전부가) 장애인이긴 하지만 중국의 신사회*에서 아름답고 편안하게, 즐겁고 행복하게 살았다고 한다.

이 현의 현지는 경신년(1980)에 수정본을 편찬하면서 인물전 마오즈 편의 맨 마지막 부분에 그녀가 서우훠마을에서 아주 행복하게 살았고 서우훠受活마을은 명실상부하게 즐거운受活 마을이 되었다고 기록했다.

7) 처지아處地兒 : 방언으로 일정한 지역 혹은 지점을 의미한다.

---

* 1949년 중화인민공화국 수립 이후의 중국 사회를 일컫는 말.

3장
서우훠마을 사람들이 또 바빠지기 시작했다

맙소사, 눈은 이레를 내리 내렸다. 이레라는 시간에 세월이 죽어버렸다.

이레 동안의 대규모 열설이 정말로 여름을 겨울로 바꿔놓은 것이다.

눈이 잦아들자 어떤 사람들은 눈을 무릅쓰고 밀밭으로 나가 수확을 시작했다. 낫을 사용할 필요도 없이 손으로 눈 덮인 땅에서 밀이삭을 그러모아 가위로 자른 후, 바구니나 자루에 담으면 그만이었다. 그런 다음 한 바구니, 한 자루씩 밭머리로 져 날랐다.

가장 먼저 밭에 나가 밀이삭을 베기 시작한 건 쥐메이였다. 쥐메이는 한꺼번에 낳아 키운 대산태[1] 가운데 세 자매를 이끌고 밭으로 나갔다. 하나같이 꽃다운 나이의 유이자[3]들이었다. 세 자매는 화초처럼 나란히 쪼르르 서서, 옆에는 바구니와 자루 혹은 광주리를 놔둔 채, 눈 덮인 땅으로 왼손을 반 자 정도 뻗어 밀줄기를 잡고 눈 덮인 땅 위로 이삭을 잡아당겨 오른손에 쥐고 있던 가위로 잘라냈다.

남녀노소를 막론하고, 맹인과 절름발이를 불문하고, 마을 사람들 전부가 쥐메이 식구들을 따라서 눈밭으로 나가 밀을 수확했다.

눈 내리는 날이 몹시 바빠졌다.

끝없이 펼쳐진 하얀 산언덕에서 밀이삭을 걷는 서우휘마을 사람들이 양떼처럼 이리저리 흩어져 움직였다. 가위 소리가 설원 위에 차갑게 울려퍼졌다. 세상 끝까지 차갑게 울려퍼졌다.

계곡 끝에 자리잡은 쥐메이네 밭은 가장자리가 절벽으로 이어져 있고 두 면은 남의 집 밭과 붙어 있었다. 밭머리는 바러우산맥 깊은 곳의 훈포산 등성이 길로 이어졌다. 몇 무밖에 되지 않는 밭이었지만 둥글고 각진 것을 포함하여 온갖 형상이 다 있었고, 대체로 정사각형에 평평한 모습이었다. 쥐메이의 맏딸 퉁화는 오동나무꽃이라는 뜻이었는데, 앞이 전혀 보이지 않는 맹인이라 지금껏 한 번도 밭에 간 적이 없었다. 밥을 다 먹고 나면 마당에 나가서 앉아 있다가 문앞까지 거닐었다. 가장 멀리 가봤자 마을 어귀나 돌다리까지가 고작이었다. 어디를 가든지 그녀의 눈앞은 온통 망망한 노란빛이었다. 한낮의 햇빛이 너무 뜨거울 때면 눈앞의 색깔이 다소 흐려지기도 했지만 그녀는 그것이 흐려진 색이라는 것조차 알지 못했다. 그런 색을 보고 있으면 손으로 흙탕물을 만지는 느낌이 든다고 말했다. 그런 말을 하면 눈앞의 색이 흐려졌다는 뜻이었다.

그녀는 눈이 하얗다는 것도 몰랐고 물이 맑은 것도 알지 못했다. 나뭇잎이 봄에는 녹색으로 변했다가 가을이면 노래지고 떨어진 낙엽은 하얗게 말라버린다는 것도 몰랐다. 하지만 쥐메이 식구들은 이모든 이치들을 전부 알았기에 첫째 퉁화는 자신이 먹고 입는 일에만 신경을 쓰면 되었다. 때문에 여름에 퉁화는 지독한 열설이 내린 일에도 관여할 필요가 없었다. 홰나무꽃이라는 뜻의 둘째 화이화와 느릅나무꽃이라는 뜻을 가진 셋째 위화, 나방을 뜻하는 이름을 가진 막내 어얼 등 나머지 세 자매는 병아리떼처럼 나란히 줄을 지어 엄마를 따라 한여름에 눈밭에 나가 밀이삭을 땄다.

사실 바깥세상에는 새로운 풍경이 펼쳐져 있었다. 산맥이 없어지고 계곡도 없어졌다. 세상이 온통 일망무제의 흰빛으로 덮였고 계곡 바닥의 물만 여전히 졸졸졸 흘렀다. 산등성이의 눈 덮인 땅 위에 서서 계곡 아래쪽을 내려다보면 강물이 검게 빛났다. 서로 같은 색깔의 쥐메이 일가 여인들은 모두 몇 무 안 되는 눈 덮인 땅에서 밀이삭을 땄다. 손이 얼어서 빨개졌지만 이마에는 가는 땀방울이 맺혔다.

말하자면 어디까지나 여름이었다.

쥐메이가 딸 셋을 데리고 각자 밀줄기 세 가닥을 한 손에 쥐고 이삭을 잘라내는 모습이 마치 기계가 눈밭을 갈면서 지나가는 듯했다. 평평하게 쌓인 눈을 밟으면서 이삭을 자르고 지나간 자리는 지저분하게 변했다. 닭과 개들이 눈 덮인 땅 위에서 한바탕 싸움을 벌이고 난 뒤의 광경 같았다. 둔덕 위를 지나가던 사람들이 멀찍이 밭이랑 위에 쌓인 밀이삭더미를 보고 놀라 밭 한가운데로 눈길을 던지며 쥐메이를 향해 소리쳤다.

"라오*쥐, 올해는 자기 집에 가서 양곡을 꾸어 와야 할 것 같네."

쥐메이가 고개를 들고 대답했다. "남는 양곡이 있으면요. 와서 꾸어 가도 돼요."

"남는 양곡이 없으면 딸을 시집보내면 되잖아."

이런 농담에 쥐메이도 기분이 좋아져 미소를 지었지만 대답은 하지 않았다.

사람들은 쥐메이네 밭을 지나 눈 덮인 자신들의 밀밭에 가서 이삭을 땄다.

산등성이의 눈 덮인 땅이 전부 바빠지기 시작했다. 손이 모자랄 때는 맹인이 있는 집도 수확에 나서야 했다. 맹인들은 눈이 멀쩡한 사람들의 손에 이끌려 밭으로 나왔다. 눈이 멀쩡한 사람이 밭에서 나와 손에 밀줄기 몇 가닥을 쥐여주면 맹인은 밭이랑을 따라 앞으로 나아가면서 더듬더듬 가위를 집고 이삭이 만져지지 않는 부분까지 줄기를 자른 다음 몸을 돌려 다시 원래의 자리로 돌아왔다. 절름발이와 반신불수도 원전인[5]들과 똑같이 육체노동을 해야 했다. 이들은 평평하면서도 미끈한 목판 위에 앉아 일했다. 밀을 딸 때마다 몸을 앞으로 조금씩 밀면 목판이 앞으로 미끄러져 나아갔다. 눈 위에서 목판은 온전한 사람들이 발로 걷는 것보다 더 빨리 미끄러져 갔다. 평평하고 미끈한 목판이 없을 때는 버드나무 가지를 엮어 만든 키를 사용했다. 그 경우엔 눈 위에 키의 무늬가 길게 찍혔다. 벙어리나 귀머거리는 일을 하는 데 장애물이 없었다. 말을 못하거나 들리지 않아 마음이 어지러워질 이유도 없었기에 비교적 쉬이 일에 집중했고, 일하는 속도도 남들보다 빨랐다.

---

* 친근함을 나타내는 호칭으로, 자신보다 손윗사람의 성씨 앞에 붙이는 접두사.

오후가 되자 산언덕이 축축한 밀향기로 가득찼다.

눈은 소리 없이 잦아들었다.

쥐메이 식구들이 밭에서 일하고 있는 사이, 언덕 위에 사람 셋이 모습을 드러냈다. 셋 다 온전한 사람들이었다. 셋 다 성진城鎭에서 온 사람들이었다. 그들은 눈 덮인 땅을 이리저리 둘러보다가 두 손을 나팔 모양으로 입에 가져다대고는 뭔가 알아듣지 못할 말을 쏟아냈다. 우물이 흩날리는 눈을 전부 빨아들이는 것처럼 광야의 눈밭이 그들의 목소리를 빨아들여버렸다. 쥐메이가 몸을 일으켜 산언덕을 바라보며 말했다. "저 사람들이 뭐라고 떠드는 거지?" 말이 떨어지기 무섭게 화이화가 몸을 일으켜 눈밭 밖으로 나가려 하자 어얼이 먼저 진짜 나방처럼 하얀 눈밭을 벗어나 언덕으로 날듯이 건너갔다.

화이화가 말했다. "어얼, 너 정말 귀신같구나."

어얼이 고개를 돌리며 말을 받았다. "언니, 언니는 내가 죽어서 귀신이 되었으면 좋겠어?"

어얼은 사뿐사뿐 눈 위를 걸어 아주 가볍게 언덕 위로 올라섰다. 작은 벌레 같기도, 참새가 밭머리에 내려앉는 것 같기도 했다. 어얼의 몸집이 너무 작아 세 사람은 놀라움을 금치 못했다. 남자 하나가 몇 걸음 다가가 어얼 앞에 쭈그려앉았다.

남자가 물었다. "올해 나이가 어떻게 되나요?"

어얼이 말했다. "열일곱이요."

남자가 다시 물었다. "키는 얼마나 돼요?"

어얼은 무안하면서도 화가 났다. "그건 알 필요 없어요."

남자가 웃으면서 말을 받았다. "내가 보기에는 석 자 정도 되겠군요."

어얼이 화를 냈다. "맥이야말로 석 자밖에 안 되어 보이네요."

남자는 여전히 웃는 얼굴로 어얼의 머리를 가볍게 쓰다듬더니 자신이 향장이라고 말했다. 그러고는 눈 언덕 위에 서 있는 외투 차림의 두 남자를 가리키며 말했다. "저분은 현장님이고 그 옆은 현장님 비서예요. 가서 이 마을 책임자를 좀 불러올 수 있겠어요? 가서 마오즈 할머니를 모셔 와요. 현장님께서 직접 힘들게 이 마을을 찾아오셨다고 전해줘요."

어얼이 웃으면서 말했다. "마오즈 할머니는 우리 외할머니예요. 우리 엄마는 눈밭에서 밀이삭을 따고 있고요."

어얼의 얼굴을 힐끗 쳐다보는 향장의 얼굴 위에 야릇한 미소가 번졌다. 그가 다시 물었다. "그게 정말이에요?"

어얼이 말했다. "네, 정말이에요."

향장은 고개를 돌려 현장의 얼굴을 살폈다. 표정이 없는 현장의 얼굴이 언제부터 누렇게 변했는지 알 수 없었다. 그런 현장의 얼굴 근육이 가볍게 움직였다. 향장과 어얼의 대화에 마음이 끌렸는지, 누군가 그에게 다가가 얼굴을 잡아당기기라도 한 것 같았다. 하지만 한순간, 현장의 눈빛이 어얼의 머리에서 흘러넘쳐 이내 산 저쪽의 온통 하얀 세상을 향했다. 어느새 얼굴의 누런빛이 엷어지더니 편안하고 조용한 얼굴로 돌아왔다.

비서는 젊은 사람이었다. 호리호리한 몸매에, 얼굴에 윤기가 흘렀다. 그는 저쪽 밭에 있는 화이화와 위화를 자세히 살펴보았다. 화이화는 빨간 스웨터를 입고 있었다. 너무나 귀엽고 예쁜 모습이었다. 아름답고 여리여리한 모습이었다. 붉은 스웨터가 눈밭에서 피어난 한덩이 불꽃을 연상케 했다. 비서는 시종 어얼을 똑바로 바라보지 않았다. 하지만 어얼은 그의 마음속에 다른 속셈이 있다는 걸 한눈에 알아챘다. 그가 이상한 눈빛으로 둘째 언니 화이화를 보고 있음을 눈치챈 것이다. 화난 눈빛으로 그를 매섭게 노려보던 어얼이 몸을 돌려 큰 소리로 쥐메이를 불렀다.

"엄마— 사람들이 엄마 찾아요. 우리 외할머니도 찾는대요!"

어얼은 또 진짜 나방처럼 밭머리를 향해 나는 듯이 되돌아갔다.

딸들은 모두 눈길을 엄마에게로 모았다. 누군가 엄마를 찾는 일이 매우 특별한 일이고, 있어서는 안 되는 일이라도 되는 듯. 엄마가 걸고 있는 앞주머니에는 밀이삭이 가득해, 아이를 가진 여자처럼 몸을 움직이기가 어려워 아주 무겁고 천천히 몸을 돌렸다. 그러고는 목에 걸고 있던 밀이삭 주머니를 빼내 논밭에 내려놓은 뒤 빨갛게 언 손을 들어올려 이마에 맺힌 땀을 닦고 어얼을 바라보면서 물었다.

"어얼, 언덕에 온 사람들이 누구라고?"

"현장이랑 향장 그리고 현장 비서래요."

순간 쥐메이의 얼굴이 하얘지더니 걸음을 재촉하면서 연한 붉은 빛으로 바뀌었다. 몹시 추운 날이고 이마의 땀을 닦아냈는데도 금세 또 땀이 한 겹 솟아났다. 매서운 추위를 찜통에 넣고 쪄낸 것 같았다. 걸음을 멈춘 그녀의 손은 가슴 앞의 이삭 주머니를 떠받치고 있었다. 딸들에게서 눈길을 거두며 그녀가 차가운 어투로 말했다.

"전부 간부들이네. 간부들이 너희 외할머니를 찾는단 말이지?"

화이화는 현장과 향장이라는 말에 멍한 표정을 짓다가 금세 얼굴이 새빨개졌다. 딸들의 생김새는 얼핏 큰 차이가 없는 것 같았지만 자세히 살펴보면 화이화의 용모가 가장 단아하고 아름다운데다 피부도 하얬다. 화이화 스스로도 자신이 언니나 동생보다 용모가 월등히 뛰어나다는 걸 잘 알았다. 그래서 멋지고 영광스러운 일이 찾아오기를 은근히 기다리고 있었다. 그런 그녀가 언덕 위를 한참이나 바라보다가 고개를 돌리면서 말했다. "엄마, 외할머니는 정신이 오락가락하시잖아요. 정말 현장이 찾는 건지 모르니 어서 가보세요. 저도 따라갈 테니까요."

어얼이 화이화에게 말했다. "가장 좋은 건 외할머니를 만나는 거래. 외할머니가 정신만 멀쩡하다면."

쥐메이가 어얼에게 마을로 돌아가 외할머니를 찾아보라고 했다.

화이화는 언덕을 바라보며 얼굴에 실망한 빛이 가득해져 발로 눈을 몇 번 걷어찼다. 초조함에 얼굴이 새빨개지도록 발길질을 해댔다. 절벽에 피는 매화가 그녀의 얼굴에 피어난 듯했다.

두말할 것 없이 외할머니는 현지가 아주 자랑스럽게 기술하고 있는 마오즈 할머니였다. 그녀는 나이가 이미 예순아홉으로, 손에 쥐고 있는 지팡이도 이미 수십 개째 교체한 터였다. 얼마 후 마오즈 할머니가 어얼을 데리고 마을을 나서 언덕을 향해 절뚝절뚝 기어올라갔다. 정확히 말하자면 그녀는 무수한 세상사를 다 넘어온 사람이었다. 짚고 있는 지팡이도 마을의 절름발이들이 짚는 것과 달랐다. 그녀의 지팡이는 도시의 병원에서 쓰는 유형으로 알루미늄 합금 재질이었다. 은백색 가느다란 알루미늄 관 양단에 두 자 정도의 굵은 관이 끼워져 있고 이를 두 개의 나사로 고정한 형태였다. 가는 부분도 지나치게 가늘지 않았고 굵은 부분도 지나치게 굵지 않았다. 바닥을 짚는 부분은 꼰 철사를 고무커버로 마감해, 바닥을 디뎠을 때 미끄러지는 것을 방지할 수 있었다. 지팡이 머리의 손잡이는 열 겹이 넘는 천으로 감싸 겨드랑이에 끼워도 아주 편안했다. 마을에 절름발이가 되어 지팡이를 짚고 다니는 사람이 열 명이 넘었지만 마오즈 할머니처럼 멋진 지팡이를 가지고 다니는 사람은 없었다. 기껏해야 괭이자루 같은 홰나무, 버드나무 지팡이를 목수에게 부탁해서 머리 부분에 알루미늄 핀을 박은 정도였다. 손잡이에는 철사로 바둑판무늬를 상감해 넣고 나무못이나 쇠못을 박아넣었다. 이런 지팡이는 그들의 발이 되어주기에 충분했다.

　마을에 마오즈 할머니보다 더 멋지고 튼튼한 지팡이를 갖고 다니는 사람은 없었다. 그녀의 지팡이는 신분과 위엄을 나타냈다. 위엄은 실재했다. 마을에 하늘이 무너지고 땅이 꺼지는 중대한 일이 일어날 때마다 마오즈 할머니가 얼굴을 내밀고 지팡이로 땅을 몇 번 내려치면 하늘만하던 구덩이도 평평하게 메워졌다. 지난달에도 향 정부의 멀쩡한 사람 몇이 한 사람에 백 위안씩 도로개설비용을 징수하러 서우휘마을에 나타났다가 마오즈 할머니가 그들의 얼굴과 이마를 향해 휘둘러대는 지팡이의 위세에 눌려 빈손으로 돌아가지 않았던가? 또 몇 년 전 겨울 정부에서 한 사람에 두 근씩 흰 솜을 징발하러 서우휘마을에 왔을 때는 마오즈 할머니가 자신의 솜저고리를 벗어 들고 늙어서 축 늘어진 가슴을 좌우로 흔들어대면서 정부의 공무원들에게 말했었다. "이거면 되겠소? 부족하면 면바지도 벗어주지." 공무원들이 눈앞에서 무슨 일이 벌어지고 있는 건지 갈피를 못 잡고 있는 사이에 마오즈 할머니는 벌써 자신의 바지 끈을 풀고 있었다.

공무원들이 말했다. "마오즈 할머니, 뭐하시는 거예요?"

마오즈 할머니가 지팡이를 들어 공무원들의 코를 겨냥하면서 말을 받았다. "자네들이 솜을 걷으러 왔다기에 내가 솜바지를 벗어주겠다는 거 아냐!"

직원들은 재빨리 할머니의 지팡이를 피해 달아났다.

할머니의 지팡이는 곧 창이었다. 지금 그녀가 또 지팡이를 짚고 깊게 쌓인 눈 위로 나섰다. 어얼이 앞에 서고 할머니는 뒤에서 비틀비틀 힘들게 따라왔다. 할머니의 등뒤에는 그녀가 키우는 절름발이 개 두 마리가 따라오고 있었다. 서우훼마을 사람들 모두 현장과 향장이 산언덕에 와 있다는 사실을 알았다. 마을 사람들의 고통과 가난을 위로하고 해결해주기 위해 온 것이리라. 바러우산맥에 대규모 열설이 내렸고, 그것도 이레 동안 쉬지 않고 내려 한 자 두께로 쌓이다보니 밀이 완전히 눈에 덮여 깔려버렸다. 정부에서 찾아와 위로하는 일이 당연했다. 서우훼마을 사람들에게 약간의 돈과 양곡을 지원하고 계란과 설탕, 옷감 같은 일용품을 선물하는 것이 마땅했다.

서우훼마을은 솽화이현에 속한 마을이었다. 솽화이현 바이수향에 있는 마을이었다.

서우훼마을 사람들은 현장이 언덕에 서서 초조하게 기다리는 모습을 바라보고 있었다.

저멀리 마오즈 할머니가 급하지도, 느리지도 않게 언덕 위로 향하는 모습도 보고 있었다.

마침 맹인 두 사람이 서로에게 몸을 의지하여 산비탈을 내려오는 중이었다. 둘 다 밀이삭이 담긴 자루를 손에 든 채였다. 그들이 멀리서 마오즈 할머니를 맞으며 말했다. "마오즈 할머님이시군요. 소리만 들어도 할머님인 걸 알 수 있지요. 다른 사람들의 지팡이는 눈밭 위에서 탕탕 단단한 소리가 나지만 할머니 지팡이는 푹푹 소리가 나거든요."

마오즈 할머니가 물었다. "밀을 따 가지고 오나요?"

맹인들이 말했다. "현장에게 지원금 좀 많이 달라고 하세요. 마을 전체에 한 가구당 만 위안씩 달라고요."

마오즈 할머니가 물었다. "그 돈을 다 쓸 수나 있겠어?"

맹인들이 말했다. "다 못 쓰면 침대 옆에 묻어두면 되지요. 손자들이 있잖아요."

귀머거리가 걸어왔다.

그가 큰 소리로 말했다. "마오즈 할머니, 현장에게 다른 건 요구하지 마시고 서우휘마을 사람들 모두에게 도시에서 쓰는 보청기를 하나씩 좀 지급해달라고 하세요."

벙어리가 다가왔다. 그는 손짓으로 자기 집의 피해가 너무 크다면서 밀이 눈에 깔려 도무지 수확을 할 수가 없고, 그래서 올해에도 아내를 맞기는 글러버린 것 같다고 했다. 그러면서 마오즈 할머니에게 현장에게 부탁해서 아내를 맞을 수 있도록 중매를 좀 서달라고 간청했다.

마오즈 할머니가 물었다. "어떤 아내를 원하나?"

그는 자신이 원하는 여자의 키와 몸매를 허공에 대고 손짓으로 그려 보였다.

팔이 잘린 목수가 다가왔다. 그가 손짓의 의미를 알아듣고는 마오 즈 할머니에게 벙어리의 뜻을 설명했다. "이 친구의 말은 어떤 아내 든 다 괜찮다는 겁니다. 여자이기만 하면 된대요."

마오즈 할머니가 벙어리에게 물었다. "정말인가?"

벙어리가 고개를 끄덕였다.

마오즈 할머니는 마을 사람들의 생각을 전부 머리에 담고 언덕 위로 올라갔다.

언덕에 있던 현장과 향장은 이미 너무 오래 기다려 짜증이 난 터였다. 제각기 얼굴에 초조한 표정을 달고서 마오즈 할머니가 지팡이를 짚고 올라오는 모습을 바라보고 있었다. 향장이 황급히 앞으로 몇 걸음 나서서 부축하려 했지만 뜻밖에도 마오즈 할머니가 먼저 현장 앞으로 다가섰다. 그러고는 갑자기 몸을 쭉 펴고 차가운 눈빛으로 잠시 주위를 둘러보다가 현장의 얼굴로 눈길을 또르르 옮겼다. 현장은 할머니의 그런 눈빛에 갑자기 얼굴을 돌리면서 다른 곳으로 눈길을 피했다. 언덕 건너편에 있는 산을 바라보는 것 같았다. 이때, 일이 터졌다. 쾅 하는 소리가 났다. 향장이 "자, 마오즈 할머니, 이분은 현장이고 이분은 현장의 비서입니다"라고 두 사람을 소개하는 순간, 할머니의 얼굴이 새파랗게 질리더니 갑자기 손에 쥐고 있던 지팡이를 뒤로 약간 물리는 자세를 취한 것이다. 할머니는 지팡이로 뭔가를 후려칠 때마다 항상 지팡이를 뒤로 약간 물리는 자세를 취하곤 했던 것이다.

향장이 말했다. "이분은 새로 부임하신 류 현장님이십니다……"

마오즈 할머니는 현장을 힐긋 쳐다보더니 나이 때문에 침침해진 눈길을 향장의 얼굴에서 거둬들이며 호통을 쳤다. "이 사람이 현장이라고? 아이고 맙소사! 어째서 이 사람이 현장이란 말이오? 어째서 현장이냐고? 이 사람은 돼지고 양이야, 사랭[7]한 개라고! 냄새나는 돼지고기에 우글대는 구더기야! 사랭한 개의 몸 위를 기어다니는 이란 말이야!" 그러고 나서, 그러니까 그러고 나서 마오즈 할머니는 입술을 이가 다 빠진 입안으로 집어넣더니 현장의 얼굴에 대고 야무지게 침을 뱉었다. "퉤!" 하고 침을 뱉는 소리에 하늘이 놀라고 땅이 흔들리는 것 같았다. 산등성이에 조용히 가라앉아 있던 공기마저도 할머니의 침 뱉는 소리에 밀려나는 것 같았다. 누군가가 손으로 하얀 가루덩어리를 던진 것처럼 공기가 흔들렸다.

흔들림 뒤에, 하늘처럼 거대한 응결이 이어졌고 이내 거칠게 몸을 돌린 마오즈 할머니는 비틀비틀 걸어서 다시 마을로 돌아왔다. 현장과 향장, 현장의 비서 그리고 멀지 않은 곳에 있던 쥐메이와 쌍둥이 딸들은 그 자리에 남아 넋이 나간 채 서 있었다.

그렇게 아주 오래 멍하니 서 있던 류 현장이 갑자기 발로 땅바닥에 있는 돌을 걸어찼다. 그러고는 여기저기 침을 뱉으면서 욕을 해 댔다. "이런 망할 놈의 할망구가 뭐가 그리 대단하다고 그래! 이 몸은 혁명가라고! 이 몸이야말로 진정한 혁명가란 말이야!"

해설

1) 대산태大孿胎: 바러우산맥에서는 두 쌍둥이 이상의 태아를 전부 대산태 혹은 다산태多孿胎라고 불렀다. 음력 무오년(1978) 을축 말월에 바러우산맥에는 이상한 징후가 없었다. 세상에도 이상한 징후가 없었다. 베이징에서 아주 성대한 회의가 열린 것을 제외하면 세상은 여전히 그 세상이었다. 그리고 이 회의는 나중에 텔레비전과 신문에서 대단히 특별한 사건으로 보도되었다. 이십구 년 전 기축년(1949)에 마오쩌둥이 국가 수립을 선포하던 때와 다르지 않았다. 그 회의는 닷새 동안 계속되었다. 갑인일에서 무오일까지였다. 바로 이 시기에 서우훠마을에서는 쥐메이가 한창 출산을 준비하고 있었다. 그녀의 배는 커다란 북만큼이나 컸다. 날카로운 비명소리 속에서 그녀는 딸 셋을 연달아 낳았다. 그때까지 바러우산 사람들은 세쌍둥이를 말로만 들었지 실제로는 보지 못했다. 딸들은 몸집이 좀 작기는 했지만 셋 다 고양이처럼 귀여웠다. 셋 다 아주 건강하여 울 줄도 알고 소리지를 줄도 알았으며 젖을 빨 줄도 알았다. 쥐메이는 침대에 누워 있었다. 피가 침대 다리를 타고 흘러내렸고 이마에는 송글송글 땀방울이 맺혔다. 마오즈 할머니는 딸이 세쌍둥이를 낳자 놀라움을 금치 못하며 정신없이 대야에 더운물을 받아다 산파에게 건네주었다. 산파가 손을 씻고 나서 더운 수건을 쥐메이의 이마로 가져가 땀을 닦아주면서 물었다. "배가 좀 편안해진受活 것 같아요?" 쥐메이가 말했다. "배가 계속 아파요. 뱃속 전체가 꿈틀꿈틀 움직이고 있는 것 같아요." 마오즈 할머니가 만들어준 뜨거운 콩국수를 먹으면서 산파가 말했다. "아직도 배가 움직인다고 하네요. 평생 아기를 받아왔지만 세쌍둥이는 할머니네가 처음이에요. 설

마 네쌍둥이, 다섯쌍둥이가 나오는 건 아니겠지요?"

국수를 다 먹은 산파가 돌아가기 전에 쥐메이에게 다가가 다시 아랫부분을 만져보았다. 그러다 또다시 깜짝 놀라고 말았다. 그녀의 뱃속에 아이가 하나 더 있었던 것이다.

뜻밖에도 쥐메이는 정말로 넷째 아이를 낳았다.

넷째 아이도 딸이었다. 이것이 바러우산에 잘 알려진 네쌍둥이 사건이었다. 큰아이는 이름을 퉁화라고 짓고 둘째는 화이화, 셋째는 위화라고 지었다. 그리고 넷째 막내는 어얼이라고 짓고, 쓰어얼이라고도 불렀다. 아이가 태어날 때 나방 한 마리가 날아들어왔기 때문이다.

3) 유이자儒妮子(난쟁이 아가씨): 키가 작은 여자아이를 말한다. 쥐메이가 한꺼번에 딸 넷을 낳다보니 모두 키가 아주 작았다. 그래서 서우훠마을 사람들은 이 아이들을 제각기 난쟁이 아가씨라고 불렀다.

5) 원전인圓全人(온전한 사람, 멀쩡한 사람): 건강하고 성한 사람들에 대한 서우훠마을 사람들의 존칭이다. 사지가 다 멀쩡하고 맹인도 아니고 벙어리도 아니며 귀머거리도 아닌 사람들을 일컫는다.

7) 사랭死冷: 원래는 날이 추운 것을 의미하는 방언이지만 여기서는 사람의 마음을 뜻한다. 마치 죽은 사람의 죽은 마음처럼 마음속이 차가우면서도 단단한 상태를 의미한다.

5장

해설 – 죽은 사람의 죽은 마음

마오즈 할머니가 이렇게 호되게 류 현장을 욕보인 데는 그럴 만한 사연이 있었다. 류 현장의 본명은 잉췌다. 류잉췌는 태어나면서부터 오늘날의 류 현장이 된 것이 아니었다. 그는 우리와 다를 바 없는 보통 사람이었다. 정사년(1977) 이전만 해도 그는 현성의 어느 사교와[1]였다. 사교와였기 때문에 바이수향에 가서 임시 노동자로 일할 수 있었다. 매일 향사무소의 마당을 청소하고 식당에 가서 솥에 물을 채워 끓였다. 이렇게 일하고 월말이면 이십사 위안 오 마오의 임금을 받았다.

말하자면 그 시절, 세상 사람들 모두 해방의 환희에 취해 춤을 추고 있을 동안, 바러우 사람들은 배불리 먹고 더이상 굶지 않게 되었다는 이치만 알고 있을 뿐이었다. 백성들의 의식수준은 매우 낮았다. 교육과 개도가 필요했다. 국가는 사회주의 교육운동을 전개하려 했고 그 일환으로 사교[3]를 진행하고 이론을 강조하는 활동을 벌였다. 이는 사회주의 건설의 가장 중요한 부분이었다. 하지만 사교를 진행하려면 인재가 필요했고, 인재가 부족하다보니 류잉췌도 활용해야 했다. 젊은데다 다리가 튼튼하며 사교와였던 그는 백 리 밖에 있는 서우휘마을에 가서 노동 대신 사교를 진행하면서 백성들을 개도하게 되었다.

그가 마을 사람들에게 왕, 장, 쟝, 야오가 누구인지 물었다.

마을 사람들은 모두 그를 향해 눈을 크게 떴다.

그가 말했다. 왕, 장, 쟝, 야오는 '사인방'을 말합니다. 어떻게 그걸 모르실 수 있지요?

마을 사람들이 또 그를 향해 눈을 크게 떴다.

종을 쳐서 회의를 소집하고 마을 사람들에게 문건을 읽어주고 나서 그가 말했다. 이제는 왕, 장, 쟝, 야오가 어떤 사람들인지 알겠지요? 왕은 당의 부주석인 왕훙원이고 장은 음모가인 장춘차오를 가리킵니다. 쟝은 마오주석의 부인 쟝칭이고 야오는 곡학아세로 유명한 깡패 야오원위안을 말하지요. 일을 마치고 마을을 떠나려 하던 그는 마을 어귀에서 온전한 여자가 하나 걸어오는 것을 발견했다. 나이는 열여섯 혹은 열일곱쯤 되어 보였다. 어깨 뒤로 길게 늘어뜨려 땋은 머리가 걸음을 옮길 때마다 찰랑찰랑 흔들렸다. 영원히 그녀의 어깨 위에 앉아 있는 두 마리의 검정 까마귀 같았다. 서우휘마을은 그런 모습이었다. 집회를 하면서 그가 단상에 서면 단하에는 온통 맹인과 절름발이들이었다. 맹인도 아니고 절름발이도 아니면 대부분 벙어리였다. 맹인 무리 속에 서면 그의 눈이 두 개의 등잔이 되고, 절름발이 무리 속에 서면 그의 두 다리는 깃대가 되었다. 벙어리 무리 속에 앉으면 그의 귀는 천리 밖의 소리도 들을 수 있는 순풍이順風耳가 되었다. 이곳에서 온전한 사람은 통수이고 황제였다. 하지만 아무리 황제라 해도 이곳에 오래 머물기를 원치 않았다. 하루 한시만 이곳에 있어도 왠지 눈이 멀 것 같고 다리를 절게 될 것 같고 귀먹은 사람이 될 것 같았다. 때는 마침 춘삼월이었다. 붉은 복숭아꽃과 흰 살구꽃이 흐드러지고 온갖 풀들이 초록을 다투고 있었다. 공기 중에는 맑은 향기가 가득했다. 사람들은 이 향기에 목이 메어 딸꾹질을 했다. 서우훠마을에는 백 년이 넘은 쥐엄나무가 두 그루 있었다. 나뭇가지가 무성하게 펼쳐져 마을의 절반을 덮어주었다. 마을은 계곡 가장자리 완만한 경사에 집들이 이리저리 흩어진 형태였다. 여기에 두 가구가 있고 저기에 세 가구가 있는 식이었다. 두세 가구가 이어지면서 하나의 선 모양으로 거리를 이루었다. 사람들은 모두 이 거리에 매달려 살았다. 서쪽 비탈길은 지세가 비교적 평평하여 인가가 많은 편이었다. 이 구역에 거주하는 사람들은 대부분 맹인 가족이었다. 문을 나설 때 여기저기 더듬으며 어기적어기적 걸을 필요 없이 비탈길을 오르기 쉬웠다. 중간에 조금 가파른 구역에는 인가가 적었는데, 주로 절름발이 가족들이 살았다. 길이 평탄하지 않았지만 그들은 두 눈이 멀쩡하기 때문에 일이 있어 마을을 나설 때면 지팡이를 짚고 벽에 몸을 기대며 한 발 한 발 천천히 움직이면 아무 문제가 없었다. 마을 맨 동쪽, 가장 먼 구역은 지세가 가파르고 노면도 울퉁불퉁하여 집 밖으로 나가기가 가장 어려웠다. 바로 그곳에 농인들의 가구가 있었다. 농인 가족에는 당연히 귀머거리와 벙어리가 많았다. 듣지 못하고 말하지 못하지만 두 눈은 멀쩡하고 두 발도 민첩했기 때문에 길의 상태는 문제가 되지 않았다.

　서우훠마을의 이 거리는 길이가 이 리에 달했다. 끊어졌다 이어졌다

하는 구간이 있었지만, 배산임수 지형으로 산기슭 밑에는 강이 흘렀다. 서쪽에 맹인들이 많은 지역을 맹인 땅이라 부르고 동쪽의 귀머거리와 벙어리가 많은 지역을 귀머거리벙어리 땅이라고 불렀다. 중간에 절름발이가 많이 사는 구역은 자연히 절름발이 땅이라 불렀다.

온전한 여자는 절름발이 땅에서 왔지만 발을 절지는 않았다. 아주 사뿐사뿐 걸었다. 그 모습이 허공에서 천천히 떨어지는 나뭇잎 같았다. 류잉췌는 첫날 아침 일찍 일어나 길을 나섰고 서우휘마을 밖에서 하룻밤을 보낸 다음, 이튿날 오후 마을에 도착해서는 몇 마디 말을 마치고 쥐엄나무 아래서 종을 치고 문건을 읽었다. 사교 진행을 마치고는 밤길을 재촉해서라도 맹인과 절름발이 천지인 이 땅을 벗어나 서우휘마을 밖에서 묵고, 다음날 서둘러 공사公社로 돌아갈 작정이었다. 온전한 여자를 본 그는 자신이 너무 서두른 것 같다는 생각이 들었다. 서우휘마을에서 하룻밤을 묵어야 할 것 같았다. 이리하여 그는 길 한가운데 멈춰 섰다. 흰 광목 셔츠 자락을 가죽 허리띠 안으로 밀어넣고 멀리서 온전한 여자를 바라보았다. 그녀가 가까이 다가올수록 갸름한 몸매와 발그레한 얼굴이 더욱더 뚜렷하게 보였다. 꽃무늬 무명 옷을 입고, 서우휘마을에서는 좀처럼 보기 힘든 수놓인 꽃신을 신고 있었다. 이 신발은 단오절에 장에 가면 어디서든지 볼 수 있는 밥을 싸는 잎사귀 쭝즈만큼이나 흔했지만 서우휘마을에서는 그녀 한 사람만 신고 있었다. 한겨울 말라버린 숲속 땅바닥에서 갑자기 피어난 두 송이 꽃 같았다. 류잉췌는 그녀가 가는 길을 가로막고 뭔가 따져 물으려는 듯이 그렇게 길 한가운데 서 있었다. 이봐요? 이름이 뭐예요? 오늘 회의에 왜 오지 않았어요?

50

여자는 얼굴을 살짝 붉히며 다른 곳을 바라보면서 사정하듯이 말했다. 우리 엄마가 병이 나서 약을 지어다 드려야 했거든요.

그가 말했다. 나는 공사에서 나온 간부 류잉췌요. 왕, 장, 쟝, 야오가 어떤 사람들을 말하는지 알아요? 류잉췌는 그녀가 말이 없는 것을 보고는 그녀를 교육하기 시작했다. 국가에 어떤 큰일이 발생하여 천하의 모든 사람들이 함께 경축하고 있고 두번째 대규모 해방을 맞고 있다고 알려주면서 어째서 왕은 왕훙원이고 장은 장춘차오이며 쟝은 마오주석의 부인 쟝칭이라는 사실을 모르느냐고 물었다. 그는 떠날 생각이 없어졌다. 그곳에 남아 이 아가씨와 편벽한 마을 주민들에게 다른 지역에서 벌어지고 있는 일, 공사와 현성의 일, 그리고 수많은 국가의 일들을 가르쳐주기로 마음먹었다.

이틀이 지나면서 그는 이 아가씨와 친해지게 되었다. 그제야 그는 서우훠마을을 떠나 백 리 밖에 떨어져 있는 공사로 돌아갔다.

그가 가고 나자 연말에 그녀는 기적처럼 네쌍둥이 딸을 낳았다.

딸이 네쌍둥이를 낳자 마오즈 할머니는 공사로 그를 찾아갔다. 그때 그는 서우훠와 원야 등 가장 편벽한 마을을 찾아다니며 사교 진행 업무를 가장 먼 데까지 확대한 공로를 인정받아 공사와 현의 우수 사교 간부로 지명되었다. 더이상 청소를 하거나 물을 끓이는 일을 하지 않아도 되었다. 명실상부한 국가 간부가 된 것이다. 바로 이때 마오즈 할머니는 당시에는 향사무소라 불리던 곳으로 그를 찾아갔다가 다시 돌아왔다. 왕복 이틀이 걸리는 길이었다. 딸 쥐메이의 침대 앞에서 할머니가 한 말은 단 한 마디였다. 류잉췌가 죽었대. 사교를 진행하기 위해 시골로 가던 길에 계곡으로 떨어져 곶감이 되었다고 하더구나.

해설

1) 사교와社校娃: 사교와는 사실 류 현장 소년 시절의 특수한 인생 단계이자 한 민족의 발전 과정에서 잊을 수 없는 역사의 몇 페이지에 해당한다. 당시는 신중국*이 수립되고 얼마 지나지 않은 때라 여러 분야에서 사회주의교육학원과 당원양성 훈련반이 운영되기 시작했다. 나중에 이 양성반들은 점차 당원 및 간부들의 마르크스·레닌주의 연수기지 겸 당건학원黨建学院 혹은 사회주의교육학원으로 발전했다. 즉 사람들이 흔히 알고 있는 당교黨校 혹은 사교社校가 된 것이다. 십 년이라는 세월이 지나면서 이들 당교와 사교는 전국의 각 시와 현에 분포하게 되었다. 한 현성에 너덧 개의 당교나 사교가 있기도 했고, 심지어 향鄕과 진鎭마다 당교가 있는 지역도 있었다. 일부 지역에서는 이런 교육기관을 사회주의교육학원 혹은 사회주의교육학교라고 불렀고, 대부분의 지역에서는 하나로 뭉뚱그려 당교라고 불렀다.

쑹화이현에서는 이런 학교를 줄곧 사교라고 칭해왔다. 현성 북쪽 들판에 이 학교가 세워져 있었는데, 줄지어 서 있는 붉은 기와와 붉은 벽돌 건물을 교사로 사용했다. 온통 붉은 벽돌집이었다. 아주 멀리서도 선명하게 번쩍번쩍 붉은빛을 토하는 벽돌 건물들을 알아볼 수 있었다. 말하자면 사교는 사회주의 건설 과정에서 태산보다 중요했기 때문에 현위원회 서기가 교장직을 겸하고 현장이 교감직을 겸했다. 현 전체의 간부들이 정기적으로 이곳에 와서 강의를 듣고 학습을 해야 했다. 승진을 하고 싶은 사람들은 상반기 석 달 동안 반드시 이곳에

---

* '신사회'와 함께 1949년 중화인민공화국 수립 이후의 중국을 일컫는 말.

와서 연수과정을 밟아야 했다. 하지만 가끔씩 교육이 아주 가벼울 때도 있었다. 낙엽보다 더 가벼웠다. 학교에는 전문 직원 위에 류 아무개라는 선생 하나밖에 없었다. 간부들이 학교에 와서 연수를 받을 때면 류 선생이 학생들 모두에게 지도자들의 책을 읽어주었다. 그 밖에 강의를 하는 사람들은 대부분 서기나 현장, 그리고 지역 당교에서 초빙해 온 전문가들이었다. 농사일로 바빠지고 정부가 중대한 정책이나 운동을 제시하지 않으면 이 학교는 자연히 황량해지고, 직원들도 휴가를 받아 집으로 돌아갔다. 봄에 파종하고 가을에 추수를 하다보니 학교에 남아 있는 사람은 전문 직원인 류 선생과 문지기뿐이었다.

류 현장은 어려서부터 이 학교에서 자랐다. 그는 류 선생이 거둔 양자였다.

세월을 바짝 따라가면서 얘기하자면 그해는 바로 경자년(1960)이었다. 나중에 사람들은 이해가 삼 년 재해의 첫해로서, 천하의 모든 사람이 기근에 시달리기 시작한 해라고 말했지만 이는 정확하지 못한 기억이다. 바로 그 시절에 설립 삼 년이 된 쌍화이현 사교에는 더이상 현에서 당원이나 간부들을 학생으로 파견하지 않았고, 학교에 있던 간부와 선생들을 전부 집으로 돌려보냈다. 하여 류 선생과 그의 젊은 아내만 남아 학교를 지키면서 관리하게 되었다. 그해 겨울, 나이 마흔이던 류 선생과 그의 아내가 나물을 캐볼까 하고 문을 나섰다가 추운 교문 앞에 돌아와보니 문 앞에 면 보따리가 하나 놓여 있었다. 보따리를 풀어보니 뜻밖에도 사내아이가 나왔다. 태어난 지 여섯 달쯤 되어 보였다. 많이 굶었는지 다리가 팔처럼 가늘었다. 류 선생의 아내가 몸을 돌려 광야에 대고 외쳤다.

이 죽일 놈의 아비, 죽일 놈의 어미야— 아이를 우리집 앞에 죽으라고 놓아두고 가면 어떻게 하란 말이야?

고함치면서 물었다. 양심이 있으면 아이를 도로 데려가. 우리가 수수 반 되를 줄 테니까 와서 데려가는 게 어때?

또 욕을 해댔다. 죽어버리기라도 한 거야? 죽었다면 저승에도 제대로 가지 못할 거다. 굶주린 개나 늑대가 시신을 뜯어먹을 거라고.

충분히 소리치고, 충분히 욕을 해댔더니 산 위로 해가 지고 있었다. 광야에는 여전히 사람 그림자 하나 없었다. 류 선생의 아내는 아기를 어디론가 내다버리고 싶었다. 하지만 류 선생은 향숙郷塾에 다니며 공부를 한 사람이고 팔로군*에서 필사원으로 일한 적도 있었다. 쌍화이현이 해방된 뒤에는 초대 현장 비서로 일한 적이 있는 당원이자 간부이며 지식인이었다. 민국** 시기에 팔로군은 쌍화이현을 지나면서 속성 당원양성반을 개설한 바 있었다. 류 선생은 글씨를 아주 빨리 썼기 때문에 부농 출신임에도 불구하고 훈련반에서 필사원으로 일할 수 있었고, 그러면서 공산당에 입당하게 되었다. 기축년(1949)에 민국 시기가 끝나고 신중국이 건립되자, 수위가 높아지면 배도 높이 뜨듯 그는 현장 비서로 승진했고, 다시 몇 년이 지나 쌍화이현에 사교가 설립되자 아주 자연스럽게 사교의 선생이 된 것이다. 스스로 당원이자 간부이며 지식인이기에 아내가 멀쩡히 살아 있는 아기를 내다버리게 놔둘 수 없었던 그는 아내의 손에서 아기를 빼앗아 하루하루 잘 키웠다.

---

* 항일전쟁 시기 화베이 지역에서 활약한 중국 공산당의 주력군.

** 중화민국. 신해혁명(1911)으로 청나라가 무너지고 이듬해에 성립되었던 공화국.

뜻밖에 아이도 잘 자라주었고 류씨 성을 갖게 되었다. 아이를 처음 안았을 때 하늘에 매 한 마리가 아기를 싸고 있던 보자기 위를 배회하듯이 맴돌았다. 그래서 아이의 이름을 잉췌라고 지었다.

재난 같은 가뭄이 서서히 지나가자 사교는 점점 활발해지기 시작했다. 현 전체의 당원과 간부들이 번갈아가며 매년 여러 팀으로 학교에 와 연수를 받고 공부를 했다. 인근 현에서도 승진하게 될 간부들이 전부 이곳에 와서 연수를 받았다. 그러다보니 사교의 식당 굴뚝에서는 매일 왕성하게 연기가 피어올랐다. 불이 셀 때는 식당 굴뚝으로 연기와 함께 빨간 불길이 뿜어져 나오기도 했다. 굴뚝에 불이 보이자 류잉췌는 매일 그 식당에 가서 밥을 먹었다. 훗날 교장이 된 류 선생이 집 문 앞에서 주워 온 아이가 류잉췌라는 사실은 누구나 다 알고 있었다. 그 학교에 공부하러 온 사람들은 전부 당원이자 간부로서 공산주의의 실현을 위해 평생 분투해야 하는 사람들이었다. 모두들 의식이 있고 마음에 여유가 있는 사람들이라 류잉췌가 식당에 와서 밥을 먹는 것에 대해 전혀 개의치 않았다.

류잉췌는 이렇게 살아남았고, 무사히 성장해갔다.

식사시간이 되면 그는 밥그릇을 들고 사교의 식당으로 갔다. 식사를 마치고 당원과 간부들이 학습을 시작하면 그 역시 사람들을 따라 교실로 가서 작은 의자를 하나 가져다놓고 앉았다. 날이 어두워지면 학교 창고에 마련된 침실로 돌아가 잠을 잤다.

세월은 이렇게 하루하루 지나갔다. 류잉췌가 여섯 살이 되었을 때, 교장의 아내가 아이를 갖더니 딸을 낳았다. 원래는 아이를 낳을 수 없어서 자신보다 열 살이 더 많은 류 선생에게 시집온 거라고 했는데, 류 선생, 즉 류 교장은 나이 마흔일곱에 그녀를 임신시킨 것이었다. 그녀는 자신의 아이를 갖자 주워 온 아이 잉췌를 전과 다르게 대했다. 매일같이 냉담해졌다. 나중에 잉췌는 사교의 식당에 와서 지냈다. 사교의 당원과 간부들이 모두들 그를 사교의 아들로 대했다. 몇몇 사람들은 그를 이름인 류잉췌로 부르지 않고 '사교의 아들' 혹은 '사교와'라고 부르기 시작했다. 그가 열두 살이 되었을 때, 류 선생의 아내는 학교에 연수를 받으러 온 다른 현 간부를 따라 딸을 버리고 야반도주하여 그 사람의 아내가 되어버렸다. 그후 류 선생은 더욱더 그를 철저한 자신의 아들로 키웠다. 딸 차오의 오빠로 키우게 된 것이다.

3) 사교社敎: 사회주의교육 운동을 말하는 전문 역사용어이다. 사교 간부는 특정 시기에 전문적으로 사회주의교육 운동에 종사했던 사람들을 가리킨다.

제 3 권

뿌리

1장

보라, 이 사람, 이 관리, 이 류 현장을

눈은 지나가는 나그네 같았다. 바러우산맥을 지나는 나그네처럼 눈은 이레를 묵었다가 다시 길을 떠났다.

어디로 갔는지는 알 수 없었다.

여름에게 산맥과 마을을 돌려주고 떠났다.

여름이 한차례 큰 눈에 우롱당한 것이었다. 다시 돌아온 여름은 만전검[1] 기쁜 기색이 전혀 없었다. 해가 좀처럼 얼굴을 내밀려 하지 않았기 때문이다. 마을과 산마루 위로 구름과 안개가 낮게 드리웠다. 손을 뻗으면 구름이 손가락 사이로 갈라져 흘러내리면서 손이 금세 축축하게 젖었다. 아침 일찍 일어나 혼자 뜰이나 마을 어귀, 혹은 다리 위에 나가 서서 두 손을 허공으로 뻗어 안개를 한 움큼 움켜잡아 얼굴에 바르고 문지르면 그걸로 세수는 다 한 셈이었다. 눈곱도 없어지고 졸음도 싹 달아났다.

다만 두 손이 흙투성이가 될 뿐이었다.

눈이 녹았다.

눈이 내리는 동안 미처 거두지 못한 밀은 구름과 안개 속에서 전부 썩어갔다. 해는 없고 날씨가 후텁지근하니 다 익은 밀이삭이 새까맣게 변했다. 밀이삭도 까맣게 변하고 낱알 속 전분까지도 파래졌다. 이걸 먹었다가는 식중독으로 설사를 죽죽 쏟아낼 것이 뻔했다.

밀줄기는 아예 밭째로 시커멓게 타들어가 다가올 겨울에 쇠여물로 쓸 짚조차 건질 수 없었다. 이대로 간다면 내년 가을에는 이듬해에 씨앗이 될 밀알 한 톨 땅에 떨어져 있지 않을 것 같았다.

현장이 향장과 비서를 데리고 주민들의 고충을 알아보기 위해 마을을 찾아왔다. 이들은 마을 당간³⁾에 있는 집에 함께 묵었다. 이 집은 해방 전까지만 해도 사당이었다. 사당 안에는 보살과 관공*, 서우휘마을의 선조인 서우휘 할머니가 모셔져 있었다. 전해지는 바에 의하면 귀머거리에다 벙어리였던 이 서우휘 할머니 덕분에 서우휘마을이 생겼다고 한다. 산시 훙둥현에서 걸식을 하다가 바러우산맥을 지나면서 온갖 수모를 다 당했던 호대해에게 서우휘 할머니가 훌륭한 밥 한끼를 대접했는데, 나중에 호대해가 대규모 이주 행렬에 끼어 있던 맹인 노인과 반신불수 아들 부자를 이곳 바러우에 눌러앉아 살게 하면서 그들에게 밭과 은냥을 하사하고 물까지 대주었다는 것이다. 장애인들에게 천국 같은 시절이 찾아온 셈이었다. 그뒤로 천하의 장애인들이 죄다 이곳으로 몰려들었다. 그리하여 서우휘마

---

* 『삼국연의』의 관우를 말한다. 관우는 중국에서 재신(財神)으로 추앙받는다.

을이 생겨나게 된 것이다.

그러니 그 벙어리 할머니를 존경하는 것은 너무나 당연한 일이었다.

하지만 나중에는 보살상이 없어지고 관공상도 없어졌다. 세 칸짜리 기와집은 깨끗이 치워진 후 침상을 들여놓아 마을을 찾아온 손님들을 위한 전용 숙소가 되었다. 십칠팔 년 전쯤, 현장이 진의 사교원이던 시절에 서우휘마을에 왔을 때 이 사당에 묵은 적이 있다. 그런데 이번에도 이 사당에 묵게 되었다. 환경은 그대로였지만 사람은 그대로가 아니었다. 현장은 눈 깜짝할 사이에 마흔 살의 중년이 되어 있었다. 바이수 인민공사에서 물을 끓이고 청소를 하던 임시노동자에서 서우휘마을의 사교원이 된 데 이어, 향 간부를 거쳐 부향장과 향장, 부현장 직을 역임한 그는 이제 현의 최고 수장 자리에 올라 있었다. 이 생각을 할 때마다 그는 감정이 북받쳤다.

솽화이현은 가난한 현이었다. 그것도 가장 가난한 현이었다. 바깥세상은 하루가 다르게 불붙은 것처럼 번성해갔지만 솽화이현은 현위원회와 현 청사 문 앞의 도로가 아직 진흙길이었다. 비라도 오는 날이면 헤엄 못 치는 소가 빠져 죽기에 충분한 물웅덩이가 생겼다. 어느 해인가는 정말로 어린애 하나가 현위원회 문 앞 물웅덩이에 빠져 죽는 일이 있었다. 솽화이현에는 공장도 없고 광산도 없었다. 오로지 산과 계곡뿐이었다. 몇 년 전에는 각 행정 부서마다 전기요금과 전화요금조차 못 내고 있는 와중에 현위원회와 현 정부 사이에 고장난 소형차 바퀴를 누가 고칠 것인가 하는 문제를 놓고 싸움이 벌어졌다. 나이든 현장은 손에 들고 있던 장아찌가 든 유리컵을 바닥에 집어던져 박살냈고, 현위원회 서기는 유리창 닦는 대걸레를 분질렀다. 중재를 위해 지구地區*위원회의 뉴 서기가 현을 찾아와 현 간부들을 일일이 찾아다니며 대화를 시도했다.

뉴 서기가 현장을 찾아가 말했다.

"어떻게 하면 이 현이 잘살게 될 것 같소?"

현장이 대답했다. "간단합니다. 제 모가지를 잘라주시면 되지요."

지구위원회 뉴 서기는 현위원회 서기를 찾아갔다.

"이 현을 가난에서 탈피하게 할 자신이 없으면 일찌감치 자리에서 내려와요!"

현위원회 서기가 지구위원회 서기에게 읍揖을 하면서 말했다.

"서기님, 제가 다른 곳으로 옮길 수 있게만 해주신다면 개두磕頭**의 예를 올리겠습니다."

지구위원회 서기가 말했다.

"당신은 오늘로 파면이야!"

현위원회 서기가 말을 받았다.

"여기서 나갈 수만 있다면 파면도 나쁘지 않습니다."

지구위원회 서기가 들고 있던 찻잔을 각지5)에 내동댕이쳤다.

그러고는 또다시 현위원회와 현 정부의 부副급 간부들을 하나하나 찾아가 얘기를 나눴다.

뉴 서기는 먼저 류 부현장을 찾아갔다. "농경지 정비를 아주 잘했

---

* 중국 행정구역의 한 단위로, 성(省)과 현(縣)의 중간 정도에 해당한다.
** 머리를 땅바닥에 대면서 절을 올리는 예법.

더군요."

류 부현장이 말했다. "농사를 아무리 잘 지어도 여전히 가난뱅이 신세를 면하지 못합니다."

지구위원회 서기가 물었다. "쌍화이현이 부유해질 수 있는 묘책이 없겠소?"

류 부현장이 대답했다. "그건 어렵지 않습니다."

지구위원회 서기가 그의 얼굴을 쳐다보며 말했다. "어서 얘기해보시오."

"쌍화이현에는 공장도 없고 광산도 없습니다. 대신 산이 좋고 물이 맑으니 관광산업을 발전시키는 것이 바람직하다고 생각합니다."

지구위원회 서기가 빙긋이 웃었다. "온통 황토에 흙탕물 천지인데 누가 이런 곳에 놀러온단 말이오?"

류 부현장이 되물었다. "뉴 서기님, 베이징에는 놀러가는 사람들이 많지 않은가요?"

뉴 서기가 말했다. "베이징은 수도인데다 역대 왕조의 고도古都이지 않소!"

류 부현장이 또 물었다. "마오주석기념관을 구경하러 가는 사람은 많지 않습니까?"

서기가 대답했다. "많고말고. 그런데 그게 어떻다는 거요?"

류 부현장이 말했다. "우리도 자금을 마련해 러시아에 가서 레닌의 유해를 사 오는 겁니다. 레닌의 유해를 쌍화이현의 훈포산에 안치하는 거지요. 뉴 서기님, 이백 리 떨어진 훈포산에 안 가보셨지요. 그 산에는 측백나무가 숲을 이루고 소나무가 길게 줄지어 자라나 있습니다. 사슴도 있고 원숭이도 있고, 멧돼지와 미후도獼猴桃도 있지요. 말 그대로 산림공원입니다. 레닌의 유해를 그 산 위에 잘 안치해놓기만 하면 됩니다. 정아[7]로 중요한 점은 전국, 아니 전 세계 사람들이 관광을 위해 미친듯이 그 산을 찾게 된다는 것이지요. 입장권 한 장에 오 위안만 해도 만 명이면 오만 위안이 됩니다. 한 장 가격을 십몇 위안으로 책정할 경우 만 명이면 십몇만 위안이 될 것이고, 오십몇 위안으로 책정할 경우 만 명이면 오십몇만 위안이 되지요. 그런데 입장권 한 장이 큰 것 한 장이면 어떻게 될까요? 관광객이 만 명이면 돈이 얼마나 되겠습니까! 현 주민 전체가 한 해 농사지어 큰 것 백만 장을 벌 수 있을까요? 핏! 개소리! 돼지소리! 개, 돼지, 소 새끼가 방귀 뀌는 소리가 되겠지요. 인산인해를 이뤄 훈포산으로들 몰려올 텐데 하루 관광객이 어찌 만 명에 그치겠습니까? 주두 사람과 허난 사람, 후베이 사람, 산둥 사람, 후난 사람, 광둥 사람, 상하이 사람, 내국인 외국인 할 것 없이 하루에 만 명, 삼만 명, 오만 명, 칠만 명, 구만 명을 수용할 수 있을 겁니다. 구만 명 중에 십분의 일은 반드시 레닌의 유해를 보러 훈포산을 찾는 외국인들일 겁니다. 그 사람들이 우리 돈을 내고 입장권을 사겠습니까? 당연히 달러를 사용하겠지요. 입장권 한 장에 오 달러, 십오 달러, 아니 이십오 달러라고 하면 비싼 편일까요? 레닌의 유해를 관람하는 데 이십오 달러면 절대 비싼 편이 아닐 겁니다. 한 사람에 이십오 달러면 열한 명이면 이백칠십오 달러가 되고 만 명이면 이십오만 달러가 되지요!" 류 부현장은 설명을 계속 이어갔다. "그걸로 그치지 않을 겁니다. 숙박과 식사에 기념품과 지역 특산품 구매가 이어지겠지요.

서기님, 그때쯤이면 도로가 좁아 차도 막힐 것이고 관광객들이 묵을 호텔이나 여관이 턱없이 부족할 터라 저는 그 점이 걱정입니다. 또 그때가 되면 우리 현 사람들이 돈을 벌고도 쓸 데가 없을까봐 걱정입니다."

류 부현장은 현의 영빈관에서 지구위원회 뉴 서기와 이런 구상에 관해 얘기를 나눴다. 당시 뉴 서기는 소파에 앉아 있었고, 소파 팔걸이에 담뱃재가 떨어져 구멍이 났다. 뉴 서기는 얘기를 들으면서 손가락으로 그 구멍을 계속 후벼댔다. 콩알만했던 구멍이 그가 후벼대는 바람에 대추알만해졌다가 이내 복숭아씨를 넘어 마침내 감보다도 커져버렸다. 지구위원회 뉴 서기는 나이가 좀 있는 편이었다. 쉰이 훌쩍 넘어 예순을 바라보고 있었다. 비쩍 마르고 키만 껑충한 체형에 후줄근한 평상복 차림이었다. 머리는 벗어져 붉게 반짝였고 그나마 남은 머리카락 몇 가닥은 허옇게 셌다. 뉴 서기는 한평생 힘겹게 혁명을 했고 무수한 관리와 간부 직책을 거쳤다. 그런 그가 발탁하여 일개 향 간부에서 지금의 자리까지 초고속으로 승진시킨 사람이 바로 류 부현장이었다. 현에 부임한 지 몇 년 안 되었을 때, 뉴 서기는 어느 향인가에 도로가 생기고 집집마다 전기가 들어와 전등불을 밝힐 수 있게 되었으며 집집마다 수돗물을 마실 수 있게 되었다는 소문을 들었다. 집집마다 부엌에 수도꼭지가 설치되어 손으로 가볍게 비틀기만 하면 냄비 안으로 바로 물이 흘러들어간다는 것이었다. 상수도 설치비용을 어디서 조달했냐고 물었더니 어떤 사람이 냈다고 했다. 그 사람이 도대체 누구냐고 물었더니 그 향 출신 가운데 해방 전에 남양南洋*으로 간 사람이 있었다고 했다. 남양에서 은행을 운영한다는 그자가 다소 한가해지자 고향집에 한번 들렀다. 한창 추수할 때였지만 향장이던 류잉췌는 그날 향 농민 누구도 옥수수를 수확하러 밭에 나가지 못하게 하고 어린 학생들도 전부 학교를 쉬게 했다. 대신 남녀노소 할 것 없이 전부 나와 큰길 양쪽에 쭉 늘어서서 그 남양 사람을 맞이하도록 했다. 향에서 그 남양 사람이 사는 마을까지는 오십칠 리 길이었다. 이 오십칠 리 산길은 차도 못 다니는 진흙길인데다 닭 창자처럼 구불구불 굽이가 많았다. 수백수천의 농민들이 전부 나와 이 오십칠 리 길 양쪽에 늘어섰다. 중요하고도 또 중요한 것은 이 오십칠 리 길 양쪽으로 사람들이 빽빽하게 늘어섰던 것보다도, 이 오십칠 리 길 전체를 붉은색으로 쫙 깔았었다는 사실이다. 붉은 카펫은 아니나 붉은 천과 붉은 종이, 그리고 마을에 혼례가 있어야 겨우 볼 수 있는 붉은 비단이었다. 오십칠 리 안에 있는 향의 각 마을마다 구간이 할당되었다. 붉은 비단이나 붉은 천이 없는 집은 여자들의 붉은 저고리나 붉은 적삼을 깔기도 했다. 붉은빛을 띠는 옷이란 옷은 전부 그 길에 깔렸다. 나팔인 수르나이도 불고 징과 북도 두드렸다. 구불구불 붉은 길이 눈에 잘 보이지도 않는 저 아득한 하늘 끝에서부터 이 마을 땅을 지나 남양 사람의 고향집 문 앞까지 이어졌다. 그날은 비가 오고 있었다. 남양 사람은 향에 도착하자 차에서 내려 붉은 비단이 빼곡히 매달린 꽃가마로 갈아탔다. 끝이 보이지도 않는 그 오십칠 리 붉은빛을 보고서 그는 꽃가마를 타려 하지 않았다. 그러자 가마꾼들이 일제히 그를 향해 무릎을

---

* 동남아시아 해양국가들을 총칭하는 말.

꿇었다.

우르르 무릎을 꿇고서 그가 꽃가마에 타지 않도록 놔두지 않았다.

그가 꽃가마를 타지 않고 그 오십칠 리 길 붉은빛 위를 걸어서 가는 것을 허락하지 않았다.

징소리, 북소리가 요란하게 울렸다.

수르나이 가락이 기가 막혔다.

백성들의 박수 소리도 박자가 잘 맞았다.

그가 꽃가마에서 내려 걸어가고 싶다고 하자 가마꾼들은 재빨리 그 앞에 다시 꿇어앉았다. 그렇게 무릎을 꿇었는데도 그는 한사코 내려서 직접 지보[9]해 걸어가겠다고 했다. 게다가 그 붉은 천과 붉은 종이와 붉은 옷 위로는 걷지 않으려 했다. 사람들의 박수가 멈췄고 고수도 더이상 징과 북을 치지 않았다. 수르나이 소리도 잠잠해졌다. 사람들 모두 그를 향해 무릎을 꿇고 개두를 했다. 아이들도 무릎을 꿇었고 여든 살 노인도 무릎을 꿇었다. 모두들 무릎을 꿇고서 그가 고향에 큰 영광을 가져다주었고 영광스럽게 금의환향했는데 그 붉은 천을 밟지 않고 꽃가마를 타지 않는다면 마을 사람들의 환영을 마음에 들어하지 않는 것과 다르지 않다고 말했다. 그는 하는 수 없이 도로 붉은 천 위로, 꽃가마 위로 되돌아갔다. 그러고는 결국 뜨거운 눈물이 그렁그렁한 눈으로 어르신들 앞에 무릎을 꿇고서 돈이 얼마가 들든지 그 오십칠 리 산길에 새로 도로를 내고 향에 속한 모든 마을에 전기와 상수도가 들어오게 하겠다고 말했다.

지구위원회 서기가 곧 그 향으로 시찰을 나갔다.

내친 김에 향장인 류잉췌를 만나 서로 인사를 나눴다.

뉴 서기가 물었다. "현 내에 있는 모든 마을에 전기와 상수도를 개설할 수 있겠소?"

류 향장이 대답했다. "저는 일개 향장입니다. 향 하나를 관할할 뿐인데 어떻게 현 전체에 신경을 쓸 수 있겠습니까?"

그러고 시일이 얼마 지나지 않아 그는 금세 부현장이 되어 현 전체의 농지를 관할하게 되었다. 지구위원회 서기는 그가 현의 농지를 아주 잘 정비해냈음을 알았다. 논과 밭이 아주 평평하고 반듯반듯 가지런했다. 논밭 사이로 둑길을 달리는 차들은 탁 트인 바다의 수면을 가르며 나아가는 배들 같았다. 보라 이 사람, 이 관리, 이 류 현장을. 지구위원회 서기는 그가 뛰어난 재능과 학식을 갖춘 현 간부임을 잘 알고 있었다. 또한 그의 머릿속이 항상 깜짝 놀랄 만한 지혜로 가득차 있다는 것도 잘 알았다. 하지만 그럼에도 불구하고 그가 레닌의 유해를 사다가 훈포산에 안치하자고 제안했을 때, 뉴 서기는 마음속으로 놀라움을 금치 못했다. 누군가 청석판 위를 살금살금 걸어가다가 일련의 구덩이 위를 밟아 줄줄이 발자국만 남긴 것 같았다. 입을 열어 말을 하는 순간 놀란 청석판이 흔들려 와장창 깨져 가루가 되어버린 것 같았다. 뉴 서기는 건장하고 단단한 체구에 비해 키는 그다지 크지 않은 부현장을 바라보면서, 다 큰 어른이 자신의 오줌을 진흙과 섞어 빚어놓은 조각상을 바라보듯이 얼굴 가득 조롱과 무시의 표정을 드러냈다. 그러다가 그가 계산해내는 입장료 수익의 규모를 들으면서는 얼굴에서 서서히 조롱과 무시의 표정이 가시고 엷은 미소가 번지기 시작했다. 마지막에는 류 부현장은 말을 하지 않았고 서기의 손은 여전히 자꾸만 후벼대서 커진 소파 팔걸이의 담뱃재 구멍 옆에 걸쳐져 있었다. 다소 긴장한 듯 엄숙하고 진지한 표정으로 류잉췌를 바라보는 서기의 눈빛은 마치 어느 아버지가 가장 사랑하는 자신의 아들이 오줌을 섞어 진흙으로 뭔가를 빚어내고 있는 모습을 바라보는 것 같았다. 아들은 손만 지저분한 것이 아니라 얼굴도 지저분해져 있었다. 온몸이 진흙과 물로 뒤범벅인데다 어렵사리 만들어 입힌 새 옷도 찢어져 틈이 벌어졌다. 때려줘야 할지 예뻐해줘야 할지, 말을 하는 것도 행동으로 보여주는 것도, 난감하기만 했다.

한참을 생각하던 뉴 서기가 낮은 목소리로 물었다. "이보게 류잉췌, 당신 레닌의 본명이 뭔지는 아나?"

고개를 숙이고 물끄러미 땅바닥을 내려다보던 류 부현장이 잠시 생각에 잠기는 듯하다가 이내 웃으면서 입을 열었다. "알지요. 어떻게 모를 수 있겠습니까? 특별히 자료도 다 살펴봤습니다. 이름을 외우려고 여러 번 읽기도 했지요. 다 합쳐서 열세 글자더군요. 블라디미르 일리치 울리야노프." 그가 말을 이었다.

"레닌은 두 갑자 전 경오년(1870) 말해 음력 사월에 태어나 이번 갑자 민국 13년 음력 섣달에 죽었습니다. 레닌은 쉰넷에서 석 달이 모자라는 생을 살았지요. 우리 현의 평균연령에도 미치지 못하는 나이지요. 평균연령보다 십 년도 넘게 일찍입니다."

지구위원회 서기가 물었다. "그럼 레닌이 어떤 책들을 썼는지 아시오?"

류 부현장이 대답했다. "가장 유명한 저서로 『무엇을 할 것인가?』를 비롯하여 『유물론과 경험비판론』『제국주의, 자본주의의 최고 단계』 등이 있지요. 『국가와 혁명』이란 책도 있습니다." 그가 또 말을 이었다. "뉴 서기님, 레닌은 우리 사회주의의 조상이자 우리 사회주의국가의 아버지입니다. 아버지의 배경을 모르는 자식이 어디 있겠습니까?"

서기가 또 물었다. "그 사람들이 무엇 때문에 레닌의 유해를 당신 현에 팔겠소?"

류 부현장은 준비해둔 가방에서 서류봉투 하나를 꺼냈다. 봉투 안에는 〈참고소식〉 신문 한 부와 그 시절에는 현단급* 간부들만 볼 수 있었던 내부 문서 두 건이 담겨 있었다. 신문은 경오년(1990) 말해 가을에 발행된 오래된 신문이었다. 그 신문 2면 우측 하단에 총 301자짜리 기사가 실려 있었다. '러시아는 레닌의 유해를 불태우고 싶다'라는 제목에, 소련이 해체된 마당에 모스크바 붉은광장에 안치된 레닌의 유해를 계속 보존해야 하는지 태워버려야 하는지가 러시아 각 정당 사이에서 뜨거운 논쟁거리라는 내용이었다. 집권당 내부에서는 레닌 유해의 소각을 주장하는 사람들 목소리가 높다고 했다. 나머지 두 건의 내부 문서는 지구위원회 서기가 늘 보고 싶어했던 문건이었다. 문건은 각각 〈참고소식〉보다 삼 년 늦은 임신년(1992) 원숭이해 오월에 작성된 것과 두 사람이 대화를 나누는 현재의 시점에서 불과 석 달밖에 안 된, 즉 레닌의 유해를 소각하고 싶어한다는 보도로부터 칠 년 반이 지난 시점에 작성된 것이었다. 문건의 주요 내용은 하나같이 각 지구, 각 현의 농민들이 세금 부담을 견디지

---

* 지방의 현과 군대의 연대급에 해당하는 행정 등급.

못해 자살하거나 현위원회에서 난동을 부린 일, 계속되는 억울한 사건들을 견디다 못한 농민들이 급기야 현위원회와 현 정부에 쳐들어가 문과 탁자, 자동차 등을 때려 부순 일 등이었다. 남부의 어느 향에서는 정부 관리들이 농촌에 가서 인두세를 거두는 중에 어느 집 촌부가 세금을 내지 못하게 되자 대신 정부 관리들과 자야 했다는 이야기도 있었다. 물론 잠자리를 가진 뒤에는 세금이 면제되었다. 그뒤로 인두세를 내지 못하는 향의 부녀자들이 앞다투어 정부 관리들을 찾아가 함께 잘 것을 요구하는 바람에 정부 관리들은 그녀들 모두와 잠자리를 갖는 것이 큰 부담이었다. 이 내부 문서는 지구위원회 서기라면 잠자기 전에 반드시 읽어봐야 하는 것이었다. 세상의 모든 아기들이 잠자기 전에 엄마의 젖을 빨고 싶어하는 것과 마찬가지였다. 하지만 뜻밖에도 뉴 서기는 지금이 레닌의 유해를 소각하고 싶어했던 때로부터 각각 삼 년과 칠 년 반이나 지난 시점이라는 사실을 알아차리지 못했다. 칠 년이라는 세월의 간극이 있는 문건들 사이의 공백에는 항상 국외의 짧고 정제된 뉴스와 잠을 설치게 하는 단신들이 발표되었다. 하지만 이 두 문건의 짧은 글 속에는 놀랍게도 완전히 똑같은 내용이 들어 있었다. 둘 다 100자가 채 되지 않았고, 둘 다 러시아의 경제 사정이 어려워져 레닌의 유해 보존 경비를 마련할 방법이 없는 것이 큰 문제라고 지적하는 내용이었다. 게다가 두 건 가운데 비교적 최근의 글은 경비 부족으로 인해 레닌의 유해가 이미 상당히 변질되었고, 유해 관리인이 발이 닳도록 정부기관들을 찾아다니면서 유해 관리비용을 간신히 타낸다고 보도하고 있었다. 러시아의 중요 정치인이 레닌의 유해를 어느 당이나 큰 기업에 양도하는 방안을 제안하기도 했지만 레닌의 유해를 받아들이고 싶어하는 당에서는 그 비용을 마련할 형편이 안 됐고, 그 비용을 조달할 능력이 있는 기업이나 자본가는 유해를 받아들이고 싶어하지 않아 결국 흐지부지되고 말았다. 레닌의 유해는 집으로 돌아가지 못하고 도중에 버려진 낡은 자동차 같은 신세였다.

지구위원회 뉴 서기는 이 두 건의 중요 단신을 자세히 읽어본 다음, 다시 〈참고소식〉의 옛 기사를 여러 번 반복해서 읽고 또 읽었다. 옛 기사를 여러 번 읽어본 다음에는 또다시 두 건의 문건을 살펴보았다. 이윽고 서기는 그 문건과 누렇게 바랜 〈참고소식〉을 옆에 있던 탁자에 올려놓은 뒤 류 부현장을 한참 동안 뚫어져라 쳐다보았다. 반나절쯤 지난 것 같았다. 아니 반달, 혹은 반년, 어쩌면 거의 반평생이 지나간 것 같았다. 마침내 서기가 류 부현장에게 말했다.

"류잉췌, 물 한 잔만 주겠소?"

류 부현장이 서기에게 물을 따라주고 나서 물었다.

"뉴 서기님, 지금 현의 빈부 문제를 고민할 필요가 있을까요? 보물은 세상 어디에나 널려 있습니다. 문제는 가서 찾느냐 마느냐 하는 것이지요."

서기가 말했다. "류 부현장, 올해 나이가 어떻게 되오?"

류 부현장이 대답했다. "대기근*이 발생했던 해에 태어났습니다."

서기가 말했다. "물이 그다지 뜨겁지 않군. 가서 새로 한 주전자 갖다주시오."

---

* 1958년부터 1960년까지 유례가 없던 흉년으로 삼천만여 명이 사망했다.

류 부현장이 뉴 서기에게 끓인 물을 가져다주기 위해 나갔다. 뉴 서기는 혼자 방안에 남아 신문 기사와 문건의 단신들을 훑어보았다. 그러고는 자세히 읽어보려고 신문을 들었다가 도로 탁자 위로 홱 던져버렸다.

한 달 뒤, 솽화이현의 산과 물줄기가 변하며 풍광이 바뀌기 시작했다. 현장은 주두의 어느 국局으로 전보되었고 현위원회 서기는 어딘가로 연수를 갔다. 류 부현장이 새로이 현장으로 임명되어 현 전체의 업무를 주관하게 되었다.

현 상무위원회에서 레닌의 유해를 구매하기로 순조롭게 결정되던 날, 류 현장은 혼자 현성 교외로 나가 밤새 혼자 앉아 있었다. 그는 레닌의 유해를 구매하는 일이 무척 쓸쓸하고 비장하게 느껴졌다. 레닌이 쓸쓸하고 비장하게 느껴지는 건지, 아니면 이 현의 수장인 자신이 쓸쓸하고 비장하게 느껴지는 건지 알 수 없었다. 늦가을, 가을걷이가 끝난 전방두[11]를 달빛이 희미하게 덮고 있었다. 도처에 반쯤은 뜨겁고 반쯤은 향긋한 곡식냄새와 흙냄새가 떠다녔다. 류 현장은 그렇게 멍하니 앉아 깊고 까만 밤을 보내며 마지막으로 레닌에 대해 심심한 유감의 뜻을 표명하듯 자신의 넓적다리를 몇 차례 힘껏 꼬집고는 자신의 얼굴을 거세게 후려쳤다. 그러고는 뭔가에 이끌리듯 꿇어앉았더니 레닌의 고향이 있을 법한 러시아 쪽으로 대충 방향을 잡아 땅바닥에 머리를 찧으며 개두의 예를 세 번 올렸다. 마음속으로 레닌에게 미안하고 면목이 없다고 연신 말했다. 이튿날 그는 곧바로 '레닌의 유해 구매를 위한 자금조달 및 투자유치에 관한 솽화이현 규정'이라는 제목의 문건을 각 위원회와 국 그리고 각급

향과 진에 하달했다.

　일 년이라는 시간이 후다닥 지나가고 지금은 현의 관광산업이 이미 상당히 활기를 띠고 있었다. 현성에서 훈포산 산림공원으로 통하는 대형 도로가 이미 개통되었다. 자갈길이긴 하지만 일찍이 류수향으로 통하는 도로를 깔아주고 수도와 전기를 연결시켜주었던 남양 사람은 마지막으로 이 길의 노면을 흑유[13]로 포장하여 단단하게 하는 데 드는 비용 일체를 부담하기로 약속한 터였다. 훈포산 쪽은 이미 산 정상에 있는 도랑의 물을 쑹보 골짜기로 집중시켜두었고 양쪽 기슭의 산과 강의 바위들에도 전부 이름을 붙여두었다. 어떤 바위는 말처럼 생겼다고 해서 '마소석馬嘯石(말이 우는 바위)'이라고 명명하고 또 어떤 바위는 누런 사슴이 뒤를 돌아보는 것처럼 생겼다고 하여 '녹회두鹿回頭(사슴이 고개를 돌리다)'라고 명명했다. 또 마른 측백나무의 구멍 속에서 멀구슬나무가 자라 나오자 그 나무에는 '부처포夫妻抱(부부의 포옹)'라고 이름을 붙였다. '단두애斷頭崖(머리를 자르는 절벽)', '흑룡담黑龍潭(검은 용의 연못)', '청사동靑蛇洞(푸른 뱀 동굴)', '백사동白蛇洞(흰 뱀 동굴)' 등도 있었다. 또한 이야기꾼들을 시켜 이 모든 경물에 전설과 사연을 지어 붙였다. 예컨대 '마소석'의 이야기는 이랬다. 이자성이 군사를 이끌고 봉기했다가 푸뉴산 아래 전투에서 패배한 후 측근 십여 명을 데리고 이곳을 지나갈 때였다. 그때 전방의 산 아래에 청나라 군사 만여 명이 매복해 있었다. 청 조정이 화근을 철저히 없애기 위해 이자성과 그의 잔당을 일망타진하려는 것이었다. 이자성과 일행 십여 명이 훈포산 위의 이 기묘하게 생긴 바위를 지나는 순간, 갑자기 그의 말이 그 바위 위에 올라서자마자 길게 울부짖으며 앞발을 쳐들고 더는 앞으로 나아가지 않았다. 급히 고삐를 당겨 걸음을 멈춘 이자성은 방향을 돌려 서쪽으로 향했다. 이리하여 청병清兵의 매복은 수포로 돌아갔고 이자성은 화를 피하게 되었다. 이런 배경으로 그 바위를 마소석이라고 부르게 되었다고 한다. 한편 '녹회두'의 이야기는 이렇다. 옛날에 사냥꾼이 사슴을 향해 화살을 쏘면서 사흘 밤낮을 포기하지 않고 끝까지 쫓았다. 도망치고 도망치다 깎아지른 절벽에 이르러 더이상 도망칠 곳이 없어진 사슴이 갑자기 고개를 돌려 등뒤의 사냥꾼을 바라보았다. 순간, 그 자리에서 사슴이 어여쁜 소녀로 변해 사슴을 쫓던 그 사냥꾼과 혼인을 하게 되었다. 그뒤로 사냥꾼은 사냥을 그만두고 평생 농사를 지었고, 두 사람은 백발이 되도록 해로했다. 이처럼 훈포산에는 온갖 다양한 전설과 이야기가 넘쳐났다. '부처포'에 얽힌 이야기는 천하에 더없이 감동적인 것이었고, '단두애'는 비장하기 그지없는 이야기를 담고 있었다. '흑룡담'은 과거에 요정의 집이었고, '청사동'과 '백사동'은 바로 중국 전통극 〈백사전白蛇傳〉에 나오는 푸른 뱀 소청과 흰 뱀 소정이 태어난 곳이었다. 계곡 하류에는 폭포 건설공사가 한창이었다. 이 폭포를 아홉 마리 용의 모양을 본따 시공할 계획이라 '구룡폭포'라고 명명했다. 또한 현에 속한 각 국과 위원회에는 굶어죽는 한이 있어도 대출을 받아 산 위에 호텔과 영빈관을 하나씩 짓게 했다. 건물은 옛 향기와 색조가 가득해야 했고 일률적으로 명·청 시대의 건축 풍격을 갖춰 손님과 친구, 관광객들을 맞이하는 데 부족함이 없어야 했다. 각 국과 위원회는 은행에서 대출을 받기 시작했고 우전국이나 교통국 같은 부처에서도 적절하게 자금을 집행했다. 레닌의 유해를 안치할 기념관은 이미 산 위에서 터파기공사에 들어갔다. 외부의 형식과 경관은 마오주석기념관과 똑같이 네모반듯했다. 내부 본당에는 레닌의 유해가 안치될 수정 관을 배치하고 전청前廳에는 레닌의 유물실과 사진 전시실, 저작 진열장 등을 마련하고 후청後廳에는 레닌의 위대한 사적에 관한 영상물을 상영하는 소규모 영화관을 배치하기로 했다. 좌우로는 레닌의 유해를 보호하기 위한 항온기와 제습기를 비치하고, 직원 휴게실과 거물급 인사들을 위한 다실과 회의실도 갖출 예정이었다. 물론 레닌기념관 입구에는 화단과 잔디밭도 조성되어야 하고 화단과 잔디밭 아래로는 넓고 탁 트인 광장이 있어야 했다. 널따란 광장 양옆으로는 주차장과 매표소, 잡화점 등이 들어설 예정이었다. 당연한 얘기지만 가까운 곳에 식당과 화장실도 빠질 수 없었다. 식당의 음식값은 지나치게 높지 않게 책정할 예정이었다. 화장실 이용료를 받아야 할지, 말아야 할지에 대해서는 현 상무위원회 내에서 의견 일치를 보지 못했지만 화장실이 깨끗해야 한다는 데는 이견이 없었다. 아울러 산 위로 올라가는 좁은 돌길에는 굽이들을 만들고 숲속의 백 년 이상 된 거목들은 수령 표지판에 삼백 년 혹은 오백 년이라고 표기하게 했다. 수령 오백 년이 넘은 은행나무는 주위를 철제 울타리로 에워싼 다음 표지판에 천백 년 혹은 천구백 년, 아니면 아주 구체적인 수치로 이천일 년으로 표기하기로 했다. 이 모든 세심한 작업들이 이미 기세 좋고 일사불란하게 진행되고 있었다.

이제 가장 중요한 것은 러시아로 가서 레닌의 유해를 구매할 거액의 자금을 마련하는 일이었다. 지구위원회에서는 류 현장에게 레닌의 유해 구매에 얼마가 들든지 무슨 수를 써서라도 마련해주겠다고 약속했지만 비용의 절반은 류 현장 스스로 방법을 강구해 해결해야 한다고 다짐을 받아둔 터였다. 지난 일 년 동안 류 현장은 이미 사방천지를 돌아다니면서 하늘만큼 큰돈을 마련했지만 레닌의 유해 구매자금을 충당할 만큼 큰돈은 아니었다. 걱정이 태산이었다. 또 어딜 가서 큰돈을 구해야 할지, 어떻게 돈을 구해 사람들을 데리고 러시아로 가서 레닌 유해의 가격을 결정하고, 유해 구매계약을 체결할지 걱정이 이만저만이 아니었다.

해설

1) 만전검滿全瞼 : 현지 방언이다. 만전滿全은 전체, 전부를 가리킨다. 만전검은 '얼굴 가득'이란 뜻이다.

3) 당간當間 : 현지 방언으로 가운데, 중심, 중앙을 의미한다. 서우훠 사람과 바러우 사람들은 모두 중앙, 가운데, 중심을 '당간'이라고 한다.

5) 각지脚地 : 방언으로 지하 혹은 지면, 눈앞에서 아주 가까운 곳을 말한다.

7) 정아頂兒 : 방언으로 '가장'이라는 뜻이다.

9) 지보地步 : 방언으로 보행의 의미이다.

11) 전방두田旁頭 : 밭머리나 밭기슭을 의미한다.

13) 흑유黑油 : 콜타르나 아스팔트를 말한다. 색이 검기 때문에 현지 사람들은 역청瀝靑 또는 흑유라고 한다.

3장

총성이 울리자 구름이 흩어지고 해가 나왔다

현장 류잉췌와 비서, 향장 일행은 원래 훈포산으로 올라갈 생각이었다. 레닌기념관 공사가 터파기를 시작한 지도 벌써 석 달이 지나 기념관 앞의 대지臺地도 이미 조성되었고 기념관 건립에 쓸 벽돌도 전부 그 대지 위에 쌓아올릴 준비를 마친 상태였다. 그런데 어처구니없게도 인부들이 대지 양쪽에 기둥을 세우기 위해 준비한 한백옥*을 임시 화장실 담벼락 옆에 쌓아놓는 바람에 똥과 오줌이 잔뜩 튀고 말았다. 훈포산이 바이수향 경내에 있었기 때문에 공사의 총감독인 현장은 이 일을 향장에게 맡긴 터였다.

향장이 말했다. "뒷간 담벼락에 쌓아둔 한백옥을 담벼락에서 멀리 떨어진 곳으로 전부 옮기도록 하시오."

---

* 건축이나 조각의 최고급 재료로 쓰이는 흰 대리석. 베이징 팡산에서 난다.

인부들 가운데 우두머리가 나서서 말했다. "임시로 쓰는 거잖아요. 뭐가 걱정이에요? 물로 한 번 닦고 문지르면 금방 깨끗해질 거라고요."

향장이 말했다. "이런 염병할 새끼야! 그건 레닌한테 쓸 한백옥이란 말이야."

인부 우두머리가 말했다. "염병할 일 없다니까요. 주두은행 건물을 지을 때는 하마터면 금벽돌로 화장실을 지을 뻔도 했는데요."

향장이 말했다. "씨팔, 정말 안 옮길 거야?"

인부 우두머리가 말했다. "정말 욕할 일이 아니라니까요. 현장님께서 아주 작은 변동 사항이라도 반드시 자신의 동의를 거쳐야 한다고 하셨단 말이에요."

훈포산을 출발하여 하루종일 차를 몰아 현 정부에 당도한 향장이 현장에게 자초지종을 설명했다. 그런데 마침 현장은 한껏 달떠서 어떤 싱가포르인의 어머니에 대해 욕을 퍼부어대고 있었다. 얼마 전 세상을 떠난 이 어머니라는 사람은 현성 서쪽 교외에 있는 스류촌 사람으로, 아들이 오래전에 입대해 타이완 어디로 가서는 생사불명이 되고 말았다. 그러다 세월이 얼마나 더 흘렀을까, 자식의 생사가 밝혀졌다. 놀랍게도 싱가포르에서 사업가가 되어 있었다. 전해지기로는 돈이 얼마나 많은지 돈을 벽돌 삼아 집을 지을 수 있을 정도라고 했다. 그런데, 그런데 돈이 그렇게 많은데도 시골 마을에 사는 어머니를 바다 건너 자신이 있는 곳으로 모셔 갈 수가 없었다. 누나도 가고 동생도 가고, 조금이라도 친분이 있는 사람들은 무수히 바다를 건너갔지만 그의 어머니는 죽어도 마을에서 죽겠다고 고집을 부린 것이다. 그러다가 결국 두 달 전에 마을에서 세상을 떠났다. 현에서는 그 아들에게 소식을 알렸다. 고향을 찾은 아들은 나이가 이미 예순하나인데 여자들도 잘 입지 않는 꽃무늬 옷을 입고 있었다. 북방의 대추나무에 남방의 바나나와 망고가 잔뜩 열린 것 같은 무늬였다. 아들이 돌아오자 현장은 직접 주두역으로 나가 그의 영광스러운 행차를 맞이했다. 오는 길 내내 현장은 그에게 최근 현 정부에서 추진하고 있는 엄청난 계획에 관해 설명하고 마지막에 슬그머니 한마디 던졌다.

"우리는 러시아에서 레닌의 유해를 사 올 생각입니다."

싱가포르인이 놀라움을 금치 못하며 어리둥절한 표정으로 물었다. "그게 가능한가요?"

현장이 웃으며 말했다. "돈만 있으면 가능하지요."

싱가포르인은 한참을 생각하더니 무척 서글픈 표정으로 어머니가 세상을 떠났는데 생전에 자신과 반나절의 행복도 함께 누리지 못했다고 말했다. 이제 어머니가 떠나고 안 계시지만 장례라도 성대하게 치러드리고 싶다고 했다. 성대한 장례라고 해봐야 무덤을 파는 데는 돈이 얼마 들지 않았다. 고작 벽돌과 돌기둥을 좀더 많이 나르고 묘실을 조금 넓게 만들어 쌓는 정도일 테다. 사실 그보다 중요한 것은 마을에 일가친척이 없는데다 같은 성씨를 가진 집도 없고 다른 자식들도 없는 탓에 장례를 치를 때 관 앞뒤로 행렬을 이룰 상제喪制들이 없어 너무 처량해 보일 거라는 점이었다. 싱가포르인은 얘기를 계속했다. "류 현장님, 제가 현에 돈을 좀 헌납할 테니 상제들을 구해주실 수 있겠습니까? 한 명에 만 위안씩 드리겠습니다. 열한 명을 구해주시면 십일만 위안을 드리겠습니다. 그러면 레닌의 유해를 구매하는 데 부족한 돈을 조금 메울 수 있지 않을까요?"

현장이 물었다. "상제를 백한 명 구해드리면요?

싱가포르 사업가가 말했다. "그럼 백일만 위안을 드려야 하겠지요."

현장이 물었다. "그럼 천한 명을 구해드리면요?"

싱가포르 사업가가 대답했다. "그럼 천일만 위안을 드려야 하겠네요." 그러면서 아무리 상제를 많이 구해준다고 해도 향에 헌납하는 돈은 오천만 위안을 넘을 수 없다고 했다. 그 이상으로 기부하다가는 자신의 사업 기반이 휘청거릴 수 있다는 것이었다. 나쁘지 않았다. 이 오천만 위안만 있으면 현장은 일억 위안에 육박하는 돈을 모으게 되는 셈이었다. 이렇게 일억 위안이 확보되고, 여기에 상부에서 지급하는 일억 위안이 더해지면 이억 위안이 되고, 이 정도면 레닌의 유해 구매계약을 체결하기 위해 슬슬 몸을 움직여도 되리라. 현장은 자신의 구상에 대한 모든 희망을 이 싱가포르 사업가에게 걸었다. 그의 어머니를 땅에 묻던 날, 현장은 스류촌에 사는 남녀노소 칠백여 명에게 굴건을 씌우고 상복을 입혔다. 그리고 이웃 마을에서 곡을 하고 눈물을 흘려줄 부녀자들까지 동원하여 천여 명을 보냈다. 이렇게 해서 이천여 명 규모의 거대한 상제 대오가 구성되었다. 상복과 굴건은 현에서 일괄 주문하여 제작했다. 현과 향의 모든 상점이 보유하고 있던 백포白布를 있는 대로 전부 사들여 현의 봉제공장에 맡겨 꼬박 일주일을 작업하게 했다. 이렇게 하고도 상제 대오에는 상복을 미처 지급받지 못한 사람들이 있었다. 상복과 굴건은 장례가 끝나면 입고 쓰고 있던 사람이 각자 집으로 가져가도 된다고 말해둔 터였다. 집에 가져가 다시 빨아 말리면 전부 최고급 새 백포가 될 것이었다. 생각해보면 그 상제 대오는 이미 상제 대오가 아니었다. 천 명, 이천 명이나 되는 사람들이 일제히 하얀 상복을 입고 굴건을 쓰고 끝도 없이 이어진 흰색 행렬을 이룬 모습이 마치 하늘을 가득 메운 구름이 산줄기 위로 하얗게 우르르 내려앉는 것 같았다. 상제 대오는 가는 길 내내 양쪽으로 펼쳐진 다 자란 밀이삭들을 전부 밟아 넘어뜨렸고 묘지가 있는 산비탈 전체를 평평하게 다져놓았다. 곡소리에 산속에 있던 까마귀를 비롯해 새들이 죄다 깜짝 놀라 일시에 자취를 감춰버렸다. 그리고 장례가 끝나자마자 싱가포르 사업가는 자신의 싱가포르 땅으로 돌아가버렸다. 그가 내기로 한 돈은 깜깜무소식이었다. 구름이 망망한 하늘로 흩어지고 운무 한 가닥 보이지 않는 것 같았다. 그에 대한 소식도 전혀 들리지 않는 상황에, 백포를 팔았던 상점들과 봉제공장들이 현 정부로 몰려와 외상값을 받아내려 소란을 피우고 있었다.

현장은 싱가포르 사업가에게 사기를 당한 것이었다. 너무 화가 나다보니 입이 다 부르터 물집이 잡혔다. 쓴맛을 전혀 안 보고 목적을 이룰 수는 없을 것 같았다. 크고 작은 상점들에서 들여온 백포 값은 갚지 않을 수도 있었다. 구열관[1]에 조금씩 출자한 셈 치면 되기 때문이다. 봉제공장의 노임도 갚지 않을 수 있었다. 또다시 외상값을 받아내려 소란을 피우면 공장장을 갈아치우면 될 일이었다. 그러면 공장장들이 놀라서 더이상 빚 독촉을 하지 않을 것이다. 당일에 상제를 했던 사람들이야 전부 보상을 받은 셈이었다. 상제로 참여한 사람들 모두 백포 상복 한 벌씩을 받은데다 한동안 무료하지 않을 수 있는 얘깃거리도 생겼기 때문이다. 하지만 레닌 유해 구매자금은 아무래도 책정했던 액수를 조달하지 못하게 되었다.

사건이 그저 그 싱가포르 사람에게 당하는 데 그쳤으면 그나마 괜찮았을 것이다. 뱃속에 불길이 일었지만 입 밖으로 낼 수 없는 일이 또 있었다. 바러우산맥 깊숙이 자리한 서우휘마을에 한여름에 난데없이 폭설이 내린 것처럼 어젯밤, 현장의 아내가 갑자기 아주 싸늘한 얼굴을 보이기 시작한 것이다. 그렇게 좋았던 날씨가 변해 갑자기 혹한이 찾아온 것만 같았다. 지난밤에 그녀는 집에서 텔레비전을 보았고 그는 늦게까지 현에서 레닌 유해 구매에 관한 자금조달회의를 했다. 밤이 깊어서야 두 사람은 잠자리에 들었다. 주말이라 두 사람은 부부간의 즐거운受活 일을 치렀어야 했다. 이건 이미 정해져 있는 일이었다. 죽어도 일주일에 한 번은 부부간의 즐거운 일을 치르기로 공식 문서처럼 종이에 적고 서명도 하고 손도장까지 찍은 터였다. 그래야 현장이 지위가 높아져도 아내를 잊지 않을 것이었다. 아내는 그보다 일곱 살 가까이 어렸다. 그가 현장이 되던 날 밤에 부부가 즐거운 일을 치르고 나서 흥분이 채 가시지 않은 틈을 이용해 아내는 그에게 각서를 써달라고 했다. 그래서 매주 주말이면 그는 아내와 즐거운 일을 한차례 치러야 한다는 걸 늘 뇌리에 새기고 있었다. 그런데 올해 들어 레닌의 유해를 구매할 계획을 세운 뒤로, 엄청난 자금을 조달하고, 레닌의 유해를 사 와서 훈포산에 안치하는 일과 관련된 일련의 결정을 하면서, 아내와의 즐거운 일이 류 현장의 뇌리에서 거의 지워져가고 있었다. 대신 레닌기념관을 건립하는 일이 그의 두당³⁾을 가득 채웠다. 그런데 지금, 기념관 공사가 본격적으로 시작된 마당에 싱가포르 사업가가 종적을 감춰버리고 말았다. 산보다 높고 하늘보다 거대한 레닌 유해 구매자금은 턱없이 부족한 실정이었다. 류 현장은 지쳐버렸다. 싱가포르 사업가 때문에 화가 나서 머리가 돌아버릴 지경이었다. 그렇게 또다시 주말이 찾아온 것이다. 야간 회의를 마치고 집에 돌아온 그는 드러눕자마자 그대로 곯아떨어졌다. 드르렁드르렁 코 고는 소리가 그윽하면서도 장중했다. 이튿날 새벽녘까지 내처 자버렸다. 아내가 그런 그를 깨웠다.

잠에서 깨어난 그에게 아내가 청천벽력 같은 한마디를 던졌다. "류잉췌, 우리 이혼해요."

그는 눈을 비비며 어리둥절한 표정으로 아내를 바라보았다. "뭐라고 했어?"

그녀가 말했다. "밤새 생각해봤는데 우리 이혼하는 게 좋겠어요."

이번에는 류 현장도 그녀의 얘기를 분명히 들었다. 그는 침대에서 몸을 일으켜 앉았다. 어깨 위로 서늘함이 느껴졌다. 어젯밤의 바람이 차가운 우물물처럼 그의 어깨 위로 흘러갔다. 그는 손에 집히는 대로 진홍빛 베갯잇을 끌어당겨 어깨를 덮었다. 그 자리에 앉은 채 펄럭이는 깃발을 치켜든 것 같았다. 그녀는 방 한가운데 의자를 놓고 앉았다. 잠들 때 입었던 짧은 달빛 속바지에 윗도리는 쌍화이현현성 여자들 사이에 유행하는 짧은 실크 홑적삼 차림이었다. 흰색과 분홍이 뒤섞인 연한 파스텔톤의 옷 밖으로 백옥처럼 티 없이 깨끗한 그녀의 하얀 피부가 보였다. 촉촉하고 부드러우면서도 윤이 나는 살결이었다. 머리칼은 옻칠을 한 듯이 새카맸다. 그녀는 류 현장보다 일곱 살 가까이 어렸지만, 겉모습은 서른 살도 안 되어 보였다. 아름다웠다. 온몸이 수려한 모습으로 현장과 마주하고 의자에 앉아 있으니 한참 어린 여동생이 오빠 앞에서 어리광을 부리며 교교자[5]를 떠는 것 같았다.

그가 말했다. "젠장, 내가 요 며칠 즐겁게 해주지 않아서 그러는 거야?"

그녀가 말했다. "그것 때문이 아니에요. 그 즐거움은 나 혼자 누릴 수 있는 게 아니잖아요."

그가 말했다. "세상천지에 유치원 아줌마이면서 현장과 이혼하겠다는 여자는 찾아보질 못했네."

그녀가 말했다. "난 이혼하고 싶어요. 정말 이혼하고 싶다고요."

향장이 다가와 말했다. "사모님, 잊으셨군요. 현장은 현의 수장이에요. 사모님은 현장의 부인이고요. 현장님이 시장이 되고 지구위원회 서기가 되면 사모님은 시장 부인, 지구위원회 서기 부인이 되시는 거라고요. 현장님이 성장이 되고, 성 위원회 서기가 되면 사모님은 성장 부인, 성 위원회 서기 부인이 되는 것이고요."

그가 말했다. "잘 들어. 나한테 시집온 당신은 정말 축복받은 거야. 당신 집안 삼대가 향을 태우면서 감사할 일이라고."

"나는 그런 복 누리고 싶지 않아요. 당신 마누라, 당신 부인이 되기 싫다고요."

"언젠가 내가 레닌 같은 인물이 되면, 당신이 죽더라도 누군가 기념비와 기념관을 세워줄 거라고. 이런 걸 알기나 해?"

그녀가 그를 향해 버럭 소리를 질렀다. "난 살아 있을 때의 일만 생각할 거예요. 죽은 뒤의 일은 아무래도 상관없다고요."

그는 잠시 멈췄다가 이 사이로 한마디 뱉어냈다. "당신 아버지랑 어머니가 어떻게 당신처럼 꽉 막힌 여자를 낳은 거지!"

향장이 끼어들어 말했다. "류 현장님, 싸우지 마세요. 사모님과 왜 싸우세요. 사모님도 여자 아닙니까. 지금 훈포산에 한번 올라가보셔야 할 것 같습니다. 공사팀 인부들이 기념관에 쓸 한백옥을 뒷간 담벼락으로 옮겨놓았대요."

현장이 말했다. "이런 염병할 놈들 같으니라고. 당장 옮겨놓으라고 해요."

향장이 말했다. "한데 이 미친놈들이 현장님 외에는 누구 말도 듣지 않겠답니다."

현장이 말했다. "갑시다. 스 비서, 기사한테 차 준비하라고 하게!"

류 현장의 아내가 말했다. "가요! 가버리라고! 참을 수 있으면 열흘이나 보름 집에 들어오지도 말라고요."

현장이 차갑게 웃으며 말을 받았다. "한 달 동안 이 집에 안 들어와."

그녀가 소리쳤다. "두 달 동안 들어오지 말아요."

현장이 받아쳤다. "석 달 동안 안 들어올 거야."

그녀가 말했다. "집에 들어오면 당신은 사람도 아니야."

현장이 말했다. "석 달 안에 이 집 문지방에 발을 들여놓으면 내가 사람이 아니라 개자식이야. 내가 석 달 안에 이 집에 발을 들여놓으면 기념관은 짓자마자 무너질 것이고, 레닌의 유해를 사 와도 입장권은 한 장도 팔리지 않을 거야. 나는 거리를 돌아다니다가 한겨울에 해가 뜨자마자 말라죽을 것이고, 여름에도 눈이 내려 얼어죽을 거라고."

기사가 말했다. "빌어먹을, 이놈의 도깨비 같은 날씨가 왜 이렇게 갈수록 추워지는지 모르겠네요. 차 유리창에 성에가 다 낄 지경이라니까요."

향장이 말했다. "여기 바러우 날씨는 항상 그래. 매년 삼월이면 봄눈이 내린다니까. 몇 년 지나면 대규모 열설도 내릴 것 같아."

비서가 말했다. "그게 무슨 귀신 씻나락 까먹는 소리예요. 전 못 믿겠어요."

향장이 말했다. "스 비서, 내가 자네한테 한 얘기는 전부 사실이야. 조금이라도 거짓이 있다면 내 한여름 폭설로 얼어죽고 한겨울 땡볕에 말라죽어도 좋아."

비서가 말했다. "정말이세요?"

향장이 말했다. "정말이라니까. 복숭아나무에 대추 열리는 것 본 적 있어? 다리 하나인 사람이 둘인 사람보다 더 빨리 달리고 맹인이 귀만 가지고 어디가 동서남북인지 알아낸다면 믿겠어? 그게 다가 아니야. 귀머거리가 손가락으로 자네의 늘어진 귀를 만지기만 해도 자네가 주절주절 떠들어대는 말을 다 알아듣는다니까. 또 죽은 지 이레나 지나 땅에 묻은 사람이 나흘이나 지나 다시 살아난 일을 본 적 있어? 까마귀도 집에서 잘 기르면 비둘기랑 똑같이 길들일 수 있지. 이런 얘기들이 하나도 믿기지 않겠지. 서우훼마을에 도착하면 내가 보여줄게. 자네도 견문을 좀 넓힐 수 있게 말이야, 어때?"

향장이 말을 이었다. "스 비서, 이 모든 게 바러우산맥에서는 상식에 속한다고. 자네는 아직 대학생이라 모르겠지. 정말 자네 대학교 교재에다 똥을 한덩어리 질펀하게 싸주고 자네들이 쓰는 칠판을 오줌으로 싹싹 닦아주고 싶군. 십 년 넘게 공부해서 매달 나보다 월급을 많이 가져가잖아. 여자들도 나보다 많이 번다고. 그런데도 자네는 이곳 바러우의 날씨가 여름에는 덥다가도 금세 영하 4, 5도까지 떨어지고, 겨울에는 또 갑자기 34, 35도까지 올라가기도 한다는 걸 모르잖나. 어떤가? 이만하면 내가 자네들 교재에 똥 좀 싸고 오줌으로 학교 칠판을 좀 닦아도 되겠지?"

비서가 말했다. "향장님, 향장님 입은 뒷간하고 다를 게 하나도 없네요."

향장이 말을 받았다. "현장님한테 내 말이 다 틀렸다고 하라고 할 참인가?"

두 사람은 동시에 차 앞자리에 타고 있는 현장에게 시선을 돌렸다. 그의 낯빛이 연한 자줏빛을 띠었다. 온몸을 추위에 덜덜 떨고 있었다. 현장은 현에서 얇은 속적삼 한 장만 입은 채로 왔다. 몸과 팔뚝에 온통 소름이 돋았고 두 팔은 가슴 앞에서 교차하여 어깨를 감싸고 있었다. 얼마나 추웠으면 이를 다 부딪혔다. 다시 차 앞쪽으로 시선을 돌리니 놀랍게도 주먹만한 눈발이 흩날리고 있었다. 차창의 와이퍼가 왔다갔다하며 찌걱찌걱 쉴새없이 소리를 내고 있었다.

산비탈도 온통 눈으로 하얗게 덮었다.

향장이 물었다. "류 현장님, 추우세요?"

현장은 몸을 부르르 떨면서 아무 말도 하지 않았다.

훈포산으로 올라가려면 바러우산맥을 지나고 서우훠마을 꼭대기를 지나야 했다. 서우훠마을에 들어서도 칠십일 리 정도 더 가야 훈 포산 기슭에 이를 수 있었다. 그런데 그들은 지금, 한여름 땡볕에 아주 낡은 소형차를 타고 앞뒤 창문을 모두 열어젖힌 채 달려오던 중이었다. 하나같이 땀을 흘리고 있었다. 땀이 샘솟듯 줄줄 흘러내렸다. 가는 길 내내 밀의 물결이 활활 타오르는 불길처럼 차 안으로 밀려들어왔다. 밀밭에서 엉거주춤 몸을 구부려 밀을 베는 농민들이 밀밭에 은밀하게 감춰져 있던 물건들처럼 차 밖으로 나타났다가 사라지기를 반복했다. 차는 현성에서 바러우산 아래까지 백 리 남짓 되는 길을 반나절 동안 달려왔다. 기사는 차가 너무 빨리 달려 혹시 타이어가 터지지나 않을까 걱정스러웠다. 그런데 바러우산 자락에 이르러 홰나무숲을 지나는 순간 서늘한 바람이 불어왔다. 날씨가 시원하고 상쾌해졌다. 잘 익은 밀냄새가 점차 엷어졌다. 한여름이 서서히 가을로 변해가는 냄새였다. 이어서 차가 산 위를 달리자 상쾌함이 점점 더 진해졌다. 약간 춥기까지 했다. 차창을 닫지 않으면 한겨울 들판을 달리는 것처럼 추울 것 같았다.

기사가 말했다. "날씨가 점점 추워지네요. 어떻게 이럴 수 있지요?"

향장이 말했다. "조상 팔대가 염병할 일이지. 이곳 날씨가 원래 그렇다니까. 삼월에 봄눈이 내리고 한겨울에 땡볕이 내리쬐는 날도 종종 있다네."

기사가 말했다. "이런, 정말 눈이 오네요. 와이퍼로 눈을 쓸어내야겠어요."

비서가 물었다. "류 현장님, 추우세요?"

—류 현장의 아내였다면 이렇게 말했을 것이다. "저 사람이 춥든 말든, 날씨가 저이를 쪄죽이든 얼려죽이든 무슨 상관이에요!"

현장이 말했다. "쌍화이에는 추운 날씨에 어디 옷 한 벌 얻어 입을 데가 없으려나?"

—류 현장의 아내였다면 이렇게 말했을 것이다. "옷을 입고 쪄죽든지, 벗고 얼어죽든지 알아서 하라지."

향장이 말했다. "눈이 하루종일 올 것 같군. 갑시다. 현장님께 솜저고리를 좀 입혀드려야 할 것 같네."

비서가 말했다. "차를 저 마을 쪽으로 돌리죠."

현장이 말했다. "됐네, 나 류 현장이 이만한 날씨에 얼어죽을까봐 그러나?"

말은 이렇게 했지만 차는 이미 산중턱에 있는 마을 쪽으로 방향을 튼 터였다. 어느 집 밀밭에 차를 세운 일행은 솜저고리와 군용 외투를 빌린 다음, 기사는 남아 있기로 하고 나머지 사람들은 바러우산 높은 곳으로 올라갔다.

일행은 서우훠마을 객방에 묵었다.

눈이 마침내 그쳤다.

하지만 날씨는 여전히 고집스럽게 추웠다. 아침 일찍 일어나보니 하늘은 여전히 어둡게 내려앉아 있고 사방에 눈의 한기가 자욱했다. 현장은 밤새도록 잠을 이루지 못했다. 그는 남녀 신들을 모시고 공양하던 그 오래된 사당의 객방 안채에 묵었다. 그곳엔 이미 관공도보살도 없고 벙어리 노파도 없었다. 세 칸짜리 기와집은 안에 칸막이벽을 설치해 방도 세 개로 나뉘어 있었다. 현장은 북쪽 방에 묵으면서 혼자 침대 하나를 차지했다. 침대 위에는 요를 두 장 깔고 이불도 두 장 덮었다. 충분히 따뜻한 것을 더 따뜻하게 했다. 그랬는데도 그는 밤새 잠을 통 이룰 수 없었다. 그는 십팔 년 전 사교원이던 시절 서우훠마을에서 있었던 일들을 생각했다. 한 여인이 어쩌다 뜻밖의 쌍둥이를 낳게 되었는지 생각했다. 마침내 레닌의 유해를 사가지고 와서 혼산[7]에 안치하면 현의 관광산업은 폭발적으로 발전할 것이고 현도 순식간에 크게 부유해질 것이었다. 그는 더이상 일개 현장이 아닐 것이고, 지구 부위원장이나 부서기 정도도 아닌 대단한 인물이 되어 있을 것이고, 세계적인 풍운아가 되어 있으리라. 어쩌면 지구위원회 서기로 자신만한 인물이 없을지도 몰랐다. 그는 이미 생각을 끝냈다. 이 지구의 십여 개 현 가운데 넷 중 셋은 지독히 가난한 현이었다. 그는 지구의 전문위원이나 지구위원회 서기가 되면 지독하게 가난한 현들마다 기념관을 하나씩 건립하게 한 다음, 돌아가면서 레닌의 유해를 안치하게 할 작정이었다. 모든 현에서 관광산업을 발전시켜, 모든 현을 엄청나게 부유해지도록 만들 생각이었다. 그는 지구의 소재지인 주두시에서 세계적인 레닌 축제를 거행할 계획이었다. 레닌 축제 기간 동안에는 레닌의 유해를 시내 광장 한가운데에 안치하여 레닌을 숭배하는 전 세계의 모든 사람들로 하여금 레닌을 이해하게 하리라. 레닌과 마르크스와 엥겔스의 저작을 읽은 사람들, 그리고 물론 마오주석의 책과 글을 읽은 사람들도 전부 이곳으로 모여들리라. 스탈린을 숭배하고 스탈린의 저작을 읽은 사람들도 올 수 있을지는 아직 분명하게 예측할 수 없었다. 외국에서 스탈린에 대해서는 중국과 다소 다른 견해를 가지고 있다는 얘기를 들은 바 있었다. 류 현장은 이날 밤 아주 많은 일에 대해 생각했다. 비록 옆방에서 들려오는 향장과 비서의 절절 끓는 듯한 코 고는 소리에 시달렸지만. 어느 시골 마을의 오래된 얼후* 줄이 끼잉끼잉 울어대는 것 같은 소리였다. 당장 달려가서 그 두 사람의 코를 솜이나 떨어진 신발짝으로 틀어막고 입에다 냄새나는 양말을 물려주지 못하는 것이 한스러울 따름이었다.

하지만 그는 현의 수장이었다. 그 정도는 참을 줄 알았다.

그렇게 머리가 맑지 않은 상태로 일찍 잠자리에서 일어났다.

사당 객방의 마당은 반 무 남짓 되었다. 마당에는 늙은 측백나무가 몇 그루 있고 어린 느릅나무 한 그루, 중간 나이의 오동나무도 두 그루가 있었다. 오동나무잎과 가지가 눈에 깔려 사방에 흩어져 있었다. 또 측백나무 위의 까마귀 둥지가 눈의 무게를 못 이기고 마당에 떨어지는 바람에 담장 밑으로 마른 나뭇가지들이 어지럽게 널려 있었다. 얼마 전 한여름에 태어난 새끼 까마귀들이 떨어져 죽어 동그란 얼음 덩어리로 뭉쳐져 있었다. 뾰족한 주둥이만 눈덩이 밖으로 삐져나온 채였다. 햇병아리가 머리만 달걀 껍질 밖으로 내밀고 있는 것 같았다. 오래된 사당 객방의 담장은 흙벽돌로 마당을 빙 두른 다음 그 위를 옥수수 줄기로 덮어놓은 모양새였다. 옥수수 줄기도 진즉에 말라비틀어져 부서지면서 담장 밑으로 떨어져내리고 있었다. 객방을 둥그렇게 둘러싼 담장은 바람도 맞고 비에도 젖으면서 세월 속에서 별수없이 여기저기 무너지고 틈이 벌어졌다.

---

* 호금(胡琴)의 일종.

현장은 군용 외투를 걸치고 객방 마당 한가운데에 서서 구석구석을 훑어보았다.

밖에서는 아침 일찍 일어나 물을 길러 나온 절름발이가 우물에서 물통을 지고 지팡이를 짚고 걸어가는 소리가 들렸다. 눈길을 걷는 소리가 저벅저벅 고르지 않고 찍―찌그덕 찍―찌그덕 불편하게 들려왔다. 먼저 저는 다리를 가볍게 내디딘 다음 성한 다리를 힘차게 들어올렸다가 다시 힘차게 내딛는 소리였다. 소리의 무게가 같지 않아서 잘 들어보면 운율이 느껴졌다. 현장은 그 운율을 감지했다. 아주 먼 곳 어딘가에서 큰 나무망치와 작은 나무망치가 돌아가면서 눈밭 위에서 뭔가를 한 번씩 내려치는 것 같았다. 발소리는 이미 멀어졌고, 다시 아무 소리도 들리지 않았다. 이번엔 고개를 들어 동쪽 산 너머 하늘가를 바라보았다. 구름 뒤로 흥건하게 젖은 흰빛이 흘러넘치기라도 할 것 같았다. 단지 구름에 막혀서 드문드문 난 틈새들로 겨우 몇 가닥 은백색 즙이 새어나올 뿐이었다.

현장은 그 하얀 즙을 뚫어지게 바라보았다.

흰 즙은 흘러나오자마자 수은처럼 주변에 좍 펼쳐졌다가 이내 다시 구름에 덮여버렸다.

점점 작아지는 그 흰 즙을 바라보다가 현장은 다시 사당 객방 앞마당으로 눈길을 돌렸다. 남쪽 담장 구석에 세워져 있는 녹슨 삽 하나가 눈에 들어왔다. 그는 그쪽으로 다가가 눈 속에 박힌 삽을 뽑아들고는 땅바닥에 탁탁 쳐서 눈을 떨어냈다. 삽자루 쪽을 무너진 담장 틈새에 걸친 다음, 녹슨 삽날 쪽을 목에 바짝 달라붙어 있는 외투 깃에 갖다댔다. 그러고는 동쪽에 은백색 즙을 막고 있는 짙은 구름을 조준했다. 조준하면서 쉴새없이 오른손 검지를 방아쇠에 얹었다가 가슴팍 단추 쪽으로 세차게 당기는 시늉을 했다. 한 번 당길 때마다 입으로는 "탕!" 하고 총소리를 냈다.

조준, 격발, "탕!"

조준, 격발, "탕!"

조준, 격발, "탕!"

조준, 격발, "탕!"

놀랍게도 새하얀 은빛 줄을 가로막았던 먹구름이 그의 입에서 튀어나오는 총소리에 흩어지고, 은빛 줄이 넓게 흘러나왔다.

현장은 그 흰 줄이 구름 속에서 흘러나오는 소리를 들었다. 그의 얼굴에 신선하고 찬란한 홍조가 넘쳐흘렀다. 방아쇠를 당기는 그의 동작은 더욱 빨라졌고, 입에서도 "탕!" 소리가 일련철[9] 터져나왔다. 해가 뒤따라 나오면서 새하얀 은빛이 황금빛으로 변했다. 온 세상이 반짝이는 황금빛으로 물들었다.

"류 현장님, 날이 갰네요." 비서가 등뒤에서 눈을 비비며 말했다. "현장님이 동쪽으로 총을 조준하니까 금세 하늘이 맑아졌어요. 곧 해가 뜰 것 같아요."

"해가 감히 안 나오고 배기겠나?" 현장이 몸을 돌리며 개선장군처럼 승리의 미소가 가득한 얼굴로 말했다. "이리 와봐, 스 비서. 자네도 해보게."

비서가 현장처럼 삽을 들어 무너진 담장 틈새에 걸친 다음, 동쪽을 향해 조준하고는 현장과 마찬가지로 오른손 검지를 방아쇠에 걸고 입으로 "탕! 탕! 탕!" 소리를 냈다. 하지만 그가 방아쇠를 당기면서 총소리를 낼수록 흩어졌던 구름이 오히려 한가운데로 모여들어 구름 밖으로 드러났던 커다란 금빛은빛 즙을 또다시 절반 이상 가려버렸다.

비서가 말했다. "저는 안 되네요."

현장이 말했다. "향장한테 와서 해보라고 하게."

향장이 바람길 뒤쪽에 있는 뒷간에서 걸어나오며 황급히 바지를 추슬렀다. 그러고는 삽을 총 삼아 해가 솟아나온 동쪽 산꼭대기를 향해 탕탕탕 연달아 십여 발을 쏘았다. 그러자 그나마 갈라져 있던 구름이 완전히 합쳐지면서 은백색 즙도 완전히 사라져버렸다.

또다시 안개로 흐릿해졌다.

안개가 사당 객방 마당에까지 축축하게 스며들었다.

현장이 향장의 어깨를 탁탁 두드리며 말했다. "괜찮아. 자네는 레닌의 유해를 구매해 오면 관광국장이 되고 싶겠지?" 그러면서 삽을 다시 건네받아 자세를 조금 바꿔 구름을 조준했다. 탕 타당 탕탕 연달아 이삼십 발을 쏘자 구름과 안개가 갈라지고 정말로 다시 틈이 생겼다.

총성이 울리자 구름이 흩어지고 해가 나왔다.

다시 십여 발을 쏘자 동쪽 산꼭대기가 또다시 커다란 돗자리처럼 온통 은백색으로 빛났다.

다시 십여 발을 쏘자 돗자리 몇 개 넓이의 공간이 황금빛으로 빛났다.

십여 발을 더 쏘자 황금빛과 새하얀 은빛 공간이 밀밭만해졌다.

하늘이 금세 맑아졌다. 구름이 걷히고 해가 나왔다. 눈 깜짝할 사이에 동쪽 산 위가 온통 황금빛으로 빛났다. 맑은 날씨였다. 미처 흩어지지 못한 먹구름의 백금빛과 백은빛이 원래의 자리에 굳어져버렸다. 햇살 아래 하얀 눈도 눈부시게 빛났다. 나무 위 잔가지들은 은으로 된 가지처럼 반짝반짝 이리저리 허공을 가로질렀다. 산맥 위의 밭에는 간혹 밀이삭 몇 다발이 새하얀 눈밭을 뚫고 한가운데 꿋꿋하게 버티고 서 있었다. 가시나무 가시가 눈밭을 뚫고 대지 표면으로 삐죽 모습을 드러낸 것 같았다. 공기는 아주 드물게 신선했다. 몇 모금 들이마셔 씹어보면 원래는 아주 괜찮은 줄 알았던 목구멍에 껄껄한 뭔가가 걸리는 걸 단번에 느낄 수 있었다. 그래서 그 청신한 공기의 기운을 빌려 몇 번 기침을 해서 더러운 것들을 한꺼번에 깡그리 뱉어내고 싶어졌다.

온 마을이 기침소리로 가득했다.

기침이 가라앉자 잠자리에서 일어난 사람들은 전부 손을 이마에 갖다댔다.

남자들이 말했다. "와! 날이 갰네. 아무리 못해도 어지간한 수확은 하겠는걸. 흉년이긴 하지만 웬만큼은 건질 수 있을 것 같아."

여자들이 말했다. "어머! 날이 갰네. 곰팡이 난 이불을 좀 내다 말려야겠어. 사람에게 재난이 닥쳤다고 이불까지 고생하게 할 수는 없지."

아이들이 말했다. "와! 날이 갰네. 눈이 며칠 더 오면 좋았을걸. 매일 눈이 오면 매일 학교에 안 가고 이불 속으로 기어들어갈 수 있을 텐데 말이야. 굶어죽는 게 학교 가는 것보단 낫지."

또 누군가 마을에서 사당 객방 쪽을 바라보며 말했다. "와, 현장님이 오시니까 날이 갰네. 현장님은 우리 같은 주민들하고는 다른가 봐. 날씨까지 움직일 수 있으니 말이야."

현장은 벽을 사이에 두고 이런 얘기를 듣고 있었다. 그러다가 삽을 사당 마당 담장에서 내려놓고는 눈을 한 움큼 집어 "탕 타당" 하고 총소리를 내느라 갈증이 난 입에 쑤셔넣었다. 그리고 잠시 생각에 잠겼다가 고개를 돌려 향장에게 물었다. "더운 날에 눈이 내리는 일이 이곳 바러우에서는 늘상 있는 일인가?"

향장이 말했다. "경자년(1959) 쥐해부터 계묘년(1961) 토끼해까지 삼 년 동안 흉년이 있기 전에는 딱 한 번 그랬습니다. 병오년(1966) 말해부터 병진년(1976) 용해까지 십 년이나 이어졌던 흉년에도 한 번 그랬고요. 그런데 두 번 다 이번처럼 이렇게 많이 내리지는 않았습니다. 그저 오월에 부슬부슬 좀 내리다가 이튿날 해가 뜨면 곧장 녹아버리는 정도였지요."

비서가 말했다. "그렇다면 이곳 바러우에서는 더운 날에 눈이 내리는 것이 백 년에 한 번 있을까 말까 한 뉴스네요."

향장이 말했다. "젠장, 이렇게 기이한 일인데 어떻게 뉴스가 안 되겠나?"

현장이 향장에게 말했다. "이곳에서 구재救災 활동을 해야겠소. 향장은 훈산에 있는 사람들한테 가서 한백옥을 당장 뒷간 담벼락에서 빼라고 해요. 옮긴 다음 물로 깨끗하게 닦고, 그 닦은 물로 밥을 지어 먹으라고 해요."

현장은 비서에게도 일렀다. "자네는 현으로 돌아가 각 국 위원회에 굶어죽는 한이 있어도 서우훠마을에 인당 십 위안씩 기부하라고

하게. 그리고 현 전체가 구재활동에 전력을 기울이고 있다는 것을 자료로 만들어 지구와 성 정부에 송달하도록 하게. 구재활동이 끝나면 서우휘마을에서 정부에 감사의 뜻을 전하는 의미로 며칠 동안 수활경[11]을 열 생각이네."

아침식사를 마치고 향장은 곧바로 훈포산을 향해 눈을 헤치며 걸어갔다.

비서도 곧 현으로 돌아갔다.

현장은 서우휘에 남았다.

해설

1) 구열관購列款(레닌 유해 구매자금): 레닌의 유해를 구입하는 데 쓴 자금을 말한다. 이는 쏼화이현에서 레닌의 유해를 사기로 결정한 뒤로 가장 자주 사용하는 단어가 되었다.

3) 두당頭堂: 머리

5) 교교자嬌嬌子: 애교, 아양.

7) 혼산魂山(훈산): 훈포산. 쏼화이와 바러우 사람들이 훈포산을 말할 때 쓰는 약칭이다.

9) 일련철一連徹: '일련의'라는 뜻. 여기서 '철徹'은 '철저히'라는 뜻이 아니라 '아주 많다'는 뜻이다.

11) 수활경受活慶(서우휘축제): 서우휘마을에서만 거행되는 특별한 축제로 매년 밀 수확 후 풍작을 축하하기 위해 성대하게 치러진다.

5장

무인년 호랑이해 윤오월의 서우훠마을 축제

농번기도 지나갔다.

바쁘지만 어지럽지 않게 지나갔다.

아무래도 여름은 여름이었다. 일단 해가 나오자 눈은 아주 빨리 녹아 없어졌다. 눈이 녹자 땅에 물기가 흥건했다. 흙을 한 줌 떠서 꼭 짜면 물이 열 방울은 넘게 주르륵 떨어졌다. 밭에는 한창 뜨거운 햇볕이 필요한데 햇볕은 없고 온통 자욱한 안개뿐이었다. 뜻밖에도 대낮이 한밤중보다 많이 밝지 않았다. 현장이 매일 삽으로 하늘을 조준했지만 안개는 여전히 온 천지를 뒤덮고 있었다. 첫날도 조준하고 둘째 날도 조준하고 사람들이 없을 때마다 매일 삽과 괭이를 들어 하늘을 조준했다. 뒷간에 가서 똥통 위에 쭈그리고 앉아서도 현장은 오른손을 권총처럼 치켜들고 해를 가린 구름 쪽을 향해 수없이 총을 쏘아댔다. 안개는 여전히 강물처럼 끊임없이 밀려들었다. 그러기를 닷새째, 묵묵히 참아온 현장은 화가 나서 입가에 물집이 잡혔다. 급기야 마을에 있던 진짜 철관 화승총을 들고 나와 안개를 향해 연달아 세 발을 발사했다. 산탄이 전부 허공의 구름과 안개를 맞혔다. 철가루 한 알도 구름과 안개를 빗겨가지 않았다.

구름이 완전히 걷히고 해가 나왔다.

짜면 물이 주르륵 떨어지던 발밑의 흙을 보송하게 말려주었다.

작은 밀알은 이삭 속에서 전부 까맣게 곰팡이가 피어버렸다. 전분이 파란색으로 변하면 사람이 섭취했을 때 식중독을 일으켜 설사를 유발한다. 위에선 토하고 아래로 싸게 된다. 밀줄기도 밀알에 핀 곰팡이가 번져 전부 썩어 시커멓고 누렇게 변했다. 썩은 냄새가 진동했다. 소들도 굶어죽으면 죽었지 이런 짚은 먹으려 할 리가 없었다. 오는 겨울에는 소 먹일 여물도 없고 어느 집엘 가도 밀이나 쌀 같은 걸 찾아볼 수 없을 것이다. 사나흘, 아니 닷새에 겨우 한 번 하얀 국수를 먹기도 힘들 것이고 설에 편식¹⁾을 먹으려 해도 흰 밀가루가 없을 테다. 추수를 끝낸 밭에서도 떨어진 밀알 한 톨 찾아볼 수 없게 될 테니.

이러나저러나 흉년임에 틀림이 없었다. 마을 사람들의 얼굴에서도 예년처럼 밀을 추수한 뒤의 흐뭇해하던 표정을 찾아볼 수 없었다. 예전에는 해마다 밀을 수확하고 나면 마오즈 할머니가 앞장서서 사흘 동안 성대한 축하잔치를 벌였다. 각자 자기 집 아궁이 불을 꺼버리고 마을에서 가장 큰 맥장[*]이 있는 집으로 몰려가 사흘 내내 다

---

* 수확한 밀을 쌓아두거나 타작하는 작은 공터.

같이 신나게 먹고 마시며 보냈다. 그 사흘 동안 절름발이는 두 다리가 멀쩡한 젊은이와 누가 더 빨리 달리나 내기했고, 귀머거리는 손으로 다른 사람의 귓불만 만져도 그 사람이 웅얼웅얼 뭐라고 하는지 다 알아맞히는 재주를 자랑했다. 그는 손으로 만지기만 해도 그 사람이 하는 말을 다 알아듣고 그 사람의 목소리까지 구별했다. 맹인들에게도 재주가 있었다. 맹인들은 서로 누구의 귀가 더 밝은지 겨루었다. 자수바늘을 돌 위나 나무판이나 땅바닥에 떨어뜨린 뒤 바늘이 자기들 앞으로 떨어졌는지 뒤로 떨어졌는지 알아맞히는 것이다. 또 외팔이나 절름발이들 역시 각자 자신만의 기막힌 재주를 자랑했다. 그 사흘간의 축제는 설이나 다름없었다. 사방의 이웃마을에서 아가씨와 총각들이 몇 리 길, 아니 십여 리 길을 달려와 서우휘마을 축제를 구경했다. 이렇게 구경하다보면 남녀가 자연스럽게 서로 알게 되었고, 그러다가 간혹 바깥 마을 총각이 서우휘마을의 장애인 아가씨를 아내로 맞아 데려가기도 했다. 또 서우휘마을의 장애인 총각들은 바깥 마을에서 온 참한 아가씨와 결혼하기도 했다. 비극도 없지 않았다. 예컨대 어느 마을의 외아들이 있었다. 아주 단정하고 복스럽게 생긴 청년이었다. 서우휘마을의 떠들썩한 분위기를 구경하러 왔다가 그만 마을의 한 절름발이 아가씨를 사랑하게 되었다. 그녀는 다리를 절 뿐만 아니라 얼굴도 썩 예쁜 편이 아니었다. 하지만 눈 깜짝할 사이에 칠십 땀에서 구십 땀까지 자수를 놓을 수 있었다. 여러 사람들 앞에서 흰 천 위에 그 청년의 얼굴을 수놓을 수 있을 정도였다. 청년은 그녀와 혼인하지 않으면 앞으로 살아갈 수 없을 것만 같았다. 부모님이 동의하지 않자 죽어버리겠다고 소란을 피우다가 아예 서우훠마을의 그 아가씨 집으로 들어와 눌러앉아버렸다. 이렇게 눌러살다보니 여자는 임신을 했고 아이를 한두 명 낳았다. 남자 쪽 부모는 더이상 어쩔 도리가 없어 여자의 가족들을 친척으로 인정하게 되었다. 또 바깥 마을에 아주 예쁜 아가씨가 하나 있었다. 원래는 서우훠마을에 와서 떠들썩한 분위기를 구경할 작정이었는데 역시나 어쩌다 마을의 귀머거리인지 맹인 청년인지에 반해버렸다. 우선 그 귀머거리는 귀는 먹었지만 사람이 입을 움직였다 하면 그 사람의 얼굴만 보고 그 입 모양과 표정만으로 무슨 말을 하는지 다 알아맞힐 수 있었다. 게다가 귀는 안 들렸지만 입은 특별히 민첩했다.

아가씨가 말했다. "당신한테 시집가는 여자는 평생 재수가 없을 거예요."

귀머거리가 말했다. "정말 재수가 나쁜 아가씨지요. 제가 발도 씻겨주고, 물도 따라주고, 밥도 지어주고, 농사일이 바쁘든 말든 밭에는 절대 못 나가게 하고 그저 집에서 쉬게만 할 테니 손이 얼마나 근질거리고 마음이 얼마나 불안하겠어요. 그러니 재수가 정말 없는 것이지요."

아가씨가 웃었다. "말을 노래보다 더 듣기 좋게 하시는군요."

귀머거리가 말했다. "제 말은 제 노랫소리만 못해요. 제 노래를 들어보실래요?"

청년은 낮은 목소리로 파루조[3]를 한 곡 불렀다. 가사는 이랬다.

　　겨울 해가 땅 위로 따스하게 솟았네

땅 위에 두 사람이 한가롭게 햇볕을 쬐네

남편은 아내의 손톱을 깎아주고

아내는 남편의 귀를 후벼주네

마을 동쪽에 큰 부자가 사네

금과 은이 기와와 눈송이 위에도 쌓였네

하지만 그 부자는 아내를 하루에 여덟 번이나 때리네

묻건대 어느 집 세월이 고단할까요? 어느 집 세월이 달콤할까요?

요?

이 노랫말을 듣고 바깥 마을 아가씨는 웃지 않았다. 한참을 생각에 잠겼던 아가씨는 귀머거리의 손등에 살포시 손을 얹으며 물었다. 이렇게 하면 내가 하는 말을 들을 수 있어요? 귀머거리가 그녀의 손을 잡아끌면서 말했다. 가까이 있기만 하면 저는 조금도 귀머거리가 아니에요. 나는 손으로 당신이 하는 말을 만져서 알아들을 수 있거든요. 아가씨가 그의 손에서 손을 빼내며 말했다. 돌아가서 부모님과 상의해봐야 해요. 하지만 그녀 집에서는 누구도 동의하지 않았다. 그래도 그녀는 결국 서우훠로 시집을 왔다. 그 귀머거리 청년에게 시집온 것이다.

다음으로 맹인이 있었다. 그의 눈앞이 온통 캄캄한 암흑이라고 여겨선 안 된다. 그는 마음이 아주 깊었다. 말 몇 마디만으로 여자의 마음을 움직일 수 있었다. 그는 원래 맥장에 가서 떠들썩한 서우훠 마을 축제를 들어볼 작정이었다. 하지만 가는 길에 돌부리에 걸려 휘청하면서 땅바닥에 고꾸라질 뻔했는데, 다행스럽게도 바깥 마을에서 온 아가씨가 그를 붙잡아주었다.

그가 말했다. "저를 왜 붙잡아주신 겁니까. 그냥 넘어져 죽게 내버려뒀으면 좋았을 텐데 말이에요."

그녀가 말했다. "오빠, 그렇게 말씀하지 마세요. 아무래도 살아 있는 것이 죽는 것보다는 낫다고요."

그가 말했다. "당신은 그러시겠지요. 뭐든지 다 볼 수 있고, 게다가 예쁘시기까지 하니까 당연히 사는 게 낫겠지요."

그녀는 깜짝 놀라 몸이 굳어버렸다. "어떻게 제가 예쁜 걸 알죠?"

"저는 안 보이기 때문에 온 세상의 모든 아름다움을 볼 수 있습니다. 당신의 모든 것이 아름답다는 것도 볼 수 있지요."

"저는 키도 작고 뚱뚱한데요."

"제 눈에는 당신 허리가 버드나무 가지처럼 보여요."

"보지 못하시겠지만 저는 피부도 아주 검어요."

"저는 눈이 보이기 않기 때문에 오히려 당신의 희고 부드러운 살결을 볼 수 있습니다. 제 친여동생하고 똑같아요. 옛날이야기에 나오는 선녀하고도 똑같고요."

"당신은 보지 못하면서도 눈이 참 맑네요. 잡다한 기운이 섞여 있지 않아요."

"당신은 눈이 멀지 않았으니 세상의 온갖 더러운 걸 다 볼 수 있겠군요. 저는 앞을 보지 못하기 때문에 오히려 세상이 아주 깨끗해 보여요."

그는 이야기를 이어갔다. "저는 앞을 보지 못하는 저 자신에게 매일 자빠져 죽어버리라고 말해요. 하지만 정말로 죽고 싶은 적은 한 번도 없었어요. 당신은 앞을 볼 수 있으니 입으로는 죽는다고 말해본 적이 없을 거예요. 하지만 속으로는 틀림없이 매일매일 '죽는다'는 말을 무수히 떠올릴 겁니다." 그 아가씨가 정말로 매일같이 죽는다는 말을 떠올리는지는 알 수 없었다. 하지만 맹인의 이 말에 그녀의 눈자위가 붉어지더니 금방이라도 눈물이 떨어질 것만 같았다. 그러고는 말했다. "제가 부축해드릴 테니 저랑 같이 서우훠마을 축제 구경하러 가요." 맹인은 길을 더듬는 데 쓰는 지팡이의 한쪽 끝을 그녀에게 넘겨주었다. 지팡이 때문에 아가씨의 손이 더러워질까 두려워 땅에 닿았던 부분을 자신이 잡고, 평소에 자신이 손으로 잡던 쪽을 그녀에게 잡게 했다. 그녀는 지팡이의 손잡이를 통해 그의 온기를 느낄 수 있었다. 더구나 그가 만지고 잡았던 자리라 반짝반짝 광이 나고 매끄러웠다.

서우훠축제를 구경하는 동안 두 사람은 하나가 되었다.

그뒤로 평생을 함께하게 된 두 사람은 아들딸을 낳고 대를 이어나갔다.

하지만 올해 서우훠축제는 마오즈 할머니가 나서서 준비한 것도 아니고 풍작을 축하하기 위해 마련된 것도 아니었다. 현장 류잉췌가 뭔가 목적이 있어 직접 꾸린 것이었다. 현장은 마오즈 할머니를 찾아갔다. 마오즈 할머니는 마침 집에서 아이들에게 밥을 먹이듯 자신의 개들에게 먹이를 주고 있었다. 전부 몸의 여기저기가 불편한 개들이었다. 눈먼 개, 절름발이 개, 털이 빠져 등이 밋밋한 개도 있었다. 게다가 그 밋밋한 등에는 울퉁불퉁한 진흙 담벼락처럼 온통 문

드러진 흉터가 가득했다. 어쩌다 꼬리가 없어지고 한쪽 귀가 없어졌는지 알 수 없는 개도 있었다. 할머니가 사는 곳은 절벽과 가까웠는데, 네모반듯한 마당이 있고 그 양쪽으로 집이 있었다. 남쪽의 초가집은 마오즈 할머니가 부엌으로 썼고, 북쪽의 기와집은 마오즈 할머니가 거처로 썼다. 정면의 벼랑 아래에는 토굴이 두 개 있었다. 그곳이 바로 몸이 불편한 이 개들의 집이었다. 토굴 앞에는 돼지 구유와 낡은 세숫대야가 하나씩 놓여 있고 귀 없는 냄비와 새 자배기도 하나씩 있었다. 전부 이 개들을 먹이기 위한 살림이었다. 개들은 돼지들처럼 먹이를 다투지 않았고 각자 자기 냄비와 자배기와 구유 앞에서 마오즈 할머니가 따라주는 옥수수죽을 얌전히 핥아먹었다. 집안이 온통 쩝쩝거리는 소리로 가득찼다. 마당이 잘 익은 옥수수의 진노란색 냄새로 가득찼다. 얼룩무늬 개 하나는 이미 스무 살을 넘긴 아주 늙은 개였다. 아흔 살이 넘은 사람처럼 움직일 힘이 없어 보였다. 마오즈 할머니가 옥수수죽 반 그릇을 그 앞에 놓아주자 얼룩무늬 개는 자리에 누운 채로 천천히 혀를 내밀어 할짝할짝 그릇 안을 핥았다. 그렇게 다 핥아먹자 마오즈 할머니는 들고 있던 남은 죽 반 그릇을 마저 따라주었다. 개는 또다시 천천히 죽을 핥아먹기 시작했다. 해는 이미 높이 솟았고, 마을은 깊은 고요 속에 잠겼다. 산기슭에서는 사람들이 마지막으로 밀밭의 남은 일들을 하고 있었다. 땅을 갈고, 땅이 축축할 때 일찌감치 옥수수 종자를 뿌려두려는 사람들이었다. 소를 모는 소리와 가을 종자를 눌러 심느라 괭이로 흙을 두드리는 소리가 한데 어지럽게 뒤섞여 들려왔다. 급했다가 느긋해지고 높았다가 다시 낮아지는 소리가 마치 바러우조 가운데 얼후로 연주하는 〈새가 난다〉 같았다. 마오즈 할머니는 개들에게 먹이를 주다가 등뒤에서 끼익 하고 문이 열리는 소리를 들었다. 돌아보니 뜻밖에도 현장이 문 안쪽에 서 있었다.

마오즈 할머니는 그를 힐끗 쳐다보고는 다시 고개를 돌려 개들에게 먹이 주는 일을 계속했다.

현장은 문 입구에 서서 이럴 줄 알았다는 듯이 별로 난처해하지도 않고 천천히 양쪽의 집들을 둘러보았다. 이어서 토굴 앞에 한 줄로 늘어서서 먹이를 핥고 있는 개들을 바라보았다. 개들이 갑자기 고개를 쳐들고 그를 노려보았다. 안으로 좀더 가까이 들어가고 싶었지만, 보아하니 마오즈 할머니 입에서 한마디라도 떨어지면 개들이 일제히 자신에게 달려들 것만 같았다. 그래서 그는 멀찌감치 떨어진 문 입구에 그대로 서 있었다.

마오즈 할머니가 등을 돌린 채 현장에게 물었다. "무슨 일이오?"

현장이 앞으로 조금 다가가며 대답했다. "개를 이렇게나 많이 기르시네요."

"개 보러 왔수?"

"구재활동 문제를 상의드리러 왔습니다."

"현장이 구재를 한단 말이우?"

"오늘 구호금과 구호식량이 도착할 겁니다. 재작년에 렌수향이 우박 피해를 입었을 때는 제가 가보지 못했습니다. 그분들께 돈 한 푼, 식량 한 톨 드리지 못했지요. 또 작년에 짜오수향에 큰 가뭄이 들어 수확을 한 톨도 못했을 때도 가보지 못했습니다. 한 무에 백 근씩 종자를 드린 것이 전부였어요. 하지만 올해 서우휘에는 유월에 때아닌 눈이 내리긴 했지만 눈밭에서나마 적잖은 밀을 수확한 집이 여럿 되지 않습니까. 그리고 또 제가 이렇게 특별히 서우훠마을에 왔고요. 한번 계산해보세요. 이 마을에 드린 돈과 식량을 합치면 평년에 비탈진 밭에서 수확한 것보다 나을 겁니다."

마오즈 할머니는 그릇에 남아 있던 죽 한 숟갈을 개 밥그릇에 마저 부어주면서 말했다. "그렇게 말씀하시니 내가 서우훠마을 사람들을 대표해서 감사 인사라도 드려야 할 것 같구려."

류 현장은 눈길이 맞은편 토굴 구멍으로 삐죽 자라난 야생 대추나무 몇 그루의 나뭇가지로 옮겨갔다. 나무들은 며칠 전에 쏟아진 눈 때문에 잎이 진즉에 다 떨어졌지만, 요 며칠 해가 들면서 다시 푸릇푸릇한 새싹이 드문드문 돋아 있었다. 노랗고 생기 넘치는 모습이 마치 이제 막 봄이 온 것 같았다.

"저한테 감사하실 일은 아닙니다."

류 현장이 말을 이었다. "정부에 감사해야겠지요. 할머니께서 예년처럼 서우훠마을 축제를 좀 준비해주셨으면 합니다."

마오즈 할머니가 말을 받았다. "난 너무 늙었어. 축제를 꾸리기는 힘들 것 같구려."

"그럼 제가 직접 꾸리도록 하겠습니다."

"할 수 있으면 해보시구려."

류 현장이 마오즈 할머니 등뒤에서 웃으며 말했다. "제가 현장이라는 걸 잊으셨나보군요."

마오즈 할머니도 웃으며, 여전히 돌아보지 않은 채로 말했다. "어떻게 잊을 수 있겠수. 상변[5]에서 나더러 현장을 하라고 했을 때 가지 않았던 것도 기억하고 있는걸. 그때 댁은 아직 태어나지도 않았지. 바이수 인민공사의 사교원은 더더욱 아니었고 말이야."

류 현장은 아무 말도 하지 않고 마오즈 할머니 뒤에 잠시 서 있다가 콧속 깊숙한 곳에서 끌어올린 공기로 흥하고 콧방귀를 세게 뀌고는 마오즈 할머니 집을 나왔다.

맨 처음 서우훠마을에는 마을 간부가 없었다. 해방 이후에도 마을에 간부가 없다보니 마을 사람들 모두 대가족처럼 이리저리 흩어져 있는 상태였다. 십몇 년, 혹은 이십몇 년 전에 공사에서는 이 마을 사람들을 전부 어느 큰 대대의 범주로 편입시키려 했었다. 하지만 이백 명이 넘는 장애인들을 관할로 수용하겠다는 대대는 한 곳도 없었다. 하는 수 없이 자체적으로 하나의 대대를 구성해야 했다. 하지만 또 그러기에는 인구가 너무 적었다. 겨우 생산대 하나 정도밖에 되지 않았다. 대대니 생산소대니 하는 이름이 어울리지 않았다. 바이수의 자연 촌락이다보니 결국 온갖 잡다한 일들을 단속하고 관리하는 것이 전부 마오즈 할머니의 몫이었다. 해방이 되자 마오즈 할머니가 나서서 하늘도 저버린 서우훠마을을 이 세상의 향, 현에 편입되게 했으니 이 마을의 일을 관리하는 사람도 당연히 마오즈 할머니여야 했다. 예컨대 회의를 하거나 공출미를 내거나 면화를 팔 때, 상부에서 긴급하게 온 세상에 알려야 하는 중요한 정무가 있거나 이웃끼리 다툼이나 논쟁이 벌어졌을 때, 고부간에 사이가 틀어져 원수가 되었을 때도 항상 마오즈 할머니가 나서서 해결해야 했다. 마오즈 할머니가 서우훠마을에 기꺼이 정착할 마음이 없었다면 아마 여러 해 전에 이미 그녀가 향장이든 현장이 되었을 것이다. 하지만 그녀는 서우휘마을에 남아 살고 싶어했다. 그러니 당연히 마오즈 할머니가 서우휘마을의 주사⁷⁾인 셈이었다.

마을의 맥장에서 서우휘마을 축제를 준비하는 일은 당연히 마오즈 할머니의 주관하에 이루어졌다. 흉년을 제외하고 십몇 년 동안 해마다 서우휘마을 축제를 마오즈 할머니가 조직하고 준비해왔다. 마을 안에서 일어나는 크고 작은 일들을 전부 마오즈 할머니가 관리한 셈이다. 마오즈 할머니는 요즘 사람들이 흔히 말하는 마을 간부가 아니었다. 촌장도 아니고 지부 서기도 아니었다. 생산대장이나 촌민 조장 같은 것도 아니었다. 서우휘마을에서는 다른 마을들처럼 마을 간부를 선출한 적이 없었다. 이전의 구區나 공즘公社, 지금의 향정부에서도 아무개가 이 마을의 간부라고 선포한 적이 없었다. 그럼에도 상부에서는 해야 할 일이 생길 때마다 항상 마오즈 할머니를 찾아왔다. 그러면 마오즈 할머니는 잠시 생각해보고 나서 어떤 일은 곧장 처리하기도 하고 어떤 일은 마을 사람들을 대표해 항의하고 들이받아 결국 상부에서 온 사람들을 빈손으로 돌려보내기도 했다. 하지만 서우휘마을 자체의 일이라면, 반드시 마오즈 할머니가 나서서 처리해야 했다. 마오즈 할머니 없이는 누구도 마을을 이끌어갈 수 없었다. 마을에 길을 내고 계곡 하천에 다리를 놓는 일도 그랬다. 비가 내려 우물이 무너져내렸거나, 일 년 내내 그 우물에 낙엽이 떨어지고 섶나무가 떨어졌거나, 아니면 누구네 집 아이의 신발과 모자가 우물에 빠졌거나, 그것도 아니면 어느 집의 누군가가 더이상 살고 싶지 않다며 우물에 몸을 던졌다면, 세월이 흐르면서 그 우물은 더이상 달콤하게 목을 축일 만한 수원이 되지 못할 테니, 결국 우물물을 다 퍼낸 다음에 우물 벽을 깨끗이 씻어내야 했다. 이런 일에 마오즈 할머니가 나서지 않고 내버려두면 마을 사람들은 아무 일도 못하고 속수무책이었다. 오직 마오즈 할머니만이 이러한 공동의 일들을 이끌고 처리할 수 있었다.

물론 마을에는 해마다 서우훠마을 축제도 있었다.

하지만 흉년인 올해는 서우훠마을 축제를 류 현장이 직접 준비했다. 마오즈 할머니 없이도 서우훠마을 축제는 여전히 요란하고 떠들썩했다. 마오즈 할머니 집에서 나올 때 류 현장이 서우훠마을에 머문 지 이미 아흐레째였다. 맑은 날도 벌써 나흘째 이어지고 있었다. 수많은 사람들이 옥수수 종자를 일찍이 산비탈 밭에 가져다두었다. 하지만 움푹한 땅이나 평평한 땅이나 아직은 축축하고 물이 고여 있어 며칠 더 햇볕을 쬐어야 씨를 뿌릴 수 있을 터였다. 현 정부에서 보내주는 구호양곡 자금은 날이 어두워지기 전까지 비서가 통계자료와 현금을 들고 돌아와야 했다. 물론 이날 그 서우훠마을 축제를 치러야 하고 그 일환으로 주민들에게 구호자금이 지급되어야 했다. 정부는 주민을 보살피고 주민들은 정부의 은혜를 기억하는 것이 수천 년 동안 전해져 내려오는 불변의 진리였다. 그런데 뜻밖에도 이번에는 마오즈 할머니가 서우훠마을 축제 준비에 나서지 않았다. 사실 류 현장도 마오즈 할머니가 나서서 준비해주기를 진심으로 바라진 않았다. 그는 그녀가 일을 맡게 되면 틀림없이 축제 과정에 이러쿵저러쿵 말이 많을 것이고, 사람을 이러지도 저러지도 못하게 하는 난처한 일들이 생기리라고 생각했다. 하지만 어쨌든 그녀는 칠십일년을 살아온 사람이고, 이 현에서 유일하게 병자년(1936) 전후로 옌안에 있었던 사람이다. 그리고 상부로부터 반드시 공경해야 할 혁명의 제1세대로 최종적인 인정을 받은 사람이기도 했다. 때문에 현장도 그녀를 찾아가 몇 마디 건네지 않을 도리가 없었다. 그렇다고 그녀가 자기 없이는 현장이 이 조그마한 마을에서 축제 하나 치러내지 못하리라 생각하진 않을 것이었다.

정말 웃기는 이야기였다.

마오즈 할머니 집에서 나온 류 현장은 곧장 마을 한가운데 있는 늙은 홰나무 아래로 종을 치러 갔다. 마침 해가 남쪽 하늘 한가운데 떠 있었다. 점심을 먹던 절름발이 몇 명이 마을 한가운데 평지에 모여 있었다. 이들 가운데 나이가 많은 사람으로 목수가 하나 있었고 나머지는 젊은이들이었다. 다리를 절단한 한 명을 빼면 나머지는 모두 다리를 좀 절기는 해도 한 번도 지팡이를 짚어본 적이 없는 사람들이었다. 밥그릇을 들고 있던 이들이 류 현장을 보더니 일제히 밥그릇을 허공에 높이 치켜들고 웃으면서 물었다. "현장님, 식사하셨어요?"

현장이 대답했다. "먹었어요. 이제야 식사들 하시나요?"

그들이 말했다. "거의 다 먹었어요. 저희들 집에 가셔서 몇 술 더 뜨시지요."

현장이 말했다. "아닙니다." 그러고는 물었다. "서우훠마을 축제에 참가하실 거지요?"

젊은 절름발이 몇몇이 환한 얼굴로 말했다. "그럼요. 누가 안 하겠어요. 저희는 줄곧 마오즈 할머니가 나서서 축제를 조직해주시길 기다리고 있습니다."

현장은 선 채로 그들의 얼굴을 빤히 쳐다보았다. "마오즈 할머니가 하지 않으시면 참가하지 않을 건가요?"

나이 많은 절름발이가 대답했다. "할머니가 안 하시면 누가 하나요?"

현장이 말했다. "제가요."

그 절름발이가 말했다. "현장님도 참, 농담을 잘하시네요."

현장이 말했다. "정말로 제가 할 겁니다."

절름발이 몇몇이 일제히 현장의 얼굴을 뚫어져라 쳐다보았다. 한참 동안 아주 자세히 살펴보았지만 이상한 구석은 찾을 수 없어서 곧바로 눈길을 거뒀다. 나이 많은 절름발이가 밥을 먹으면서 눈길을 다른 곳으로 향한 채 말했다.

"류 현장님, 우리 서우훠마을 주민 백구십일 명 가운데 어른 아이 합쳐서 맹인이 서른다섯이고 귀머거리에 벙어리가 마흔일곱, 절름발이가 서른셋입니다. 여기에 한쪽 팔이 없거나 손가락 하나가 떨어져나간 사람, 혹은 손가락 하나가 더 있는 사람, 키가 자라지 못한 사람, 여기저기 모자라거나 불편한 사람들도 수십 명이지요. 현장님 혹시 이렇게 온전치 못한 사람들의 꼴불견을 보고 싶으신 건가요?"

얼굴에서 핏기가 싹 가신 현장이 그 나이 많은 절름발이를 빤히 쳐다보며 말했다. "선생이 노련한 목수라는 걸 잘 압니다. 아주 빠른 속도로 나무를 조각할 수 있다는 것도 알지요. 분명히 말씀드리지만 저는 무슨 꼴불견을 구경하려는 게 아닙니다. 저는 여러분을 보살피는 부모관父母官이에요. 여러분의 친아버지, 친어머니나 다름없지요. 현 전체의 팔십일만 주민들 모두 저의 친자식이나 마찬가집니다. 제가 그 모든 분들의 먹고사는 일을 책임지고 있지요. 여러분은 유월에 눈이 내리는 재난을 당했습니다. 제가 내일 즉시 여러분께 구호 식량과 구호금을 지급할 겁니다. 그래서 내일 서우휘마을 축제를 열고자 하는 겁니다. 마을 축제에서 식량과 돈을 나눠드릴 예정입니다. 여러분이 서우휘마을 축제에 참가하시기만 하면 식량과 돈을 받으실 수 있습니다. 아마도 평소에 작물을 수확하여 버시던 것보다 더 많은 액수일 겁니다. 하지만 참가하지 않으시면 아무것도 없습니다."

모두들 또다시 현장의 얼굴을 빤히 쳐다보았다.

하지만 현장은 가버렸다.

그들이 현장의 얼굴에서 뭔가를 읽어내기도 전에 가버렸다. 구불구불 좁고 긴 마을에 길이라고는 이 길 하나뿐이었다. 하나뿐인 거리이기도 했다. 해가 거리 위로 매섭게 내리쬐는 바람에 사람들은 당혹감을 감추지 못했다. 닭과 돼지들도 담장 그늘로 몸을 숨겼다. 현장은 다부진 체격으로, 키가 약간 작고 통통한 편이었다. 그림자는 그의 절반밖에 되지 않는데다 거무튀튀했고, 그의 등뒤로 소리 없이 굴러다니는 시커먼 공 같았다. 신발은 가죽 샌들을 신고 있었다. 샌들 뒷굽이 딱딱 땅바닥을 때리는 소리가 요란했다. 현장은 아주 단호하게, 화가 나기라도 한 것처럼 뒤도 한번 돌아보지 않고 가버렸다. 마을의 홰나무에는 소달구지 바퀴로 만든 종이 매달려 있었다. 홰나무는 몸통이 북 둘레만큼이나 굵었고 사람 키 높이에서 뻗은 가지는 굵기가 사발만했다. 종은 바로 그 가지에 매달려 있었다. 종을 맨 철사가 가지를 파고들까 염려되어 철사 안쪽에 신발 밑창을 대어놓았다. 지금 현장은 종만 본 것이 아니라 그 고무 밑창도 보았다. 늙은 홰나무가 새싹 내음을 잔뜩 내뿜고 있었다. 고무 밑창에서는 썩은 고무 냄새가 났다. 달구지 바퀴로 만든 종과 그 굵은 철사에서는 비릿한 녹 냄새가 났다. 두말할 것도 없이 그 종은 이미 십몇년째 쉬고 있었다. 아마도 무오년(1978) 말해에 세상의 땅을 전부 각 세대 백성들에게 골고루 분배한 뒤로 종의 용도는 이미 사라진 것인지도 몰랐다. 종을 치러 오는 사람도 거의 없었다. 바깥 마을 사람들은 시도 때도 없이 회의를 열어야 했고, 확성기가 없으면 쇠종이라도 쳐야 했지만, 서우휘마을처럼 작고 낙후한 마을은 현 정부나 향 정부 모두 그 존재를 기억하면서도 무슨 일이 일어나고 있는지 알아보러 오는 사람이 거의 없었다. 나무에 매달려 있는 달구지 바퀴 종은 어쩌면 평생 치러 오는 사람이 없을지도 몰랐다. 한여름에 새로 돋는 홰나무의 싹 내음 속에서 바퀴의 붉은 녹 냄새는 물줄기 하나가 선명하게 푸른 강물 속을 흐르는 것 같았다. 그런데, 바로 지금, 현장이 종을 직접 치려 하고 있었다. 종의 용도를 다시 소환하려는 것이었다. 현장은 이미 홰나무 종 아래에 와서 종을 칠 벽돌을 찾고 있었다. 이때, 조금 전 밥을 먹던 자리에서는 말 한마디 하지 않던 외다리 원숭이 녀석이 지팡이를 짚고서 그의 뒤를 따라붙었다.

"류 현장님!" 현장을 부르는 그의 얼굴이 시뻘갰다.

현장이 몸을 돌렸다.

"종 치실 필요 없어요. 제가 집집마다 다니면서 알리겠습니다. 원래 마을에 대소사가 있을 때마다 마오즈 할머니가 제게 한 집 한 집 찾아다니며 알리게 하셨었거든요." 말을 마친 외다리 원숭이는 지팡이를 짚고 곧장 마을 앞쪽의 맹인네로 향했다. 걸음이 어찌나 빠른지 오른쪽 지팡이가 땅바닥을 가볍게 딛기 무섭게 왼쪽 다리가 땅에서 떨어졌고, 또 왼발이 바닥에 닿자마자 지팡이와 몸은 어느새 오른발 앞에 가 있었다. 그는 걷는 게 아니라 폴짝폴짝 뛰고 있었다. 온전한 사람이 뛰는 것만큼 빨랐다. 눈 깜짝할 사이에 맹인네 집에 도착한 그는 이미 그 집 대문 안으로 들어서고 있었다.

현장은 줄곧 뒤에 서서 놀란 눈으로 그의 뛰는 모습을 좇았다. 사슴이나 망아지가 들판을 이리저리 뛰어다니는 것 같았다. 외다리 원숭이는 그렇게 한 집 한 집 찾아다니면서 소식을 알렸다.

그가 소리쳤다. "이봐요, 큰 맹인댁, 내일 아침 일찍 서우휘마을 축제가 열립니다. 현장님이 직접 식량과 돈을 나눠주신답니다. 안 오시는 댁은 내년 봄에 굶어죽게 될 겁니다!"

"이봐요, 넷째 맹인댁, 내일 아침 일찍 서우휘마을 축제가 열립니다. 내년 봄에 굶어죽고 싶으면 참가하지 않아도 돼요!"

"이봐요, 절름발이 아주머니, 현장님 뵙고 싶지 않으세요? 뵙고 싶으면 내일 서우휘마을 축제에 나와 솜씨 좀 보여주세요."

"이봐, 샤오주, 집에 가서 아버지 어머니께 전해라. 내일 해가 뜨자마자 마을 입구에서 서우휘마을 축제가 열리고 사흘 동안 계속된다고 말이야."

집집마다 빠짐없이 알렸다.

다음날, 동쪽 하늘이 발갛게 물들어오자 사람들은 아침밥도 거르고 구름처럼 마을 어귀의 공터로 몰려들었다. 햇살은 따스하고 부드러웠다. 바람도 가볍게 불어왔다. 남자들은 홑저고리만 걸친 아주 편안한 차림이었다. 여자들도 무명 적삼 차림이라 온몸이 편안했다. 공터는 수면처럼 평평하고 넓은 땅이었다. 원래는 마을 공동의 맥장이었지만 토지 분배 이후로 맹인네 맥장이 되었다. 마을에서는 무슨 일이든 될 수 있으면 맹인들을 먼저 배려했다. 어머니들이 젖을 몇 모금이라도 더 먹이려는 아이들처럼 맹인들은 서우훠마을에서 많은 보살핌을 받고 있었다. 공터 역시 마을과 가깝고 면적도 넓다보니 맹인네에게 맥장으로 쓰게 한 터였다. 맹인네 맥장이긴 하지만 공익을 위한 집회 같은 것이 필요할 때면 사람들은 늘 이 맥장으로 모였다. 이 맥장이 바로 마을의 집회 장소이자 연극 무대였다. 한 무 정도의 크기에 한쪽은 도로로 이어지고 양면에는 밭이 붙어 있었다. 나머지 한 면은 석 자 높이의 둑이었다. 둑 위로는 널따란 경사지가 펼쳐졌다. 경사지의 땅 주인은 나이가 쉰셋에 외팔이였다. 엄마 뱃속에서부터 한쪽 팔이 없는 채로 나왔다. 방망이처럼 한 마디밖에 없었다. 하지만 한쪽 팔로도 괭이를 들어 땅을 파, 충분히 땅을 갈고 일굴 수 있었다. 매년 서우훠마을 축제가 열릴 때마다 바깥 마을에서 떠들썩한 분위기를 구경하러 찾아온 사람들 중 맥장에 자리를 잡지 못한 이들은 그냥 서 있거나 아니면 이 경사지의 밭에 앉곤 했다. 그러다보니 열심히 쟁기질을 하고 써레로 잘 다듬어놓은 땅이 사흘 내내 이 사람 저 사람 발에 마구 밟히면서 어느새 길이 난 것처럼 딱딱하게 다져져버렸다. 결국 서우훠마을 축제가 끝나고 나면 땅 주인은 또다시 땅을 갈고 써레질을 해야 했다. 소를 몰아 땅을 다시 갈면서 그는 사람들이 땅을 죽도록 밟아 평평하게 다져놓은 것을 원망했다. 하지만 그렇게 원망하면서도 마음속으로는 흐뭇한 미소를 참지 못했다. 누군가 해마다 밀을 베고 나서 서우훠마을 축제가 열리기 전에 그가 먼저 밭에 나가 땅을 일구는 모습을 보았다. 그 누군가가 물었다. "아저씨, 서우훠마을 축제가 아직 열리기 전이잖아요. 지금 땅을 일구면 사람들에게 밟혀 도로 단단해지지 않겠어요?" 그는 좌우를 둘러보며 주위에 아무도 없는 것을 확인하고는 웃으면서 목소리를 낮춰 대답했다. "이보게 조카, 자넨 모를 거야. 땅을 이렇게 한번 뒤집어놓은 다음에 사람들이 앉고 밟으면 신발에 묻었던 재나 사람들이 뀌는 방귀가 전부 흙 속에 스며들 게 아닌가. 그러면 일 년 내내 거름을 안 줘도 된다네."

올해도 외팔이는 땅을 다 일구어놓았다. 유월에 폭설이 내린 흉년이라 서우훠마을 축제는 열리지 않을 거라고 생각했다. 그런데 축제가 열린다고 하고, 게다가 현장이 직접 주관한다는 소식에 그는 가장 먼저 축제 장소로 나온 터였다. 이어서 마을 사람들이 속속 도착하기 시작했다. 등받이 없는 걸상이나 의자를 들고 오는 사람도 있고 짚을 엮어 만든 자리를 내오는 사람도 있었다. 아침 일찍 이웃 마을에 사는 친척들에게 구경 오라고 알리고 나서 친척들이 앉을 걸상까지 맥장에 내다놓으며 일찌감치 커다란 자리를 맡아두는 사람도 있었다. 삼 간에서 오 간*쯤 되었을까, 평소 같았으면 사람들이 전부 밭에 나가 한창 일을 하고 있을 시각에 맥장에 걸상과 의자들이 빼곡히 들어찼다. 터의 귀퉁이에는 나무 말뚝이 몇 개 박혀 있었

---

* 해가 뜬 정도를 대나무 장대의 길이에 비유한 단위로, 삼 간은 오전 일곱시에서 열한시, 오 간은 정오 전후를 가리킨다.

다. 말뚝 위에는 들보를 얹어 철사로 단단히 고정시켜 묶은 다음, 그 위에 다시 문짝 몇 개를 걸쳐놓았다. 그리고 그 문짝 위에 멍석을 깐 것이 바로 무대였다. 무대는 절름발이 목수가 설치했다. 젊은이 몇 명을 데리고 톱과 망치, 도끼 같은 간단한 도구만 가지고 금세 이 무대를 만들어낸 것이다.

무대 아래에는 걸상들도 가지런히 줄을 맞춰 놓여 있었다.

이웃 마을에서 바러우조를 부를 줄 아는 사람들을 남녀 한 명씩 초청해 왔다.

원래 한자리에 다 모으기 힘든 악대는 서우휘마을 축제가 있기 며칠 전에 미리 와달라고 부탁해두고 보수 같은 문제도 다 얘기가 되어 있어야 했다. 하지만 올해는 뜻밖에도 현장이 직접 서우휘마을 축제를 조직하다보니 악대와 악기를 어떻게 한꺼번에 다 불러모으는지 그는 알지 못했고, 보수에 대해서는 상의할 필요가 없었다. 현장이 직접 서우휘마을 축제를 조직한다는 소식이 밥때가 되면 으레 밥 짓는 연기가 피어오르듯 어제 이미 각 마을에 모두 전달되었기 때문이다. 오늘 아침 해가 뜨자마자 축제를 구경하려는 이웃 마을 사람들이 다리 위에 이미 잔뜩 무리지어 늘어서 있었다. 해가 마을 중천에 떴을 때는 맥장이 사람들로 꽉 들어찼다. 사람들이 머리를 움직일 때마다 천지가 온통 검정빛이었다. 둑 위의 경사지에도 앉거나 선 사람들이 가득했다. 쉰세 살의 외팔이가 그곳을 왔다갔다하면서 소리쳤다. "당신들이 내 땅을 밟아 죽이고 있소. 내 땅을 밟아 죽이고 있다고. 얼마 전에 다 갈아놓은 땅이란 말이오. 이럴 줄 알았으면 땅을 갈지 않았을 텐데." 그는 고통스러운 듯한 표정으로 이렇게 연신 푸념을 늘어놓으면서도 한편으로는 만면에 미소를 머금고 있었다. 바깥 마을에 사는 친척과 지인들이 늦게 도착해 서거나 앉을 자리가 없는 것을 보고는 그가 말했다. "저기 내 땅에 가서 앉아요. 오래 앉아서 단단해지더라도 다시 갈면 될 테니까."

그 땅에는 점점 더 많은 사람들이 와서 앉았다.

마을에서 약방을 운영하는 절름발이의 아내는 탄불을 맥장으로 내와서는 구수한 냄새가 나는 거무튀튀한 차단*을 한솥 삶았다. 맥장 한쪽이 그녀가 삶는 구수한 차단 냄새로 가득찼다.

어느 귀머거리네는 땅콩을 한 자루 볶아 마당 한쪽에 늘어놓았다.

해바라기 씨를 파는 사람도 땅콩 매대 옆에 자리를 깔았다.

이웃 마을 여인네들은 마을로 뭘 들고 들어오는지 보지도 못했는데 어느 틈에 그 경사지에 자리를 잡고 불을 피운 뒤, 가져온 건두부 조각들을 삶기 시작했다. 두부 조각들을 기름 솥에 넣고 튀긴 다음 대꼬챙이에 몇 장씩 꽂아 다시 냄비에 넣고 삶는 것이었다. 냄비에는 기름 없이 물만 넣고 산초와 팔각, 소금, 조미료 등을 곁들여 삶았다. 따로 진귀한 향신료 같은 것을 넣지 않았는데도 두부가 노르스름하고 바삭바삭한 것이 그렇게 맛있을 수가 없었다. 온 천지가 두부를 삶는 노릇노릇하고 하얀 냄새로 가득했다. 이때 풍선 파는 사람도 나타났다. 돌로 만든 호루라기를 파는 사람도 나타났다. 빙탕후루**와 탕수이주리***를 파는 사람도 왔다. 붉은 흙으로 빚어

---

* 찻잎과 오향, 소금 등을 넣고 삶은 달걀.
** 산사나무 열매나 해당나무 열매를 꼬치에 꿰어 설탕물을 묻혀 굳힌 과자.
*** 설탕물에 끓인 배.

구운 불상과 통통한 아기 인형을 파는 사람도 왔는데, 물이 담긴 대야 하나를 높다란 걸상 위에 올려놓고 물속에 아기 인형과 불상을 담가두고 있었다. 물속에 들어가니 인형들이 훨씬 더 붉고 선명하게 보였다. 더운 물이다보니 통통한 아기 인형을 물속에서 꺼내자 아기 인형의 위로 쳐들린 고추에서 바늘처럼 가느다란 물줄기가 뿜어져 나왔다. 마치 발가벗은 아이가 고추를 치켜들고 하늘을 향해 오줌을 갈기는 것 같았다. 너무나 생생한 모습이었다. 인형이 오줌을 갈기자 주위를 둘러싸고 있던 사람들이 일제히 웃음을 터뜨렸다. 누군가 주머니를 뒤져 돈을 꺼내 오줌을 갈긴 인형을 샀다. 물에 잠겨 있는 불상도 샀다.

공터는 사람들이 내는 소리로 들끓었다. 사람들이 갈수록 더 많아졌다. 마치 산 속에서 묘회*가 열리기라도 한 것 같았다. 향과 지전紙錢을 파는 사람들도 왔다. 원래 마오즈 할머니가 주관하던 서우휘마을 축제는 그저 한 해의 수확을 축하하는 자리였다. 일 년 내내 바쁘게 일했으니 마을 사람들 모두를 쉬게 하자는 뜻으로 한데 모여 사흘 내리 먹고 마시며 노는 것이 전부였다. 그런데 올해는 현장이 축제를 조직하고 주관했다. 그는 어쩌다 이렇게 사람들이 새카맣게 몰려와 인산인해를 이루는지, 어째서 경사지 외팔이네 밭뿐만 아니라 길가에까지 사람들이 꽉꽉 들어차는지 알지 못했다. 마을 사람들이 다 같이 먹을 만터우를 쪄내고 밥을 짓기 위해, 길가에 설치했던 대

---

* 옛날 중국에서 잿날이나 명절에 절 안이나 절 부근 거리에 임시로 장이 서고 온갖 민간 기예 공연이 이루어지던 것.

형 부뚜막까지 마을 가운데 귀머거리네 부엌이 있는 공터로 옮겨졌다.

해는 또 장대 하나만큼 더 높이 솟았다.

악대와 연주자들이 무대 서쪽에서 준비를 마치고 대기했다.

쥐메이와 마오즈 할머니는 이 축제를 보러 나오지 않았지만, 그집 딸들은 이미 공터 여기저기에 흩어져 있었다. 해의 열기가 아침보다 훨씬 맹렬해졌다. 햇볕이 내리쬐는 곳에 서 있던 남자들 가운데는 걸치고 있던 저고리와 적삼을 벗어던진 사람도 있었다. 머리에서 땀이 줄줄 흘러내리고 등줄기에서도 땀이 흘러 온몸이 번들거렸다. 너무 더워서 그런지 누군가 큰 소리로 외쳤다. "왜 아직 시작하지 않는 거요?" 그러자 누군가 어디서인지 모르게 대답하는 소리가 들려왔다. "현장이랑 비서가 아직 도착하지 않았는데 어떻게 시작합니까?" 무대 아래는 온통 뜨거운 광란의 열기였다. 먼 산에 흩어져 풀을 뜯고 있던 양들이 사람들의 요란한 소리에 놀라 멍하니 이쪽을 바라보았다. 마을 골목 어딘가 나무에 매여 있던 소도 홍수처럼 혼탁하고 두터운 울음소리를 토했다.

기와처럼 파란 하늘에 흰구름이 엷게 펴져 있었다. 흰빛은 솜처럼 희고 푸른빛은 호숫물처럼 푸르렀다. 세상에 다 담을 수 없는 조용함이 가득했다. 서우훠마을 어귀의 공터만 떠들썩하게 들끓고 있었다. 커다란 떠들썩함이지만 또한 커다란 쓸쓸함이기도 했다. 고요함 속에서 끓고 있는 냄비 물이었다. 길가 나무 위로 올라간 아이는 기다리기가 너무 답답하고 초조했는지 나뭇가지를 흔들어댔다. 그러자 대규모 열설에 얼어 말라죽은 마른 잎들이 우수수 떨어졌다. 누군가 갑자기 큰 소리로 외쳤다.

"현장과 비서가 왔다."

"현장과 비서가 왔어요."

사람들이 자동으로 양쪽으로 비켜서 길을 열어주었다. 들을 수도 있고 볼 수도 있는 절름발이와 팔이나 손이 없는 사람들은 무대 앞 가장 가까운 자리에 몰려 있었다. 귀머거리와 벙어리들은 볼 수는 있기 때문에 자동적으로 절름발이와 팔이나 손이 없는 사람들 뒤에 앉았다. 맹인들은 보이진 않지만 들을 수는 있기 때문에 누구와도 자리를 다투지 않았다. 바러우조가 들릴 만큼 조용한 곳이면 됐다. 물론 무대에서 가장 가까운 곳에는 반 귀머거리인 마을 노인 몇몇이 자리를 잡았다. 그들은 귀가 먹긴 했지만 완전히 귀가 먹은 진짜 귀머거리는 아니어서 크게 지르는 소리는 전부 또렷하게 들을 수 있었다. 그래서 서우훠마을 사람들은 자연스럽게 그들을 맨 앞쪽에 앉혔다. 이처럼 서우훠마을에서 회의가 열리거나 연극을 관람할 때, 또 서우훠마을 축제 공연을 관람할 때면 누가 앞에 앉고 누가 뒤에 앉는지 항상 선후의 규칙이 있었다.

맹인이 앞쪽으로 비집고 들어가면 누군가 말했다. "보이지도 않으면서 앞으로 가서 뭐해요?"

그러면 맹인은 웃으면서 몸을 돌려 뒤쪽으로 되돌아갔다.

벙어리들은 일반적으로 대부분 귀머거리이기도 하다. 때문에 농인이 무대 앞을 향해 비집고 들어가면 누군가 말했다. "들리지도 않으면서 그렇게 좋은 자리에 앉아서 뭐하려고 그래요." 그러면 농인은 무대 앞의 자리를 얼른 다른 사람에게 양보했다.

하지만 절반 정도는 들을 수 있는 농인일 경우, 누군가가 또 소리친다. "셋째 아저씨, 여기 앉으시면 잘 들릴 거예요."

"넷째 아주머니, 이쪽으로 오세요. 여기가 연주자들이랑 아주 가까워요."

자리는 이렇게 대략적인 규칙에 따라 정해졌다. 물론 몸이 온전한 사람들은 대부분 맨 앞쪽에 앉았다. 남자든 여자든 일찍 온 사람은 좋은 자리를 차지했고, 간혹 본인은 나타나지 않으면서 아이를 시켜 친척들을 위해 좋은 자리를 맡아두는 사람도 있었다. 그렇게 맡은 자리는 또 맡아둔 대로 누구 하나 나서서 뭐라고 하는 일이 없었다. 한마을에 살면 네 친척이 곧 내 친척이나 마찬가지라 뭐라고 하는 사람이 없는 게 당연했다. 바깥 마을에서 구경 온 사람들도 대부분은 이런 규칙을 잘 알았다. 서우훠 사람들의 마을 축제이지 자기네 마을의 축제가 아닌 만큼, 알아서 서우훠 사람들 바깥쪽으로 한두 겹 에워싼 상태로 서거나 앉았다.

사실 바깥쪽 어디에 앉아도 들릴 건 다 들리고 보일 건 다 보였다. 문제는 이것저것 파는 장사꾼들로부터의 거리였다. 연기도 많이 나고 뜨겁기도 한 데다가 아이들이 장사꾼들 주위를 이리저리 왔다 갔다 하면서 장사꾼들 겨드랑이 사이로 비집고 다니는 통에, 그 근처에서 공연을 보는 사람들은 구경을 해도 마음을 집중할 수 없었다. 서우훠마을 사람들의 절술[9] 공연을 보면서도 정신이 산만하기만 했다. 하지만 다시 생각해보면 어차피 시끌벅적한 분위기를 구경하러 온 것이기 때문에 크게 문제될 것은 없었다. 그냥 바깥쪽에 서 있기만 해도 마음이 편했다.

정말이지 안으로 아홉 겹, 밖으로 아홉 겹을 에워싼 사람들의 머리가 가을에 맥장에 널어놓는 검은콩 같았다. 얘기를 나누고 누군가를 부르는 소리가 땅바닥의 황토를 들썩들썩 뒤흔들어 먼지가 자욱하게 흩날렸다.

현장과 비서가 모두 도착했다. 해는 이미 가늠할 수 없을 정도로 높이 솟아 있었다. 두 사람 모두 얼굴 가득 미소를 머금고 나타나 외다리 원숭이 녀석의 안내를 받으며 공터로 들어섰다. 사람들은 자동적으로 양쪽으로 흩어져 길을 열어주었다. 현악기와 북을 시험해보던 연주자들도 현악기 소리와 생황 소리, 피리 소리, 북소리를 멈췄다. 무대 앞 가장 좋은 자리는 현장과 비서가 차지했다. 몇 치 높이의 붉은 의자가 놓여 있었다. 대나무로 짜고 그 위에 붉은 칠을 한 의자였다. 의자 표면에 노란 칠로 쓰인 희囍자도 아직 닳지 않은 상태였다. 두말할 것도 없이 어느 집 처자가 서우훠로 시집올 때 부모님이 혼수로 보내준 의자임에 틀림이 없었다. 그런 의자가 지금 이 순간 영광스럽게도 현장과 비서의 전용 의자가 된 것이었다.

현장은 군용 외투를 여러 날 벗어둔 채 입지 않았다. 지금은 목이 둥근 흰색 티셔츠에 회색 바지 차림이었다. 티셔츠는 얌전히 바지 안에 집어넣은 상태였다. 상고머리에 붉은 얼굴, 약간 튀어나온 배와 드문드문 흰 머리칼이 보이는 머리가 영락없이 전형적인 현장의 모습이었다. 바러우산맥의 농부들 같지도 않고 성도省都나 주두 같은 대도시의 호텔 문을 들락거리는 대단한 인물 같지도 않았다. 약간 촌스러운 것 같지만 바러우산맥의 서우훠마을 사람들과 함께 서 있으면 충분히 서양물이 느껴졌다. 하지만 그의 그런 모습도 외부의 더 큰 세상 사람들과 비교하면 촌스러운 구석이 선명히 드러났다. 물론 중요한 것은 그의 촌스러움과 외모가 아니었다. 중요한 것은 비서의 모습이었다. 비쩍 말라 호리호리한 체구, 희고 깔끔한 얼굴, 잘 다려 날이 서 있는 바지 안쪽에 눈처럼 흰 셔츠를 잘 수습해 집어넣고 까맣고 윤기 흐르는 머리칼을 한쪽으로 가르마를 타 넘긴 비서의 모습은 어느 모로 보나 큰 세상 사람 같아 보였다. 그런 큰 세상 사람이 누군가의 비서라는 사실이 그 누군가의 기세를 한층 더 부각시켜주는 것 같았다. 그래서 현장은 빈손으로 비서의 앞에서 걷고, 비서는 현장 뒤에서 현장의 물컵을 받쳐들고 있는 것이었다. 그 컵이 장아찌를 담았던 것이긴 하지만, 서우훠마을 축제에 온 사람들 중에 물컵을 가진 사람은 현장뿐이었다. 그래서인지 현장은 길을 걸으면서 고개를 높이 쳐들고 있는데 비해 비서는 전후좌우를 똑바로 살피면서 걷는 수밖에 없었다. 서우훠 사람들과 서우훠마을 축제를 보러 온 사람들도 현장과 그의 비서를 올려다볼 수밖에 없었다. 모든 사람들의 눈길이 현장과 비서를 따랐다. 차단을 파는 사람과 두부를 파는 사람, 빙탕후루를 파는 사람들이 번갈아가며 외쳐대던 소리가 일시에 잠잠해졌고 아이들도 더이상 사람들 사이를 이리저리 비집고 다니지 않았다. 악기 연주자들이 실수로 북채를 떨어뜨려 나는 소리 외에는 아무 소리도 들리지 않을 정도로 조용했다.

서우훠마을 축제가 곧 시작되려 하고 있었다.

축제를 시작하기 전에는 일반적으로 누군가의 치사가 있게 마련이다. 예전에는 늘 마오즈 할머니가 그 자리에 서서 몇 마디 하곤 했었다. 그녀는 항상 이렇게 말했다. "어젯밤에 어디서 왔는지 우리집에 눈먼 개 한 마리가 왔어요. 누군가 두 개의 눈을 찔렀더라고요. 가엽게도 눈두덩에서 계속 고름이 흘러나오고 있어요. 나는 다시 집에 돌아가 정리를 좀 해야 할 것 같으니 여러분은 여기서 창희*를 부르고 듣고 하세요. 사흘 동안은 어느 집도 일을 하거나 음식을 해선 안 돼요. 친척들이 찾아오면 전부 이리로 데려오세요."

혹은 이렇게 말하기도 했다. "저는 아무 말도 안 할 테니 여러분이 얘기해보세요. 상부조[11]를 먼저 할까요, 아니면 바러우조를 먼저 할까요?"

그러면 누군가 바러우조를 먼저 듣자고 외쳤다. 그러면 바러우조를 먼저 불렀다. 혹은 누군가 일어서서 상푸조를 듣자고 미친듯이 고함을 질렀다. 그러면 또 상푸조를 불렀다.

마오즈 할머니가 무대에 올라가지 않고 무대 아래에서 말을 할 때도 있었다. "시작합시다! 시작하자고요!" 그러면 연설이 끝난 걸로 치고 곧바로 현악기 연주가 시작됐다. 창희가 시작된 것이다. 서우휘마을 사람들의 절묘한 기예는 두말할 것도 없이 창희 다음 순서였다.

하지만 오늘은 마오즈 할머니가 오지 않고 외다리 원숭이가 앞장에서 걸어가고 있었다. 그는 현장을 위해 이미 넓게 열린 길을 열면서 공터 앞쪽에 설치된 일 미터 높이의 무대 옆까지 와서는 지팡이로 땅바닥을 쿵 짚으며 펄쩍 뛰어 무대 위로 올라섰다. 무대로 뛰어올라간 그가 큰 소리로 외쳤다. "이어서 현장님의 말씀을 듣도록 하

---

* 전통 지방극을 말함.

겠습니다!" 그러고는 다시 무대 아래로 펄쩍 뛰어내렸다.

뛰어내려선 그는 무대 아래에 있던 귀머거리의 어깨를 툭툭 치더니 귀머거리의 엉덩이 밑에서 높은 걸상 하나를 빼내 무대 아래에 놓아 대답자[13]를 만들었다.

현장은 그 걸상으로 만든 대답자를 밟고 무대 위로 올라섰다.

그는 무대 중앙 앞쪽에 서서 서우훠마을 축제를 구경하기 위해 새카맣게 모여든 바러우 사람들을 내려다보았다. 해가 누렇게 타오르며 머리 위에서 불타고 있었다. 모든 사람들의 머리가 반짝반짝 빛났다. 둑 위 경사지에 서 있는 사람들은 전부 목을 길게 빼고 무대 위를 바라보았다. 현장은 막 입을 열어 연설을 시작하려다가 다시 입을 닫았다. 갑자기 한 가지 사실을 깨달은 것이다. 수백 명이 모인 이 공터에서 아직 아무도 자신에게 박수를 보내지 않았다. 그리하여 그는 그렇게 조용히 기다렸다.

서우훠 사람들은 바깥 마을 사람들처럼 수시로 회의를 열지도 않는데다 현장이 직접 주관한 서우훠마을 축제는 처음이라 현장의 의도를 알 길이 없었다. 또한 현장이 어디서 연설을 하든지, 밥을 먹기 전에 상에 음식을 차려놓는 것이 당연하듯, 입을 열기 전에 먼저 우레와 같은 박수 소리를 들어야만 하는 사람인 것도 알 길이 없었다. 이런 일은 마오즈 할머니가 주관해야 하는데 왜 그녀가 와서 몇 마디 하지 않는지, 왜 현장과 비쩍 마른 비서를 따라 함께 오지 않았는지, 왜 오늘은 마을에서 별 볼일 없는 인물인 외다리 원숭이 녀석이 마오즈 할머니를 대신하는 건지도 몰랐다. 어쨌든 꽉 막혀버린 상황이었다. 현장은 무대 위에서 마을 사람들의 우레와 같은 박수 소리를 기다리고 있고, 바러우 사람들은 무대 아래서 현장의 연설을 기다리고 있었다. 비서는, 한동안 멍하니 서 있다 무대 아래서 현장을 올려다보다가 또 무대 아래 사람들을 바라보았다.

참새가 공터 위를 날아 지나갔다. 날개 치는 소리가 우수수 공터에 모인 사람들 위로 쏟아져내렸다.

현장은 초조했다. 그는 헛기침을 하여 무대 아래 있는 마을 사람들을 일깨웠다.

무대 아래 사람들은 현장의 기침소리를 듣고는 현장이 연설을 시작하려는 전주일 거라고 생각했다. 그래서 갈수록 더 조용해졌다. 공터 한쪽에서는 냄비의 차단이 구르는 소리가 들렸다. 시간은 무대 위의 현장과 무대 아래 백성들 사이에서 더더욱 딱딱하게 굳어져버렸다. 흐르는 물이 갑자기 얼음 기둥이 되어버린 것 같았다. 비서는 초조해졌다. 무슨 일이 일어난 건지 알 수 없었다. 그는 무대 앞쪽으로 다가가 잔을 들어올리며 목소리를 낮춰 물었다. "류 현장님, 물 필요하세요?" 류 현장은 아무 말도 하지 않았다. 하지만 쇠처럼 시퍼런 얼굴이었다. 이때 외다리 원숭이 녀석이 갑자기 무대 한쪽 구석으로 펄쩍 뛰어 올라서더니 다짜고짜 짝짝짝 박수를 치기 시작했다. 그제야 비서도 뭔가를 깨달았는지 황급히 무대 위로 올라가 미친듯이 박수를 치면서 큰 소리로 외쳤다. "여러분, 현장님의 연설을 박수로 맞이합시다!"

천둥번개가 큰 비를 몰고 온 것처럼 무대 아래에 있던 사람들이 일제히 정신을 차리고 와하는 소리와 함께 박수를 치기 시작했다. 박수 소리가 처음에는 작았다가 점차 커졌고, 드문드문하다 이내 아주 조밀해졌다. 마침내 공터가 함성으로 가득찼다. 비서가 박수를 멈추지 않으니 무대 아래의 박수 소리도 멈출 생각을 하지 않았다. 비서는 박수를 하도 쳐대서 손이 다 빨개졌다. 외다리 원숭이 녀석의 손도 빨개지고 무대 아래에 있는 사람들도 덩달아 박수를 쳐대느라 손이 아파왔다. 공터 주변 나무 위의 참새들이 놀라서 전부 날아가버렸다. 마을 어귀의 닭과 돼지 들도 전부 놀라서 자기 집을 향해 달려들 갔다. 그제야 현장의 얼굴에서 쇠처럼 푸르던 빛이 차츰 옅어지면서 혈색이 돌았다. 그가 두 손을 높이 들어 사람들의 손을 멈추게 하려는 자세를 취하자 비서도 박수를 멈췄다.

박수 소리가 일제히 멈췄다.

현장이 무대 앞쪽으로 조금 더 나와 섰다. 얼굴에는 아직 그다지 기쁘지 않은 듯 푸른빛이 남아 있었다. 하지만 그래도 원래의 발그레한 홍조가 번지기 시작했다. 그는 다시 한번 헛기침을 하여 목청을 가다듬은 다음 천천히 목소리를 높여 말했다.

"마을 주민 여러분, 어르신들, 저는 류 현장입니다. 다들 전에 저를 본 적이 없으시겠지만 여러분을 탓하지는 않겠습니다."

이어서 목소리가 조금 더 커졌다. "여러분의 이 서우훠마을은 대규모 열설이 내리는 천재를 맞았습니다. 재해가 그다지 크지 않아 집집마다 어느 정도의 수확은 있었을 겁니다. 하지만, 서우훠 주민은 백구십칠 명 가운데 삼십오 명이 맹인이고 사십칠 명이 농인, 오십 명이 넘는 사람이 외팔이거나 절름발이입니다. 게다가 지적장애인과 정신이 온전치 못한 사람도 십여 명이나 되어 온전한 사람이 마을 전체 인구의 칠분의 일밖에 되지 않습니다. 그래서 대규모 열설이 서우휘마을에는 아주 큰 재난일 겁니다."

류 현장은 잠시 말을 멈추고 무대 아래 사람들을 내려다보았다.

"마을 주민 여러분, 어르신들, 우리 현 전체의 인구는 팔십일만 명이고 저는 이 팔십일만 명의 부모관입니다. 이 팔십일만 명이 성이 자오씨든 리씨든, 쑨씨든 왕씨든 상관없이 우리 현에서 태어났다면 남녀노소 모두 이 류씨의 자식인 셈이지요. 제가 이 팔십일만 명의 부모입니다. 저는 이 팔십일만 명 가운데 어느 마을, 어느 동네, 어느 가게, 어느 골짜기에 사는 자식이라도 재해로 인해 먹을 것이 없어 배를 곯는 것을 그냥 보고 있지만은 않을 겁니다. 저는 제 자식들 가운데 어느 한 집도 굶게 하지 않을 것이고, 굶어죽게 내버려두는 일은 더더욱 없을 겁니다."

류 현장은 다시 한번 무대 아래 사람들을 내려다보았다.

비서도 현장을 따라 사람들을 바라보았다. 그와 동시에 외다리 원숭이 녀석이 손을 높이 치켜들어 박수를 치기 시작했다. 이내 무대 아래에서 또다시 미친듯이 박수 소리가 울렸다.

현장이 다시 손으로 사람들의 반응을 저지하는 듯한 동작을 취했다.

"저는 이미 결정했습니다. 이번 대규모 열설이 우리 서우휘마을에 얼마나 큰 재난을 가져왔는지, 밀 생산이 얼마나 줄었는지 확인해서 그 줄어든 만큼을 각 가정에 보상해드리기로 했습니다!"

그가 또다시 무대 아래 백성들을 내려다보자 맹인과 절름발이, 귀머거리 그리고 다른 여러 장애인들이 손을 치켜들어 쉴새없이 박수를 쳐댔다. 비서와 외다리 원숭이 녀석이 분위기를 이끌고 있는 것

은 말할 것도 없었다. 짝짝, 짝짝, 사람들의 박수 소리가 멈추지 않고
이어졌다. 마치 갑자기 비가 쏟아져 기와지붕을 때리면서 온 마을을
뒤흔들고 완전히 덮어버리는 것 같았다. 오래오래 쉬지 않고 이어
지는 박수 소리에 나뭇가지에 매달린 새파란 잎들마저 진저리를 치
며 떨어질 것 같았다. 무대 아래 온 세상 사람들의 얼굴에 흥건하게
홍조가 번지는 것을 본 현장의 얼굴에는 조금 전의 어두웠던 표정
이 싹 가시고 박수 소리에 고무된 만족감과 찬란하게 빛나는 미소
만 남았다. 그가 말했다. "여러분, 박수는 그만 치세요. 박수를 너무
오래 치면 손바닥이 아프잖아요. 솔직히 말해서 세상에 자식을 굶어
죽게 내버려두는 부모는 없습니다. 저는 현 전체 백성들의 부모입니
다. 제게 부모 노릇할 수 있는 만터우가 하나 있다면 서우휘마을 사
람 모두가 한 입씩 먹게 될 것이고, 따끈한 국 반 그릇이 있다면 반
드시 서우휘 사람 모두에게 한 입씩 돌아갈 겁니다. 식량뿐만 아니
라 현 정부에서 월급을 받는 모든 사람에게 지갑을 열어 조금씩 갹
출하게 했습니다. 식량은 며칠 후에 가져와 집집마다 나눠드릴 것이
고 돈은 제 비서가 이미 가져왔습니다. 계산을 해보니까 서우휘마을
축제가 끝나고 나서 우리 서우휘마을 여러분에게 우선 일인당 평균
오십오 위안 이상 지급해드릴 수 있을 것 같습니다. 식구가 두 명이
면 백십 위안이 넘을 것이고 세 식구면 백육십오 위안이 넘을 겁니
다. 네 식구면 이백이십 위안이 넘을 것이고, 일곱 식구, 여덟 식구
면……"

　　현장은 계산을 끝까지 이어가려 했지만 무대 아래에서 장마철에
억수같이 퍼붓는 폭우처럼 또다시 미친듯이 박수가 터져나왔다. 현

장은 처음부터 서우훠마을 축제를 여는 데 그치지 않고 식량과 돈을 지급할 계획이었다. 외다리 원숭이 녀석은 무대 왼쪽 구석에 서 있었다. 한쪽 다리로만 서서 두 손은 머리 위로 치켜들고 있는 모습이 마치 뭔가를 잔뜩 건져올리려는 것 같았다. 그는 쟁반이나 접시를 깨뜨리듯 박수를 쳐댔다. 키는 그다지 큰 편이 아니었다. 평소에 서 있을 때는 버드나무 지팡이를 겨드랑이에 끼고 지팡이에 몸을 기대 체중의 대부분을 지팡이에 싣곤 했다. 그런데 오늘은 몸을 쭉 늘려 똑바로 서다보니 버드나무 지팡이가 겨드랑이에서 빠져 무대 아래로 떨어져버렸다. 한쪽 다리로 서 있는 수밖에 없었다. 아무도 그가 한쪽 다리로 그렇게 오래 설 수 있으리라고는 생각지 못했다. 박수가 끝없이 이어지는 새끼줄 타래처럼 오랫동안 계속되는 한 영원히 넘어지지 않을 것 같았다. 그가 넘어지지 않으니 무대 아래에 있는 사람들도 덩달아 끝없이 이어지는 새끼줄 타래처럼 계속해서 박수를 쳐대며 흥분했다. 해는 이미 사람들의 정수리 바로 위에 와 있었다. 모두들 얼굴이 발갛게 달아올랐고 온몸이 땀투성이였다. 하도 박수들을 쳐서 두 손은 금방이라도 부어오를 것만 같았다. 현장은 그런 박수 소리에 감동했다. 그는 연신 박수를 멈추라는 동작을 취했지만 그럴수록 박수 소리는 점점 더 커져만 갔다. 온 세상이 새하얗게 빛나는 박수 소리로 가득찼다. 한동안 몹시 어지러웠다가 또 금세 아주 질서정연하게 짝짝, 자작, 팍팍팍 하며 요란한 소리가 산줄기를 울린 다음 다시 골짜기와 절벽에 부딪혀 돌아온 메아리에 힘을 얻어 더 멀리까지 퍼졌다. 서우훠마을 축제에서 연극이나 공연이 아니라 박수가 축제의 가장 중요한 부분이 된 것만 같았다. 류 현장의 마음에는 행복이 밀려오고 있었다. 오랜 가뭄에 시달린 밭에 시원한 물줄기가 흐르는 것 같았다. 그는 몸을 돌려 한 악기 연주자의 엉덩이 아래에서 높은 의자를 하나 빼내 무대 앞으로 가져다놓고 그 위로 폴짝 뛰어올라갔다. 그러고는 박수 소리 속에서 목청을 가다듬었다.

"저는 어느 분이 박수를 안 치시는지 다 봤습니다. 이 박수의 회오리는 전부 서우훠마을 분들에게서 나온 것이고 박수 안 치신 분들은 전부 외지 분들입니다."

이 말에 박수 소리가 차츰 잦아들면서 무대 앞쪽에 있던 사람들이 무대 뒤쪽으로 고개를 돌렸다. 서우훠마을 사람들은 누가 바깥 마을에서 온 사람들인지 찾아보려고 두리번거렸다. 공터가 순식간에 조용해졌다. 공기 중에 한줄기 냉기가 엉겨붙는 듯했다. 바깥 마을 사람들이 무대 위의 류 현장을 바라보았다. 인파 뒤로 몸을 감추거나 나무 뒤로 숨는 사람도 있었다. 하지만 현장은 여전히 얼굴에 웃음을 잃지 않고 있었다. 찬란한 얼굴이었다.

현장은 무대 위에서 또다시 그 걸상 위에 올라섰다. 그러고는 비서의 손에서 컵을 받아 물을 몇 모금 들이킨 뒤 목에 핏대를 올리며 힘껏 외쳤다.

"바깥 마을에서 오신 분들께서는 제가 서우훠마을 주민들에게 돈과 식량을 지급하는 것을 절대 편애라고 생각하지 말아주시기 바랍니다. 한여름, 서우훠마을에 폭설이 내렸을 때, 여러분이 계신 마을에도 많든 적든 눈이 내렸고, 눈이 내리지 않은 곳이라도 바람이 거세게 불어 밀 생산량이 꽤 줄었다는 사실을 잘 알고 있습니다. 그런데 제가 좋은 소식을 하나 알려드리지요. 제가 러시아로 레닌의 유해를 사러 간다는 얘기 들으셨습니까? 훈포산 일대가 국가급 삼림공원이 될 것이고, 레닌의 유해를 안치할 기념관이 이미 착공되었다는 사실도 다 알고 계시지요? 여러분, 레닌의 유해를 구매할 자금은 이미 어느 정도 마련했습니다. 지구위원회에서는 우리 현이 일정 부분 기금을 모으기만 하면 같은 액수의 구제기금을 우리 현에 지급하기로 약속했습니다. 우리가 천만 위안을 모으면 지구위원회에서도 천만 위안을 주겠다는 겁니다. 이걸 다 합치면 이천만 위안이 됩니다. 우리가 오천만 위안을 모으면 우리에게 오천만 위안을 지급해주겠지요. 그걸 합치면 일억 위안이 됩니다. 레닌이 세계인의 지도자였다는 건 여러분도 다 아실 겁니다. 그들이 절대로 싸게 팔지는 않을 겁니다. 유해의 가격은 억 단위가 될 것이 분명합니다. 그래서 저는 한 해 동안 현 전체 사람들에게서 돈을 더 걷었습니다. 들리는 바로는 농민들 가운데 레닌 유해 구매자금에 보태기 위해 돼지를 파신 분도 있고 닭을 내다파신 분도 있다고 합니다. 어떤 노인분들은 돌아가실 때를 위해 준비해둔 관까지 시장에 내다팔았고 어떤 분은 이듬해 뿌릴 종자까지 다 팔았다고 합니다. 또 어떤 분은 나이도 안 찬 처자를 미리 출가시키기도 했다더군요. 이 자리를 빌려 바러우산맥에 사시는 모든 분들께 사죄드립니다. 현 전체 인민들께 진심으로 사죄드리는 바입니다. 저 류 현장, 여러분께 정말 죄송한 마음 갖고 있습니다. 현 전체 팔십일만 인민들께 정말 면목이 없습니다."

이렇게 말하면서 그는 무대 위에서 허리를 굽혀 절을 했다. 무대 아래의 정적은 점점 더 무거워지고 짙어지고 있었다. 류 현장이 다시 입을 열었다.

"이제 여러분께 기쁜 소식을 하나 전할까 합니다. 저는 이미 레닌 유해 구매자금의 상당 부분을 마련했습니다. 어디서든 또 큰 자금을 마련해 오천만 위안이 되면 이는 곧 일억 위안이 되는 것이나 마찬가지입니다.

일억이라는 돈은 지고 다닐 수 있는 양이 아닙니다. 소달구지나 마차 한 대에 실을 수 있는 돈이 아니지요. 둥펑 덤프트럭 한 대가 있어야 겨우 실을 수 있는 돈입니다. 이 트럭 한 대만큼의 돈만 있으면 저는 곧장 러시아라 불리는 나라로 가서 레닌의 유해 구매계약을 체결할 수 있습니다. 설사 돈이 좀 부족하다 해도 먼저 선금을 지불하고 잔액에 대해서는 차용증을 한 장 써주고 레닌의 유해를 가져올 수 있습니다. 레닌의 유해를 가져다가 우리 훈포산 기념관에 안치하기만 하면, 마을 주민 여러분, 어르신들, 그때가 되면, 관광을 위해 이곳 마을을 찾는 사람들이 개미떼보다도 많을 겁니다. 여러분은 노점을 차려놓고 차단을 팔 수 있습니다. 이 마오는 물론이고, 삼마오, 오 마오, 아니 일 위안에 팔아도 물건이 없어서 못 팔 겁니다. 길가에 작은 음식점을 내면 아침부터 저녁까지 문 닫을 새가 없을 것입니다. 밥 먹으러 오는 사람들이 학교 파하고 쏟아져나오는 학생들처럼 길게 장사진을 칠 테니까요. 여관을 차리면 침대가 좀 더럽고 방에 비가 좀 새도 아무 문제없을 겁니다. 이불속을 솜 대신 휴지로 채워넣고 침대에 이나 벼룩 같은 게 좀 있다 해도 괜찮을 것이고, 여관에 묵은 사람이 다리가 부러진다 해도 밀려드는 손님들을 주체

할 수 없을 겁니다."

현장은 말을 계속 이어갔다.

"여러분, 올해 이 괴로운 시간들을 참고 견뎌내면 내년에는 천국 같은 날들이 여러분 머리 위로 펼쳐질 겁니다. 해는 동쪽 하늘에서 뜨겠지만, 빛은 여러분 집과 뜰 안만 비출 테고요. 다른 현 사람들에게는 산, 나무, 물이 있지만 레닌의 유해는 없습니다. 그래서 해가 떠도 그곳을 비추지 않을 것이고 달빛도 그쪽을 비추지 않을 겁니다."

현장이 또 말했다.

"오늘 여러분이 제게 박수를 보내시지 않아도 좋습니다. 하지만 제가 레닌의 유해를 사 오기만 하면 그때는 읍揖을 해도 이미 때가 늦습니다."

현장이 또 말했다.

"오늘은 여러분 모두 오랫동안 기다려온 서우훠마을 축제날이니 더 긴말은 하지 않겠습니다. 이어서 저도 여러분과 함께 바러우조를 듣도록 하겠습니다. 이것으로 이번 서우훠마을 축제를 위한 저의 개막 연설을 갈음하도록 하겠습니다."

말을 마친 현장은 걸상에서 내려왔다.

무대 아래는 온통 무거운 정적이었다.

하지만 그 정적도 오래가지 않았다. 나뭇잎이 땅에 떨어지는 시간 정도일 뿐이었다. 무대 아래에서는 곧 박수가 터져나왔고 무대 위에서는 다시 징과 북 소리가 요란하게 울렸다. 수르나이 소리와 징소리, 북과 피리 소리, 생황소리, 온갖 현악기 소리가 한데 뒤섞여 울려퍼졌다. 악기 연주자들은 긴 기다림 끝에 마침내 연주를 시작하게 되었다. 생황과 피리를 부는 취수吹手들은 하늘을 향해 고개를 쳐들고 힘껏 연주했다. 현악기 연주자와 고수鼓手는 하늘을 향해 고개를 들 수 없어 연주 사이사이에 무대 아래 주민들을 내려다보다가 이따금 아름다운 풍경이라도 보려는 듯 고개를 들어 하늘도 한 번씩 쳐다보았다. 이들이 연주한 곡은 〈새들이 봉황의 뒤를 따르다〉였다. 음악은 수천수만의 새들이 숲속을 날아다니며 지저귀는 소리 같기도 하고 물이 흐르는 소리 같기도 했다. 쏟아지는 햇살 같기도 했다. 공터는 해가 정수리 바로 위에서 곧바로 내리쬐고 있어서 끓는 듯한 더위에 푹 잠긴 터였다. 모든 사람이 얼굴 가득 땀을 줄줄 흘렸다. 현장과 비서는 무대 아래 중앙에 놓인 붉은 대나무 의자에 앉아 수시로 손수건을 꺼내 땀을 닦았다. 외다리 원숭이 녀석은 걸상이 없어지자 지팡이를 짚은 채 무대 귀퉁이에 서 있었다. 쉴새없이 좌우를 두리번거리던 외다리 원숭이 녀석은 문득 현장에게 부채를 하나 가져다줘야겠다는 생각이 들었는지 사방으로 부채를 찾으러 다녔다. 이리저리 한참을 두리번거리고 있는데 어디선가 쥐메이네 화이화가 불쑥 튀어나왔다. 분홍색 무명 저고리 차림에 얼굴 가득 분홍빛 미소를 머금고 있는 모습이 한 송이 꽃 같았다. 그녀는 커다란 부들부채 두 개를 들고 군중 틈을 비집고 다가와 부채 하나를 류 현장에게, 다른 하나를 비서의 손에 쥐여주었다. 비서가 부채를 받아들면서 화이화를 향해 환한 미소를 보이며 고개를 끄덕이고, 그녀도 비서에게 미소로 화답하며 고개를 끄덕이는 모습을 외다리 원숭이 녀석이 똑똑히 보았다. 서로가 백 년 넘게 아주 잘 아는 사이인 것 같았다.

외다리 원숭이는 약간 맥이 빠졌다. 자신이 하려던 일을 누군가에게 빼앗긴 기분이었다. 화이화가 그의 앞을 지나가자 그는 그 순간을 놓치지 않고 속삭였다. "화이화, 정말 귀신 같군그래." 화이화는 그를 싸늘하게 쏘아보더니 이를 앙다물며 말을 받았다. "우리 할머니가 여기 안 계신 걸 아나보군. 당신이 마을 간부라도 되나요?"

그런 다음 두 사람은 각기 제 갈 길을 갔다. 〈새들이 봉황의 뒤를 따르다〉가 거의 마무리되고 있었다. 처음에는 경쾌한 악기들의 연주가 물 흐르는 듯한 소리로 공터 사람들의 마음을 한데 모으더니 이어서 본극本劇이 이어졌다. 본극은 산 너머에서 초빙된 바러우조 전문가 차오얼의 무대였다. 차오얼의 본명은 차오얼이 아니었다. 그녀가 열몇 살 되던 해에 〈일곱 번 돌아보다〉라는 제목의 창희가 큰 인기를 끌었고 이때부터 그녀는 차오얼이라 불리게 되었다. 차오얼은 이 창희에 나오는 이름이었다. 그녀의 나이가 올해 이미 마흔일곱이었다. 그녀는 삼십삼 년이 넘는 창 공연 인생을 살며 이곳 바러우에서는 역대 어느 현장보다도 유명한 인사였다. 하지만 명성이 아무리 높아도 결국은 현장의 관리 아래에 있는 사람이었다. 류 현장이 바러우산 골짜기의 서우휘마을에서 공연해달라고 했다는 비서의 말 한마디에 그녀는 비서를 따라 이곳에 온 것이었다.

올해 서우휘마을의 떠들썩한 분위기 역시 전적으로 그녀에게 달린 셈이었다.

무대의상은 여느 무대에서도 흔히 볼 수 있는 고전 희곡 의상이었고 반주는 그녀가 데려온 전문 현금弦琴 장인들이 맡기로 했다. 그녀가 등장하자 무대 아래가 아주 맑고 조용해졌다. 모든 사람들이 일제히 목을 길게 빼고 박수도 치지 않았다. 잡다한 물건을 파는 장사꾼들도 무대 위에 눈길을 고정했다. 아까부터 기회를 노리던 아이들이 이 틈을 놓치지 않고 차단 냄비에서 차단 몇 개를 슬쩍 집어 달아났다. 다 익어 판 위에 올려놓은 두부 꼬치도 몇 개 집어 갔다. 볏짚 뭉치에 꽂아둔 빙탕후루도 두 개나 빼내 달아났다. 빙탕후루 장수가 큰 소리로 외쳤다.

"내 빙탕후루 훔쳐가네!"

"빙탕후루 도둑이야!"

하지만 그냥 외치기만 할 뿐, 낄낄대며 빙탕후루를 입에 물고 도망치는 덩치 큰 녀석들을 쫓아갈 엄두를 내지는 못했다. 창극이 이미 시작되었기 때문에 그가 뭘 잃어버리든 신경쓰는 사람이 아무도 없었다. 그는 노점을 팽개쳐두고 아이들을 쫓아갔다 돌아오면 볏짚에 꽂아둔 빙탕후루가 전부 없어질까봐 두려웠다. 이리하여 그는 바러우조에 제대로 몰입하여 관람할 수가 없었다. 몇 소절씩 들으면서 장사를 해야 했기 때문이다. 창극에서 부른 곡은 〈일곱 번 돌아보다〉로, 일명 〈중음[15]도〉라고도 불렸다. 극은 복합장애를 가진 차오얼이라는 여자에 관한 내용이었다. 그녀는 귀머거리에 맹인이었고, 벙어리인데다 두 다리가 없었다. 사는 동안 인간이 겪을 수 있는 온갖 고난을 다 겪다가 죽고 나서야 비로소 귀머거리도 아니고, 맹인도 아니고, 장애인도 아닌 온전한 사람이 되었다. 게다가 말과 노래도 잘할 수 있는 아름다운 목소리까지 얻었다. 다시 말해 죽어서 천당에 가게 된 것이다. 인간세계에서 천당까지 가는 데는 이레가 걸렸다. 그녀가 천당으로 가는 이레 동안 사방에는 온통 아름다운 꽃과 푸른 풀이 만발했다. 온갖 꽃들이 끝없이 이어진 길이었다. 그저 그렇게 똑바로 앞을 향해 나아가기만 하면 그만이었다. 안내에 따라 옆을 돌아보지 않고 앞으로만 나아가기만 하면 고해에서 완전히 벗어날 수 있었다. 하지만 이 이레 동안의 여정에서 그녀는 자신과 마찬가지로 두 눈을 잃은 남편을 모른 척할 수 없었고, 귀머거리에 벙어리인 아이를 떨쳐버릴 수 없었다. 두 다리가 없는 처자도 버릴 수가 없었다. 또 자기 집 돼지를 버릴 수 없었고, 자기 집 닭도 버릴 수 없었다. 자기 집 고양이와 개와 소와 말을 저버릴 수 없었다. 그러다보니 그녀는 한 걸음 내디딜 때마다 옆을 돌아보았다. 이레째 되는 날 천당 문턱에 이르러서도 끝내 대문을 잘못 들어가는 바람에 자신의 뜻과 무관하게 환생하여 또다시 인간세계로 떨어지고 말았다. 여러 장애를 가진 여자로 되돌아가고 만 것이다.

차오얼은 극중에서 차오얼이라고 불리는 그 복합장애 여자 역을 맡아 노래했다. 그녀의 상대역을 맡은 남자는 그녀를 천당으로 보내주는 고승 역할이었다. 두 사람 중 하나는 이승에서 관을 안치해두는 천막을 지키며 끊임없이 법사法事의 창을 불렀고 다른 하나는 저승에서 가다가 서기를 반복하면서 쉴새없이 창을 했다. 두 사람은 끊임없이 대화하고 쟁론하면서 연기를 이어나갔다.

고승이 창을 했다.

보살님과 여러 신들이시여, 자비를 베푸셔서
고통의 바다를 건너는 중생을 보우해주소서

차오얼은 평생 온갖 장애 안고 살아왔사오니
마땅히 고해를 벗어나 선계仙界로 돌아가야 하옵니다

가는 길 내내 편하고 가는 길 내내 아름다운 꽃이니
앞으로만 나아가되 고개를 돌리지 말기를
새해 첫 이레 가운데 첫날이니
이레 뒤에는 중음로를 모두 지나게 되리

차오얼이 창을 했다.

중음로에 오르니 향기가 코로 몰려오네
천지에 온통 쪽빛 향기가 날아오네
나는 가는 길 내내 사뿐히 앞으로만 나아가지만
내 남편이 영전에서 흐느끼네
내 코끝에는 꽃향기와 풀향기지만
그 사람 코끝에는 향불 연기뿐이네
나는 천당에 가서 복을 누리겠지만
두 눈을 잃은 그는 여전히 아들딸을 키워야 하니 어찌 모른 척
할까
(고개를 돌리며 말한다) — 아, 내 남편!

고승이 창을 했다.

차오얼은 중음로를 가면서 명심하라
이제 새해 첫 이레의 둘째 날이라 날씨가 화창하고
꽃도 풀도 여전하고 향기도 여전하니
절대로 다시는 고개를 돌리지 말라

차오얼이 창을 했다.

새해 첫 이레의 둘째 날이 밝았네
해는 금 같고 달은 은 같네
왼쪽은 온통 복사꽃으로 붉은 길이고
오른쪽은 온통 싱그러운 배나무 길이네
붉고 하얀 천당 길
하지만 귀머거리에 벙어리인 내 아이들은 어미를 잃었네
어미 된 내가 어찌 모질게 혼자 길을 떠나리
어미 없는 귀머거리 벙어리 내 아이들을 보니
귀가 안 들릴 때 누가 대신 손짓을 해주고
말을 못할 때 누가 대신 말을 해준단 말인가
다 크기 전에는 누가 옷을 지어 입히고
다 큰 다음에는 누가 나서서 중매를 서줄까
(고개를 돌리며 말한다) ─ 아, 내 아이들!

고승이 창을 했다.

오늘이 벌써 중음로에 오른 지 사흘째 되는 날이네
차오얼은 길을 가면서 똑똑히 들으라
꽃과 풀이 가득한 천당 길
이레 후면 너는 천당 문에 들리라
길 가다가 목이 마르면 달콤한 석류가 있고
배가 고프면 또 요우몐진*이 있으니
이 사흘이 네게는 설날처럼 기쁜 날이었으리
고개를 돌리면 두 번 다시 천당 문에 못 들리니
명심하고 명심하고 또 명심하라
운명은 네 손에 쥐여 있느니라

차오얼이 창을 했다.

원래는 중음로에서의 하루하루가
정월 초하루처럼 좋은 날이었네
흰 구름 파란 하늘에 금빛 햇살 비추는데
다리 잘린 내 딸은 갈 길이 아득하네
옷 지을 때 누가 바늘귀에 실을 꿰어주고
밥 먹을 때 누가 젓가락 쥐여줄까
내 딸아 하고 한번 불러보니
너는 어미 영전에서 꺼이꺼이 울고 있구나

---

* 기름에 튀긴 꽈배기의 일종.

(고개를 돌리며 말한다) — 내가 낳은 나의 딸아

고승이 빠른 곡조로 창을 한다.

차오얼아, 차오얼아, 똑똑히 들으라
이레 중에 너는 이미 사흘을 잃었구나
나흘째도 벌써 절반이 지나가버렸네
고개를 돌리면 닿을 곳도 빛도 없느니라
살아 있을 때는 길을 걸어도 다리가 없었는데
죽음에서는 바람처럼 빨리 걷는구나
살아 있을 때는 눈앞이 칠흑 같은 어둠이었는데
죽음에서는 눈앞 가득 빛이로구나
살아 있을 때는 천둥이 쳐도 듣지 못하더니
죽음에서는 바늘 떨어지는 소리도 듣는구나
살아 있을 때는 입을 열어도 말을 못하더니
죽음에서는 입을 벌려 노래하고 웃는구나
명심하고 명심하고 또 명심하라
또다시 고개를 돌리면 고해가 끝이 없고 후회해도 때는 늦으
리라
풀에 뿌리가 없는 것 같고
나무에 몸통이 없는 것 같고
벼에 물이 없는 것 같고
강에 여울도 없고 흐르는 물도 없는 것 같으리라

또다시 고개를 돌리면 고통이 끝이 없지만
곧장 앞으로만 가면 복의 바다가 깊어지리라
거듭 생각하고 행동하되 속히 결단하라
죽음에서의 기회를 절대 놓치지 말기를

차오얼이 창을 했다.

두리번거리며 길을 걷네
날은 흐려 비가 오다가 다시 개네
이쪽에는 꽃과 풀향기 가득하지만
저쪽에는 고생에 지쳐 모두들 눈물만 흘리네
천당에 가면 내가 누릴 복 동해에 흐르는 물 같지만
인간세계의 고해로 돌아가면 가없는 눈물로 옷깃 적시겠지
두리번거리고 두리번거리고 또 두리번거리네
가다가다 물러서며 마음 편치 않으니
남편의 더러워진 옷 누가 빨아주고
배고픈 아이들에게 누가 국수를 만들어주며
돼지가 우리에 들어가면 누가 문을 잠글까
닭 모이는 누가 주고
오리들 먹을 국은 누가 따라줄까
누가 소에게 풀을 베어다주고
누가 말에게 먹이를 가져다줄까
고양이 마실 물은 누가 따라주고

더러워진 강아지 털은 누가 빗어줄까
가을이 오면 마당은 누가 쓸고
일손 바쁜 여름철엔 누가 집을 지켜줄까
집이여 집이여 집이여 집이여
나 어찌 혼자 행복하자고 우리집을 버릴까
(고개를 돌리며 말한다) — 아, 나의 가족 나의 집이여

고승이 창을 했다.

중음도에서 걷는 이레 길
닷새째가 되니 비가 내리네
앉아서 좋은 기회를 놓치면 안 되리
또다시 고개를 돌리면 기회가 없고 때를 놓치리니
네 눈앞에서 천당 문이 닫히리라

차오얼이 창을 했다.

꽃은 원래의 향기를 잃었고
풀도 원래의 푸른빛을 잃었네
고개 돌려 두리번거리다 좋은 기회 다 잃었네
이리저리 생각해보니 돌아보지 말아야 하네

고승이 창을 했다.

닷새가 지나고 이제 엿새째
어제 돌아보지 않더니 오늘은 비바람 그치고 세상이 환하구나
풀은 아직 저리 푸르고
꽃도 아직 저리 향기로우니
보살님과 여러 신들이 이미 문 앞에 나와 너를 반기는구나
천당 문이 이미 너를 향해 빛을 발하는구나

차오얼이 창을 했다.

엿새가 이미 지나고
석양의 붉은빛 속에서
머뭇머뭇 앞으로 나아가네
돌아볼까 말까 생각하느라 힘이 드네

고승이 창을 했다.

이미 이레째가 되었네
보랏빛 구름이 석양빛을 비추고
천당 문이 활짝 열렸네
차오얼이 빨리 달리네
한 걸음 나아가면 복이 동해 물처럼 흐르고
한 걸음 물러서면 고해가 끝이 없고 상처투성이 세월이 이어

지리

차오얼이 창을 했다.

벌써 이레가 됐네

보랏빛 구름이 석양빛을 비추고

천당 문이 활짝 열렸네

나 차오얼은 남몰래 마음속으로 생각하네

한 걸음 나아가면 한없는 복이 동해 물처럼 흐르지만

한 걸음 물러서면 해와 달이 빛을 잃고 사라지리

보살님이 문 앞에서 미소 짓고 있는 모습이 보이네

천당의 대문은 웅장하게 빛나고

황금을 깐 길은 넓고도 넓으며

백은으로 쌓은 벽은 밝고도 밝네

여러 신들이 보살님 옆으로 늘어선 모습이 보이네

긴 소매에 넓은 띠를 두른 자애로운 얼굴

사내아이 하나 보조개를 만들며 환하게 웃네

선녀님은 미소를 머금고 땋은 머리 길게 늘어뜨렸네

나아가면 천당 길

물러서면 지옥 문

나아가면 천당 문

물러서면 지옥 구덩이

나아가면 천당의 한없는 행복한 세월

물러서면 지옥의 암흑천지 길고 긴 세월

하지만…… 하지만……

하지만 어떻게 두 눈 잃은 내 남편 부엌 드나들고

봄 파종과 가을걷이에 홀로 분주한 모습을 본단 말인가

혼자 밀을 수확하고

콩을 베면서 눈물이 그렁그렁

누가 그에게 낫을 갈아주고

누가 그에게 옷을 빨아줄까

어떻게 못 본 체한단 말인가, 어떻게 못 본 체한단 말인가

귀머거리에 벙어리인 내 아이들이 홀로 큰길 걷는 것을 어떻게

못 본 체한단 말인가

길을 물으려 입을 열어도 소리가 나지 않고

누가 말을 걸어도 두 눈이 흐릿하고 아득하니

어떻게 못 본 체한단 말인가, 어떻게 못 본 체한단 말인가

두 다리가 마비되어 짚더미 위에서 움직이지 못하는 딸을 어떻

게 못 본 체한단 말인가

한 걸음 걷는 것이 황망하고 위태롭고

닭장을 잠그려 하지만 닭장 근처에도 가지 못하며

돼지를 먹이려 하나 국 반 대야도 들지 못하고

소를 먹이려 하나 풀을 베러 가지 못하며

말을 끌려 하지만 말고삐를 풀지 못하고

배고픈 개 문설주 옆을 지키고 섰네

고양이는 집을 찾지 못해 눈물이 그렁그렁

우리 가족, 우리집

우리집은 남루하고 초라한 초가집

초가집이지만 어엿한 우리집이라네

닭장과 돼지우리도 우리집이라네

어떻게 잊는단 말인가, 도저히 잊지 못하네

도저히 잊지 못하네, 어떻게 잊는단 말인가

맹인에 귀머거리, 벙어리에 절름발이라 해도 우리 가족들이고

나는 남편의 아내요 아이들의 엄마라네

천당에 복이 있어도 나는 누리지 못하고

금과 은으로 깐 길이라 해도 내 눈엔 빛나지 않네

지치고 힘든 세월이라 해도 기꺼이 서우훠로 돌아가리

끝없는 고해가 나의 세월이 되리

(갑자기 돌아본다. 큰 소리로 외친다.)

　―내 남편, 내 아이들아, 우리 소와 말, 돼지, 개, 닭, 양들아!

해설

1) 편식扁食: 교자餃子를 말한다. 모양이 납작해 편식이라 한다.

3) 파루조耙樓調(바러우조): 바러우산맥 일대에서 유행하는 지방극으로, 예극豫劇과 곡극麯劇이 결합된 형태. 하지만 창이 본극의 앞부분에 오고 전체적으로 창이 위주이고 연기가 보조이기 때문에 여러 사람이 함께 연기하고 함께 창을 하기가 쉽지 않다.

5) 상변上邊(상부): 상급 기관이나 조직을 말한다. 서우훠 사람, 바러

우 사람, 나아가 허난 사람들 모두가 상급 기관과 조직을 전부 상부라고 부른다. 이는 중원의 민중들이 상부에 대한 경외감을 드러내는 표현이다.

7) 주사主事: 서우휘 사람이 마을 간부 혹은 향상 간부의 신분으로 일을 처리하는 사람들을 부르는 호칭이다.

9) 절술絶術 (묘기): 절묘한 묘기를 말한다. 서우휘 사람이나 바러우 사람들은 대부분 기技를 술術이라고 표현한다. 예컨대 잡기雜技는 잡술雜術, 기예技藝는 술예術藝라고 말한다. 절술은 곧 절묘하고 뛰어난 기예를 지닌 사람들의 장기를 의미한다.

11) 상부조祥符調(샹푸조): 예극의 전신으로 허난 카이펑의 샹푸현에서 가장 먼저 발원하여 샹푸조라고 부른다.

13) 대답자臺踏子: 계단을 말한다.

15) 중음中陰: 전설 속 음과 양 사이에 존재한다는 지대. 중음을 지나면 바로 저승에 도달한다.

7장

차오얼이 가버리자 사람들의 마음이
전부 현장에게로 쏠렸다

류 현장은 알 수 없는 분노를 느꼈다.

〈일곱 번 돌아보다〉의 창이 끝났다. 차오얼은 목이 쉴 정도로 열심히 창을 했다. 창을 하면서 울었다. 눈물이 손수건 두 장을 흠뻑 적셨다. 하지만 그녀가 창을 하고 연기한 극 중의 차오얼은 맹인에 절름발이인데다 귀머거리에 벙어리다. 간신히 죽어서 천당에 들어갈 수 있게 되었지만 인간세계에서의 세월이 아쉬워 뜻밖에도 금과 은으로 뒤덮인 천당 입구에서 다시 고개를 돌려 인간세계로 돌아와 계속 힘든 세월을 보내게 되었다. 이런 이야기에 대부분이 장애인이고 몸이 온전치 않은 서우훠마을과 바러우 사람들이 어떻게 눈물을 쏟지 않고 감동하지 않을 수 있겠는가. 창이 끝나자 무대 아래는 온통 울음바다가 되어버렸다. 맹인들과 어딘가 부러지고 성치 않은 사람들 모두가 훌쩍거리며 울었다. 다 울고 나서 차오얼이 무대 앞에 나와 극의 막이 내렸음을 알리자, 산과 바다 같은 박수 소리가 우르릉 쾅쾅 터져나왔다. 가을날 버드나무잎이 시작도 끝도 없이 떨어지며 우수수 소리를 내는 것 같았다.

그 박수 소리가 현장이 연설할 때의 박수 소리를 훨씬 능가했다. 가랫자루보다 더 길고 새끼줄 타래보다도 긴 박수였다. 차오얼이 무대에서 내려와 무대의상을 벗고 일상복으로 갈아입고 나왔을 때도 사람들은 박수를 치며 그녀를 에워쌌다. 사람들의 이런 반응이 류현장을 불소수[1]하게 했다. 류 현장에게 박수를 쳐줄 때는 시간이 확실히 이렇게까지 길고 무겁지 않았다. 하지만 류 현장은 그렇게 속이 좁은 사람이 아니었다. 그가 현장이 무대 앞쪽에 서서 외쳤다. "어르신들, 마을 주민 여러분, 우리 서우훠마을은 재난을 당했습니다. 지금부터 모두들 줄을 서세요. 한 사람 앞에 오십오 위안씩 나눠드릴 테니 모두 와서 돈을 받아 가십시오."

오십오 위안씩 되는 돈을 현장이 직접 서우훠마을 사람들에게 지급했다. 오십 위안짜리 지폐 한 장과 오 위안짜리 한 장을 그 무대 위에 올려놓고 현장은 탁자 앞에 앉아 있었다. 집집마다 가장이 줄을 서서 한 명씩 현장 앞으로 다가갔다. 식구가 두 사람인 집에는 백위안짜리 큰 지폐 한 장과 오 위안짜리 작은 지폐 두 장이 지급됐고 식구가 다섯인 집에는 백 위안 짜리 두 장과 오십 위안짜리 한 장, 그리고 오 위안짜리 다섯 장이 지급됐다. 요컨대 한 사람당 적지도 많지도 않게 정확히 오십오 위안씩 지급된 것이다. 공터는 와글와글 시끌벅적했다. 서우훠에 친척이 있는 바깥 마을 사람들은 큰 솥 가득 만든 서우훠마을 축제 음식을 친척과 함께 먹었고, 친척이 없는 사람들은 각자 이런저런 음식을 사 먹으면서 점심시간 이후에 이어질 서우훠 사람들의 묘기공연을 기다렸다. 묘기공연은 바러우조 〈일곱 번 돌아보다〉와는 결말이 사뭇 달랐다. 관중들을 울리는 것이 아니라 쉴새없이 웃게 하거나 아니면 놀라서 입을 다물지 못하게 만들었다. 예컨대 한쪽 눈을 다쳐 남은 눈으로만 세상을 바라보는 마을 뒤쪽에 사는 어떤 사람은 바늘 다섯 개를 나란히 잡고 한번에 바늘귀 다섯 개에 실을 꿰는 묘기를 시도했다. 물론 실을 못 꿰고 실패하면 큰 웃음거리가 되겠지만, 성공한다면 공터를 가득 메운 여자들이 모두 놀라 자빠질 것이었다. 현장 뒤를 그림자처럼 졸졸 따라다니고 있는 외다리 원숭이 녀석은 원숭이 벼룩 혹은 외다리로 불렸다. 그런 그가 마을에서 달리기가 가장 빠르고 두 다리가 멀쩡한 젊은이와 경주를 했다. 지팡이 하나만 있으면 그는 누구든 이길 수 있었다. 또 어떤 앉은뱅이 아줌마가 있었다. 그녀는 천 위에 고양이나 개, 참새 등을 앞면과 뒷면이 완전히 똑같은 모양이 되도록 수를 놓았고, 한 술 더 떠서 오동나무잎이나 백양나무잎처럼 넓적한 나뭇잎에도 수를 놓았다.

서우훠 사람들의 묘기는 바러우 전역에 아주 잘 알려져 있었다.

류 현장은 서우훠 사람들에게 돈을 지급하면서 온전한 사람으로 보이면 곧장 돈을 주어 보내고, 장애인으로 보이면 꼭 한마디씩 말을 걸었다.

"할 줄 아는 묘기가 어떤 게 있나요?"

그러면 사람들은 현장을 향해 미소를 지어 보이며 자신의 묘기에 대해 말하는 대신 다른 말로 대답했다.

"류 현장님, 오후에 차오얼에게 눈물 쏙 빼는 창을 한 번만 더 해달라고 해주세요."

현장의 얼굴이 금세 불쾌한 표정으로 굳어버렸다.

중년의 맹인이 다가왔다. 그는 현장이 지급해준 돈을 만지작거리다가 허공에 쳐들어 흐릿하고 캄캄한 눈으로 햇빛에 비춰보았다.

현장이 말했다. "안심하세요. 현장인 제가 설마 가짜 돈을 드렸겠습니까?"

맹인은 웃으며 돈을 집어넣고는 간곡한 어투로 말했다.

"차오얼의 창은 정말 훌륭했습니다. 오후에 창을 한 곡 더 해달라고 차오얼에게 요청해주실 수 있을까요?"

현장이 물었다. "돈이 중요합니까, 아니면 창을 한번 더 듣는 게 중요합니까?"

맹인이 말했다. "창을 한번 더 들려준다면야 이까짓 돈 안 받아도 좋습니다."

그에게는 현장이 준 구호금이 봄 기근을 무사히 넘기도록 도와줄 돈이 아니라 그저 빳빳한 종이 몇 장에 불과한 것 같았다.

마을 한가운데 사는 자수를 잘 놓는 앉은뱅이 아줌마가 자기 집 몫의 구호금을 받으러 왔다. 그녀는 바퀴를 달아 미끄러지게 만든 나무판자 위에 앉아 있었다. 한 걸음씩 움직일 때마다 판자에 달린 바퀴가 드르륵 소리를 냈다. 현장이 말했다. "바퀴에 기름을 좀 쳐야겠네요." 그녀가 말을 받았다. "저는 하도 울어서 눈물이 다 말라버렸어요. 창을 어찌나 잘하던지 말이에요." 현장이 말했다. "오후에 오동나무잎에 자수를 놓는 묘기를 보여주신다고요?" 그녀가 대답했다. "그 사람 창을 다 듣고 난 마당에 누가 자수 놓는 걸 구경하겠어요." 그녀는 다섯 식구의 구호금으로 이백오십오 위안을 받아서 가버렸다. 돈을 받으면서는 아무 말도 하지 않았다. 정부에 감사한다는 말도 없었고 현장에게 감사 표시로 고개를 끄덕이는 것조차 하지 않았다. 그녀는 계속 저만치 무대의상을 챙겨 떠나는 차오얼의 모습을 존경어린 눈길로 좇고 있었다.

현장은 정말로 화가 났다.

화가 난 현장이 차오얼을 자기 앞으로 불러놓고 말했다. "창이 정말 훌륭했어요. 당신 덕분에 제 체면이 좀 섰습니다." 그러고는 백 위안짜리 지폐 한 장을 건네며 한마디 던졌다. "돌아가요. 날이 어두워지기 전에 바러우산 밖으로 빠져나갈 수 있을 겁니다."

차오얼은 약간 어리둥절한 표정이었다. "류 현장님, 제가 창을 열심히 하지 않은 것 같으세요?"

현장이 말했다. "돌아가요."

차오얼은 현장의 손에 들려 있는 돈을 밀어내면서 말했다. "제 창이 그다지 만족스럽지 못했다면 오후에는 서우훠 사람들에게 〈나방의 한〉을 불러드리겠습니다."

현장은 담담한 어투로 말했다. "갈 거예요, 안 갈 거예요? 당신이 안 가겠다면 이 현장이 가도록 하겠소. 당신이 여기 남아서 구호활동을 하세요. 내년에 서우훠 사람들이 먹을 식량이 없게 되면 내가 당신을 찾도록 하겠소."

차오얼은 현장 옆에 서 있던 스 비서를 바라보았다. 비서가 그녀를 향해 가볍게 고개를 끄덕이자 그녀는 곧바로 무대의상을 챙겨 자신의 전속 현악 연주자들을 데리고 가버렸다. 서우휘를 떠나 현성으로 발걸음을 돌렸다. 해는 마침 정남향에 있어 산맥은 온통 뜨겁고 누런빛이었다. 공연장 위 허공에는 부연 먼지가 햇빛을 받아 별처럼 반짝였다. 차오얼이 없으니 사람들의 마음은 일제히 현장에게로 옮겨갔다. 류 현장은 다시 서우휘마을 사람들에게 돈을 나눠주기 시작했다. 집집마다 가장이 한 명씩 올라올 때마다 외다리 원숭이 녀석이 한쪽에서 작은 공책에 그 사람의 이름을 적었다. 세 식구라고 말하면 비서가 백육십오 위안을 현장에게 건넸다. 현장이 말했다.

"많지 않은 돈이지만 현 정부의 작은 성의입니다. 식량도 드릴 테니 이것으로 올겨울과 내년 봄까지 재난을 잘 넘기시길 바랍니다."

돈을 받으면 사람들은 감사의 뜻으로 현장에게 잠시 눈길을 주거나 몇 마디 감사의 인사를 건넸다. 그러면 현장의 얼굴에는 금세 생기가 돌고 혈색이 좋아졌다. 예순이나 일흔이 넘게 나이든 사람들도 돈을 받으면 현장에게 허리를 굽혀 인사를 했다. 현장의 얼굴은 혈색이 짙어지다못해 다시 지워지지 않을 것처럼 빨개졌다. 가을날 감잎처럼 요염했다. 하지만 서우휘에는 겨우 사십여 가구밖에 살지 않았고 차오얼이 떠나기 전에 이미 절반 이상 돈을 나눠준 터라 이렇게 가을날 감잎처럼 요염한 현장의 안색은 그리 오래가지 못했다. 몇 집 나눠주니 구호금 지급도 금세 끝이 나고 말았다. 이때쯤 점심을 대충 먹고 서둘러 공연이 있었던 공터로 돌아오는 사람들이 있었다. 공터에 배치되었던 높고 낮은 걸상들은 그 자리에 그대로 놓여 있었고 의자 삼아 놓아둔 벽돌과 돌들도 원래의 자리에 가지런히 놓여 있었다. 그런데 일찍 온 사람들이 몰래 자리를 옮기기 시작했다. 낮은 자리에 있던 사람이 높은 데로 가고 구석진 곳에 있던 사람들이 한가운데로 옮긴 것이다. 또한 서우휘에 친척이 없어서 주변에서 음식을 사 먹던 사람들도 이제는 모두 공터 안으로 들어와 있었다. 공터 정중앙에 자리를 차지하고 앉아 있는 것이었다.

　모두들 이렇게 오후에 펼쳐질 서우휘마을 축제의 묘기공연을 기다리고 있었다.

　하지만 류 현장이 아직 점심식사를 하지 않은 줄은 아무도 몰랐다. 류 현장이 직접 서우휘마을 사람들에게 집집마다 돈을 나눠주었기 때문에 서우휘마을 사람들은 당연히 류 현장을 위해 여러 고기 요리를 만들어주었다. 찜닭에 계란볶음, 부추볶음도 있었고 어디서 났는지 모르는 꿩고기와 토끼고기까지 한 상 차려서 사당 객방의 방에 준비해놓았다. 이 음식들은 원래 〈일곱 번 돌아보다〉의 창을 한 차오얼과 그녀의 전속 연주자들을 생각해서 마련한 것이었다. 하지만 지금 떡 벌어지게 차린 상 앞에는 현장과 그의 비서밖에 없었다. 바깥에서는 새로 난 나뭇잎과 새싹들이 거센 햇볕에 전부 말라 오그라들고 있었지만 사당 안에는 무수한 그늘과 서늘함이 잔뜩 쌓여 있었다. 현장은 얼굴을 닦고 용변을 보았다. 비서가 말했다. "류 현장님, 식사하세요."

　하지만 류 현장은 식탁 앞에 앉아서도 몸을 꿈쩍하지 않았다.

　비서가 말했다. "입에 맞는 음식을 좀더 해서 올릴까요?"

　류 현장이 대답했다. "이거면 됐네."

　현장은 이렇게 말하고도 여전히 젓가락을 들지 않았다. 식탁 앞

의자에 앉은 그는 등을 뒤로 젖히고 고개를 쳐들어 머리를 등받이에 기댄 다음, 머리 뒤로 손깍지를 껴서 받쳤다. 기대놓은 머리가 뒤로 떨어질까봐 두려워하는 것 같았다. 머리와 손이 대결을 하듯 서로 반대 방향으로 힘을 주고 있는 가운데, 그의 눈은 신문지가 한 장 붙어 있는 사당의 하얀 담벼락을 뚫어져라 바라보고 있었다.

비서가 말했다. "차오얼이 갔으니 너무 생각 많이 하지 마세요."

현장은 말이 없었다.

비서가 말했다. "오후에는 묘기공연이 있습니다. 식사하시고 나서 또다시 연설을 하셔야 합니다."

현장은 눈앞에서 윙윙거리며 날아다니는 똥파리 두 마리를 뚫어지게 응시하고 있었다. 똥파리들이 이 음식 위에 내려앉아 한입 먹고, 또 저 음식 위에 내려앉아 한입 먹는 것을 바라보았다.

비서가 파리를 쫓으며 말했다.

"류 현장님, 아니면 식사를 물리고 저랑 같이 훈포산에 가서 레닌기념관을 둘러보시는 게 어떻겠습니까? 그곳에 가면 언짢으실 일이 전혀 없을 겁니다."

현장이 눈길을 비서의 얼굴 위로 던지며 물었다.

"나 혼자서 저들에게 오십 위안 넘게 나눠준 것이 적다고 생각하나?"

"적지 않습니다." 비서가 말했다. "오십 위안이 넘는 돈이면 식량을 백 근 넘게 살 수 있는걸요."

"나는 저 사람들이 집집마다 내게 감사의 절이라도 할 줄 알았네. 그런데 아무것도 없지 않나."

비서는 뭔가 깨닫는 바가 있었는지 얼른 밖으로 나갔다.

현장이 물었다. "어디 가나?"

비서가 말했다. "주방장에게 국을 하나 끓여달라고 하려고요."

그렇게 나갔다.

다시 돌아왔다.

비서는 커다란 대접에 담긴 국물을 들고 돌아왔다. 빛나는 황금빛의 여린 부추와 초록빛 고수가 국물 위에 둥둥 떠 있고 후추 냄새가 코를 찔렀다. 식욕을 자극하는 쏸라탕*이었다. 곧 이어 열몇 명이나 되는 서우훠마을 사람들이 뒤따라 들어왔다. 전부 마흔이 조금 넘은 중년 혹은 노년의 사람들로 남자도 있고 여자도 있었다. 그들은 들어오자마자 우르르 현장 앞에 무릎을 꿇고 앉았다. 음식이 차려진 식탁 앞에도 꿇어앉고 사당 밖의 마당에도 꿇어앉았다. 이 사람들을 데려온 것은 외다리 원숭이 녀석과 절름발이 목수였다. 외다리 원숭이 녀석과 목수는 자연스럽게 맨 앞에 꿇어앉아 기수처럼 말문을 열었다.

"류 현장님, 오늘 오전에 저희 서우훠마을 사람들에게 구호금을 나눠주셨는데 공연장에서는 현장님께 개두를 올릴 수가 없었습니다. 이제라도 저희 마을 전체가 현장님께 감사 인사 올립니다."

그곳에 온 사람들이 일제히 질서정연하게 현장을 향해 연달아 세 번 머리를 땅에 찧으며 절을 올렸다.

몹시 당황한 류 현장은 허둥대다가 손에 쥐고 있던 젓가락을 떨

---

* 중국인들이 흔히 먹는 신맛과 매운맛이 어우러진 국물.

어뜨리고 말았다. 얼굴에는 새벽녘 노을빛처럼 반짝반짝 빛나는 홍조가 피어올랐다. 현장이 황급히 앞으로 나서며 말했다. "지금 뭐하시는 겁니까? 이게 다 뭐하는 거예요?" 그러면서 황급히 다가가 목수를 부축해 일으키고 다른 마을 사람들도 일일이 부축해 일으켰다. 그러고는 호되게 질책의 말들을 토해냈다. 마지막으로 마을 사람들을 잡아끌어 자리에 앉힌 류 현장은 그들에게 함께 식사하자고 권했다. 물론 마을 사람들은 현장과 한자리에서 먹고 마실 생각이 없었다. 결국 현장은 사람들을 사당 객방 밖까지 배웅했다. 배웅하고 돌아와서는 환하게 빛나는 얼굴로 비서를 향해 또다시 질책을 쏟아놓았다. 앞으로 다시는 이렇게 노인네들을 이끌고 와서 꿇어앉고 절을 하게 하는 일을 하지 말라는 것이었다. 마지막으로 두 사람은 찜닭과 토끼고기, 꿩 날개에 버섯과 야채 등 푸짐하게 차려진 음식을 먹기 시작했다.

류 현장은 허겁지겁 게걸스럽게 먹었다. 이것저것 먹다보니 배가 불렀다.

비서가 말했다. "류 현장님, 정말 빨리 드시네요."

현장이 말했다. "주민들이 모두 공터에 와서 묘기공연을 기다리고 있을 텐데, 그분들에게 마냥 우리를 기다리게 할 수는 없지 않겠나."

그는 곧바로 그릇과 젓가락을 내려놓고 마을 어귀의 축제장으로 걸음을 옮겼다. 축제장에는 정말로 마을 사람들이 새카맣게 모여 있었다. 묘기공연을 준비한 서우훼마을 사람들도 모두 무대 아래에서 대기하고 있었다.

이 절묘한 공연에서 구름이 걷히고 해가 나듯이 많은 것들이 선을 보였다. 진정으로 거대한 연극의 막이 오르는 것 같았다. 류 현장도 그제야 시야가 확 트이는 느낌이었다. 자신이 서우훠마을 사람들이 겪은 유월의 열설 재앙을 구제한 것이 아니라 유월의 열설이 자신을 구제하고 레닌의 유해를 구입해 오는 엄청난 계획을 구제한 것 같았다.

해설

1) 불소수不消受: 바러우 방언으로 참을 수 없다는 뜻이다. '수활受活(서우훠)'에 반대되는 말이다.

9장

닭털이 뜻밖에도 하늘을 찌르는 큰 나무로 자랐다

　　묘기공연에서는 아주 다양한 일들이 펼쳐졌다. 절름발이와 보통 사람의 달리기 경주는 아주 오래된 프로그램이었다. 외다리 원숭이 녀석과 '소'라는 뜻의 뉴쯔라는 이름의 젊은이가 공연장 한쪽 산등성이로 통하는 곳에 나란히 섰다. 누군가 "뛰어!" 하고 소리치자 화살이 시위를 떠났다. 두말할 것도 없이 젊은이는 날듯이 빠른 속도로 달리기 시작했다. 하지만 올해 스물셋밖에 안 된 외다리 원숭이 녀석은 자단목으로 만든 붉은 지팡이를 빌려왔다. 그 지팡이는 매끄러울 뿐만 아니라 단단함 속에 엄청난 탄성을 감추고 있었다. 지팡이 끝이 땅에 닿으면 지팡이 전체가 미세하게 휘었다. 외다리 원숭이가 지팡이에 힘껏 체중을 실으면 그 기다란 지팡이가 금방이라도 부러질 듯이 잔뜩 구부러졌다. 지팡이가 구부러지면서 외다리 원숭이가 땅바닥에 고꾸라질 줄 알았지만 뜻밖에도 외다리 원숭이가 도약하자 구부러졌던 지팡이가 쭉 펴지면서 그를 허공으로 날려보냈다. 그는 몸을 훌쩍 띄워 높이뛰기나 멀리뛰기를 하듯이 앞으로 멀찌감치 달려나갔다. 외다리 원숭이 녀석이 경주 코스의 절반 이상을 젊은이에게 뒤져 있었는데, 마지막에 마지막에 가서는 온 산야를 꽉 메운 응원의 함성 속에 외다리 원숭이 녀석이 젊은이를 앞지르리라고는 누구도 상상하지 못했다.

류 현장은 사람들이 지켜보는 가운데 외다리 원숭이에게 상금으로 백 위안짜리 커다란 지폐 한 장을 건네면서 구호식량으로 내려온 밀을 이백 근 더 지급해주겠다고 약속했다. 이어서 작년에 한 번에 바늘귀 다섯 개에 실을 꿰었던 외눈박이가 놀랍게도 올해는 한 번에 여덟 개 내지 열 개의 바늘귀에 실을 꿰었다. 앉은뱅이 아줌마는 거친 종이와 해어진 천에 돼지와 개, 고양이를 수놓았을 뿐만 아니라 나뭇잎 앞뒷면에도 똑같은 모양으로 개와 고양이를 수놓았다. 마을 뒤편에 사는 귀머거리 마씨는 귀가 먹어서인지 용감하게도 볜파오*를 자기 귀에 걸어놓고 터뜨렸다. 폭죽과 얼굴 사이에 얇은 판한 장을 끼워 볜파오가 얼굴 위에서 터지는 일을 예방했다. 쥐메이의 맏이인 퉁화도 있었다. 그녀가 완전한 맹인이라는 점은 온 마을 사람들이 다 아는 사실이었다. 십칠 년 동안 그녀는 나뭇잎이 초록색이고 구름이 흰색이며, 삽과 호미에 슨 녹이 붉은색이라는 것을 알지 못했다. 새벽녘 노을빛은 황금색이며 해질녘의 노을빛은 핏빛을 띤다는 것도 알지 못했다. 넷째 어얼이 붉은색은 피와 같은 색이

---

* 한 꿰미에 죽 꿴 연발 폭죽으로 주로 혼례나 설 같은 큰 행사에 사용한다.

라고 말하면 그녀는 다시 물었다. "그럼 피는 어떤 색이야?" 어얼이
피는 설을 쇨 때 붙이는 주련柱聯 같은 색깔이라고 대답해주면 그녀
는 또 되물었다. "그럼 주련은 무슨 색깔인데?" 어얼이 다시 주련은
구월의 감나무잎 색깔이라고 대답하면 그녀가 또 물었다. "그럼 감
나무잎은 무슨 색깔이야?" 어얼이 대답했다. "이 장님아, 감나무잎이
감나무잎 색깔이지 무슨 색깔이야!"

어얼은 자리를 떴다. 그뒤로 두 번 다시 그녀와 이런 말장난 같은
대화는 하지 않았다.

퉁화는 눈앞이 온통 캄캄하고 아득한 검정색이었다. 그녀의 머리
위에서 이글거리는 해마저도 검은빛으로 그녀 주위를 비추고 있었
다. 그녀의 눈앞은 태어난 날부터 줄곧 아득한 검정색이었다. 낮에
도 검정색이었고 밤에도 역시 검정색이었다. 해도 검정색이었고 달
역시 검정색이었다. 모든 것이 십칠 년 동안 변함없는 검정색이었
다. 그녀는 다섯 살 때부터 대추나무 지팡이를 짚고 여기저기를 더
듬더듬 두드리며 다녔다. 집안에서나 집밖에서나, 문 앞에서부터 마
을 어귀까지 두드리고 더듬었다. 그녀가 그렇게 두드리고 더듬은 것
이 이미 십 년이 넘었다. 그 대추나무 지팡이가 그녀의 두 눈이었다.
예전에는, 그러니까 예전의 서우훠마을 축제 때는, 지팡이를 짚고
엄마와 함께 공연장 한쪽 구석에 숨어 있었다. 숨어서 바러우조와
상푸조, 그리고 곡극과 추자희*를 들을 때는 마음을 집중해서 듣다
가 묘기공연 순서가 되면 보지 않았다. 엄마만 보게 했다. 눈앞이 온

---

* 주로 추금(墜琴)으로 연주하는 허난 지역의 민간 기예.

통 아득한 암흑뿐이라 보려 한들 보이지도 않았기 때문이었다. 하지만 올해는 쥐메이가 바빠서 밖에 나갈 수 없다고 말했다. 퉁화는 엄마에게 사람들 말이, 누구든 공연장에 가면 백 위안짜리 지폐를 한장씩 나눠준다고 했다. 엄마는 한동안 말이 없었다. 몇 년 몇 달을 생각에 잠긴 것 같았다. 그러고는 결국 나갈 수 없다고 잘라 말했다. 퉁화는 화이화와 위화, 어얼이 나가기를 기다렸다가 혼자서 문 앞에 나가 섰다. 마을 거리를 지나는 발소리와 마을 어귀 공연장에서 나는 떠들썩한 소리가 귀에 들려오자 더듬더듬 땅바닥을 두드려가며 혼자 공연장 옆까지 갔다. 그렇게 사람들 무리에 섞여 묘기공연을 들었다. 처음부터 끝까지 모든 소리를 아주 세밀하게 다 들었다. 열광하는 사람들의 시커먼 함성소리와 흥분한 사람들의 입에서 터져나오는 시뻘건 웃음소리. 사람들이 박수를 칠 때마다 흰 구름처럼 허공을 춤추듯 날아다니는 시커먼 소리. 또 현장이 외다리 원숭이에게 박수를 보내면서 "힘내라! 아자! 이기면 자네한테 상금으로 백 위안을 주겠네!"라고 외치는 소리. 눈앞에서, 귓가에서 검은 날개처럼 이리저리 퍼덕거리는 현장이 외치는 소리. 현장이 외다리 원숭이에게 커다란 지폐 한 장을 상금으로 주자 외다리 원숭이 녀석이 현장 앞에서 땅바닥에 개두를 하며 감사의 뜻을 표하는 검게 빛나는 소리. 감격한 현장이 그에게 상금으로 오십 위안짜리 지폐를 한 장더 주었다. 앉은뱅이 아줌마가 오동나무잎에 새카맣고 오색찬란한 참새를 양면에 똑같이 수놓고 나서 현장에게 다가가 상금을 받는 소리도 들었다. 현장이 그 오동나무잎을 보며 버드나무잎에도 수놓을 수 있느냐고 묻자, 버드나무잎은 너무 작아서 메뚜기나 나비 한 마리 정도밖에 못한다고 대답했다. 현장이 다시, 그럼 홰나무잎에도 수놓을 수 있느냐고 묻자, 그녀는 홰나무잎은 더 작아서 아이 얼굴밖에 못 놓는다고 대답했다. 그 말에 현장이 아줌마의 손을 붙잡고는 액수를 알 수 없는 돈을 상금으로 쥐여주면서 "정말 기막힌 솜씨를 가진 손이군요. 정말 기가 막혀요. 제가 떠나기 전에 기념으로 '천하제일의 솜씨'라고 한 장 써드리지요"라고 말했다. 이 모든 소리들을 그녀는 다 듣고 또 들었다. 또 있었다. 묘기공연을 할 때, 산과 들이 온통 인파로 가득차 북적대는 소리, 왁자지껄 떠드는 소리, 세상에 온통 시커먼 빗발이 날리는 것처럼 새카만 소리를 들었다. 현장이 돈을 세어가며 사람들에게 상금을 줄 때, 그 시커멓고 축축한 빗소리가 멈추고 사람들도 갑자기 일제히 입을 다물었다. 얼마나 조용한지 땅바닥에 바늘 떨어지는 소리와 나무에서 낙엽 떨어지는 소리까지 들을 수 있었다. 하지만 현장이 상금 지급을 마치고 상금을 받은 사람들이 현장 앞에서 허리를 굽히고 땅에 머리를 찧으며 개두를 올릴 때, 그 검고 뜨거운 박수 소리에 산맥과 마을, 나무와 집들이 전부 흔적도 없이 잠겨버리는 것 같았다. 모기떼가 어두운 밤 속으로 날아드는 것 같았다.

눈이 전혀 보이지 않는 퉁화는 마을의 서우훠축제를, 마을 사람들이 펼치는 묘기공연의 아득하고 새하얗게 빛나는 소리를 처음으로 아주 선명하게 들을 수 있었다. 외다리들은 달리기 경주를 하고 귀머거리는 폭죽을 터뜨렸다. 외눈박이는 바늘귀에 실 꿰기 시합을 벌였고 앉은뱅이 아줌마는 자수를 놓았다. 손이 하나밖에 없는 두 사람이 서로 팔씨름을 겨루기도 했다. 마을 뒤쪽에 사는 목수네 조카도 있었다. 벌레처럼 체구가 작고 나이도 열 몇 살밖에 되지 않았다. 그는 아주 어렸을 때부터 소아마비를 앓아 한쪽 다리가 삼줄기처럼 가늘고 발도 새 머리만큼이나 작고 연약했다. 머리만큼이나 작은 발을 조금씩 오므려 병 주둥이에 밀어넣으면 병을 신발처럼 신을 수 있었고, 그렇게 병을 신은 발로 걸을 수도 있었다.

현장은 서우휘마을의 절묘한 묘기공연에서 또다시 안계眼界가 열렸다. 눈이 완전히 보이지 않는 퉁화는 현장이 연달아 박수를 쳐대는 것을 선명하게 들었다. 그렇게 한참 박수를 쳐댄 그의 두 손이 새카맣게 달아오른 것도 선명하게 들었다. 그가 상금을 주고 연설을 하고 담소를 하느라 목이 새카맣게 쉬어버려 그가 내뱉는 말 한마디 한마디가 목수의 검은 톱날처럼 새카맣게 반짝이면서도 계속 쓸리고 턱턱 걸리는 것을 선명하게 들었다. 공연은 어느덧 막바지에 이르렀다. 해가 기울면서 타는 듯하던 날씨도 서늘해지기 시작했다. 바깥 마을에서 왔던 수많은 사람들은 웃고 떠들면서 삼삼오오 어깨를 나란히 하여 각자의 마을로 돌아갈 채비를 했다. 현장이 무대 위에 서서 거무튀튀하고 아득한 목소리로 외쳤다.

"멋진 묘기를 더 보여주실 분 안 계신가요? 지금 안 하시면 더는 기회가 없습니다. 내일 저와 비서는 떠납니다. 그때는 묘기를 더 보여주셔도 상금이 없을 겁니다!"

바로 이때였다. 무대 한편에 서 있던 퉁화가 무대 위로 올라와서는 대추나무 지팡이로 더듬더듬 바닥을 두드리며 무대 한가운데에 이르렀다. 보여줄 묘기가 있는 사람만 설 수 있는 바로 그 자리였다. 그녀가 그 자리에 똑바로 서자, 놀란 자매들이 일제히 "퉁화야! 퉁화야!" 하고 외치며 무대 앞으로 달려왔다. 사람들 앞으로 달려왔다. 해가 검붉고 따뜻하게 서산마루에서 비쳐왔다. 바람은 검고 시원하게 무대 뒤쪽에서 불어왔다. 그녀는 앞여밈에 덧날개가 달린 아주 아름다운 분홍색 블라우스와 남색 바지 차림에 코에 각이 진 신발을 신고 있었다. 바람 한가운데 서 있다보니 가지와 잎만 움직이고 몸통은 움직이지 않는 어린 나무 같았다. 바짓자락과 블라우스만 바람에 펄럭이고 있었다. 어린 소녀였기 때문에, 그리고 완전히 앞이 보이지 않기 때문에 눈이 새카맣고 반짝반짝 빛이 났다. 안개를 머금은 포도알처럼 생기 있고 윤기가 흘렀다. 머리끝에서 발끝까지 티끌 하나 없이 수수하고 깨끗했다. 둘째 화이화처럼 눈에 확 띄게 예쁘고 앙증맞은 구석은 없었지만, 무척 수려하고 아름다운 모습이었다. 그래서, 그래서 무대 아래 있던 사람들이 떠들썩한 소음 속에서 한순간에 조용해진 것이었다. 그녀의 자매인 화이화와 위화, 어얼도 더이상 그녀를 불러대지 않았다. 모두가 갑자기 닥쳐온 고요에 잠긴 채 현장이 그녀에게 무얼 물을지, 그녀는 또 현장에게 뭐라고 대답할지 순순히 기다리고 있었다.

그 순간은 정말로 온 세상이 고요 속에 깊게 빠져 있었다. 현장이 그녀를 바라보았다. 뜨겁게 이글거리던 햇살이 사라지고 달빛이 나오더니 온 세상의 햇빛이 눈 깜짝할 사이에 물에 젖은 달빛으로 변해버리는 광경을 바라보는 것 같았다.

검은 고요 속에 선 그녀는 현장이 무대 한가운데서 약간 남쪽으로 치우친 곳, 자신의 왼쪽에 서 있는 것을 들었다. 현장의 비서가 현장의 뒤쪽에 서 있는 것을 들었고, 상금을 더 많이 받은 외다리 원숭이가 자신의 오른쪽에 서 있는 것을 들었다. 무대 아래위에서 한 다발 한 묶음의 검은 시선들이 마치 일대를 뒤덮은 검은 풀들처럼 일제히 자신에게로 쏠려 있었다. 그녀는 그 시선들이 전부 놀란 기색으로 늦가을 나뭇잎처럼 자신의 몸 위로 후드득 후드득 떨어지는 것을 들었다. 자신을 바라보는 자매들의 시선이 창문 틈새로 새어 들어온 바람처럼 무대 아래로부터 자신의 얼굴로 스치듯 날아 올라오는 것도 들었다.

현장이 물었다. "이름이 뭔가요?"

그녀가 대답했다. "퉁화라고 합니다."

현장이 물었다. "나이는 어떻게 되나요?"

그녀가 대답했다. "열일곱이에요."

현장이 물었다. "어느 댁 따님이신가요?"

그녀가 말했다. "엄마 이름은 쥐메이고 할머니 이름은 마오즈예요."

순간 현장의 얼굴이 새하얗게 질렸다. 하지만 재빨리 평소의 모습을 되찾았다.

그가 물었다. "어떤 묘기를 갖고 있나요?"

그녀가 말했다. "저는 아무것도 보지 못하지만 무엇이든지 다 들을 수 있어요."

현장이 물었다. "어떤 걸 듣는다는 말인가요?"

그녀가 말했다. "닭털이 공중에서 떨어지는 걸 들을 수 있어요. 나뭇잎이 투두둑 하고 나무에서 떨어지는 것 같지요."

현장은 곧바로 공연장 근처에서 참새 깃털을 하나 구해 왔다. 뿌리 부분이 눈처럼 하얀 진회색 깃털이었다. 그는 참새 깃털을 손바닥으로 잘 감춘 다음 그녀의 눈앞에 깃털을 쥔 주먹을 들어 획획 흔들어대며 말했다. "내 손에 갈대꽃 수탉의 깃털이 한 가닥 있어요. 이게 무슨 색인지 맞혀볼래요?"

그녀가 말했다. "검정색이요."

현장은 다시 손잡이가 흰색인 만년필을 꺼내 눈앞에서 흔들며 물었다.

"이건 뭐지요?"

"아무것도 없는데요."

"이건 펜이에요. 무슨 색인지 맞혀보세요."

"검정색이요."

현장은 쥐고 있던 참새 깃털을 손가락 사이로 내밀어 다른 손으로 바꿔 쥐고는 그녀의 머리 뒤로 가져가며 물었다. "잘 들어봐요. 이 닭털이 어디로 떨어지는지 들어보라고요."

퉁화가 눈을 크게 떴다. 까만 눈에는 안개 같은 흐릿함이 한 가닥도 없었다. 가짜 눈처럼 밝게 빛났다. 자세히 설명할 수 없을 정도로 감동적이고 유혹적인 눈이었다. 공연장에는 기이한 정적이 두텁게 내려앉아 있었다. 자기 마을로 돌아가려고 했던 바깥 마을 사람들도 모두 다시 돌아섰다. 의자에 앉아 있던 사람들은 전부 일어섰다. 벽돌 위에 앉아 있던 사람들도 모두 일어섰다. 나무 위에 걸터앉아 있다가 내려온 아이들은 도로 나무 위로 올라가 자리를 잡았다. 앉은뱅이와 절름발이, 앞이 보이지 않는 맹인들은 무대 위나 무대 아래에 앉은 채로 꼼짝도 하지 않고서 주위 사람들이 어떻게 됐는지 결과를 알려주기만을 기다리고 있었다. 세상이 온통 고요해졌다. 해가 지는 소리가 산맥을 사이에 두고도 귀에 들려올 정도였다. 눈동자들도 전부 무대 위에서 참새 깃털을 쥐고 있는 현장의 손을 응시했다.

현장의 손에 쥐여 있던 참새 깃털이 힘을 뺀 그의 손에서 떨어졌다. 몇 번 빙글빙글 돈 깃털은 퉁화의 오른쪽 발 옆에 떨어졌다.

현장이 물었다. "어느 쪽으로 떨어졌나요?"

퉁화는 대답 대신 조용히 허리를 구부렸다. 그러고는 고개를 들고는 단번에 발 옆에 떨어진 참새 깃털을 손으로 만졌다.

무대 위와 무대 아래는 온통 시커멓게 헐떡거리는 놀라움으로 가득했다. 위화의 얼굴이 붉게 빛났다. 넷째 어얼의 얼굴도 온통 빨갛게 빛났다. 너무 놀라서인지 화이화의 얼굴에는 뜨겁게 붉은 부러움이 걸려 있었다. 그 부러운 표정은 붉게 빛나는 가운데 언뜻언뜻 황금과 백은으로 빛났다. 현장은 어땠을까. 그는 온통 탄성으로 가득한 가운데 퉁화의 눈을 뚫어지게 바라보다가 그녀에게 들고 있는 참새 깃털을 달라고 하여 또다시 그녀의 눈앞에서 흔들었다. 그러고는 여전히 아름답게 빛나며 초점 없이 멍한 그녀의 새까만 두 눈동자를 바라보면서 깃털을 비서에게 건넨 다음, 다시 무대 아래로 날리라는 신호를 보냈다.

비서는 곧장 깃털을 무대 아래로 날렸다. 무대 아래로 아주 가볍게 숨을 내뱉는 것 같았다.

현장이 물었다. "어디로 떨어졌나요?"

퉁화가 대답했다. "제 앞쪽에 있는 구덩이로 떨어졌네요."

사람들에게 깃털을 주워달라고 하여 다시 손에 쥔 현장은 깃털을 허공에 든 채로 날리지도 않고 그녀에게 물었다. "이번에는 어디로 떨어졌나요?"

통화는 한참을 생각에 잠기고는 실의에 찬 표정으로 고개를 가로 저으며 말했다. "이번에는 아무 소리도 못 들었어요."

현장이 다가가 그녀 앞에 한참을 서 있다가 그녀의 손에 삼백 위안을 쥐어주며 말했다. "아가씨는 내가 이 참새 깃털을 세 번 떨어뜨리는 소리를 전부 들었으니까 상금으로 삼백 위안을 드리겠어요." 통화가 돈을 받아들고는 기쁨에 겨운 표정으로 빳빳한 백 위안짜리 새 지폐를 만지작거렸다. 현장이 그녀의 맞은편에 서서 그녀의 얼굴을 쳐다보며 물었다. "또 무얼 들을 수 있나요?" 통화는 황급히 돈을 접어서 주머니에 집어넣으면서 물었다. "또 상금을 주시나요?"

그가 말했다. "듣는 것 말고 다른 묘기가 있으면 상금을 드리지요."

그녀가 웃으면서 말했다. "저는 지팡이로 나무를 두드려서 어느 것이 오동나무이고 어느 것이 버드나무인지, 또 어느 것이 홰나무이고 느릅나무이고 참죽나무인지 구별할 수 있어요." 그는 곧장 그녀를 공연장 옆으로 데리고 가서는 느릅나무와 멀구슬나무, 늙은 홰나무 두 그루를 두드려보게 했다. 그녀는 정말로 어느 것이 느릅나무이고 어느 것이 홰나무, 멀구슬나무인지 구별해냈다. 현장이 또다시 그녀에게 백 위안짜리 지폐 한 장을 건넸다. 현장은 사람을 시켜 돌하나와 벽돌 하나, 청석판 한 장을 가져오도록 하여 그녀에게 계속해서 지팡이로 두드려보게 했다. 이번에도 그녀는 지팡이를 두드려 전부 구별해냈고 현장은 그녀에게 또다시 백 위안의 상금을 건넸다.

그러자 무대 위와 무대 아래에서 웅성웅성 소란이 일기 시작했다. 통화가 순식간에 백 위안짜리 새 지폐 다섯 장을 버는 것을 보고는 도처에서 탄성이 터져나오는 가운데 의론이 분분했다. 둘째 여동생 화이화가 가장 먼저 황급히 무대 위로 올라가 통화의 두 손을 잡고 팔을 잡아당기며 조급하게 말했다. "언니, 언니, 내일 내가 진鎭에 있는 장터에 데리고 갈게. 갖고 싶은 것 있으면 뭐든지 다 사줄게."

마침내 해가 서산 너머로 떨어졌다. 붉은 기운도 서우훠에서 연기처럼 엷어졌다. 뭔가 묘기를 보여주고 싶었던 사람들도 더는 보여줄 수 없게 되었다. 바깥 마을 사람들도 놀라움과 감탄에 젖어 모두들 몸을 일으켜 집으로 돌아갔다. 서우훠마을 축제를 위해 마을 한복판에 커다란 솥을 가져다놓고 밥을 짓던 사람도 마을 사람들에게 집으로 돌아가 배추를 곁들인 고기찜에 쌀죽이나 먹으라고 외쳐댔다. 바로 이때 현장의 마음속에서 맨 처음에는 뭔지 정확히 알 수 없었던 작은 싹 하나가 갑자기 아주 분명하고 명백하게, 우르릉 쾅쾅 소리와 함께 하늘을 찌르는 큰 요전수*로 자랐다.

그는 서우훠마을에 묘기공연단을 조직해 세계 방방곡곡을 돌아다니며 공연을 해야겠다고 마음먹었다. 공연의 입장료 수입으로 레닌 유해 구매에 쓸 거액의 자금을 조달할 수 있겠다는 계산이었다.

---

* 흔들면 돈이 떨어진다는 전설 속의 나무.

제 5 권

줄기

1장

집을 나서다 나무에 부딪힌 것처럼
들끓기 시작했다

서우휘마을이 갑자기 들끓기 시작했다. 아주 깊은 한밤중 어둠 속에 원래는 달이 떠야 하는데 둥근 해가 뜬 것 같았다. 전날 밤에 수백수천 년 된 달이 사라지고 누런 햇빛이 대신 밤을 밝히기라도 하는 듯했다. 서우휘에서 다음 묘기공연단을 조직하기로 결정하면서 바러우 밖의 세계 각지로 다니며 공연도 해야 하고 무대의상을 갖춰 입고 도시의 극장 무대에서 공연할 연기자들도 필요하게 되었다. 아주 사소한 묘기라도 가지고 있는 서우휘마을 사람들은 전부 현장에게 이름을 등록했다. 비서의 공책에는 일련의 이름과 그들의 묘기가 기록되었다.

외다리 원숭이: 외다리로 빨리 달리기
귀머거리 마씨: 귀에 대고 폭죽 터뜨리기

외눈박이: 외눈으로 바늘 꿰기

앉은뱅이 아줌마: 나뭇잎에 수놓기

맹인 통화: 예민한 귀로 소리 알아맞히기

소아마비: 병으로 신발 신기

　또 마을 앞쪽에 사는 예순셋 된 맹인 넷째 아저씨는 평생을 맹인
으로 살아오는 바람에 눈이 달려 있긴 하지만 아무 쓸모가 없어서
인지, 용감하게도 자신의 눈동자 위에 촛농을 한 방울 한 방울 떨어
뜨리는 재주가 있었다. 또 마을 앞쪽에 사는 셋째 아주머니는 어려
서부터 한쪽 손이 없었지만 다른 손만으로 무나 배추를 두 손이 멀
쩡한 사람보다 더 얇고 고르게 썰 수 있었다. 마을 맨 끝에 있는 집
의 육손이는 왼손 손가락이 여섯 개로, 엄지 위에 커다란 엄지가 하
나 더 나 있었는데, 서우훠마을에서 이 정도는 장애라고 할 만한 것
도 못 되고 온전한 사람에 가까워 그는 어릴 때부터 덤으로 난 그
엄지손가락을 몹시 싫어했다. 게다가 어릴 때부터 매일 물어뜯다보
니 세월이 흐르면서 여섯번째 손가락은 점점 손톱이 있는 살덩어리
로 변해갔고 전부 딱딱하게 굳은살이 되어 이로 깨물어도 겁나지
않았다. 그는 이 여섯번째 손가락을 용감하게 불 위에 올려놓고 달
구기도 했다. 마치 나무토막이나 쇠망치 같은 것을 달구듯이. 이 마
을 사람들은 노인이나 어린애나 대부분 장애가 있었고, 그 장애에
서 비롯된 강장[1]도 하나씩 갖고 있었다. 이 묘기들이 전부 비서의
공책에 기록되었고, 모두가 묘기공연단의 연기자가 될 예정이었다.
　이들은 곧 서우훠마을을 떠나 더이상 농사는 짓지 않을 것이며

매달 일정한 월급도 받을 예정이었다. 더구나 그 액수가 놀랄 만큼 많았다. 현장은 공연에서 가장 압도적으로 뛰어난 묘기를 보이는 사람에게는 공연할 때마다 백 위안씩 주겠다고 말했다. 하루에 한 번 공연한다고 치면 29일이면 스물아홉 번, 31일이면 서른한 번 공연을 하게 될 것이고, 공연 때마다 큰 지폐 한 장씩 한 달이면 엄청난 돈이었다. 어느 집에 두 식구가 살고 둘 다 온전한 사람이라 서우휘 마을을 지키면서 농사를 짓는다고 치자. 일 년 내내 날씨도 좋고 비바람도 적당해서 모든 땅을 천당지³⁾로 일궈놓고 도일자⁵⁾를 보낸다고 해도 그 정도의 돈은 벌지 못할 것이다.

그러니 그 묘기공연단에 들어가 공연에 참여하고 싶지 않을 사람이 어디 있겠는가.

외다리 원숭이는 벌써부터 목수에게 특별한 지팡이를 하나 제작해달라고 부탁해둔 터였다. 앉은뱅이 아줌마도 외출용 의상을 장만하기 위해 친정에서 돈을 빌려 왔다. 귀머거리 마씨도 딱딱한 편백나무를 구해다 폭죽을 터뜨릴 때 귀 옆에 댈 가림판을 만들어놓았고 열세 살이 된 소아마비 소년의 부모는 아이가 집 떠날 때 가지고 갈 보따리까지 벌써 다 싸놓았다.

하룻밤 사이에 묘기공연단이 꾸려졌다. 다음날 곧장 마을을 떠날 예정이었다. 단원은 다 합쳐서 예순일곱 명이고 그 가운데 맹인이 열한 명, 귀머거리가 세 명, 절름발이가 열일곱 명, 외다리가 세 명, 손이나 팔이 상한 사람이 일곱 명, 육손이가 한 명, 외눈박이가 세 명이었다. 얼굴에 화상자국이 있는 사람도 있었다. 그 외의 사람들은 전부 온전하거나 거의 온전함에 가까운 사람들이었다. 이 묘기공연단에서는 장애인들이 주연이고 온전한 사람들은 조연이었다. 그들은 몸이 온전했기 때문에 출연하는 장애인들을 위해 무대 뒤에서 수발하는 일을 담당할 뿐이었다. 예컨대 궤짝을 옮기고 도구를 챙기며, 장애인들의 옷을 빨거나 밥을 해주는 등의 일이었다. 도구가 망가지면 수리하거나 새것으로 바꿔주고 공연이 끝나면 다른 곳으로 이동하는 일을 도와야 했다. 온전한 사람들은 장애인들을 위해 죽도록 힘을 써야 하는 운반 작업도 해야 했다.

통화는 어떻게 되었을까. 그녀는 두말할 것도 없이 묘기공연단의 주인공이 되었다. 그럼 화이화는? 화이화는 마을에서 묘기공연단을 조직해 바깥세상에 나가 공연할 예정이라는 얘기를 듣자마자 곧장 스 비서를 찾아갔다. 스 비서가 그녀에게 어떤 묘기가 있느냐고 물었다. 그녀는 특별한 묘기는 없지만 화장을 아주 잘한다고 말했다. 묘기공연을 하는 사람들에게 깔끔하고 예쁘게 화장을 해줄 수 있다는 것이었다. 비서는 곧장 그녀의 이름을 공책에 적고는 웃으면서 손을 들어 그녀의 얼굴을 쓰다듬었다. 자기가 낳은 아이의 얼굴을 만지는 것처럼 친밀해 보였다. 그 미소와 그 손길 때문에 그녀는 집에 돌아가서 밤새도록 잠을 이루지 못했다. 다음날에도 그녀는 하루종일 얼굴에 미소가 가득 걸려 있었다. 담담하면서도 예쁜 얼굴이었다. 그녀는 한 마리 나비가 된 것처럼 하루종일 마을 거리를 한들거리며 이리저리 돌아다녔다. 사람들을 만나면 자신이 묘기공연단의 화장을 맡게 되었다고, 어젯밤에 침대에 누웠지만 한숨도 자지 못했다고, 온몸에 어떤 기운이 흐르고 있는 것 같았다고 말했다. 날이 밝아올 즈음에는 꿈을 꾸었는데 꿈에서 자신이 낭떠러지에서 날면서 뛰어내렸다고 말했다.

그녀가 물었다. "아저씨, 제 키가 좀 커진 것 같지 않아요?"

그녀가 또 말했다. "낭떠러지에서 뛰어내리는 꿈을 꾸면 키가 자란다고 하잖아요. 아주머니, 저 키가 좀 큰 것 같지 않아요?"

아저씨, 아주머니들은 정말로 그녀의 키가 좀 큰 것 같고 통화나 위화, 넷째 어얼보다 훨씬 예뻐진 것 같다고 생각했다. 통화나 위화, 어얼이 봄날 언덕의 풀밭에 핀, 아직은 꽃잎이 활짝 열리지 않은 들꽃이라면, 화이화는 만개한 모란이요 작약이고, 한창 철을 만난 홍매화였다. 화이화는 더이상 난쟁이 아가씨가 아니라 깜찍하면서도 청초한 여인 같았다. 사람들의 눈길을 끄는 나비나 참새 같았다. 묘기공연단의 화장만 담당할 것이 아니라 공연의 진행까지 맡아야 할 것 같았다. 집으로 돌아와 통화와 위화를 상대로 키를 재보니 정말로 자신이 그들보다 조금 컸다. 문득 자신의 키가 자란 것이 스 비서가 자기 얼굴을 만져준 뒤부터라는 생각이 들었다. 그래서 스 비서가 자신의 얼굴을 더 많이 만져주고 또 몇 번 입을 맞춰주기를 기대했다. 그러면 자신이 난쟁이 아가씨에서 진짜 온전한 사람으로 변해 정말로 묘기공연단의 공연 진행자가 될 수 있을 것 같았다.

두말할 것도 없이 공연 진행자는 아주 아름다운 얼굴을 가진 온전한 신체의 여자가 맡아야 했다.

위화는 어떻게 되었을까? 위화는 화이화만큼 키가 크지는 않았지만 그나마 묘기공연단의 매표원으로 임명되었다. 가지 말라는 외할머니와 어머니의 말을 따라서, 가지 않고 집에 남은 건 어얼뿐이었다. 마을 사람들을 다 합쳐봐야 이백 명 남짓인데 거의 절반 정도가 떠나고 나면, 남는 사람들은 대부분 노인과 아이들이거나 장애가 있고 모자란 사람들뿐이었다. 아둔해서 사는 동안 연마해둔 묘기 하나 없고, 아둔해서 집에서 농사짓는 일 외에 할 수 있는 게 없는 사람들이었다.

이날 마을은 마치 도둑맞은 창고처럼 온통 어수선하기만 했다. 거리 도처에 이것저것 빌리고 구하러 다니는 사람들 천지였다. 바늘에 실 꿰기 묘기를 준비하는 외눈박이는 한 번도 사용한 적 없는 바늘 몇 개를 들고 집집마다 다니며 길이 잘 든 바늘들과 바꾸었다. 오랫동안 옷이며 신발 등을 꿰매느라 많이 사용한 것이라야 바늘귀가 반질반질해 실 꿰기가 훨씬 더 수월하기 때문이었다. 소아마비 소년의 엄마는 문 앞에서 아들에게 황급히 왼발에 신을 신발을 만들어주었다. 나중에 아이가 오른발에 유리병을 신게 되면 왼쪽 신발의 밑창이 단단하고 튼튼해야 섰을 때 더 안정감이 있기 때문이었다. 그 밖에도 막상 떠날 때가 되어서야, 그동안 몇 대에 걸쳐 살아오면서 진에 장보러 나갈 때를 제외하고는 멀리 떠나본 적이 없는 탓에 가방이나 보자기는 물론이고 옷가지와 짐을 담을 자루조차 없다는 사실을 깨달은 집들이 많았다. 그렇다보니 이집 저집 돌아다니며 빌려야 했다.

옷 짓는 솜씨가 좋은 차오 아줌마는 몹시 바빠졌다. 사람들을 위해 쉴새없이 옷을 지어야 했다.

목수들도 아주 바빠졌다. 절름발이 열일곱 명과 외다리 두 명, 그리고 맹인 열두 명까지 총 서른한 명 가운데 열여덟 명이 지팡이가 없으면 안 되는 사람들이었다. 이 열여덟 명 외에도 지팡이를 새것으로 바꾸고 싶어하는 사람이 열세 명이나 됐다. 이렇다보니 목수들도 바빠졌던 것이다. 그들의 손에서 퉁탕퉁탕 소리가 잠시도 멈추지 않고 마을을 울렸다. 이집 저집 물건을 빌리러 다니는 떠들썩한 소리가 쉬지 않고 마을 거리에서 이리저리 흘러 다녔다. 어느 집 아이는 반만 맹인인데다 별다른 묘기가 없어 현장과 비서가 그 묘기공연단 명단에서 이름을 지워버리자 큰길 한가운데 주저앉아 악을 쓰며 울어댔다. 울면서 발버둥을 쳐대는 바람에 땅 위의 흙먼지가 전부 날아올랐다.

마을은 이런 모습이었다.

다음날 아침이면 명단에 오른 이 예순일곱 명의 서우훠 사람들이 마을을 떠날 예정이었다. 쥐메이는 이미 열흘째 집밖으로 나가지 않았다. 현장과 비서가 사당 객방에 묵은 뒤부터 집밖으로 일절 나가지 않았다.

그런데 지금 그녀의 딸인 퉁화와 화이화, 위화가 물이 솟아 넘치듯 집에서 각자 짐과 옷가지를 챙겨 묘기공연단을 따라 이 마을을 떠나려 했다.

쥐메이는 마당 한가운데 있는 바위에 앉아 있었다. 정오의 해가 마당을 찜통처럼 달궈놓았다. 바람도 한 점 없어 그녀의 얼굴 위로 땀이 줄줄 흘러내렸다. 나무 그늘은 이미 그녀를 햇볕에 달궈진 그 뜨거운 자리에 던져두고 비켜가버렸다. 뜨겁게 달궈진 냄비 안에 채소 한 다발을 넣어둔 것 같았다. 쥐메이네 집은 두 줄로 네 칸의 하방*이 들어서 있고 안채가 세 칸인 쓰레받기 모양의 가옥이었다. 쥐메이와 눈먼 딸 퉁화가 안채를 쓰고 화이화와 위화, 어얼이 양쪽의 하방을 썼다. 방 한 칸에 침대가 두 개 놓여 있고 각자의 옷가지들은 전부 침대 머리맡에 쌓아두었다. 궤짝 같은 것은 없었다. 궤짝이 있다 해도 집안에 둘 데가 없었다. 쥐메이와 딸들은 이 집에서 북적거리며 십 년 넘게 살았다. 비좁은 둥지 안에서 몸을 부대끼며 버티던 새들이 결국 달이 차서 둥지를 떠나듯, 이제 딸들이 떠나려 했다. 딸하나가 말했다. 내 분홍색 블라우스 어디 갔지? 분명히 어제 잘 개켜서 침대에 올려놓았는데 갑자기 안 보이네. 다른 딸이 말했다. 내비로드 신발 어디 갔지? 그저께 벗어서 침대 밑에 잘 뒀는데.

마당의 바위 위에 앉아서 쉴새없이 들락날락하는 딸들을 바라보던 쥐메이는 일절 대꾸를 하지 않았다. 그녀의 망연자실함은 거대한 산자락의 황무지 같았다. 원래 농사를 짓던 사람들이라 사계절을 따져 봄에 심고 가을에 수확하려 했는데, 가을에 파종하여 여름에 바쁘게 수확하려 했는데, 농사일을 해야 할 사람들이 지금 모두 떠나려 하고 있었다. 땅이 황폐해지려 하니 사람의 마음도 덩달아 황폐해졌다. 마을에서 요 며칠 사이에 아주 엄청난 일이 일어났다는 사실을 그녀는 잘 알고 있었다. 묘기공연단 하나가 서우훠마을의 운명을 바꿔놓으려 하고 있었다. 그때 그 사람이 그녀의 운명을 한순간에 바꿔버렸던 것처럼 지금 한 마을의 운명을 바꿔버리려 하고 있었다. 말하자면 아주 오랜 가뭄 끝에 밀려오는 물줄기 같았다. 그것이 설사 거대한 홍수라 할지라도 누구도 그 홍수를 향해 돌진하는 마을 사람들을 막을 수 없었다. 그녀는 생각했다. 애들이 가고 싶어

* 'ㅅ'자형 집을 절반으로 나눈 형태.

하면 보내야지. 물이란 흐르는 것이고, 아무리 뱁새라 해도 결국 둥
지를 떠나 날아갈 테니. 애들이 가는 건 애들 마음이야. 그녀는 천천
히 긴 한숨을 내뱉으며 햇볕이 쏟아지는 바위에서 일어났다.

그리고 문을 나섰다.

가서 그 남자를 꼭 한 번 만나봐야 할 것 같았다.

그녀는 곧장 사당의 객방을 찾아갔다.

여느 때 같으면 다들 낮잠을 잘 시간이었지만 이날 정오 무렵에
는 거대한 연극 준비로 거리의 사람들이 분주한 것 같았다. 어제는
서우훠마을 축제에서 각자의 묘기를 선보였는데 오늘은 묘기를 선
보였던 사람들이 전부 먼길을 떠날 준비를 하고 있었다. 다른 사람
이 되어 또다른 세월을 보내려는 듯, 분주하게 움직이는 서우훠마을
사람들은 맹인이건 절름발이건 온전한 사람이건 할 것 없이 전부
분홍빛 얼굴로 즐거워하고 있었다.

만나는 사람마다 한마디씩 했다. "쥐메이, 얼마나 좋아. 딸 넷 중
에 셋이나 묘기공연단에 들어갔으니 말이야."

그녀는 그냥 웃었다. 담담하게 웃었다. 뭐라고 할말이 없었다.

또 누군가 말했다. "쥐메이 아줌마, 이제 앞으로는 번 돈을 다 쓰
지도 못하게 생겼네요. 제가 돈 좀 빌리러 가면 넉넉하게 빌려주셔
야 해요."

그녀는 또 웃었다. 담담하게 웃었다. 뭐라고 할말이 없었다.

사당 객방에 도착했다. 사당 객방에는 마침 한 쌍의 부부가 무릎
을 꿇고 있었다. 이들 부부는 장애인은 아니었고, 아이들을 위해 현
장에게 뭔가를 사정하고 있었다. 현장은 본채 한가운데 놓인 의자에

앉아 있었는데, 오후라 졸음이 약간 밀려왔다. 게으름이 마치 황토처럼 그의 몸과 얼굴에 잔뜩 걸려 있었다. 비서는 어디로 갔는지 방 안에는 그 혼자였다. 너무 졸려서 그런지 약간 화가 난 듯한 표정으로 눈앞에 꿇어앉은 두 온전한 사람을 노려보고 있었다. "할말이 있으면 일어나서 하세요."

꿇어앉았던 두 사람이 더 낮게 엎드리며 말했다.

"현장님, 허락해주시지 않으면 죽어도 일어나지 않을 겁니다."

현장이 더는 화를 참지 못하겠다는 듯한 표정으로 말했다.

"댁의 따님이 대체 뭘 할 수 있다는 겁니까?"

"얼굴은 못생겼지만, 우리 애는 몇 리 밖에서도 보리 냄새를 맡을 수 있어요."

현장이 대답했다. "몇 리 밖에서 보리 냄새 맡는 건 나도 할 수 있어요."

부부는 초조해졌다.

"우리 애는 마을에 누구네 집에서 꽃빵을 찌는지도 냄새로 알아낼 수 있고, 그 꽃빵 사이에 깨를 말아넣었는지 아니면 파나 부추를 말아넣었는지도 알아낼 수 있어요."

현장은 잠시 생각해보고 나서 물었다. "정말입니까?"

꿇어앉은 부부는 얼른 가서 딸을 데려올 테니 한번 시험해보라고 말했다. 그러면서 이 집안 어디가 습하고 어디에 연기가 새며 어디에 쥐똥이 있는지도 알아낼 수 있다고 했다. 하지만 부부가 아무리 그럴듯하게 말을 해도 현장은 여전히 손을 내저으며 그만 가보라고 잘라 말했다. 자신은 잠을 좀 자야겠으니 나중에 아이를 데려다 시험해보고 나서 다시 얘기하자고 했다. 중년 부부는 얼른 현장에게 머리를 조아려 절을 하고는 몸을 일으켜 뒷걸음질로 물러났다. 사당의 뜰에는 늙은 측백나무 몇 그루가 두텁고 진한 그늘을 드리우고 있었다. 그 나무 그늘 아래로 들어서며 쥐메이는 금세 땀이 식으면서 시원해지는 것을 느꼈다. 그녀는 물러나는 두 사람의 모습을 바라보았다. 알고 보니 마을의 기와장이와 그 아내였다. 그들과 눈이 마주치는 순간 뭔가 말을 건넬까 하다가 결국 그만뒀다. 두 사람의 안색이 별로 좋지 않은 것으로 보아 쥐메이의 딸들이 대거 공연단에 들어간 반면, 자신들의 아이는 들어가지 못했으니 기분이 좋지 않을 것이 분명했다. 서로 아무 말 없이 차갑게 바라보기만 하면서 지나칠 뿐이었다. 사당 벽돌 바닥을 내딛는 발걸음소리가 석판 위로 떨어지는 부드러운 오동나무 소리처럼 통통 속이 빈 맑은 소리를 울리며 멀어져갔다.

쥐메이는 사당 문 앞에 멈춰 섰다. 밖에 서 있긴 했지만 눈길은 이미 집안 깊숙이 들어가 있었다. 류 현장은 이미 눈을 감고 코를 골기 시작한 터였다. 의자 등받이에 몸을 기대 뒤로 한껏 젖히고 두 손은 깍지를 껴서 마치 가죽 벨트처럼 머리를 단단히 받친 자세였다. 의자가 가볍게 흔들렸다. 두말할 것도 없이 그는 몸과 마음이 함께 단잠의 경쾌함에 빠져 있었다. 눈 깜짝할 사이에 묘기공연단을 구성했으니 문밖에 나서자마자 요전수를 만난 것이나 다름없었다. 레닌유해 구매자금이 갑자기 해결됐으니 자금이 다 모일 때까지는 너무 애쓸 필요도 없었다. 그러니 마음이 느긋해지지 않을 수 없었다. 너무나 즐거웠다受活. 사당 본채는 맨 처음 모습 그대로였다. 방 세 칸이 두 개의 칸막이로 나뉘어 있고 칸막이벽 대들보에는 용, 봉황, 신이 꽃과 어우러진 도안이 아로새겨져 있었다. 대들보 아래의 벽은 온통 오래된 신문지로 덮여 있었다. 정면의 벽에는 인물 사진 네 장이 한 줄로 나란히 붙어 있었다. 앞의 세 장은 아주 오래전부터 붙어 있던 것으로, 마르크스와 레닌과 마오주석의 초상이었다. 초상의 수염 위로 이미 먼지가 잔뜩 앉았고, 수염이 없는 초상에는 입술 위와 콧구멍에 세월의 먼지가 가득 끼었다. 인화지 자체도 세월에 누렇게 변해버려 손으로 만지면 부스스 부서져내릴 것만 같았다. 하지만 그다음 사진 한 장은 아주 새것이었다. 상고머리에 얼굴 가득 붉게 빛나는 미소를 띤 중년 사내의 모습이었다. 입구에 서서 나란히 붙은 그 인물 사진들을 보면서 쥐메이는 처음에는 다소 격앙되는 것 같았다. 집을 나서기 전에 머리를 좀 단정히 빗고 옷도 새것으로 갈아입었어야 했는데 그러지 못했다는 생각이 들어 약간 후회스러웠다. 하지만 정말로 이곳까지 와서 나란히 붙어 있는 네 장의 사진을 보니 마음속에서 들끓던 무언가가 갑자기 마음 한구석에 응결되면서 갑작스러운 놀라움으로 변하는 것 같았다. 그 네번째 사진은 다름 아닌 류 현장 자신이었다. 그의 모습이 앞의 세 인물과 나란히 걸려 있다는 사실에 쥐메이는 어리둥절하면서도 놀라움을 금치 못했다. 마음속에 들끓던 무언가가 갑자기 굳어져 더이상 흐르지 않는 것 같았다. 그렇게 현장 앞에서 멀찌감치 떨어진 곳, 문 바깥에 멍하니 서 있으려니 평소에 아주 잘 알고 지내는 사람들을 만날 때와 크게 다를 것은 없다는 생각이 들었다. 방금 전까지 마음속에서 마구 들끓던 무언가가 눈 깜짝할 사이에 딱딱하게 굳어 가슴 한구석에 걸려버린 이유도 알 것 같았다. 첫째는 그가 얼굴에 군살이 붙어 예의 깡마른 모습은 온데간데없이 뚱뚱해져 있었기 때문이고, 둘째는 그가 자기 사진을 걸어놓은 덕분에, 그것도 다른 세 인물의 사진 바로 옆에 나란히 걸어둔 덕분에 쥐메이 자신과 그 사이에 놓인 길이 하늘과 땅 사이처럼 도저히 가늠할 수 없을 만큼 먼 노정임을 단번에 느낄 수 있었기 때문이다. 그렇게 그녀는 멍하니 문 앞에 서 있었다. 안으로 한 걸음 들어서려던 두 발이 문 앞에서 죽어버린 듯 그를 바라볼 뿐이었다. 쥐메이는 사당 본채와 벽과 구석구석을 바라보면서 한나절은 서 있다가 가볍게 헛기침을 한 번 했다.

그는 이미 깨어 있었고 그녀의 기침소리도 들은 터였다. 하지만 너무 졸린 나머지 눈은 뜨지 않은 채 짜증스럽게 의자를 흔들며 말했다.

"무슨 일인지 모르지만 낮잠 좀 자고 난 다음에 얘기하면 안 되겠어요?"

그녀가 말했다. "저 쥐메이예요."

그는 곧바로 흔들리는 의자의 네 다리를 바닥에 고정시키고는 눈을 뜨고 집 안팎을 둘러보다가 어리둥절한 표정으로 그녀를 향해 잠시 눈길을 던졌다. 그러고는 사당 객방 대문 입구를 아주 차가운 눈빛으로 바라보았다.

그가 말했다. "내가 오라고 통보한 적이 없는데 어떻게 온 거요?"

그녀가 말했다. "그냥 당신을 좀 만나러 왔어요."

그가 말했다. "내가 당신의 귀한 딸들을 몇씩이나 묘기공연단에 넣어주었소. 앞으로 딸들이 월급을 가져올 것이고, 그러면 앞으로 넉넉히 생활할 수 있을 거요." 류 현장은 그녀를 쳐다보며 다시 말을 이었다. "악착같이 돈을 저축하도록 해요. 내가 레닌의 유해를 구매해 와서 훈산에 안치하면, 서우훠마을의 비탈길에는 관광객들의 발길이 매일 끊이지 않을 거요. 그때 남들보다 먼저 비탈길에 좋은 자리를 골라 음식점이나 여관 같은 걸 열도록 해요. 그러면 당신의 세월은 천당을 능가하게 될 것이고, 내 세월보다도 훨씬 나을 거요."

쥐메이는 그에게 묻고 싶은 것도 있었고 하고 싶은 말도 있었지만 그의 말을 듣고 나니 뭘 물어야 하고 무슨 얘기를 해야 할지 몰라 막막하기만 했다. 고개를 들어 그 세 인물 사진과 나란히 벽에 걸려 있는 그의 사진을 바라보다가 다시 그를 힐끗 보았다. 그러고는 몸을 돌려 천천히 사당 객방 밖으로 걸어나갔다.

류 현장도 잠시 머뭇거리다 의자에서 일어나 벽에 걸린 사진들을 바라보았다. 그러고는 눈으로 그녀를 좇으며 말했다. "전부 비서가 걸어놓은 거요. 나를 기분좋게 해주려 그런 거겠지."

그녀가 마당에서 걸음을 늦췄다.

하지만 그는 아랑곳하지 않았다. "잘 가요. 배웅은 안 하는 걸로 하겠소."

그렇게 그녀는 사당 객방 마당을 나왔다. 해가 노랗게 빛나며 거리에는 뜨거운 열기의 파도가 일렁였다. 그늘의 냉기가 가득했던 마당을 벗어나자 그녀는 갑자기 어지러웠다. 몸 전체가 물이 가득한 솥 안에서 삶아지는 것 같았다. 그를 만나러 오지 말았어야 했다는 후회는 아니었다. 그를 만나고 마음에 격랑이 일거나 하지도 않았다. 하지만 집으로 향하는 꺾어진 골목길 입구에 이르러 주변에 아무도 없고 앞뒤가 텅 비어 있음을 확인하자 오래된 샘물이 솟아오르듯 얼굴 가득 눈물이 흘러내렸다. 그녀는 그 자리에 멈춰 선 채 갑자기 손을 번쩍 들어 자신의 얼굴을 사정없이 후려치면서 욕을 해댔다.

"밸도 없다. 밸도 없어! 그 사람은 뭐하러 찾아간 거야! 이럴 거면 어서 죽어버려라!"

마구 때리면서 울지는 않았다. 그렇게 잠시 서 있다가 돌아갔다.

해설

1) 강장強長: 방언. 특기를 의미함. 서우훠 사람들은 그들의 장애 때문에 어쩔 수 없이 어느 한 방면에서 자신들의 단점을 보완하는 특별한 장기를 갖게 되었다. 그 장기로 그럭저럭 생계를 이어가기도 했다. 예컨대 맹인은 귀가 밝고, 농인은 손재주가 뛰어난 식이다.

3) 천당지天堂地: 천당의 땅이 아니라 천당처럼 사람들이 탐을 내는 곳을 말한다. 앞에서 언급한 것처럼 서우훠라는 이 계곡은 예전에는 땅이 비옥하고 물도 풍부하여 가뭄이 와도 논밭에 댈 물이 있었고, 홍수에도 물이 잘 빠지는 경사지가 있었다. 그래서 어떤 장애를 가지고 있든 자기 집 논밭을 열심히 경작하기만 하면 매년 상당한 수확을 거둘 수 있었고, 일 년 사계절 먹을 식량이 충분했다. 서우훠 사람들은 넓은 땅에 농사를 지어 넓은 땅에서 수확을 했기에 천재지변을 별로 두려워하지 않았다. 서우훠 사람들은 농번기와 농한기를 가리지 않고 늘 밭에 나갔다. 한쪽에서는 밭을 갈고 씨를 뿌리고, 또다른 한쪽에서는

여유롭게 수확을 하는 식이었다. 하루하루를 소박하고 편안하면서도 실속 있게 보냈다. 그러다가 경인년(1950) 호랑이해에 논밭이 모두 나라에 귀속되면서부터 이처럼 편안하고 실속 있는 생활이 끝나버렸다. 그리하여 서우훠 사람들은 각자 자기 땅에 농사를 지으며 평생 타인의 구속을 받지 않는 여유 있고 자유로우며 풍족했던 생활방식을 잃어버렸다. 모든 것이 꿈이요 환상이 되어버렸다. 그래서 과거와 미래의 세월 속에서 계속해서 천당지에 농사를 짓는 일이 마오즈 할머니에게는 하나의 투쟁 목표가 되었고, 온 마을 사람들이 꿈꾸는 아름다운 삶에 대한 지향이자 기대가 되었다.

5) 도일자倒日子(아주 멋진 세월): 이는 천당지와 긴밀한 관련이 있는, 잃어버린 세월에 대한 그리움을 나타내는 표현이자 서우훠 사람들만이 알고 몸소 겪은 독특한 생존 방식이다. 자유롭고 서두르지 않으며 풍족하고 다투지 않는 여유로움이 바로 그 특징이다. 서우훠 사람들은 이 잃어버린 아름다운 세월을 '아주 멋진 세월'이라고 불렀다. '잃어버린 세월' 혹은 '떨어뜨린 세월'이라 부르기도 했다.

3장
쓰러진 마오즈 할머니는 건초 다발 같았다

마오즈 할머니가 집에서 나왔다. 얼굴에 깊게 팬 주름이 누렇고 푸르스름했다. 겨울에 강가 골짜기 진흙탕에 얼음이 얼어붙은 모습 같았다. 손에 쥔, 병원에서 쓰는 알루미늄 지팡이가 발밑에서 요란하게 밝은 소리를 냈다. 그녀는 아무 말도 하지 않고 아주 서둘러 빠르게 걸었다. 그 모습이 마치 강물 위를 흘러가면서 요동치는 메마르고 단단한 대나무 같았다. 머리 위에 떠 있던 해는 벌써 서쪽으로 기울기 시작했고 북적이던 마을 거리는 이전보다 훨씬 조용해졌다. 뛰어난 장기를 갖고 있어 곧 마을을 떠날 준비를 하던 사람들도 전부 준비를 마친 모양이었다. 다들 보자기를 빌렸고, 미처 빌리지 못한 사람들은 침대보 한가운데를 찢어 둘로 나누어 그걸로 옷가지며 짐을 쌌다. 다급하게 옷을 짓고 신발을 만들던 아줌마들도 더이상 거리에서 바느질을 하지 않았다. 또 황급히 지팡이를 만들던 목수들도 도끼와 톱과 끌을 내던지고 시큰거리고 뻐근한 허리를 쭉 펴기 시작했다. 한결 조용해졌다. 닭과 돼지들도 전부 이전처럼 아무 일 없이 거리를 돌아다녔다.

마오즈 할머니는 이 모든 일이 마무리되어갈 즈음에야 류 현장이 마을에서 묘기공연단을 조직했다는 것과 단번에 마을 사람 예순일곱 명이 이 공연단에 모여들었다는 것을 알게 되었다. 그리고 그 예순일곱 명 가운데 소수의 온전한 사람을 제외한 나머지가 전부 눈 멀고 귀먹고 지팡이를 짚은 사람들이라는 사실도 알게 되었다. 열흘 전 그녀는 현장에게 악담을 토했었다. 하지만 현장과 향장, 비서가 마을에 눌러앉겠다고 했을 때, 외다리 원숭이 녀석을 시켜 그들을 사당 객방으로 안내하고 방을 정리해주라고 지시한 것도 그녀였다. 또한 외다리 원숭이 녀석을 시켜 마을 사람들이 한 집씩 돌아가면서 현장 일행에게 밥을 해주게끔 해두었다. 좀 깨끗한 집은 밥이 다 되면 사당 객방으로 그들을 찾아가 집으로 불러다가 식사를 하게 해주고, 좀 지저분한 집은 항아리에 국을 담고 만터우와 볶음 요리는 다른 그릇에 담아 직접 사당 객방으로 가져다주라고 지시했다.

마오즈 할머니는 어쨌든 류잉췌가 한 현의 수장이고 서우훠마을에 머무르기로 한 이상 아무리 원수 같은 사람이라 해도 그들의 끼니는 챙겨주는 것이 도리라고 생각했다. 외다리 원숭이 녀석에게 이 일을 잘 처리하도록 시켜둔 이유였다. 할머니는 외다리 원숭이 녀석이 그녀의 집과 동쪽으로 이웃하며 사는데다 행동이 민첩하고 야무지기도 해 일이 있을 때마다 그를 시켜 집집마다 소식을 전하게 했다. 종을 치거나 바위 위에 올라가 큰 소리로 외쳐서 알리게끔 할 때도 있었다. 마오즈 할머니가 마을 간부는 아니었지만, 그렇다고 간부가 아니라고 할 수도 없었다. 외다리 원숭이도 무슨 대단한 인물은 아니었지만, 마오즈 할머니가 늘 그에게 일을 시키다보니 그런 인물이 된 것이었다.

마오즈 할머니가 말했다. "현장 일행이 사당 객방에 머무는 일은 자네가 알아서 관리하도록 하게."

외다리 원숭이도 군말 없이 그 일을 맡았다.

그렇게 열흘이 지나서야, 한 달의 삼분의 일이 지나간 뒤에야 마오즈 할머니는 그 일이 생각났다. 외다리 원숭이가 사당 객방과 관련된 일련의 잡다한 일을 도맡아 하던 열흘 동안 그에게 물어보지도 않았지만, 그 역시 마오즈 할머니를 찾아와 이런저런 얘기를 해준 적이 한 번도 없었다. 마오즈 할머니로서는 원래 외다리 원숭이가 맡아 처리하기로 한 일이니 가서 물어볼 필요가 없다고 생각했다. 그가 정말로 마을 간부라도 된 것 같았다. 두 집이 벽 하나를 사이에 두고 있었는데도 그는 마을에서 묘기공연단을 조직하기로 한 이 큰일에 대해 뜻밖에도 한마디 보고도 하지 않았다. 다음날이면 마을 사람들이 통째로 마을을 떠나면서 멀쩡한 논밭을 노인과 아이들 그리고 정말로 멍청한 장애인들에게 알아서 경작하도록 떠넘기는 상황에서도 그는 뜻밖에도 한마디를 하지 않았다.

마오즈 할머니는 이 모든 사실을 어얼이 팔랑팔랑 와서 알려준 덕분에 알게 되었다. 그녀는 마침 집에서 자신의 수의를 짓고 있었다. 마당 한가운데 나무 아래에다 멍석을 깔아놓고 검정색 비단과 초록색 굵은 실, 얇은 서양 천을 펼쳐놓고 이리저리 자르고 오린 다음, 한 땀 한 땀 꿰매 한 점 한 점 자신을 위한 옷을 준비하고 있었다. 한 점을 다 지으면 잘 개켜서 침대 머리맡에 있는 붉은 칠을 한 궤짝에 넣어두었다. 그녀가 몇 벌이나 지었는지, 몇 벌을 더 지어야 끝나는지 아무도 알지 못했다. 십 년 전, 쉰아홉을 넘기자마자 그녀는 자신의 수의를 직접 준비하기 시작했다. 이미 꼬박 십이 년을 자신을 위한 바느질을 해온 셈이었다. 틈틈이 한가하게 여유가 날 때마다 그녀는 쉬지 않고 바느질을 했다. 류 현장이 마을에 들어와 묵고 있는 터라 그와 마주치고 싶지 않았던 그녀는 매일 스스로를 집 마당 안에 가둬놓고 수의 짓는 일에 몰두했다. 개들이 그녀 곁에 누워 자식들인 양 말없이 자리를 지키는 모습이 무척 편안해 보이면서도 좀 처량해 보이기도 했다. 그렇게 열흘이 지났다. 그녀가 검은 비단 수의 두루마기의 한쪽 끝을 다 꿰매고 나자 막내 어얼이 찢어질 듯한 목소리로 문을 밀어젖히며 마당 안으로 날듯이 뛰어들어왔다.

"할머니, 할머니, 빨리요. 엄마가 언니들을 묘기공연단에 공연자로 가지 못하게 하는데도 언니들이 죽어도 가겠다고 우기니까 엄마가 울고 있어요. 언니들하고 싸우는 소리에 집안에 홍수가 날 것 같다고요."

마오즈 할머니는 바늘을 손에 쥔 채 지난 며칠 동안 마을에서 무슨 일들이 있었는지 따져 묻고는 한동안 멍한 표정을 지었다. 얼굴의 깊은 주름 속에 누렇고 푸르스름한 얼음이 얼었다.

그녀는 곧바로 집을 나섰다.

개들이 그녀의 화난 얼굴을 보고는 그녀를 따라 집을 나서려다

멈췄다. 일제히 고개를 들어 잠시 바라보면서 몸을 일으켰다가 도로 누워버렸다. 마오즈 할머니는 자기 집 대문을 힘껏 밀어 닫았다. 그 소리가 하늘을 울려 하루종일 멈추지 않을 듯했다. 뒤따라 나오던 어얼조차 깜짝 놀라 몸이 얼어붙었다. 그녀가 앞장서서 걸었고 어얼은 나비처럼 한들거리며 그녀의 발뒤꿈치를 졸졸 따라갔다. 어얼은 할머니가 자기 집으로 가는 줄 알았는데 뜻밖에도 먼저 외다리 원숭이 녀석의 집 문 앞에 멈춰서는 것이었다.

"외다리, 이리 좀 나와봐라. 나와서 어떻게 된 일인지 사정을 말해보거라."

세 칸 초가에 폐허 같은 마당이 있었다. 곧 무너질 것 같은 대문이 용케 무너지지 않는 집이었다. 외다리 원숭이는 본채 문 앞에 앉아 목수가 그에게 새로 만들어준 지팡이 손잡이에 부드러운 면포를 감고 있다가 자신을 부르는 소리에 얼른 지팡이를 문틀에 세워놓고 펄쩍 뛰어 대문 앞으로 나갔다.

"마오즈 할머니 오셨군요. 하늘이 무너진 것도 아닌데 왜 이렇게 화가 나신 거예요?"

"류 현장이 마을 사람 예순일곱 명을 모아 바러우 바깥 세상천지로 돌아다니며 묘기공연을 한다는 게 사실인가?"

외다리 원숭이가 말했다.

"네, 예순일곱 명입니다. 묘기공연단이라고 하지요."

마오즈 할머니는 모르는 사람을 쳐다보듯 외다리 원숭이를 힐끗 보았다.

"이렇게 큰일을 자네는 어떻게 내게 감히 한마디도 안 한 건가?"

외다리 원숭이도 마오즈 할머니를 모르는 사람 쳐다보듯 힐끗 보고 대답했다. "류 현장님이 할머니는 마을 간부가 아니니까 알릴 필요가 없다고 하셨거든요."

마오즈 할머니는 말문이 막혀 멈칫하다가 이내 다시 말을 이었다.

"내가 마을 간부든 아니든 상관없네. 하지만 내가 아무 말 안 하고 있으면 그 류 아무개라는 작자가 우리 서우휘 사람 예순일곱 명을 빼내 가도 된단 말인가?"

외다리 원숭이가 웃으면서 말을 받았다.

"그분이 데리고 나가지 못할 이유라도 있나요?"

마오즈 할머니가 물었다.

"자네도 가나?"

외다리 원숭이가 말했다.

"물론이지요. 제가 묘기공연단 간부거든요. 부단장인데 어떻게 안 갈 수 있겠습니까."

마오즈 할머니가 또 물었다.

"내가 가지 못하게 해도 자네는 갈 수 있다는 건가?"

외다리 원숭이가 말했다.

"마오즈 할머니, 류 현장님이 그러셨어요. 할머니는 이제 연세가 많으셔서 마을 일을 관리할 수 없으시니 앞으로 마을에서 일어나는 크고 작은 잡다한 일들을 전부 제가 맡으라고요. 조금 있으면 우리 서우휘마을을 행정구역상 촌村으로 선포하고 제게 촌장 자리를 맡기겠다고 하시더군요. 이제 누구든 제가 마을에서 못 나가게 하면 나갈 수 없지요."

마오즈 할머니는 어리둥절한 표정이 되어 외다리 원숭이네 집 대문 앞에 서 있었다. 오후의 뜨겁고 붉은 해가 그녀의 허옇게 센 머리에 한 겹 금빛을 입혔다. 그녀는 그 금빛에 주조되기라도 한 것처럼 몸이 굳고 얼굴이 딱딱해졌다. 몸 전체가 송두리째 딱딱하게 굳어버렸다. 흙과 돌을 쌓아 세운 기둥처럼, 누군가 툭 밀기만 하면 당장 땅바닥으로 넘어질 것만 같았다. 외다리 원숭이는 눈앞에 딱딱하게 굳어버린 마오즈 할머니를 바라보면서 아이처럼 가볍게 웃었다. 마오즈 할머니, 할머니도 이제 나이가 드셨어요. 손수 수의까지 준비해두셨으니 제게 며칠 마을 간부를 맡겨보시는 것도 좋지 않을까요? 제가 마을 간부를 맡으면 서우훠마을의 세월은 훨씬 좋아질 겁니다. 팔백대 이전 조상님들이 천당지에서 농사짓던 때보다도 좋아질 거예요. 말을 마친 외다리 원숭이는 몸을 돌려 자기 집으로 들어가버렸다. 대문까지 닫았다. 마오즈 할머니를 구걸하는 거지처럼 문밖에 세워두었다.

산맥과 마을은 한 가닥 소리도 없이 고요하기만 했다.

외다리 원숭이가 대문을 닫는 소리가 송곳처럼 마을 거리를 찌르며 울려퍼졌다.

어얼은 마오즈 할머니 뒤쪽에 서 있었다. 놀라서 창백해진 표정이 어린 어얼이 황급히 "할머니" 하고 부르며 달려와 마오즈 할머니를 부축하려 했다. 할머니가 썩은 나무처럼 넘어질까 두려워하는 것 같았다.

하지만 마오즈 할머니는 딱딱하게 굳은 채로 한 그루 나무처럼 반듯하게 서 있었다. 그녀는 닫혀버린 외다리 원숭이네 버드나무 대문을 노려보다가 갑자기 지팡이를 들어 몇 번인가 세차게 문을 두드렸다. 굳게 닫혀 있던 문이 덜컹하며 틈이 벌어졌다. 그 틈에다 대고 마오즈 할머니가 외쳤다.

"외다리 원숭이놈아, 꿈을 꾸고 있구나! 간부가 될 생각은 죽어도 하지 말거라!"

그러고는 몸을 돌려 지팡이를 짚으며 마을 거리 한가운데를 향해 휘적휘적 걸어갔다. 걸음걸이는 집에서 나올 때보다 훨씬 더 컸고 절뚝거리는 모습도 훨씬 뚜렷했다. 탕탕탕 지팡이가 땅을 때리는 소리가 깊고 무겁게 울렸다. 가짜로 절뚝거리는 것 같았다. 사람들에게 보이려고 일부러 절름발이 흉내를 내고 있는 듯했다. 다리를 저는 모습과 지팡이로 마을 사람들에게 시위라도 하는 것처럼, 서우휘 사람들이 갑자기 마을을 떠나는 행동을 저지하려는 것 같았다. 마오즈 할머니는 이렇게 마을 뒤쪽에서 마을 한가운데로, 귀머거리 마씨의 집까지 왔다. 귀에다 대고 볜파오를 터뜨리는 귀머거리 마씨의 묘기는 묘기공연단의 공연에서 아주 중요한 무대였다. 그가 가지 않으면 공연 전체에서 아주 중요한 무대가 하나 빠지는 것이나 마찬가지였다. 귀머거리 마씨는 외출할 때 쓰는 신발과 양말, 바지와 윗도리를 자루에 담고 있었다. 볜파오를 터뜨릴 때 귀에 댈 쇠 삽만큼이나 큰 나무판은 탁자 다리에 기대어 놓여 있었다. 마오즈 할머니는 귀머거리 마씨의 집으로 들어가 그의 뒤에 바짝 다가서서는 큰 소리로 그를 불렀다. "마씨!"

귀머거리 마씨가 황급히 손을 멈췄다.

마오즈 할머니가 소리쳤다. "돌아서서 나 좀 보게."

마씨는 아직 희미하게 들을 수 있는 왼쪽 귀를 마오즈 할머니의 얼굴 쪽으로 돌렸다.

마오즈 할머니가 물었다. "자네도 그 묘기공연단에 가나?"

상대방이 자기 말을 듣지 못할까 걱정하는 마씨는 목청을 높여 대답했다. "한 달에 수백수천 위안을 버는데 제가 어떻게 안 갈 수 있겠어요."

마오즈 할머니가 말했다. "자네, 틀림없이 후회하게 될걸세."

마씨가 말했다. "절대 후회 안 합니다. 천당지에 농사짓고 살던 그 아주 좋았던 시절보다 더 좋을 거예요. 죽어도 후회 안 합니다."

마오즈 할머니가 말했다. "내 말 듣게. 절대로 가면 안 돼."

마씨가 마오즈 할머니를 향해 목청을 높여 큰 소리로 말했다. "제가 평생 할머니 말씀 잘 들었잖아요. 하지만 좋은 세월이 한 번도 없었어요. 이번에는 죽어도 가야겠어요."

마오즈 할머니는 다시 외눈박이네 집을 찾아갔다. 외눈박이는 벌써 짐을 다 싸놓고 집안에 앉아 어머니가 지어주신 신발을 신어보고 있었다. 마오즈 할머니가 말했다. "자네가 사람들 앞에서 바늘귀에 실 꿰는 묘기를 보이는 건 자네를 욕되게 하는 일일세. 자네 눈을 욕보이고, 자네 얼굴을 욕보이는 일일세. 자네가 원숭이처럼 놀림감이 되는 일이란 말일세."

외눈박이가 말했다. "서우훠에 가만히 있으면 놀림감이 될 일이 없겠지요. 놀림감이 되진 않겠지만 제 나이가 벌써 스물아홉이에요. 나이 스물아홉에 아직 마누라도 못 얻었다고요. 그런데도 안 갈 수 있겠어요?"

마오즈 할머니는 다시 앉은뱅이 아줌마 집을 찾아가 말했다.

"안 가면 안 되겠나?"

앉은뱅이 아줌마가 말했다. "안 가면 저는 서우훠에서 굶어죽어요!"

마오즈 할머니가 말했다. "자네가 어쩌다 앉은뱅이가 되었는지, 어떻게 서우훠마을에 오게 되었는지 잊으면 안 되네."

앉은뱅이 아줌마가 대답했다.

"기억해요. 기억하니까 저도 위에 있는 사람들을 따라 떠나지 않을 수 없는 거예요."

마오즈 할머니는 열세 살짜리 소아마비 소년의 집을 찾아갔다.

마오즈 할머니가 말했다. "얘는 이제 겨우 열세 살일세."

아이 부모가 말했다. "몇 년 더 자라면 애 발이 병에 들어가지도 않을 거예요. 사실 어린 편도 아니지요. 세상 밖에 나가 먹고살게 해야지요."

마오즈 할머니가 말했다. "아이의 장애를 사람들 구경거리로 만들어선 안 되네."

아이 부모가 말했다. "사람들한테 그걸 보여주지 않으면 할머니는 사람들에게 뭘 보여주실 건가요?"

마오즈 할머니는 그렇게 소아마비 소년의 집에서 나왔다. 마을 안은 점점 더 조용해졌다. 서산에 지는 해가 한여름 무더위에 새로 돋은 온 마을의 나뭇잎들을 붉게 물들였다. 나뭇잎들이 빛을 발하는 듯했다. 사당 객방은 이 노을 속에서 환하게 빛을 받으며 조용히 앉아 있었다. 말 한마디 하지 않는 노인처럼, 나이를 먹을 만큼 먹었으니 요란하게 떠들어낼 것 없이 조용히 지켜보기만 하면 된다는 듯이. 키가 크고 오래된 측백나무가 마을 거리 위로 그림자를 길게 늘어뜨려 환한 거리를 절반쯤 검게 물들였다. 마오즈 할머니의 발걸음은 조금 전만큼 빠르진 않았다. 반면 다리를 저는 모습은 더 뚜렷했다. 조금 전 그녀의 얼굴에 응결되어 있던 딱딱하고 누런 냉기는 옅어지다못해 마구 흩날리는 재가 되었다. 기력을 다 빼앗긴 사람처럼 흐느적흐느적 지팡이를 짚고 질질 끌면서 천천히 걸음을 옮겼다. 그런 그녀의 누런 이마 위로 흰머리가 한 가닥 늘어졌다. 사당 객방 입구에 이르자 걸음을 멈춘 그녀는 잠시 안을 바라보다가 이내 들어갔다.

현장은 커다란 찻잔을 받쳐들고 물을 마시고 있었고, 비서는 현장을 위해 빨아둔 바지와 상의를 개켜 현장의 트렁크에 차곡차곡 넣고 있었다. 현장이 말했다. "그 바지는 내가 정리하겠네." 비서가 말했다. "아닙니다. 더럽지 않은걸요. 만터우를 찔 때 찜통에 까는 면포로 써도 될 정도인데요." 현장은 비서가 정리하도록 내버려두고는 아주 평온하고 즐거운 표정으로 그를 바라보았다. 아비가 다 큰 자식을 바라보는 눈길이었다. 자식이 아비의 일을 도울 수 있을 정도로 다 큰 터라 자신은 가만히 유유자적하며 이래라 저래라 시키기만 하면 되는 것 같았다. 현장은 물을 마시다가 문득 뭔가 생각났는지 고개를 돌려 벽에 걸린 자신의 사진을 힐끗 쳐다보고는 비서에게 말했다.

"저거 떼어버리게. 적절치 않은 것 같아."

비서가 말했다. "그냥 두세요. 뭐 그리 적절치 못할 것도 없잖아요."

현장이 말했다. "그냥 내버려둘 거면 약간 아래로 옮기도록 하게. 내가 어떻게 저분들과 어깨를 나란히 할 수 있겠나."

비서는 사진 밑에 놓여 있던 탁자 위로 올라가 현장의 사진을 떼어낸 다음, 아래쪽으로 젓가락 절반만큼 옮겨 현장의 정수리가 마오 주석의 어깨쯤 오게 했다. 비서가 물었다. "이 정도면 되겠습니까?" 현장이 대충 살펴보고 나서 말했다. "위로 조금만 올려도 되겠네." 비서는 사진을 다시 위로 조금 옮겨서 현장의 사진이 마오주석 사진보다 얼굴 반 정도 아래에 오게 한 다음, 사진의 네 귀퉁이를 압정으로 고정시켰다. 바로 이때 마오즈 할머니가 사당 객방 본채 문 앞에 나타났다. 그녀는 그 자리에서 아무 말 없이 현장을 바라보았다. 열흘 전 산비탈의 눈밭에서 그를 만났을 때의 깔보는 듯한 시선도 아니었고 어머니가 아들 앞에서 보이는 그런 위엄도 없었다. 오히려 뭔가 아들에게 부탁할 일이 있는데 아들이 들어주지 않을까봐 걱정하는 가엾은 노인의 모습이었다. 아들이 갑자기 벌떡 일어나 손으로 자신을 후려치지나 않을까 걱정하는 듯, 겁에 질리고 주눅든 모습이었다. 겨드랑이에 지팡이라도 끼고 있지 않으면 금방이라도 땅바닥에 쓰러질 것만 같았다. 현장이 마오즈 할머니를 바라보는 눈빛은 열흘 전 마오즈 할머니와 처음 마주쳤을 때처럼 멸시와 짜증으로 가득했다. 여전히 방안 탁자 한쪽에 기대앉은 채, 잔을 들고도 물을 마시지 않았다. 말도 없고 움직임도 없었다. 그저 흘겨보고 노려보기만 할 뿐이었다. 애당초 할머니를 보지 않은 것 같았다.

"정말로 그 장애인 공연단을 만들 작정이오?"

"묘기공연단입니다. 내일 바로 출발하여 먼저 현성에서 공연을 할 겁니다. 사람을 시켜 현 도처에 포스터도 붙일 예정이고요."

"자네가 서우훠마을을 망치고 있네."

현장이 피식 웃음을 터뜨렸다.

"뭘 망친단 말입니까. 곧 서우훠마을 집집마다 그림 같은 기와집을 짓고, 모든 장애인들이 다 쓰지 못할 정도로 돈을 벌어 천국 같은 삶을 살게 해줄 거라고요."

마오즈 할머니가 말했다.

"자네가 서우훠 사람들을 데려가지 않는다면 자네 앞에 무릎을 꿇고 개두라도 하겠네."

현장이 또 웃었다.

"제가 왜 개두를 구걸합니까. 레닌의 유해를 사가지고 오기만 하면 모두가 저한테 개두의 예를 올릴 텐데요."

마오즈 할머니가 말했다.

"서우훠 사람들을 마을에 남도록 해주면 내가 자네의 사진을 우리집 본채 마루 한가운데 걸어놓겠네. 그 누구의 사진도 걸지 않고 자네 류 현장 한 사람의 사진만 걸어두고 매일 아침 향도 올리겠네."

현장이 또 웃으면서 담담한 어투로 말했다. "할머니께서 서우훠 사람들을 입사[1]시킨 그날부터 서우훠 사람들이 매일 할머니께 향을 올리며 존경을 표하고 있다는 건 잘 압니다. 하지만 할머니께서 서우훠 사람들에게 평생 가장 미안하게 생각하셔야 할 일은 그 사람들을 잘살게 해주지 못했다는 겁니다. 저는 할머니와 달라요. 제가 서우훠 사람들을 위해 일을 하는 이유는 저에게 향을 올리며 존경을 표하게 하기 위함이 아니에요. 명예나 이익을 바라지 않는다고요. 저는 그저 서우훠 사람들이 마음속으로 저를 생각해주기만 하면 그것으로 족하단 말입니다. 할머니 다리가 불편하셔서 아주 정확하게 날씨 예측을 하신다는 것 잘 압니다. 사실 할머니도 묘기공연단에 들어가 일기예보 같은 걸로 한 대목 맡으셔도 됩니다. 할머니께서 가신다면 매달 공연단에서 돈을 가장 많이 가져가실 수 있게 해드리지요. 다른 사람보다 절반 이상 많게, 아니 두 배까지 가져가실 수 있을 겁니다."

여기까지 말하고 나서 현장은 마오즈 할머니를 바라보았다. 마치 자기 딸을 타이르듯 바라보았다. 자신이 한 말이 상대방의 폐부에 들어가 강 건너편에서 이쪽으로 오게 만들 수도 있다는 듯이. 이리하여 그의 얼굴에는 아주 두텁게 반짝이는 홍조와 즐거움이 뒤덮였다. 마오즈 할머니는 류 현장을 바라보면서 아무 말도 하지 않았다. 그에게 뺨을 몇 대 얻어맞기라도 한 것처럼 갑자기 얼굴이 푸른빛과 자줏빛으로 가득했다. 열흘 전처럼 자신의 지팡이를 그의 면전에서 휘둘러 실컷 두들겨패고 싶은 마음이 간절한 모양이었다. 푸른빛과 자줏빛이 가득한 그녀의 얼굴은 그의 면전에서 지팡이를 휘두르고 싶었지만, 그녀의 몸은 이미 예전의 안정감을 잃어버려 지팡이를 땅에서 떼기도 전에 갑자기, 너무도 갑자기 묶어놓은 건초 다발처럼 풀썩 쓰러져버리고 말았다. 서까래처럼 육중하게 넘어지는 것이 아니라 묶어놓은 건초 다발처럼 아주 힘없이 풀썩 쓰러졌다. 쓰러진 그녀의 얼굴이 쉴새없이 경련을 일으키며 비틀렸고 입가에는 하얀 거품이 고였다. 하얀 거품을 뿜으며 하늘을 향해 꺼이꺼이 울부짖었다. 그녀 자신과 서우훠 사람들만 알아들을 수 있는 소리로 부르짖었다.

"서우훠에 미안하네. 내가 서우훠마을을 합작사에 가입시키고 말았네. 그러니 내가 서우훠 사람들한테 면목이 없지. 내가 서우훠 사람들을 합작사에 가입시키고 말았어."

마오즈 할머니는 회오리바람이라도 맞은 것 같았다. 사당 객방 입구에 서 있던 어얼이 건초 다발처럼 쓰러지는 할머니를 보자마자 사당 객방을 향해 달려가 발을 들여놓더니 곧바로 발을 빼고 몸을 돌려 자기 집 쪽으로 달리기 시작했다. 뛰면서 큰 소리로 외쳤다.

"엄마! 엄마! 빨리요. 빨리! 할머니가 이상해요!"

"빨리요, 빨리, 할머니가 이상해요!"

마을 사람들도 사당 객방을 향해 달려갔다. 쥐메이와 그녀의 딸들도 이곳 사당 객방을 향해 달려왔다. 서우훠마을 전체에 우당탕탕 다급한 발소리가 흘러넘쳤다.

해설

1) 입사入社(합작사 가입): 오로지 서우훠 사람들만 알 수 있는 역사 용어의 약어. 서우훠에만 있는 역사 사건이다.

5장
해설 - 합작사 가입

말하자면 수십 년 전 기축년(1949) 소해의 일이다. 이 세상에 엄청난 일이 일어났다. 당시 마오즈 할머니는 아직 젊었다. 스물일고여덟 살밖에 되지 않았었다. 그런 나이에 석공의 아내가 된 지 여러 해였다. 아내가 되었지만 아이를 낳고 키우진 않았기 때문에 아직 풋풋한 젊은 여인이었다. 다리를 좀 절긴 했지만 심하게 절지 않아 천천히 걸으면 그녀가 장애인이라는 걸 아무도 눈치채지 못했다. 그녀는 수십 년 전, 한 석공이 바러우산으로 맷돌을 씻어주러 다녀오는 도중에 거둔 아가씨였다. 아무도 그녀가 어디서 왔는지, 어디로 가려고 했는지 알지 못했다. 얼마나 굶었는지 몸이 장작개비처럼 비쩍 말라 거의 죽어가고 있었다. 석공은 그녀를 등에 업고 이십 리나 되는 깊은 산길을 걸어 집으로 돌아왔다. 물도 먹이고 국도 끓여 먹여가며 보살폈더니 몇 년이 지나 그녀는 그의 아내가 되었다. 당시에는 바러우 사람이 외지에서 여자를 업어 와 아내로 삼는 일이 아주 흔해 그다지 놀랄 것도 없었다. 다만 놀라운 것은 이 마오즈라는 아가씨가 생긴 건 전혀 시골 사람같지 않으면서 영락없는 시골 사람의 평상복 차림이었고, 열일곱 살이나 먹도록 농사일이나 바느질은 못하면서 글은 꽤 많이 알고 있었다는 점이다. 당시 석공은 서른한 살이 되도록 독신으로 살아온 터였고, 그녀보다 나이가 열다섯 살 가까이 많았으며, 그녀를 길가에서 구해준 장본인이니 그녀와 당장 결혼을 해도 이상할 게 없었다. 하지만 석공은 어른이고 마오즈는 아직 어리다보니 그럴 수는 없었다. 그래서 마오즈는 석공의 집에 살면서도 그와 따로 떨어져 기거했다. 오랫동안 다른 이불을 쓰면서 편안히 지낸 것이다. 편안히 지내면서도 그녀는 늘 서우훠마을을 떠나 바러우산 밖으로 나가고 싶은 마음을 내비쳤다. 몸은 서우훠에 있으면서 마음은 바러우산 바깥을 떠돈 것이다. 하지만 마음이 바깥세상을 떠돌면서도 끝내 서우훠를 떠나겠다고 굳게 마음먹은 것은 아니었다. 모두들 석공 일가가 그녀에게 너무 잘해주기 때문이라고 생각했지만 사실은 그게 아니었다. 그녀는 어려서부터 엄마와 함께 홍군을 따라 천리만리 돌아다닌 경험이 있었다. 제5차 포위공격 전투 중이던 어느 날 밤, 그녀는 엄마와 함께 산속 동굴에서 자고 있었다. 갑자기 엄마가 홍군 남자 몇 명에게 잡혀가서는 날이 밝을 무렵에는 이미 다른 두 명의 홍군과 함께 강가에서 총살당한 뒤였다. 사흘이 지나서야 그녀는 자신이 아저씨라고 부르던 홍군 연대장이 엄마를 총살했다는 사실을 알게 되었다. 그리고 엄마와 다른 두 홍군 아저씨가 반역자였다는 사실도. 일개 연대가 몇 달 동안 적군의 추격과 포위를 따돌리지 못한 것도 엄마와 그 두 아저씨의 밀고 때문이라 했다. 그녀는 반역자의 딸이 되었기 때문에 사흘 동안 아무것도 먹지 못했는데 홍군 아저씨들 가운데 누구도 그녀에게 국 반 그릇조차 가져다줄 엄두를 내지 못했다. 그러다가 나흘째 되던 날, 홍군 대대장 하나가 그녀를 번쩍 안아 동굴 밖으로 데리고 나와서는 국 한 그릇과 삶은 달걀 세 개를 주면서 그녀의 엄마는 반역자가 아니었다고 말해주었다. 반역자는 다른 사람들이었고 그들도 전부 총살당했다는 것이다. 부대는 이미 적군을 안전하게 따돌리고 중앙 홍군과 합류하게 되었으며 그녀의 엄마는 혁명열사로, 그리고 그녀는 열사의 후손, 즉 혁명의 후손으로 추인되었던 것이다. 때문에 그녀는 가장 어린 홍군 여전사가 되었다는 얘기였다.

그녀는 부대를 따라 쓰촨의 어느 지역에서 사방을 전전하며 서북 방향으로 향했다. 한 해 또 한 해가 지나 그녀도 제법 어른 티가 날 만큼 자랐을 때, 즉 총을 들고 싸움에 나설 수 있게 되었을 때, 부대는 서북지방에 도착했고, 악전고투 속에 결국 패전하여 흩어지고 말았다. 여전사들도 뿔뿔이 흩어져 타향을 떠돌게 되었다. 부대를 따라다니던 세월 동안, 그녀는 두려움 속에서 성장했다. 그녀의 꿈속에서는 항상 적의 총성과 엄마가 총살당할 때 울렸던 총성이 탕탕탕 들려왔다. 남들이 알 리 없는 이런 두려움 속에서 그녀는 늘 떠나야 한다고 말하면서도 하루하루 서우휘마을에 머물게 되었다. 그러면서도 늘 떠나야 한다는 생각을 버리지 못했다. 조금 한가해지는 낮시간이면 그녀는 늘 산등성이에 올라갔다. 산 밖에서 들어오는 사람을 만나면 많은 것들을 물었다. 바깥세상은 어떤지, 아직 전투가 계속되고 있는지, 일본군이 산둥이나 허난까지 오지 않았는지 물었다. 하지만 길 가는 사람들은 대부분 그녀에게 말해줄 수 있는 것이 별로 없었다. 마침내 그녀는 바러우산맥이 얼마나 편벽한 곳인지 깨닫게 되었다. 아주 긴 골짜기 사이에 내던져진 아주 작고 평범한 돌멩이 하나, 아니면 거대한 숲속에 자라난 풀 한 포기 같다는 생각이 들었다. 산등성이를 지나는 사람들도 하나같이 세상사라고는 아는 것이 거의 없는 바러우 사람들이었다. 이삼 년이 또 그렇게 훌쩍 지나가버렸다. 바깥세상에서 일본군에 관한 이런저런 소식들이 간간이 들려왔지만 정확한 것은 하나도 없었다. 하지만 이런 까닭에 서우훠 사람들도 차츰 그녀가 군대를 따라 흘러들어온 사람이라는 사실을 알게 되었다. 그러나 들어왔으면 들어온 것이었다. 마음에 상처가 남았고 몸에도 부상의 흔적이 있으며 다리를 절기도 했지만 이곳 서우훠에 뿌리를 내린다는 것은 마음조차 멀리 갈 수 없는 일이었다. 그리고 그 편벽함 때문에 혁명에 관한 확실한 소식 하나 들을 수 없는 편벽함이 그녀가 남아 있어야 하는 가장 좋은 이유가 되었다. 지나간 일들은 모두 세월에 묻어두는 게 좋을 것 같았다. 서우훠에는 경작하지 못한 땅이 남아 있었고 다 먹지 못할 만큼 많은 식량이 있었다. 그녀도 점차 이곳 생활에 익숙해지면서 농사도 지을 줄 알게 되었고 옷도 지을 수 있게 되었다. 그렇게 농사꾼이 되어갔다. 석공에게는 나이가 일흔셋이나 된 앉은뱅이 노모가 있었다. 그녀는 서우훠에 관한 모든 내력과 자초지종을 가장 잘 아는 사람이었다. 서우훠의 기원과 전설에 관한 이야기는 모두 그녀 입에서 나온 것이었다. 마오즈는 매일 그녀와 함께 있었다. 입을 여나 닫으나 항상 마오즈는 그녀를 할머니라고 불렀다. 마을 사람 하나가 할머니에게 말했다. 마오즈더러 어머니라고 부르라고 하시지 그래요. 그러면 그녀는 말했다. 쓸데없는 소리 작작하게. 마오즈가 나를 어떻게 부르든 상관없네. 또 누군가가 말했다. 아드님더러 마오즈랑 자라고 하세요. 그러면 그녀는 그런 말을 한 사람을 차갑게 노려보며 말했다. 할일이 그렇게 없나? 그 입 좀 다물지 그래. 마음 쓰는 게 왜 그리 가볍나.

마을 사람들은 석공의 어머니를 더욱 존경하게 되었다.

그렇게 마을 사람들 모두가 마오즈는 영원히 석공과 결혼하지 않을 거라고 생각하던 어느 해 겨울, 두 사람은 결혼을 했다. 그해 겨울에 석공의 어머니가 병이 들었고, 임종 직전에 마오즈를 끌어안고 펑펑 울었다는 사실을 마을 사람들은 나중에야 알게 되었다. 그녀는 울면서 마오즈에게 아주 많은 얘기를 했고, 마오즈도 울면서 그녀에게 많은 얘기를 했다는 것이다. 두 사람이 무슨 얘기를 나눴는지는 그뒤로 수십 년이 흘러도 아는 사람이 없었다. 어쨌든 결국 마오즈는 석공과의 혼인을 받아들인 것이다.

마오즈가 결혼을 승낙하자 석공의 어머니는 편안히 눈을 감았다.

그날 밤, 그녀는 석공과 잠자리를 합쳤다.

그해 그녀 나이 열아홉이었고, 석공은 이미 서른다섯이었다.

그렇게 지내면서 날을 택해 석공의 어머니를 묻었다. 석공은 더이상 맷돌을 씻으러 다니지 않았다. 매일 밤낮으로 집을 지키고 그녀를 지키면서 농사를 지었다. 마오즈는 어땠을까. 여전히 바깥세상 소식을 묻고 다녔다. 예컨대 일본군이 주둔에 들어왔다는 얘기를 누군가에게 듣고는 너무 놀라 얼굴이 하얗게 질렸다. 또 도시에 있던 일본군이 식량을 구하러 시골로 내려왔다가 만나는 아이들마다 사탕을 나눠주더라는 소식을 들으면서는 믿을 수 없다는 표정을 지었다. 하지만 바깥세상에서 일어나는 온갖 풍파와 전투 이야기에 줄곧 귀를 기울이면서도

214

서우훠를 떠나겠다는 말은 두 번 다시 입에 올리지 않았다.

진정으로 서우훠 사람이 된 것이다. 석공이 밭을 갈러 나가면 그녀는 소를 끌고 나갔다. 석공이 밀을 벨 때면 그녀는 석공 뒤에서 짚단을 묶었다. 석공이 열이 나면 그녀는 마을에서 생강과 파를 구해다가 푹 고아 그에게 먹였다. 다른 집들과 다를 것이 없었다. 다들 맹인이나 귀머거리가 있는 장애인 가구였지만 착실하게 농사를 지어 수확했고, 여름 가을 할 것 없이 바쁘게 일했다. 때가 되면 집안에 식량이 떨어지지 않았고, 다 못 먹을 정도로 음식이 넘쳐났다. 여유롭고 풍족한 세월이었다. 바깥세상의 일은 서우훠 사람들의 나날과는 너무나 멀리 떨어져 있었다. 십만 팔천 리나 떨어진 이야기였다. 마을 사람들이 몇십 리 떨어진 진 장터에 기름과 소금을 사러 나갔다가 진위가 불분명한 이런저런 전쟁 소식을 가져오는 것을 제외하면 서우훠는 바깥세상과 너무나 멀리 떨어져 있었다.

이렇게 바깥세상과 멀어진 채로 하루하루가 지나갔다.

한 달 또 한 달이 지나갔다.

봄 여름 가을 겨울이 지나갔다.

기축년(1949) 소해가 지나고 경인년(1950) 호랑이해가 찾아왔다. 민국 달력으로 따지자면 민국 39년이다. 바로 그해에, 그해 가을에, 마오즈는 수십 리 떨어진 장터에 나갔었다. 이전에는 마을에서 장을 보러 나가는 건 전부 남자들의 일이었다. 온전한 남자들과 눈멀지 않고 다리 절지 않는 남자들의 일이었다. 이들은 집집마다 팔 물건들을 싸가지고 나가 살 물건들을 사가지고 돌아오곤 했다.

그해 가을, 땅바닥이 온통 낙엽으로 뒤덮였을 무렵, 마오즈가 감을 따러 자기 집 밭에 나갔을 때였다. 멀리 산 아래 길을 올라오는 사람이 보였다. 그녀가 감나무 위에서 물었다.

이봐요, 바깥세상이 어떻게 돌아가고 있는지 아세요?

그 사람이 고개를 들어 그녀를 바라보며 말했다.

뭐가 어떤지를 묻는 거요?

그녀가 말했다. 일본군이 어디까지 쳐들어왔나요?

그 사람은 깜짝 놀라면서 일본군은 진즉에 자기네 나라로 돌아갔다고 말했다. 그들이 을유년(1945) 닭해, 그러니까 민국 삼십몇 년 팔월에 항복한 지가 벌써 오 년이고, 지금은 민국도 없어졌다고 했다. 사방의 모든 마을들이 전부 합작사合作社로 편입되었다고 말이다.

나무 아래 있는 사람은 그렇게 평범한 몇 마디 말이 나무 위에 있는 사람의 마음속에 어떤 파란과 경이로움을 가져다주었는지 상상도 할 수 없었다. 또 그로 인해 한 개인과 한 마을의 역사가 완전히 새 장을 열게 되리라고는 추호도 생각지 못했다. 그 사람이 가고 나자, 마오즈는 나무 위에서 멀리 바러우산맥 너머로 탁 트인 곳을 바라보았다. 가을 흰구름이 하늘 위를 가볍게 떠나고 있었다. 햇살은 물로 씻은 것처럼 맑게 빛났다. 대지와 만물이 모두 이 밝음 속에서 기이한 변화와 흐름을 만들어내고 있었다. 바로 그 변화와 흐름 속에서 마오즈는 인민복을 입은 그 사람의 뒷모습을 마지막으로 바라보고는 감나무에서 내려와 집으로 돌아갔다.

이튿날, 그녀는 아침 일찍 진의 장터로 나갔다. 서우휘에서 바이수가까지는 왕복 백 리가 넘는 길이었다. 그래서 그녀는 닭이 첫 울음을 울 때 일어나 두번째 울음을 울 때는 이미 길 위에 있었고 세번째 울음

216

에는 벌써 산길을 십 리 넘게 걷고 있었다.

네번째 울음소리에는 바러우산을 다 내려온 터였다.

몇 리 밖까지 내다보일 정도로 환하게 날이 밝자 뜻밖의 경치가 펼쳐졌다. 웬 마을과 드넓은 밭이 눈에 들어왔다. 산 위에 자리잡은 밀밭도 보였다. 몇 무나 되는 무척 큰 땅이었다. 밀밭에서는 남녀 수십 명이 함께 땅을 갈고 있었다. 가로로 죽 늘어서서 일자로 대형을 이루며 반 무를 갈고, 되돌아오면서 나머지 반 무를 갈아 한 무를 다 가는 방식이었다. 그녀는 대체 어떤 집이기에 이렇게 큰 땅을 가지고 있고, 이렇게 많은 사람들이 있는 건지 이해할 수가 없었다. 서우훠마을에서 가장 큰 땅은 귀머거리 마씨네 땅이지만 다 합쳐봐야 팔 분* 반밖에 되지 않았다. 그런데 이 땅은 산비탈 한쪽을 전부 차지하고 있는 걸로 보아 몇 무는 되어 보였다. 게다가 식구가 아무리 많은 집이라 해도 젊은 일꾼만 스무 명이 넘는 집이 있을지 의문이었다. 여기에 노인과 아이들까지 더한다면 이 집 식구는 최소한 쉰 명이 넘는다는 얘기였다.

쉰 명이 넘는 식구들이 어째서 분가를 하지 않은 걸까?

쉰 명이 넘는 식구들 밥은 어떻게 할까?

쉰 명이 넘는 식구들 옷은 어떻게 지어 입히지?

쉰 명이 넘는 식구들이 어떻게 함께 살고 잠을 자는 걸까?

마오즈는 그 땅 한구석에 서 있었다. 햇살이 따뜻한 물처럼 그녀를 적셨다. 막 갈아엎은 땅이라 진한 붉은색 흙이 촉촉하게 젖어 있었다. 공기 중에 눈에 보이지 않는 강이 흐르고 있는 것 같았다. 그 진한 붉음

---

* 일 무의 십분의 일에 해당하는 면적.

속에서 마오즈는 밭머리에 꽂힌 나무 팻말 하나를 발견했다. 나무 팻말에는 쑹수포마을 제2호조조互助組라고 적혀 있었다. 나무 팻말은 이미 비바람에 시달린 듯 글자가 희미했다. 팻말이 그 자리에 꽂힌 지 한두 해는 족히 된 모양이었다. 그녀는 호조조가 무슨 뜻인지 몰라 팻말을 바라보며 멍하니 서 있었다. 이때 밭머리 도랑에서 젊은이 하나가 걸어나왔다. 젊은이가 말했다. 이봐요 아주머니, 뭘 보시는 거예요?

그녀는 호조조가 무슨 뜻이냐고 물었다.

젊은이가 놀란 눈으로 그녀를 쳐다보며 물었다. 글자를 아세요?

그녀는 약간 깔보는 듯한 눈빛으로 젊은이를 쳐다보며 말했다. 내가 글자를 못 읽을 거라고 생각했나요?

젊은이가 말했다. 글자를 안다면서 어째서 호조조가 무슨 뜻인지 모르는 건가요?

그녀의 얼굴이 빨개졌다.

그가 말했다. 아주머니네 마을에서는 호조조나 합작사를 조직하지 않았나요? 호조조는 소가 없는 가구와 소가 있는 가구를 하나로 합치고, 노동력이 충분한 가구와 노동력이 부족한 가구를 하나로 합치며, 쟁기가 있는 가구와 써레가 있는 가구를 합치고, 밭이 많은 가구와 밭이 적은 가구를 하나로 합쳐 다 같이 협력해서 함께 씨를 뿌리고 함께 수확하여 함께 나눠 먹는 것을 말합니다. 그렇게 되면 앞으로는 지주도 없고 머슴도 없게 되지요. 가난한 사람들이 어린아이들을 팔아먹는 일도 없을 것이고, 매일 새로운 사회의 하늘 아래 새로운 사회의 땅에서 살게 되는 겁니다. 젊은이는 이렇게 말하면서 허리띠를 단단히 고쳐 매고는 밭머리에 꽂아둔 괭이를 메고 돌아가 사람들과 함께 계속

밭을 갈았다.

마오즈는 여전히 멍한 표정으로 그 자리에 서 있었다. 그 젊은이의 몇 마디에 그녀는 갑자기 뭔가를 깨달았다. 아주 오랫동안 깜깜하고 어두웠던 까만 집에 창문이 하나 열리면서 갑자기 빛 한 다발이 쏟아져 들어와 그녀의 마음 가장 깊은 곳을 환하게 비추는 것 같았다. 그녀는 멀어져가는 젊은이를 바라보았다. 허리를 구부렸다 폈다 하면서 일제히 밭을 가는 사람들을 바라보았다. 세상에는 정말 엄청나게 큰일이 벌어지고 있는데 서우훠마을에서는 아무것도 모르고 있었구나. 그녀는 깨달았다. 온 세상에 햇빛과 달빛이 있는데 서우훠만 평생을 캄캄한 암흑 속에서 세상과 격리된 채 바람 한 가닥 맛보지 못하고 있는 것 같았다. 그녀는 왜 멀쩡한 마을 사람들이 바이수가로 장을 보러 갔다가 돌아와서도 다른 마을에서는 땅을 하나로 합쳐 공동으로 경작한다고 얘기하는 걸 들을 수 없었는지, 왜 호조조나 합작사에 관해 들어보지 못했는지 알지 못했다. 온전한 사람들이 장에 갔다 오면서도 그런 모습은 보지 못한 건지 아니면 보고 와서도 말을 하지 않은 건지, 아니면 언젠가 식당에서 왁자지껄하게 얘기를 했는데 공교롭게도 자신만 그 자리에 있지 않아 듣지 못한 건지 알 수 없었다.

세상은 여러 해 전과 완전히 다른 모습이었다.

세상 사람들 모두가 이미 해방되었다.

베이핑北平으로 새 나라의 수도를 정한 뒤로 베이핑 중앙에서는 이미 사방팔방의 농민들을 불러모아 토지를 분배해준 다음, 다시 한데 합쳐서 공동으로 경작하게 했다. 모든 농지가 정부의 땅이 되었다. 어느 가구에도, 어느 개인에게도 속하지 않았다. 그저 씨를 뿌리고 수확하여 양식을 먹을 뿐, 땅은 더이상 이불이나 베개처럼 개인의 소유가 될 수 없었다. 세상은 완전히 변했고 사람들도 변했다. 각 가구는 지주와 부농, 빈농, 중농, 하중농 등 여러 계급으로 나뉘었다. 하지만 서우훠마을에서는 이 모든 것들에 대해 전혀 모르고 있었다. 바람소리조차 듣지 못했다.

세상에 이렇게 큰일이 벌어졌는데 서우훠에서는 눈곱만큼도 모르고 있었다.

마오즈는 다시 앞으로 걸어갔다. 마음이 몹시 무거웠다. 자신이 이 세상 사람이 아닌 것 같았다. 마을 하나를 지나 다음 마을에 이르자, 해가 완전히 솟아올라 공기 중에 따스한 열기가 감돌았다. 마을 뒤편 언덕에서 몇몇 사람이 팽이를 메거나 광주리를 들고 그 마을 쪽으로 가는 모습이 보였다. 곧이어 그 언덕에서 한 무리의 사람들이 내려왔다. 하나같이 팽이나 삽을 메고 있거나 거름 광주리를 들고서 줄지어 그 마을 쪽으로 걸어갔다. 두말할 것도 없이 호조조 사람들이 다 같이 일을 나가거나 다 같이 일을 마치고 돌아오는 모습이었다. 그들은 전투에서 이긴 군인들처럼, 전리품을 메고 이리저리 흩어져 병영으로 돌아가는 것 같았다. 마을로 가는 길 내내 노래도 불렀다. 그들이 부르는 노래는 허난 방자조*였다. 가사는 잘 알아들을 수 없었지만 곡조만큼은 새벽 공기에 스민 물처럼 흥이 넘치고 경쾌했다. 마오즈는 이쪽 산등성이의 아주 높은 지점에 올라서서 그 농민들이 노래를 부르며 마을로 들어가는 모습을 바라보았다. 그녀의 눈빛에는 그들에 대한 부러움

---

*중국 전통 희곡의 한 유형.

이 짙게 배어 있었다. 하지만 부러움은 부러움으로 그쳤다. 오히려 사람들에게 잊혔다는 감각이 천천히 고통으로 변해갔다. 심적인 고통이었다. 또다른 마을 어귀에서 하얀 석회로 쓴 커다란 표어들도 보았다. 호조조나 합작사가 얼마나 좋은지 선전하는 내용이 아니면 이미 여러 해 전에 쓰인 것으로, 그녀도 열몇 살 때 이미 다 본 것들이었다. 일부는 자신도 사람들을 도와 썼던 표어로 지주(토호)를 타도하고 토지를 분배하자는 등의 내용이었다. 표어들은 더이상 신선하지 않았지만, 햇빛 아래서 여전히 반짝반짝 빛나고 있었다. 커다란 표어와 글귀들을 보면서 마오즈의 마음속에 커다란 움직임이 일었다. 눈을 덮었던 샘물이 갑자기 콸콸 솟구쳐오르는 것 같았다. 그 샘물은 어릴 때부터 흐르던 것이었다. 총소리와 빗소리 속에서도 흘렀고 남쪽에서도 북쪽에서도 흘렀다. 설산과 초원에서도 흘렀고 사람은 어깨에, 말은 등에 짐을 지고 이동하는 동안에도 쉬지 않고 흐르던 샘이었다. 그때 그녀는 너무 어렸기 때문에 너무 빨리 지쳤고 갈망도 빨리 잦아들었다. 그래서 산시의 황토 언덕에서 마을과 산길을 따라 혼자 몸으로 허난성 서쪽을 향해 돌아갈 때에 부대를 만나면 부대를 따라갔고, 적당한 집을 만나면 또 언제든지 그 집에 머물 준비가 되어 있었던 것이다. 그렇게 마을과 마을을 지나고 하루하루 걷고 또 걷다가 바러우산맥에 이르러 석공을, 서우훠라는 마을을 만나게 된 것이다. 서우훠마을이 바러우 산속에서 그녀를 수백수천 년 동안 기다리고 있다가 그녀가 오자마자 떠나지 못하게 붙잡아두기라도 한 듯했다. 그녀 역시 서우훠를 찾기 위해 산시에서 위시를 향해 그렇게 걷고 또 걷고, 더이상 몸을 움직일 수 없게 되었을 때 마침내 서우훠마을을 만났던 게 아닐까.

서우훠에서 살기 시작하고 몇 년 사이 그녀의 모든 상처와 고통이 다 아물었다. 석공의 어머니가 세상을 떠날 때 노인의 품에 안겨 울면서 많은 말을 토해내기도 했지만 그간 입 밖에 꺼내지 않았던 상처까지도 차츰 옅어지고 있었다. 그녀 자신 외에 이 세상에 그 일에 관해 아는 사람은 없었다. 그녀가 부대에 있을 때, 후베이 출신 홍군 소대장을 하나 알게 되어 오빠로 삼았다는 사실을. 그 비밀 명령 하나로 부대가 해산된 뒤에 경상을 입었던 소대장은 그녀와 함께 대오를 이탈했다가 적군을 만나는 바람에 또다시 그녀와 함께 무덤 속으로 몸을 피하게 되었다. 그렇게 무덤 속에 있는 사이 하루종일 비가 내렸고, 그녀는 좀처럼 열이 내리지 않아 점점 의식을 잃어갔다. 얼마나 지났을까. 비가 그치고 해가 나면서 그녀도 차츰 정신이 들어 깨어났지만 그녀를 누이 동생처럼 여기던 소대장의 모습이 보이지 않았다. 그보다도 정신을 차리고 보니 몸 아랫부분이 끈적끈적하면서 생리혈 냄새가 풍겼다. 자신이 정신을 잃은 동안 누군가에 의해 몸이 망가졌다는 걸 뒤늦게 알게 되었다. 그녀를 마음에 두었던 홍군 소대장의 소행이었다. 몸이 망가진 걸 알게 된 그녀는 텅 빈 무덤 속에서 몸을 웅크리고 하루종일 울었다. 소대장은 돌아오지 않았고 무덤 앞을 지나가는 사람도 없었다. 날이 어두워지자 그녀는 소대장에게 짓밟힌 몸을 이끌고 무덤을 나왔다.

　한 걸음 한 걸음 절뚝거리며 고향을 향해 걷기 시작했다.

　그후 그녀의 남편이 된 석공을 만났고, 수백수천 년 동안 그녀를 기다려온 서우훠마을을 만나 그곳에 정착했다. 그리고 세월이 가면서, 하루종일 울어 눈물을 다 마르게 했던 상처도 아물어갔다. 이제 상처는 모두 아물었고 다 자라 지친 몸도 완전히 회복되었다. 세상은 많이 달

222

라졌고, 그녀는 이제 무언가 해야 했다. 서우훠마을에서 무언가 해야 했다. 서우훠마을을 이끌고 무언가 해야 했다.

물론 자신이 옌안에 있었던 사람이라는 사실은 잊을 수 없었다. 누가 뭐래도 그녀는 혁명을 했던 사람이다. 그렇게 어린 나이에 혁명을 시작했던 것이다. 오랜 세월이 지나 그녀는 이미 석공의 아내가 되었고 완벽히 서우훠 사람이 되었지만, 어쨌든 그녀는 홍사[1]의 혁명가였다. 집안 궤짝의 가방 안에는 아직도 홍군복 한 벌이 잘 개켜져 있었다. 그녀는 아직 젊었다. 온몸에 힘이 넘쳤다. 그러니 그녀가 어떻게 아무 일도 하지 않을 수 있겠는가.

그녀는 혁명을 해야겠다고 생각했다. 서우훠마을을 이끌고 합작사에 가입해야겠다고 생각했다.

해설

1) 홍사红四(홍군 제4방면군): 합작사 가입과 마찬가지로 홍군 제4방면군 역시 마오즈에게는 한 시기 인생의 역사였다. 어렸을 때 그녀는 이미 홍군 제4방면군의 여전사였다. 하지만 병자년(1936) 가을에 그녀는 산에서 굴러떨어진 돌멩이처럼 맨 처음 시작했던 그 높은 곳으로 다시는 돌아갈 수 없었다. 그리하여 그녀는 산비탈 아래에서 기다리며 조용히 지내야 했다. 그렇게 기다리기 시작하자 눈 깜짝할 사이에 십여 년의 세월이 지나가 소녀였던 그녀가 가정을 이루어 한 남자의 아내가 되었고, 장애인들로 가득한 서우훠마을의 일원이 되었다. 하지만 십여 년 뒤의 그녀는 더이상 자기 자신의 기억에서도 아주

흐릿해진 홍군 여전사가 아니었다. 그럼에도 홍군 제4방면군은 한 알
의 씨앗처럼 그녀의 마음속에 심겨 왕성하게 뿌리를 내리고 있었다.

7장
해설 – 홍군 제4방면군

그녀는 혁명을 하기로 했다. 서우휘마을 사람들을 이끌고 호조조와 합작사에 가입할 생각이었다.

서우휘에서 바이수가까지 가는 데만 육십구 리가 좀 넘었으니 왕복하면 백삼십구 리가량 되는 길이었다. 과거에는 마을 사람들이 장에 가려면 오늘 갔다가 내일 돌아오는 식이라 거리에서 하룻밤을 묵거나 길에서 쉬면서 밤을 보내야 했다. 하지만 마오즈는 장에 가더라도 당일 밤에 서우휘마을로 돌아왔다. 그녀의 남편인 석공이 달빛 아래 마을 입구에서 그녀를 기다리다가 그녀가 사슴처럼 산맥을 빠져나와 빠른 걸음으로 걸어오는 것을 보면 얼른 달려가 물었다. 어디 갔었던 거야? 아침에 일어나보니까 당신이 보이지 않기에 사방으로 돌아다니며 하루종일 찾았지 뭐야. 여기 앉아 반나절이나 기다렸어. 그녀는 멀리서 자신보다 열다섯 살가량 많은 남편을 보고는 들뜬 어투로 말했다. 이봐요, 석공, 바깥 마을 사람들이 전부 어떻게 됐는지 알아요? 밭을 전부 합쳐서 함께 파종을 해요. 다섯 가구가 한 조를 이루고 여덟 가구가 한 무리가 되어서 소와 쟁기도 함께 사용하고 있단 말이에요. 집집마다 단 일 분의 땅도 가질 필요가 없이 함께 밥을 먹고 종을 울리면서 모두들 떠들고 웃으며 다 같이 파종을 하고 밭을 갈아요. 밭이 멀면 전문적으로 마을로 돌아가 사람들에게 물을 대주고 대나무잎이나 띠풀을 넣어 물의 독성을 없애주거나 물을 마시는 동안 사람들에게 샹푸조나 방자희 창을 해주는 사람도 있다니까요. 그녀는 남편에게 물었다. 장에 나가서 이런 광경을 본 적 없어요? 이런 걸 보거나 들은 적 없어요?

그녀는 남편의 대답을 기다리지도 않고 다가가 그의 손을 잡아끌었다. 그러고는 그의 옆에 있는 바위에 엉덩이를 대고 앉으며 말했다. 피곤해 죽겠어요. 하루에 백 리 넘게 걸었단 말이에요. 발에 온통 물집이 잡혔어요. 당신이 업어주지 않으면 죽어도 집에 돌아가지 못할 것 같아요. 말하자면 그는 아내와 잠자리를 합치던 밤, 그 밤에 처음으로 자신에 대한 아내의 뜨거운 정을 깨달았다. 그녀와 함께 바위에 앉은 그는 아내의 손을 잡아끌어보았다. 그가 잡아당기자 그녀는 반신불수가 되기라도 한 것처럼 털썩 그의 품안으로 쓰러지듯 안겼다. 그는 그녀를 안고 달빛을 밟으며 집으로 돌아갔다. 집에 돌아가서는 씻을 물을 데워주고 그녀의 발을 닦아주었다. 가볍게 발바닥과 뒤꿈치도 주물러주었다. 발에 난 물집을 터뜨리면서 그가 물었다. 남들이 농사를 함께 짓는 것을 보려고 장에 갔던 거야? 그녀가 말했다. 세상이 변했어요. 지금 누가 천하를 장악하고 있는지 알아요? 그는 모른다고 대답했다. 그녀가 말했다. 공산당이에요. 함께 농사를 짓는 걸 뭐라고 하는지 알아요? 그는 모른다고 말했다. 그녀가 말했다. 마을에 농사짓는 사람들을 한데 조직하는 걸 집집마다 뭐라고 부르는지 알아요? 그는 이번에도 모른다고 대답했다. 무척 유감이라 생각하는 듯 얼굴 가득 흥분과 격동의 표정을 드러내며 그녀가 말했다. 당신만 모르는 게 아니라 서우휘마을 남녀노소가 전부 모르고 있을 거예요. 이제 해방이 되어 공산당과 마오주석이 가장이 되었다고요. 집집마다 하나로 합쳐서 농사짓는 걸 호조조라고 불러요. 여러 호조조를 한데 합친 것은 합작사라고 한대요. 석공, 저는 우리 서우휘마을을 합작사에 가입시켜 각 가구들을 하나로 조직한 후 함께 농사를 짓고 수확하며 양곡을 분배하게 할 생각이에요. 마을 어귀의 나무에 종을 하나 걸어놓고, 종을 치면 마을 사람 전체가 밥그릇을 내려놓고 모이는 거예요. 정오가 되어 제가 밭머리에서 큰 소리로 알리면 마을 사람들 모두 일을 멈추고 밥을 먹으러 집으로 돌아가는 거죠. 도시 사람들에게는 수도가 있어 손으로 꼭지를 가볍게 비틀기만 하면 솥과 물통, 세숫대야 속으로 물이 콸콸 쏟아져요. 하지만 우리는 매일 계곡에서 마을까지 물을 길어다 먹지요. 주두에는 이미 전깃불이 들어와 더이상 석유등을 켤 필요가 없대요. 문 뒤에 구두끈 같은 줄이 한 가닥 달려 있는데 문에 들어서서 그걸 당기기만 하면 세상이 온통 빛으로 가득찬대요. 해를 집안으로 끌어들인 것처럼요. 석공, 저를 안아서 침대에 좀 뉘어주세요. 오늘밤 저를 당신 마음대로 하세요. 저는 당신 아내고 당신은 제 남편이니까 저를 당신이 하고 싶은 대로 하세요. 저는 서우휘마을 사람들을 이끌고 합작사에 가입해서 서우휘 사람들이 천당의 세월을 보낼 수 있게 할 거예요. 아들딸을 낳아 키워줄게요. 한 무더기 낳을 거예요. 아이들에게 다 먹지 못할 정도로 넉넉한 식량을 챙겨줄 것이고 다 입지 못할 정도로 옷을 지어 입힐 거예요. 불을 켤 때 기름을 쓰지 않아도 되고 국수를 먹을 때 밀을 갈지 않아도 되며 문을 나설 때 짐을 지어 나르거나 우마차를 탈 필요도 없는 좋은 나날을 보내게 할 거예요. 석공은 그녀의 몸 위에서 그날 밤처럼 대담하고 자유로운 시간을 보낸 적이 없었다. 전에는 그녀가 원치 않으면 감히 가까이 다가가지도 못했었다. 하지만 그날 밤에는 맷돌을 갈듯이 그녀의 몸 위에서 단단한 무기를 마구 휘두르며 뚫고 들어갔다. 그녀는 그의 몸 아래서 뜨거운 진흙처럼 부드럽고 연하기만 했다. 즐거움受活이 극한에 이르자 숨을 헐떡이며 그녀가 말했다. 좋았어요?

그가 말했다. 아주 좋았어.

그녀가 말했다. 합작사에 가입하고 나면 매일 오늘처럼 즐겁게 해줄 게요.

그가 물었다. 언제 가입할 건데?

그녀가 말했다. 내일 회의를 열고 바로 가입할 거예요.

그런데 그녀가 원하면 언제든지 가입할 수 있는 거냐고 그가 물었다. 우리 서우훠에는 상부 촌이 없어. 상부 촌이 있어서 상부에서 사람이 내려와야 회의를 열고 합작사에 가입한다고 선언해야 마을 사람들도 가입하게 되는 거라고. 당신에게는 상부가 없잖아. 상부에서 사람이 내려오지 않는데 합작사에 가입할 때 마을에 말을 듣지 않는 사람이 있으면 어떻게 할 거야?

마오즈는 더이상 말을 받지 못했다.

사실을 말하자면, 서우훠는 이 세상에서 완전히 잊힌 마을이었다.

세 현이 교차하는 바러우산맥에 자리해 가장 가까운 마을과도 최소 십여 리가 떨어져 있었다. 명나라 때 조성되기 시작한 마을에는 맹인과 절름발이, 귀머거리들이 잔뜩 모여 살았다. 장애인이 아닌 경우 장성한 남자들은 전부 짝을 찾아 외지로 나갔고 여자들은 전부 외지로 시집을 갔다. 바깥세상의 장애인들은 마을로 들어오고 마을의 온전한 사람들은 전부 밖으로 나갔다. 수백 년 동안 이런 상황이 이어져왔지만 어느 군郡, 어느 현에서도 서우휘마을을 수용하려 하지 않았다. 어느 현도 서우휘마을을 자신들의 경계 안으로 편입시키길 원하지 않았다.

세월은 그렇게 흘러갔다. 명나라에서 청나라로 해와 세대를 거듭하면서 강희와 옹정, 건륭을 지나 자희태후, 신해혁명, 민국에 이르기까지 서우휘마을은 수백 년 동안 조정과 주州, 군郡, 부府, 현縣에 황량세* 를 납부한 적이 없었다. 주변의 다위와 가오류, 솽화이 세 현에 소속된 구區와 보堡 촌村의 어느 간부도 서우휘에 와서 양곡이나 돈을 걷어 간 적이 없었다.

서우휘는 이 세상 밖의 마을이었다.

그날 밤, 마오즈는 침대에 잠시 멍하니 앉아 있다가 갑자기 벌떡 일어섰다.

석공이 물었다. 왜 그래?

그녀가 말했다. 가오류현에 가려고요. 당신 같이 갈래요?

그가 물었다. 가서 뭐하려고?

그녀가 말했다. 상부를 찾아봐야겠어요.

---

* 양식으로 납부하는 세.

밀가루를 반죽하고 불을 지폈다. 석공은 밀전병 틀을 불 위에 걸고 그녀를 위해 기름떡 다섯 개를 구웠다. 두 사람은 날이 밝기 전에 서우 휘마을을 떠나 가오류현으로 갔다.

가오류현은 서우휘마을에서 삼백구 리나 떨어진 곳이었다. 두 사람은 물어물어 길을 찾아갔다. 해가 떠 있는 동안에는 길을 걷고 해가 지면 쉬거나 잤다. 배가 고프면 기름떡을 먹고 목이 마르면 물을 마셨다. 필요한 사람을 만나면 석공이 맷돌을 갈아주었다. 이렇게 스무닷새 만에 가오류 현성에 도착했다. 현성에는 두 개의 거리가 있었고 현 정부는 큰길 사거리에 자리잡고 있었다. 들어가는 문이 세 단계나 되는 삼중의 사합원* 건물이었다. 청나라 때는 현의 관아로, 민국 시기에는 현부縣府로 사용되다가 새로운 세월이 되어서는 현 정부 청사로 쓰이고 있었다. 석공은 현 정부 청사 입구 화단 턱 위에 앉아 있고 마오즈는 현 정부의 두번째 문에 들어섰다. 현장이 거의 새것이나 다름없는 양차자[1]를 밀고 문을 나서 향으로 가려다가 마당에서 그녀와 마주쳤다. 현장이 무슨 일로 자신을 찾아왔느냐고 물었다. 그녀가 말했다. 저는 바러우산에 있는 서우휘마을 사람입니다. 지금 전국이 해방되어 사방 팔방에 합작사가 설립되고 있는데 어째서 저희 마을만 아직도 가가호호 각자 일을 하고 있는 겁니까? 어째서 우리 마을을 합작사에 가입시켜주지 않는 건가요?

현장은 잠시 어리둥절한 표정으로 서 있다가 결국 마오즈를 자신의

---

* 중국 허베이, 베이징 등지에서 볼 수 있는 전통적 건축양식. 가운데 마당을 담장과 건물이 사각형으로 둘러싼 형태이다.

사무실로 데리고 들어가 많은 것들을 물어보았다. 그러고는 마침내 벽에 걸린 지도 아래로 가서 한참을 찾다가 가장 외진 구석에서 마오즈가 말하는 마을 이름들을 몇 개 찾아냈지만 서우훠 세 글자는 끝내 찾지 못했다. 현장은 밖으로 나가 옆방으로 가서 사람들과 잠시 애기를 나누더니 마오즈에게로 돌아와 엄정한 태도로 말했다. 가오류현에 오신 건 잘못 찾아오신 겁니다. 행정 지리 규획에 따르면 당신네 마을은 다위현에 속해요. 다위현이 당신들을 잊은 겁니다. 이 다위현 현장이 정말 골치 아픈 사람이에요.

마오즈는 또다시 남편과 걷다가 쉬기를 반복하면서 한 달 뒤에 다위현에 도착했다. 다위현 정부 청사는 지주의 큰 저택 안에 있었고, 현장은 가오류현 현장보다 나이가 몇 살 더 많았다. 현지인인 그는 관할하고 있는 촌과 마을들을 손바닥처럼 훤히 알고 있었다. 마오즈가 애기를 다 마치기도 전에 그녀가 찾아온 의도를 알아차린 다위현의 현장이 말했다. 젠장! 당신네 솽화이현 현장은 정말 담도 크네요. 자기 현에 속한 마을도 제대로 관리하지 못하다니 말입니다. 세상이 온통 합작사를 조직하고 있는 마당에 마을 하나를 누락하여 단독으로 농사를 짓게 하고 자신들이 어느 현 소속인지조차 모르게 놔뒀군요. 그러고는 욕을 하면서 다위현 지도를 꺼내 팔선상 위에 펼쳐놓고 마오즈에게 자세히 살펴보라고 했다. 그러고는 자를 대고 지도를 세밀히 재나가다가 지도 밖에 점을 하나 찍으면서 말했다. 보세요, 당신네 바러우산이 바로 여기에요. 그러니까 서우훠는 여기쯤 되겠지요. 당신네 마을에서 우리 현의 홍롄수구까지는 너무나 거리가 멀어요. 그러니 당신네 마을은 솽화이현 소속이 맞다고요.

다시 보름이 걸려 두 사람은 마침내 솽화이현에 도착했다. 솽화이현의 양 현장은 며칠 동안 지구에 가서 호조조와 합작사 관련 회의를 진행하고 있었다. 마오즈 부부가 현 정부 입구에 있는 방앗간에서 여러 날을 묵으며 양 현장이 노새를 타고 현으로 돌아오기를 기다리는 동안 여름이 오고 세상이 뜨겁게 달아오르기 시작했다. 양 현장은 군인 출신이었다. 군복 차림의 그가 노새를 타고 솽화이현으로 돌아왔다. 사무실로 돌아온 그에게 비서인 샤오류가 물을 따라주며 이런저런 일들을 보고했다. 그 가운데 하나는 마오즈라는 여자가 정부 건물 입구 방앗간에 묵고 있다는 것이었다. 비서는 마오즈 부부가 자신들 마을이 아직 어느 현, 어느 구의 관할인지 모르고, 마을 사람들 전체가 각자 자기 집 일만 하며, 대대손손 황량세를 납부한 적도 없다고 했다고 전했다. 또한 마을의 모두가 지주도 모르고 부농이 뭔지도 모르며 빈농과 소작농이 무엇인지도 모른다더라고 보고했다. 샤오류는 아주 엄숙한 어투로 이 모든 내용을 현장에게 전했다. 뜻밖에도 현장은 얘기를 다 듣고도 무척 편안하고 담담한 표정이었다. 모든 걸 다 알고 있는 듯한 모습이었다.

현장이 말했다. 가서 그 마오즈 부부를 데리고 오게.

마오즈는 얼굴 가득 땀을 흘리며 현장의 사무실로 들어섰다. 사무실에는 사무용 탁자와 구식 팔걸이의자가 하나 놓여 있었다. 벽에는 마오주석의 사진이 붙어 있고 사진 옆으로 모제르총이 한 자루 걸려 있었다. 마오즈가 들어섰을 때 현장은 냉수로 얼굴을 씻고 있었다. 얼굴을 다 씻은 그가 수건을 소나무 세숫대야 틀에 옆으로 걸어놓고 고개를 돌려 마오즈를 쳐다보며 말했다. 당신네 마을에 맹인이 다 합쳐서 몇 명이나 됩니까?

마오즈가 대답했다. 앞이 완전히 보이지 않는 맹인은 많지 않아요. 다 합쳐서 쉰여섯 명입니다.

현장이 물었다. 절름발이는요?

마오즈가 말했다. 절름발이도 많지 않아요. 열몇 명 되지요. 하지만 그들 모두 농사를 지을 수 있어요.

현장이 물었다. 귀머거리는 몇 가구나 되나요?

마오즈가 말했다. 아홉 가구는 귀머거리고 일곱 가구는 벙어리예요.

현장이 말했다. 전부 유전이겠지요?

마오즈가 말했다. 몇 가구는 몇 년 전에 흉년을 피해 이주해 온 사람들이에요. 전부 장애인이긴 하지만 서로를 속이지 않는다고 생각해 눌러앉은 것이지요.

현장이 말했다. 마을 전체 인구 가운데 장애인들이 차지하는 비율이 얼마나 되나요?

마오즈가 말했다. 아마 삼분의 이는 될 거예요.

현장이 말했다. 지구에 갔다가 가오류와 다위 두 현의 현장들을 만났어요. 젠장, 두 사람 다 좋은 사람들은 못 되더군요. 가오류현 현장은 말이에요. 당신네 서우훠마을이 우리 현의 바이수구에서 백이십삼 리, 자기네 훙롄수구에서는 백육십삼 리 떨어져 있다면서도 자기네 춘수거우구에서는 구십삼 리밖에 안 되어 우리 바이수구보다 삼십일 리 정도 더 가깝다는 얘기는 하지 않았어요. 다위현 현장은 더하지요. 다위현이 당신네 서우훠에서 멀다는 건 확실해요. 하지만 민국 11년, 그러니까 음력으로 임술년(1922) 개해 윤오월, 허난에 큰 가뭄이 들어 굶어

죽는 사람이 부지기수였지만 바러우 지역의 몇몇 골짜기에는 양곡이
떨어지지 않았어요. 그중에는 당신네 서우훠마을도 포함되어 있었지
요. 그해에 다위현에서는 당신네 서우훠마을로 사람을 보내 엄청난 양
의 양곡을 가져갔어요. 그걸로 다위현의 많은 사람들을 살릴 수 있었
지요.

　현장이 말을 이었다. 보세요. 지리적 위치로 따지면 당신네 서우훠
마을은 가오류의 춘수거우구에 더 가까워요. 그러니 가오류현에 귀속
되는 것이 당연하지요. 역사적 내력으로 따지면 다위현이 일찍이 당신
네 서우훠마을에서 대량의 양곡을 가져다 먹은 사실이 있으니 당신네
마을을 다위현으로 귀속시키는 것이 마땅합니다. 그런데도 염병할, 그
들은 당신네 서우훠를 악착같이 우리 솽화이현으로 귀속시키려 해요.
하지만 우리 솽화이현은 서우훠와 관련된 것이 하나도 없단 말입니다.
어느새 문밖에서는 해가 사람들의 정수리 위로 솟아 있었다. 마당 안
의 홰나무 몇 그루는 머리가 축 늘어졌다. 비서는 문밖에서 홰나무에
물을 뿌리고 있었다. 현장이 문밖에 대고 말했다. 류 비서, 식당에 가서
전하게. 오후에 식사 이 인분 더 준비하라고 말이야. 손님들을 잘 대접
해서 보내드려야지.

　마오즈가 현장을 한참 동안 쳐다보다가 갑자기 벌떡 일어서며 말했다.
양 현장님, 현장님도 혁명을 위해 일하시지만 저도 혁명을 위해 일합니
다. 우리는 둘 다 혁명을 위해 일하는 셈이지요. 몇 마디만 묻겠습니다.

　현장은 잠시 어리둥절한 표정을 짓다가 말했다. 물어보세요.

　마오즈가 말했다. 양 현장님, 우리 서우훠마을 사람들이 이 땅 중국
에 사는 사람들인지 아닌지 말해보세요. 중국에 살지요. 그럼 허난 사

람들인지 아닌지 말해보세요. 허난 사람들 맞습니다. 그럼 주두 사람인지 아닌지 말해보세요. 아니라고 말 못하시죠? 마오즈가 말했다. 그럼 왜 현장님네 솽화이현과 다워현, 가오류현에서는 우리 서우훠마을을 원하지 않는 건가요? 제가 지구에 가서 고발할 것이 두렵지 않나요? 현장은 멍한 표정이 됐다. 시골의 절름발이 여자가 자신에게 감히 이런 말을 하리라고는 생각지도 못했다. 그는 벽에 걸린 총을 힐끗 쳐다보고는 흥하고 콧방귀를 뀌면서 말했다. 맙소사, 감히 지구에 가서 알리겠다고요? 현장이 갑자기 의자에서 벌떡 일어나 말했다. 염병할, 가서 말해봐요. 지구위원회 서기를 찾아가보라고요. 이 몸이 옌안에 있을 때, 그 지구위원회 서기의 입당 추천인이 바로 나였어요. 이렇게 말하면서 그는 마오즈를 차갑게 노려보았다. 눈빛으로 그녀를 뱃속에 삼켜버리려는 것 같았다.

하지만 마오즈는 조금도 놀라거나 기죽지 않았다. 잠시 침묵하던 그녀가 말했다. 양 현장님, 현장님이 옌안에 있었다고요? 저 마오즈도 옌안에 있었어요. 병자년(1936) 가을에 우리 여자 중대가 해산되는 일만 없었더라면 제가 지금 현장님한테 이렇게 사정하는 일도 없었을 테지요. 생경한 눈빛으로 현장의 얼굴을 훑으며 그녀가 말했다. 원래는 현장이 다시 한번 노려보고 몸을 돌려 가버리기를 기다릴 생각이었으나 그사이에 그녀는 양 현장의 얼굴에서 시퍼런 빛이 점점 엷어지는 것을 보았다. 현장은 믿기지 않는다는 듯 그녀를 바라보았다. 갑자기 그녀를 알아보기라도 한 것처럼 그녀를 빤히 쳐다보면서 물었다. 어느 여자 중대에 있었어요? 정말 옌안에 있었나요?

그녀가 말했다. 못 믿으시겠어요? 마오즈는 갑자기 몸을 돌려 다리를 절면서 현장의 사무실에서 나왔다. 그러더니 현 정부 입구에 있는 방앗간으로 가서는 석공에게 자신의 보따리를 달라고 말했다. 옷 보따리를 받아든 그녀는 다시 현장의 사무실로 갔다. 그러고는 현장의 사무용 책상 위에 보따리를 풀어 펼쳐 그 안에 들었던 신발 두 켤레를 책상 한구석에 꺼내놓았다. 보따리 안에는 정갈하게 개켜놓은 작고 하얀 보따리가 하나 더 있었다. 그녀는 작은 보따리도 풀어 누렇게 바랜 옛 군복 한 벌을 꺼내 현장의 책상 위에 펼쳐놓았다. 낡은 군복 어깨 부분에는 기운 자국이 있었다. 군복 천이 아니라 기계로 직조하여 염색한 거친 검정 천으로 기운 것이었다. 상의 밑에는 오래 눌린 바지가 있었다. 잘 개킨 옛 군복바지로 상의와 마찬가지로 누렇게 색이 바랬다. 바지 가장자리는 이미 올이 풀려 보풀이 일었다. 두말할 것도 없이 수많은 해를 버틴 군복이었다. 마오즈는 군복과 보따리를 현장의 눈앞에 밀어놓고 몸을 돌려 한 걸음 뒤로 물러서며 말했다.

양 현장님, 저도 병자년에 피해를 본 사람입니다. 홍군 제4방면군이 해산되지 않았더라면 이 마오즈가 현장님 앞에 와서 이렇게 사정하는 일은 없었을 거라고요.

양 현장의 얼굴에 홍조가 한 겹 덮였다. 군복을 내려다본 그는 마오즈의 얼굴을 유심히 바라보았다. 그러다가 또 군복을 살펴보았다. 그리고 고개를 들더니 문밖을 향해 큰 소리로 말했다.

류 비서, 어서 식당에 전하게. 점심식사 때 음식을 몇 가지 더 준비하라고 말이야. 술도 한 병 준비하라고 하게!

때는 음력 오월 말이었다. 마오즈와 석공은 서우훠마을로 돌아왔다. 양 현장과 류 비서, 바이수구 구장과 두 명의 기간민병*도 동행했다. 기간민병들은 어깨에 총을 메고 있었다. 마을 어귀에서 총을 세 발 발사하자 맹인이고 절름발이고 할 것 없이 서우휘마을 사람들이 전부 마을한가운데로 나와 유사 이래 처음으로 마을 전체가 참여하는 주민회의를 열었다. 그렇게 서우휘마을은 엄연하게 쌍화이현 바이수구가 관할하는 마을이 되었다.

그 총소리 속에서 호조조가 설립되었고, 합작사에 가입했다. 서우휘마을은 그렇게 천당일자[3])를 보내게 되었다.

해설

1) 양차자洋車子: 자전거를 말한다. 허난 서부의 바러우산맥에서는 자전거를 처음에는 서양 차라고 부르다가 나중에는 각답차脚踏車라고 불렀다. 그뒤로 여러 해 동안 파사구破四舊**를 실시하는 과정에서 바러우 주민들에게 '양洋' 자를 입에 올리지 못하게 하자 자전거라고 고쳐 부르게 되었다. 하지만 오늘날까지도 그 지역 노인들은 여전히 자전거를 각답차나 양차자라고 부른다.

3) 천당일자天堂日子(천당의 세월): 경인년(1950) 가을, 서우휘 사람들이 호조조를 결성한 뒤로 매우 특별한 집단주의 노동 생활을 유지했던 기간을 가리킨다.

---

* 평소에는 생업에 종사하다가 전시(戰時)에는 작전에 참가하는 민간 무장 조직으로, 중화인민공화국 수립 후 제도화되었다.

** 낡은 사상과 낡은 문화, 낡은 풍속, 낡은 관습을 타파하여 이타주의적이고 자기희생적인 사회주의 문화를 창조하자는 문화대혁명 초기의 주요 운동.

9장

해설 - 천당의 세월

각 가구가 소유했던 땅을 전부 한데 합쳤다. 소와 쟁기, 파종기, 괭이, 써레도 전부 공동으로 사용하게 되었다. 소나 쟁기, 수레를 소유했던 사람들이 손해를 본 것은 분명한 사실이었다. 울고불고하면서 소란을 피워보려고도 했지만 또다시 총성이 몇 번 울리자 더이상의 소란 없이 순순히 소와 수레, 쟁기와 써레를 내주었다.

어차피 설립될 호조조였다. 바이수구 구장과 민병들은 마을에서 사흘을 묵고 갔다. 가져왔던 총 두 자루 가운데 한 자루는 떠나면서 가지고 가고 나머지 한 자루는 마을에 남겨두었다.

마오즈에게 남겨주었다.

마오즈는 군대에 있었던 사람인데다 전투에도 참가해봤기 때문에 구장보다 경험이 더 많았고 현장과는 어깨를 나란히 할 수 있었다.

알고 보니 그녀는 어려서부터 혁명가였다. 집정자였던 것이다.

이어서 마을 한가운데 있는 나무에 달구지 바퀴로 된 종이 걸렸다. 마오즈가 그 종을 치면 서우훠 사람들은 즉각 집합하여 밭으로 나갔다. 그녀가 동쪽 산으로 가서 김을 매자고 하면 서우훠 사람들은 일제히 동쪽 산으로 가서 김을 맸고, 서쪽 산으로 가서 비료를 주자고 하면 다들 서쪽 산으로 가서 비료를 주었다. 경험해보니 호조조는 너무나 좋은 것이었다. 수백수천 년 동안 서우훠에서는 자기 땅을 자기가 일궈왔다. 어떤 사람은 쟁기질을 하고 어떤 사람은 씨를 뿌렸다. 어느 집은 산꼭대기에서, 또 어느 집은 골짜기 아래에서 일을 하다보니, 크고 작은 일들이 생길 때마다 서로 목청이 터져라 소리를 질러야 했다. 절름발이네 집에서 귀머거리네 광주리를 빌리려 하면, 아무리 소리를 질러봐야 들리지 않으니 산골짜기 아래서부터 절뚝절뚝 산등성이까지 기어올라갔다가 또다시 절뚝절뚝 힘겹게 내려와야 했다. 그런데 호조조가 생기고부터는 그럴 필요가 없었다. 마오즈가 종을 치면서 모두들 쇠 삽을 들고 오세요! 하고 외치면 다들 쇠 삽을 들고 밭에 나가면 됐다. 다들 광주리를 들고 나오세요! 하고 외치면 광주리를 들고 나가면 됐다.

밭에 나가는 길에 말하는 걸 좋아하는 사람들은 더이상 적막하지 않았다. 말하는 걸 좋아하지 않는 사람들은 귀가 적막하지 않았다.

일을 마치고 돌아올 때면, 바러우조나 샹푸조, 곡극이나 방자를 부르기 좋아하는 사람들은 마음대로 실컷 창을 할 수 있었다. 들어주는 사람이 없다고 해서 자신의 멋진 목청과 재주를 아까워할 필요도 없었다.

겨울이 지나가고 봄이 찾아왔다. 종이 울리면, 남녀노소 할 것 없이 맹인과 앉은뱅이를 제외한 나머지 사람들 모두가 밀밭에 나가 김을 맸다. 먼저 마을 동쪽의 가장 큰 밭을 갈았다. 열 몇 무나 되는데다 비스듬히 산비탈에 걸려 있는 밭이라 산비탈에 하늘 한 조각이 뚝 떨어진 것 같았다. 외다리와 절름발이, 귀머거리, 벙어리 할 것 없이 괭이를 들 힘만 있으면 누구나 어깨를 나란히 하고 열을 맞춰 자리를 잡고 섰다. 이렇게 수십 명이 한 줄로 늘어서서 괭이를 치켜들었다 내리꽂으면 누렇고 새하얗게 반짝이는 소리가 철그덕 철그덕 산등성이를 가득 채웠다.

앉은뱅이 아줌마가 하나 있었다. 그녀는 일어서지 못하기 때문에 당연히 괭이를 들고 땅을 갈 수가 없었다. 마오즈는 사람들이 괭이질을 하는 동안 그녀에게 밭머리에 앉아 사람들을 위해 창을 하게 했다. 맹인도 하나 있었다. 어려서부터 하늘이 무슨 색인지 몰랐고 땅이 무슨 색인지도 몰랐다. 하지만 어려서부터 창을 즐겨 들었고, 자주 듣다보니 창을 할 수도 있게 되었다. 마오즈는 그도 앉은뱅이 아줌마와 함께 창을 하도록 했다.

마을 사람들은 괭이질을 했다. 두 사람은 창을 했다. 두 사람은 샹푸조의 〈쌍옥연〉과 〈호접전〉을 불렀고 바러우조의 〈향마전〉과 〈이녀다정전〉을 불렀다. 더이상 부를 곡목이 없으면 입에서 나오는 대로 〈나는 아내가 없고, 그대는 남편이 없네〉라는 곡을 지어 창을 했다.

맹인 남자가 창을 했다.

맥장에 쌓아둔 밀이 스물한 다발이 되었네

이 몸이 아내를 얻지 못할 줄 누가 알았을까
외톨마늘은 나눠지지도 않는데
이 몸은 불쌍한 홀몸 신세네

앉은뱅이 여자가 창을 했다.

바러우의 풀무는 양쪽에서 당겨야 하는데
이 몸을 과부로 만들어 홀로 남겨둔 이가 누구인가
앞 끌채에는 노새를 매고 뒤 끌채에는 말을 매야 하는데
이 몸이 혼자된 걸 누가 알리

맹인 남자가 창을 했다.

아내 없는 이 몸은 굴레 없는 말이네
서산에 해 지는데 나의 집은 어디인가
해는 서산 골짜기로 떨어지는데
아내 없는 이 몸은 누가 거둬줄까

앉은뱅이 여자가 창을 했다.

아궁이에서는 연기가 피어오르고 나는 비로 부채질을 하네
홀로 지내는 이내 몸은 외롭고도 외로워라
달이 떠오르니 휘영청 밝은데

혼자 누우니 썰렁하기만 하네
부서진 문, 부서진 창, 깨진 물항아리
바람 비집고 불어 들어오면 나 혼자 맞네
외로운 기러기 한 마리 모래톱 위에 눕지만
내 마음보다 서글프진 않으리

맹인 남자가 창을 했다.

서산 골짜기로 해는 떨어지고
마누라 없는 이 몸은 누가 거둬줄까
하나뿐인 풀무 비고 또 비었으니
마누라 없는 이 몸을 위해 누가 마음 아파해줄까
절반은 비탈을 기어오르고 절반은 평지를 걷네
홀몸 고생을 누가 알아주랴
초가집 지붕 위에는 서까래 열여덟 개
이내 몸 고생하는 걸 누가 알아줄까
남들은 파를 심고 나는 마늘을 심네
죽지 못해 사는 이 홀몸 신세

창을 하면서 괭이질을 하다보니 여름이 왔다. 보름 내내 밀밭 절반을 수확했다. 비가 와야 할 때는 비가 오고 해가 나야 할 때는 해가 났다. 경인년(1950)은 서우훠가 합작사에 가입한 첫 해였다. 크고 작은 밀밭마다 밀이삭들이 밀줄기의 모가지를 누를 정도로 풍작을 이룰 줄은 누구도 상상하지 못했다. 밀을 벨 때는 세상이 온통 누런 밀향기로 가득했다. 하루종일 밀을 베고 그다음날 하루종일 양곡을 분배하여 맥장에 밀이 쌓이지 않게 할 계획이었으나 이번에는 분배하는 데만 보름이 걸렸다. 모두들 보름에 걸쳐 밀을 고르고 집으로 날랐다.

항아리가 가득찼다. 통가리가 가득찼다. 노인들을 위해 집집마다 준비해두었던 관들도 밀로 가득 채워졌다. 관이 없는 집은 침대 위의 빈 돗자리에 밀을 쏟아놓았다. 나중에는 더이상 분배된 밀을 쏟아놓을 자리가 없자 집집마다 벽 구석이나 후미진 곳에 밀자루를 쌓아놓았다. 전에는 여름만 되면 고약한 악취를 풍기던 변소 안에까지 밀향기가 넘쳤다. 그러고도 남은 밀은 맥장 양쪽에 있는 창고에 쌓아두었다. 합작사에 가입하고 나니 정말 천당의 세월을 보내게 되는구나 하는 생각이 들었다. 하지만 천당의 세월에 이어 찾아온 것은 대규모 철재[1]였다.

해설

1) 철재鐵災(강철재앙): 중국 대약진운동 시기에 벌였던 강철제련운동의 대재앙을 말한다. 바러우산맥에서는 이를 줄여서 '철재'라고도 불렀다. 수재나 화재는 자연재해지만 강철재앙은 인재였다. 사태는 신묘년(1951)에 시작되었다. 서우훠마을뿐만 아니라 바러우 전체가 날씨도 좋고 비도 적당히 와서 여름 밀농사가 아주 잘되었다. 가을에는 옥수수도 상상 이상으로 풍년이었다. 당연히 식량도 매우 풍족했다. 수위가 올라가면 배의 위치도 높아지듯이 그야말로 천당의 세월이 계속되었다. 임진년(1952)이 지나고 마오즈는 며칠에 걸친 현 회

의에 참석하고 돌아와 마을 어귀의 종을 울려 두 가지 사안을 알렸다. 첫째는 현에서 플라스틱 뚜껑이 달린 투명한 유리병에 포도당 약물을 한 짐 가져왔다는 것이었다. 향유를 넣을 수 있도록 가구당 하나씩 나눠주겠다고 했다. 둘째는 구區 정부가 인민공사로 바뀌고 합작사와 호조조는 대대와 소대로 바뀐다는 것이었다. 농사는 생산 활동이기 때문에 생산대대와 생산소대로 부르게 된다고 했다. 생산대대에는 당 지부서기와 대대장, 민병영장營長 같은 직책들이 생기고 생산소대에는 생산대장과 회계, 기록원 등의 직책이 생긴다고 했다. 서우훠마을은 어떤 지역과도 거리가 멀기 때문에 독립된 생산대대이자 독립된 생산소대가 된다고 했다. 인민공사에서는 촌 지부 서기와 대대장, 민병영장, 생산대장 같은 직책들을 전부 그녀 혼자 겸직하도록 했다.

11장
해설 – 강철재앙

　애기하다보니 때는 무술년(1958)이 되었다. 국가는 더 많이, 더 빠르게, 더 효율적으로, 더 절약해서 대대적인 건설을 추진하려 했고 천하가 대규모 강철제련을 시작했다.

　세상의 나무가 전부 베어졌다.

　서우훠마을은 어땠을까? 역시 바쁘게 돌아갔다. 마오즈는 마침내 아기를 가졌고, 배가 불러오기 시작했다. 공사에서는 각 촌과 마을에 열흘에 한 번씩 제련한 강철을 인민공사 입구 공터에 갖다놓으라고 요구했다. 마오즈는 잔뜩 부른 배로 마을 사람들과 함께 달구지를 몰고서 두부 즙처럼 짜낸 첫번째 강철 덩어리를 실어보내다 서우훠의 장애인들이 밤낮으로 고생해서 제련해낸 강철이 다른 마을 사람들 평균의 절반에도 미치지 못한다는 사실을 알게 되었다. 공사 서기는 달구지에 강철을 싣고 온 서우훠 사람들과 마오즈에게 마오주석 상 앞에 고개를 숙이고 서서 검사를 받게 하면서 말했다. 마오즈, 당신은 옌안에도 갔었고 마오주석도 만나봤다고 하지 않았소? 가슴에 손을 얹고 생각해봐요. 마오주석님께 부끄럽지 않소?

서기가 말했다.

오늘부터 당신네 서우훠마을 사람들이 더이상 강철제련을 못해서 공사의 발목을 잡게 된다면, 당신네 서우훠마을을 우리 바이수 공사에서 완전히 제명할 테니까 그런 줄 알아요. 그렇게 되면 당신네들은 더이상 우리 바이수 공사 사람들이 아닌 셈이요.

마을로 돌아온 마오즈는 집집마다 사용하지 않는 철제 그릇들을 전부 공출하게 했다. 낡은 쇠냄비와 못 쓰는 철통, 녹슨 괭이와 삽, 쇠로 된 세숫대야와 구리 세숫대야, 쇠로 된 불쏘시개, 벽에 물건을 거는 철제 걸이, 침대 머리맡에 던져두고 쓰지 않는 나무 궤짝의 철제 자물통까지 전부 공출했다. 전부 걷어서 납부했더니 공사에서는 서우훠마을에 상장이 상감된 커다란 거울을 하나 수여하면서 서우훠를 바이수 공사의 강철제련 3등 모범 마을로 평가했다. 보름 뒤에 공사에서는 또다시 총을 멘 민병 둘을 보내왔다. 소달구지를 끌고 온 이들은 이번에도 상장을 한 장 가져왔다. 상장에는 서우훠마을이 바이수 공사의 2등 강철제련 모범 마을이라는 문구가 찍혀 있었다. 그러고는 곧장 서우훠마을에서 철제 농기구를 수레 가득 걷어서 싣고 갔다. 그러고 또 며칠이 지나 멀쩡한 민병 넷이 네 자루의 총을 메고 두 대의 소달구지를 몰고 왔다. 이번에는 서우훠마을이 향 전체에서 1등 강철제련 모범 마을로 선정됐다는 내용의 상장을 들고 왔다. 공사 마이 서기의 친필 서한까지 함께였다. 마오즈는 편지를 뜯어 읽어보고는 한참 동안 말이 없었다. 그러고는 배를 손으로 받치고서 사람들을 데리고 집집마다 다니며 쇠로 된 그릇들을 걷어주었다.

맹인네 집에 가니, 마침 불을 피워 밥을 짓고 있고 아이가 맹인 옆에 쪼그리고 앉아 있었다. 맹인이 물었다. 누가 문 앞에 와 서 있니? 아이가 대답했다. 멀쩡한 사람들 몇 명이 왔어요. 전부 총을 들고 있어요. 맹인은 놀라서 아무 말도 하지 못하고 조용히 밥을 짓던 솥을 내주었다.

맹인이 솥을 내주려고 들어 있던 밥을 쏟아내는 동안 민병들은 마당을 한번 둘러보더니 벽에서 쇠못 하나를 발견하고는 곧장 뽑아 갔다. 벽 한쪽 구석에 기대어 세워놓은 괭이 두 자루도 보자마자 곧장 들고 가버렸다. 이때 맹인이 마오즈를 한쪽으로 끌고 갔다.

솥까지 가져가네요. 우리집은 그냥 합작사에 가입 안 하고 사원도 안 하면 안 될까요?

마오즈는 얼른 손으로 맹인의 입을 틀어막았다.

이어서 자수를 잘 놓는 앉은뱅이 아줌마의 집을 찾아갔다. 앉은뱅이 아줌마네도 솥을 내주었다. 솥 말고 놋대야도 하나 있었다. 그건 그녀가 바깥 마을에서 서우훠로 시집올 때 가져온 유일한 혼수품이라 내주지 않았다. 민병들은 그녀 집에 남아 있던 쇠로 된 냄비와 국자, 채소 볶을 때 쓰는 뒤집개까지 모조리 쓸어다 문 앞에 세워둔 수레에 던져넣었다. 그녀가 울면서 놋대야를 내려놓고 문밖으로 나가 솥을 도로 가져오려 하자 민병들은 놋대야마저 가져가버렸다. 그녀가 마오즈의 두 다리를 부여잡고 울면서 말했다. 내 솥을 돌려줘요. 내 대야를 돌려달라고요! 내 솥이랑 대야를 돌려주지 않으면 나는 합작사 사원이 되지 않을 거예요!

총을 멘 민병이 노기등등한 눈초리로 앉은뱅이 아줌마를 쏘아보자 아줌마는 황급히 입을 다물고 더이상 아무 말도 하지 않았다.

이어서 마을 맨 끝에 위치한 귀머거리네 집에 도착했다. 귀머거리는 듣지는 못했지만 영리한 사람이라 뭐든지 눈으로 다 파악했다. 총을 멘 민병들이 수레를 몰고 와 그의 집 앞에 도착하자, 그는 알아서 자기 집 솥을 내어주고 궤짝에 붙어 있던 자물쇠도 떼어 내주었다. 민병들이 보는 앞에서 대문에 달린 쇠문고리까지 떼어 수레에 던져넣었다. 마지막으로 민병들이 집안에 또 뭐가 남아 있느냐고 물었다. 그는 잠시 생각에 잠기는 듯하더니 자신이 신고 있던 신발 위에 달려 있는 쇠고리까지 빼서 수레에 던져넣었다.

수레는 그의 집 앞을 떠나 어디론가 달려갔다.

수레가 떠나고 나자 그는 마오즈의 손을 잡아끌며 은밀하게 속삭였다. 석공 형수님, 이런 게 인민공사예요? 마오즈가 수레를 따라가는 민병들을 힐끔 쳐다보고는 얼른 귀머거리의 입을 막았다.

하늘이 붉게 물들 즈음이 되자 인민공사에서 온 수레 두 대가 가득 찼다. 두 대 모두 새것, 헌것 가리지 않고 쟁기와 갈퀴, 쇠솥과 국자, 문고리와 궤짝 자물쇠 등 서우훠마을 사람들이 갖고 있던 쇠붙이로 가득 찼다. 수레 두 대를 붉은 소와 황소가 헐떡헐떡 거친 숨을 몰아쉬며 느릿느릿 마을 밖으로 끌고 나갔다.

수레 두 대와 건장한 민병들을 배웅하고 나서 마오즈는 산등성이를 돌아 마을로 돌아왔다. 서우훠마을 사람들이 한데 모여 있는 모습이 보였다. 맹인과 절름발이에 노인과 아이들도 있었다. 그중 집안에서 밥하는 일을 담당하는 부녀자들이 가장 많았다. 모두들 서거나 앉아 있었다. 땅바닥에 주저앉은 사람들도 있었다. 모두들 그녀를 바라보았다. 그녀를 원망하고 있었다. 미워하는 사람들도 있었다. 대부분 젊고 튼실한 아낙네들이었다. 그들은 무리 속에 서서 아무 말 없이 아랫입술을 깨물면서 마을로 돌아오는 마오즈를 무섭게 노려보았다. 마오즈가 가까이 다가오면 달려들어 두들겨팰 것 같은 기세였다. 마을 사람들이 모여 있는 곳에서 한참 떨어진 어느 집 모퉁이에 서서 그녀를 기다리며 온통 흙빛이 된 얼굴로 손을 흔들고 있는 석공의 모습도 보였다. 그녀는 잠시 멈춰 섰다가 몸을 홱 돌려 석공 쪽으로 걸어갔다. 그녀 등뒤로 싸늘한 시선들이 와르르 쏟아진 것은 두말할 것도 없었다. 그래서 그녀는 한 걸음씩 아주 천천히 걸었다. 무수한 시선들을 피하고 있기는 했지만 그러면서도 누군가 자신을 부르고 욕하면 그 자리에 서서 들으려는 것 같았다.

하지만 등뒤에서는 아무 소리도 들리지 않았다.

온 세상이 조용했다. 등뒤로 꽂히는 시선의 소리가 창문을 통과하는 동풍처럼 요란하게 울리는 것 같았다. 해는 산 아래로 떨어지고, 산맥 밖에서는 강철을 제련하는 화로의 불빛이 환했다. 서우휘마을 뒤쪽으로 산세를 따라 파놓은 용광로 몇 개도 활활 타오르고 있었다. 그녀는 석공과 함께 마을 뒤에 용광로 두 개가 놓인 곳으로 갔다. 절름발이와 맹인과 앉은뱅이들의 시선에서 멀어지니 일이 이미 지나가버린 것 같았다. 그때 갑자기 뒤에서 매섭게 외치는 소리가 들려왔다.

마오즈— 가지 말아요. 인민공사에 들어가면 우리집은 자배기에다 밥을 해야 한다고요. 우리집은 퇴사[1]하면 안 될까요?

마오즈— 우리집은 사발에 밥을 해야 할 판이에요. 당신이 우리집을 합작사에 가입시켰으니 당신이 퇴사시켜줘요, 네?

이봐요— 우리집에는 자배기도 사발도 없어요. 내일부터는 돌로 된 돼지 구유에다 밥을 해야 할 판이에요. 마오즈! 우리를 퇴사시켜주지 않고서 당신들이 앞으로 어떻게 좋은 세월을 보낼 수 있겠어요!

마오즈는 이런 외침 속에 서 있었다. 물살이 빠른 강 한가운데 혼자 선 것만 같았다.

해설

1) 퇴사退社: 서우훠 사람들의 합작사 가입에 상대되는 표현. 호조 조나 합작사 등에 가입하는 것을 입사라고 했기 때문에 인민공사에서 나가는 것을 퇴사라고 했다.

제 7 권

가지

1장

그런데 갑자기 그 일이 터졌다

류 현장은 끝내 자신이 조직한 묘기공연단을 이끌고 서우훠를 떠나려 했다.

먼저 성내로 들어가 공연을 해서 레닌의 유해를 구매할 거액의 자금을 모을 생각이었다.

외다리 원숭이가 맡은 묘기는 외다리로 날듯이 뛰어가는 것이었다. 귀머거리는 귀에 대고 볜파오를 터뜨렸고 외눈박이는 왼쪽 눈만 뜨고 바늘을 꿰었다. 앉은뱅이 아줌마는 나무 잎사귀에 수를 놓았고 눈먼 퉁화는 밝은 귀로 소리를 알아맞혔다. 소아마비 소년은 유리병을 발에 신었고 벙어리 아저씨는 상대방의 속마음을 알아맞혔다. 장애인이면서 재주가 한 가지씩 있는 사람들 거의 대부분이 현장을 따라 성내로 갔다. 화이화는 깜찍하고 예뻐서 스 비서가 어쩌면 그녀에게 사회를 맡길 수도 있다고 했다. 사회자란 얼마나 주목받는 역할이던가! 스 비서는 그렇게 말하고 나서 그녀의 앙증맞고 어여쁜 얼굴을 어루만졌다. 그녀도 그가 자신의 얼굴을 만지도록 내버려두었다. 얼굴을 어루만지자 그녀는 그를 향해 더없이 요염하게 웃었다. 그리고 그가 자신의 뺨에 입을 맞추는 것까지 허락했다.

이날 현 정부에서 온 대형 트럭 한 대가 마을 입구에 멈춰 섰다. 맹인과 귀머거리, 절름발이, 벙어리 등 묘기를 한 가지씩 가진 사람들이 곧 그 트럭을 타고 바러우를 떠날 예정이었다. 현장의 소형 승용차는 오지 않았다. 그는 기름 한 통 값이라도 아껴야 한다고 말했다. 트럭 가루[1]에 탄다고 현성으로 되돌아오지 못하겠느냐고 현장은 되묻기도 했다. 그는 그렇게 비서와 함께 트럭 운전석에 타고 서우훠를 막 떠날 참이었다.

해는 벌써 장대 하나 높이로 솟아 있었다. 마을 사람들은 모두 일찌감치 이른 아침을 먹고 마을 어귀로 나와 도시로 떠나는 트럭에 짐을 실어줄 준비를 했다. 퉁화와 화이화, 위화도 모두 자기 짐과 보따리를 마당에 내놓았다. 바로 이때 해가 맹렬하게 타오르기 시작하면서 땡땡땡 마을의 종이 울렸다. 이어서 현장 비서의 카랑카랑한 외침 소리가 마을에 울려퍼졌다.

"묘기공연단 단원들은 어서 마을 입구로 나와 차에 타세요! 늦장부리다가 차가 떠나고 남는 사람들은 묘기공연단 단원이 아닙니다!"

비서의 목청은 대문짝만큼이나 쩌렁쩌렁했고 사과나 배처럼 아삭아삭했다. 달콤하고 끈적끈적한 사탕 같기도 했다. 그의 목소리를 들은 화이화의 얼굴이 붉은빛으로 물들었다. 위화가 그런 그녀를 노려보았다. 화이화가 말했다. "왜 그래? 내가 뭘 어쨌다고?" 위화는 대답 대신 차가운 눈길로 화이화를 쏘아보고는 자기 짐을 들고 집을 나설 채비를 했다.

위화가 통화의 맹인용 지팡이도 얼른 잡아끌었다. 모두가 떠나야 하는 터라 아침 일찍 일어나 마당에 나와 멍하니 앉아 있는 엄마에게 작별 인사를 건넸다. 엄마는 썩어 말라버린 말뚝처럼 얼굴이 온통 흙빛이 되어 멍하니 그 자리에 앉아 줄곧 대문 밖을 쳐다보다가 세 딸들 가운데 맹인인 통화를 바라보았다. 그 모습이 이미 죽은 사람이 굳어 계속 같은 자세로 앉아 있는 것만 같았다.

위화가 말했다. "엄마, 사람들이 부르네요. 저희 그만 갈게요."

화이화가 말했다. "엄마, 뭐가 걱정이세요? 집에는 어얼이 엄마 곁에 남아 있잖아요." 그녀가 또 말했다. "걱정하실 것 없어요. 한 달만 가서 돈 벌어 돌아올게요. 제가 누구보다도 많이 벌 거예요. 다른 사람보다 적게 벌 리 없어요. 엄마 이제 농사짓고 싶지 않으면 안 지으셔도 돼요."

엄마가 자신을 걱정하고 있다는 것을 잘 아는 통화는 아무 말도 하지 않고 조용히 다가가 엄마 앞에 쪼그려앉았다. 그러고는 엄마의 손을 잡았다. 딸의 손길에 엄마의 눈에서 눈물이 주르륵 흘러내렸다. 문밖에서는 외다리 원숭이가 간부 행세를 하면서 재촉하는 소리가 들려왔다. "통화, 화이화, 너희 자매들은 왜 안 나오는 거야. 다들 차에서 너희 식구들만 기다리고 있다고!" 외쳐대는 소리가 채찍처럼 호되고 다급했다. 쥐메이는 얼른 눈물을 훔치고 손을 내저어 세 딸들을 내보냈다.

그렇게들 떠나갔다.

마당 가득 쓸쓸함만 남았다. 햇빛이 집 뒤편 처마를 넘어 맞은편 건물 벽까지 뒤덮었다. 집안 전체에 유리를 깔아놓은 것 같았다. 유월 말이라 예년 같았으면 밀이 다 익어 한창 타작을 하고 집집마다 분배가 끝났을 계절이었다. 하지만 지금 공기 중에서는 한 가닥의 밀향기도 맡을 수 없었다. 눈 녹은 물에 축축해진 흙냄새만 허공에 가득했다. 참새들이 건물 지붕 위에서 천지를 뒤흔들 듯이 짹짹 울어댔다. 마당의 나무 위에는 까마귀들이 풀과 가지들을 물어다가 유월의 눈과 바람에 망가진 둥지를 다시 짓고 있었다. 쥐메이는 여전히 본채 문지방에 앉은 채 꼼짝도 하지 않았다. 손을 흔들어 세 딸들을 떠나보냈다. 문밖까지 따라 나가 배웅하는 것이 마땅했지만 그녀는 누군가를 만나게 될까 두려운 듯 마당에 꼼짝 않고 앉아만 있었다.

만날까봐 두려웠지만 또 너무나 보고 싶기도 했다. 그래서 대문을 활짝 열어놓고 문지방에 걸터앉은 채 대문 밖을 내다보았다.

사당 객방의 사람들이 밖으로 나갈 때면 반드시 그녀의 집 문 앞을 지나쳐야 했다.

비서는 이미 커다란 가방과 작은 가방을 들고 그 문 앞을 지나갔다. 집합을 재촉하는 종소리가 온 천지에 요란하게 울리는데도 어찌된 영문인지 현장 류잉췌는 아직 그 문 앞을 지나가지 않았다. 쥐메이는 머릿속이 어지럽게 엉키고 끈적끈적해졌다. 어느 길로 갔는지 모르지만 어쩌면 현장은 벌써 마을 입구의 트럭에 가 있을 것이고, 눈 깜짝할 사이에 서우훠를 떠나리라는 생각이 들었다. 마을 큰길에 이른 아침부터 북적대던 발소리도 잦아들어 조용해졌다. 문 앞을 분주하게 왔다갔다하던 이불과 옷, 세숫대야와 그릇들도 크고 작은 보따리에 싸여 전부 차에 실렸다. 송별의 기쁨과 흐느낌을 담은 행동도 말도 전부 지나가고 마을 거리에는 고요함만 남았다. 참새 울음소리뿐이었다.

쥐메이는 이제 더이상 문 앞에서 누군가를 마지막으로 볼 수 있으리라는 기대를 하지 않았다. 문지방에서 몸을 일으킨 그녀는 딸들이 우르르 떠나면서 남긴 난장판을 수습할 준비를 했다. 바로 이때 그녀는 사당 객방 대문 쪽에서 자기 집을 향해 성큼성큼 다가오는 다리 두 짝을 보았다. 그 두 다리는 제복 반바지 아래로 적갈색 맨살을 드러내고 있었다. 얇은 명주 양말에 가죽 샌들을 신은 발이었다. 햇살을 받은 땅 위에서 명주 양말이 잿빛으로 반짝거렸다. 그 빛이 단번에 쥐메이의 눈에 들어와 박혔다.

잠시 멍한 표정을 짓던 그녀가 갑자기 몸을 일으켜 대문 앞으로 가서 섰다. 처음에는 그 사람에게 아무 얘기도 할 생각이 없는 것 같았다. 그저 조용히 바라보기만 했다. 그러다 그 사람이 곧 사라지려는 순간 다급하게 불러 세웠다.

"이봐요, 저기요!"

가죽 샌들이 걸음을 멈추고 몸을 돌렸다.

"또 무슨 일이 있소?"

그녀는 한참 뜸을 들이더니, 문을 나서서 그를 부르지 말았어야 했다는 생각이 들었던지 후회하는 듯한 어투로 말했다.

"아무 일도 아니에요. 제 딸들을 잘 부탁드린다고요."

그가 번거롭다는 듯이 눈을 부릅뜨며 말했다.

"댁의 딸들은 묘기공연단에 맡긴 거지 이 류 현장한테 맡긴 건 아니잖소."

그의 말에 몹시 놀라고 당황해, 그녀는 잠시 할말을 잃었다가 고개를 숙인 채 말했다.

"어서 가세요."

그는 곧 몸을 돌려 가버렸다. 뭔가를 피하려는 듯 아주 빠른 걸음이었다. 마을 어귀는 이미 사람들로 북새통이었다. 서우훠의 늙은이와 젊은이들이 전부 그곳에 모였다. 묘기가 있는 장애인들은 모두 트럭 뒤 짐칸에 올라탔고, 짐과 보따리들은 짐칸 양 옆 바닥에 쌓여 사람들이 그 짐 보따리 위에 앉았다. 그 밖에 잡동사니도 한무더기 있었다. 식당에 설치할 솥과 식사를 준비할 국수, 찐빵을 찔 찜통, 밀가루 반죽에 쓸 양푼, 물을 담을 항아리, 물을 지어 나를 통, 쌀겨까지 전부 트럭 한가운데 쌓였다. 차에 가득 탄 사람들 모두 현장을 기다렸다. 비서와 기사는 운전석에서 내려 마을 골목 쪽을 살폈다. 차에 탄 사람들도 높은 위치에서 아주 먼 곳을 내다보았다. 현장을 찾느라 목을 쭉 빼다보니 심줄이 시퍼렇게 드러날 정도였다. 현장이 오지 않아 차가 떠날 수 없는 것은 말할 것도 없고, 차가 떠나지 않으니 배웅하러 나온 사람들도 몹시 초조해졌다. 모자가 이별하는 집에서는 엄마 품에 안기고 싶어 차 위로 기어오르려는 아이들을 어른들이 못 타게 말리자 차 아래에서 으앙 울음이 터지기도 했다. 또 어떤 집은 차에 타고 있는 남편에게 아내가 끝도 없이 많은 일들을 당부하기도 했다. 이번에 떠나면 남편이 영원히 돌아오지 못할 것 같았다. 또 어린아이나 다 큰 딸이 차에 타 있는 집에서는 노인네들이 차 아래에서 옷을 자주 빨아야 한다는 둥, 자주 안 빨면 쉰내가 난다는 둥, 쉰내가 나면 입어서 닳기도 전에 썩어서 해진다는 둥 거대한 차바퀴만큼이나 많은 말들을 반복해서 늘어놓았다. 묘기 공연단에서 취사를 담당하게 된 젊은 아낙에게도 밀가루 음식을 할 때는 소다를 많이 넣어야 한다, 소다를 많이 넣어야 면발이 탱탱하게 살아난다, 소다를 적게 넣으면 면발이 푹 꺼져버린다는 둥 쉬지 않고 잔소리가 쏟아졌다. 또 집밖에 나가면 꼭 끓인 물을 먹어야 한다, 대야에 끓이든 냄비에 끓이든 반드시 끓여 먹어야 배탈이 안 난다, 마시고 배탈이 난다면 그건 끓인 물이 아니다, 비 오는 날에는 반드시 우산을 써야 한다, 우산이 없으면 묘기공연단에서 월말에 받을 돈으로 우비라도 사 입어야 한다, 우비는 급할 때 문간에 깔아놓고 곡식 말리기에도 좋아 아주 실용적이지만 우산에는 그런 쓰임새는 없다는 둥 온갖 잔소리들이 등장했다.

차에 탄 사람들 가운데 화이화만 말이 없었다. 그녀는 끊임없이 운전석 쪽을 훔쳐보는 중이었다. 운전석 안에 있던 스 비서도 사람들 눈을 피해 슬쩍슬쩍 그녀를 향해 웃음을 던졌다.

바로 이때 마침내 현장이 도착했다.

차 안과 밖이 일시에 조용해졌다.

현장이 늦게 온 것은 사당 객방을 나오다가 갑자기 변소에 가고 싶어졌고, 변소 안에 쭈그리고 앉아 시원하게 일을 보고 나니 발이 저려서 천천히 걸어나왔기 때문이었다. 그가 차 옆에 이르러 차 안팎을 둘러보고는 말했다. 다 왔지요? 스 비서가 다 왔다고 대답하자 현장이 말했다. 뭐 빠트린 건 없겠지? 스 비서는 무대 위에서 사용할 도구들까지 각자 알아서 검사를 마친 상태라고 대답했다. 현장이 기사에게 말했다.

"갑시다."

기사가 황급히 차에 올라 시동을 걸었다.

산맥 위로는 만 리 밖까지 구름 한 점 없었다. 한눈에 수백 리 밖을 내다볼 수 있을 정도로 하늘이 맑았다. 해가 눈이 따갑게 누런빛을 쏟아내고 있어 차에 탄 사람들 모두 머리 가득 줄줄 땀을 흘렸다. 차 앞쪽에 탄 화이화는 손에 잡히는 대로 나뭇잎을 따서 부채질을 했다. 누군가 그 바람 쪽으로 가까이 다가가자 사람들이 금세 한 덩어리로 뭉쳐버렸다. 사람들의 땀냄새가 그녀 쪽으로 훅 밀려왔다. 그녀는 손에 들고 있던 나뭇잎을 박박 찢어 트럭 아래로 던져 뿌려버렸다. 마을 밖 밭에서 옥수수 새싹의 파릇한 냄새가 날아와 푸른 비단실처럼 트럭 위 상공을 휘감았다. 사람들은 이렇게 떠났다. 서우훠는 이제 완전히 다른 세상이 될 것이다. 그제야 차에 탄 사람들이나 보내는 사람들이나, 묘기공연단에 참여해서 마을을 떠나는 것이지만 결국은 이별이라는 것을, 결국은 자신들이 마을을 떠나는 경천동지할 일이라는 것을 깨닫기라도 한 듯 갑자기 조용해졌다. 온통 침묵이었다. 요란한 트럭 엔진소리만 쉴새없이 허공의 나뭇가지를 흔들었다. 사람들의 마음도 쉴새없이 흔들렸다.

하지만 온통 정적이었다.

사람들 속을 돌아다니며 먹이를 찾느라 머리를 땅에 처박고 꼬꼬댁꼬꼬댁 울어대야 할 닭들도 고요함에 놀라 고개를 치켜들었지만 세상은 깊은 침묵뿐이었다.

일찌감치 담장 밑 그늘에 숨어 잠을 자던 개는 정적 속에서 눈을 크게 뜨더니 소리 없이 곧 떠날 서우휘 사람들을 쳐다보았다.

아이들도 더이상 울지 않았다. 끝없이 늘어놓던 당부의 말도 하는 사람이 더는 없었다. 엔진소리가 잦아들고 트럭이 출발하려 했다. 차에 가득한 사람들이 이제 떠나는 것이었다. 현장이 조수석에 탈 예정이라 비서가 먼저 차에 올랐다. 화이화가 계속 그를 쳐다봤지만 비서는 더이상 화이화에게 신경을 쓰지 못했다. 그의 마음은 전부 현장에게 가 있었다. 먼저 차에 오른 그는 현장이 올라탈 수 있도록 손을 내밀었다. 현장은 손을 내젓고는 직접 차문 손잡이를 꽉 잡고 펄쩍 뛰어 조수석에 올라탔다.

차문이 닫혔다.

차가 움직이기 시작했다.

그렇게 떠나려 했다.

그런데, 그런데 얼마 가지 않아 갑자기 그 일이 터져버렸다. 일찌 감치 예정되어 있었던 것처럼 차가 움직이자마자 일이 터졌다. 맹인 네 집 산장* 아래 이르렀을 때 쾅 하고 그 일이 터져버렸다. 그 집 산 장 아래에서 지팡이를 짚은 마오즈 할머니가 날듯이 빠져나왔다. 죽 었다가 다시 살아난 사람처럼 한여름인데도 자신이 손수 지은 비단 수의를 아홉 겹이나 껴입은 채였다. 안쪽 세 겹은 망자가 더운 날씨 에 입는 홑옷이었고, 가운데 세 겹은 봄가을 날씨에 입는 겹옷이었

---

* '人'자형 지붕 가옥 양측면의 높은 벽.

다. 그리고 바깥쪽 세 겹은 추운 날씨에 입는 솜저고리와 솜바지, 수의 두루마기 들이었다. 수의 두루마기는 검정 비단으로 소맷단과 옷자락 가장자리에 금빛으로 수놓여 있고 등뒤에는 대야만한 '전奠' 자가 금빛으로 새겨져 있었다. 검정 비단은 햇빛 속에서 검은빛을 발했고 노란 자수는 금색으로 빛났다. 이처럼 금빛과 은빛이 섞인 햇빛 속에서 마오즈 할머니가 그 집 산장 아래에서 불덩어리처럼 번쩍하고 튀어나와서는 쿵 하는 소리와 함께 길 한가운데 쓰러졌다.

그 커다란 트럭 앞에 쓰러진 것이다.

기사가 "엄마야!" 하고 소리치며 황급히 브레이크를 밟아 차를 세웠다.

마을 사람들이 다가와 에워싸면서 하나같이 마오즈 할머니를 불러댔다. "마오즈, 마오즈!", "마오즈 할머니!", "마오즈 아주머니!" 온통 마오즈를 부르는 소리뿐이었다.

사실 마오즈 할머니는 무사했다. 트럭 앞바퀴가 그녀의 몸에서 두 자나 떨어져 있었기 때문이다. 트럭 앞바퀴에서 두 자나 떨어져 있던 그녀는 땅 위를 한 바퀴 굴러 차 앞까지 간 다음 차바퀴 한쪽을 죽어라고 붙잡았다. 등에 새겨진 '전' 자가 하늘을 향한 채 드넓은 하늘 아래 번쩍번쩍 빛났다. 해처럼 눈이 부셨다.

마을 사람들 모두 놀라 몸이 굳었다. 서우훠마을 전체, 산등성이 전체가 잿빛 흙처럼 굳어버렸다.

현장은 처음에는 놀라서 멍한 표정을 짓다가 이내 마오즈 할머니를 알아보고는 얼굴이 푸르스름한 쇠빛으로 변했다. 쇠빛이 그의 얼굴 위에 그대로 굳어버렸다.

기사가 버럭 소리를 질렀다. "젠장, 죽고 싶어 환장했나!"

화이화와 위화가 차 앞에서 한목소리로 소리쳤다. "할머니, 할머니!" 앞을 보지 못하는 퉁화도 덩달아 소리를 질렀다. "할머니가 왜? 화이화, 우리 할머니가 어떻게 된 거야?"

마오즈를 불러대는 요란한 소리 속에서 비서가 차문을 열고 펄쩍 뛰어내렸다. 처음에는 노기등등한 시퍼런 얼굴로 마오즈 할머니를 차바퀴 밑에서 끌어내리려고 했지만 이내 그녀가 입고 있는 수의와 그 등에 새겨진 '전'자가 해처럼 빛나는 모습을 보고는 트럭 앞에 서서 움직이지 못했다. 노기등등하던 표정도 이내 망연자실함으로 바뀌었다.

"마오즈 할머니," 비서가 말했다. "하실 말씀 있으면 나오셔서 하세요."

마오즈는 아무 말도 하지 않고 여전히 두 손으로 차바퀴의 틀을 꽉 움켜쥐었다.

비서가 말했다. "할머니는 어른이시니 그래도 도리는 지키셔야죠."

마오즈는 여전히 아무 말도 하지 않았다. 두 손으로 바퀴 틀만 굳세게 붙들고 있었다.

비서가 말했다. "안 나오시면 제가 끌어냅니다."

마오즈는 여전히 아무 말도 하지 않고 죽어라고 차바퀴 틀만 붙들고 있었다.

비서가 말했다. "현장님 차를 막아서는 건 위법행위예요. 정말로 제가 끌어낼 겁니다!"

마오즈가 단호한 어투로 말했다. "그래, 어서 끌어내봐!"

비서는 차에 타고 있는 현장의 얼굴을 힐끗 보고는 정말로 마오즈 할머니를 끌어내려 했다. 하지만 그가 허리를 굽혀 손을 뻗는 순간, 마오즈가 자신의 마지막을 보내기 위해 지은 수의 두루마기 품을 더듬어 가위를 하나 꺼내들었다. 반짝반짝 빛이 나는 왕마쯔표 가위로 품질이 아주 좋은 것이었다. 마오즈는 가위의 뾰족한 끝을 자기 목에 들이대고 고개를 돌려 큰 소리로 외쳤다. "어디 끌어내봐. 누구든지 날 건드리면 곧장 이 가위를 쑤셔넣을 테니까. 내 나이 올해 일흔하나야. 더 살 생각이 없어진 지 오래라고. 수의와 관까지 다 마련해둔 터지."

비서는 허리를 펴고는 구조를 기다리기라도 하듯이 운전석의 기사와 현장을 올려다보았다. 기사가 큰 소리로 외쳤다. "깔아뭉개고 가버리면 그만이지요." 현장이 갑자기 헛기침을 하자 기사가 낮은 목소리로 다시 말했다. "어떻게 진짜 깔아뭉갤 수 있겠어요? 겁을 좀 주자는 거지요."

현장은 아무 말도 하지 않고 잠시 생각에 잠기더니 곧 차에서 내렸다.

마오즈 할머니를 에워싸고 있던 마을 사람들이 재빨리 현장에게 길을 열어주었다.

현장이 그 틈새로 마오즈 할머니에게 다가갔다.

해는 마침 차 앞을 비추고 있었다. 마오즈 할머니가 입고 있는 수의에 반사된 빛이 현장의 눈을 찔렀다. 세상은 온통 깊고 두터운 정적이었다. 마을 사람들이 애써 억누르고 있는 숨소리가 풀무질소리만큼 크게 울리는 것을 실은 모두들 듣고 있었다. 쏟아지는 햇살이 하늘에서 날아 떨어지는 유리 같았다. 개 한 마리가 이 어수선한 장면을 구경하려고 군중들 다리 사이로 비집고 들어갔다가 벙어리에게 머리를 걷어차여 날카로운 비명을 지르며 다시 인파 밖으로 밀려났다. 현장이 트럭 앞에 섰다. 얼굴의 푸른빛이 봄날의 나무껍질 같았다. 기어코 잇자국을 남기고야 말겠다는 듯 아랫입술을 꽉 깨문 채였다. 두 손은 가슴팍에 올라가 있었다. 왼손으로 주먹을 쥐고 오른손으로 주먹 쥔 손마디를 세게 눌러 뚜드득 관절이 꺾이는 경쾌한 소리를 냈다. 다섯 손가락을 전부 눌러 소리를 낸 그는 다시 손을 바꿔 오른손으로 주먹을 쥐고 왼손으로 오른손 관절을 세게 눌러댔다. 또 연이어 뚜드득 뚜드득 경쾌한 소리가 났다. 마지막까지 손가락 관절 열 개를 다 눌러 소리를 내고 나자 꽉 깨물었던 이도 아랫입술을 놓아주었다. 아랫입술 위에는 정말로 반달 모양으로 시커먼 자국이 선명하게 남았다. 순간 그 검은 자국 위로 가는 핏줄이 드러났다. 현장의 얼굴에도 가는 핏줄이 드러났다.

현장이 차 앞바퀴에 쭈그리고 앉았다.

마오즈 할머니가 가위를 자기 목 위에 갖다댔다.

현장이 말했다.

"하실 말씀 있으시면 하세요."

마오즈가 말했다.

"서우훠 사람들을 전부 서우훠에 그대로 남게 하시오."

현장이 말했다.

"저는 그 사람들 좋으라고 이러는 겁니다."

마오즈가 말했다.

"서우휘 사람들이 서우휘를 떠나서 좋은 결과가 있을 리 없어."

현장이 말했다.

"저를 믿으시고 정부를 믿으셔야 합니다."

마오즈가 말했다.

"서우휘 사람들을 서우휘에 그대로 남게 해."

현장이 말했다.

"저 사람들은 전부 자원한 겁니다. 할머니 외손녀 셋도 타고 있고요."

마오즈가 말했다.

"서우휘 사람들을 서우휘에 그대로 남게 해."

현장이 말했다.

"저 위에 할머니 외손녀도 셋도 탔고, 차에 탄 사람들 모두 자원한 거래도요."

마오즈가 말했다.

"어쨌든 저 사람들을 마을에 남게 해야 해. 서우휘 사람들이 바러우를 떠나면 좋은 결과가 있을 리 없어."

현장이 말했다.

"팔십일만 현 주민 전체를 위해, 레닌 유해 구매자금을 위해, 저는 이 묘기공연단을 추진하지 않을 수 없습니다."

마오즈가 말했다.

"사람들을 데리고 가는 건 좋아. 대신 차로 내 몸을 깔아뭉개고 가게나."

현장이 말했다.

"이렇게 하시죠. 일단 저 사람들을 보내주시는 걸로 하고 어떤 조건이든지 한번 말씀해보세요."

마오즈가 말했다.

"내가 말해도 당신은 들어줄 수 없을걸세."

현장이 차갑게 웃으며 말했다.

"할머니는 저를 현장으로 여기지 않으시는군요."

마오즈가 말했다.

"당신이 돈을 벌어 레닌의 유해를 사들이려 한다는 걸 알아. 저 사람들을 데려다가 당신 대신 돈을 벌게 하려는 거겠지. 그럼 서우휘가 인민공사를 탈퇴하는 일을, 퇴사를 약속해주게나. 지금부터 서우휘는 더이상 솽화이현 관할이 아니고 더이상 바이수향에도 속하지 않는다는 것을 분명히 해달란 말일세."

현장이 말했다.

"이미 수십 년이 지났는데 어째서 아직까지 그 일을 생각하고 계시는 겁니까?"

마오즈가 말했다.

"서우휘가 퇴사만 하면 내 평생 서우휘에 미안할 일이 없을 거야."

현장은 한참을 생각에 잠기더니 마침내 몸을 일으키며 말했다.

"솽화이현이 이 마을에 신세 지고 있다고 생각하시는 겁니까? 고작 십몇 평방킬로미터밖에 안 되는 이 산자락에 신세를 지고 있다고요? 그만 나오세요. 뭐든지 다 해드리겠다고 약속할 테니까요."

마오즈의 눈이 빛나기 시작했다. 입고 있는 수의보다 몇 할쯤 더 빛났다.

"정말 약속한다면 분명하게 종이에 문서로 써주게나. 그러면 나도 당신네들을 보내줄 테니."

현장은 펜을 꺼내들고는 비서의 가방에서 꺼낸 공책에 내키는 대로 대충 몇 마디 적어 한 면의 반을 채웠다.

본인은 내년 정월 초하루를 기점으로 서우훠마을이 더이상 바이수향 관할에 속하지 않는다는 사실에 동의한다. 향후 바이수향의 어떤 일도 서우훠에서 처리할 수 없다. 내년 정월 초하루부터 서우훠는 쐉화이현의 관할에도 더이상 속하지 않는다. 현 정부는 연내에 새로운 행정구역지도를 만들어 반드시 서우훠를 쐉화이현 경계에서 배제해야 한다. 단 자발적으로 쐉화이현 묘기공연단에 참여하고자 하는 서우훠 주민에 대해서는 어느 누구도 어떠한 방식으로든지 저지하거나 간섭할 수 없다.

현장은 맨 마지막 줄에 서명을 하고 날짜를 기입했다.

다 쓰고 나서 현장은 다시 쭈그리고 앉아 마오즈에게 한 번 읽어주고는 공책을 북 찢어 건네주었다. 그러면서 수십 년이 지난 일을 여태 그렇게 매일매일 생각했느냐, 인민공사 탈퇴는 그렇게 간단한 일이 아니다, 상부에 보고하여 허락을 받으려면 반년은 족히 걸린다, 지구 쪽에 보고해서 해명도 해야 한다는 둥 한참을 툴툴거렸다. 마오즈는 이런 얘기를 들으면서 찢어낸 종이를 건네받아 잠시 생각에 잠겼다가 또 잠시 종이를 들여다보았다. 갑자기 그녀의 눈에 눈물이 고였다. 종이를 손에 받아든 그녀의 손이 약간 떨렸다. 하늘처

268

럼 중요한 일, 천만 근의 무게를 지닌 일이 눈 깜짝할 사이에 종이 한 장의 무게로 변해 도무지 믿기지 않는 모양이었다. 종이가 떨리면서 소리를 냈다. 손이 떨려 아홉 겹이나 껴입은 수의까지 그녀의 몸 위에서 파르르 소리를 내며 떨렸다. 그녀는 종이를 바라보았다. 더위 때문에 맨 안쪽에 입은 수의는 이미 땀으로 흠뻑 젖었지만, 얼굴은 여전히 전처럼 늙고 거친 모습이었다. 땀은 흐르지 않았다. 단지 그 누렇게 뜬 늙은 얼굴 가죽의 바로 아래층에 피의 붉음이 있었다. 따지고 보니 그녀는 수많은 세상사를 겪었다. 한 해 한 해 겪어낸 세상사가 산비탈에 난 풀보다도 조밀했다. 그래서 그녀는 찢어낸 종이를 받아 읽어보고는 아주아주 중요한 한마디를 던졌다.

그녀가 현장에게 말했다.

"여기에 현위원회와 현 정부의 직인을 찍어야 할 것 같군."

현장이 말했다.

"도장을 찍는 것으로 그칠 게 아니라, 현 정부로 돌아가 공식 문서로 작성해서 각 향과 각 부, 각 국 위원회로 발송하겠습니다."

그녀가 물었다.

"언제 발송할 건가?"

현장이 말했다.

"이달 말에 발송하지요. 열흘 뒤에 현 정부에 가시면 문건을 받아보실 수 있을 겁니다."

그녀가 말했다.

"내가 그 붉은 직인이 찍힌 공식 문서를 받지 못하면 어떻게 되나?"

현장이 말했다.

"그럼 그 수의를 입고 저희 집에 들어가 드러누우세요. 수의를 입고 저희 집 침대에서 주무셔도 되고요. 홍혈공계[3]를 한 마리 잡아 현위원회와 현 정부 건물 앞에 파묻으셔도 되겠네요."

마오즈 할머니가 날짜를 헤아려보니 월말까지는 아직 열사흘이 더 남아 있었다. 그녀는 결국 차바퀴 아래에서 기어나왔다.

커다란 트럭이 서우훠마을 가득 적막을 남기고 우르릉 소리를 내며 떠났다.

해설

1) 가루駕樓: 자동차의 운전석.

3) 홍혈공계紅血公鷄: 바러우에서 더 나아가 쑹화이현과 허난 서쪽 지역에서는 망자를 위해 올리는 제물로 공계, 즉 수탉을 사용한다. 때문에 미신이나 전설 중에는 붉은 피를 가진 수탉을 죽여 누군가의 집 문 앞에 파묻으면 그 집에 큰 화가 닥치고, 기관이나 단체의 문 앞에 묻으면 그 기관의 지도자 역시 앞날이 순탄치 못하고 운명을 예측하기 어렵다고 여긴다.

3장

박수 소리가 그치지 않는 가운데
술잔을 다 비워버렸다

밤은 말라버린 우물처럼 깊었다. 달은 얼음덩이처럼 하늘에 얼어붙어 있었다.

묘기공연단은 현성에서 첫번째 연습공연을 마쳤다. 예상을 뛰어넘는 대성공이었다.

날짜는 원래 음력 칠월 초로 정해졌었다. 이 가운데 삼일과 육일, 구일이 길일이었기에 현장은 칠월 구일로 날짜를 정해 만수滿數인 구와 구가 만나는 큰 수를 도모하기로 했다.

음력 칠월 초아흐레 황혼 무렵에 서우훠 묘기공연단이 가장 잊지 못할 순간이 시작되었다. 현 극장은 처음에는 썰렁하기 그지없었다. 몇 안 되는 사람들이 무대 아래 앉아 부들부채와 종이부채로 더위를 달래고 있었다. 날이 너무 더워 낮에는 현성의 흑유 도로가 햇볕에 익어 검은 기름이 배어나올 정도였다. 사람들이 그 길 위를 건다

보면 신발이 길에 붙어버렸고 자동차가 지나갈 때면 바퀴에서 쩌억하고 고무 찢어지는 소리가 났다. 한낮 더위가 가장 심할 때 기절하여 병원에 실려갔다가 찬물을 끼얹었더니 깨어났다는 사람도 있다고 했다. 깨어나서는 갑자기 추웠다 더웠다 하는 바람에 목숨을 잃었다는 말도 들렸다. 그렇게 지독한 폭염에 어떻게 그 극장이 현성 사람들로 가득차리라는 예상을 할 수 있었겠는가. 연습공연이라 관중을 동원하지도 않은 터였다. 현장이 비서를 시켜 행정 부서에 통보하고, 행정 부서에서는 각 관계 부처에 알려 공연을 보러 오라고 전한 것이 전부였다. 예컨대 여행관광업의 발전을 담당하는 여락국旅樂局과 공연 순서를 짜는 데 애를 많이 쓴 문화관과 문화국, 그리고 현위원회와 현 정부 관계 부서 사람들이었다. 관중이 백 명만 넘으면 된다고 생각했는데 무대 아래 앞줄 중앙에 현장이 와서 앉는다고 하니 현위원회와 현 정부 간부들이 우르르 몰려와 직책과 직위에 따라 차례로 자리를 잡고 앉았다. 현장 때문에 극장 선풍기도 돌아가기 시작했다. 선풍기가 돌아가자 더위가 약간 물러나면서 계속해서 사람들이 몰려왔다. 입장권을 팔지 않는 연습공연이다보니 거리에서 한가하게 어슬렁거리던 사람들도 전부 더위를 피해 무리를 지어 극장으로 몰려왔다.

사람들이 자리를 가득 메웠다.

새카맣게 들어찼다.

와글와글 세상을 뒤집어놓을 것처럼 시끌벅적했다.

현장은 제시간에 도착했다. 그가 도착하자 사람들이 일시에 조용해졌다. 사람들은 공연을 보러 온 것도, 더위를 피해 온 것도 아니라

272

현장이 오기를 기다린 것 같았다. 그곳에서의 현장은 바러우에서의 모습과 달랐다. 현장이 들어서자 극장 안의 모든 사람이 일제히 일어서서 박수를 쳤다. 베이징의 대극장에 모인 사람들이 장내에 들어서는 국가 지도자를 환영하는 것 같았다. 사실 이 현성에서는 류잉췌 현장이 황제이자 대통령이나 다름없으니 백성들이 일어서서 박수를 치는 것도 일상적인 일이었다. 오래전부터 습관이 된 일이었다. 현장은 그런 박수 소리 속에서 얼굴이 붉은빛이 되어 극장 안으로 들어서 앞쪽 세번째 줄 한가운데인 1번 자리에 앉았다. 그러고는 몸을 돌려 손으로 뭔가를 내리누르는 듯한 제스처를 하여 자신을 맞아준 관중들을 자리에 앉게 했다. 이어 비서를 불러 귀에 대고 뭐라고 지시를 내렸다. 비서가 무대 위로 올라가 말을 하자 무대 위의 긴장이 점차 고조되기 시작해 이내 임계점에 이르렀다. 공연을 조직한 사람은 현의 바러우조 극단 단장이었다. 맡고 있던 극단이 해체되자 그들의 공연은 이집 저집 온갖 경사에 불려가 현악기를 연주하고 창을 하는 수준으로 변하고 말았다. 그러다 며칠 전, 현에서 묘기공연단을 조직하여 운영하게 되었다는 소식이 그에게 들렸다. 단원들은 전부 바러우산맥 깊은 골짜기에 자리잡고 있는 서우훠마을의, 들어보긴 했어도 본 적은 없었던 장애인들이라고 했다. 맹인과 절름발이, 귀머거리, 벙어리, 외다리, 소아마비 등 전부 시골 농민들이라는 말에 처음에는 그다지 마음이 내키지 않았다. 하지만 어쨌든 현장의 지시라 공연단을 찾아가 그들이 무대에 올리는 묘기의 순서를 진지하게 배열해주고 이런저런 사항들을 정해주었다. 빨강과 초록, 검정, 자주 등 다양한 색깔을 조화롭게 배합해 그들이 무대에 오를 때 입을 의상의 색깔도 정해주었다. 스 비서가 화이화라는 아가씨에게 사회를 맡기라고 하여 그 아가씨를 불러 살펴보니 키는 좀 작지만 전체적인 생김새가 나쁘지 않아 그녀에게 공연을 진행하는 법을 가르쳐주었다. 칠월 초아흐레로 정했던 연습공연을 시작한 건데, 무대 아래 모인 관중들이 극장에 오면서 노린 것이 선풍기의 시원함이라는 것 역시 모르지 않았다. 그래서인지 처음에는 모두들 그다지 진지한 모습을 보이지 않았다. 그런데 갑자기 현장이 등장했다. 원래 현장은 오지 않겠다고 했었다. 연습공연이라 류 현장은 감기에 걸렸다고 핑계를 댔다. 코가 막혔다고 했다. 콧속에 닭털이 한 가닥 박혀 있는 것 같다고 했다. 현에 복귀하자마자 일이 너무 많아 정식 공연만 보면 될 것 같다고 했었다. 그런데 뜻밖에도 이렇게 갑자기 연습공연 현장에 나타난 것이다. 그가 오니까 현위원회와 현정부의 간부들도 모두 나타났다. 그리하여 이 연습공연은 정식공연과 다를 바가 없게 되었다. 비서가 무대 위로 올라가 나이가 이미 쉰이 넘은 바러우조 극단 단장에게 현장이 생강탕을 먹고 연습공연을 보러 왔다고 말했다. 현장은 코가 좀 막힌 상태라 무대에 올라와 연설하는 것은 생략하겠다고 했다. 저녁에는 현 상무위원회를 소집해서 레닌기념관 시공 방안에 관해 논의도 해야 하니 더 지체하지 말고 어서 공연을 시작하라고 했다.

다급해진 단장은 서둘러 바러우의 서우훠 사람들을 무대 한쪽에 집합시켜놓고는 단 세 가지만 당부했다. 첫째는 무대에 올라가 공연을 시작하면 절대 긴장하지 말고 서우훠마을 축제에서처럼 편안하게 하라는 것이었다. 둘째는 무대 위에서 절대로 관중을 쳐다보지 말라는 것이었다. 관중을 쳐다보면 당황하게 되니 시선은 적당히 허공에 두는 게 좋다고 했다. 셋째는 공연이 끝나면 반드시 무대 아래 관중석을 향해 절을 하라는 것이었다. 현장이 세번째 줄 한가운데 앉아 있으니 절을 할 때는 반드시 정확하게 류 현장을 향해 하라고 했다. 그러면 류 현장도 자신에게 허리 굽혀 막이 내렸음을 알리는 것이라 생각할 테고, 관중들도 자신들에게 절을 해서 막이 내렸음을 알리는 행동이라고 생각할 것이라고 했다. 마지막으로 단장은 화이화를 한쪽 구석으로 불러 따로 얘기했다. 단장이 말했다. "겁나요?" 화이화가 대답했다. "조금이요." 단장이 말했다. "겁낼 것 없어요. 당신은 공연단 전체에서 가장 예뻐요. 잠시 후에 사람을 시켜 화장을 예쁘게 해주라고 할게요. 당신이 무대 앞에 서면 한 마리 공작새 같을 거예요. 무대 아래 관중들이 당신을 보면 당신의 아름다움에 놀라 넋이 나갈 거예요. 그러면 당신은 당황하지 말고 여유 있는 태도로 말하면 돼요. 이제부터 공연을 시작하겠습니다. 첫번째 순서는 무엇, 무엇입니다. 그렇게만 하면 돼요."

화이화는 얼굴이 가득 붉어져 단장을 향해 고개를 끄덕였다.

단장은 그녀의 얼굴을 어루만지고 이어 얼굴에 가볍게 입을 맞췄다. 그러고는 사람을 시켜 그녀에게 화장을 해주게 했다.

공연이 곧 시작되었다. 키가 그다지 크지도 않고 난쟁이 아가씨로만 보이던 화이화가 하이힐을 신고, 남색 비단치마를 입었다. 얼굴에는 하얀 분을, 입술에는 빨간 립스틱을 바르고 무대 위에 올라서니 정말로 둥지를 갓 벗어난 꾀꼬리 같은 모습일 줄은 누구도 상상하지 못했다. 하이힐을 신고 있어서인지 더이상 통화나 위화, 어얼처럼 난쟁이 아가씨로 보이지 않았지만, 그럼에도 여전히 큰 키는 아니어서 열일곱 살이 아니라 열한두 살밖에 안 된 계집애 같았다. 눈에는 깊고 검은 빛이 가득했고 입술에는 붉고 촉촉한 요염함이 걸려 있었다. 콧날은 가늘고 오똑한 것이 작은 칼 같았다. 여기에 남색 비단치마까지 더해져 후텁지근한 극장 안에서 그녀가 무대 위에 서 있는 것만으로도 한줄기 바람이 이는 것 같았다. 그녀의 이런 모습에 이번에는 무대 아래 사람들이 놀라움을 금치 못했다. 현장도 그녀를 바라보는 눈빛이 약간 굳어졌다. 어리다고만 생각했던 화이화의 목소리가 그리도 가늘고 달콤할 줄은 미처 몰랐다. 전에 극단에서 사회자로 활동하던 사람이 몇 번 가르쳐주었을 뿐인데 곧바로 바러우의 촌스러운 억양을 버리고 도시 사람들과 똑같은 억양을 구사했다. 빈틈없이 논리정연하게 말을 할 때마다 과일에서 과즙이 졸졸 흘러나오는 듯 달콤하고 촉촉한 말투를 선보이리라고는 누구도 예상치 못했다.

그녀는 먼저 무대 앞에 잠시 서서 한순간에 침묵으로 장내를 압도한 다음, 마침내 낭랑하고 달콤한 목소리로 말했다. "지금부터 공연을 시작하겠습니다. 첫번째 순서는― 외다리의 멀리뛰기입니다!"

개막을 알리고 나서는 곧장 무대 아래로 내려갔다. 가느다란 바람이 스쳐지나간 것 같았다. 그렇게 바람처럼 내려온 그녀의 손을 단장이 잔뜩 흥분해 잡아끌었다. 마치 자기 집 딸이 뜻밖의 큰일이라도 해낸 것처럼 그녀의 얼굴을 어루만지면서 몸을 다독거리고 뺨에 입을 맞췄다. 그렇게 화이화가 내려오자마자 그림자처럼 우렁찬 박수 소리가 뒤따랐다. 박수 소리에 이어 붉은 융단 커튼이 천천히 열렸다. 구름이 걷히고 해가 나오는 것 같았다. 무대 위로 조명이 환하게 빛을 토했다.

외다리 원숭이가 높이 뛰는 것은 사실 그다지 신기한 일이 아니었다. 어려서부터 다리가 하나뿐이다보니 한쪽 다리로 걷고, 한쪽 다리로 짐을 지고, 한쪽 다리로 산을 오른 덕분에 유독 다리 힘이 세져서 한번 뛰면 아주 높게 멀리 나갈 수 있을 뿐이었다. 하지만 극단 단장이 외다리의 뛰기에 자신의 아이디어를 보태 이 묘기를 훨씬 더 아슬아슬하고 긴장감 넘치게 만들었다. 막이 열리자 먼저 극단에서 별로 중요하지 않은 배역인 어릿광대가 무대 앞에서 밀짚모자를 공중에 던지는 재주를 보였다. 밀짚모자 세 개를 번갈아 던지면 항상 셋 중 하나는 공중에 떠 있고 두 개는 두 손에 하나씩 들려 있었다. 이때 두 사람이 무대 위로 올라가 어릿광대 뒤 바닥에 녹두와 황두, 완두를 잔뜩 뿌렸다. 무대 바닥이 알록달록한 콩으로 뒤덮였다. 멍석 세 개는 족히 되는 넓이였다. 외다리 원숭이가 무대 위로 올라와 이렇게 콩으로 뒤덮인 곳을 외다리로 뛰어넘을 터였다. 콩이 잔뜩 깔린 구역의 동쪽 무대 끝에는 꽃무늬 이불을 두 채 깔아 외다리 원숭이가 콩이 깔린 곳을 뛰어넘은 다음 이불 위로 떨어질 수 있게 해두었다. 이불을 붙잡고 있는 사람은 위화였다. 그녀 역시 무대의 상을 입고 발그레한 얼굴에 분을 바른 모습이었다. 입술을 붉게 칠해 천진무구한 시골 아가씨 모습으로 분장하여 사람들이 아주 좋아하는 이미지를 보여주고 있었다. 한쪽은 생기발랄한 시골 아가씨이고 다른 쪽은 한쪽 다리만 있는 사람이었다. 그 대비가 싱싱한 꽃과 시든 풀 같았다. 충분히 멀리 뛰지 못해 이불 위로 떨어지지 못하면 바닥에 깔린 콩 위로 떨어질 테고, 그랬다가는 이리저리 뒤집히고 꺾여 힘줄이 끊어지고 뼈가 부러질 수도 있었다. 극장 안에는 콩 비린내가 가득 떠다녔다. 묘기공연에 무대 위에 콩을 뿌리는 것은 다른 어떤 공연보다도 뛰어난 발상이라 무대 아래에 있는 현장의 얼굴에조차 의외로 미소가 가득 걸려 있었다. 이어서 등장한 출연자가 뜻밖에도 외다리였다. 왼쪽 다리의 바지통이 텅 비어 헐렁헐렁했다. 출연자의 생김새는 멋지지 않았지만 얼굴 가득 기름기 있는 분장용 화장품을 발라 못생겼는지 잘생겼는지 구분할 수가 없었다. 하지만 그의 한쪽 다리는 사람들을 놀라게 했다. 현장은 외다리의 높이뛰기 묘기를 이미 알고 있었지만 관중들은 출연자가 외다리라는 사실을 전혀 몰랐기 때문에 뜻밖이었던 것이다. 이어서 무대 위에서 누군가가 그가 콩이 깔린 폭 2미터, 길이 3미터의 구간을 뛰어넘을 거라면서 혹시 넘지 못하면 콩 위로 떨어질 테니 잘 지켜봐달라고 당부했다. 그리하여 관중들은 출연자보다도 더 긴장하여 손에 땀을 쥐었다. 무대 아래서 올려다본 무대 위의 외다리 출연자는 너무나 마르고 왜소했다. 걸을 때도 지팡이를 짚고 절뚝거렸다. 하지만 사회자는 그가 틀림없이 콩이 뿌려진 이 무대를 뛰어넘을 것이라고 말했다. 솔직히 외다리 절름발이가 넘기에는 너무나 먼 거리였다. 3미터는 되는 거리이니 무려 아홉 자나 됐다. 멀쩡한 사람들 대부분이 넘지 못할 거리였다. 그런데 이런 거리를 절름발이가 넘는다는 것이었다. 극장 안의 관중들 모두가 절름발이 때문에 잠시 긴장했다. 게다가 외다리 원숭이는 정말로 아홉 자나 되는 거리가 너무 멀어서 걱정을 하고 있는 건지 아니면 뭔가를 표현하려고 그러는 건지 알 수 없지만, 손을 내밀어 거리를 가늠해보고 있었다. 그 거리가 한 뼘이라도 초과하면 콩을 한 뼘 더 가까이 쓸어모으고 건너편에 놓인 이불도 한 뼘 더 가까이 당기려는 것 같았다. 이때 위화가 가볍지도 않고 무겁지도 않게 당부를 했다. "조심하세요." 외다리 원숭이는 자신도 몹시 걱정된다는 듯이 위화를 향해 말없이 고개를 끄덕였다. 그리하여 무대 아래 관중들은 이 장애인의 멀리뛰기에 더더욱 마음을 졸이게 되었다.

결국에는 콩이 깔린 이 구간을 뛰어넘는 묘기를 보여야만 했다.

조명은 무대 위에 해가 걸려 있기라도 한 것처럼 밝았다. 관중들도 모두 숨을 죽였다. 현장도 의자 등받이에 기댔던 등을 떼서 몸을 앞쪽으로 잔뜩 기울였다. 이어서 음악이 연주되기 시작했다. 징과 북이 울렸다. 용사들이 출정하는 것 같았다. 외다리 원숭이가 무대 서쪽에서 자신의 지팡이를 짚고 절뚝거리며 달리기 시작했다. 다리 하나가 없는 사슴이 무대 서쪽에서 동쪽으로 화살처럼 날아가는 듯했다. 그의 오른쪽 발이 무대 위로 떨어질 때는 탕탕 소리가 났다. 나무망치가 목판을 두드리는 것 같았다. 하지만 왼쪽의 지팡이가 무대 위로 떨어질 때는 탁 소리가 났다. 이번에는 석판이 바닥에 떨어지는 것 같았다. 그렇게 소리가 몇 번 난 후, 초록색 무예복 적삼에 빨간색 등롱 모양 무예복 바지를 입은 그림자가 갑자기 무대 허공으로 솟아올랐다가 아래로 가라앉기를 반복하다가 비스듬히 도약해 무대 바닥을 짚었다. 지팡이는 아주 절묘하게 콩이 깔린 구역의 가장자리에 떨어졌다. 순간 관중들은 그가 넘어지려 하는 광경을 보았다. 목이 비뚤어진 나무처럼 몸이 휘었다. 하지만 그는 지팡이의 탄력을 이용하여 공중으로 튀어오르더니 콩이 깔린 구역을 넘어 무사히 건너편 이불 위에 착지했다.

　무대 아래에는 탄식이 깔렸다가 죽음 같은 적막이 이어졌다. 그가 콩이 깔린 구역을 뛰어넘어 이불 위로 떨어지는 것까지 확인되자 갑자기 박수가 터져나왔다. 박수 소리는 하얗고 요란했다. 하마터면 극장 대들보가 부러져 무너질 뻔했다. 현장도 몸이 앞으로 잔뜩 쏠려 있다가 외다리 원숭이가 아홉 자나 되는 거리를 뛰어넘어버리자 금세 몸을 바로 세우고는 앞장서서 박수를 쳤다. 그가 앞장서서 박수를 치자 사람들도 오랫동안 박수를 그칠 줄 몰랐다. 위화가 너비 석 자에 길이 다섯 자짜리 목판 두 개를 들고 걸어나올 때까지 박수가 계속됐다. 그 얇은 목판 위에는 한 치 간격으로 길이가 세 치나 되는 못들이 박혀 있었다. 목판을 뒤집으면 하얗고 반들반들한 못판인 셈이었다. 처음에는 사람들도 위화가 난쟁이 아가씨인 줄 몰랐으나 그녀가 무대 앞까지 걸어나오자 그제야 아주 작은 계집애라는 걸 알게 되었다. 몸집이 참새처럼 작았다. 사람들은 그 작은 모습에 놀라다가 이내 그녀가 나무판 두 개를 이어 붙여 바닥에 깔린 콩 위에 얹어놓는 모습을 보고는, 지팡이를 짚은 저 남자가 콩이 깔린 구역을 넘었듯 이번엔 열 자 길이나 되는 못의 바다를 뛰어넘어야 한다는 걸 감지했다. 이 못의 바다는 콩이 깔린 구역보다 더 긴데다 하얗게 반짝거리는 못이 잔뜩 박혀 있었기 때문에 무대 아래는 온통 아연실색한 표정들이었다.

　온통 놀라움으로 가득한 눈빛들이었다.

　외다리 원숭이는 이번에도 절뚝절뚝 지팡이를 짚고 못판 위를 획 날아 뛰어넘었다. 이어진 세번째 도약은 훨씬 더 대단했다. 이름하여 용이 불의 바다를 건넌다는 뜻의 '독룡과화해'였다. 무대 위에는 더 넓고 더 긴 양철판 두 개가 놓였다. 철판 위에는 석유를 가득 뿌렸고, 기름을 묻힌 면포 같은 것도 떨어져 있었다. 성냥을 확 그어 불을 붙이자 거센 불길이 일었다. 극장 안이 온통 불빛으로 환해졌다. 그 불빛 속에서 외다리 원숭이가 또다시 절뚝거리며 지팡이를 짚고 무대 아래에서 위로 올라서더니 입을 앙다물고 결연한 표정으로 관중을 향해 허리를 굽혀 절을 했다. 무대 아래서 한차례 박수가 터져나온 후, 그는 다시 지팡이를 짚고 되돌아가 다리가 부러진 사슴처럼 달려 그 불의 바다 위를 날아 넘었다. 그러나 도약하면서 그만 사고가 나고 말았다. 오른쪽 바지통이 비어 있다보니 불의 바다를 뛰어넘으면서 바지에 불이 붙은 것이다. 이불 위로 떨어진 외다리 원숭이가 울면서 소리를 질러댔다. 화이화와 위화도 무대 한쪽에서 날카로운 비명을 내질렀다. 무대 아래에 있던 사람들도 놀라서 의자에서 일어섰다. 외다리 원숭이의 몸에 붙은 불을 재빨리 끄기는 했다. 하지만 그가 나와서 현장과 관중들을 향해 인사를 할 때에는 텅 비어 펄럭거리던 바지통은 사라지고 타다 남은 바짓가랑이의 잔해뿐이었다.

타버린 바지통이 무대 위의 조명 아래서 아주 선명하게 보였다. 무대 가까이의 관중석에서는 까맣게 탄 바지통 밖으로 삐져나온 부러진 방망이 같은 그의 다리 끝부분과, 그 끝부분에 화상으로 생긴 커다란 물집 두 개가 뚜렷하게 보였다. 그리하여 그가 관중들에게 허리를 굽혀 감사의 절을 올리며 자신의 공연이 끝났음을 알릴 때 무대 아래의 박수 소리는 더욱 거세고 열정적으로 변했다.

열광적인 박수로 인해 사람들의 손이 벌겋게 달아올랐다. 박수 소리로 인해 극장 벽에 칠해진 석회가 얇게 벗겨져 떨어져내렸다.

외다리 원숭이가 인사를 하고 절뚝거리며 장막 안으로 들어가자 바러우조 극단의 단장이 무대 뒤에서 기다리고 있다가 잔뜩 흥분한 얼굴로 미소를 지으며 말했다. 외다리 원숭이, 축하하네. 자네가 첫 포문을 아주 멋지게 열어주었어. 자네는 아주 빨리 출세하게 될 걸세. 현장님께서도 자네를 위해 쉴새없이 박수를 쳐주시지 않던가. 외다리 원숭이가 단장에게 말했다. "단장님, 변소가 어디 있나요? 바지에 오줌 쌌거든요."

단장은 얼른 그를 부축하여 무대 뒤에 있는 변소로 데려가면서 오줌을 싼 일로 신경쓸 것 없다고, 그러는 게 정상이라고 말했다. 자신도 젊었을 때 처음으로 무대에 올랐다가 내려오면서 바지에 오줌을 쌌다고 했다.

어쨌든 중요한 날인 음력 칠월 초아흐레의 연습공연은 천지를 뒤흔들 정도로 엄청난 성공을 거두었다. 황혼녘에 시작된 공연이 하늘에 별이 가득할 때까지 이어졌고 무대 아래의 박수 소리는 한순간도 끊어지지 않았다. 이처럼 대단한 묘기를 펼친 연기자들이 모두 맹인과 절름발이, 앉은뱅이, 귀머거리, 벙어리라는 얘기를 그 누가 들어봤겠는가? 평생 구름이 흰색이고 노을이 붉은색인 줄도 모르고 살아온 맹인 퉁화가 무대 위에 버드나무, 오동나무, 홰나무, 멀구슬나무 같은 나무토막 몇 개를 늘어놓고 지팡이 끝으로 톡톡 두드려 어느 것이 오동나무이고 어느 것이 멀구슬나무인지, 또 어느 것이 참죽나무인지 알아맞히는 광경을 그 누가 보았겠는가? 또 어느 앉은뱅이 아줌마가 오동나무나 느릅나무 같은 나무 잎사귀에, 그것도 말라서 얇고 바삭하기까지 한 홰나무 잎사귀에 작은 새와 국화꽃, 매화꽃을 수놓는 것을 그 누가 보았겠는가? 소아마비인 어린아이가 자신의 병든 발을 오므려 유리병 안에 밀어넣고는 그 유리병을 신발 삼아 무대 위를 달그랑달그랑 한 바퀴 돌고, 또 달그랑달그랑 거꾸로 한 바퀴 도는 광경을, 앞으로 몇 바퀴 구르고 옆으로 돌기까지 하는 광경을 누가 보았겠는가? 게다가 외눈박이는 헛기침 한 번 하는 사이에 붉은 비단실을 열 개가 넘는 바늘에 꿰었다. 게다가 맹인 통화는 두 눈 모두 앞을 보지 못했지만 생김새가 앙증맞고 예뻤다. 눈은 멀었지만 귀가 아주 밝았다. 극장 안이 조용해진 상태에서 그녀를 무대 한가운데 세워놓으면, 바늘 한 개가 무대 동쪽에서 떨어져도 가느다란 금속 물질이 무대 동쪽에서 바닥에 떨어졌다는 걸 알아챘고, 동전 한 개를 무대 서쪽에서 양탄자 위에 떨어뜨려도 강철로 된 물질이 천 위로 떨어졌다는 걸 금세 알아챌 수 있었다. 관객들 중에는 그녀가 맹인이라는 사실을 믿지 못하고 다 볼 수 있을 거라고 의심하는 이도 있었다. 그 사람이 직접 무대 위로 올라가 검은 천으로 그녀의 눈을 가린 후 성냥갑을 찢어 허공에 던졌다. 놀랍게도 그녀는 나뭇잎이 자신의 얼굴 앞에서 빙글빙글 돌며 떨어지는 소리를 들었다고 했다.

통화의 놀라운 청음 공연은 그날의 연습공연에서 가장 압도적인 묘기가 되었다. 관중이 직접 무대에 올라가 공연에 참여하면서는 절정에 달했다. 그렇게 절정에 이르렀을 때 공연이 갑자기 끝나버렸다. 사회자인 화이화가 이것으로 모든 공연을 마친다고 말한 것이다. 공연 시간이 예정보다 삼십 분이나 초과했기 때문이라고 했다. 단원들과 현 간부들 모두 쉬어야 한다고 했다.

공연은 그렇게 끝났다.

잔뜩 차려진 음식을 신나게 먹으려는 찰나에 갑자기 접시들이 텅 비어버린 것만 같았다. 막 술병을 따서 그윽한 향을 느끼고 있는 터에 술병이 바닥을 드러낸 것 같았다. 관중석의 사람들은 하는 수 없이 자리를 털고 일어나야 했다. 현장과 함께 맨 앞줄에 앉아 있던 현 간부들도 모두 일어나면서 박수를 쳤다. 얼굴에는 하나같이 놀라움과 흥분이 가득했다. 현장이 향에 내려갔다가 이런 묘기공연단을 데리고 오리라고는 누구도 생각지 못했다. 순서 하나하나가 도저히 믿을 수 없을 만큼 새롭고 신기했고, 출연자들도 한 명 한 명이 아주 멀고 편벽한 시골에서 온 장애인들이라고는 믿기지 않았다. 하지만 가장 중요한 점은 현위원회와 현 정부의 간부들 모두가 서우훠 사람들의 공연을 통해 레닌이 비추는 서광을 보았으며, 레닌 유해 구매자금 조달에 필요한 요전수가 하늘 높이 자랐음을 보았다는 데 있다. 이 나무만 있으면 마침내 레닌의 유해를 훈포산에 확실히 안치하여 훈포산을 돈이 마르지 않는 은행으로 만들 수 있으리라.

연습공연의 성공으로 뜨거운 피가 끓어오르기 시작한 현장은 무대에 올라가 서우훠의 출연자들과 일일이 악수를 나누며, 돌아가서 멋진 저녁식사를 함께하자고 말했다. 아울러 날씨가 무척 더우니 다음 공연때는 각자 종이부채를 하나씩 들고 오라는 당부도 잊지 않았다. 종이부채를 산 영수증을 가져오면 현 정부에서 정산해줄 거라고 했다. 현에서 극단에 제공하는 첫번째 복지인 셈이었다. 악수를 하고 당부의 말을 마친 현장은 박수를 받으며 현 간부들에게 둘러싸여 극장을 나와서는 역시 현 간부들에게 둘러싸인 채 현의 영빈관으로 돌아왔다.

영빈관에서 스 비서는 영빈관 관장과 몇 마디 얘기를 나누었다. 그러더니 바람처럼 빠르게 공식 문서 양식에 맞춰 지시를 요청하는 보고서를 작성해 현장 앞에 내밀었다.

보고서에는 이렇게 쓰여 있었다.

묘기공연단의 연습공연 성공을 축하하는 만찬에 관한 지시 요청

류 현장님께

본 현 서우훠 묘기공연단의 첫번째 연습공연의 성공을 축하하기 위해 특별히 축하 만찬의 메뉴를 올리니 재가해주시기 바랍니다.

냉채 열 가지: 배추속대, 쪽파를 넣고 버무린 두부, 삶은 땅콩, 기름에 튀긴 땅콩, 삶은 풋콩, 생강채, 장醬을 곁들인 오이, 장을 곁들인 대파, 셀러리 자매, 백합 형제

열채 열 가지: 삶은 토끼고기, 꿩고기 찜, 버섯 오리구이, 곱창마늘 볶음, 소고기 볶음, 무를 곁들인 양고기 찜, 돼지고기 볶음, 닭간 볶음, 메뚜기 대추 볶음, 청사백룡

국물 요리 세 가지: 싼셴탕, 쏸라탕, 톈겅탕

보고서를 받아 자세히 읽고 난 류 현장은 펜을 들어 두 군데를 고

친 다음, 보고서 끝부분에 동의한다고 쓰고 그 밑에 자신의 이름을 적었다. 이 보고서는 또 바람처럼 빠르게 영빈관 관장의 손에 전달되었다. 순식간에 채소요리 열 가지와 고기요리 열 가지가 상에 올랐다.

현장과 현 간부들은 영빈관 식당에서 성공을 축하하는 술잔을 들었다. 술자리가 고조되자 현장이 그 자리에서 솔직한 생각을 털어놓았다. 사람들이 깜짝 놀랄 만한 얘기를 잔뜩 늘어놓고는 세상이 놀라 뒤집어질 엄청난 일을 벌였다.

그곳은 방 두 칸짜리 큰 식당이었다. 술도 넉넉히 마시고 밥도 배불리 먹고 나니 밤이 마른 우물처럼 깊어져 있었다. 조리사들과 종업원들 모두 문밖에 나가 졸고 있었지만 현장은 자기 잔에 또 술을 가득 따랐다. 그러고는 술잔을 허공에 높이 치켜들고 부하 직원들을 쭉 훑어보고 나서 말했다. "다들 잔을 들어요. 내가 모든 분들께 마지막으로 몇 가지만 묻겠습니다."

현위원회와 현 정부의 간부들 모두 얼른 술잔을 채워 높이 치켜들었다.

현장이 말했다. "우리는 지금 현 상무위원회 확대회의를 연 거나 마찬가지입니다. 내가 현 상무위원회 의장으로서 여러분께 한 가지 묻겠습니다. 여러분께 의견을 구하는 것이기도 합니다. 모두들 하고 싶은 얘기를 허심탄회하게 다 해주시기 바랍니다."

모두들 일어나서 잔을 높이 든 채로 입을 모아 말했다. "현장님, 하실 말씀 있으시면 얼마든지 하세요. 저희는 언제나 현장님 곁에서 단결할 겁니다."

현장이 말했다. "제가 레닌의 유해를 구매하기로 한 것이 영명한 결정인지 아닌지 말해보세요."

모두들 목소리를 이어가며 말했다. "영명하신 결정입니다. 영명하고말고요. 쌍화이현 역사상 가장 영명한 결정입니다. 쌍화이현 주민 팔십일만 명이 천추만대에 복을 받도록 하는 결정이지요."

현장이 물었다. "제가 레닌산림공원과 레닌기념관을 조성하기 위해 애를 썼는지 안 썼는지 말해보세요."

모두가 말했다. "현장님께서 애 많이 쓰셨습니다. 저희가 다 함께 지켜보았습니다."

현장이 물었다. "서우훠 묘기공연단이 쌍화이현의 요전수인지 아닌지 말해보세요."

모두가 이구동성으로 말했다. "어디 요전수일 뿐이겠습니까. 요전수는 직접 가서 흔들어야 하지만 이 서우훠 공연단은 그야말로 흐르는 금의 강입니다. 힘들이지 않아도 매달 돈이 흘러올 겁니다."

현장이 말했다. "이제 모두들 레닌의 유해를 구매할 수 있는 희망을 보았지요?"

모두가 말없이 웃었다. 자신들이 처음에는 현장이 뜬구름 잡는 기상천외한 생각을 한다고 비웃었던 것이 생각나 얼굴에 약간 부끄러워하는 표정이 걸렸지만, 이내 현장에 대한 무한한 존경심을 갖게 되었다. 이때 현장의 얼굴에 웃음기가 사라지고 엄숙한 표정이 두껍게 드리웠다. 현장이 탁자 한가운데로 올라가 목을 뒤로 휙 젖혀 술 한잔을 목구멍에 그대로 털어넣고는 정색하며 말했다. "그렇다면 제가 여러분에게 한 가지 제안을 하겠습니다. 다들 동의하는지 안 하는지 확실한 태도를 보여주세요. 동의하는 사람은 나와 함께 이 술을 마시고 동의하지 않는 사람은 술잔을 내려놓으면 됩니다. 동의하지 않으면 오늘 우리는 그냥 공연을 보고 밥 한 끼 먹은 걸로 치는 겁니다. 무슨 회의도 없었던 것이고요."

사람들은 전부 현장의 얼굴로 눈길을 집중한 채 현장의 경천동지할 물음을 기다렸다.

현장이 엄숙한 어투로 말했다. "제안합니다. 훈포산 레닌기념관 오른쪽 지하에 집 한 채 크기로 이방耳房*을 만드는 겁니다. 이 이방을 레닌의 유해가 있는 본채와 나란히 배치합니다. 그리고 레닌의 유해를 구매해 오면 우리의 민주를 발양하는 의미에서 무기명 투표를 실시하는 겁니다. 우리 지도층 가운데 누가 레닌산림공원 건설과 레닌 유해 구매에 가장 큰 공헌을 했는지, 또 누가 현 전체 주민들을 더 많이 행복하게 했는지 투표로 정해서 사후에 레닌의 유해와 함께 이방에 묻혀 영원한 기념과 감사의 대상이 되도록 합시다."

현장은 말을 마치고 나서 자리를 함께한 동료들을 바라보았다. 동료들은 현장의 제안에 몹시 놀란 표정으로 한동안 좋다고 말해야 좋을지 싫다고 말해야 좋을지 몰라 망설였다. 방안에는 음식 냄새와 깊어가는 여름밤의 서늘한 냄새가 천천히 가득찼다. 창밖에서 밀려오는 달빛이 창틀까지 왔다가 방안의 조명에 가로막혀 되돌아갔다. 하지만 식당 안에서는 쌍화이현의 하늘 위에 철썩 붙어 있는 달을 볼 수 있었다. 둥그렇게 오린 밝고 얇은 푸른 비단 한 조각이 하

---

*본채 양 옆에 배치한 작은방.

늘에 걸린 듯했다. 현장은 그렇게 빈 잔을 들고 모든 사람을 바라보았고, 동료들은 모두 술이 가득찬 잔을 들고 다른 동료들을 바라보았다. 공기 중에 딱딱하게 굳은 차가운 냄새가 식당 안을 이리저리 떠다니는 술기운의 소리 속에서 가느다란 바람처럼 불어왔다. 이때, 아주 긴 시간이 지나, 현장이 민감하게 뭔가를 느꼈는지 들고 있던 빈 술잔을 탁자 위로 내던졌다. 퍽 하고 술잔이 깨지는 소리에 현위원회의 부서기가 정색을 하며 현장에게 물었다.

"류 현장님, 술김에 하신 얘기였습니까?"

현장이 말했다. "나 류잉췌는 평생 술 취한 적이 없는 사람이오."

"저는 동의합니다." 그 부서기가 목을 뒤로 쭉 젖히고는 잔에 든 술을 단번에 목구멍에 털어넣었다.

자리에 있던 사람들 모두가 긴 꿈에서 깨어난 것처럼 정신을 차리고는 뭔가 깨달은 바가 있는지 연이어 말했다. "동의합니다. 저도 동의합니다." 그러면서 손에 들고 있던 술잔의 술을 전부 뱃속에 털어넣었다.

밤이 마른 우물보다 더 깊어진 뒤에야 서로 부축하고 부축을 받으면서 달빛을 밟으며 영빈관을 나온 류 현장 일행은 마침 서우휘 묘기공연단 출연자들과 마주쳤다. 그들도 절뚝절뚝 걸음을 옮기면서 비틀대는 몸을 서로 잡아주고 끌어주고 있었다. 극장에서 공연 무대 정리를 마치고 늦은 저녁식사를 함께하고서 바러우조 가락을 흥얼거리며 와글와글 현성 서쪽으로 몰려가는 중이었다.

그들은 현성 서쪽의 한 마을에 묵고 있었다.

5장

자전거가 나무 위에 걸렸다

이 세상에는 기이한 일을 만들어내기 위해 태어나는 사람이 있는 법이다. 그런 사람은 기이한 일을 하기 위해 산다. 또 어떤 사람은 기이한 일을 기다리기 위해 살아간다. 기이한 일을 기다리며 종일 일상적인 세월을 보내고 있는 것이다. 류 현장처럼 한순간에 이런 묘기공연단을 만들어내고 첫번째 연습공연에서 놀라운 성공을 거두는 사람은 전자에 해당한다. 그리고 이 현성에 사는 사람들처럼 마침내 이날 밤 백 년 넘게 기다린 기이한 일을 만난 사람들이 후자에 해당한다. 이튿날 현성의 크고 작은 거리와 골목에는 묘기공연단에 관한 얘기가 가득했다. 입에서 입으로 얘기가 전해지면서 외다리 원숭이가 못판을 뛰어넘은 것은 칼의 산을 뛰어넘은 얘기로 변했고, 불이 붙은 무대 바닥을 넘은 것은 외다리로 불의 바다를 넘은 얘기로 변했다. 담배 한 모금 빠는 시간 동안 바늘 일곱 개에서 아홉 개에 실을 꿴 외눈박이의 얘기는 입에서 입으로 전해지며 바늘이 열일곱 개 내지 열아홉 개까지 확대되었다. 귀머거리 마씨의 폭죽 묘기는 귓가에서 작은 폭죽 몇 개를 터뜨리는 것에 불과했는데, 그 작은 폭죽이 우레와 같은 얼자오티* 대포로 변해 전해졌다. 오동나무 잎사귀에 매미와 메뚜기를 수놓는 앉은뱅이 아줌마의 얘기는 용과 봉황을 수놓을 수 있다고 과장되었다. 맹인 통화와 벙어리 노인의 묘기 또한 끝도 없는 신화가 되었다. 마치 이 세상의 장애인이 아닌 듯, 마치 그들의 장애가 묘기공연을 위해 존재하기라도 하는 듯 전해졌다. 요컨대 서우훼의 묘기공연은 하늘과 땅을 울릴 정도로 놀라웠다. 이튿날 류 현장은 극장에서 정식 공연을 진행하게 했다. 입장권도 팔았다. 어른이 오 위안, 어린이가 삼 위안이었다. 쌍화이현에서는 세계를 떠들썩하게 만든 유명 영화의 입장권도 한 장에 오 위안이었다. 그런데 한 장에 오 위안이나 하는 서우훼 묘기공연 입장권이 반나절 만에 매진되리라고는 아무도 예상하지 못했다. 입장권을 사려는 사람들이 장사진을 이루었고 서로 끼어들고 밀치고 하는 바람에 현 공안을 동원하고서야 간신히 질서를 회복할 수 있었다. 하지만 매표창구 앞은 여전히 사람들로 북적거렸다. 사람들이 잃어버리고 간 신발이 수십 켤레나 되었다. 누군가는 입장권을 사고 나서 신발까지 찾아 히죽거리며 돌아갔고, 누군가는 입장권을 샀으니 신발은 필요 없다며 한쪽 발이 맨발인 채로 히죽거리며 돌아갔다. 신발을 잃어버린데다 입장권까지 사지 못해 극장 앞 땡볕 아래서

---

* 화약이 두 겹으로 이어져 있는 대형 폭죽.

울며불며 욕을 해대는 아이들도 있었다.

"이런 씨팔, 내 신발을 어디로 차버린 거야!"

"이런 씨팔, 더워 죽겠는데 표도 못 샀네!"

황혼 무렵이 되자 극장 문 앞에 공안이 서서 입장권을 검사했다. 약삭빠른 누군가는 한 장에 삼 위안짜리 입장권을 한 다발이나 사서 그걸 전부 오 위안씩에 팔아치웠다. 그 한 다발이 다른 사람의 손으로 넘어갈 때마다 한 장에 칠 위안, 구 위안으로 뛰었다.

다음날에는 물이 불어 배가 떠오르듯 구 위안에서 십삼 위안까지 올랐다.

또 그다음날에는 다시 일제히 십오 위안까지 올랐다. 입장권 한 장에 십오 위안이라니 정말 비싼 편이었다. 하지만 극장에는 빈자리가 겨우 몇 개밖에 남아 있지 않았다.

세 차례의 공연이 끝나자 현위원회와 현 정부 업무의 중심축이 소리 없이 서우훠 묘기공연단의 공연으로 옮겨갔다. 정식 공문으로 솽화이현 장애인 묘기공연단 설립을 공식화했을 뿐만 아니라, 명예단장과 집행단장, 실무부단장, 선전간사와 재무부서 및 연출, 분장, 조명, 감독 등 세부 직책을 확정했다. 명예단장은 류 현장이 맡았고 집행단장은 바러우조 극단 단장이 맡았다. 연기자들, 그러니까 서우훠마을의 장애인들은 첫 공연 때는 다소 긴장했지만 두번째 공연에서는 다소 여유를 보였고 세번째 공연에서는 아주 자연스런 모습이 되었다. 누가 출연하든지 간에 서우훠마을 어귀에서 사람들과 담소할 때와 다르지 않았다. 공연으로 돈을 벌었기 때문에 현 정부에서는 서우훠 사람 일인당 백 위안의 공연료를 지급했다. 서우훠마을 사람들은 그 돈을 받아들고 웃으며 이야기꽃을 피웠다. 기뻐서 펄쩍 펄쩍 뛰기도 했다. 누군가는 그 돈을 들고 시내로 나가 어른들께 드릴 옷을 장만해 인편에 보내기도 했고, 누군가는 도시 아이들이 갖고 노는 장난감을 사서 자기 집 아이들에게 가져다주기도 했다. 젊은 사람들은 그 돈으로 담배를 사서 피우고 술을 사 마시기도 했다. 화이화는 도시 아가씨들이 쓰는 립스틱과 얼굴에 바르는 크림 같은 것들을 샀다. 그녀는 어느 밤에는 공연단 숙소로 돌아오지도 않았다. 나중에 돌아와서는 현성 거리에서 길을 잃고 밤새 헤매다 우연히 스 비서를 만났는데 스 비서가 그녀에게 현 정부 영빈관을 보여주었다고 했다. 그녀는 영빈관이 너무나 좋다면서 목욕할 일이 없어도 더운물이 철철 나온다고 했다. 그리고 몇 년이 더 지나 시집갈 때가 되면 꼭 도시로 시집갈 거라고, 스 비서처럼 명망 있고 멀쩡한 사람에게 시집갈 거라고 했다.

서우훠 사람들 모두 웃으면서 그녀에게 말했다. "너 설마 서우훠 마을의 난쟁이 아가씨일 뿐이라는 사실을 잊은 거야."

그녀는 버럭 화를 냈다. "누가 난쟁이라는 거예요." 그러고는 자신은 지금 왕성하게 자라는 중이라고 했다. 이미 자기 키가 언니들이나 동생들보다 크다고 말했다. 재어보니 정말로 손가락 하나 정도 더 큰 것 같았다. 모두들 깔깔대며 말했다. 화이화가 정말로 키가 크기 시작했네. 서우훠를 떠나 며칠 만에 키가 손가락 하나만큼 자랐어. 이렇게 옥수수처럼 미친듯이 자라는 중이면 석 달도 안 돼서 어엿한 아가씨가 되겠는걸. 이렇게 말하면서 그녀에게 계속해서 잘 크라는 당부도 덧붙였다. 며칠 후 묘기공연단은 서둘러 현성을 떠났다.

떠나기 전날 밤에도 화이화는 묘기공연단 숙소에 묵지 않았다. 다음날 돌아와서는 공연도 끝나고 해서, 우연히 알게 된 언니네 집에 가서 잤다고 말했다. 아무도 없을 때 위화가 화이화 앞에 칵 하고 가래침을 뱉은 것 외에 서우훠 사람 누구도 화이화에게 뭐라고 하지 않았다. 뭐라고 말을 해야겠다고 생각한 사람도 없었다. 이후 모두들 지구 소재지인 주두로 공연을 하러 갔다.

주두에서의 공연도 기획에 여러 가지로 신경을 많이 썼다. 첫번째 공연에는 입장권을 팔지 않았고 시간도 주말로 맞췄다. 현장은 현정부 간부들을 모두 데리고 묘기공연단과 함께 주두시로 왔다. 그리고 각자 친구나 지인들과의 친분을 이용해 누가 더 초대권을 많이 보내는지, 누가 더 대단한 인물을 공연에 데려오는지 겨루기로 했다. 그리하여 류 현장은 지구위원회 뉴 서기를 초대했고 다른 사람들은 신문사와 라디오방송국, 텔레비전방송국에 있는 친구들을 불렀다. 지구에서 가장 관심이 집중되는 솽화이현의 서기가 극장에 왔기 때문에 지구위원회 각 기관의 고위 간부들도 자신의 일가를 총동원해 극장을 찾았다. 묘기공연을 보고서 사람들이 놀라는 건 말할 것도 없고 극장에서 박수 소리가 끊이지 않는 것도 사람들을 놀라게 하기에 충분했다. 지구위원회 뉴 서기도 놀라움을 금치 못하면서, 이어지는 순서마다 박수를 얼마나 쳤는지 손이 발갛게 부어올랐다. 가장 중요한 사실은 이튿날 지구와 시의 각 신문사가 지면을 엄청나게 할애하여 솽화이현 묘기공연단의 공연에 관해 보도했다는 것이다. 신문사와 라디오방송국, 텔레비전방송국이 일제히 서우훠 사람들 모두를 세상에서 유일무이한 예술가들이라고 칭찬하면서, 이 공연단은 틀림없이 쌍화이현의 경제가 크게 비상하는 데 매보다 힘 있고 봉황보다 아름다운 날개를 달아줄 것이라고 보도했다. 이어서 서우훠의 묘기공연은 신기한 소문이 되어 시 전역과 지구 각지의 거리와 골목 구석구석으로 전해졌다. 시에 거주하는 세 살짜리 어린아이들까지도 아주 특별한 묘기공연단이 왔다는 것을 알고는 공연을 보러 가게 해달라고 울며불며 떼를 썼다.

학교에서는 수업을 잠시 중단하고 단체로 입장권을 구매해 관람하러 갔다.

공장에서는 일을 쉬는 순서인 노동자들이 돌아가면서 무리를 이루어 공연을 보러 극장을 찾았다.

효심이 지극한 자녀들은 몇 년째 침대에 누워 있던 부모를 등에 업고 공연을 보러 갔다. 공연을 보고 집으로 돌아가면서는 반평생을 침대에 누워 지내면서도 어째서 나뭇잎에 꽃이나 풀을 수놓는 재주 하나 갖지 못하고 침대 앞으로 밥상을 대령하라고만 하느냐고 부모를 원망하기도 했다.

집에 농인 아이가 있는 부모들은 그 아이들을 데리고 공연을 보러 갔다. 공연을 보고 돌아오는 길에 부모들은 말을 못하는 아이에게는 '상대의 말과 얼굴빛만으로 속마음을 알아맞히는' 묘기를 훈련시켰고 듣지 못하는 아이에게는 '귀에 대고 벤파오를 터뜨리는' 묘기를 연습하게 했다. 그러다가 아이의 귀가 터져 피가 흐르고 고름이 생겼다. 신문들은 이런 사건들을 재빠르게 기사화했다. 게다가 상당한 지면을 할애하여 시민들에게 쌍화이현 묘기공연단의 공연을 마음껏 즐기되, 장애인이나 노인, 어린아이들에게 묘기공연단 연기자들의 묘기를 강제로 따라하게 해서는 안 된다고 경고했다. 이리하여 묘기공연단은 주두시에서 대대적으로 명성을 떨치게 되었다. 나흘째 되는 날 정식으로 입장권을 판매하는 공연에서는 표 한 장 가격이 사십구 위안이나 되었는데도 천 장 넘는 표가 한 시간이 안 되어 빼앗기듯이 다 팔려버렸다. 몇십 년 전 현 주민 전체가 서우훠 마을로 가서 식량을 얻어 왔을 때처럼 한순간에 동이 나버렸다.

다음날에는 입장권 가격이 한 장에 칠십구 위안으로 뛰었다.

세번째 공연에는 아예 한 장에 백 위안까지 넘나들었다.

결국 입장권 가격은 일등석이 백팔십오 위안, 이등석이 백육십오 위안, 삼등석이 백사십오 위안으로 고정되었다. 평균 가격이 백육십오 위안인 셈이었다. 표 한 장이 백팔십오 위안에 팔린다는 것은 정말로 사람들의 상상을 초월하는 일이었다. 시내 암표상들은 백팔십오 위안에 산 표를 다시 이백육십오 위안에 되팔았다. 푯값이 다시 이백오 위안으로 오르자 암표상들은 사두었던 표를 이백팔십오 위안에 되팔았다. 정말 물이 불어나면 배도 높이 떠오른다는 말 그대로였다. 도시 사람들은 송두리째 미쳐갔다. 어른 아이 할 것 없이 전부 회오리바람에 휩쓸린 듯했다. 솽화이현 묘기공연단 얘기만 나왔다 하면, 누구나 밥그릇이랑 수저를 내려놓고 흥분을 감추지 못한 채 입가에 거품을 물었다. 외다리가 차바퀴를 두드리며 무대 위 불바다를 획 날아 뛰어넘었다는 얘기만 나오면, 사내아이들이 책가방을 등에 멘 채 대로변에서 이리저리 공중제비를 넘는 바람에 운전자들이 온통 창백해진 얼굴로 급히 브레이크를 밟곤 했다. 어느 앞은뱅이 아줌마에게 나뭇잎을 건네자 눈 깜짝할 사이에 그 위에 닭이나 고양이를 수놓더라는 얘기가 나오면, 그 학교의 여자아이들은 일제히 숙제장에 닭과 고양이를 그리고, 용과 봉황을 그렸다.

정말로 이 도시의 크고 작은 거리와 골목이 전부 서우훠 사람들의 공연에 미쳐버렸다. 이 도시의 공장에서는 수많은 노동자들이 몇 년 동안 일감이 없어 월급을 제대로 못 받고 있었다. 채소의 작황이 좋지 않은 계절임에도 도시를 떠나 시골 채소밭으로 가서 채소 잎이라도 주우며 생계를 유지해야 할 판이었다. 상황이 이러한데도 저마다 주변 이웃들의 말에 흔들려 돈 있는 사람들의 대열에 휩쓸렸다. 공연을 보러 가지 못하면 인생을 헛사는 것이라도 되는 양, 쓰레기를 줍고 상자와 빈병을 팔아 한 푼 한 푼 모아 침대 머리맡 밑에 꽁꽁 숨겨두었던 돈을 이를 악물고 꺼내서는 가장 싼 표라도 사서 기어이 공연을 보고야 말았다. 몇 달 동안 꼼짝 못하고 침대에 누워 지내면서 양약이 싼지 한약이 싼지 수도 없이 따지곤 하던 어느 환자는 약을 사야 할 돈으로 표를 사서 묘기공연을 보러 갔다. 큰 병에는 기분이 좋은 것만큼 좋은 약이 없다는 게 그의 생각이었다. 그는 기분이 좋으면 만병이 다 사라진다면서 무작정 공연을 보러 갔다. 사람들도 미치고 자동차도 미쳤다. 창안극장이라 불리는 공연장 앞을 지나지 않던 버스가 어느새 노선을 바꿔 지금은 이 극장 앞을 경유하게 되었다. 극장 앞을 지나게 되면서 늘 승객으로 가득찼고 기사와 매표원이 월말에 받는 상여금도 크게 인상되었다.

자동차가 미치니 서양 차인 자전거도 덩달아 미쳤다. 공연을 보러 온 사람들 때문에 극장 입구에는 구석구석 세워둔 자전거들이 넘쳐났다. 더이상 자전거를 세워둘 공간이 남아나지 않자 사람들은 자전거를 나무 위에 걸기 시작했다. 담벼락에도 걸고 광고판 위에도 걸었다. 자전거를 지키는 경비원은 들고 있던 대나무 번호판이 다 떨어지자 빳빳한 종이를 여러 조각으로 잘라 그 위에 지장을 찍거나 서명을 하여 자전거 주인에게 영수증으로 건넨 뒤, 밧줄을 가지고 땅 위와 나무 위, 벽 위의 자전거들을 전부 하나로 엮어 묶어버렸다.

자전거가 미치자 전신주도 미치기 시작했다. 원래는 밤이 깊어지기 전에 전기가 끊겨 한밤중이면 도시 전체가 어둠에 잠겼었다. 하지만 이제는 밤새도록 환하게 불이 밝혀져 있었다. 그러다보니 전구가 금방 타버렸고, 타버린 전구는 금세 새것으로 갈아야 했다. 묘기공연단은 하루에 두 번 공연을 하기 때문에 야간 공연을 보러 오는 사람들을 위해 길을 환하게 밝혀줘야 했던 것이다.

정말로 도저히 이해할 수 없는 지경에 이르렀다. 묘기공연단은 원래 창안극장에서 딱 일주일간 공연할 예정이었으나 공연은 보름이나 계속되었다. 다음 극장으로 이동하려 하자 창안극장의 사장까지 화를 내면서 물을 마시던 컵을 무대 위로 집어던지며 말했다.

"내가 당신들한테 뭘 그렇게 밉보여서 이러는 거요? 어떻게 간다는 말이 떨어지기 무섭게 바로 가버린단 말이오?"

이미 다음 극장과 계약이 되어 있기 때문에 가지 않으면 안 되는 상황이었다.

그리하여 뜻밖에도 두 극장이 서우훼 공연단을 서로 유치하려고 다투게 되었다. 사람들의 말에 따르면 두 극장 사장이 서로 치고받으며 싸우기까지 했다고 한다. 마침내 어느 극장으로 갈지 결정해야 할 순간이 되자 묘기공연단은 에어컨이 설치되어 있는 고급 극장이 아닌, 에어컨 없이 선풍기만 있는 극장을 선택했다. 시설이 좋지 않은 극장에는 좌석이 더 많아서 1579명의 관중을 받을 수 있는 데 반해, 시설이 좋은 극장은 좌석이 1201석밖에 되지 않았기 때문이었다.

서우훠 묘기공연단의 공연은 주두에서 열광적인 선풍을 일으켰다. 하늘과 땅이 놀라 우르릉 쾅쾅 뒤흔들릴 정도로 대단한 열광이었다. 바러우산맥 깊은 골짜기의 팔다리가 부러진 볼품없는 나무가 도시에 들어오더니 며칠 만에 하늘을 찌르는 거목으로 변한 것 같았다. 서우훠마을의 어느 집 처마 밑에서 시들시들 다 죽어가던 누런 풀이 서우훠를 떠나자마자 순식간에 새파랗고 왕성한 풀로 자라나 알록달록하고 커다란 꽃송이를 피워낸 것 같았다.

이해할 수 없는 일이었다. 정말 이해할 수 없는 일이었다. 류 현장은 서우훠 사람들이 시에서 스무날로도 하루 동안 서른세 번의 공연을 마친 뒤에야 지구에서 현으로 돌아가게 됐다. 현으로 돌아온 그는 곧장 집으로 가지 않고 현위원회 상무위원회의 소회의실로 가서 상무위원회를 열었다. 회의실은 현위원회 사무동 3층에 있었다. 회의실에는 기다란 원탁이 하나 있고 딱딱한 나무 의자 십여 개가 놓여 있었다. 벽에는 위인들의 사진 몇 장과 중국 지도, 그리고 솽화이현의 행정구역도가 걸려 있었는데, 흰 칠이 군데군데 벗어졌고, 바닥은 거칠고 굵은 시멘트로 마감했다. 그 누추한 상태는 그나마 시골 길가의 농기계 수리공장 작업장에 비하면 아주 훌륭했다. 방 세 칸이 서로 통하게 되어 있는 회의실 건물을 하늘 높이 솟아오른 오후의 해가 환하고 밝게 비추고 있었지만 햇빛은 회의실 건물에 이르러 구름에 막혀버렸다. 바람이 불었고 창문은 열려 있었다. 바람이 시원하고 상쾌하게 불어 들어와 회의실 안이 상쾌함으로 가득찼다. 낮잠을 거른 탓인지 류 현장은 백 킬로미터가 넘는 길을 오는 내내 묘기공연단의 성공에 들뜬 마음을 가라앉힐 수 없었다. 그 흥분감으로 오히려 졸음이 몰려와 그는 신발을 벗고 상무위원회 회의 탁자 위에 누워 맨발을 창문 쪽으로 향한 채 잠이 들었다. 게다가 경칩의 천둥소리처럼 우렁차게 코까지 골았다. 그윽한 소리와 아주 빠르고 급한 소리가 어우러져 방안이 울렸다. 벽에 걸린 지도가 흔들려 푸르르 소리를 낼 정도였다.

얼마 지나지 않아 상무위원 일곱 명이 모두 도착했다.

모두 도착했다는 것을 류 현장도 감지했다. 그러면서도 여전히 코를 골며 좀더 잠을 청했다. 상무위원들은 회의실에서 속수무책으로 기다려야 했다. 몇 시간이 지나서야 마침내 류 현장은 잠기운을 완전히 쫓을 수 있었다. 잠을 쫓아낸 그는 눈을 비비고 하품을 한 후 노곤한 허리를 한번 쭉 펴고 나서야 제대로 정신이 드는 것 같았다. 류 현장은 맨발로 회의 탁자 바로 앞에 있는 의자 등받이를 툭 차서 사람들을 양쪽으로 나누어 앉게 했다. 그런 다음 여느 때처럼 회의를 시작하기 전에 혼자서 잠시 발가락 틈새를 후볐다. 이런 행동은 결코 류 현장의 발가락이 더럽거나 발가락 틈새가 가렵기 때문이 아니었다. 이 자리에는 현위원회 부서기나 상무부현장 등이 모였다. 이런 시점에 현장이 발가락을 후비는 행동을 하는 것은 회의 자체를 지지부진하게 만들면서 어딜 가든지 잘난 척하고 허세를 부리기 좋아하는 현위원회 부서기나 상무부현장 같은 사람들을 대책 없이 기다리게 하려는 의도였다. 여럿이 모여 회의를 할 때 지위가 가장 높은 간부가 늘 조금 늦거나 꾸물대는 것은 일종의 관례 같은 일이었다. 류 현장은 지각하지 않고 늘 맨 먼저 회의실에 도착해서는 사람들이 모두 모일 때까지 기다렸다가 다들 자리에 앉고 회의 준비가 끝나면 잠시 발가락 틈새를 후볐다. 그러면 회의에 참석한 사람들은 자신들이 얼마나 큰 인내심을 갖고 있고 품위를 지키고 있는지, 그리고 모두가 류 현장의 아랫사람이다보니 류 현장 앞에서는 무조건 온순하고 부드러워야 한다는 사실을 다시 한번씩들 상기하곤 했다. 류 현장이 발가락 사이를 후비는 시간은 그리 길지 않았다. 다른 상무위원이 차를 우리는 정도의 시간을 넘지 않았다. 젓가락 정도 길이밖에 되지 않았다. 동작을 끝낸 그는 탁자 위에 두 손을 쏙쏙 문질렀다. 마치 바러우 사람들이 김을 매고 나서 괭이를 문지르는 것 같았다. 그런 다음 두 발을 의자 등받이에서 내려 주섬주섬 신발을 꺾어 신고 잘 우린 차 한 잔을 받쳐들고서 한 모금 마신 다음 웃으며 말했다. "여러분, 미안합니다. 제가 깔끔하지 못해서 낭탑자[1]가 되어버렸네요." 그러고는 다시 정색을 하면서 엄숙한 어투로 말했다. "모두들 펜을 꺼내고 공책을 꺼내 잘 적도록 하세요. 제 계산을 좀 도와주시기 바랍니다."

상무위원들은 일제히 펜을 꺼내고 공책을 꺼낸 다음 탁자에 엎드려 현장이 말하는 것을 기록할 준비를 갖췄다.

현장이 말했다. "계산해보세요. 일등석 입장권은 한 장에 이백오십오 위안이고, 이등석은 이백삼십오 위안, 삼등석은 이백오 위안입니다. 대충 평균을 내면 한 장에 이백삼십일 위안이 되지요. 매일 한 차례 공연을 하고, 한 번 공연할 때마다 표를 천백오 장 판다고 치면 하루에 얼마를 벌 수 있나요? 이런 식으로 하루에 공연을 두 번 하면 또 얼마를 벌 수 있지요? 계산을 해보세요. 어서요. 여러분이 저의 이 계산을 좀 도와주시기 바랍니다." 여기까지 말하고 나서 류 현장은 다시 입을 다물었다. 상무위원들을 힐끔 쳐다보니 모두들 공책에 자신이 말한 숫자를 받아적고는 계산 공식을 쓰고 있었다. 회의실은 아이들이 교실에서 과제를 할 때와 같은 소리로 가득했다. 그는 헛기침을 한 번 하고 나서 새빨간 목소리로 말했다. "모두들 그만하셔도 됩니다. 제가 벌써 다 계산해놨어요. 한 회에 표를 천백오 장 판다고 치면, 표 한 장에 평균 이백삼십일 위안이니 한 회 공연에 이십오만오천이백오십오 위안의 수입을 올리게 되네요. 젠장, 우리 좀 대담해집시다. 오천이백오십오 위안 같은 잔돈은 필요 없어요. 오천이백오십오 위안은 떼어버리고 하루 한 회 공연이면 이십오만 위안, 두 회 공연이면 오십만 위안이라고 칩시다. 젠장, 하루에 오십만 위안이면 이틀에 백만 위안, 이십 일이면 천만 위안, 이백 일이면 일억 위안이 되네요. 일억 위안이 대체 얼마나 되는 돈입니까? 은행에서 갓 나온 백 위안짜리 새 지폐 백 장짜리 한 묶음이 일만 위안이니 이 일만 위안짜리가 만 다발인 셈이네요. 이 돈다발을 한데 쌓으면 높이가 얼마나 될까요? 발밑에서부터 건물 꼭대기까지는 쌓아야 하지 않을까요."

건물 꼭대기를 언급하면서 류 현장은 고개를 들어 천장을 올려다보았다. 다시 시선을 아래로 내리니 상무위원들도 모두 고개를 쳐들고 천장을 바라보고 있었다. 상무위원들의 얼굴에 각각 새벽녘 동쪽 하늘로 떠오르는 해의 붉은빛이 피어올랐다. 모두의 눈동자가 햇빛 아래 반짝이는 유리알처럼 밝았다. 류 현장의 말이 너무 빠르기도 하고 목청에 힘을 주다보니 침이 비처럼 튀어 회의 탁자 바로 앞부분이 흥건히 젖어 있는 것이 보였다. 가까이 앉아 있던 부현장은 자기 얼굴에 침이 튈까봐 몸을 멀찍이 빼서 비스듬히 기울이고 있었다. 이처럼 삐딱하게 앉은 자세에 기분이 상한 류 현장이 그를 힐끗 쳐다보자 부현장은 황급히 의자를 도로 현장 쪽으로 가까이 가져갔다. 얼굴에 현장의 침방울을 맞으려고 대기하고 있는 것 같았다. 몸에 침이 튈까봐 겁이 나면 실컷 겁을 내라는 듯이 류 현장은 말을 하면서 점점 부현장 얼굴 쪽으로 방향을 틀었다. 그러자 회의 탁자 위로 떨어지던 침방울이 모조리 부현장 얼굴 위로 쏟아졌다. 게다가 류 현장은 일부러 목청을 더 높이고 고개도 더 높이 치켜들었다. 회의실과 건물 복도 전체, 그리고 온 천하가 그의 격앙된 연설 소리로 쩌렁쩌렁 울렸다. 상무위원 몇 명이 모인 회의가 아니라 현 전체의 만인대회가 열리고 있는 듯했다. 십만 명이 참가하는 회의 같았다. 아니, 백만 명이 참가하는 회의 같았다. 류 현장은 그토록 거창하게 계산을 해내보이며 웅장한 어투로 연설을 이어나갔다. 천하가 그의 포효로 가득찼다.

"쌍화이현은 이제부터 높이 날아오를 겁니다. 묘기공연단 하나가 이백 일 동안 공연하여 일억 위안을 벌 수 있으니, 사백 일이면 이억 위안이 들어옵니다. 물론 묘기공연단이 매일 두 번씩 공연할 수는 없겠지요. 이 극장에서 저 극장으로 옮기려면 무대 세트와 조명을 포함하여 온갖 잡다한 것들을 정리하는 데 하루가 꼬박 걸릴 겁니다. 이런 날은 수입이 오십만 위안 정도 줄어들겠지요. 게다가 이 도시에서 저 도시로 이동해야 할 테고, 이 지구에서 저 지구로 옮겨가야 합니다. 그럴 경우 짐을 트럭이나 기차에 싣고 이동해야 하니 아마 며칠이 소요될 겁니다. 며칠 동안 공연을 못 하면 수입이 수백만 위안은 줄겠지요. 또 묘기공연단 단원들에게 월급과 상여금도 지급해야 합니다. 연기자 한 명당 한 회 공연에 오십 위안은 줘야 하니까 두 번 출연하면 백 위안이 됩니다. 그들은 하루에 백 위안을 버니 한 달이면 삼천 위안이나 챙기게 됩니다. 삼천 위안이면 현장인 제 월급의 두 배나 되지요. 하지만 많이 일한 만큼 많이 버는 건 당연한 일 아니겠어요? 우리에게 매일 오십만 위안씩 벌어다주는 사람들이니 한 사람당 매달 이삼 천 위안은 가져가게 합시다. 하지만 계산을 좀 정확히 해둘 필요가 있어요. 한 사람에 삼천 위안이면 열 명이면 삼만 위안, 예순일곱 명이 한 달에 이십만천 위안을 가져가게 되는군요. 이렇게 계산해보면 모두들 분명히 아시겠지요. 이백 일 동안 공연해서 일억 위안을 벌지는 못하겠네요. 이백 일에 그 돈을 벌지 못하면 삼백 일이면 될까요? 삼백 일로도 안 되면 일 년이면 될까요?"

이는 모든 사람들에게 묻는 말인 동시에 일 년이면 틀림없이 일억 위안을 벌 수 있다고 천명하는 것이기도 했다. 이는 너무나 자명했기 때문에 현장은 여기까지 말하고 나서 갑자기 벌떡 일어나더니 앉아 있던 걸상 위로 올라서 손발을 휘두르며 춤을 추기 시작했다. 하늘을 나는 매 같았다.

"여러분 한번 들어보세요. 주두에서 돌아오는 길 내내 저는 이 큰 금액을 계산해봤습니다. 우리 솽화이현 묘기공연단의 연기자들 모두 장애인들입니다. 장애인이기 때문에 국가에서 세금을 한 푼도 징수하지 않지요. 세금을 내지 않는 만큼, 한 푼을 벌어도 전부 우리 현의 재정 수입이 되는 겁니다. 제가 나가 있는 스무날 하고도 하루 동안 공연을 서른세 번 했고, 현의 재정 수입으로 이미 칠백일만 위안이 입금되었습니다. 이런데도 여러분은 우리가 레닌 유해 구매에 필요한 거액의 자금을 모으지 못할까봐 걱정하는 겁니까? 지구에서 우리에게 거액의 빈곤구제금을 지급해준다면 더 좋을 것이 없겠지만, 주지 않는다고 해도 레닌 유해 구매자금 조성은 걱정할 필요가 없다는 이야깁니다."

자금조달 문제를 걱정할 필요가 없다고 말하면서 류 현장은 팔을 허공에 휘두르다가 갑자기 발바닥에 힘을 주었다. 그러고는 허리를 구부려 잔을 들고는 물을 한 모금 들이켰다. 이어서 의자에서 펄쩍 뛰어 상무위원회 회의 탁자 위로 올라섰다. 상무위원들 모두 놀라 몸을 뒤로 젖히면서 의자를 뒤로 끌었다. 류 현장은 이런 반응에 전혀 아랑곳하지 않았다. 그는 현의 우두머리라 그런 데까지 신경쓸 필요가 없었다. 붉은 칠을 한 긴 탁자 위로 올라선 그는 고개를 숙여 아래의 상무위원들을 쳐다보지도 않았다. 높은 곳에 서니 먼 곳을 바라볼 수 있었다. 창문 너머로 현위원회 사무동 복도에 현위원회 각 기관의 간부들이 전부 몰려와 새카맣게 서 있는 모습이 보였다. 회의실 입구와 창문 앞에 모두 모여 목을 길게 뺀 채 안을 들여다보고 있었다. 지구에서 서우훠 묘기공연단의 공연을 보려고 몰려온 도시 사람들이 문과 창문을 사이에 두고 공연을 보던 것처럼 모두들 그의 연설에 귀를 기울였다. 현위원회 건물 앞 공터에도 현장이 지구에서 희소식을 가지고 돌아왔다는 소문을 어떻게 들었는지, 3층 회의실에서 현장이 연설을 한다는 소문은 어디서 들었는지, 현위원회와 현 정부의 간부들과 현 정부 직원들이 잔뜩 몰려와 문 앞을 가득 메우고 있었다.

칠월의 해는 여전히 뜨겁고 맹렬했다. 현위원회 건물 앞도 시멘트 바닥이라 해가 하루종일 내리쬐니 축적된 열에 계란이 익을 정도였다. 그럼에도 사람들은 여전히 그 시멘트 바닥 위에 서서 하나같이 땀으로 범벅이 된 얼굴로 까치발을 하고 고개를 쳐들었다. 그렇게 온몸에 힘을 준 채 3층 창가에 현장의 그림자라도 스치지 않을까 기대하면서 현장의 붉고 찬란한 연설에 귀를 기울였다.

현장은 소리치고 부르짖으며 연설을 이어갔다.

"제 말 잘 들으세요. 쌍화이현은 올해 말이나 내년 초가 되면 더이상 옛날의 쌍화이현이 아닐 겁니다. 올해 말이나 내년 초에 우리는 레닌의 유해를 구매해 와서 레닌산림공원의 기념관에 안치할 겁니다. 그때가 되면 매일 수백수천의 관광객들이 몰려옵니다. 입장권 한 장 가격을 백 위안으로 책정하면 열 명이면 천 위안, 백 명이면 만 위안이 됩니다. 천 명이면 십만 위안이고 만 명이면 백만 위안이라고요!"

현장은 상무위원회 회의실 탁자 위에서 목청 높여 연설을 했다. 그의 목소리는 천둥을 동반한 소나기처럼 거침없이 쏟아졌다. 이 소나기는 현위원회와 현 정부 사무동과 마당을 흠뻑 적시고 사방을 흥건하게 만들었다. 연설과 계산을 동시에 하면서 그는 손가락을 꼽아보았다. 이 거대한 자금의 계산을 모두가 분명히 인식하고 레닌의 유해를 구매해 오면 매일 레닌공원의 입장료가 백만 위안에 달한다는 사실을 모두가 확실히 깨달았을 때, 류 현장은 연설을 잠시 멈추고 두 손으로 주먹을 쥐어 가슴께로 올리더니 하늘을 날던 매가 날개를 접고 활강하듯이 바닥으로 미끄러져 내려오면서 아래를 내려다보았다. 상무위원들 모두 그의 연설을 더 선명하게 듣기 위해, 연설할 때의 그의 동작과 표정을 더 뚜렷하게 보기 위해 또다시 의자를 약간 뒤로 밀었다. 류 현장은 복도에 있던 누군가가 회의실 문을 밀어 살짝 여는 모습을 보았다. 문틈과 창문 위로 기관 간부들의 얼굴들이 긴 줄을 이루면서 하나로 붙어 있었다. 건물 아래 마당의 넓은 공터에만 사람들이 가득 들어찬 것이 아니라 마당 한가운데 연못의 가장자리에도 사람들이 발 디딜 틈 없이 들어섰다. 연못 가운데 있는 가산假山 위에 기어올라간 사람도 보였다. 현장은 모든 사람들의 얼굴에 놀라움의 빛이 반짝이는 것을 보았다. 모든 사람들의 눈동자가 해와 달처럼 맑고 밝았다. 그리하여 그는 목청을 성문처럼 최대한 넓게 활짝 열었고 연설하는 목소리를 산꼭대기 구름 위까지 최대한 높였다. 그의 몸도 매처럼 날개를 활짝 펴고 비상하기 시작했다.

그가 큰 목소리로 포효하듯 말했다.

"하루에 백만 위안이면 열흘에 천만 위안이고, 석 달이면 일억 위안이 됩니다. 일 년이면 삼억 칠천만 위안이 되지요. 삼억 칠천만 위안입니다. 그리고 이 삼억 칠천만 위안이 전부 레닌 유해 관람 입장권 수입이란 말입니다. 게다가 레닌산림공원에는 레닌기념관 외에 구룡폭포와 넓이가 천 무에 달하는 송백림, 만 무나 되는 개방형 동물원도 조성될 예정입니다. 산 위에 오르면 일출을 볼 수 있고 산에서 내려오면 천호와 녹회두, 천선지, 청룡백사동, 방향백초원 등 다양한 경물과 볼거리들이 있어 다 보지도 못할 정도이지요. 사람들은 훈포산에 오르기만 하면 레닌기념관을 관람하게 될 것이고, 그 뒤로도 계속해서 입장권을 사지 않을 수 없게 됩니다. 그러다보면 산에서 하루이틀 묵을 수밖에 없습니다. 숙박을 하게 되면 숙박비를 지출하는 것은 물론이요, 주머니를 털어 밥도 사 먹어야 할 겁니다. 입 닦을 휴지를 사는 데도 이 위안은 쓰게 되지요. 이렇게 계산해보면 관광객 한 명이 산에 한 번 올라가면 최소한 오백 위안을 쓰게 됩니다. 이런 관광객이 만 명이면 우리 현에 얼마를 쓰고 가겠습니까? 우리에게 적어도 오백만 위안은 남겨주고 갈 겁니다! 하지만 일인당 오백 위안만 쓰는 것이 아니라 천 위안을 쓰거나 천삼백 위안, 혹은 천오백 위안을 쓰면 어떻게 될까요? 봄이 되어 여행 성수기가 다가오면 또 어떻게 될까요? 하루에 만 명만 오는 게 아니라 만 오천 명이 온다면요? 이만 오천 명이나 삼만 명이 오면요?"

건물 위와 아래, 자기 앞과 뒤에 모여 있는 간부들과 청중들을 다시 한번 훑어보고 나서 류 현장은 또다시 물을 한 모금 마셨다. 목구멍이 약간 작아졌다. 회의를 마무리할 때가 된 것 같다고 느낀 그는 어쩔 수 없다는 듯이 웃으면서 말했다.

"저는 정말 이 엄청난 금액을 다 계산할 수가 없을 것 같습니다. 여러분이 각자 계산해보시기 바랍니다. 그때가 되면 우리 솽화이현이 일 년에 어느 정도의 수입을 올리게 되는지 계산해보시라는 말입니다. 그때가 되면 수입이 얼마가 아니라 그렇게 많은 돈을 어떻게 쓰느냐가 문제일 겁니다. 돈을 쓰는 것이야말로 정말 어려운 일이지요."

건물 위아래에 빛이 가득한 얼굴로 가득 서 있는 청중과 관중들을 보자 류 현장의 목구멍이 갑자기 성문보다 더 넓게 활짝 열렸고 목소리는 구름 위까지 높아졌다.

"돈을 쓰는 것이 가장 어려운 일입니다! 대로를 넓히고 건물을 짓는 데 돈이 얼마나 들까요? 현위원회와 현 정부 건물을 하늘 중간쯤 닿을 정도로 높이 올리고 각 부와 국도 제각기 건물을 한 동씩 짓게 한 다음, 황금으로 벽을 칠하고 바닥을 깐다고 칩시다. 이렇게 건물을 지어도 돈이 마르지 않고 재정국 장부로 흘러들어올 겁니다. 거대한 강물처럼 매일 현 정부로 흘러들어오는 것이 전부 황금이란 말입니다. 사람들이 얼마나 먹을 수 있을까요? 사람들이 돈을 얼마나 쓸 수 있을까요? 현 전체의 농민들이 농사를 짓지 않고 매달 밭머리에 나와 앉아만 있어도 월급을 준다고 해도 결국에는 다 쓰지 못한 돈이 남아돌게 될 겁니다. 농사를 짓지 않다보면 초조해질 수도 있겠지요. 정 초조하면 밭마다 화초를 심어 일 년 내내 온갖 풀이 자라나 파릇파릇하고 알록달록한 꽃들이 사계절 내내 꽃향기를 내뿜게 하면 됩니다. 그러면 여러분도 사계절 내내 향기로움을 누릴 것이고 도처에 꽃과 풀이 무성해 더 많은 관광객들이 찾아오게 되겠지요. 관광객이 더 많아지면 여러분은 더더욱 돈을 다 쓰지 못하게 될 겁니다. 쌍화이현은 돈을 벌기는 쉬워도 쓰기는 어려운 현이 되겠지요. 그때가 되면, 여러분은 어떻게 하지? 도대체 어쩌면 좋아? 라고 말할 겁니다. 현장인 저도 어떻게 하면 좋을지 모르겠습니다. 현장인 저도 레닌의 유해를 구매하고 레닌산림공원을 조성하는 것만 알았지, 돈을 다 쓰지는 못할 것 같습니다. 가을이 오면 마당에 떨어지는 낙엽을 치우고 또 치워도 끝이 없는 것처럼 여러분도 돈을 다 못 써서 걱정하게 될 겁니다. 그때가 되면 집집마다 돈이 너무 많아서 밥을 먹어도 맛있는 줄 모르고 잠도 제대로 자기 힘들 겁니다. 돈을 다 쓰지 못하는 것이 집집마다 큰 어려움이 되겠지요. 그런 어려움이 생겨도 그건 이 현장의 책임이 아니라 여러분 각자의 책임입니다. 이는 우리 쌍화이현의 혁명과 건설이 마주하게 되는 큰 난제가 될 겁니다. 저보다 훨씬 인내심이 강한 현장이 나타나야 이 난제를 풀 수 있겠지요. 지구와 성 정부에서 사람들을 보내 조사연구를 진행한다 해도 열흘이나 보름, 석 달, 심지어 반년은 걸려야 이 문제를 해결할 수 있을 겁니다……"

해설

1) 낭탑자狼遝子: 방언으로서 늑대 굴 안의 어린 늑대처럼 자기 일을 스스로 처리하지 못하는 사람을 가리키는 말이다.

7장

묘기공연단을 두 팀 결성하자 눈 깜짝할 사이에
온통 기와집으로 변했다

상무위원회 회의는 해가 서쪽으로 기울 때가 되어서야 끝났다. 사람들이 모여들었던 마당은 어느새 아주 조용해졌다. 회의가 끝나자 사람들 모두 흥분을 안고 돌아갔다. 선풍기가 있는 사무실들은 전부 선풍기를 끄고 서랍과 사무실 문도 전부 잠갔다. 복도에는 바닥을 쓸고 쓰레기통을 비우는 임시노동자들만 남아 조용하기만 했다. 이때 현장이 솜을 밟듯이 조용함을 밟으며 자기 사무실에서 나왔다.

그는 집으로 돌아가야 했다. 자신의 경앙당[1]에 한번 가야 했다. 집에 가서 아내와 하룻밤을 자야 했다.

그는 아주 오래 너무 많은 날들을 집에 돌아가지 않았고 경앙당에도 들어가지 않았다.

서우훠마을 묘기공연단의 공연이라는 큰 공적을 이루었고 상무위원회에서 오후 내내 거침없는 연설을 한 탓인지 흥분 뒤에 찾아오는 진한 갈증과 피로가 느껴졌다. 그래서 다시 사무실로 돌아가 잠시 앉아 물을 마셨다. 비서와 사무실 직원들을 모두 내보내고 혼자 남아 반나절을 연설하는 동안 느꼈던 흥분과 레닌 유해 구매 과정의 각 단계를 음미했다. 마침내 지는 해가 그의 창가에서 사라졌다. 붉은 비단이 소리 없이 미끄러져 내려간 것 같았다. 그도 흥분과 피로에서 벗어나 휴식을 찾게 되었다.

창밖의 하늘은 음울하고 무거웠다. 거리도 전부 조용해졌다. 간간히 어렴풋하게 밤 박쥐가 어스름이 내려앉기 전에 밖으로 날아와 건물 앞에서 움직이는 모습과 소리만 보고 들을 수 있었다. 생각해보니 그는 벌써 두 달이나 집에 돌아가지 않았다. 아내에게 내기라도 하듯이 석 달은 집에 돌아가지 않을 수 있다고 큰소리치긴 했지만 그건 어디까지나 허풍이었지, 어떻게 정말로 석 달이나 집에 돌아가지 않을 수 있단 말인가. 집으로 돌아가야 했다. 지난 두 달 동안 자신이 서우훠 묘기공연단을 조직한 일과 묘기공연단을 이끌고 지구로 가서 공연을 진행한 일에 대해 경앙당에 들어가 한참이나 묵도를 드려야 했다. 그런 다음 늦은 저녁을 먹고 텔레비전을 보고, 아내와 함께 침대에 들어야 했다.

그는 갑자기 여인과 즐거움受活을 찾는 일이 생각났다.

자신이 벌써 몇 달째 여인과의 즐거움을 찾지 못한 것이 생각났다. 희귀한 사탕을 먹기 아까워 어딘가에 숨겨놓았다가 갑자기 생각난 어린아이 같았다. 숨겨놓은 것을 한참 동안 잊었다가 문득 생각이 나 입가에 미소가 걸렸다. 그는 의자에서 일어나 컵에 든 물을 꿀꺽꿀꺽 마셔버리고는 곧바로 집으로 돌아갔다.

그런데, 그런데 연극처럼 공교롭게도 그가 막 사무실을 나서며 문을 열려고 할 때, 가장 골치 아픈 사람과 맞닥뜨리고 말았다. 뜻밖에도 서우훠마을의 마오즈 할머니가 보따리 하나를 들고 회색 알루미늄 지팡이에 몸을 의지한 채 문 앞에 떡하니 서 있었다. 그는 잠시 어리둥절할 수밖에 없었다. 그녀가 서우훠 사람들의 합작사 퇴사 문제를 얘기하기 위해 문 앞에서 자신을 기다렸으리라는 것을 그도 예상할 수 있었다. 그는 한 달 전에 그녀에게 퇴사를 약속한다는 쪽지를 써줬던 사실을 기억해냈다. 열흘이나 보름쯤 지나면 현에서 퇴사 수속을 밟을 수 있게 해주겠다고 약속했었다. 이 생각을 하니 집에 가서 여인과 즐거움을 누리려던 마음이 순식간에 싹 사라져버렸다. 머리에 찬물 한 바가지를 뒤집어쓴 것 같았다. 하지만 그는, 오히려 미소를 지었다. 그러고는 놀란 표정으로 웃으면서 말했다. "아이고, 마오즈 할머니, 할머님이셨군요. 들어오세요. 어서 들어오세요."

마오즈 할머니는 그를 따라 얼른 사무실로 들어섰다. 그녀에겐 이 사무실이 전혀 낯설지 않았다. 임진년(1951)에 그녀와 그녀의 남편인 석공이 처음 이곳 마당으로 그 홍군 제4방면군의 현위원회 서기를 찾아와 합작사 입사를 요구했을 때부터 경자년(1961)에 석공이 세상을 떠나고 수십 년이 지나는 동안 끊임없이 이곳으로 서기와 현장을 찾아와 합작사에서 퇴사시켜달라고 줄곧 소란을 피웠었다. 자그마치 삼십 년이 넘었다. 그 삼십여 년 동안 붉은 기와집이었던 현위원회 건물은 어엿한 빌딩으로 바뀌었고, 그렇게 바뀐 빌딩이 또 어느새 낡고 허름해졌다. 초대 현위원회 서기였던 양 서기는 지구위원회 서기도 지냈다. 지구위원회 서기를 한 사람이 또 어디까지 올라가서 은퇴할지 알 수 없었다. 지금까지 지구위원회 서기는 여러 명 교체되었다. 마씨도 있었고 린씨, 수씨도 있었다. 지금의 서기는 뉴씨다. 이 현위원회 사무동은 맨 처음에는 시멘트 바닥에 사람 그림자까지 훤히 비칠 정도로 깨끗했지만 지금은 세월의 침식으로 여기저기 움푹 파였다. 구름처럼 하얗던 벽의 흰 칠도 누렇게 바랜 채 군데군데 벗어진 상태였다. 허공에 매달린 형광등은 십여 년 전 그녀가 처음 보았을 때만 해도 눈처럼 하얗게 빛났는데 지금은 뜻밖에도 거미줄이 잔뜩 쳐져서 불이 켜 있어도 그다지 밝다는 느낌이 들지 않았다. 그마저 형광등 전구 양쪽 끝이 그을려 솥 밑바닥처럼 새카맣게 변했고, 겨우 가운데 반 정도 길이의 구간만 밝았다.

사무실로 들어온 마오즈 할머니는 사방의 벽을 한 바퀴 쭉 둘러보고는 현장의 사무용 책상 쪽 벽에 걸린 솽화이현 구역도에 시선을 두고 잠시 바라보았다. 그런 다음 서우훠를 솽화이현과 바이수향 관할에서 신속하게 퇴출시킨다는 취지로 현장이 써준 쪽지를 현장의 책상 위에 펼쳐놓았다. 그러고는 말했다. "내 현에 와서 보름이나 현장을 기다렸지. 듣자 하니 서우훠 사람들을 데리고 지구에 가서 공연을 했다더군. 공연은 나쁘지 않았는가?"

현장의 얼굴에 미소가 피어났다.

"할머님네 서우훠 사람들이 한 사람당 매달 얼마씩 버는지 아세요?"

마오즈 할머니는 보따리를 바닥 한구석에 내려놓고 현장 맞은편에 앉으면서 말했다.

"얼마를 벌었든 상관없어. 난 퇴사 수속을 하러 온 거니까."

현장은 자신이 직접 썼던 쪽지를 집어들고 쭉 훑어보고 나서 말했다.

"서우훠 사람들은 한 사람 앞에 매달 이삼천 위안씩 벌 수 있습니다. 이삼천 위안이면 커다란 기와집을 한 채 지을 수 있지요. 서너 달 공연을 하면 서우훠 사람들은 마을로 돌아가 충집도 한 채씩 지을 수 있겠네요."

마오즈 할머니는 바닥에 내려놓았던 거친 천으로 된 보따리를 들어 가슴에 안았다. 누군가 갑자기 그 보따리를 빼앗아가기라도 할 것 같았는지. 그러고는 현장의 말에 아랑곳하지 않고 그의 얼굴을 힐끗 보고는 말을 이었다.

"류 현장은 계속 천서天書*를 읽고 있구만. 난 퇴사 수속을 하러 왔다니까."

현장이 목을 빳빳이 세우고 말했다.

"정말이라니까요. 서우훠 사람들의 공연을 본 관중들 모두 열광하더라고요. 공연마다 인산인해였어요. 할머니도 묘기공연단에 참여하신다면 제가 한 달에 이삼 천 위안의 수입을 보장해드리겠습니다."

마오즈 할머니는 손에 든 파란 보따리를 흔들며 말했다.

"나는 안 가."

현장이 물었다.

"오천 드리면 가시겠습니까?

_____

* 하늘이 내려준 글처럼 남들이 이해하기 어려운 글.

마오즈 할머니가 말했다.

"만 위안을 준대도 안 가."

현장이 물었다.

"그 보따리에 할머니 수의가 들어 있지요?"

마오즈 할머니가 말했다.

"한참 생각한 끝에 결심했네. 이번에 류 현장이 서우훠마을 퇴사 수속을 해주지 않으면 이 수의를 입고 현장 집에 가서 죽거나 현장 사무실에서 죽을 걸세."

현장이 이내 엄숙한 표정을 지으며 말했다.

"서우훠의 퇴사 문제는 방금 상무위원회에서 논의했습니다. 상무위원들 모두 제 의견에 만장일치로 동의했지요. 올해 말이나 내년 초에 서우훠를 솽화이현과 바이수향에서 퇴출시키기로 했습니다. 내년 첫날부터 서우훠는 더이상 바이수향과 솽화이현 관할에 속하지 않게 되는 겁니다."

마오즈 할머니는 류 현장을 물끄러미 바라보며 못 믿겠다는 듯한 표정으로 재빨리 다시 물었다.

"류 현장, 마음이 변하는 건 아니겠지?"

현장이 말했다.

"저는 한 입 가지고 두말한 적이 단 한 번도 없습니다."

그녀가 또 물었다.

"그럼 오늘은 벌써 날이 어두웠으니 내일은 수속을 진행해서 내가 서류를 가져가도록 해줄 테지?"

현장이 말했다.

"전체 현위원회와 국, 각 향과 촌 위원회에 하달하는 홍두 문건*은 언제든지 날인하여 내려보낼 수 있습니다. 하지만 오늘 상무위원회에서 어떤 상무위원이 문제를 제기했습니다."

마오즈 할머니의 늙어서 흐릿한 두 눈이 휘둥그레졌다.

현장이 말했다.

"상무위원들은 한 가지 조건을 제시하고 있어요. 서우훠마을의 남녀노소 장애인을 전부 합하면 백예순아홉 명인데 묘기공연단 하나를 조직하는 데는 예순일곱 명이면 충분하지요. 사실 할머님 마을에서는 묘기공연단을 하나 더 만들 수 있습니다. 다른 귀머거리한테 귀에 대고 벤파오를 터뜨리는 묘기를 연습시키고, 다른 절름발이한테는 칼산과 불바다를 뛰어넘는 묘기를 훈련시키는 겁니다. 다른 맹인에게는 밝은 귀로 소리를 알아맞히는 묘기를 연습시키고요. 상무위원들 얘기는 할머니께서 두번째 묘기공연단을 꾸려주시기만 하면 올해 십이월 말 이전에 현에서 반드시 홍두 문건이 하달되게 만들 수 있다는 겁니다. 내년 초하루부터 할머니네 서우훠마을은 더이상 쌍화이현과 바이수향이 관할 지역이 아니게 되지요. 서우훠 사람들은 완전한 자유를 누릴 수 있게 됩니다. 하늘도 땅도 관여하지 않게 되지요. 예전처럼 천당의 세월을 보내게 될 겁니다."

말을 마친 현장은 한참이나 마오즈 할머니의 얼굴을 쳐다보았다. 두 사람 사이에는 책상이 하나 놓여 있었다. 몇 자 되지 않는 거리였다. 지는 해는 이미 서쪽으로 넘어간 지 오래고 황혼이 느릿느릿 창

---

* 상급 지도 기관이 하달하는 공식 문건.

틀 위로 깔리고 있었다. 창밖의 밤 박쥐들도 한 마리 또 한 마리 연이어 날아오르고 있었다. 방안이 조금 어두워졌는데도 현장은 마오즈 할머니의 입꼬리가 바람에 풀잎이 딸려가듯 가볍게 말려 올라가는 것을 보았다. 얼굴에 남아 있던 환한 빛이 의혹과 뒤섞여 잿빛으로 변해 황혼 속에 하나로 녹아들었다.

현장이 말했다.

"현위원회와 현 정부는 서우훠 사람들에게 이로운 쪽으로만 생각합니다. 묘기공연단 한 개를 더 조직하면 서우훠의 모든 가정에서 한 사람씩 참여하게 될 것이고, 연말이면 집집마다 거액의 수입을 거두게 될 겁니다. 내년이면 집집마다 기와집이나 층집을 지을 수 있어요. 그때가 되면 마을 전체가 눈으로 하얀 기와 천지가 될 겁니다."

현장이 또 말했다.

"잘 생각해보세요. 퇴사를 하고 나면, 내년이면 할머님네 서우훠 마을에는 직인이 없어집니다. 집집마다 호구본戶口本도 없어지는 것이지요. 사람은 분명히 이 세상에 살고 있는데 거의 이 세상에 존재하지 않는 것이나 마찬가지라는 말입니다. 물건을 시장에 내다팔려면 물론 사방 어느 시장이든 나가 팔 수 있겠지만 공장이 없으면 추천장을 받을 수 없고 추천장이 없으면 서우훠마을 사람들은 외지에 나가서 장사를 할 수 없습니다. 게다가 솽화이현 제1묘기공연단 혹은 제2묘기공연단의 기치를 달고 외지에 나가서 묘기공연을 진행할 수도 없게 되지요."

현장은 계속 말을 이어갔다.

"잘 따져보세요. 동의하시면 저와 밤을 새워 협의서를 작성하여 서명할 수 있습니다. 현에 묘기공연단 하나만 더 조직하게 해주신다고 약속하시면 됩니다. 이 두 개 묘기공연단이 현을 위해 올해 연말까지만 공연해준다면 모든 출연자들에게 삼천 위안 이상의 월급을 지급할 것을 보장하겠습니다. 아울러 연말에 공식 문건을 하달하여 내년 초부터 서우휘마을이 바이수향과 솽화이현의 관할에서 완전히 퇴출된다는 것도 보장해드리겠습니다."

현장이 말했다.

"해방 이후 지금까지 솽화이현에서는 현장 일곱 명과 서기 아홉 명이 교체되었습니다. 그러는 동안 마오즈 할머니께서는 합작사 퇴사를 위해 삼십칠 년을 뛰어다니셨지요. 하지만 저는 모든 걸 단번에 해결해드린다고 약속하지 않았습니까."

현장이 말했다.

"제가 할머니를 도와드릴 테니 할머니도 절 좀 도와주십시오. 무슨 일이든지 가는 게 있으면 오는 게 있는 법 아닙니까. 묘기공연단을 하나 더 조직하는 데 동의해주시면 저도 내년 첫날부터 서우휘를 완전히 퇴사시키겠다고 약속드리겠습니다. 아주 합리적이고 인지상정에도 맞지요. 양쪽이 바라는 것을 다 만족시키는 셈이고요."

현장이 물었다.

"어떻게 하시겠어요, 약속하시는 거지요? 날이 벌써 어두워졌다고요."

현장이 다시 말했다.

"한번 잘 생각해보세요. 제가 이러는 것도 서우휘마을이 퇴사하기 전에 서우훠 사람들에게 좋은 일 하나 더 해드리려는 겁니다. 할머님네 서우훠마을이 퇴사하고 난 뒤에 제가 레닌 유해를 구매해 와서 훈포산에 안치하게 되면, 그때는 쓸 돈이 없는 것이 아니라 돈은 너무 많은데 쓸 데가 없다는 게 현 전체의 걱정거리가 될 테지요. 하지만 할머님네 서우훠마을은 그때가 되면 소금을 사 먹을 돈도 없고 식초를 살 수도 없을 정도로 가난해지겠지요. 그때 가서는 다시 향과 현에 들어오고 싶어도 뜻대로 안 될 겁니다. 그러니 지금 할머님께서 묘기공연단을 하나 더 조직해서 서우훠마을이 집집마다 일단 거액의 돈을 벌어둘 수 있게 해줘야 한다는 겁니다. 그것이 저를 돕고 어르신과 서우훠마을을 돕는 일입니다."

현장이 말했다.

"이렇게 하시지요. 좀더 생각을 해보시고 내일 제가 출근하자마자 답을 주세요."

현장이 말했다.

"보세요. 해가 창문에서 완전히 사라져버렸네요. 할머님 어디 묵고 계세요? 제가 사람을 시켜 모셔다드리고 좀더 편안하게 지내실 수 있도록 신경을 쓰겠습니다."

현장이 말했다.

"가시지요. 이만 가셔야 합니다."

현장은 이렇게 말하면서 곧장 의자에서 일어났다. 창밖에 지는 해도 현장의 말에 호응하기라도 하듯 사무실 담장 위에서 땅바닥으로 움츠러들었다. 사무실의 불빛은 오히려 더 밝아졌다. 이때 마오즈할머니가 물끄러미 현장을 바라보며 손에 들고 있던 수의 보따리를

320

다시 자신이 앉은 의자의 발치로 내려놓았다. 보따리의 구멍 사이로 수의 두루마기 끝자락이 삐져나왔다. 두루마기 가장자리를 따라 빛나는 황금색 실로 수가 놓여 있어 마치 노란 꽃술이 달린 검은 수화壽花가 핀 것 같았다.

현장은 그 검은 꽃을 바라보았다.

마오즈가 현장의 얼굴을 바라보며 물었다.

"또 한 무리의 사람들을 데리고 바깥에 나가 공연하려면 몇 명이나 있어야 하나?"

현장이 검은 수화에서 시선을 거둬들였다.

"맹인과 귀머거리, 절름발이에 벙어리까지 서른다섯 명 정도면 충분할 겁니다."

마오즈 할머니가 말했다.

"하지만 그 사람들에게는 뛰어난 묘기가 없잖아?"

현장이 빙긋이 웃으며 말했다.

"아주 작은 재주 하나씩만 있으면 됩니다."

마오즈가 목소리를 높였다.

"그럼 내가 몇십 명 골라보지. 하지만 오늘 류 현장이 말한 걸 전부 문서로 작성하고 그 위에 현위원회와 현 정부의 직인, 자네의 지장도 찍도록 해. 서우훠 사람들은 자네가 레닌 유해를 사 올 수 있든 없든 그건 상관하지 않아. 연말이 되면 무조건 공연은 더 하지 않을 것이고, 내년부터 서우훠는 무조건 현 정부나 향 정부 관할에서 배제되는 게야. 또 류 현장 자네는 무조건 서우훠 사람들에게 매달 삼천 위안씩 월급을 지급해야 하고."

일은 이렇게 정리되었다. 그 자리에서 타협이 이루어졌다. 현장이
제시한 조건을 마오즈 할머니로서도 수용하지 않을 이유가 없는 터
라 전부 받아들이기로 했고, 현장도 마오즈 할머니의 요구를 전부
들어주기로 약속했다.

건물 안의 등불이 전부 깊은 어둠에 잠긴 듯했다. 청소하던 사람
들도 복도에서 사라졌다. 건물 전체에 인적이라곤 찾아볼 수 없는
것 같았다. 하지만 현장이 사무실 문을 열고 복도를 향해 소리쳤다.
"누구 없나?" 그러자 또 어디서 나타났는지 직원 하나가 튀어나왔
다. 현장이 그 자리에서 직원에게 일렀다. 얼른 가서 직원들에게 밥
숟가락 놓고 빨리 내 사무실로 오라고 하게. 이리하여 마오즈 할머
니는 이날 밤 서둘러 솽화이현 현위원회와 현 정부, 그리고 현의 모
든 업무를 총괄하고 있는 현장과 계약서에 서명했다. 그 계약서는
모든 조항이 명명백백했고 한 글자 한 글자가 전부 법적 효력을 지
녔다.

두 쪽 분량의 계약서 본문 내용은 이랬다.

갑: 바러우 골짜기 서우훠마을

을: 솽화이현 현위원회 및 현 정부

역사적인 이유로 인해 지난 수십 년 동안 서우훠마을은 퇴사를
통해 이전의 이른바 자유롭고 사람 사는 것 같은 삶으로 돌아갈
수 있기를 강력히 요구해왔다. 위의 정황에 비추어 쌍방은 협의를
거쳐 서우훠마을의 퇴사에 관해 현위원회 및 현 정부와 다음과 같
이 계약을 체결한다.

1. 서우훠마을은 묘기공연단 두 팀을 결성하여 각각 솽화이현 제1묘기공연단, 제2묘기공연단으로 명명한다. 각 묘기공연단의 단원은 오십 인 미만이어서는 안 되며(제1묘기공연단은 이미 결성되어 있음), 제2묘기공연단은 열흘 이내에 결성을 완료해야 한다.

　2. 두 묘기공연단의 관리 권한과 공연권은 모두 솽화이현에 있다. 솽화이현은 서우훠마을 주민 일인당 매월 삼천 위안 이상의 급여를 보장한다.

　3. 두 묘기공연단의 공연 종료 기일은 당해 마지막날, 즉 음력 섣달 자시子時로 한다. 이 시각이 지나면 두 묘기공연단은 솽화이현과 어떠한 행정적, 경제적 관계도 갖지 않는다.

　4. 당해 마지막날 자시부터 서우훠마을은 더이상 솽화이현과 바이수향 관할에 속하지 않고 세상으로부터 완전히 자유로운 마을이 된다. 해당 마을의 모든 사람과 토지, 수목, 하천 및 기타 여러 분야 모두 현이나 향과는 무관하게 된다. 현과 향의 어떤 인사도 서우훠마을의 일에 관여할 수 없다. 단, 서우훠에 천재지변과 인재사고가 발생할 경우, 솽화이현과 바이수향은 무상원조를 진행할 의무가 있다.

　5. 제1묘기공연단과 제2묘기공연단의 공연 계약 만기가 도래하면, 현 정부는 연내에 「향후 서우훠마을이 어떤 현이나 향의 관할에도 귀속되지 않는다는 사실에 대한 규정」을 공식 문건으로 작성하여 현 전체의 각 부와 국, 위원회, 각 향 정부 및 각 촌 위원회에 하달한다.

물론 계약서의 마지막에는 현위원회 및 현 정부의 붉고 커다란 직인이 찍혔고 쌍방의 대리인인 현장과 마오즈 할머니의 서명이 들어갔다. 마오즈 할머니의 강력한 요구에 따라 현장은 서명뿐만 아니라 자신의 이름 밑에 개인 도장과 지장을 찍었고, 마오즈 할머니도 자신의 이름 밑에 지장을 찍었다. 이렇다보니 하얀 종이 위에 온통 빨간 점들이 다닥다닥 찍힌 모양이 꼭 눈 덮인 바러우산맥에 붉은 홍매화가 잔뜩 핀 것 같았다.

　모든 것이 순조로웠다. 사람을 시켜 마오즈 할머니를 현 정부 영빈관에서 편히 지내도록 조치했고, 다음날 그녀를 바러우산맥의 서우훠로 돌려보내 솽화이현의 제2묘기공연단을 구성하게 하는 문제까지 얘기가 잘되었다. 다시 말해서, 황금을 뿜어내는 묘기공연단이 하나에서 둘로 늘어나면서 레닌 유해 구매자금 조달 기간이 절반으로 단축된 것이다. 또한 해를 넘기지 않고 레닌의 유해를 구매하여 솽화이현으로 운송한 다음, 훈포산에 안치하는 일이 더욱더 확실해졌다.

　이처럼 막중한 임무에서 큰 성공을 거둔 마당에 류 현장은 정말로 경앙당에 가지 않을 수가 없었다.

9장
해설 - 경앙당

1) 경앙당敬仰堂: 성당聖堂이라고도 한다. 성당에 관한 이야기는 신축년(1961)과 임인년(1962)부터 시작된다. 당시 굶주림과 흉작으로 류잉췌는 결국 사교社校의 교사였던 류 선생의 양자가 되었고 명실상부한 사교의 자식, 즉 사교와가 되었다. 밥 먹을 때는 밥그릇을 들고 사교 식당으로 갔고, 수업시간에는 의자를 들고 당원 간부들과 함께 교실로 들어갔다. 선생님이 문건을 읽는 것을 한마디 한마디 듣고 신문을 공부했으며, 사설을 읽고 지도자들의 두꺼운 책들을 펼쳐보기도 했다. 당원들과 간부들이 교실에서 담배를 피우거나 졸 때도 그는 꼼짝도 하지 않고 양아버지의 낭송과 강의를 들었고, 양아버지가 교실 칠판에 정자 해서체로 공들여 쓴 글씨를 한 줄 한 줄 읽었다. 사교였기 때문에 강의하는 과목도 당연히 위인들의 이론, 예컨대 마르크스·레닌주의의 경제, 정치, 철학 등이었다. 류잉췌는 그 이론들을 이해하지는

못했지만 계속 듣다보니 글자를 익히게 되었고, 글자를 쓸 수 있게 되었으며 열 살이 되기도 전에 신문에 난 기사들을 뜻은 모르지만 줄줄 읽을 수 있게 되었다. 그가 열두 살 되던 해에 이웃 현의 어느 간부와 눈이 맞은 선생님의 아내가 선생님을 버리고 도망쳐 그 간부의 부인이 되었다. 그뒤로 그는 사교와에서 정식으로 류 선생의 양자가 되어 제대로 된 교육을 받기 시작했다. 그런데 바로 그해 병오년(1966)에 기나긴 '문화대혁명'이 시작되었다. 혁명은 곧 도시 근교에 있는 사교에서 유일하게 교사로 일하고 있는 류 선생의 집이 부농 즉, 적이라는 것을 상기시켰다. 매일 강단에서 위대한 책을 읽는 적이었다. 그리하여 현위원회의 붉은 인장이 찍힌 통지가 사교로 날아왔다. 류 선생은 교사직을 박탈당하고 사교 정문을 지키거나 정원을 청소하는 사람이 되었다. 그뒤로 류 선생은 우울증에 걸려 하루종일 약을 달고 살았다. 몇 년 후, 류잉췌가 열여섯 살, 여동생이 아홉 살, 류 선생 본인은 쉰여섯이 되던 해의 어느 날, 그가 갑자기 협심증으로 쓰러져 몸져눕고 말았다. 그날 류 선생이 땀을 얼마나 흘렸는지 침대 절반이 흠뻑 젖었다. 가을 농번기로 한창 바쁘지만 반대로 학교는 한가할 때였다. 간부들은 모두 집으로 돌아가고 잉췌의 여동생인 류쉬도 시내에 있는 친구네 집에 가고 없었다. 그 큰 사교 안에 류잉췌와 양아버지 둘만 외롭게 남았다. 날은 몹시 후텁지근하여 나뭇잎마저 병든 것처럼 시들시들 매달려 있었다. 매미 울음소리가 채찍처럼 길게 울렸다. 침대 머리맡에만 머물러 있던 류 선생이 갑자기 적삼의 가슴 부위를 부여잡고는 다른 손으로 주먹을 쥐고 명치를 두드렸다. 새하얀 구름처럼 부옇게 뜬 얼굴에는 핏기 하나 없었다. 이때 밖에서 류잉췌가 뛰어들어왔다. 아버지! 아버지! 하고 외치면서 뛰어들어온 류잉췌는 재빨리 류 선생을 들쳐업고 현성의 병원으로 달려가려 했다.

류 선생이 그를 향해 손을 내저었다. 그러고는 잠시 그를 물끄러미 바라보다가 말했다. 잉췌야, 너도 벌써 나이 열여섯이 넘었구나. 나보다 키도 크고 말이야. 네 누이동생 류쉬를 부탁한다. 잘 키워줄 수 있겠지?

류잉췌는 사태가 이미 손쓸 수 없는 지경에 이르렀다는 것을 직감했다. 그는 양아버지에게 고개를 끄덕였다. 하지만 뒤이어 양아버지가 한 말에 대해서는 어떻게 대꾸해야 좋을지 몰랐다. 양아버지가 그에게 물었다. 평생 류쉬를 부탁한다. 그래줄 수 있겠지? 그애가 커서 제 엄마처럼 바람 부는 대로 흔들리는 지조 없는 여자가 될까봐 걱정이구나. 그래도 너는 어려서부터 사교에서 크면서 열세 살에 이미 간부들처럼 사교의 모범이 되었잖니. 나는 네가 큰 인물이 될 거라고 믿는다. 네가 크게 출세하면 그애도 제 엄마처럼 되지는 않겠지. 그애 엄마는 내가 평생 출세를 못하니까 다른 남자를 따라 도망갔잖니. 네가 출세해서 그애랑 결혼할 수만 있다면 내가 죽어도 마음이 편할 것 같구나. 너를 학교 앞에서 주워다 기른 것도 그렇고, 너와 그애를 위해 십 년 동안 노심초사한 것도 헛되지 않을 거야. 여기까지 말한 양아버지의 두 눈에 눈물이 고였다. 협심증 때문에 아파서 눈물이 난 건지, 아니면 마음속 깊은 곳에서 인생의 비애를 느껴 눈물을 흘리는 건지는 알 수 없었다. 얼굴이 너무나 창백하고 노랬다. 눈물방울이 얼굴 위로 굴러떨어질 때 마치 무덤 앞에 놓는 누런 지전 위로 굴러떨어지는 것 같았다.

양아버지의 얼굴을 바라보며 류잉췌는 고개를 끄덕였다. 고개를 끄덕이며 그가 물었다. 그런데 제가 어떤 분야에서 두각을 나타낼 수 있을까요?

학교 안은 한없이 고요했다. 까마귀 울음소리만 교문 밖 나무 위에서 시커멓게 떨어져 내리고 있었다. 그가 고개를 끄덕이자 양아버지의 얼굴에 미소가 번졌다. 한여름 밤 반딧불이의 엷디엷은 불빛 같았다. 양아버지는 침대 가장자리 쪽으로 몸을 움직여 침대 모서리에 걸터앉아 이마에 흐르는 땀을 닦아냈다. 그러고는 류잉췌의 손을 잡아끌어 열쇠 하나를 쥐여주며 말했다. 학교 창고로 가서 동쪽에 있는 방을 열어보거라. 그 방에 들어가보기만 하면 평생 출세하게 될 거야. 어떻게 해야 출세할 수 있는지도 알게 될 거다. 얼마나 크게 출세할지는 네게 달렸어. 운명과 조화에 달려 있기도 하지. 그 방에 들어갔는데도 평생 공사 서기밖에 못 된다 하더라도 이 애비가 너의 미래를 위해 할 만큼은 다 한 셈이다. 관료들한테 평생 선생님 소리를 들으며 살다보니 결국은 자식한테도 정치하는 방법과 관직 얻는 재주를 가르쳐주는구나.

류잉췌는 땀에 젖어 축축해진 열쇠를 손에 쥐고 양아버지의 침대 앞에 성장장[1]하게 서 있었다. 성지로 통하는 길을 찾았으나 감히 발걸음을 떼지 못하는 것 같았다.

양아버지가 말했다. 내가 평생에 걸쳐 습득한 모든 것이 그 창고 안에 있으니 가서 잘 둘러보거라. 보고 나면 평생 출세를 위해 노력하게 될 게다.

그 방안에서 무엇을 보았을까. 아무것도 못 본 것 같으면서도 또 심원한 곳으로 통하는 길을 본 것 같기도 했다. 아니면 까마득히 어두컴컴한 깊은 곳에 희미하게 빛나고 있는 등불 하나를 본 것 같기도 했다.

햇빛이 환하게 빛나며 사교 교정 곳곳을 손이 데이고 눈이 따가울 정도로 뜨겁게 비추고 있었다. 교문 앞에서 교정을 가로질러 동쪽에 있는 그 여러 칸의 창고에 도착했을 때, 그는 그 방에 들어가서 무엇을 보게 될지, 무슨 일이 벌어질지 몰라 두려웠다. 떨리는 마음으로 창고들 가운데 맨 동쪽에 있는 방 앞에서 멈춰 섰다. 정신을 가다듬고 열쇠로 자물쇠를 풀고 문을 열었다. 맨 먼저 본 것은 문에 기대고 있던 햇빛이었다. 돗자리가 바닥에 철퍼덕 쓰러져 퍼지듯 햇빛이 쏴 하고 한꺼번에 방안으로 쏟아졌다. 따지고 보면 이 방도 똑같은 창고일 뿐이었다. 다만 다른 세 개의 창고 안에는 학교에서 쓰는 수레를 덮는 천막과 수레바퀴, 낡은 사다리, 낡은 칠판, 낡은 걸상과 의자, 낡은 교탁 같은 것들이 잔뜩 쌓여 있었다. 또 당원들과 간부들이 수업을 받으러 오지 않을 때 거둬놓은 솥과 밥그릇, 젓가락, 양푼, 접시 같은 것들도 있었다. 하지만 이 방에는 그런 잡동사니들이 하나도 없었다. 대신 교과서들과 갖가지 자료들이 잔뜩 쌓여 있었다. 알고 보니 이 방은 원래 커다란 도서관, 즉 서고였다. 도서관과 다른 점이 있다면 이 방의 책들은 서가에 꽂혀 있는 것이 아니라 벽 둘레에 쭉 붙여놓은 책상들 위에 가지런히 쌓여 있다는 점이다. 벽에는 오래된 신문지가 한 겹 발라져 있었고 바닥에는 벽돌이 깔려 있었다. 천장은 거적과 갈대를 엮어 얹은 초가지붕이었다. 방안에는 곰팡이 냄새가 가득했다. 류잉췌는 길을 잘못 든 사람처럼 문 앞에 멍하니 서 있었다. 그는 안으로 들어가 뭔가 특별한 것이 없는지 찾아보려 하지 않았다. 양아버지가 한번 보기만 해도 출세로 인도해줄 것이라고 했던 그런 물건들은 보이지 않았다. 양아버지가 한번 보면 아주 크게 출세하게끔 할 거라던 그 신비한 물건이 어디에 있는지는 더더욱 알 수가 없었다.

　방안은 극도로 조용했다. 이런 고요함 속에서 류잉췌는 안으로 들어섰다. 첫번째 책상을 따라 안으로 들어가보았다. 그는 책상마다 벽돌처럼 쌓여 있는 책들이 일반 도서관이나 자료실과 달리 한 사람의 저작물만 모아 쌓아둔 것이라는 사실을 발견했다. 한 사람의 저서가 각 책상마다 탑처럼 쌓여 있었다. 맨 아래층은 넓이가 책상 절반쯤 됐고 두번째 층은 뒤로 두 치 정도 물러나 있었다. 세번째 층은 거기서 또 두 치 정도 물러나 있었다. 이런 식으로 쌓아올린 책의 꼭대기 층은 진짜 탑의 꼭대기처럼 몇 권만 살짝 얹혀 있었다. 사교이다보니 이런 책들 가운데 소설 같은 한가한 이야기책이나 잡다한 심심풀이 책은 없었고 전부 정치와 경제, 철학에 관련된 저서들이었다. 천으로 장정한 마르크스와 엥겔스의 전집이 있는가 하면 그들 저작물의 분책도 있었다. 레닌과 스탈린의 저서는 하나도 빠지지 않고 다 있었다. 헤겔³⁾과 칸트⁵⁾, 포이어바흐⁷⁾, 생시몽⁹⁾, 푸리에¹¹⁾, 호찌민¹³⁾, 디미트로프¹⁵⁾, 티토¹⁷⁾, 김일성¹⁹⁾ 등의 책도 있었다. 『공산당선언』이나 『자본론』 『잉여가치론』 『레닌 문집』같은 책은 백 권도 넘었다. 그런가 하면 돌바크²¹⁾의 『그리스도교 폭로』, 포이어바흐의 『미래 철학의 근본 원리』, 로크의 『인간 지성에 대한 시론』, 스미스의 『국부론』 등처럼 절반이 떨어져나간 책들도 있었다. 한 권의 책이 그 방대한 책들 속 어딘가에 처박혀 있는 것은 낙엽 하나가 숲속에 떨어진 것이나 다름없었다. 류잉췌의 양아버지에 의해 그 책더미에서 빠져나와 탑처럼 쌓은 또다른 책더미 속에 들어간 어떤 책은 무척 두드려져 보였다. 두말할 것도 없이 그 방안에 있는 책들 가운데 가장 많은 것은 마오쩌둥의 책이었다. 네 권짜리 『마오쩌둥 문집』과 빨간 비닐 표지의 『마오주석 어록』 같은 책들이 적게 잡아도 수백 세트, 아니 천 세트가 넘는 것 같았다. 마오쩌둥의 책이 그 방에 있는 여덟 개 책상 가운데 세 개 반을 차지했다. 탑처럼 쌓을 때도 한 층에 두 치씩 물리지 않고 한 치씩만 물려서 쌓았기 때문에 꼭대기 층의 책은 거의 천장에 닿을 정도였다. 물론 이 책들을 분류해서 탑으로 쌓은 것만 가지고 류 선생이 사교에서 반평생 교편을 잡은 동안 농사를 지어 거둔 수확이 전부 이 방안에 소장되었다고 말할 수는 없을 것이다. 류잉췌는 첫번째 책상부터 자세히 살펴보기 시작했다. 맨 처음 살펴본 탑은 마르크스의 책이었고 두번째 탑은 엥겔스의 책, 세번째 탑은 레닌의 책, 네번째 탑은 스탈린의 책, 다섯번째 탑은 마오쩌둥의 책, 여섯번째 탑은 디미트로프의 책, 일곱번째 탑은 호찌민의 책, 여덟번째 탑은 티토의 책, 그다음은 헤겔과 칸트, 포이어바흐의 책이었다. 이어서 그는 이 순서대로 각 탑의 꼭대기에 있는 책들을 펼쳐보았다. 그 안에는 놀랍게도 종이가 한 장씩 끼워져 있었다.

류잉췌는 마르크스의 탑 꼭대기의 책에 끼워져 있던 종이를 꺼냈다. 종이에는 쌓아놓은 책과 똑같은 모양으로 계단식 탑의 단면이 그려져 있었다. 맨 아래층부터 위로 쭉 훑어보니 첫번째 층에는 "마르크스, 무인년(1818) 호랑이해 초여름에 독일 라인주 트리어시에서 출생함"이라고 쓰여 있었다.

두번째 층에는 "경인년(1830) 호랑이해, 만 11세가 된 마르크스가 트리어의 빌헬름 김나지움에 들어가다"라고 쓰여 있었다.

세번째 층에는 "을미년(1835) 양해, 17세가 된 마르크스가 본대학 법학부에 입학하여 헤겔학파의 모임인 '박사' 클럽에 가입하다"라고 쓰여 있었다.

네번째 층에는 "임인년(1842) 호랑이해, 만 23세가 된 마르크스가 「최근 프로이센의 검열 제도에 대한 견해」라는 논문을 발표한 데 이어 〈라인신문〉의 편집장이 되다. 이듬해 예니와 결혼하다"라고 쓰여 있었다.

일곱번째 층에는 "을사년(1845) 뱀해, 마르크스가 프랑스에서 추방당해 벨기에 브뤼셀로 가다"라고 쓰여 있었다.

열일곱번째 층에는 "임술년(1862) 개해, 43세의 마르크스가 『자본론』을 집필하기 시작하다"라고 쓰여 있었다.

서른번째 층에는 "계미년(1883) 양해, 마르크스가 65세도 안 된 나이에 우수와 경칩 사이에 세상을 떠나면서 전 세계 무산계급혁명의 위대한 지도자가 되다"라고 쓰여 있었다.

이번엔 엥겔스의 탑 꼭대기에 있는 책에서 종이를 꺼냈다.

레닌의 탑 꼭대기에 있는 책에서 종이를 꺼냈다.

스탈린의 탑 꼭대기에 있는 책에서 종이를 꺼냈다.

마오주석의 탑에 있는 책에서 종이를 꺼냈다……

그는 엥겔스 탑의 첫번째 층에 "경진년(1820) 용해, 라인주 바르멘시의 한 자본가 가정에서 태어나다"라고 쓰인 부분에 연필로 밑줄이 그어져 있는 것을 발견했다.

레닌의 탑 첫번째 층에는 "경오년(1870) 말해, 평범한 노동자 가정에서 태어나다"라고 쓰여 있고, 그 아래 빨간색으로 밑줄이 그어져 있는 것을 발견했다. 서른다섯번째 층에는 "정사년(1917) 뱀해, 소련의 시월혁명이 성공하고, 47세의 레닌이 소련공산당 총서기가 되다"라고 쓰여 있고, 그 아래 빨간색 밑줄이 두 줄 그어져 있는 것도 발견했다.

스탈린의 탑 맨 아래층에는 "기묘년(1879) 토끼해, 스탈린이 조지아의 가난한 가정에서 태어나다. 부모 둘 다 가난한 농노로, 온 가족이 구두장이인 부친에 생계를 의지하다"라고 쓰여 있고, 그 아래에 빨간색으로 밑줄이 세 줄 그어져 있는 것을 발견했다. 꼭대기 층에는 "갑자년(1924) 쥐해, 민국 13년에 레닌이 병으로 사망하자 스탈린이 정권을 이어받아 소련공산당 총서기가 되다"라고 적혀 있고, 그 아래 빨간색 밑줄이 세 줄 그어져 있는 것을 발견했다.

마오쩌둥의 탑 맨 아래층에는 "계사년(1893) 뱀해, 마오주석이 사오산충의 한 농사꾼 집안에서 태어나다"라고 쓰여 있고, 그 아래 빨간색 밑줄이 두 줄 그어져 있었다. 아홉번째 층에는 "정묘년(1927) 토끼해, 장제스가 반혁명 정변을 일으켜 전국을 백색테러에 몰아넣다. 공산당은 한커우에서 8·7회의를 열고 마오쩌둥이 보궐선거에서 중앙정치국 후보위원으로 당선되다"라고 쓰여 있고, 그 아래 빨간색 밑줄이 두 줄 그어져 있었다. 열번째 층 칸에는 '추수 폭동'이라는 단어가 쓰여 있고, 그 아래에 빨간색 밑줄이 세 줄 그어져 있었다. "을해년(1935), 마오주석이 41세에 쭌이遵義 회의에서 당 중앙 핵심 지도자의 지위를 확립하다"라고 쓰인 부분에도 빨간색 밑줄이 세 줄 그어져 있었다. "을유년(1945), 마오주석이 51세에 중국공산당 중앙당 주석에 당선되다"라고 쓰인 부분에는 아래에 빨간색 밑줄이 다섯 줄이나 그어져 있었다. 맨 꼭대기 층에는 "임자년(1954), 당 주석 및 국가 주석 겸 군사위원회 주석이 되다"라고 쓰여 있고, 그 아래 빨간색 밑줄이 아홉 줄이나 그어져 있었다……

맨 마지막 탑에는 여러 사람들의 책이 함께 쌓여 있었다. 그는 그 꼭대기에서 또다른 종이를 꺼냈다. 종이에는 수십 개의 칸이 탑처럼 그려져 있었다. 하지만 각 칸마다 쓰여 있는 것은 위인의 이름이나 생전 사적이 아니었다. 이름이 적혀야 할 칸은 가을날 텅 빈 논밭처럼 비어 있었다. 그는 양아버지가 이 표를 누구 몫으로 그려둔 것인지 알 수 없었다. 각 층의 칸들이 전부 특별할 것 없이 사뭇 평범하기만 했다. 첫번째 층에는 맹물처럼 담담하게 '공사 통신원'이라는 몇 글자만 쓰여 있었다.

두번째 층에는 '사교원社教員'이라고 쓰여 있었다.

세번째 층에는 '국가 간부', 다섯번째 층에는 '공사 서기, 여덟번째 층에는 부현장, 아홉번째 층에는 현장이라고 쓰여 있고, 그 위로는 칸만 있고 글자가 없었다. 현장보다 높은 직급의 지구 전문위원이나 성장이라고 쓰여 있는 칸은 없었다. 아마도 그의 양아버지는 현장이 가장 높은 자리이고, 현장만 되면 그것으로 충분하다고 여긴 모양이었다. 황제와 마찬가지로 더이상 위로 올라갈 필요도 없다고 생각해서 윗칸들을 빈 칸으로 남겨둔 듯했다. 그는 아주 꼼꼼하게 칸을 세어보았다. 비어 있는 칸이 열아홉 층까지 올라갔다. 이 열아홉 층 안에 꼭대기 층이 있었다. 계급에 맞춰 순서대로 쓰자면 당 주석과 국가 주석, 군위원회 주석 같은 현란한 명칭들이 쓰여 있어야 했다. 뜻밖에도 그 칸들은 공백으로 남아 있지만. 그러나 비었는데도 불구하고 이 열아홉 칸에는 글자가 있건 없건 한 줄 혹은 몇 줄의 빨간 밑줄이 그어져 있었다. 열아홉번째 칸에는 빨간 밑줄만 가득했다.

그 방에서 또 무엇을 보았을까? 더이상은 아무것도 보지 못했다. 책과 책의 탑, 탑 꼭대기 책에 끼여 있던 종이, 종이에 그려진 탑 모양의 여러 칸들과 각 칸에 적힌 위인들의 생애와 업적이 전부였다. 책 속에는 출신이 비천하면 빨간 밑줄이 많고, 그 인물이 권한과 직급이 높고 커질수록 빨간 밑줄이 현저하게 많다는 것만 알 수 있었다.

또 무엇을 보았을까? 확실히 아무것도 없었다. 탑 모양으로 쌓은 그 책들을, 그 책 속 종이들에 그려진 탑의 여러 층과 칸에 하나하나 적혀 있는 위인들의 생애와 업적을 살펴보면서, 그는 그 책들과 사람들과 사건들을 전부 다 알 것 같았다. 사교의 수업 시간에 어느 정도 다 들어본 듯했다. 유일하게 그가 알고 있는 내용과 달랐던 것은 엥겔스가 이렇게 위대한 사람이고 자본가 집안 출신이라는 사실이었다. 자본가 출신이 평생 가난으로 고통받는 노동자계급을 대변하는 일을 했다는 것이 전혀 뜻밖이었다. 또한 레닌도 평범한 노동자 집안 출신이었다는 것, 그토록 위대한 인물인 레닌의 집안은 어느 숲속의 수많은 나무들 가운데 한 그루처럼 지극히 평범한 가문이었다. 스탈린이 농노 집안에서 태어났고 부친이 구두장이였다는 것, 그 구두장이 아들이 마침내 전 세계 사람들을 깜짝 놀라게 할 인물이 되었다는 것 역시 전혀 생각지 못했었다. 또 그 누구보다 위대한 인물인 마오주석 역시 평범한 농사꾼 집안 출신이었다는 것도 몰랐다. 류잉췌는 그렇게 조용히 그 방에 서 있었다. 문과 창문으로 쏟아져들어온 햇빛이 바닥에 펼쳐졌다. 류잉췌는 아주 오랫동안 책의 탑들을, 책의 탑이 그려진 종이에 적힌 그들의 생애와 빨간 밑줄을 살펴보았다. 그는 양아버지가 한번 보기만 하면 스스로 출세하기 위해 노력하게 될 거라고 말했던 그것을 발견한 것 같기도 했고, 혹은 아무것도 발견하지 못하고 눈앞을 스치는 바람

밖에 보지 못한 것 같기도 했다. 바람은 스쳐지나가 흔적도 없이 사라져버렸다. 그는 그 바람 속에서 뭔가를 잡으려고 애쓰면서 그렇게 조용히 서서 말없이 생각에 잠겼다. 문득 사교 교정의 고요함 속에 묵직하고 둔중한 소리가 들려왔다.

앙상하고 외롭게 서 있던 나무 한 그루가 갑자기 쓰러진 것 같았다.

어디선가 목화솜이나 쌀겨 한 자루가 쿵 떨어진 것 같았다.

순간 멍하니 서 있던 류잉췌는 방에서 후다닥 뛰어나가 날듯이 적막한 사교 교정을 가로질러 대문 입구에 있는 자기 집 앞에 멈춰 서서 꼼짝도 하지 못했다.

양아버지가 침대에서 굴러떨어진 것이었다.

그렇게 양아버지가 죽었다.

죽기 전에 그의 두 손은 가슴 앞 적삼 자락을 움켜쥐고 있었다.

양아버지는 사교에서 나이가 가장 많은 선생님이었다. 현임 현장과 서기도 모두 사교에서 공부했고, 둘 다 양아버지의 학생이었다. 양아버지를 묻던 날 현장이 찾아왔다. 그는 사흘 전에 양아버지가 보낸 서신을 한 통 받았다고 했다. 서신에서 양아버지는 자신이 현의 모든 당원과 간부들에게 마르크스·레닌주의 이론을 교육하는 데 평생을 바친 공로를 인정하여 현 정부에서 자신의 딸이 공부를 마칠 수 있도록 지원해주기 바란다고 썼다. 또한 자신의 아들 류잉췌가 빨리 일을 할 수 있도록 자리를 주선해주기를 바란다고 썼다. 가능하면 자신의 고향인 바이수향 인민공사로 보내주었으면 한다고, 그가 아직 나이가 어리니 우선 공사의 통신원으로 일하다가 이 년 정도 지나면 다시 자기 향으로 돌아와 사교에서 일하게 해주었으면 한다고, 그리고 성과에 따라

다시 자리를 옮겨주었으면 한다고 썼다.

이리하여 현 정부에서는 그를 바이수향 인민공사의 통신원으로 일하게 해주었다.

바로 이때, 젊은 류잉췌는 문득 양아버지가 그린 이름 없는 그 탑의 도표가 자신을 위해 설계한 인생 분투의 도표라는 것을 깨달았다. 양아버지가 자신에게 얼마나 큰 기대를 걸었는지도 알게 되었다. 양아버지는 그의 인생 탑 도표를 위인들과 나란히 놓고 그 빨간 밑줄을 통해 그에게 위인들도 처음에는 모두 평범한 사람들이었음을 말해주고 싶었던 것이다. 피나는 노력과 분투가 있어야만 그도 여러 위인들과 마찬가지로 위대한 인물이 될 수 있다는 사실을 깨닫게 하려 했던 것이다.

사교를 떠나 바이수향 인민공사로 가던 날, 그는 서고로 가서 그 맨 꼭대기에 있던 책들 안에 끼워져 있던 종이들을 전부 꺼내 가져갔다. 그리고 특별히 맨 아래층 칸에 쓰여 있는 것이 공사 통신원이고, 두번째 층에 사교원, 다섯번째 층이 공사 서기, 아홉번째 층이 현장, 열번째에서 열아홉번째까지 빈 칸이었던 그 종이를 한번 더 들여다보았다. 그 탑 모양 도표를 들여다보면서 그는 가슴속이 벌레가 꿈틀거리는 것처럼 간지러웠다. 발밑에서부터 한줄기 힘이 생겨나 발바닥과 뼈를 타고 올라가 오장육부를 뚫고 지나갔다. 바로 그 순간, 양아버지가 세상을 떠났다는 슬픔은 그의 몸 밖으로 빠져나갔고, 하늘이 맑아지면서 해가 나오듯이 눈앞이 온통 밝은 빛으로 가득찼다. 그는 한순간에 훌쩍 성장한 느낌이 들었다. 열여섯 살이 스무 살보다 더 어른인 것 같았다. 양아버지의 죽음이 신의 눈앞에서 커다란 문을 활짝 열어젖혀준

듯, 그 문 안으로 들어서면 곧장 하늘로 통하는 길로 들어서게 될 것만 같았다.

그는 탑 모양의 도표가 그려진 종이를 한 뭉치 들고 바이수향 인민 공사로 가서 신문 배달과 편지 배달, 물 끓이기, 마당 쓸기 등 잡일을 담당하는 공사 통신원이 되었다.

십 년 후 공사 서기가 되어 어느 변방의 황제처럼 비바람을 호령하는 위치에 오르자 공사 숙소에 방을 하나 더 마련해 양아버지가 사교에 만들었던 그 서고를 모양만 조금 바꾸어 다시 마련했다. 그 방에 마르크스와 엥겔스, 레닌, 스탈린, 마오주석, 티토, 호찌민, 김일성 등 열 명의 지도자 초상화를 순서대로 붙이고, 그 아래에는 주더와 천이, 허룽, 류보청, 린뱌오, 펑더화이, 예젠잉, 쉬샹첸, 뤄룽환, 녜룽전 등 10대 원수*의 초상화를 붙여놓았다. 그리고 이 초상화들마다 밑에 탑 모양의 도표를 붙여놓았다. 모든 도표에는 그 인물의 생애와 영전의 내용을 적어넣었다. 이 스무 장의 초상화들이 두 줄로 붙어 있는 벽의 맞은편에는 그의 양아버지 초상화가 확대되어 액자에 담긴 채 걸렸다. 그 액자 바로 옆에는 똑같은 크기의 열아홉 층짜리 탑 모양의 도표가 걸렸다. 도표의 맨 아래 층에는 글 몇 줄이 빼곡하게 적혀 있었다. "류잉췌는, 경자년(1960) 기근에 솽화이현에서 태어났다. 한 살 때 부모에 의해 교외 들판에 버려졌다. 양부는 솽화이현 사교의 선생이다. 류잉췌는 어려서부터 총명하고 머리가 좋아 초등학교에 입학하기도 전에 이미 글

---

* 중화인민공화국의 건립 과정에서 혁혁한 공을 세운 열 명의 중국 인민해방군 군사지도자를 일컫는다.

을 전부 깨우쳐 신문을 읽거나 편지를 쓸 수 있었다. 또한 이미 마르크스·레닌주의 이론을 대략적으로 이해했다."

두번째 층에 적힌 글은 세 줄이었다. "을묘년(1976) 토끼해 16세에 양부를 병으로 잃고 생계가 어려워지자 혁명의 대업에 뛰어들어 바이수향 인민공사 통신원이 되었다."

세번째 층에는 "무오년(1978) 말해 19세에 정식으로 국가 간부가 되었고, 현 전체의 선진 사회주의교육운동 종사자로 평가받았다"라고 쓰였다.

다섯번째 층에는 "무진년(1988) 용해 29세에 류린향 당 위원회 서기가 되었다. 동시에 현 전체 투자유치의 최고 실적을 기록했다"라고 쓰였다.

여섯번째 층부터 탑 꼭대기까지 올라가는 층들은 전부 비었다. 앞으로 그가 채워나가기를 기다리고 있었다.

이렇게 방 하나에 위인들의 초상화와 위인들의 생애를 탑 모양으로 작성한 도표가 붙어 있고 그 맞은편 벽에는 양아버지의 초상화와 류잉췌의 생애를 내용으로 하는 도표가 붙어 있었다. 이 방은 그가 승진하여 자리를 옮길 때마다 함께 따라가 자리를 옮겼다. 이 향에서 저 진으로, 저 진에서 다시 솽화이현 현위원회 겸 현 정부의 관사 남쪽에 위치한 방 두 칸짜리 집으로 옮겨갔다. 그 두 칸짜리 집은 신성함과 엄숙함으로 가득한 곳이었다. 류잉췌는 마음속으로 자연스럽게 그곳을 경앙당이라고 불렀다.

해설

1) 성장장聖莊莊: 신성하면서도 장중하다는 뜻.

3) 헤겔: 독일의 고전철학자(1770~1831).

5) 칸트: 독일의 고전유심주의철학의 창시자(1724~1804).

7) 포이어바흐: 독일의 유물주의 철학자(1804~1872).

9) 생시몽: 프랑스의 공상적 사회주의자(1760~1825).

11) 푸리에: 프랑스의 공상적 사회주의자(1772~1837).

13) 호찌민: 베트남사회주의공화국 주석(1890~1969).

15) 디미트로프: 사회주의 불가리아공화국 공산당 총서기 겸 장관
회의 주석(1882~1949).

17) 티토: 사회주의 유고슬라비아공화국 공산당 총서기(1892~
1980).

19) 김일성: 사회주의 조선민주주의인민공화국 공산당 총서기
(1912~1994).

21) 돌바크: 프랑스의 유물주의 철학자, 무신론자(1723~1789).

23) 로크: 영국의 철학자 겸 정치사상가(1632~1704).

25) 스미스: 영국의 자산계급 경제학자로서 고전정치경제학 이론
체계를 수립했다(1723~1790).

11장

앞에는 위인들의 초상, 뒤에는 양아버지의 초상

큰 공을 세우고 대승을 거뒀으니 류 현장은 마땅히 경앙당에 가야 했다. 살면서 공을 세우거나 승리할 때마다 그는 어김없이 그 성스러운 장소에 한 번씩 가주곤 했다.

밤은 이미 천천히 아주 깊은 곳으로 빨려들어가고 있었다. 달빛은 사라지고 별들도 숨어버렸다. 구름이 안개처럼 현성 전체를 뒤덮었다. 비가 내릴 것 같았다. 하늘 아래는 온통 어둠이었고 후텁지근한 대기가 벽처럼 빽빽하고 조밀하게 류 현장 주위를 휘감았다. 거리의 가로등은 간혹 불이 켜지기도 했지만 전구가 터져 타버렸거나 선이 끊어져 대부분 꺼져 있었다. 쌍화이현 현성은 예전과 많이 달라졌다. 류 현장은 실권자가 된 뒤로 레닌 유해 구입을 위해 조달한 자금에서 일부를 떼어내 현성에 도로를 확충하고 교차로도 몇 군데 늘렸다. 하지만 현의 낡고 쇠락한 모습은 여전했고 현위원회와 현 정부 사무동 앞 새 도로에만 밤새 가로등이 환하게 켜져 있었다. 하지만 류 현장은 신시가지를 걷고 싶지 않았다. 신시가지에는 밤새 더위를 식히려는 노인과 아이들이 많이 나와 있었다. 그 사람들 가운데 현장을 모르는 사람은 하나도 없었다. 병오년(1966) 말해에 '문화대혁명'이 천지를 뒤흔든 뒤로 세상에 마오주석을 모르는 사람이 없는 것과 마찬가지였다. 그가 쌍화이현에 현장으로 부임하여 삼 년 내로 훈포산 산림공원을 조성하고 레닌기념관을 세워 그곳에 레닌의 유해를 사다가 안치하겠다고 공언한 뒤로, 현성의 크고 작은 거리마다 노인이나 아이 할 것 없이 그의 얼굴을 모르는 사람이 없었다. 직접 작성하여 현 전체 팔십일만 주민에게 보낸 문서에서 그는, 레닌의 유해를 구입해 와서 훈포산에 안치하기만 하면 쌍화이현은 그 즉시 농민들이 병원에 가 무료로 진찰을 받을 수 있고, 아이들은 무료로 학교에 다닐 수 있게 하리라 했다. 주민들이 전기세와 수도세를 내지 않으며, 농민들이 장을 보기 위해 현성으로 들어올 때 표를 사지 않고도 차를 탈 수 있도록 하겠다고 공언했다. 또한 기념관이 문을 열면 이 년 내에 현에 거주하는 모든 가구에 건물을 한 채씩 나눠주겠다고도 했다. 그 문서는 가랑비처럼 각 가구에 촉촉이 스며들어 현 주민들의 마음에 뿌리를 내렸다. 사람들은 자연히 류 현장을 신명神明으로 여기게 되었다. 벽촌의 농민들은 어디서 샀는지 모를 현장의 사진을 집안에 걸어놓았다. 혹은 현장의 초상화를 구해 보살이나 부뚜막신, 마오주석의 초상화와 나란히 함께 걸어놓기도 했다. 설날 문신*을 붙일 때, 한쪽에는 관우의 상을 붙이고 다른 한쪽에는 현장의 초상을 붙이는 집도 있고, 한쪽에 현장의 초상을 붙이고 다른 한쪽에는 조자룡의 초상을 붙이는 집도 있었다.

언젠가 한번은 현장이 시골에 내려가 어느 작은 음식점 앞을 지나다가 그 집에 '객지가'라고 제자題字를 써준 적이 있었다. 그뒤로 이 '객지가' 음식점은 갑자기 불이 붙은 듯이 장사가 잘되기 시작하여 손님이 끊이지 않았고 매출도 눈덩이처럼 불어나며 크게 번창했다. 또 한번은 현장이 길가에 있는 객점에서 하룻밤 묵은 적이 있었다. 그 객점 주인은 현장이 사용했던 세숫대야와 수건, 비누통을 고스란히 거둬 붉은 천에 싼 다음, 염물¹⁾로 상자에 잘 넣어두었다. 그리고 현장이 묵었던 방문 앞에는 '모년 모월 모일 현장 류잉췌가 이 방에 하룻밤 투숙함'이라고 쓴 나무판자 팻말을 걸어두었다. 그뒤로 하룻밤에 십 위안이던 그 객실의 숙박료는 갑자기 이십 위안으로 올랐고, 평소에 손님이 별로 없던 객점이 나중에는 현장이 묵었던 침대에서 한번 자보고, 현장이 앉았던 의자에 한번 앉아보려는 손님들로 문전성시를 이루었다. 장거리를 운행하는 어느 운전기사는 류 현장이 묵었던 방에서 하룻밤 자보겠다는 생각에 다급하게 가속페달을 밟아 백 리가 넘는 길을 더 달려 이곳까지 오기도 했다.

쌍화이현에서 류 현장은 대단한 인물이 되었다. 건륭제 시기의 건륭 같고 강희제 시기의 강희 같고 명나라 때의 주원장이나 송나라 때의 태조 같았다.

류 현장은 함부로 혼자서 거리를 돌아다닐 수 없는 사람이 되었다. 그랬다가는 주민들이 그를 에워싸고 이것저것 물어보거나 앞다

---

* 음력 정월에 문 좌우 양쪽에 붙이는 두 개의 신상(神像).

뭐 악수를 하려고 덤빌 것이기 때문이었다. 품에 안고 있던 아기를 그의 손에 밀어넣으면서 안아달라고 했다가 나중에 아기를 안고 사방팔방 돌아다니며 "현장님이 우리 아이를 안아줬다"고 떠들고 다닐 것이기 때문이었다.

이제는 서우휘 묘기공연단의 공연이 지구 내에서 가을바람이 낙엽을 휩쓸어가듯 돈을 긁어모은다는 것을 모르는 이가 없었다. 레닌의 유해를 구매한다고 했으면 반드시 구매하리라는 점도 누구나 다 알고 있었다. 이제 내일 아니면 모레 아주 갑작스럽게 좋은 시절이 도래할 것이 분명하다고 모두가 믿었다. 류 현장은 이미 쌍화이현의 신이었다. 팔십일만 명의 주민이 존경했기에 당연히 혼자 거리를 돌아다닐 수 없는 그런 사람이었다. 다행히 하늘이 온통 캄캄한 터라 류 현장이 후미진 골목을 잘 골라서 현 정부 관사로 간다면 피하지 못할 사람이나 피하지 못할 일을 맞닥뜨리진 않을 것이었다.

관사는 현 정부 사무동 건물 북쪽의 단지 안에 있었다. 경앙당도 당연히 그 단지 안에 자리했다. 현장 가족은 단지의 가장 안쪽에 있는 서양식 건물에 거주했다. 경앙당은 가속원의 가장 남쪽에 있는 세 칸짜리 큰 집에 있었다. 이 세 칸짜리 집은 원래 현 정부 어느 부서의 회의실이었으나 나중에 그 부서가 이사해 나가면서 현장의 요청으로 성전으로 꾸미게 된 것이다. 밤이 아주 깊어 거리로 더위를 피하러 나온 사람들도 하나둘씩 집으로 돌아갔다. 현장이 관사 문 안으로 들어서자 나이 예순셋의 늙은 문지기가 그때까지 자지 않고 있다가 건물 창문 너머로 류 현장을 보고는 황급히 달려나와 허리를 숙여 인사를 했다.

현장이 말했다. "아직 안 주무셨어요?"

늙은 문지기가 대답했다. "오후에 현위원회 건물 아래서 현장님이 탁자 위에 올라가 연설하시는 걸 들었습니다. 머지않아 돈을 다 못 써서 남아돌게 될 것이 걱정인 그런 날이 올 거라고 생각하니 잠이 안 오네요."

현장은 활짝 웃는 얼굴로 노인에게 고개를 끄덕이며 안심하라는 취지로 몇 마디 건네고는 몸을 돌려 남쪽 맨 끝에 있는 건물 뒤편의 자기 집 쪽으로 걸어갔다. 밤의 정적 속에 발소리가 터벅터벅 울려 퍼졌다. 방문 앞까지 온 그는 몸을 돌려 주위를 둘러보았다. 그러고 는 문설주 틈을 더듬어 열쇠를 꺼내 문을 열고 들어갔다. 이어서 안 에서 문을 닫은 그는 문 옆 스위치를 올렸다.

순식간에 방안이 하얗게 밝아졌다. 천장에 달린 형광등 세 개가 세 칸짜리 집을 아주 환하게 밝혀주었다. 벽에는 말끔하게 흰색 석 회가 발라져 있고 문과 창문은 단단히 잠겨 먼지조차 쉽게 날아들 어올 수 없었다. 방안에는 탁자 하나와 의자 하나를 제외하고 다른 가구나 장식품은 전혀 없었다. 문과 마주한 벽에는 두말할 것도 없 이 위인들의 초상화가 걸려 있었다. 윗줄에는 마르크스와 엥겔스, 레닌, 스탈린, 마오쩌둥, 티토, 호찌민, 김일성 등 열 명의 영도자들 의 초상화가, 아랫줄에는 중국 10대 원수들의 초상화가 걸려 있었 다. 아랫줄에 걸려 있는 초상화는 다 합쳐서 열한 장이었다. 열한번 째로 현장인 류잉췌 자신의 초상화를 걸어놓았다. 등뒤에도 초상화 가 있었다. 다름 아닌 양아버지의 초상이었다. 그 밑에는 류 현장이 친필로 쓴 '솽화이현의 마르크스·레닌주의 전파자'라는 문구가 붙어 있었다. 문을 마주한 벽면에 걸린 초상화마다 액자 밑에 위인들의 생애와 사적, 언제 어떤 직무와 권력을 가졌는지 상세하게 쓰여 있음은 물론이었다. 특별히 주목해야 할 부분에는 예전에 양아버지가 그랬던 것처럼 빨간 밑줄이 그어져 있었다. 예컨대 린뱌오가 23세에 군단의 사단장이 되었다는 기록과 허룽이 불과 31세의 나이에 군단장이 되었다는 기록에, 주더가 19세가 되던 을사년(1905) 뱀해에 위안스카이가 스스로 황제가 된 것에 반대하는 봉기에 참여했고 20세인 병오년(1906) 말해에는 또 돤치루이에 반대하는 호법 전쟁에 참여했다는 기록 밑에도 모두 빨간 줄이 그어졌다. 그 부분들은 하나같이 류 현장의 인생을 고무하고 자극했다. 그리하여 그가 경앙당에 들어설 때마다 벽에 걸린 위인들에 대한 경모의 마음이 더욱 간절해지면서 자신의 인생에 더욱더 채찍질을 가했다. 특히 린뱌오가 겨우 스물셋밖에 안 된 나이에 군대를 조직하여 국내외를 깜짝 놀라게 하면서 핑싱관 대첩*을 지휘했다는 부분을 읽을 때마다 류 현장은 자신은 스물한 살이 다 되어서야 겨우 바이수향 인민공사 사회주의교육운동원이 되었던 점을 되새겼다. 그리고 매년 시골에 내려가 땅바닥에 쭈그리고 앉아 농민들에게 사설을 많이 읽어라, 신문을 많이 읽어라, 밀을 벨 때가 되었으니 미리 낫을 갈아둬라, 가을 파종을 해야 하니 어서 밭을 갈아라 하고 재촉하면서도 마음속에서는 쓰린 고통이 울컥 올라오고 발밑에서도 뜨거운 기운이 솟아올라왔던 자신을 기억했다. 덕분에 스스로 열심히 노력해야겠다는

---

* 1937년 9월 25일 팔로군 제15사단이 기습 작전으로 일본군을 섬멸한 전투.

마음을 항상 유지할 수 있었다. 그래서 이 마을 저 마을 다니며 여름에는 장마가 닥치기 전에 밀을 베어 창고에 저장하도록 하고, 겨울에는 서리가 내리기 전에 싹을 틔울 수 있게 했다. 또한 베이징 어느 곳에서 모년 모월에 무슨 회의가 열리는지, 어떤 문건이 하달되는지, 하달되는 문건의 주요 내용이 어떤 것인지 모든 사람들이 이해할 수 있게 하려고 노력했다. 마을에 타이완이나 싱가포르에 친척이 있는 사람이 있으면 어떻게든 그들을 도울 수 있는 연결고리를 만들어 무슨 수를 써서든지 타이완이나 싱가포르의 친척으로 하여금 고향에 한번 다녀가게 했다. 그리하여 그렇게 먼 곳에서 고향 쌍화 이현으로 돌아온 교포들이 웃으며 왔다가 눈물 콧물 흘리며 돌아간 다음 평생 힘들게 모은 재산을 전부 고향으로 보내게끔 했다. 그 돈으로 도로를 닦고, 전기를 놓고, 공장을 지었다. 덕분에 류 현장이 지도하고 관리한 마을은 이웃 마을보다 부유해졌다. 류 현장은 사회주의교육운동 간부에서 인민공사의 부서기로 올라선 데 이어 나중에는 당 위원회 위원이 되어 젊은 나이에 자신보다 열 살에서 스무 살까지 많은 간부들을 휘하에 거느리게 되었다. 그렇게 류 현장은 스물세 살의 직무를 적은 부분에 빨간 밑줄을 하나 그을 수 있었다.

공사가 향으로 바뀌고 나서 삼 년이 지나자 류 현장은 바이수향에서 춘수향으로 자리를 옮겼다. 부향장이긴 했지만 향장이 병으로 입원하는 바람에 그가 향 정부 일을 주재하게 되었다. 업무 전체를 총괄하게 된 그는 각 촌의 촌장 회의를 소집하여 춘수향의 모든 마을에 노동이 가능한 남자들 열 명씩만 남을 것을 요구했다. 마을에 남은 남자들이 노인과 부녀자들을 인솔하여 집에서 봄가을로 파종과 추수 등 농사를 담당하고, 나머지 젊은 남자들은 전부 외지에 나가 일해 돈을 벌어 오라는 것이었다. 객지에 나가 물건을 훔쳐도 좋고 빼앗아도 좋으니 어쨌든 집에서 농사를 지어서는 안 된다고 했다. 모든 젊은이들에게 향 정부의 추천장이 하나씩 쥐어졌다. 이들 젊은 남자들과 여자들은 커다란 트럭 몇 대에 나눠 타고 한 대 또 한 대 지구와 성의 역 앞에서 내렸다. 그들이 차에서 내린 뒤로 향에서는 더이상 관여하지 않았다. 그들은 굶어죽는 한이 있어도 석 달에서 반년 안에는 마을로 돌아올 수 없었다. 어느 집이든 병에 걸린 사람도 없고 사고를 당한 사람도 없는데 도회지로 나갔던 젊은이가 돌아오면 무조건 백 위안의 벌금을 물렸다. 벌금을 낼 돈이 없으면 그 집에서 키우고 있는 돼지나 양을 내쫓아 집에 돌아온 남자가 울며불며 다시 집을 떠나도록 만들었다.

일 년 뒤에는 춘수향의 젊은 남자와 아낙네들, 아이들이 무리를 지어 외지에 나가 일을 하게 되었다. 도시에서 접시를 닦거나 밥을 짓고 쓰레기를 줍는 일도 마다하지 않았다. 이리하여 모든 마을과 촌락에 소금을 사고 석탄을 땔 수 있는 돈이 생겼다. 기와집들도 하나둘씩 늘어나기 시작했다. 황리마을의 어느 집에는 남자아이가 하나도 없고 청순하기 그지없는 여자아이들만 있었다. 류 향장은 그 집 딸 둘을 성도로 내보냈다. 보름이 지나 용돈이 떨어지자 자매는 배가 고픈 나머지 남자들을 상대로 매육생의[3]를 시작했다. 반년도 채 안 돼서 이 자매네는 서양식 집을 지을 수 있게 되었다. 류 향장은 향 간부들을 전부 데리고 그 집에 가서 현장 회의를 열었다. 자매의 부모에게는 꽃을 달아주고 새로 지은 집에는 현판을 걸어주었으며 외지에서 살을 파는 장사를 한 두 딸에게는 향 정부 명의로 축하 서한을 전달했다. 서한에는 향 정부의 직인이 찍혀 있고 축하의 문구가 가득했다. 사람들은 황리마을의 살을 파는 아가씨들 집에서 나와 마을 입구에 퉤 하고 가래침을 뱉었지만 그뒤로 그 마을에서는 남녀 할 것 없이 젊은이들 모두 앞다투어 외지로 나가려고 애를 썼다. 이내 이 마을 저 마을 할 것 없이 향 사람들 전체가 차례대로 잘 살게 되었다.

한 해가 지나 향장이 퇴원하자 현 정부는 류잉춰에게 더이상 부향장 직을 맡기지 않고 향장으로 승진시켰다.

향장이 되자 류잉춰는 훨씬 더 명분이 서고 당당해져서 언행이나 일 처리가 거의 황제와 다를 바 없었다.

향에는 외지에 나가 일하다가 잡혀온 사람들도 없지 않았다. 향장이 물었다. "어떻게 된 일이오?" 잡아온 사람이 말했다. "도둑질을 했어요. 향장님네 마을 사람들은 어떻게 전문적으로 도둑질을 하러 외지로 나올 수 있는 겁니까?" 그가 잡혀온 사람의 얼굴을 손바닥으로 후려갈기며 소리쳤다. "이놈을 묶어서 가둬두게!" 파출소 사람이 새끼줄을 가져다 도둑을 묶었다. 류 향장은 도둑을 호송해 온 사람을 데리고 향 정부 식당으로 가서 함께 식사를 했다. 식사가 끝나자 호송해 온 사람이 타고 돌아갈 차까지 바래다주었다. 그러고는 곧장 몸을 돌려 사람들에게 도둑을 풀어주게 했다.

향장이 물었다. "뭘 훔쳤나?"

도둑이 고개를 떨궜다.

향장이 버럭 소리를 질렀다. "대체 뭘 훔쳤냐니까?"

도둑이 말했다. "공장에 들어가 모터를 훔쳤습니다."

향장이 엄한 목소리로 말했다.

"당장 꺼지게. 벌로 삼 년 내에 마을에 공장을 하나 차리도록 하게. 공장을 차리지 못하면 다시 잡혀가 감옥에서 썩게 할 테니까 그런 줄 알아."

도둑은 그대로 떠났다. 마을로 돌아가 어머니, 아버지 얼굴 한번 보지 않고 도회지로 돌아갔다. 어쩌면 성도나 남쪽 도시로 가서 실력을 발휘했는지도 모른다. 얼마 지나지 않아 그는 정말로 고향에 작은 공장을 하나 차렸다. 밀가루 공장 아니면 새끼줄 공장, 아니면 쇠못 공장이었다.

또 한번은 지구에서 류잉췌에게 전화를 걸어와 시 정부로 와서 사람을 데려가라고 말했다. 이런 상황에 부딪히면 그는 몸을 사리며 가지 않았다. 하지만 이번에는 피하지 못하고 하는 수 없이 직접 차를 몰고 갔다. 시의 어느 지구의 공안국에 도착해보니 그의 향 출신 소녀들이 열 명 넘게 잡혀와 있었다. 나이는 대개 열일곱에서 열아홉쯤 되어 보였다. 전부 시내 유흥업소에서 살을 파는 장사를 했다. 전부 벌거벗은 채로 입고 있던 옷을 품에 안고 벽 한쪽 구석에 쪼그리고 앉아 있었다. 공안국 사람이 그를 보고서 물었다. "당신이 향장이오?" 그가 대답했다. "네, 제가 향장입니다." 공안국 사람이 눈을 무섭게 치켜뜨며 그의 몸에 캭 하고 가래침을 뱉고는 말했다. "염병할, 당신네 향에서는 식량은 생산하지 않고 창녀들만 생산하는 거요!" 그는 잠시 어리둥절한 표정을 짓다가 이내 고개를 숙여 몸에 묻은 가래침을 닦아내며 이를 앙다물고 마음속으로 그 공안을 향해 거침없이 욕을 퍼부었다. 그러고 나서 고개를 들어 웃는 얼굴로 말했다. "제가 저 아이들을 데리고 가겠습니다. 향으로 돌아가서 저 아이들에게 해진 신발짝*을 목에 걸고 거리를 돌게 하겠습니다. 그러면 되겠지요?"

그는 그렇게 열 명이 넘는 소녀들을 데리고 공안국을 나서 시내 거리로 나가 그 아이들을 노려보며 말했다. "너희들 그 공안국놈이 마누라랑 이혼하게 만들 수 있어? 아주 소란을 떨어서 그놈이 처자식이랑 헤어져 가족이 뿔뿔이 흩어지도록 만드는 게 진짜 능력이지. 능력이 있으면 직접 포주가 되어 다른 집 누군가를 데려다가 몸을 팔게 하고, 그렇게 번 돈을 고향집으로 보내 근사한 기와집을 짓게 해줘야지. 마을에 전기도 들어오고 주민들이 수돗물을 마실 수 있도록 말이야. 그러면 온 마을 사람들 모두가 나서서 마을 입구에 너희를 위한 공덕비를 세워줄 거라고!" 그러고는 있는 대로 입안의 가래침을 모아 소녀들의 몸과 눈앞에 칵 내뱉고는 몸을 돌려 역 쪽으로 가버렸다.

소녀들은 잠시 멍한 표정을 짓다가 이내 히죽거리며 웃기 시작했다. 그러고는 새들처럼 지구의 각 도시로 흩어졌다.

곧이어 정말로 시내에 이발소를 차리는 사람과 안마 업소를 차린 사람들이 나타났다. 그들은 사장이 되어 다른 향과 현의 여자들을 데려다 함께 지내면서 그 일을 하도록 했다. 또 어떤 사람은 쓰레기를 수거하는 일부터 시작하여 시내에 폐품수거회사를 설립함으

---

* 성매매 여성들을 암시하는 단어.

로써 사장이 되었다. 또 어떤 사람은 처음에 다른 사람 밑에서 벽돌과 재를 나르는 일을 하다가 나중에는 밑에 사람들을 거느리고 시내 가정집을 돌아다니며 부뚜막을 고쳐주고 망가진 담장이나 닭장을 보수해주는 일을 했다. 그러다가 나중에는 사람들을 이끌고 다니면서 간단한 서양식 건물을 짓는 일을 했다. 그가 지은 건물 벽은 1층부터 2층까지는 동쪽으로 많이 기울었지만 2층부터 3층까지는 다시 서쪽으로 적잖게 기울어져 평형을 유지했다. 5층과 6층을 쌓으면서는 벽 모퉁이가 거의 똑바로 서게 되었다. 어쨌든 그는 하청공사를 전문으로 하는 업자가 되어 명함에 건축회사 사장이라는 직함을 찍어가지고 다녔다.

이렇게 삼 년이 지나고 사 년이 지나자 춘수향은 전혀 새로운 모습을 보이면서 부유해지기 시작했다. 주변 마을들로 통하는 길은 시멘트로 포장되었고 길가에는 전기선이 가설되었으며 집집마다 새로 올린 기와집 대문 앞에는 작은 사자 석상이 놓였다. 춘수향은 현전체에서 모범 향이 되었고 지구위원회 서기가 특별히 향을 참관하러 와서 연설까지 했다. 류잉췌는 자신의 스물일곱 살 인생 기록 아래 또 한 가닥의 빨간 밑줄을 그었다. 아울러 자신이 향장에서 서기로 승진했다는 사실을 적어넣었다. 서른셋이 되자 빨간 밑줄은 위로 한 칸 더 올라갔다. 그 위에는 그가 춘수향 당 위원회 서기에서 부현장으로 승진했다는 사실이 기록되었다. 서른세 살에 부현장이라는 직책에 오른 것은 지구 전체를 통틀어 독보적인 사례임이 분명히 명시되었다.

이제 류 현장은 서른일곱이 되었다. 그의 생애 도표도 빨간 밑줄로 온통 새빨갛게 물들어 있었다. 경앙당 안은 극도로 고요했다. 문틈으로 공기가 새어 들어오는 소리까지 선명하게 들릴 정도였다. 밤은 벌써 마른 우물 바닥처럼 깊어졌다. 더위를 식히러 나왔던 사람들도 모두 집으로 돌아가 잠들었고 끼익하고 관사의 문지기 노인이 대문을 닫는 소리도 들린 지 오래였다. 류 현장은 이 성스러운 공간 한가운데 놓인 탁자 앞에 앉아 벽에 걸린 사진 하나하나를 여러 번 바라보았다. 이들의 생애 기록 가운데 빨간 밑줄이 그어진 대목도 여러 번 다시 읽었다. 마지막으로 그는 10대 원수 뒤에 열한번째로 걸린 자신의 사진으로 눈길을 돌렸다. 짧게 깎은 머리와 각지고 붉은 얼굴이 환한 미소를 짓고 있었지만 두 눈동자에 서린 우수와 초조함은 감출 수 없었다. 그 눈에는 어떤 일이 결국에는 성공하지 못할 것 같다는 예감이 드러나 있었다. 회색 양복은 빳빳하게 날이 서 있고 넥타이는 붉게 빛났다. 하지만 자세히 살펴보면 그 양복은 그의 몸 위에서 어딘지 모르게 어색하고 불편해 보였다. 그 양복을 입고 사진을 찍은 것이 아니라 사진을 찍은 다음에 덧그려놓은 것만 같았다. 류 현장이 자신의 사진을 바라보면 마치 그 사진도 류 현장을 바라보는 듯했다. 류 현장이 잔뜩 흥분한 표정일 때도 그 사진은 여전히 우수에 찬 모습이었다.

류 현장의 얼굴에서 흥분한 기색이 사라졌다.

그는 계속 그 사진을 응시했다.

사진 아래 빨간 밑줄 아홉 개를 바라보았다. 바라보고 또 바라보다가 류 현장은 발바닥이 간질간질하면서 열이 나고 뜨거워지는 것을 느꼈다. 그는 한줄기 힘이 발바닥 밑에서 솟아나와 신발 밑창을 뚫고 몸속으로 솟구치리라는 것을 알았다. 이전에도 이런 느낌을 경험한 적이 있었다. 류 현장은 승진한 뒤에 혼자 이 경앙당을 찾을 때마다, 그래서 고요한 밤에 혼자 벽에 걸린 사진들을 한번 더 바라보고 마지막으로 자신의 사진으로 눈길을 돌릴 때마다 그는 어떤 힘이 발밑에서 몸을 타고 스멀스멀 기어올라오고 피가 머리로 솟구쳐 흐르는 것을 느낄 수 있었다. 두말할 것도 없이 그런 순간에는 하지 않으면 안 되는 일이 있었다. 그 사진 아래로 가서 자신의 나이와 승진한 직책을 적고, 모년 모월에 류잉췌가 어떤 직무를 맡았는지 말해주는 문구 아래 굵게 빨간 밑줄을 긋는 것이었다. 밑줄을 다 긋고 나면 몸을 돌려 양아버지 앞에 향을 세 가닥 올리고 한참을 정좌하고 마지막으로 절을 올린 다음 몸을 일으켜 문을 잠그고 집으로 돌아갔다.

하지만 이번에 경앙당을 찾은 까닭은 승진했기 때문이 아니었다. 서우훼 묘기공연단의 공연이 큰 성공을 거두었고, 마오즈 할머니와 묘기공연단 하나를 더 만들기로 한 협약서에 서명을 했기 때문이었다. 또한 레닌의 유해를 구입할 수 있는 막대한 자금을 연말까지 충분히 다 조달하고도 일부를 남길 수 있을 것 같았기 때문이다. 류 현장은 승진을 하지 않고도 경앙당에 와서 발밑에서 발바닥을 뚫고 몸속으로 용솟음쳐 올라오는 어떤 힘을 느낄 수 있을 줄은 생각지도 못했다. 지독히 추운 날 발을 화로에 대고 불을 쬐는 것 같았다. 손에서 갑자기 땀이 나는 것이 느껴졌다. 저 탑 모양의 도표에 승진이 아니더라도 뭔가 한 줄 적어넣고 빨간 밑줄을 긋지 않으면 안 될 것 같다는 생각이 들었다. 그러지 않으면 제대로 잠을 이루지 못할 것임을 그는 알았다.

잠시 주저하는 사이, 그의 열 손가락이 땀에 젖었다. 머릿속에서는 웅웅거리는 소리가 들리기 시작했다. 머리를 향해 진격해 올라가는 피가 몸속의 모든 혈관을 기마부대처럼 광란의 질주로 관통했다.

류 현장은 쏴아 하고 피가 몸속을 흘러 지나갈 때 나는 소리를 들었다. 강물이 귓속을 흘러가는 것 같았다.

그는 몸을 일으켰다.

그러고는 의자를 들고 결연한 자세로 주머니에서 검정색 수성 사인펜 한 자루를 꺼내 자신의 사진 아래로 갔다. 아래서부터 위로 수를 세어 열여섯번째 줄 빈 칸에 반듯반듯한 글씨로 한 줄 적었다.

"무인년(1998) 호랑이해 류잉췌는 38세에 지구 부전문위원이 되었다."

원래는 "무인년 호랑이해에 류잉췌가 지구 전문위원으로 승진했다"라고 적을 생각이었지만 펜을 들자 마음이 겸허해지면서 시기를 한 해 뒤로 미루고, 자신의 직위 역시 한 단계 낮춰 "무인년 호랑이해 류잉췌는 38세에 지구 부전문위원이 되었다"라고 고쳐 적었다. 어쨌든 레닌의 유해를 아직 구입해 오지 못했고 주민들이 돈이 너무 많아 다 못 쓰는 것이 걱정일 날도 내년이나 되어야 천천히 시작될 것이기 때문이었다. 게다가 부전문위원이 될지 아니면 부전문위원을 건너뛰고 곧바로 전문위원으로 승진하게 될지는 자신의 계획일 뿐, 아직 명명백백한 현실이 아니었다. 류 현장은 자신이 스스로를 미리 어떤 직책에 임명하는 것은 적절치 못한 처사임을 잘 알았다. 이런 일은 아내조차 알게 해서는 안 된다. 하지만 그럼에도 불구하고 그는 그렇게 적고 나서 그 밑에 대들보처럼 아주 굵고 묵직하게 빨간 밑줄을 그었다. 이전에 그었던 빨간 밑줄들은 전부 오랜 세월에 붉은색이 시커멓게 변해버렸고, 이미 더는 참을 수 없을 만큼 너무나 오랜 시간 동안 새로 그을 빨간 밑줄을 기다려왔다. 선명하고 빨간 밑줄을 새로 긋고 나서 의자에서 펄쩍 뛰어내린 류 현장은 뒤로 한 걸음 물러서서 새로 쓴 문구와 새로 그은 빨간 밑줄을 바라보았다. 이내 그의 얼굴에 찬란한 미소가 피어올랐고 마음은 잔잔하게 가라앉았다. 조금 전까지 몸속으로 솟구쳐 흐르던 피와 기운도 썰물처럼 물러갔다.

집으로 돌아가야 했다. 밤이 아득히 깊어져 있었다.

그가 이제 가야겠다 마음먹고 문손잡이를 잡아 비트는 순간, 또 한 가지 일을 빼먹고 하지 않았다는 생각이 들었다. 양아버지에게 향을 올리는 일을 깜박 잊었음을 깨달은 그는 얼른 서랍에서 향 세 가닥을 꺼내고 또다른 서랍에서 모래가 가득 담긴 향로를 꺼내 불붙인 향을 꽂았다. 그런 다음 탁자를 양아버지의 초상화 아래로 옮겨놓고 향로를 조심스럽게 들어 탁자 위에 올려놓았다. 그러고는 파르스름하게 피어오르는 세 가닥 연기를 바라보았다. 그는 현재의 자신이 한 손으로 하늘도 가릴 수 있는, 황제나 다름없는 현장의 지위에 있음을 분명히 알고 있었다. 더이상 일반 백성들처럼 양아버지의 초상화 앞에 꿇어앉아 개두를 하고 읍揖을 올리는 것이 온당한 일이 아니라는 것도 모르지 않았다. 하지만 그는 여전히 예를 갖춰 엄숙하게 양아버지의 초상을 바라보며 두 손을 가슴 앞에 모으고 세 번 절을 올렸다. 그러고 나서 중얼거리듯 말했다. 양아버지, 안심하세요. 제가 내년에는 반드시 레닌의 유해를 사다 훈포산에 안치할 테니까요. 삼사 년 안에는 무슨 일이 있어도 지구 전문위원이 되도록 하겠습니다.

말을 다 하고 절도 마친 류 현장은 이제 할일을 다 했으니 안심하고 집으로 돌아가도 되겠다고 생각했다. 하지만 양아버지의 초상 앞에서 몸을 돌리는 순간, 또다시 뭔가 빼먹은 일이 있다는 생각이 들었다. 자기 몸에서 뭔가 빠진 것 같아 자세히 살피며 찾아봤지만 찾고 보니 원래 찾던 것이 아니었음을 깨달은 듯했다. 실은 해야 하지만 하지 않은 일이 양아버지에게 향을 올리는 것이 아니었음을 알게 되었다. 이리하여 그는 말없이 서 있다가 몸을 돌려 벽에 걸린 두 줄의 얼굴 사진들을 바라보았다. 한 장 한 장 유심히 살펴보면서 지나가던 그는 두번째 줄 다섯번째 사진인 린뱌오의 얼굴에서 시선을 멈추고 움직이지 않았다. 순간 그는 자신이 해야 할 일이 무엇인지, 뭘 하고 싶었는지 문득 깨달았다.

린뱌오의 초상을 바라보면서 류 현장은 조금도 주저하지 않고 자신의 사진을 떼어내 린뱌오 초상이 걸려 있던 자리에 걸고, 그의 초상은 자신의 사진이 걸려 있던 자리에 걸었다.

그렇게 하고 나니 류 현장은 몸이 완벽히 가벼워졌다. 수십 년 걸려야 끝낼 수 있는 일을 순식간에 해치운 것 같았다. 게다가 불과 스물셋의 젊은 나이에 사단장이 됐던 린뱌오에 대한 말 못할 질투심도 한결 덜어진 듯했다. 그는 항상 린뱌오를 뚫어지게 바라보던 그 자리에 서서 자신의 사진을 자세히 살펴보았다. 사진은 조금도 비뚤어지지 않게 똑바로 걸려 있는 것 같았다. 사진 속 두 눈에 서려 있던 우수도 완전히 사라지고 감출 수 없는 희열이 그 자리를 채운 듯했다. 그러고 나서 멍하니 류보청 다음에 걸린 자신의 초상화를 바라보면서 아주 긴 시간 동안 미소를 지었다. 그러고는 손에 묻은 먼지를 탁탁 털고 경앙당을 나왔다.

두 눈구멍처럼 깊고 어둔 밤에 그는 뜻밖에도 자신의 집에 환하게 불이 켜져 있는 것을 발견했다. 창문이 햇빛처럼 찬란했다. 류 현장은 그 불빛을 힐끗 보고는 잠시 멍한 표정을 짓다가 걸음을 옮겨 집안으로 들어갔다.

해설

1) 염물念物: 방언으로 기념품을 말한다.

3) 매육생의賣肉生意(살을 파는 장사): 성매매를 뜻하는 방언이지만 성매매를 비난하는 의미는 없는 표현이다.

13장

이봐, 방금 집에서 나간 게 도대체 누구야?

"젠장, 문을 반나절이나 두드렸는데 왜 안 열어주는 거야?"

"당신이었군요. 난 도둑인 줄 알고."

"잠깐 서봐. 방금 집에서 나간 게 도대체 누구야?"

"다 봤으면서 왜 묻는 거예요?"

"그 사람 뒷모습만 봤단 말이야. 도대체 누군지 어서 말해보라고."

"스 비서예요."

"한밤중에 그 친구가 뭐 하러 왔어?"

"제가 오라고 했어요. 감기약 좀 가져다달라고요. 당신이 그 사람한테 그랬다면서요. 당신이 없을 때 열심히 일하라고 말이에요. 일찍 부르면 일찍 오고, 늦게 부르면 늦게 오라고 그랬다면서요."

"내 말 잘 들어, 앞으로는 오밤중에 이 집에 다른 사람 불러들이는 일 없도록 해."

"지금 날 의심하는 거예요? 의심되면 당신 비서한테 가서 물어
봐요."

"내 말 한마디면 그 친구 일자리를 잃게 만들 수도 있어."

"그럼 그 사람 일자리 잃게 해봐요."

"내 말 한마디면 그 친구를 공안국에 잡혀가게 할 수도 있어."

"그럼 공안국에 얘기해서 그 사람 잡아가라고 하세요."

"내 말 한마디면 법원에서 그 친구에게 몇 년 형을 때릴 수도 있
고, 그 친구를 죽을 때까지 감옥에서 썩게 할 수도 있다고."

"그럼 그 사람이 죽을 때까지 감옥에서 썩게 해봐요."

"……"

"석 달 동안 집에 안 들어온다고 하지 않았어요?"

"여긴 내 집이야. 내가 오고 싶으면 언제든지 올 수 있어."

"여기가 집인 건 알아요? 일찍 들어올 줄도 알고요? 재주 있으면
참아보라고요. 참고 한 달만 더 있다가 오지 그래요."

"못 참겠어. 당신은 내가 이번달에 쌍화이현을 위해 얼마나 큰일
을 했는지 알아? 쌍화이현 사람들 남녀노소 할 것 없이 나만 보면
이 현장님한테 무릎을 꿇는단 말이야. 황제 앞에 무릎을 꿇듯이 개
두를 한다니까."

"묘기공연단을 결성했다는 건 알아요. 내년이면 레닌의 유해를 사
올 수 있게 됐다는 것도요. 당신이 이삼 년 안에 지구 전문위원이 되
고 싶어한다는 점도. 그런데 당신, 이번달에 고모가 어땠는지 알아
요? 내가 어땠는지는 알기나 하냐고요?"

"고모가?"

"대모님 댁에 있는 고모 말이에요."

"고모랑 당신이 어쨌기에 그래?"

"둘 다 아주 독한 감기에 걸렸단 말이에요. 고모는 열이 39도까지 올라가서 병원에서 사흘 동안이나 주사를 맞았다고요."

"난 또 뭐 대단한 일이라도 있는 줄 알았네. 내 말 잘 들어. 내가 서우훠마을 마오즈 할머니랑 협약을 한 건 맺었어. 할머니가 보름 안에 묘기공연단을 하나 더 만들기로 했지. 그때가 되면 묘기공연단 두 개가 벌어들이는 입장권 수입금이 물 흐르듯 현 정부의 재정으로 흘러들어올 거라고. 연말 안으로 러시아에 가서 레닌의 유해를 구매해 올 수 있는 충분한 자금을 마련할 수 있을 거야. 레닌 유해를 구매해서 훈포산에 안치하기만 하면 솽화이현 재정은 문으로, 창문으로 흘러넘칠 정도로 풍성해질 거야. 밖으로 흘러넘친 돈을 현 전체 주민들이 다 쓰지도 못해 걱정하는 날이 올 거라고. 그때가 되면 겨울마다 현 주민 전체에게 무료로 수입한 독감 예방주사를 접종하여 현 주민들 모두 평생 몸에 열이 나고 감기 걸리는 일이 없게 할 거야. 이봐…… 여보, 당신 자는 거야? 졸려?"

"지금이 몇신지 좀 보라고요."

"그래 좋아. 잘 테면 자라고. 나도 씻지 않을 테니까."

"저쪽 방에 가서 자요."

"당신은 어디서 자고?"

"여기서 자죠."

"도대체 어쩌겠다는 거야?"

"생리중이에요."

"내 말 잘 들어. 당신 남편은 이제 당신과 결혼했을 때의 그 바이수향 인민공사 사회주의교육운동원이 아니야. 말단 간부가 아니라 어엿한 현의 수장이라고. 솽화이현의 황제란 말이야. 내 수하에 팔십일만 명의 인구가 있고 그 가운데 당신보다 젊고 예쁜 아가씨가 수만 명, 아니 수십만 명이야. 마음만 먹으면 누구든지 불러서 잘 수 있다고."

"이봐요 류씨, 나도 한마디할게요. 당신이 어디서 컸고 누가 키워줬는지 잊지 말아요. 지금 여기까지 오게 된 것이 전부 당신 혼자 애쓴 결과라고 생각해요? 전임 바이수향 인민공사 서기가 당신을 공사 당 위원회 위원으로 발탁해준 사실을 잊지 말아요. 그 사람이 우리 아버지 제자였기 때문에 가능했던 일이라고요. 당신이 춘수향 향장이 됐던 것도 조직부장이 아버지 제자였기 때문이었다는 사실도 잊지 말고요. 당신이 지구 전체를 통틀어 최연소 부현장이 됐을 때, 지구위원회 뉴 서기도 지구 사교의 교장을 지낸 분으로 역시 우리 아버지와 아주 가까운 친구였다고요. 엄마야! 던져요, 던지라고요. 집에 있는 물건들 전부 집어던져 부숴버려요. 능력이 있으면 그릇이고 냄비고 다 집어던져 부숴보라고요. 대명천지에 관사 전체가 다 들썩이도록 전부 집어던지고 깨부숴보라고요. 우리 현장님이 쟁반이고 그릇이고 할 것 없이 집어던지고 냄비고 대야고 죄다 깨부술 수 있는 사람이라는 걸 현 사람들 전부가 알게 해야지요!"

"이런, 하늘과 땅 사이 이 세상 어느 구석에도 나는 당신 아버지한테 떳떳하지 못한 일을 한 적이 없어. 비록 양아들이긴 하지만 지금은 현장이고, 어쩌면 이삼 년 안에 지구 전문위원이 될지도 모른다고. 그런데도 나는 지금도 늘 그랬듯이 친아들처럼 매달 아버지께 향을 올리고 있단 말이야."

"어디서 향을 올린단 말이에요?"

"마음속으로 올리지."

"쳇! 도대체 저 방에 가서 잘 거예요, 말 거예요? 당신이 안 가면 내가 갈 테니까요."

"저 방이든 이 방이든 난 아무데서도 안 자. 쌍화이현이 다 내 집 이라고. 난 어디서든 다 잘 수 있단 말이야. 이 현장님이 이 방들 말 고는 잘 데가 없는 줄 아나본데, 나는 어디서든 집보다 더 편히 잘 잘 수 있다고. 당신 아버지가 돌아가시기 전에 내 손을 붙잡고 당신 을 평생 돌봐달라고 부탁하지만 않았다면, 석 달 동안 집에 들어오 지 않아도 당신 생각은 눈곱만큼도 안 났을 거라고."

"어디 능력이 있으면 정말로 석 달 동안 집에 들어오지 말아봐요. 석 달 동안 나를 만지지도 말고 건드리지도 말라고요."

"내가 당신 아니면 못 살 줄 알아?"

"어서 나가요. 훈포산에 가서 당신의 그 레닌기념관이나 지으라고 요. 러시아에 가서 레닌 유해나 사오란 말이에요. 앞으로 석 달 동안 참지 못하고 한 번이라도 집에 들어왔다간 당신은 현장도 아니고 사람도 아니에요! 전문위원이 될 생각일랑 꿈에도 하지 말라고요! 전문위원이 되면 당신도 감옥에 들어가 무릎을 꿇게 될 테니까요."

"흥, 나한테 레닌의 유해를 살 수 있는 능력이 있는데 몇 달 참는 능력이 없을까봐? 손가락 꼽아가며 잘 헤아려보라고. 지난번에는 내가 보름 동안 집에 안 들어오겠다고 했지? 그런데 한 달 하고도 사흘이나 집에 안 들어왔어. 이번에는 석 달 안 들어오겠다고 했지? 내가 기개가 없는 놈이라면 두 달 만에 돌아오겠지. 분명히 말해두는데, 나 류 현장, 류잉췌는 적어도 반년 동안 집에 오지 않을 거야. 레닌의 유해를 사 오기 전에는 반년이 아니라 일 년이 지나도 집에 오지 않을 거라고."

"좋아요. 가요. 당신이 정말 반년 동안 집에 오지 않는다면 반년 후에 당신이 집으로 돌아오는 그 순간부터 당신이 원하는 대로 다 해줄게요. 하녀가 황제를 모시듯이 얼굴만 봐도 납작 엎드려 머리를 조아리고 물러날 때도 뒷걸음으로 나가라 하면 그렇게 할게요."

"그래 좋아. 당신이 머리를 안 조아리면 어떻게 할까?"

"예전 사교에 있는 아버지 묘에 가서 유골을 파버리세요."

"좋아."

"반년도 안 돼서 못 참고 돌아와 나를 건드리면 어떻게 할까요?"

"당신 아버지 묘를 훈포산 레닌기념관 안으로 옮겨주지."

"좋아요. 우리 둘 다 지금 한 말을 지키지 못하면 밖에 나가 차에 치여 죽거나 물을 마시다가 사레가 들려 죽을 거예요. 발바닥에 가시가 박혀도 그게 독가시라 독이 심장까지 퍼져 벌건 대낮에 길거리에서 죽을 거예요."

"나한테 그렇게 많은 저주를 퍼부을 필요도 없어. 레닌의 유해를 사 오지 못하게 되리라는 저주면 충분하지. 내가 죽는 것보다도 그게 훨씬 더 큰일일 테니까 말이야."

"쾅!" 소리와 함께 류 현장의 집 문이 다시 닫혔다.

제 9 권

잎

1장

모두가 손을 번쩍 들었다
숲처럼 온통 팔뚝이었다

서우휘는 마을 전체가 텅 비었다. 장애인들이 전부 묘기공연단 단원이 되어 떠나버렸기 때문이다. 육손이라고 해도, 다른 사람들보다 손가락이 하나 더 있다는 것 때문에 육손이라 불릴 뿐, 다른 데는 다 멀쩡했다. 손가락이 하나 더 있는 그들은 한 손으로 땅바닥에 놓인 사발만한 가죽 공 두 개를 한번에 집을 수 있었다. 이런 재주만으로도 무대 위에 올라가 육손이의 공 집기 공연을 진행할 수 있었다.

나이가 예순한 살인 늙은 절름발이도 공연단 단원이 되었다. 늙은 절름발이에게는 그와 닮은 동생이 있었다. 현의 바러우조 극단 부단장은 절름발이 형의 호구본을 고쳐 형에게 새로운 신분증을 발급해주었다. 원래 예순한 살로, 민국 21년 임신년(1932) 원숭이해에 태어난 형을 육십갑자 앞의 임신년(1872) 원숭이해 칠월생으로 고쳐 백스물한 살의 고령자로 만든 것이다. 우수리 없이 십 단위에서 끊지 않고 백스물한 살이라는 애매한 나이로 정한 것도 다 온전한 사람들의 치밀한 고려를 통해 진짜처럼 보이게 하기 위한 술책이었다. 형이 만으로 백스물한 살이면 동생은 어떻게 해야 할까? 동생은 형보다 세 살 어렸지만, 형은 세는나이로 예순한 살을 더 먹게 되어 그보다 예순세 살이나 많은 나이가 된 것이다. 그리하여 동생은 형을 형이라 부르지 못하고 할아버지라고 불러야 했다. 동생이 형을 휠체어에 태워 무대 위로 밀어올린 다음, 관중들을 향해 형의 그 백스물한 살짜리 호구본과 신분증을 보여주었다. 쉰여덟 살 먹은 동생이 수천 명의 관중이 지켜보는 무대 아래서 큰 소리로 할아버지를 몇 번 부르자 형이 즉시 대답했다. 무대 아래서는 여기저기 탄성이 쏟아져나왔다. 백스물한 살 먹은 늙은 절름발이가 눈도 침침하지 않고 귀도 먹지 않았으며 육칠십이나 더 어려 보이는 손자와 거의 똑같이 젊은 모습으로 보이니 사람들은 놀라움을 금치 못했다. 다리를 조금 절고 이가 몇 개 빠지고 걸을 때 쉰여덟 먹은 손자가 부축해줘야 하는 것을 제외하면 다른 문제는 전혀 없는 것 같았다. 그렇다보니 이 순서도 다른 묘기들과 마찬가지로 반응이 아주 좋았다. 무대 아래서 지켜보던 수많은 도시 사람들이 놀라움을 금치 못하며 무대 위를 향해 큰 소리로 물었다.

"있잖아요, 할아버지는 평소에 뭘 드시나요?"

백스물한 살 먹은 할아버지가 말을 제대로 못 알아들은 척하자 쉰여덟 먹은 손자가 바러우 사람들 사투리로 무대 아래를 향해 대답했다.

"뭘 먹느냐 하면 다섯 가지 잡곡으로 지은 밥을 먹지."

무대 아래서 또 물었다. "평소에 운동을 하시나요?"

할아버지가 대답했다. "평생 밭에 나가 일을 했지. 밭에 나가 일하는 게 운동하는 거나 마찬가지야."

무대 아래서 사람들이 또 손자에게 물었다. "아저씨네 할아버지는 어쩌다가 다리를 절게 되신 건가요?"

손자가 대답했다. "올 초에 산에서 나무를 하시다가 계곡 밑으로 굴러떨어지는 바람에 이렇게 되셨어요."

사람들이 말했다. "맙소사, 백스물한 살이나 되셨는데 산에 올라가 땔감을 해 오시나봐요. 그럼 아저씨네 아버님은 몇 살이세요? 아버님도 아직 일을 하시나요?"

손자가 대답했다. "우리 아버지는 아흔일곱 살입니다. 우리가 이렇게 밖에 나와 있으니 아버지가 집에서 소를 먹이고 밭을 가시지요."

무대 아래의 사람들이 갈수록 더 놀라고 당황스러워하며 큰 소리로 이것저것 마구 물어댔다. '장수 노인 나이 맞히기'라는 이름의 이 순서도 이처럼 떠들썩한 반향을 이끌어내며 온통 환호로 가득했다.

쌍화이현 장애인 제2묘기공연단도 이렇게 서서히 진영을 갖추면서 바러우산을 나서 바깥세상으로 공연 무대를 넓히기 시작했다. 그리고 뜻밖에도 장애인 제1묘기공연단과 마찬가지로 대대적인 성공을 거두었다. 제2묘기공연단은 서우훠마을 사람들 마흔아홉 명으로 구성되었다. 두말할 것도 없이 전부 마오즈 할머니가 마을에서 데리고 나온 장애인들이었다. 이 마흔아홉 명 가운데는 어얼 말고도 열세 살에서 열일곱 살 사이의 어린 난쟁이 아가씨들이 아홉 명이나 더 있었다. 이 아홉 난쟁이들은 대략 서너 자 정도씩 되는 키에 몸무게는 오십칠 근이 채 되지 않았다. 현 정부는 이 가운데 유난히 작은 셋을 아가씨들로 둔갑시켰다. 화장을 시키고 하나같이 꽃무늬 일색으로 옷을 입혀놓으니 멀리서 바라보면 아홉 난쟁이들 모두 생김새가 거의 똑같아 보였다. 그리하여 이 아이들의 호구본을 통일시켜 세상에서 보기 드문 아홉쌍둥이로 조작하는 동시에 아이들 엄마가 이 난쟁이들을 낳는 데 꼬박 사흘이 걸렸다고 얘기를 지어냈다. 그렇다보니 이 여자애들이 아무 말도 하지 않고 미동도 없이 그 자리에 서 있기만 해도 무대 아래 사람들 모두 놀라움을 금치 못했다. 이 순서는 '아홉 나비'라고 명명되었다. '아홉 나비'는 제2묘기공연단의 공연 중에서도 단연 압권이었다. 공연 순서도 대단히 다채롭고 감동적이었다. 일단 공연이 시작되면 내용과 진행은 제1묘기공연단과 거의 비슷했다. 예컨대 '맹인 소리 맞히기'나 '귀머거리 귀에 폭죽 터뜨리기' '절름발이 높이뛰기' 같은 순서로 먼저 무대 아래 관중들에게 전반적으로 경이감을 안겨줌으로써 관중들의 마음을 무대에 묶어두었다. 그런 다음 중간에 '육손이 손도장'과 지방극인 바러우조 창 같은 것을 삽입하고 이어서 '장수 노인 나이 맞히기' 순서가 다시 극적인 분위기를 몰아갔다. 푹푹 찌는 날 수확하는 와중에 보이지 않는 먼 밀밭에서 상쾌한 밀향기를 머금은 서늘한 바람이 불어오는 것 같았다. 그 백스물한 살 먹은 노인을 보는 것만으로도 무대 아래의 사람들에게는 너무나 놀라운 경험이 되었다. 곧이어 또다시 제1묘기공연단과 똑같은 '나뭇잎에 수놓기'와 '유리병 신발 신기' 묘기가 이어졌다. 제2묘기공연단의 나뭇잎에 수놓기는 제1묘기공연단처럼 참새를 표현하지는 못하고 비록 꽃이기는 했지만 어쨌든 앉은뱅이 아줌마가 나뭇잎에 수를 놓는다는 것은 다르지 않았다. 이 앉은뱅이 아줌마가 수놓을 수 있는 것은 모란과 국화뿐이었는데, 어쨌든 담배 한 대 피우고 사탕 한 알 먹을 시간에 오동나무 잎사귀와 버드나무 잎사귀에 붉은 모란과 노란 국화를 수놓았다. 그것만으로도 대단히 희귀하고 탁월한 묘기였다. 제2묘기공연단에서 '유리병 신발 신기'를 하는 아이는 발이 좀 컸고, 소아마비를 앓는 다리 역시 반죽 밀대보다 굵어 통조림 병처럼 입구가 큰 병만 신을 수 있었다. 그럼에도 아이가 병을 신발처럼 발에 신고 무대에서 공중제비를 돈 후 착지하자, 병이 발에서 빠져 깨지지 않고 무사한 것을 확인한 무대 아래에서는 안도와 감탄의 탄성과 함께 우레와 같은 박수 소리가 터져나왔다. 이 '유리병 신발 신기'와 '나뭇잎에 수놓기'는 제1묘기공연단의 공연만큼 대단하지는 못했지만 마지막 압축희*인 '아홉 나비'는 제1묘기공연단의 어떤 묘기도 대항할 수도 없고 모방할 수도 없는 최고의 순서였다.

아홉쌍둥이 딸이라니, 세상천지에 한번에 아홉쌍둥이를 낳는 사람이 어디 있단 말인가? 아홉쌍둥이를 낳았는데 아무도 죽지 않고 전부 살아 있었다. 비록 전부가 난쟁이라지만, 이 사실 때문에 사람들은 오히려 아홉쌍둥이라는 말을 쉽게 믿었다.

아홉 명 전부 난쟁이긴 해도 분명 이들도 어엿한 아가씨들이었다. 하지만 아홉 명의 쌍둥이를 진짜 본 사람이 있겠는가? '아홉 나비'

---

* 연극을 비롯한 각종 공연에서 맨 마지막에 배치된 가장 훌륭하고 중요한 대목.

순서가 시작되기 전에 사회자는 먼저 무대 위에서 사람들을 홀리는 말을 잔뜩 쏟아낸다. 무대 아래 사람들 중 쌍둥이가 있는지 묻고, 있다고 대답하면 즉시 일어나 무대 위로 올라와달라고 청하는 것이다. 열 번 공연에 겨우 한두 번 정도만 쌍둥이를 만날 수 있었다. 쌍둥이의 엄마는 얼굴이 빨개진 채 무대 아래 자리에서 일어나 아이들을 데리고 무대 위로 올라간다. 이때 무대 아래 사람들은 하나같이 부러움 가득한 표정으로 엄마와 쌍둥이를 바라본다. 사회자가 또다시 무대 아래를 향해 소리쳤다. "혹시 세쌍둥이 없으세요?"

무대 아래는 사방이 두리번거리는 눈길들로 가득찼다. 과연 정말 세쌍둥이가 있을까 했지만 결국 실망으로 끝나고 만다.

사회자가 다시 외쳤다. "네쌍둥이 없나요?"

여전히 고개를 돌려 두리번거리는 사람들이 있지만 이번에는 그리 많지는 않다.

사회자가 또 외쳤다. "다섯쌍둥이 없나요?"

이번에는 두리번거리는 사람이 하나도 없다. 모두들 사회자의 질문을 식상해하는데도 사회자의 질문은 계속된다.

"여섯쌍둥이 없나요?"

"일곱쌍둥이 없나요?"

"여덟쌍둥이 없나요?"

마지막에 이르면 사회자는 죽어라고 목청을 높인다.

"아홉쌍둥이 없나요?"

바로 이때, 아홉쌍둥이 아가씨들이 손에 손을 잡고 무대 뒤쪽에서 달려나가는 것이다. 도시 어느 유치원의 한 반 아이들처럼. 똑같은 키에 똑같은 체격과 몸매, 똑같은 화장을 해서 인형같이 불그스레한 얼굴의 열 살 남짓한 소녀들이 붉은 적삼과 등롱 모양 초록 비단 바지를 입고 머리는 모두 뒤에서 양 갈래로 땋아 늘어뜨린 채 달려나 간다.

여기서 가장 중요한 것은 그녀들 모두 난쟁이, 난쟁이 아가씨들이 는 사실이었다.

아홉 난쟁이가 아홉 마리의 나비처럼 나란히 무대 위에 서는 순 간, 무대 아래 천여 명의 관중들은 일제히 놀라서 입이 쩍 벌어진다. 웅성거리는 소리로 가득했던 극장 안이 쾅 하고 한순간에 조용해진 다. 무대 위 조명이 관중석 누군가의 얼굴을 비추면 그 비추는 소리 까지 들릴 지경이었고, 그 빛이 저마다의 얼굴 위를 스치고 지나가 는 소리마저 들릴 것 같았다.

이 순간 사회자는 곧바로 난쟁이 아가씨들을 소개하기 시작한다. 큰 나비로 불리는 이 아가씨는 열다섯 살이고 몸무게는 오십칠 근 입니다. 둘째 나비 소녀는 나이 열다섯에 몸무게는 오십칠 근입니 다. 셋째 나비 소녀는 역시 열다섯 살이고 몸무게도 똑같이 오십칠 근입니다. 아홉째 소녀는 이름은 어얼이고 나이는 열다섯에 몸무게 는 역시 오십칠 근입니다.

소개가 끝나면 공연이 시작되었다.

아홉쌍둥이들은 공연도 다른 연기자들과는 크게 달랐다. 몸집이 작고 왜소한 그녀들은 먼저 날아다니는 나비춤을 추었다. 그리고 곧 이어 소인 연기가 펼쳐졌다. 사람이 작아도 이 정도까지 작을까? 무 대의상을 입은 절름발이 하나가 무대 위로 올라가 자기 집 병아리가 없어졌다고 말한다. 그러고는 병아리를 찾겠다며 무대를 돌아다니다가 갑자기 손을 뻗어 뭔가를 잡아서는 등에 메고 있던 자루에 집어넣는다. 그의 손에 잡힌 것은 아홉째 나비였다. 자루 두 개가 가득차고, 그는 두 자루를 그대로 멘 채 무대 위를 몇 바퀴 돈다. 그러다 자루가 찢어지면서 밥그릇만한 구멍이 생기고, 그 구멍으로 알록달록한 병아리 하나가 빠져나온다. 이어서 흰 병아리 하나가 빠져나오고 하나, 또 이어서 검은 병아리가 빠져나온다. 그렇게 검은 병아리와 흰 병아리, 알록달록한 병아리까지 아홉 마리가 전부 자루에서 빠져나와 무대 위에서 노래를 부르고 춤을 춘다. 병아리들이 부르는 노래는 바러우산맥의 산가山歌였다. 하지만 산가를 부르려면 목소리가 아주 좋아야 했다. 그런데 몸집은 병아리나 나비처럼 작은 아홉 난쟁이 아가씨들이 입을 열고 노래를 부르기 시작하자 목소리가 하나같이 잘 갈아놓은 칼처럼 가늘고 섬세할 줄 누가 생각이나 했겠는가. 아홉 난쟁이 아가씨들이 한목소리로 노래를 부르자 마치 아홉 자루의 칼이 무대 위에서 무대 아래를 향해 이리저리 날아다니는 것 같았다. 극장이 그녀들의 목소리를 다 담아낼 수 없어 노랫소리가 창문과 문틈을 통해 극장 밖으로 폭발하듯 퍼져나갔다. 극장 안을 가득 채우며 진동하는 목소리에 조명의 불빛이 흔들렸고 극장 벽에 달라붙어 있던 먼지도 일어나 부옇게 사방으로 날렸다. 놀라서 소리를 지르며 귀를 막는 사람도 있었다.

귀를 막는 사람들이 많아질수록 아홉 나비들은 점점 더 세게 목청을 높이며 처량하고 구슬픈 노래를 이어갔다.

오라버니가 바러우산을 떠난 뒤로
여동생인 저는 집에 남아 마음을 졸입니다

마을 앞에도 나가보고, 마을 뒤를 둘러보아도
이곳에서는 여전히 마음이 놓이지 않습니다

산을 하나 넘고, 내를 하나 건너
오라버니를 찾느라 넋이 반쯤 나갔습니다

한 걸음 나아갔다, 한 걸음 물러서지만
어느 집 아가씨가 오라버니의 다리를 붙잡았는지 알 수 없네요

두 걸음 나아갔다, 두 걸음 물러서지만
어느 집 아줌마가 오라버니의 손을 붙잡았는지 알 수 없네요

세 걸음 나아갔다, 세 걸음 물러서지만
어느 집 여인이 오라버니의 마음을 사로잡았는지 알 수 없네요

……일곱 걸음 나아갔다 일곱 걸음 물러서면
여동생인 제 마음이 오라버니의 혼을 붙잡을 수 있을까요

노래가 끝나며 공연도 함께 막을 내린다.
예상할 수 없었던 멋진 공연을 본 도시 사람들은 집으로 돌아가

며칠 동안 공연 얘기를 입에 올렸다. 맹인이 땅에 은침 떨어지는 소리까지 들을 수 있다는 이야기며 앉은뱅이 아줌마가 나뭇잎에 꽃을 수놓은 일, 백스물한 살 먹은 노인의 이야기, 아홉쌍둥이 딸을 낳은 사람이 있다는 이야기, 이 아홉 딸내미들이 극장을 뒤흔들 정도로 목청이 대단하더라는 이야기가 종일 사람들의 입가를 맴돌았다. 한 사람이 열 사람에게 전하고 열 사람이 백 사람에게 전하면서 소문이 닿는 곳마다 신문과 텔레비전에서 이 공연을 기이한 뉴스로 전했다. 그리하여 거의 모든 지역의 노인과 아이들, 부녀자들뿐만 아니라 도시의 청년과 장년에 이르기까지 그 공연을 보러 가지 않는 사람이 없었다. 예상대로 마오즈 할머니가 조직한 제2묘기공연단의 공연 역시 제1묘기공연단과 마찬가지로 놀라울 정도로 폭발적인 반응이었다. 도시의 한 장소에서 세 번에서 다섯 번까지 공연을 하지 않으면 안 될 정도였다. 현에서는 이들의 공연을 분리하기 시작했다. 제1묘기공연단이 먼저 지구의 동부에서 공연을 하고 제2묘기공연단은 지구의 서부에서 공연하게 한 것이다. 지구의 각 지점마다 공연을 다 마치자 제1묘기공연단은 성(省)의 동쪽으로 이동하고 제2묘기공연단은 성의 서쪽으로 이동했다. 성 전체의 모든 도시에서 공연이 끝나자 제1묘기공연단은 후난과 후베이, 광둥, 광시 등으로 이동했다. 공연 활동의 중심은 항상 후난과 후베이, 광둥, 광시의 철로와 도로 주변이었다. 제2묘기공연단은 산둥과 안후이, 저장, 상하이 방향으로 이동했다.

제1묘기공연단의 공연 지역인 중국 동남 지방은 제2묘기공연단의 공연 지역인 서북 지방에 비해 상대적으로 풍요로운 세계다. 바다와 접해 있는 지역은 더더욱 부유했다. 어떤 집에서는 아기가 똥을 누었는데 아이 엉덩이를 닦을 휴지가 당장 주위에 없으니까 주머니에서 십 위안과 이십 위안짜리 지폐를 꺼내 엉덩이를 닦아주었다는 얘기가 있다. 그래서인지 그 지역 사람들은 이런 장애인 묘기 공연단이 왔다는 얘기를 듣고도 처음에는 믿지 않다가 나중에는 미친듯이 몰려와 공연을 관람했다. 관람 후에는 경탄을 금치 못했다.

때로는 하루에 공연을 한 번에 그치지 않고 두세 번 하기도 했다. 비 오는 날 폭발적으로 불어난 물처럼 거둬들이는 입장권 수입이 은행이라는 도랑을 따라 현 재정국 장부로 마구 흘러들어왔다. 매일 현에서 파견된 회계가 은행으로 달려가는 횟수가 화장실에 가는 횟수만큼이나 많았다.

제1묘기공연단이 그쪽 지역에서 공연을 할 때, 그러니까 후베이에서 후난을 거쳐 광둥까지 줄곧 공연이 이어지는 동안은 두말할 것도 없이 하루에 두세 차례 공연을 했다. 입장권 가격은 천정부지로 치솟았지만 공연마다 빈자리가 없었다. 사람들은 공연을 다니는 여정에서 화이화가 하루하루 키가 자라 어느새 더이상 난쟁이 아가씨가 아니라고, 하이힐을 신지 않아도 다른 온전한 소녀들보다 크고 하이힐을 신으면 이 세상 모든 소녀들 가운데 가장 키가 클 것이라고 말했다. 몇 달 사이에 키만 미친듯이 자란 것이 아니라 외모가 전체적으로 변했다고도 했다. 말로 다 표현할 수 없을 정도로 예뻐졌다는 것이다. 공연을 다니는 동안 항상 공연단의 단장과 잠자리를 가졌고, 그런 뒤로 미친듯이 성장하여 대단히 온전하고 아름다운 아가씨로 변할 수 있었다는 말도 한다. 현의 스 비서가 공연단장과 그녀가 같이 잔다는 말을 전해듣고는 마음먹고 현을 나와 공연단을 찾아왔으며, 현장의 편지 한 통을 들고 가서 그 단장을 폭행했다고 했다. 또한 단장을 기어코 자기 앞에 무릎을 꿇리고 나서야 사태가 마무리되었다고도 했다. 이런 일들의 자세한 내막을 누가 알겠는가마는 어쨌든 화이화는 온전한 아가씨로 성장했다. 맹인 통화와 어린 위화는 그녀가 온전한 여인으로 변한데다 너무 예뻐지자 그녀와 말도 섞지 않는다고 했다. 화이화가 무대 앞에서 사회를 볼 때면 무대 아래서는 그녀의 아름다움에 감탄하여 와와 하고 소리지르는 사람도 있다고도 했다. 특별히 그녀를 보려고 일부러 서우훠 공연단을 찾아오는 사람들이 갈수록 많아졌고, 입장권도 갈수록 비싸졌으며, 현 재정의 돈이 은행의 배를 빵빵하게 불려주었다고도 했다.

여름이 가고 가을이 올 무렵, 현 재정의 잔고는 '0'이 몇 개나 붙은 천문학적인 액수가 되어 있었다. 주판 한두 개로는 계산이 불가능해 대여섯 개의 주판을 한데 붙여놓고 셈을 해야 두 묘기공연단이 벌어들인 돈이 전부 얼마인지 파악할 수 있었고, 몇몇 은행의 모든 직원이 현 정부의 재정 덕분에 얼마나 많은 성과급을 가져갔는지 알 수 있을 정도였다.

어찌됐든 이리하여 레닌 유해 구매자금이 거의 다 모아졌다.

때는 어느새 그해의 연말을 눈앞에 두고 있었다. 연말이면 북방은 한창 추워지는 초겨울이지만 남방에는 북방의 한여름보다 더 더운 곳도 있을 때였다. 제1묘기공연단의 공연은 벌써 광둥 경내까지 들어가 있고 제2묘기공연단은 장쑤 북쪽에 있었다. 장쑤 북쪽의 중간 규모의 도시였다. 이 화려한 도시는 고층빌딩들이 구름에 닿을 듯이 높이 솟아 있고 주택들이 밀집해 빽빽한 숲을 이루고 있었다. 주민들은 어찌나 돈이 많은지 하룻밤 노름을 위해 팔만 위안 혹은 십만 위안이나 되는 돈을 마치 화장실에 두루마리 화장지 가져가듯 챙겨가곤 했다. 그래서인지 마오즈 할머니의 묘기공연단이 그곳에서 공연을 여러 번 했는데도 도무지 마무리가 되지 않았다.

사람들이 전부 미쳐버렸다.

묘기공연단의 단원들이 맹인이나 절름발이, 귀머거리, 앉은뱅이, 벙어리, 외다리, 육손이, 키가 석 자도 안 되는 난쟁이라는 사실을 아무도 믿지 않았다. 이들 장애인들이 모두 한마을에서 태어난 사람들이라는 사실 역시 아무도 믿으려 하지 않았다. 이 마을에 아홉 명의 딸을 낳은 엄마가 있다는 말을 아무도 믿지 않았다. 두 눈 모두 실명한 아이가 나뭇잎과 종잇조각이 공중에 날리는 소리까지 들을 수 있다는 말을 아무도 믿지 않았다. 중년의 귀머거리가 귀와 얼굴 사이에 얇은 철판 하나만 댄 채 볜파오를 귀에 바싹 붙여 터뜨릴 수 있다는 얘기를 아무도 믿지 않았다. 여자아이들 아홉쌍둥이가 북방의 산가를 부를 때 풍선을 극장 허공에 띄우면 그 아이들의 목소리가 풍선을 펑 터뜨려 반쪽나게 할 수 있다는 말을 아무도 믿지 않았다.

그 공연에서 펼쳐지는 어떤 묘기도 사람들이 쉽게 믿지 못하는 것이었다.

믿기지 않는 만큼 더 보고 싶어지는 법. 그리하여 집집마다 문을 닫고, 공장이나 회사 할 것 없이 휴업을 하고 공연을 보러 갔다. 입장권 가격은 한 장에 삼백 위안에서 오백 위안으로 뛰었다. 오백 위안으로 오르기 전에 이미 입장권 판매상들은 큰돈을 벌었다. 그 도시의 신문과 라디오, 텔레비전 등도 전부 바빠졌다. 덩달아 공연도 불난 데 기름을 부은 격으로 스물아홉 번의 공연을 하고도 그 도시를 빠져나갈 수가 없었다.

하지만 세밑이 다가오고 있었다. 쌍화이현과의 계약에 따라 공연도 곧 막을 내려야 했다. 서우휘마을의 퇴사 기한이 다가오는 것이었다. 세밑의 어느 날, 비가 내려 도시 전체가 물바다가 되었고 크고 작은 차량들이 전부 운행을 멈추고 쉬었다. 오토바이도 기동이 불가능했다. 사람들의 왕래가 불편해지자 공연단 사람들도 하늘만 바라보면서 한숨을 내쉬고 있었다. 서우휘마을 공연단 사람들은 어느 지역에서 공연을 하든 항상 극장 무대 뒤를 거처로 삼았다. 이는 북방 지역 초대회*의 습속에 따른 것이었다. 무대 뒤에 자리를 깐 뒤 한쪽에서는 남자들이 자고 다른 한쪽에서는 여자들이 잤다. 서우휘마을 공연단 사람들은 그 자리 위에서 각자의 일을 보느라 바빴다. 젊은 사람은 카드놀이를 했고 앉은뱅이 아줌마는 공연단 사람들의 무대의상을 개켰다. 아홉 명의 난쟁이 아가씨들 가운데 다섯은 한쪽 벽 구석에서 자신들을 위해 특별히 제작된 무대의상을 정리했다. 나이가 많은 사람들은 하나같이 아무도 없는 조용한 곳을 찾아 몸을 숨긴 채, 자신과 친척들과 아이들이 마오즈 할머니를 따라 이 제2묘기 공연단에서 다섯 달 동안 공연을 하며 벌어 묵혀둔 돈을 셌다. 마오즈 할머니는 또 싸우고 말다툼을 벌이면서 현과의 공연계약을 수정했다. 이제 서우휘마을 사람들은 한 달 공연 월급으로 삼천 위안 이

---

* 농촌의 간이무대에서 공연하는 전통극.

상의 출연료를 받는 것이 아니라 공연 한 번에 한 사람당 의자 하나를 버는 것으로 명문화되었다. 의자 하나는 극장의 입장권 한 장 가격이었다. 입장권 한 장이 삼백 위안이 넘게 팔리면 공연 한 번에 한 사람이 삼백 위안을 벌게 되고, 입장권 한 장이 오백 위안에 팔리면 공연 한 번에 한 사람이 받는 출연료가 오백 위안인 셈이었다. 이렇게 계산하면서 허난과 안후이에서 산둥의 허쩌와 옌타이를 거쳐 장쑤의 난징과 쑤저우, 양저우, 그리고 이곳 장쑤 북부의 번화한 도시에 이르기까지 공연의 하루 입장권 평균가격은 삼백 위안이었고 매달 최소한 서른다섯 번 이상 공연을 했다. 다시 말해서 한 사람이 매달 의자 서른다섯 개에 해당하는, 도합 만 오백 위안의 수입을 거둬들인 셈이었다. 여기서 밥값과 기타 지출을 제한 것이 순수입이었다. 사실 다른 지출은 있을 수 없었다. 밥값이라 해도 한 달에 의자 하나 값만 내면 생선에 고기, 쌀, 국수를 실컷 먹을 수 있었다. 지출이라고 해야 남자들은 거리에 나가 담배 몇 갑 사는 것이 고작이었고, 아줌마나 젊은 아가씨들도 연지분과 빨래할 때 필요한 세제, 세숫비누 등을 사는 것이 전부였다. 이것저것 다 합쳐봐야 아무리 많이 써도 한 사람이 백 위안을 쓰기 힘들었다. 이렇게 계산하면 한 사람이 한 달에 벌 수 있는 돈은 적어도 만 위안이 넘었다. 이는 무덤 속의 조상님들을 놀라게 할 만한 액수였다.

만 위안이 넘는 돈으로 무엇을 할 수 있을까? 집을 짓는다면 세 칸짜리 기와집을 지을 수 있고 아내를 얻는다면 신부 집에 넉넉하게 예물을 건넬 수 있었다. 사람이 죽어 만 위안으로 장례를 치른다면 무덤을 황제의 무덤처럼 꾸밀 수 있었다. 첫째 달에 돈을 받았을 때, 서우훠마을 공연단 사람들 모두 너무 흥분하여 두 손을 부들부들 떨었다. 모두들 그 돈을 속옷 깊숙이 넣고는 옷을 입은 채로 잠을 잤다. 누군가는 옷의 살이 닿는 어느 부위에 주머니를 하나 만들어 그 안에 돈을 보관하기도 했다. 그리고 공연을 할 때면 그 돈뭉치가 벽돌처럼 팍팍 맨살을 때리는 소리가 들렸다. 돈뭉치가 자꾸 피부를 때리자 공연하는 데 몹시 불편했다. 하지만 자꾸 살을 때리는 그 돈 때문에 오히려 공연에 더 진지하게 임할 수 있었고, 공연의 상황에 더 빨리 몰입할 수 있었다. 귀에 대고 폭죽을 터뜨리는 묘기는 백 연발 폭죽에서 이백 연발 폭죽으로 추가됐다. 맹인 소리 맞히기 묘기에서는, 아무것도 보지 못하는 완전한 맹인이라는 것을 증명하기 위해 눈앞에 백 와트짜리 등불을 잠깐 켰던 것을 나중에는 오백 와트짜리 대형 전등으로 바꿔 눈앞에 반나절이나 켜놓았고, 결국에는 아예 천 와트짜리 전등으로 바꿔놓았다. 다음달에도 공연단 사람 모두가 또 만 위안이 넘는 돈을 받았다. 공연은 이제 더이상 무서울 것이 없었다. 유리병을 신은 소아마비 소년은 공중제비를 하고 마지막에 발을 디디는 순간 일부러 유리병을 깨뜨렸다. 소년이 깨진 유리조각을 밟고 서서 관중들을 향해 감사의 인사를 올릴 때 관중들은 소아마비 소년의 가는 다리 아래 발에서 피가 줄줄 흘러나오는 것을 볼 수 있었다.

소년에게 더욱더 우렁찬 박수가 쏟아졌다.

소년은 갈수록 발이 아픈 것을 두려워하지 않았다.

소년이 매달 받는 돈도 갈수록 많아졌다.

다섯 달의 공연이 지나가고 연말이 되었다. 연기자들 모두 수만 위안이나 되는 돈을 갖게 되었다. 한집에 둘 또는 세 명의 장애인이 공연에 출연한 경우라면 십만 위안이 넘는 돈이 생긴 셈이었다. 서우휘마을 장애인들이 전부 공연에 출연하니 마을 전체가 텅 비어버렸다. 집에 돈을 부치고 싶어도 마을에서 돈을 받아줄 믿을 만한 사람이 없었다. 그러다보니 모두들 베개 속에 여러 개의 돈다발을 숨겨두고 지냈다. 이불 속에도 돈다발을 넣은 다음 꿰매놓았다. 각자가 책임지고 보관하는 공연용 물품 상자 안에도 돈다발을 넣고 잠가두었다. 돈이 나뭇잎만큼이나 많아졌다. 이런 상황이니 마을 사람들은 공연할 때를 제외하고는 함부로 밖에 나가거나 자리를 뜰 수 없었다. 무대 뒤는 항상 자리를 뜨기 어려운 마을 사람들로 가득했다. 밥 먹을 때도 돌아가면서 무대 뒤를 지켰다. 비가 오면 마을 사람들 모두가 무대 뒤에 자리를 잡았다. 누군가는 구석진 곳으로 몸을 피해 이불이 찢어져서 좀 꿰매야겠다고 말하고는 이불을 뜯어 새로 번 돈을 이불속 안으로 깊숙이 밀어넣기도 했다. 공연용 물품 상자가 부서져서 못을 좀 박아야겠다는 사람도 있었다. 상자 속 돈이 또 몇 다발 늘어났으니 못도 여남은 개 더 박고 작은 자물쇠를 큰 것으로 바꾸어야 했던 것이다.

베개가 불편해서 손을 좀 봐야겠다는 사람은 마을에서 가져온 밀짚과 쌀겨 베갯속을 한쪽에 전부 쏟아놓고 그 대신 자기 옷을 잘 접어 넣은 다음, 그 옷 틈 사이에 빳빳한 백 위안짜리 신권 만 위안 다발을 한 겹 잘 깔았다. 그리하여 쌀겨나 밀짚이 한쪽으로 쏠릴 때마다 더이상 돈다발이 나무판자나 벽돌처럼 딱딱하게 튀어나와 배기지 않게 되었다.

비가 오면 모두들 자기 돈을 수습하느라 바빴다. 수습이 끝나면 서로에게 물었다. "이봐, 자네 이불 잘 꿰맸어?"

상대방이 대답했다. "다 되어가."

"다 꿰맨 다음에 우리 카드놀이나 한 판 할까?"

"그래 좋아. 이쪽으로 와서 하자고."

"이쪽으로 오는 게 어때? 자네 이불을 안고 오라고."

두 사람은 고개를 끄덕였다. 서로를 바라보는 얼굴에 미소가 걸려 있었다.

밖에서는 후둑후둑 소리를 내며 비가 내리고 있었다. 극장 안에는 습기가 물안개처럼 발밑에 잔뜩 깔렸다. 무대 아래 의자 등받이에도 붉고 영롱한 물방울이 맺혔다. 무대의 커튼도 빤 다음에 물을 빼서 걸어놓은 것처럼 묵직했고, 커튼 줄 역시 무게를 이기지 못하고 잔뜩 휘어졌다. 쌍화이현에서 서우휘마을 제2묘기공연단을 이끌기 위해 따라온 온전한 사람들은 모두 비가 온다는 핑계로 시내 구경을 나갔다. 황페이극장이라 불리는 이 극장에는 서우휘 사람들만 남았다. 바로 이때 마오즈 할머니가 어른들을 상대로 그동안 한시도 잊지 않고 마음속에 새기고 있던 일을 꺼내놓았다. 그녀의 마음 깊숙한 곳에 뿌리내린 일이었다. 주두에서 공연하던 첫날부터 다섯 달하고도 사흘이 지났으니 이제까지 다 합쳐서 백오십삼 일이 된 터였다. 이 백오십삼 일 동안 그 일은 마오즈 할머니의 마음속에 왕성하게 뿌리를 내리고 싹을 틔웠다. 마침내 꽃을 피우고 결실을 맺을 날이 온 것이다. 그런데 뜻밖에도 사람들은 그 일을 잊은 모양이었다. 마오즈 할머니가 얘기를 꺼내자 모두들 그제야 생각이 난 듯한 반응을 보였다. 생각이 난 뒤에는 또 놀라는 모습들이었다. 하루하루 앞을 보며 나아가다가 갑자기 오래된 우물을 마주친 것 같았다. 함정 앞에 이르러 뛰어내려야 할 때가 되니 실은 스스로가 그곳에 파놓은 함정임을 깨달은 것 같았다.

각자가 스스로에게 파놓은 함정이었다.

각자가 스스로에게 올가미를 씌운 것이었다.

스스로 자기 밥그릇에 창자를 끊는 독약을 푼 것이었다.

마오즈 할머니가 말했다. "이봐요, 다들 오늘이 무슨 날인지 기억하지요?"

마을 사람들 모두 그녀를 쳐다보았다.

마오즈 할머니가 말했다. "오늘이 동지니까 앞으로 아흐레만 지나면 음력 열사흘 그날이 올 거요. 양력으로 올해의 마지막날이 된단 말이에요."

마을 사람들은 여전히 그녀를 바라보았다. 모두들 올해 마지막날이 되면 무슨 일이 일어나는지 깨닫지 못했다.

마오즈 할머니의 얼굴에 누렇게 해맑은 웃음이 걸렸다. 그녀가 말했다. "그날이 되면 우리가 솽화이현과 맺은 계약이 만기가 되지요. 우리 마을이 합작사에서 완전히 퇴사한단 얘기예요. 솽화이현과 바이수향이 더이상 우리 서우훠마을 일에 관여할 수 없게 되는 거지요."

사람들은 그제야 다섯 달 전에 제2묘기공연단을 꾸릴 때 맺었던 계약을 떠올렸다. 앞으로 아흐레만 지나면 자신들의 공연도 끝이 난다는 사실을 깨달은 것이다. 이미 예견된 일이었지만 매일 쉬지 않고 공연을 하고, 한 다발 한 다발 점점 더 많은 돈을 벌어들이다보니 뜻밖에도 모두들 공연이 막바지에 이르렀다는 사실을 까맣게 잊고 있었다. 극장 밖에는 빗소리가 요란했다. 하늘에 낮게 깔린 먹구름은 손으로 밀어내도 물러날 것 같지 않았다. 무대에는 아주 밝은 불꽃 빛깔의 등이 켜져 있었다. 하늘 꼭대기에 걸린 해처럼 밝았다. 마오즈 할머니는 자신의 이불 옆에 앉아 닳아 해지고 불에 탄 무대 의상들을 꿰매는 중이었다. 사람들의 눈길이 그녀의 얼굴 위로 모였다. 한 조각 구름이 그녀의 얼굴을 짓누르는 것 같았다.

"기한이 됐나요? 그럼 공연단은 이제 해산하는 건가요?"

"기한이 됐어요. 이제 우리는 서우훠로 돌아가야 해요."

질문을 던진 사람은 소아마비 소년이었다. 카드놀이를 하던 소년이 손에 들고 있던 카드가 갑자기 허공에 굳어버렸다. 소년은 아주 엄청난 일이 생각나기라도 한 것처럼 마오즈 할머니를 노려보며 꼬치꼬치 따져 물었다.

"합작사에서 완전히 퇴사하면 어떻게 되는 거예요?"

"퇴사하고 나면 아무도 우리 서우훠마을 일에 간여할 수 없게 된단다."

"간여하지 못하면 어떻게 되는데요?"

"간여하지 않으면 산비탈의 토끼들처럼 서우훠에서 아주 자유롭게 사는 거란다."

"아무도 간여하지 않으면 우리는 묘기공연을 계속할 수 있는 건가요?"

"이건 묘기공연이 아니야. 이건 우리 서우훠 사람들의 체면을 깎아먹는 일이란다."

아이는 손에 들고 있던 카드를 힘껏 내동댕이쳤다.

"체면 따위는 좀 깎여도 상관없어요." 소년이 말했다. "퇴사 때문에 공연단이 해산되는 거라면 우리집은 때려죽어도 퇴사하지 않을 거예요."

마오즈 할머니는 다소 놀라는 모습이었다. 기뻐서 활짝 웃고 있는 터에 누군가 다가와 찬물을 한 바가지 퍼부은 것 같았다. 한동안 소년을 물끄러미 바라보던 할머니는 이내 눈길을 거둬들이고는 다시 나뭇잎에 수놓는 연기를 하는 앉은뱅이 아줌마를 바라보고, 다시 귀에 폭죽 터뜨리기 연기를 하는 귀머거리 노인을 바라보았다. 이어서 귀가 밝아 모든 소리를 듣고 알아맞히는 맹인 아가씨를 바라보다가 육손이와 다른 절름발이, 벙어리를 차례로 바라보았다. 그러고는 상자를 옮기고 짐을 나르는 일을 하는 두 온전한 사람을 바라보면서 입을 열었다. 또 누구 퇴사하기 싫은 사람 있으면 손을 들어보라고. 모두가 퇴사를 원하면 이 아이 혼자 바깥세상에 나가 매일 발에 유리병을 신고 다니도록 하겠다고 했다. 말을 마친 그녀는 날아다니는 나비 같은 난쟁이 아가씨들에게로 다시 눈길을 옮겨 한번 스윽 훑어보고는 또 무대 바닥에 앉아 있던 마을 사람들을 쳐다보았다. 모든 것이 그렇게 쉽게 지나갈 줄 알았다. 소년이 뭐라고 하는 것도 크게 문제될 것 같지 않았다. 그런데 뜻밖에도 지금 마을 전체에서 뽑힌 이 마흔 명 넘는 공연 출연자들이 불빛 아래서 서로의 낯빛을 살피고 있는 것이었다. 서로를 쳐다보는 표정이 상대방의 눈빛과 얼굴에서 뭔가를 찾고 있는 것 같았다. 그렇게 한참을 쳐다보고 또 쳐다보았다. 아주 긴 세월을 서로를 쳐다보다가 결국 모든 눈길이 두 온전한 사람에게로 모아졌다.

뜻밖에도 온전한 사람 하나가 마오즈 할머니의 얼굴은 쳐다보지도 않은 채 옆에 있는 붉은 비로드 무대 커튼을 바라보며 말했다. "퇴사를 하면 솽화이현이 우리를 관할하지 못하게 되고, 결국 우리는 외지에 나가 공연으로 돈을 벌 수도 없게 되겠네요. 밖에 나가 돈을 벌지 못할 바에야 퇴사는 해서 뭐합니까." 그러면서 그는 시험삼아 슬그머니 오른손을 허공에 치켜들었다.

그가 손을 드는 걸 보고 나머지 온전한 사람도 덩달아 손을 들면서 말했다. "솽화이현에서 곧 레닌이라는 사람의 유해를 구매해 훈포산에 안치하려 한다는 계획은 누구나 다 알고 있잖아요. 그렇게되면 현 전체가 돈이 너무 많아져 다 쓰지도 못해 골치 아프게 될 거라고들 하잖아요. 벌써 이웃 현 사람들 상당수가 몰래 솽화이현으로 호구를 옮기고 있다더라고요. 이런 와중에 우리가 퇴사를 하는 걸 정말 멍청한 바보짓이라고요." 그는 이렇게 말하면서 마을 사람들에게 이에 대한 생각을 묻는 것 같았다. 그러면서 무대 위 사람들을 강한 눈빛으로 하나하나 훑었다. 그 눈빛이 아주 선명하게 모든 사람이 재빨리 손을 치켜들도록 부추기고 있었다.

과연 귀머거리가 손을 허공에 치켜들었다.

맹인도 손을 허공에 치켜들었다.

앉은뱅이 아줌마도 손을 허공에 치켜들었다.

무대 허공의 불빛 속에 숲처럼 온통 치켜든 팔뚝이었다.

마오즈 할머니의 얼굴이 누렇게 변했다. 치켜든 그 무수한 손에 얼굴을 흠씬 두들겨맞은 것 같았다. 외손녀 어얼만 빼고 다른 사람들, 옆에 있는 모든 사람의 얼굴이 붉고 매운 격동과 흥분으로 가득 찼다. 손을 번쩍 들어 소맷자락이 아래로 흘러내리면서 맨살이 고스란히 드러난 수많은 팔뚝들이 환하게 빛나고 있었다.

밖에 내리는 빗물의 차가운 기운이 몰려왔다. 머리 위 등불은 여전히 하얀 불처럼 빛났다.

무대 위의 무거운 정적이 사람들의 호흡을 내리눌러 새끼줄처럼 굵고 길게, 깔깔하고 투박하게 들렸다. 모든 사람의 목구멍에 새끼줄이 걸려 움직이는 듯했다. 숲처럼 빛나는 팔뚝들을 바라보면서 마오즈 할머니는 목구멍이 마르고 머리가 어지러웠다. 사람들을 향해 한바탕 욕을 퍼부어주고 싶었다. 그러나 고개를 돌려 보니 뜻밖에도 외손녀 어얼마저 자기 옆에서 그 작고 여린 오른팔을 치켜들고 있었다. 그리하여 곧 무너질 흙벽돌 담장처럼 비쩍 말라버린 가슴에 뭔가 야무지게 부딪힌 것처럼 쩍 하고 금이 갔다. 그 갈라진 틈새로 그녀는 자신의 가슴속에서 비릿한 냄새가 새어 나오는 것을 맡을 수 있었다. 피냄새 같았다. 그 순간 갑자기 입안 가득 피가래를 토해내고 싶었다. 그 피가래로 치켜든 팔뚝들이 전부 놀라 제자리로 움츠러들게 하고 싶었다. 큰 소리를 내면서 기침을 해보았지만 자신이 맡는 피냄새가 조금 진해졌을 뿐, 침 한 방울 뱉어내지 못했다. 결국 그녀는 마을 사람들을 하나하나 눈빛으로 훑으면서 귀머거리 노인과 앉은뱅이 아줌마, 나이가 마흔이 넘은 온전한 사람과 반쯤 온전한 사람에게로 차례차례 눈길을 옮겼다. 이어서 흥하고 가볍게 콧방귀를 뀌고는 차가운 눈길로 엄숙하게 물었다.

"어린아이들은 모른다고 쳐도 당신들마저 그 대겁년[1]에 계단식 밭을 일궜던 일을 잊었단 말인가요?"

그녀가 또 말했다. "대겁년에 마을 사람들 전부가 나서 합작사에서 퇴사하겠다고 난리 쳤던 일을 하나도 기억하지 못한단 말이에요? 당신들은 이성[3]도 없는 겁니까?"

그녀가 또 말했다. "퇴사는 이 마오즈가 당신들한테 진 빚이나 마찬가지예요. 당신들 아버지와 어머니, 할아버지와 할머니한테 진 빚이라고요. 내가 진 빚은 죽어도 갚을 겁니다. 퇴사를 정 원치 않으면 다시 입사할 수도 있어요. 입사하는 건 집을 나서 거리에 나가는 것만큼이나 쉬우니까요. 하지만 퇴사하는 일은 죽었다가 다시 살아나는 것만큼이나 어렵단 말입니다."

말을 하는 마오즈 할머니의 목소리가 약간 쉬어 있었다. 뭔가가 목구멍을 막고 있는 것 같았다. 말에는 힘이 있었지만 서글픔과 비애를 선명하게 들을 수 있었다. 그녀가 말을 마치자 외손녀 어얼이 허공에 치켜들었던 팔을 얼른 내리고는 외할머니 얼굴을 힐끔힐끔 쳐다보았다. 외할머니에게 뭔가를 빚진 것 같았다. 하지만 마오즈 할머니는 외손녀를 쳐다보지 않았고 어얼을 따라 얼른 손을 내린 마을 사람들도 쳐다보지 않았다.

그녀는 극장의 붉은 벽돌담을 짚으며 자신의 이불 위로 일어섰다. 바람에 휘청이며 쓰러진 나무가 있는 힘을 다해 허리를 곧게 편 것처럼 다리를 절뚝거리며 극장 담벼락을 짚고 무대 아래로 걸어내려갔다.

마오즈 할머니는 사람 하나 없이 텅 빈 극장을 가로질러 나갔다.

알루미늄 지팡이를 짚고 있지 않아서 걸음을 내디딜 때마다 마른 나뭇가지 같은 몸이 왼쪽으로 기우뚱거렸다. 그때마다 그녀는 왼쪽 몸을 위로 힘껏 들어올렸다. 이렇게 팔랑팔랑 위태롭게 기우뚱거리면서도 넘어지지 않으려고 있는 힘을 다해 몸을 지탱해가며 산을 넘고 고개를 넘듯 극장을 빠져나갔다. 마른 나뭇가지를 붙잡고 강 저쪽으로 건너가려고 발버둥치는 늙은 양 같았다. 끊임없이 기우뚱 거리며 앞을 향해 헤엄치듯 걸어 마침내 극장 밖에 도달한 그녀는 그 도시의 하늘에 가득 쏟아지고 있는 빗속에 외롭게 섰다.

3장
해설 - 대겁년

1) 대겁년大劫年 : 대겁년은 서우훠와 앞에서 언급한 강철재앙과 서로 잇닿은 역사용어이다.

무술년(1958)에 시작된 대약진운동이 회오리바람처럼 바러우를 아주 오래도록 휩쓸고 지나간 뒤로 대대적인 강철제련운동으로 인해 산맥 전체의 큰 나무들이 전부 베어졌고 풀밭 언덕도 깡그리 불태워졌다. 산맥은 더없이 황량하게 변해버렸다. 이듬해인 기해년(1959) 겨울에는 뜻밖에도 내내 건조하고 추운 날씨가 계속되면서 눈이 한 번도 내리지 않았다. 여름이 되어서도 비가 한 번 조금 왔을 뿐, 이후로 백일 동안 지독한 가뭄이 계속됐다. 가을이 되어서도 이상하게 비는 내리다 말기를 반복했다. 그리고 이로 인해 유사 이래 최악의 대규모 누리떼 재앙이 닥쳤다. 이곳 바러우에서는 누리떼는 메뚜기를 가리킨다. 메뚜기떼는 바러우산 밖에서 날아들어왔다. 하늘에 안개가 가득하여 구름도 해도 모두 가린 것 같았다. 몇 리 밖에서도 모래가 날고 돌이 굴러가는 소리가 들렸다.

해가 보이지 않았다. 콩밭이 알몸이 되어버렸다.

참깨밭도 남은 것 하나 없이 알몸이 되어버렸다.

황금빛 찬란하던 유채꽃의 모습도 사라져버렸다.

해질 무렵, 메뚜기떼가 지나가고 나자 붉고 요염한 햇빛이 섬세하고 촘촘한 붉은 비단처럼 마을 거리에 드리웠다. 느리게 유동하는 메뚜기떼의 시퍼런 죽음의 기운이 마을의 하늘과 땅을 뒤덮었다. 강물도 숨죽여 흘렀다.

마오즈는 강철제련의 용광로가 쉬는 사이에 딸을 낳았다. 가을에서 겨울로 넘어가는 시기였다. 가을에는 국화가 피고 겨울에는 매화가 만발했으며 딸아이는 온전하고 예뻤다. 그래서 국화와 매화라는 뜻의 쥐메이菊梅라는 이름을 지었다. 이날 해질 무렵 마오즈는 딸아이를 안고 밖으로 나왔다가 세상에 가득한 메뚜기 재앙을 목격했다. 그녀는 딸을 내려놓고 서우훠의 황혼을 마주하고 큰 소리로 외쳤다.

가을 재난이 닥쳤으니 겨울에 먹고 남을 만큼 식량이 넉넉하다 해도 다들 조금씩 아끼도록 하세요.

가을 재난이 닥쳤으니 식량을 비축해서 내년 겨울 흉년에 대비하세요.

일이 정말로 터져버렸다. 흉년이 닥쳤다.

가을이 가고 겨울이 막 찾아왔을 때, 산맥은 유난히 추웠다. 우물 안의 따스한 물마저 얼어버렸다. 강철제련이 끝나고 새로 자란 오동나무와 버드나무는 껍질이 모두 얼어서 버썩 말라벌렸다. 인민공사의 긴급 소집에 갔다 돌아온 마을 사람이 말했다. 맙소사, 이건 보통 재난이 아니에요. 우리 서우훠에서만 밀이 싹을 틔우지 못한 게 아니라 바러우 외부 지역도 마찬가지래요. 다시 보름이 지나 또 인민공사에 긴급 소집되어 갔던 사람이 돌아왔다. 놀란 얼굴로 마을에 들어선 그는 마을 입구에서 만나는 사람들에게 말했다. 큰일났어요. 정말 큰일났어요. 인민공사에서는 집집마다 먹을 식량이 없어서 하루에 한 끼밖에 못 먹고 있어요. 너무 배가 고파 느릅나무 껍질을 벗겨 끓여먹다가 얼굴이 시퍼렇게 변하고 다리가 퍼런 무처럼 부은 사람들도 있대요.

마오즈는 딸아이를 집에 남겨두고 바러우산을 내려가 삼십 리가 넘는 길을 가다가 서너 무리의 장례 행렬과 마주쳤다.

마오즈는 망자가 무슨 병에 걸려 죽었느냐고 물었다.

사람들은 병도 없이 굶어서 죽었다고 말했다.

조금 가다가 또다른 장례 행렬을 만나 물었다.

무슨 병에 걸려 죽었나요?

병에 걸린 게 아니에요. 굶어죽은 거예요.

이어서 또다른 장례 행렬을 만났다. 그들은 망자의 시신을 관에 넣지 않고 멍석에 돌돌 말아 운구하고 있었다.

마오즈가 또 물었다. 역시 굶어서 죽은 건가요?

사람들이 대답했다. 굶어죽은 게 아니라 똥오줌을 못 싸 장이 막혀서 죽었어요.

그녀가 물었다. 뭘 먹었는데 그래요?

사람들이 대답했다. 흙도 먹고 느릅나무를 끓인 국물도 마셨대죠.

사람이 죽었다는 얘기가 마치 닭 한 마리가 죽은 이야기처럼 들렸다. 오리나 소, 개가 죽었다고 말하는 것처럼 차갑고 담담했다. 전혀 슬퍼 보이지 않았다. 죽은 사람이 자기들 마을 사람도 아니고, 친척이나 이웃도 아닌 것 같았다. 아들딸들이 장례 행렬의 뒤를 따르면서 곡을 하지도 않았고 눈물을 흘리지도 않았다. 죽은 사람이 자신들의 부모도 아닌 것 같았다. 날은 이상할 정도로 추웠다. 바람은 칼날로 베어내는 것 같았다. 한참을 더 걸어 다음 마을의 입구에 도착한 마오즈는 더이상 걷지 않고 마을 입구에 멈춰 섰다. 그 마을 입구에 새로 조성된 넓은 묘역이 눈에 들어왔다. 새로 돋아난 신선한 버섯처럼 무덤들이 빼곡했다. 수십, 아니 백여 개는 되는 봉분들이 솟아 있고, 봉분마다 깨끗한 백지가 몇 장씩 걸려 있었다. 땅 위에 만발한 흰 국화와 흰 모란 같았다.

그 무덤들 앞에 우두커니 서 있던 마오즈는 몸을 돌려 날이 어두워지기 전에 서둘러 서우훠마을로 돌아왔다. 맨 첫번째 집인 맹인네에 들러보니 마침 온 가족이 화롯가에 둘러앉아 비빔국수를 먹고 있었다. 참기름을 조금 떨어뜨려 비빈 하얀 마늘즙 국수였다. 마오즈는 그 집 앞에 꼿꼿이 서서 매섭게 소리쳤다. 어떻게 비빔국수를 먹을 수 있지요? 밖에는 세상이 온통 굶어서 몸이 퉁퉁 부은 사람 천지란 말이에요. 사람이 굶어죽는 일이 닭이 굶어죽는 것처럼 흔한 세상인데 배를 드러내놓고 비빔국수를 먹는 집이 있다니! 두번째 집에서는 비빔국수를 먹고 있지 않았다. 대신 옥수수죽이 국자를 똑바로 세울 수 있을 정도로 걸쭉해지고 있었다. 이를 본 마오즈는 죽 냄비에 찬물 반 바가지를 퍼다 부으며 호통을 쳤다. 세상이 온통 흉년으로 뒤숭숭하고 밖에서는 사람 죽는 일이 오리가 죽는 것처럼 흔한데 당신네들은 어떻게 아끼고 절약할 줄 모르는 겁니까! 다섯번째 집에서는 아이 하나가 기름에 요란하게 지진 만터우를 먹고 있었다. 마오즈는 만터우가 또하나 익기도 전에 불에서 철판을 내려놓고 물 한 바가지를 부어 불을 꺼버렸다. 그러고는 날카롭게 소리를 질렀다. 밖에 나가서 좀 봐봐요. 사람이 굶어죽는 일이 개가 굶어죽는 것처럼 흔한 마당에 어떻게 당신네 집은 문을 걸어 잠그고 안에 들어앉아 기름에 만터우를 지져 먹을 수 있는 건가요? 오늘만 살 거예요? 내년 겨울에 온 가족이 산 채로 굶어죽기로 작정한 건가요?

이어서 그녀는 마을 뒤쪽에 사는 절름발이 아저씨 집을 찾아갔다. 절름발이 아저씨네는 온 가족이 불가에 둘러앉아 있긴 했지만 고작 멀건 죽에 절반은 희고 절반은 검은 싸구려 밀가루로 만든 만터우를 장아찌에 곁들여 먹고 있었다.

마오즈가 다가가 문 앞에 섰다.

아저씨가 물었다. 무슨 일이에요?

마오즈가 대답했다. 절름발이 아저씨, 정말로 식량이 부족해서 난리들이에요. 밖에서는 사람이 굶어죽는 일이 개가 굶어죽는 것처럼 흔한 일이라니까요.

절름발이 아저씨가 아무 말 없이 잠시 생각에 잠겼다가 입을 열었다. 집집마다 침대 머리맡에 구덩이를 파고 한두 항아리씩 식량을 묻어두라고 하세요.

마오즈는 재빨리 회의를 열어 집집마다 침대 머리맡에 구덩이를 파고 식량을 묻어두게 했다.

식량을 묻으면서 마을 규정을 세 가지 정했다. 첫째, 집에서 비빔국수를 먹지 말 것. 둘째, 집에서 기름에 지진 만터우를 먹지 말 것. 셋째, 집집마다 한밤중까지 잠을 이루지 못하더라도 배가 고프다고 일어나 밤참을 만들어 먹지 말 것. 마오즈는 이 규정을 종이에 적어 각 집에 한 장씩 나눠주면서 조왕신의 신상 옆에 붙여두도록 했다. 아울러 마을에 민병조民兵組를 조직했다. 민병조는 스무 살이 넘은 온전한 남자들 몇 명으로 구성되었다. 그들에게 매일 마을을 순찰하게 했는데, 특히 식사시간에는 손에는 밥그릇을 들고 등에는 총을 메고서 집집마다 돌아다니며 예전처럼 밥그릇을 집밖으로 들고 나와 식사를 하도록 단속했다. 어느 집도 문을 걸어 잠그고 밥을 먹지 못했다. 일단 적발되면 온전한 민병들이 그 집 비빔국수와 만터우를 마을 입구로 가져다 가장 멀건 죽과 거친 밥으로 식사를 하는 집에 나눠주고 그들이 먹던 멀건 죽과 거친 밥을 적발된 집에 주어 먹게 했다.

하루하루 이렇게 세월이 지나갔다. 섣달이 지나고 정월이 되었다. 정월이 되자 또다시 큰일들이 차례로 터졌다. 인민공사의 마이 서기가 온전한 사람 중 장정 몇을 데리고 쇠바퀴 마차를 몰아 서우훠마을로 들어왔다. 마을에 들어와 몇 마디 말을 하고는 곧바로 서우훠마을의 맥장 창고 안에 있던 밀 두 가마니를 가져간 것이다. 마이 서기는 먼저 마오즈를 찾았다. 마오즈를 마을 입구로 불러낸 그가 말했다. 당신네 서우훠마을의 묘지에는 어째서 새 무덤이 없는 거요?

마오즈가 대답했다. 새 무덤이 없는 건 좋은 일이 아닌가요?

좋은 일이긴 하지요. 그러고는 서기가 다시 물었다. 마을 사람들이 하루에 식사를 몇 끼나 하나요?

마오즈가 대답했다. 세 끼를 먹지요.

서기가 말했다. 세상이 온통 지옥인데 당신네 서우훠마을 사람들만 천국에서 살고 있군요. 밀 수확철이 지난 지 벌써 반년이 넘었어요. 벌써 엄동설한이고요. 그런데 이 마을에 들어서자마자 맥장에서 밀향기가 풍기더군요. 그 향기를 따라가봤더니 맥장 창고 안에 아직 분배하지 않은 밀 몇 가마니가 남아 있고 말이죠.

서기가 계속해서 말했다. 맙소사, 이 마을 밖에서는 집집마다 사람이 굶어죽고 있는데 당신네 마을에는 아직 먹지 않은 식량이 남아 있군요.

서기는 또 잔뜩 모여 있는 서우훠마을 사람들을 보며 말했다. 모두들 말해봐요. 같은 인민공사의 백성들이 하나하나 산 채로 굶어죽어가는 걸 그냥 바라보고만 있을 수 있습니까? 배고픔을 면하고자 음식을 구걸하러 문 앞까지 찾아온 사람에게 밥 한 그릇 안 주고 외면할 수 있냐고요? 어쨌든 모두가 공산당의 하늘 아래 살고 모두가 계급의 형제들이지 않습니까?

그렇게 서기는 밀 서너 가마를 마차에 싣고는 한 톨도 남겨두지 않고 가지고 가버렸다.

가져가면 가져가는 것이었다. 어쩔 수 없었다. 그러고 사흘이 지나 온전한 장정 몇이 한 사람에 하나씩 멜대를 메고 찾아왔다. 그들은 서우훠마을에 보내는 서기의 친필 서한도 가지고 왔다. 서한에는 이렇게 쓰여 있었다.

마오즈,

화이수거우 대대의 주민 427명 가운데 113명이 이미 굶어죽었

398

어요. 마을 전체를 통틀어 나무껍질 하나 남지 않았고, 먹을 수 있는 생토마저 없는 실정이오. 편지를 읽는 즉시 당신네 서우훠마을에서 집집마다 한 되씩 식량을 갹출하도록 해요. 부디, 부디! 잊지 마시오. 당신과 당신네 서우훠마을 모두 사회주의 대가족의 일원이고, 너나없이 모두 같은 계급의 형제자매라는 사실을.

마오즈는 장정들을 데리고 서기의 서한을 들고서 집집마다 찾아다니며 밀과 좁쌀, 혹은 고구마 가루나 고구마 말랭이 등을 조금씩 걷어 그들에게 건네주었다. 장정들이 가고 나서 며칠 뒤, 또다시 서기의 서한을 들고 사람들이 찾아왔다. 그리고 또 집집마다 멜대 두어 개 즈음의 식량을 갹출하여 가져갔다. 결국 정월이 다 가기도 전에 사람들이 너덧 번이나 멜대를 메거나 자루를 든 사람들이 인민공사의 직인과 마이 서기의 서명이 찍힌 서한을 가지고 서우훠마을을 찾아와 식량을 요구했다. 식량을 주지 않으면 마을 어귀에 앉아 돌아가지 않겠다고 버티기도 하고 심지어 마오즈네 집안에 들어간 후 나오지 않기도 했다. 결국 맹인네 집에서 한 되 정도의 식량을 내놓았고 절름발이네 집에서도 한 사발 내주었다. 서우훠마을은 인민공사의 식량창고나 다름없었다. 연달아 사람들이 찾아와 식량을 요구했다. 급기야는 집집마다 쳐들어가 단지와 항아리에 든 식량까지 요구하다못해 사발이나 바가지를 단지와 항아리에 집어넣어 깡그리 긁어 담았다. 이때, 사발과 바가지가 단지와 항아리 바닥에 닿으면서 탱탱 소리를 낼 때마다 집주인들은 속으로 부들부들 떨면서 마음 깊숙한 곳으로부터 황량한 한기가 올라오는 것을 느꼈다.

그러다 정월의 마지막날, 마을에 또다시 현의 젊은이 두 명이 찾아왔다. 복장이 인민공사 사람들과 달랐다. 둘 다 인민복 차림이었고 상의 주머니에는 반짝반짝 빛나는 만년필이 몇 자루씩 꽂혀 있었다. 마오즈는 그들 가운데 한 명이 예전에 양 현장의 비서로 일하다가 지금은 현 사교에서 교사로 근무하고 있는 류 선생임을 한눈에 알아보았다. 류 선생이 가져온 것은 현장의 친필 서한이었다. 서한에는 이렇게 쓰여 있었다.

마오즈.
당신과 나는 둘 다 홍군 제4방면군 출신이오. 지금 사회주의혁명은 위기의 고비에 봉착했소. 현위원회와 현 정부의 간부들도 굶어죽고 있는 실정이오. 편지를 읽는 즉시 서우훠마을의 식량을 풀어 혁명의 시급한 문제를 해결할 수 있도록 도와주기 바라오.

누런 초지草紙에 삐뚤빼뚤 마구 갈겨쓴 글씨의 편지였다. 종이 위에 건초가 잔뜩 떨어져 있는 것 같았다. 하지만 편지의 마지막 부분에는 현장의 서명과 도장뿐만 아니라 현장이 엄지를 꾹 눌러 찍은 지장까지 있었다. 지장 옆에는 양 현장이 보관하고 있던 홍군 제4방면군의 오성홍모五星紅帽 휘장이 있었다. 지장은 선혈처럼 붉어 지문은 동그랗고 가지런한 동심원을 그리고 있었다. 하지만 모자 휘장은 얼마나 오래됐는지 말라붙은 피딱지 같았고 다섯 개 꼭짓점이 전부 닳아서 회색으로 변해 있었다. 마오즈는 편지를 바라보다가 별 다섯 개를 집어 손으로 가볍게 눌러보았다. 그러고는 두말하지 않고 곧바로 그 사람들을 데리고 집안의 산장 아래로 가서는 커다란 항아리 두 개의 뚜껑을 열면서 말했다. 저쪽 항아리에는 밀이 들어 있고 이쪽 항아리에는 옥수수가 들어 있으니 원하는 만큼 퍼 가도록 하세요.

류 선생이 말했다. 마오즈, 우리가 등에 지면 얼마나 지고 갈 수 있겠어요? 내일 마차가 마을로 올 겁니다.

마오즈가 말했다. 그러세요. 마차가 오면 제가 당신들을 데리고 집집마다 다니면서 식량을 걷어드리지요.

이튿날 정말로 마차가 마을에 도착했다. 한 대가 아니라 고무바퀴가 달린 커다란 마차 두 대였다. 마차는 마을 한가운데 멈춰 섰다. 고무바퀴를 본 적이 없는 아이들은 다들 고무바퀴를 에워싸고 구경하느라 정신이 없었다. 손으로 만지거나 막대기로 두드려보기도 하고 코를 대고 킁킁대며 냄새를 맡기도 했다. 맡아보니 고무바퀴 표면에서 이상한 냄새가 났다. 만져보니 반쯤 말린 소가죽 같은 감촉이었다. 망치와 막대기로 바퀴를 두드려보니 바퀴가 망치와 막대기를 도로 튕겨냈다. 이어서 여태까지 멀리 문밖에 나가본 적이 없는 절름발이와 귀머거리가 그 고무바퀴 마차를 보러 왔다. 맹인은 한쪽에서 귀를 쫑긋 세우고 다른 사람들이 고무바퀴에 대해 하는 말을 들었다. 마을 사람 모두가 고무바퀴를 에워싸고 쉬지 않고 들여다보면서 이것저것 물어보는 동안, 마오즈는 현 정부에서 나온 간부들을 데리고 집집마다 식량을 걷으러 다녔다.

동쪽 이웃집에 가서 마오즈가 말했다. 셋째 맹인 아저씨, 현 정부에서 식량을 걷으러 나왔어요. 현장의 친필 서한도 가지고 왔네요. 간부님들이 식량을 퍼 갈 수 있도록 어서 항아리 뚜껑을 열어주세요. 현장이 굶어 다리가 퉁퉁 부었대요.

서쪽 이웃집에 가서 마오즈가 말했다. 넷째 아주머니, 넷째 아저씨 안 계세요? 현에서 사람이 나왔어요. 우리 서우훠 백 년 역사상 처음으로 현에서 식량을 걷으러 나온 거예요. 항아리 뚜껑 좀 열어주세요. 밀가루 단지도요. 이분들이 양껏 퍼 갈 수 있게 해주세요.

넷째 아주머니가 말했다. 이번에 걷어 가고 나중에 또 걷어 갈 건가?

마오즈가 말했다. 이번이 마지막이에요.

넷째 절름발이 아주머니가 자기 집 양곡 항아리 뚜껑을 활짝 열었다. 현에서 나온 사람이 항아리 안에 있던 식량을 깡그리 퍼 갔다. 그다음에 들른 집은 주인이 외팔이로, 석공의 친척 동생이었다. 그는 마오즈를 보자마자 첫 마디로 이렇게 내뱉었다. 형수님, 또 사람들을 데리고 식량 얻으러 오신 거예요? 마오즈가 말했다. 양곡 항아리 좀 열어주세요. 이번이 마지막이에요.

친척 동생은 사람들을 상방으로 데리고 들어가 식량을 마음대로 퍼 가게 했다. 두 대의 커다란 마차가 크고 작은 자루들로 가득찼다. 서우훠마을의 땅에서 난 식량을 깡그리 가져갔다. 그렇게 어찌어찌 정월이 지나갔다. 겨울이 가고 봄이 올 날도 머지않았다. 다들 이제는 인민공사나 현에서 더는 식량을 내놓으라고 찾아오지 않을 거라고 말했다. 집집마다 모두들 마음이 풀어졌다. 하지만 그뒤에도 현 농업부가 또다시 현위원회의 서한을 들고 식량을 걷으러 왔고, 조직부에서도 서한을 들고 식량을 걷으러 왔다. 무장부武裝部에서는 서한만 들고 온 것이 아니라 차를 몰고 총을 메고 나타나 식량을 요구했다.

정월이 지나고 현에서 파견 나온 사람을 돌려보낸 뒤로 서우훠마을에서는 그 누구도 더이상 흔쾌히 식량을 내주지 않았다. 사람들이 찾아오면 기껏해야 밥 한 끼 주는 것이 전부였다. 그런데 사람들이 또 이 밥 한 끼 때문에 몇십 리 밖에서 밥을 얻어먹겠다고 일부러 서우훠마을을 찾아왔다. 평소에는 밥을 구걸하는 사람들이 어디에 있는지 보이지 않았다. 그러다가 밥때만 되면 어디서 튀어나오는지 모르게 사람들이 한 무리씩 나타났다. 아이 손을 붙잡고 와서는 가가호호 서우훠마을 사람들 집을 찾아다니며 문안으로 밥그릇을 들이밀었다. 냄비 바로 앞까지 밥그릇을 내밀기도 했다.

경자년(1960) 말부터 신축년(1961) 초까지 서우훠마을은 식량 재난을 겪으면서 사람 재난까지 심하게 겪게 되었다. 집집마다 문 앞에 외지 마을 사람들이 몰려왔다. 전부 장애라고는 없는 사람들이었다. 거리 쪽으로 난 집의 처마 밑에는 해가 드는 곳이면 어김없이 굶주림에 시달린 일가족이 쭈그리고 앉아 있었다. 밤이 되면 그들은 이집 저집 다니며 문루 아래나 집 뒤쪽, 혹은 거리에서 바람을 피할 만한 곳을 찾아 잠이 들었다. 추워서 잠이 안 올 때면 발을 동동 구르며 거리를 이리저리 마구 뛰어다니는 바람에 마을이 밤새도록 발소리로 가득했다. 어느 날 밤, 마오즈는 집 밖에 나갔다가 여러 집 남자들이 몰래 서우훠마을 한편에 있는 느릅나무의 껍질을 벗기고 있는 걸 발견했다. 그녀는 얼른 쫓아가 나무가 다 죽는다고 나무랐다. 남자들이 도끼질을 멈추었고 그중 한 남자가 그녀를 바라보며 말했다. 댁이 서우훠 간부인가요? 그녀가 그렇다고 대답했다. 그러자 남자가 또 말했다. 우리집에 딸이 하나 있어요. 열다섯 살이지요. 제발 서우훠마을에서 그 아이가 시집갈 만한 집을 좀 찾아봐주세요. 맹인이라도 좋고 절름발이라도 좋아요. 우리에게 식량 한 되만 줄 수 있다면요. 그녀는 다시 마을 한가운데로 갔다. 그곳에는 마침 한 가족이 모닥불을 둘러싸고 앉아 있었다. 그녀가 그들에게 말했다. 이렇게 계속 서우훠마을에 남아 있으면 어떡합니까? 서우훠에도 이제 식량이 없어요. 그 집 남자가 그녀를 한번 힐끗 쳐다보고는 말했다. 이곳 간부이신 모양이군요. 서우훠마을에는 맹인이나 절름발이들도 정착할 수 있다고 하던데 정말 그런가요? 마오즈가 말했다. 이곳은 맹인과 절름발이, 농인들의 마을이에요. 온전한 이들 가운데 이 바러우산에서 평생을 살 수 있는 사람은 아무도 없어요. 남자가 말했다. 그렇다면 우리 식구들은 오늘밤까지만 멀쩡한 사람으로 살고, 내일부터는 팔이든 다리든 하나씩 없앨게요. 내일은 꼭 우리 식구들한테 입에 풀칠할 수 있는 식량을 나눠주셔야 합니다.

마오즈는 앞으로 더 나아가기가 두려웠다. 몇 걸음 더 나아갈 때마다 그녀 앞에 무릎을 꿇으면서 먹을 것을 달라는 사람, 밥을 달라는 사람들이 나타났다. 다들 무릎을 꿇은 채 그녀의 두 다리를 붙잡고 울부짖었다. 밤은 몹시 추웠고 달빛은 얼음처럼 차가웠다. 거리에서 잠을 자는 사람들은 맥장에 있던 밀짚더미를 한아름 그러모아 길 위에 깔았다. 맥장 창고를 덮고 있던 밀짚도 뜯어내 마을 어귀에 깔았다. 마을 입구에 있는 외양간에서 자는 사람도 있었다. 날이 너무 추워 소의 배에 몸을 바싹 붙이고 잤다. 소가 순할 경우 자기 아이들에게 소 다리를 껴안고 자게 하는 사람도 있었다.

일곱째 절름발이 집의 돼지우리는 대문 입구에 붙어 있었다. 돼지들은 중간치 정도의 몸집이었는데, 돼지우리 바닥에 새로 풀을 깔았더니 한 가족이 그 돼지들과 함께 잠을 잤다. 아이는 새끼 돼지를 안고 잤고 돼지 구유에서 먹이를 빼앗아 먹기도 했다.

마오즈가 돼지들과 함께 자는 사람들에게 가서 말했다. 돼지가 아이들을 물면 어쩌려고 그래요?

그들은 돼지가 사람보다 낫다고 말했다. 돼지는 사람을 먹지 않지만 사람은 사람을 잡아먹는다고 했다. 그러면서 자기네 마을은 이미 사람들이 인육을 먹고 있다고 말했다.

마오즈는 차마 한마디도 더 할 수 없었다. 한마디 더 말했다가는 다음날 바로 각 가구로 끼니마다 밥을 두 그릇씩 더 해서 문 앞에 굶주림으로 곤경에 처한 사람들에게 나눠주라는 통지가 날아올 것만 같았다. 그렇게 되면 사태는 더 악화될 것이고, 굶주림을 호소하는 사람들을 더 많이 불러들이게 될 것이다. 시끄럽기가 서우훠마을에 매일 장이 선 것처럼 사람들이 몰려와 인산인해를 이루고 구름과 안개처럼 가득차리라. 그렇게 되면 서우훠 사람들은 식사를 할 때 더이상 마을 어귀에 모여 함께 밥을 먹을 수 없고, 좋든 싫든 대문에 빗장을 걸고 자기 집에 틀어박혀 밥을 먹어야 할 것이었다. 그렇게 한다 해도 서우훠마을에 아직 식량이 있고 서우훠마을의 묘역에 새로 생긴 무덤이 없다는 건 누구나 다 알 수 있었다. 따라서 인민공사나 현의 직인이 찍힌 서한만 들고 오면 서우훠마을에서는 식량을 어느 정도 얻을 수 있고, 구걸할 밥그릇만 들고 있으면 밥 한 그릇 정도는 얻어먹을 수 있다는 소문이 순식간에 전해져 바람처럼 온 세상에 퍼질 것이었다.

바러우산맥과 바러우산 바깥세상 사람들이 한 무리 한 무리씩 산골 깊숙한 곳으로 들어왔다. 외지에서 들어와 눌러앉는 걸인들이 원래 있던 서우훠마을 사람보다 몇 배나 많아졌다. 이들 중에는 같은 향, 같은 현 출신도 있었다. 나아가 굶주림을 피해 온갖 고생을 이겨내며 바러우까지 흘러들어온 안후이, 산둥, 허베이 출신까지 있었다. 서우휘는 순식간에 천하에 이름을 떨치는 마을이 되었다. 다위현과 가오류현도 증명서한을 소지한 사람들을 서우휘마을로 보냈다. 역사적 연혁으로 보나 지리적 환경으로 볼 때, 이 두 현 모두 서우휘와 같은 군 혹은 현에 속했던 적이 있었다. 지금은 최소한 이웃 현인데다 같은 지구에 속하니 식량을 좀 지원받을 수 있겠다고 기대한 것이다.

정월을 견뎌낸 뒤로 서우휘마을에서는 어느 누가 식량을 요구해도 다시는 내주지 않았다. 밥그릇을 내민 이중에 밥 한술 얻어먹은 사람이 없었다. 집집마다 큰 적을 만나기라도 한 것처럼 하루종일 문을 굳게 걸어 잠근 채 집안에서 먹고 집안에서 쌌다. 사람들끼리 일체 왕래가 없었고 얘기도 나누지 않았다. 거리에서 누군가 할아버지 할머니하고 목청이 찢어지도록 외쳐 불러도 문을 열고 밥 한 그릇 내주거나 만터우 반쪽이라도 내미는 사람이 없었다.

마오즈는 간부였고, 간부인 만큼 다른 마을 사람들과는 달라야 했다. 그녀는 매일 밥때마다 집 대문을 열어놓았고 석공에게 고구마 밀푸러기를 한 솥 끓이게 해서 자기 집 식구가 한 그릇씩 먹고 남은 것을 솥째로 대문 밖에 내다놓았다. 사흘을 그렇게 하고 나서 석공은 더이상 한 솥을 끓이지 않고 반 솥만 끓였다. 사흘이 더 지난 뒤에는 작은 솥으로 반 솥만 끓였다. 마오즈는 석공을 노려보며 성난 목소리로 말했다. 이봐요 석공, 당신도 각박한 사람이군요. 석공이 억울한 마음에 말을 받았다. 항아리에 밀가루가 몇 줌이나 남아 있는지 가서 보구려.

마오즈는 입을 굳게 다문 채 아무 말도 하지 못했다.

다시 사흘이 지나 마오즈네도 식량이 떨어져 이 집에 가서 밥 한 그릇, 저 집에 가서 죽 한 바가지를 얻으러 다녀야 하는 처지가 되었을 때, 밥을 구걸하던 사람들 중에는 서우훠마을에서 굶어죽는 사람이 생기기 시작했다.

이렇게 죽은 사람은 서우훠의 산등성이 길가에 묻었다.

또 사람이 굶어죽어 서우훠마을 어귀에 묻었다.

서우훠마을에는 커다란 외지인 묘지가 생겨났다.

다시 며칠이 지난 어느 깊은 밤에 아주 엄청난 사건이 터져 거대한 폭발처럼 서우훠마을을 산산조각내버렸다. 매년 정월이 끝나갈 무렵이면 바러우에는 늘 죽도록 추운 날이 며칠 이어지곤 했다. 지난 며칠처럼 추웠더라면 아마 그날 밤에도 거리의 피난민들은 마을 거리 여기저기를 동동거리며 뛰어다녀 시끄럽게 발소리를 쏟아냈을 것이다. 하지만 그날 밤에는 발소리가 없었다. 타닥타닥 들불이 타는 소리도 없었다. 마을 안의 어느 집에도 밥 구걸하는 사람 하나 없이 아주 조용하기만 했다. 어쩌다 어느 집 아이가 배가 고파 죽겠다며 칭얼거리는 소리가 들렸고, 한두 번 칭얼거림이 들리다 뚝 끊기고는 이내 다시 조용해져 아무 소리도 들리지 않았다. 마오즈는 이런 고요함이 거대한 폭발을 잉태하고 있다는 사실을 알지 못했다. 그녀는 여느 때처럼 고구마 밀푸러기를 반 솥 끓여 문밖의 피난민들을 위해 내다놓았다. 돌아와보니 남편 석공이 벌써 그녀가 덮고 잘 이불 속을 따뜻하게 데워놓았다. 그녀가 옷을 벗으며 말했다. 이봐요 석공, 앞으로는 내 이불 데워놓으려고 애쓰지 말아요. 늘 배불리 먹지 못해서 당신 몸에도 온기라고는 찾아볼 수 없잖아요. 석공이 웃으며 침대 머리맡에 앉아 말했다.

마오즈, 오늘 말이야, 내가 맷돌 가는 끌이랑 망치, 주머니를 잘 닦아서 벽에다 걸어놨는데 그것들이 저절로 맥없이 바닥으로 툭 떨어지는 거야. 아무 이유 없이 저절로 떨어져버리더군. 집안에 무슨 일이 생길까봐 걱정이야. 내가 당신 이불을 데워주고 싶어도 데워줄 날이 얼마 남지 않았을까봐 두려워.

마오즈가 말했다. 이봐요 석공, 이런 신사회에서 아직 그런 미신을 갖고 있으면 어떡해요?

석공이 말했다. 마오즈, 마음속에 있는 얘기를 좀 털어놔봐. 나 같은 석공한테 시집온 것 후회 안 해?

마오즈가 말했다. 그런 건 물어서 뭐해요?

석공이 말했다. 당신 마음속 깊은 곳에 담고 있는 얘기를 듣고 싶어.

마오즈는 말을 하지 않았다. 아주 깊은 곳으로 침묵하고 있었다.

석공이 말했다. 말 한마디 하는 게 뭐가 그렇게 두려워?

마오즈가 말했다. 정말 제가 얘기하길 원해요?

석공이 말했다. 어서 말해봐.

마오즈가 말했다. 그럼 정말 말해요.

석공이 말했다. 말하라니까.

마오즈가 말했다. 항상 조금씩은 후회가 있지요.

석공의 얼굴에 순간 핏기가 사라졌다. 석공은 멍하니 마오즈의 얼굴을 바라보았다. 그녀가 아직 젊어 서른셋밖에 되지 않았는데 몸은 많이 늙은 것을 알 수 있었다. 마흔이 넘어 쉰에 가까워 보였다.

석공이 물었다.

내가 나이가 많아서 싫지?

마오즈가 말했다.

서우훠마을도 싫어요. 온통 맹인에 절름발이, 귀머거리, 벙어리 천지
잖아요. 당신만 아니었으면 나는 인민공사에 들어오자마자 현으로 배
정되어 현 정부의 여주석이나 현장이 됐을 거라고요. 그런데 지금 봐
요. 여태 서우훠마을에서 사람들을 데리고 농사나 짓고 있잖아요. 저는
정말 이렇게 농사짓는 것이 혁명을 하는 건지 잘 모르겠어요. 만약 그
게 아니라면 반평생 동안 서우훠마을에서 혁명을 하지 못한 걸 후회하
게 될 거예요

여기까지 말했을 때, 일이 터지고 말았다. 우르릉 쾅쾅 요란하게 일
이 터졌다. 먼저 누군가 문을 두드리는 소리가 들렸다. 잠시 문을 두드
리는가 싶더니 누군가 마당 담장을 넘어 집안으로 들어왔다. 석공이
누구냐고 물었다. 발걸음소리는 방문 앞에서 멈췄다. 마오즈가 물었다.
당신들 누구예요? 또 누가 굶어죽으려 하나요? 누가 굶어죽을 것 같
으면 내가 얼른 국밥 한 그릇 갖다줄게요. 밖에 있던 이들은 아무 대꾸
도 없이 마오즈의 집 방문을 마구 뜯어내고는 안으로 우루루 들이닥쳤
다. 대여섯 명이나 됐다. 하나같이 장년의 멀쩡한 사내들이었다. 그들
의 손에는 막대기와 몽둥이, 삽이 들려 있었다. 그들은 집안에 들어서
자마자 침대 앞에 서서 몽둥이와 삽을 석공의 머리와 마오즈의 얼굴에
들이대며 말했다. 두 사람에게는 미안하지만, 이 세상이 너무 불공평한
것 같소. 우리 멀쩡한 사람들은 하나하나 산 채로 굶어죽어가고 있는
데, 팔이나 다리가 없고 맹인에 절름발이인 당신네 마을 사람들은 어
떻게 마을을 통틀어 한 사람도 굶어죽는 사람이 없고 마을 묘지에 새
로 생긴 무덤도 하나 없단 말이오? 말을 하던 사람이 현에서 가져온 소

개 서한을 꺼냈다. 서우휘마을에 식량을 요청한다는 내용이었다. 서한에는 현위원회와 현 정부의 직인이 찍혀 있었다. 그는 초지 위에 붓으로 글을 쓴 서한을 마오즈가 마주하고 있는 침대 위로 내던지며 말했다. 서한을 읽어봤으니 내용을 알겠지요? 당신이 서우휘마을 사람들에게 식량을 주지 못하게 하면 우리는 어쩔 수 없이 직접 손을 쓸 수밖에 없어요. 빼앗는 게 아니라 정부에서 시키는 대로 식량을 가져가는 것이오. 이렇게 말하면서 그가 옆에 있는 사람에게 눈짓을 보냈다. 그러자 다른 사내 둘이 자루를 들고 다른 방으로 가더니 항아리에서 밀가루를 찾아냈다. 부엌의 솥에서도 먹을 것을 찾아냈다. 이때 석공은 침대에서 뛰어내려 머리맡에 있던 맷돌 씻는 도구 주머니를 움켜쥐고 있었다. 주머니에서 망치를 꺼내 손에 든 터였다. 하지만 그 순간 그의 머리 위를 이 빠진 호미 한 자루가 겨냥하고 있었다. 그들이 버럭 소리를 질렀다. 당신네가 절름발이라는 걸 잊지 마시오! 석공은 마오즈를 힐끔 쳐다볼 뿐, 침대 앞에서 꼼짝도 하지 못했다. 또다른 사내가 마오즈의 머리 위를 몽둥이로 겨누며 말했다. 현명하게 행동하시오. 전투를 좀 해봤다면서요? 혁명도 했고. 그러면서도 고생하는 백성들한테 식량 좀 나눠줄 줄을 모르다니. 이때 딸 쥐메이가 시끄러운 소리에 놀라 잠에서 깼다. 아이는 와앙 울음을 터뜨리며 마오즈의 품속을 파고들었다. 마오즈는 쥐메이를 감싸면서 자신의 머리채를 틀어쥔 장년의 사내를 노려보았다. 알고 보니 사내는 마오즈가 매일 국 한 그릇을 먹으라고 내주었던 아이의 아버지였다. 그를 알아본 그녀가 싸늘하게 쏘아보며 말했다. 당신이 바로 그 사람이었군. 어떻게 이렇게 양심이 없을 수 있는 겁니까?

사내가 말했다. 달리 방도가 없어요. 나도 내 식구들 살려야 하거든요.

마오즈가 말했다. 살기 위해 빼앗는 짓을 하는 건가요? 당신에겐 법도 없나요?

사내가 말했다. 법은 무슨 놈의 법, 멀쩡한 사람이 곧 당신네 장애인들의 법이지. 사람이 굶어죽는 판에 아직도 법 타령이오. 나도 전투 좀 해봤소. 팔로군을 따라다니며 전투를 해봤단 말이오.

잠시 후 부엌 쪽에서 냄비와 그릇이 쨍그랑거리는 소리가 났다. 두말할 것도 없이 그릇이 땅에 떨어져 깨지는 소리였다. 다른 방에 있는 단지와 항아리 쪽에서도 요란한 소리가 들렸다. 양곡과 밀가루를 뒤지는 소리가 요란하고 거칠게 들려왔다. 석공이 벽 안쪽에서 내다보니 한 사내가 문 뒤 구덩이에 숨겨둔 항아리에서 옥수수 한 되를 퍼서 자기 자루에 쏟은 다음, 또 한 줌을 집어 자기 입에 마구 쑤셔넣고 씹고 있었다. 석공이 말했다. 천천히 먹어요. 그 항아리에 쥐가 하도 들끓어서 독약을 넣어두었소. 그 사내가 말했다. 독약을 먹고 죽는 게 차라리 나아요. 배가 고파 고통스러워하면서 천천히 굶어죽는 것보다야 독약을 먹고 죽는 게 훨씬 통쾌하잖소. 석공이 말했다. 정말이라오. 독약을 구운 만터우 안에도 넣었으니 행여나 그걸 가져다 아내나 아이들에게 먹여 죽게 하지는 말아요. 사내는 얼른 손전등을 쳐들어 자루를 비추더니 자루 안에서 마른 만터우를 꺼내 문 뒤로 던졌다.

집안은 온통 난장판이었다. 마오즈의 품안에서 파랗게 찔러대는 쥐메이의 울음소리가 시원한 바람처럼 방안을 메웠다. 마오즈는 옷자락을 걷어올려 쥐메이의 입에 젖을 물렸다. 울음소리가 이내 젖 빠는 소리로 변해 잦아들었다. 집안에는 이제 발소리와 발칵 뒤집고 뒤지는 소리만 남았다. 우당탕탕 요란한 소리가 끊이지 않았다. 한 사내가 식량을 찾지도 못하고 다른 어떤 것도 찾지 못해 크게 낙심한 표정으로 부엌을 나오더니 마오즈 앞에 식칼을 들이대며 말했다. 난 아무것도 못 찾았어. 아무것도 못 가져간다고. 우리집 애는 이제 겨우 세 살이야. 추위와 배고픔에 시달리고 있다고. 그러니 당신이 뭐라도 좀 줘야겠어. 마오즈는 얼른 손에 잡히는 대로 침대에서 딸 쥐메이의 솜저고리를 집어 건네며 물었다. 이건 너무 작을까요?

사내가 말했다. 작으면 작은 대로 입는 거지 뭐.

마오즈가 말했다. 여자애 옷이에요.

사내가 말했다. 여자애 옷이면 어때.

어느새 한 시진時辰이 지났다. 집안의 먹을 만한 것과 입을 만한 것은 전부 빼앗겼다. 사내들이 다시 침대 앞쪽으로 다가왔다. 그들 가운데 나이가 좀 많아 보이는 사람이 마오즈를 쳐다보고 다시 석공을 쳐다보더니 갑자기 마오즈와 석공 앞에 무릎을 꿇고는 바닥에 머리를 대고 절을 하며 말했다. 죄송합니다. 빌려주신 셈 치세요. 그러고는 멀쩡한 사내들을 데리고 가버렸다.

회오리바람처럼 휩쓸며 왔다가 휩쓸며 가버렸다.

집안은 다시 조용해졌다. 석공이 고개를 돌려 원래 총이 걸려 있던 빈 벽을 바라보며 민병들이 총은 가져가지 못하게 했어야 했다고 말했다. 마오즈도 침대 안에서 고개를 돌려 텅 빈 벽을 힐끔 쳐다보고는 쥐메이를 침대 머리맡에 내려놓고 나서 석공과 함께 옷을 걸쳐 입고 마당으로 나갔다. 문을 열려고 할 때에야 비로소 사람들이 밖에서 대문을 잠갔다는 걸 알았다. 그들은 집안에 갇혀버린 것이다.

석공과 마오즈는 헛헛이 마당에 서 있었다. 누군가 마을 거리를 다니며 크게 내지르는 소리가 들렸다. "저 사람들 전부 식량을 침대 머리맡 땅바닥에 묻어놓았어요. 전부 침대 밑 땅바닥에 묻어놨다고요." 잠시 후 이웃집에서 멀쩡한 사람들이 호미와 삽, 괭이 같은 것을 찾는 소리가 들렸다. 뭔가 득득 긁고 파내는 소리가 들렸다. 서우훠마을 집집마다 약탈당하는 어지러운 소리가 들렸다. 전투가 벌어지기라도 한 것처럼 온갖 소리가 하늘과 땅을 가득 메웠다. 석공은 그 요란한 소리 속에서 마오즈가 어쩔 줄 모르고 발을 동동 구르며 쉴새없이 어떻게 하지, 어떻게 하나, 멀쩡한 사람들은 어떻게 이렇게 양심이 없을 수 있나, 어떻게 하지, 멀쩡한 사람들은 어떻게 이렇게 양심이 없을 수 있나, 하고 중얼거리는 모습을 보았다. 석공은 이내 걸상 하나를 가져다 마당 담벼락에 붙여놓고는 담을 넘어 밖으로 나가 대문을 열었다. 달빛이 맑고 밝아 한눈에 마을 절반이 내다보였다. 마을 밖의 밭에서도 검은 그림자들이 무리를 지어 바쁘게 움직였다. 그들이 무얼 짊어지고, 무얼 어깨에 메고, 무얼 손에 들고 있는지는 알 수 없었다. 누군가 황급히 마을 안쪽으로 들어오고, 또 누군가는 마을 밖으로 황급히 나가고 있었다. 바삐 움직이는 발걸음소리가 어지럽게 흩어졌다. 멀쩡한 사내 몇이 소를 끌고 가고, 또 건장한 사내 둘이 돼지를 들고 갔다. 남의 집 닭을 안고 가는 멀쩡한 젊은 여자도 있었다. 온 세상이 닭 울음소리와 꿀꿀대는 돼지소리, 소와 돼지의 등을 내려치는 채찍소리로 가득찼다. 멀쩡한 사람 하나가 뭔가를 들쳐 메고 황급히 뛰어가다가 그 물건이 들어 있던 가방에서 툭 떨어져 길가로 데굴데굴 굴러갔다. 그는 얼른 어깨에 메고 있던 가방을 내려놓고 길가로 뛰어가 더듬더듬 떨어진 물건을 찾았다. 그러는 동안 그가 내려놓은 가방은 지나가던 다른 멀쩡한 사내가 슬쩍 집어가버렸다. 엄청난 혼란이었다. 온 세상이 어지럽고 시끄러웠다. 서우훠마을 집집마다 울부짖는 통곡소리가 넘쳐났다. 모든 것을 뚜렷하게 드러내는 환한 달빛 아래 서우훠마을 사람들의 자줏빛 외침과 울음이 말라붙은 핏자국과 핏덩어리처럼 마을 안을 가득 떠다녔다. 약탈당한 맹인네에서는 맹인이 자기 집 처마 밑에 서서 마찬가지로 맹인인 아내와 아들을 부둥켜안고 울면서 말했다. 온전한 양반, 우리에게도 식량 한 줌만 남겨주시오, 우리는 온 식구가 다 맹인이란 말이오. 그 온전한 양반이 식량 한 자루를 등에 지고 문 밖으로 걸어나가며 말했다. 온 식구가 맹인이라면서 어떻게 우리 같은 멀쩡한 사람들보다 잘살 수 있는 거요? 이 세상에 어떻게 장애인이 멀쩡한 사람보다 잘사는 경우가 있을 수 있냔 말이오? 우리는 당신네 식량을 빼앗으러 온 게 아니라 정부에서 시켜서 식량을 요청하러 온 거요. 맹인네 식구들은 할말을 잃고 온전한 사람들이 자신들의 식량을 짊어지고 거들먹거리며 휘적휘적 사라지는 모습을 까마득하게 바라보았다. 멀쩡한 사람들이 집안으로 들어오는 발소리를 듣지 못했던 귀머거리는 힘이 좋은 편이었음에도 그 사람들에 의해 침대 다리에 꽁꽁 묶여버렸다. 벙어리는 똑같이 듣지는 못하지만 감각이 예민했다. 하지만 멀쩡한 사람들이 몽둥이로 한 대 후려치자 곧장 방안에서 기절해버렸다. 절름발이와 외다리는 약탈하러 온 온전한 사람들을 막아보려고 애를 썼지만 이들이 몸을 조금이라도 움직였다간 성한 다리마저 부러뜨리겠다고 으름장을 놓자 금세 자신의 장애를 떠올리고는 그들이 온갖 물건들을 깡그리 가져가는 광경을 멀뚱멀뚱 바라보는 수밖에 없었다.

온전한 이가 물었다. 등불은 어디 있소?

한 여인이 하나밖에 없는 팔을 들어 한쪽 구석을 가리키며 말했다.
탁자 구석에 있어요.

온전한 이가 말했다. 가서 불을 켜요.

그녀가 가서 등불을 켜서 온전한 이에게 건네며 말했다. 온 세상이
기근으로 난리지요. 당신들도 배가 고프다는 건 나도 알아요. 하지만
우리 애는 이제 겨우 한 살이에요. 이애 먹일 잡곡이라도 한 되 남겨주
면 안 될까요? 온전한 이가 말했다. 우리도 바이수 인민공사 사람이오.
인민공사에서 식량을 요청하는 서한을 갖고 왔단 말이오. 그 서한에는
정부 직인도 찍혀 있다고요. 못 믿겠으면 기다려봐요. 가져다 보여줄
테니. 당신네 마을엔 굶어죽은 사람이 단 한 명도 없잖아요. 우리집은
일곱 식구 중에 네 명이나 굶어죽었어요. 인민공사 서한까지 갖고 온
우리한테 당신이 무슨 근거로 식량을 내주지 않는다는 거요? 뭘 믿고
감히 정부의 말을 듣지 않는단 말이오? 그렇게 말하면서 그는 침대 머
리맡 땅속에 묻어둔 식량을 파서 가져갔다. 방안 항아리에 남은 마지
막 잡곡 한 되까지 전부 자루에 퍼 담아 짊어지고 가버렸다.

지고 가다가 마당까지 가서는 다시 고개를 돌려 말했다.

생각을 좀 해봐요. 이 세상 어디에 장애인들이 멀쩡한 사람들보다
더 잘사는 경우가 있는지 말이오.

집집마다 약탈을 당했다.

거리마다 발소리로 가득했다.

마을 가득 울부짖는 소리였다.

바러우산 전체가 거대한 혼란과 아우성이었다.

마오즈와 석공은 문 앞의 달빛 아래 멍하니 서서 서우훠마을을 약탈한 사람들이 물처럼 유유히 눈앞에서 흘러가는 모습을 바라보았다. 너덧 명의 사람들이 마을의 황소를 몰고 가는 것을 바라보았다. 그들이 그녀 앞을 지나갈 때 그녀가 다리를 절면서 거리 한가운데로 달려가 소의 고삐를 틀어쥐며 말했다. 소는 놔둬요. 내일이면 대대와 생산대 모두 밭을 갈아야 한단 말이에요! 그들은 그녀를 한번 흘겨보더니 그녀의 멀쩡한 다리를 걷어찼다. 그녀는 다리 하나가 부러진 의자처럼 달빛 아래 나동그라졌다. 하지만 다시 몇 발짝 기어가 소를 끌고 가는 사람 다리를 부여잡고 말했다. 우리 모두 바이수 인민공사 사원이잖아요. 당신들이 이러면 안 되지요. 우리도 다 같은 바이수 인민공사 사원이라고요! 그 사람이 말했다. 무슨 얼어죽을 인민공사 사원이오. 사람이 굶어죽게 생겼는데 무슨 인민공사 사원 타령이냐고요. 그러고는 소를 끌고 채찍질을 해가며 앞으로 몰아가려 했다. 마오즈는 죽어라고 그 사내의 다리를 붙잡고 늘어졌다. 사내가 멈춰 서서 또다시 그녀의 멀쩡한 다리를 세게 밟았다. 문 앞에 서 있던 석공이 황급히 달려와 온전한 사내 앞에 무릎을 꿇고는 읍揖을 하고 머리를 땅바닥에 대고서 애걸복걸하며 말했다. 저 사람 때리지 말아요. 때리지 말라고요. 이 사람은 장애인이란 말입니다. 성한 다리가 하나뿐이라고요. 때리려면 나를 때려요. 날 때리라고요.

사내가 말했다. 이 여자가 당신 아내요? 당신 아내한테 내 다리 좀 놔주라고 해요.

석공이 머리를 땅바닥에 대며 말했다. 소는 남겨두고 가세요. 소가

416

없으면 내일 땅을 어떻게 갑니까?

사내가 또다시 마오즈의 다리를 아주 세게 밟았다.

마오즈가 날카롭게 비명을 지르며 온전한 사내의 다리를 더 힘껏 붙잡았다. 석공은 그 사람 앞에 엎드려 더 빨리 더 세게 머리를 땅바닥에 찧었다. 빗방울처럼 후둑후둑 머리를 땅에 찧으며 애원했다. 저를 때리세요, 네? 저를 때리라고요, 네? 저 사람이 그래도 옌안에도 있었고 전투도 해본 사람이라고요. 혁명을 했던 사람이란 말이에요. 신사회 건설에 큰 힘을 보탠 사람이란 말입니다! 사내가 눈길을 석공의 머리 위로 돌려 잠시 바라보더니 다시 마오즈를 바라보며 이를 악물고 말했다. 이런 염병할, 사회는 너희들이 다 망가뜨렸다고. 혁명을 하지 않았더라면 우리집은 그래도 자류지*를 두 무 정도 갖고 있었을 거야. 거세한 소도 한 마리 있었을 테고. 그런데 너희들이 혁명을 일으키는 바람에 우리집은 부농이라며 땅도 몰수당하고 소도 몰수당하고 말았지. 흉년이 닥치면서 다섯 식구 가운데 셋이 죽어나갔다고. 사내는 이렇게 말하면서 또다시 마오즈의 몸을 두어 번 걷어찼다. 그러고는 계속 말을 이었다. 여자가 얌전하게 세월을 보낼 것이지, 무슨 빌어먹을 혁명이야, 내가 당신더러 혁명하라고 그랬어? 내가 당신더러 혁명하라고 그랬냐고! 그러면서 또다시 마오즈의 허리를 몇 번 더 걷어찼다.

넋이 나간 마오즈는 그 온전한 사내의 다리를 놓고 말았다.

온전한 사내는 쿵쿵 몇 번 콧방귀를 뀌고는 다른 멀쩡한 사내들과 함께 소를 몰고 가버렸다. 몇 걸음 가던 그가 다시 고개를 돌려 말했다.

---

* 사회주의국가에서 개인적으로 관리하고 경영할 수 있는 땅.

염병할, 당신들이 혁명을 하지만 않았다면 이런 대기근도 일어나지 않았을 거라고. 말을 마친 그는 그래도 분이 풀리지 않는다는 듯이 씩씩거리며 마을을 빠져나가 산등성이로 올라갔다.

마을은 차츰 조용해졌다.

마지막으로 마을을 떠난 온전한 사람 몇 명은 가련히도 낙담하여 투덜거렸다. 나는 아무것도 못 건졌어. 니미 씨팔, 아무것도 못 건졌다고. 서우훠마을 사람들을 욕하는 건지, 아니면 자신이 챙길 만한 식량이나 물건을 하나도 남겨놓지 않은 다른 멀쩡한 이들을 욕하는 건지 알 수 없었다.

날이 밝았다.

마을은 조용했다. 닭 울음소리도 없고 소 울음소리도 없었다. 꽥꽥거리며 이른 아침부터 마을 거리를 뒤흔들던 오리 울음소리도 없었다.

거리에는 도처에 빈 바구니와 납작해진 자루, 바닥에 흩어진 옥수수 알갱이와 밀 알갱이가 널려 있었다. 인민공사 직인이 찍히거나 인민공사 서기나 현장의 서명이 있는 서한들도 나뒹굴었다.

해는 평소나 다름없는 시간에 떠서 천천히 솟아올라 산맥과 마을, 그리고 마을 안 모든 집들의 마당들을 샛노랗게 비추었다. 그 소개 서한에 찍힌 붉고 화려한 정부의 직인들이 꽃처럼 아름다웠다. 누군지 모르지만 자기 집 밖으로 나와 문 앞에 섰다. 곧이어 맹인과 절름발이, 귀머거리, 벙어리, 그리고 온전한 노인과 아이들 모두 집에서 나와 조용히 문 앞에 섰다. 서로를 바라보면서도 아무 말도 하지 않았다. 평온한 얼굴들이었다. 비통하거나 서글픈 기색은 전혀 없이 담담하기만 했다. 모두들 그렇게 다소 굳은 표정으로 서로를 훑어보았다. 잠시 후 어느 귀머거리가 말했다. 이제 우리집에는 식량이 한 줌도 없어요. 이러다가는 다 굶어죽겠어요. 침대 밑에 묻어둔 양곡 항아리까지 다 털어갔다니까요. 맹인 하나가 귀머거리에게 말했다. 그 사람들이 우리집은 불을 켤 필요도 없다면서 등잔까지 가져갔어요. 그 등잔은 놋쇠로 만든 거라 내가 강철제련재앙 때도 아까워서 내놓지 않았던 거란 말이에요. 이때 서우훠마을 사람들의 눈에 마오즈가 다가오는 모습이 보였다. 다리를 절뚝거리는 것이 전보다 훨씬 심해 지팡이를 짚었는데도 한 걸음 내디딜 때마다 넘어질 듯 아슬아슬했다. 핏기 없는 얼굴에 머리칼은 어지럽게 엉클어져 있었다. 팔백 년 동안 한 번도 빗질을 하지 않은 것 같았다. 사람이 하룻밤 사이에 많이 늙었다. 얼굴의 주름살이 거미줄 같았고 귀밑머리도 순식간에 허옇게 새버렸다. 그녀가 마을 사람들에게로 다가가 홰나무 아래에 섰다. 예전처럼 소달구지 바퀴로 만든 종 아래 서서 길 양쪽에 서 있는 마을 사람들을 바라보았다. 마을 사람들도 곧 그녀가 서 있는 쪽으로 다가왔다. 예전에 회의가 열릴 때 그랬던 것처럼 그녀를 둘러싸고 그녀를 바라보며 침묵하고 있었다.

이때 마을 뒤쪽에서 나이 일흔일곱 먹은 절름발이 노인의 며느리가 부르짖는 소리가 들려왔다. 잔뜩 쉰 목소리가 갈래갈래 찢어졌다. 정해진 방향 없이 불어오는 바람 같았다. 그녀는 펄쩍펄쩍 뛰면서 두 손으로 자신의 양 허벅지를 두드리며 울부짖었다.

빨리 이리 좀 와주세요. 저희 아버님이 침대 밑에 식량 구덩이 안에서 돌아가시려 해요!

빨리 좀 와주세요, 저희 아버님이 화가 나서 양곡 구덩이 안에서 돌아가시겠대요!

나이 일흔일곱의 노인이 곧 죽음을 맞이할 것 같았다. 침대 밑 양곡을 묻어둔 구덩이에서였다. 구덩이에는 식량을 요청하는 서한이 놓여 있었고, 서한에는 인민공사의 직인과 현위원회 직인이 찍혀 있었다. 마오즈가 마을 사람들을 데리고 그 구덩이 앞으로 가서 바닥에 떨어진 그 서한을 주워 들었을 때, 노인은 아직 숨이 붙어 있었다. 노인이 마지막 남은 한 가닥 힘을 다해 말했다.

마오즈, 서우훠마을 사람들을 퇴사시켜주게. 서우훠마을은 애당초 이 인민공사에, 이 현 정부에 소속되면 안 되는 거였어.

말을 마치고 나서 노인은 죽었다.

죽은 뒤에는 땅에 묻혔다.

노인을 묻고 나서부터 서우훠마을에도 온 천지를 뒤덮은 식량난이 시작되었다.

처음 며칠은 다들 집밖으로 나오지 않았다. 집밖에 나오지 않고 아무 활동도 하지 않으면서 힘을 아꼈다. 그렇게 배고픔을 늦출 수 있었다. 다시 며칠이 지나자 집밖으로 나오는 사람들이 나타났다. 산에 올라가 풀뿌리나 채소 뿌리라도 찾아보겠다는 것이었다. 나중에는 바깥 지역 사람들과 마찬가지로 나무껍질을 벗겨 먹기 시작했다. 느릅나무의 표피층을 벗겨내고 나무의 뼈대에 붙은 푸른 껍질만 벗겨 집으로 돌아와 냄비에 넣고 푹 끓이면 끈적끈적한 국물이 되었다. 이렇게 보름이 지나자 산에는 들풀과 풀뿌리가 하나도 남지 않았고 나무껍질도 전부 벗겨졌다. 급기야 산의 생토를 먹는 사람들도 나타났다.

사람들이 산 채로 굶어죽었다.

한 명 또 한 명 계속 굶어죽었다.

서우훠마을 묘지 여기저기에 새 무덤이 생겼다. 또다시 보름이 지나자 새 무덤들이 우후죽순처럼 솟아났고, 마침내 마을 어귀도 맥장처럼 온통 새 무덤으로 뒤덮였다. 열여덟 살이 되기 전에 결혼한 젊은이는 죽어서도 조상들의 묘지에 들어갈 수 없어 되는대로 대충 마을 어귀에 묻혔다. 서너 살 이하인 어린아이들이 굶어죽으면 관을 아끼기 위해 짚으로 묶은 다음, 대나무 바구니에 넣어 마을 밖 아무 계곡이나 산등성이의 돌무더기 옆으로 던져버렸다.

　누렇고 황량한 하늘은 끝도 없이 펼쳐져 있고 산맥 위의 정적은 한없이 깊고 드넓었다. 서우훠마을은 이런 황량함 속에 내던져졌다. 산맥에 내던져진 잡초 무더기나 산골짝 깊은 곳의 잊힌 흔적 같았다. 매 한 마리가 날카롭게 울부짖으며 하늘에서 내려와 죽은 아이가 담긴 대바구니 위에 섰다. 죽은 아이의 부모는 처음에는 멀찌감치 서서 바구니를 지키며 대나무 가지로 그 매를 후려쳤다. 며칠 후 아이 아버지는 더이상 바구니를 지키지 않았다. 너무 배가 고파 집밖에 나설 수가 없었다. 그곳의 매와 들개들이 바쁘게 움직였다. 다시 며칠이 지나자 매와 들개들은 다른 곳으로 가서 먹을 것을 찾기 시작했다. 매와 들개들이 떠난 자리에는 빈 바구니와 마른 풀만 남았다.

　얼마 지나지 않아 하나였던 빈 바구니는 여러 개로 늘어났고 이내 들판이 온통 빈 바구니로 뒤덮였다. 그곳은 나중에 황무지가 되어 매와 들개, 늑대와 여우들의 낙원이 되었다.

　서우훠마을의 울음소리는 더해지지 않았지만 무덤과 산 위의 낡은 대바구니는 갈수록 많아졌다. 정월이 지나고 이월이 왔다. 곧 봄이 올 것 같으면서 겨울이 아직 물러가기 전이라 날씨가 제법 따스했다.

마을의 또 어떤 집에서 누군가 천천히 밖으로 걸어나와 대문 앞 해가 드는 곳에 잠시 서서 이웃과 이런저런 얘기를 나누었다. 그러면서 일이 터졌다고 말했다. 옛날에는 마을 사람들의 세월이 너무나 즐겁고受活 편했는데, 마오즈가 사람들을 데리고 합작사니 인민공사에 가입했기 때문에 이처럼 천 년에 한 번 일어날까 말까 한 대재앙이 온 것이라고 말했다. 마오즈가 사람들을 인민공사에 가입시켰으니 마오즈가 다시 사람들을 인민공사에서 퇴사시켜 예전처럼 살게 해줘야 한다고 했다. 입사를 안 했다면 외지 사람들이 어떻게 바러우 산속 깊은 곳에 이런 계곡이 있고, 이 계곡에 서우훠라는 마을이 있으며, 장애인들이 죽을 때까지 평생 편안하고 자유롭게 먹을 것 입을 것 걱정 없이 살고 있다는 사실을 알았겠느냐고도 말했다. 또 이런 마을이 있다는 걸 알았다 해도 마을의 위치가 세 현이 만나는 지점 한가운데 있으니, 솽화이현은 서우훠가 다위현에 속한다고 하고, 다위현 사람들은 서우훠가 가오류현에 속한다고 하고, 가오류 사람들은 또 서우훠가 솽화이현에 속한다고 할 터이니, 결국 자신들은 영원히, 영원토록 어느 인민공사나 현의 관할에도 예속되지 않는다고 생각했을 것이 아니냐고 말했다. 그랬다면 서우훠 사람들은 여전히 자유롭고 즐겁고 편안하게 살았을 게 아니냐고, 누가 소개서한을 들고 마을에 와서 식량을 요구하거나 약탈할 생각을 할 수 있었겠느냐는 것이었다. 모든 것이 마오즈 때문이라는 말이었다. 마오즈가 서우훠마을을 인민공사와 현에 가입시켰기 때문에 이런 대재앙을 만난 거라는 말이었다.

그리하여 모두들 약속을 하고 마오즈의 집으로 몰려갔다.

문 앞에서 마오즈를 부르고, 문을 열었다. 사람들은 마오즈가 휘청

휘청 걸어나오는 모습을 보았다. 뜻밖에도 그녀 역시 다른 사람들과 마찬가지로 퉁퉁 부어 번들거리는 얼굴에 푸르스름한 기운이 감돌았다. 그녀는 집안 부엌에서 물 반 대야를 받아 그 물에 석공이 망치와 끌, 정 등 맷돌 씻는 도구 등을 담았던 주머니를 담가두고 있었다. 알고 보니 석공의 그 주머니가 소가죽으로 된 것이라 물에 불려 끓여 먹을 수 있었다. 매일 그 주머니를 국수 가락처럼 몇 가닥씩 잘라내 물에 담갔다가 소금에 절여 끓인 것을 딸에게 먹이려는 것이었다. 마오즈는 그 자리에서 분노에 찬 마을 사람들이 문 앞에 서 있는 모습을 바라보았다. 석공이 마을에서 가장 친하게 지내는 사촌동생도 그 사람들 속에 끼어 있었다. 뭔가 일이 벌어지리라는 것도 알 수 있었다. 마오즈의 푸르스름한 얼굴빛이 순식간에 창백하게 변했다. 모두들 오셨네요? 어서 말해봐요. 무슨 일인가요?

마을 사람들 모두 조용히 있었다. 석공의 사촌동생이 사람들을 대신해 먼저 입을 열었다. 형수님, 마을 전체에 집집마다 사람이 굶어죽고 있습니다. 모두들 형수님과 형님, 그리고 조카를 걱정합니다. 그래서 형수님을 뵈러 온 겁니다.

마오즈의 부은 얼굴에 미소가 피어올랐다. 그녀가 말했다. 모두들 고마워요. 이런 상황에 우리집 식구들까지 걱정해주다니 정말 고마워요.

사촌동생이 또 말했다. 형수님, 말씀드릴 게 한 가지 더 있어요. 솔직하게 말씀드리지요. 마을 사람들 모두 즐거웠던受活 옛날처럼 살고 싶어해요. 형수님께서 먼길 가는 것이 괜찮으시면 며칠 내로 인민공사와 현에 한번 다녀와주셨으면 합니다. 서우훠마을 사람들이 예전처럼 어느 인민공사나 현의 관할을 받지 않고 살 수 있게 해주셨으면 합니다.

마오즈의 얼굴에서 미소가 걷혔다. 난처한 기색이 역력했다.

호조조에 가입할 때 총성 아래서 소를 넘겨주던 절름발이가 말했다. 안 될 게 뭐가 있겠어요. 원래 합작사에 가입할 때 세 개 현 모두 우리 서우훠마을을 그다지 반가워하지 않았잖아요.

입사할 때 지구장이 노발대발하며 질책하는 바람에 하는 수 없이 집에서 쟁기를 꺼내왔던 외눈박이 아줌마도 춤을 추듯 손을 휘저으며 말했다. 이봐요 동생, 입사할 때 동생이 서우훠마을 사람들 모두 천당의 세월을 보내게 해주겠다고 그랬잖아요. 밭 갈 때 소도 필요 없고 등불을 불을 붙일 때 기름도 필요 없는 좋은 세월요. 이제 그 천당의 세월이 도대체 어디에 있는 건지 설명 좀 해줘요.

그러자 몇 명, 아니 열몇 명의 온전한 남자들과 장애인 아줌마들이 모두 큰 소리로 아우성을 치며 말했다. 마오즈, 마을 어귀와 묘지, 계곡에 가서 마을에서 죽어나간 사람이 얼마나 되는지, 무덤이 얼마나 많이 늘어났는지 보라고요. 산 위와 계곡 바닥에 얼마나 많은 아이들이 대바구니에 담겨 버려졌는지 좀 세어보라고요. 이게 천당이에요? 이게 사람들을 인민공사에 가입시키면서 말했던 그 천당이냔 말이에요! 모두들 한마디씩 했다. 맹인과 절름발이, 귀머거리 모두 원성을 쏟아내며 꼬치꼬치 따졌다. 홍수가 하늘을 삼키는 것처럼 요란했다. 벙어리들마저도 마오즈를 가리키며 쉴새없이 신음소리를 질러댔다. 그러자 마오즈의 푸르스름하던 얼굴이 누렇게 변하면서 식은땀이 가득 맺혔다. 이월의 해는 금빛으로 찬란했다. 바람은 없었다. 마을 전체가 말이 없는 햇빛과 벌거벗은 나무로 가득했다. 외지 사람들이 소는 끌고 갔고, 돼지는 들고 갔고, 닭과 오리는 안고 가버렸다. 마을은 죽어버린 것 같았다. 굶주림에 다급해하는 사람들을 제외하면 다른 살아 있는 생명은 없었다. 마오즈는 문밖의 마을 사람들을 바라보았다. 서 있는 사람도, 땅바닥에 쪼그리고 앉은 사람도 있었다. 너무 배가 고파 울지도 못하는 아이를 안고 땅바닥에 아무렇게나 철퍼덕 주저앉은 아낙네도 보였다.

그녀는 그 마을 사람들을 쳐다보다가 마을 거리와 문밖 산 위로 벌거벗어 온통 누런 하늘과 땅을 바라보았다. 몹시 어지러웠다. 하늘과 땅이 빙빙 도는 것 같아 얼른 손으로 문틀을 짚었다. 몸이 문틀을 따라 주르륵 밑으로 미끄러진 그녀는 마을 사람들 전체를 마주하여 무릎을 꿇은 채로 말했다. 아저씨, 아주머니, 형제 여러분, 모두들 안심하셔도 돼요. 저 마오즈가 아직 살아 있는 한 마을 사람들을 합작사에 입사시켰던 것처럼 어떻게 해서든지 퇴사시키도록 하겠습니다. 쥐메이 아빠 석공이 보름 전에 침대 위에서 굶어죽었어요. 그 사람은 저 소가죽 주머니를 먹지 않겠다고 했어요. 자신이 평생 석공으로 살면서 그 주머니를 두 모녀에게 먹일 수 있는 최고의 물건으로 남겨주게 될 줄은 생각지도 못했다고 하더군요. 아주머니, 아저씨, 형제 여러분, 그 사람의 소가죽 주머니가 아직 반쯤 남았어요. 제가 가져다 조금씩 잘라서 나눠드릴게요. 그리고 한 가지 부탁이 있어요. 힘을 조금씩 보태 제가 마을 입구에 구덩이를 파고 석공을 잘 묻어줄 수 있게 도와주세요. 오늘 날이 따뜻해서 묻어야 될 것 같아요. 저 마오즈가 서우훠마을에 면목이 없습니다. 여러분께 정말 죄송합니다. 하지만 석공은 평생 좋은 사람이었잖아요. 그 사람 봐서라도 모두들 힘을 보태 그 사람을 잘 묻을 수 있게 해주세요.

마오즈는 무릎을 꿇은 채로 마을 사람들을 바라보며 이렇게 말했다. 말을 마친 그녀는 고개를 숙였다. 고개를 숙이고 마을 사람들을 향해 땅바닥에 이마를 세 번 찧으며 개두의 절을 올렸다. 절을 마친 그녀의 얼굴에 눈물이 맺혀 있었다. 얼굴은 잔뜩 부어 번들거렸다. 방울방울 떨어지는 눈물이 햇빛 속에서 수정처럼 반짝거렸다. 말을 마치고 머리도 든 그녀는 문틀을 붙들고 몸을 일으켜 마을 사람들에게 자기 집안으로 들어갈 것을 청했다.

마을 사람들은 멍한 표정이 되어 전혀 생각지 못한 일이라는 듯이 서로의 얼굴을 힐끔힐끔 쳐다보았다.

마오즈가 다시 말했다. 여러분께 간청할게요. 제가 한 번 말한 것은 반드시 실행합니다. 제가 여러분께 너무 면목이 없어서 이미 보름 동안이나 감히 문밖에 나와 여러분을 뵙지 못했습니다. 오늘 이렇게 다들 와주셨으니 제가 여러분 앞에서 목숨을 걸고 장담하겠습니다. 제가 서우훠마을 주민들을 다시 퇴사시켜 예전처럼 자유롭게 살 수 있게 하지 못하면 저 마오즈는 먹을 게 없어서 굶어죽을 것이고, 먹을 게 있어도 몸이 부어 죽을 것이며, 죽어서도 몸에 구더기가 끓어 개가 물어뜯고 늑대가 갈기갈기 찢어놓을 것이며 매가 쪼아 먹을 것입니다. 이번 기근에서 제가 죽지 않고 살아남는다면 반드시 서우훠마을을 쐉화이현과 바이수 인민공사에서 퇴출시키겠습니다. 어떻습니까? 제가 여러분께 간절히 부탁드릴게요. 석공을 마을 어귀에 내다 묻을 수 있도록 도와주실 것을 간절히 부탁드립니다. 쥐메이는 아직 어려서 침대 위에 죽어 누워 있는 석공을 무서워해요.

사촌동생이 앞장서서 마오즈의 집안으로 들어갔다. 온전한 사람들도 따라 들어갔다. 과연 그녀의 말대로 키가 큰 석공이 침대 위에 꼿꼿이 누운 채 이불로 덮여 있었다. 그리고 또 바닥에 설치한 판자 위에는 마오즈와 딸 쥐메이의 이부자리가 깔려 있었다. 쥐메이는 그 이부자리에서 푹 익힌 소가죽 끈을 손에 쥐고서 먹고 있었다. 소가죽 끈을 씹으면서 집안으로 들어오는 마을사람들을 바라보았다. 어린아이 얼굴에는 그래도 누렇게 말라비틀어진 미소가 걸려 있었다.

마을 사람들이 석공을 들쳐 메고 나갔다. 석공을 묻고 나서 마오즈는 마을 사람들에게 고맙다는 인사를 했다. 석공의 무덤 앞에서 서우훠마을 사람들을 향해 다시 한번 무릎을 꿇고 맹세를 했다. 아저씨, 아주머니, 형제 여러분, 저는 혁명을 하지 않겠습니다. 저 마오즈가 살아 있는 한 우리 서우훠마을을 합작사에 입사시켰던 것과 마찬가지로, 죽는 한이 있더라도 어떻게든 퇴사시키도록 하겠습니다.

이상이 바로 대겁년의 해에 있었던 일이다. 이는 또한 서우훠마을의 역사 용어인 대겁년이기도 하다.

3) 이성耳性: 방언. 이성이 없다는 것은 잊어서는 안 되는 일을 잊는 사람들을 욕하는 말이다.

5장

모든 것이 그녀를 향해 무릎을 꿇었다
세상이 온통 눈물바다였다

　마오즈 할머니는 일이 그렇게 구불구불하게 변해가리라고는 미처 예상하지 못했다. 산맥 사이에 감춰진 막다른 길처럼 한동안은 그녀를 길이 없는 숲속으로 인도하기도 하고 한동안은 그녀를 달이 걸린 강가로 인도하기도 했다. 또 한동안은 그녀를 한 발짝도 더 나아갈 수 없는 절벽 끝으로 인도했다. 이 장쑤 북부 중형 도시의 거리는 그녀가 보았던 인근 지역의 다른 도시와 크게 다르지 않았다. 건물들이 하나같이 높이 솟은 구름을 찌르고 수많은 건물 벽이 유리로 되어 있어 낮에 그 건물들 아래를 지나가면 하늘의 불길 옆을 지나는 듯했다. 사람 몸에서 기름을 다 태워내고 자기 머리카락이 불에 그슬려 냄새를 맡을 수도 있을 것 같았다. 거리는 아주 넓게 확 트였다. 양곡을 말린다면 밀 수확철의 온 세상 밀알을 전부 내다 널고, 가을이면 온 세상의 옥수수를 전부 말릴 수 있을 것 같았다. 하지만 그 광활함 속에는 단 한 알의 양곡도 없었고 온통 사람들뿐이었다. 사람 말고는 전부 자동차들이었다. 자동차 기름 냄새는 바러우의 돼지우리나 소외양간 냄새처럼 향기롭진 않았다. 뜨끈뜨끈하고 끈적끈적하며 이상한 냄새였다. 돼지우리나 소외양간 냄새가 한가닥의 가느다란 선이라면 도시의 자동차 기름 냄새는 걸쭉한 덩어리 같았다. 냄새는 도로에도 있고 골목에도 있었다. 어디를 가든지 온통 자동차 기름 냄새였다. 다행히 오늘은 하늘 가득 비가 내려 그 끈적끈적한 냄새가 다소 옅어졌다. 빗물에 씻겨 내려간 것 같았다.

도시 전체가 맑고 새로워졌다.

마오즈 할머니는 극장에서 걸어나와 혼자 이 거리를 걸었다. 서우훠마을 사람들 마음이 갑자기 변해 합작사 퇴사를 원치 않고, 묘기공연단을 떠나려 하지 않으리라고는 예상하지 못했다. 그녀 혼자 극장에서 걸어나와 극장 앞 처마 밑에 서 있을 때, 빗물이 흰 커튼처럼 극장 앞 처마에 걸려 바로 앞 계단 위로 떨어지리라고는 미처 생각지 못했다. 마오즈는 공연단 단장과 현의 온전한 사람 몇이 빗속에 서 있는 모습을 발견했다. 국물에 빠진 닭 같은 모습으로 서 있던 그들은 마오즈 할머니를 보고 얼굴 가득 흥분을 감추지 못했다. 차가운 한기 속에서 모닥불을 발견한 것 같은 모습이었다. 그녀는 그들이 어딘가에 놀러갔다 오는 길에 빗속에서 어떤 일에 관해 상의하던 중 자신을 발견한 것임을 한눈에 알 수 있었다. 그들의 상의는 잠시의 망설임 후 확정되었다. 그들이 조르르 마오즈 할머니를 향해 다가와 말했다.

마오즈 할머니, 마침 잘 나오셨네요. 할머니께 말씀드릴 일이 있어요. 류 현장에게서 전화가 왔는데 레닌 유해 구매자금이 거의 다 마련됐대요. 월말이 되면 저희들의 출연 계약도 기한이 다 되고요. 현에서는 내년 초부터 서우휘마을을 솽화이현 관할에서 배제시키는 데 동의했대요. 하지만 류 현장은 모든 절차가 민의에 따라 진행될 거라더군요. 우리가 다시 솽화이현 관할로 귀속되기를 원한다면 여론조사를 한 차례 해야 된대요. 류 현장 말로는, 서우휘 사람들이 거수로 표결을 해서 솽화이현에 남아 계속 바이수향에서 관할하기를 원하는 사람들은 얼마나 되고, 이 관할지에서 탈퇴하여 자유롭게 간섭과 구속이 없는 세월을 보내기를 원하는 사람은 얼마나 되는지 확인해봐야 한대요.

때마침 비가 거세지기 시작했다. 그들 모두 극장 앞 계단 아래 서 있었다. 우산을 든 사람도 있고 머리에서 발밑까지 다 젖도록 내버려둔 사람도 있었다. 어쨌든 모든 사람의 얼굴이 비 때문에 질버덕했다. 수증기가 호흡을 가려 그들이 이런 말을 하기 전에 어떤 예비를 했는지, 사전에 어떤 상의를 했는지 읽어낼 수 없었다. 보기로는 현장의 전화를 받고 나서 마오즈 할머니를 바로 만난 것처럼 입에서 나오는 대로 자연스럽게 말하는 것도 같았다. 이때 마오즈 할머니 마음속에서 쿵 하는 소리가 울렸다. 또 무거운 그릇 하나가 그녀의 흙벽돌 같은 가슴에 부딪친 것 같았다. 그들은 좀전에 서우휘마을 사람들이 뜻밖에도 무대 뒤에서 전부 손을 들었다는 사실을 알지 못했다. 절대다수의 사람들이 이 다섯 달의 공연으로 인해 갑자기 합작사 퇴사를 원치 않게 되고 모두 솽화이현의 관할로 남기를 원하게 되었다는 사실을 알지 못했다. 하지만 그녀는 서우휘 사람들이 이미 손을 들었다는 걸 말하지 않았다. 그저 그들을 바라보며 한마디 물을 뿐이었다.

"서우훠마을 사람들 나머지 절반은 어떻게 하나요?"

"어떤 절반 말인가요?" 한 사람이 그녀에게 묻고는 금세 말을 이었다. "제1묘기공연단이요? 그이들은 광둥에서 이미 거수를 했지요. 공연단 예순일곱 명의 서우훠 사람들이 전부 손을 들었지요. 퇴사에 동의하는 사람은 하나도 없었어요. 모두들 평생 공연단이 해산되지 않기를 원했대요. 평생 이 세상에서 묘기공연을 하면서 살고 싶다던데요."

마오즈 할머니의 목구멍이 뭔가에 의해 막힌 것 같았다. 뭐라고 말을 하고 싶었지만 소리가 입 밖으로 나오지 않았다.

제2묘기공연단을 이끄는 현 간부들이 마오즈 할머니의 이런 마음을 알아챈 듯했다. 그들은 기회를 놓치지 않고, 상의를 거쳐 결정한 자신들의 계획을, 방금 빗속에서 했던 이야기를 털어놓았다. 그들이 말했다. 마오즈 할머니, 저희가 하고 싶은 말을 다 털어놓겠습니다. 저희는 할머니께서 평생 서우훠마을이 어딘가의 관할이 되거나 속박을 받지 않고, 그러니까 서우훠마을 사람들 표현으로 하자면 합작사에서 퇴사하여 자유로운 서우훠만의 세월을 보내게 하고 싶어하신다는 걸 잘 압니다. 그리고 서우훠마을 사람들의 마음도 잘 압니다. 이런 묘기공연에 나서기만 하면 누구나 큰돈을 벌 수 있으니, 하나같이 합작사에서 나오면 공연으로 돈을 못 벌까봐 두려워하고 있다는 것을요. 할머니께서 퇴사를 원하신다면 저희에게 한 가지 일만 약속해주시면 됩니다. 그 일을 약속해주시면 저희는 현 정부에 서우훠 사람들이 거수로 표결한 결과 전부 퇴사에 동의했다고 보고할 수 있습니다. 그러면 서우훠 사람들이 솽화이현으로 돌아가자마자 해가 바뀔 것이고, 그때부터는 솽화이현에 귀속되지 않고, 솽화이현의 바이수향 관할도 아니게 되지요. 서우훠마을은 철저하게 퇴사하는 겁니다.

마오즈 할머니는 그 현 간부들의 멀쩡한 몸으로 시선을 향한 채 그들이 그녀에게 약속해달라고 하는 그 한 가지 일이 무엇인지 어서 말해주기를 기다렸다.

"사실 뭐 그리 대단한 것도 없습니다." 그들이 말했다. "저희가 묘기공연을 시작한 지 이미 다섯 달이 되었습니다. 곧 죽을 것처럼 지쳤어요. 입장권 수입 중 마지막 며칠 치를 우리끼리 나눠 가질 생각입니다. 출연 등록부에 서명하고 마지막 열흘은 매일 비가 내리는 바람에 아예 공연을 할 수 없었다고 둘러대면 돼요."

그들이 또 말했다. "이미 제1묘기공연단하고는 이야기가 잘됐어요. 그쪽에서도 그렇게 할 예정이더군요. 남방 지역에 비가 자주 내리는 건 누구나 다 알고 있거든요. 현 정부에서도 비가 오지 않았을 거라고 의심하진 않을 거예요."

그들이 또 말했다. "우리는 입장권을 한 장에 오백 위안에서 칠백 위안으로 올릴 것이고, 그러면 출연자들의 수입도 한 사람당 의자 두 개 몫으로 늘어날 겁니다. 매일 천 위안이 넘는 돈을 벌게 되는 셈이지요."

그들이 말했다. "입장권 한 장 가격을 칠백 위안으로 올리려면 새로운 공연이 추가되어야 합니다. 더 희귀하고 신기한 묘기여야 해요. 사람들이 보지 않고는 못 배기게 해야지요."

그들이 말했다. "저희는 오늘밤 이동을 시작하여 다음 도시로 갈 겁니다. 다음 도시는 원저우가 될 것 같아요. 원저우는 비가 오지 않고 날씨가 아주 좋거든요. 원저우 주민들은 이곳 사람들보다 부유하지요. 많은 사람들이 자녀들이 결혼할 때 빳빳한 백 위안짜리 신권을 커다란 붉은 종이 위에 늘어놓아 희囍자를 만들 정도료요. 돗자리만큼이나 큰 쌍희자囍囍를 만들어 담벼락과 대로의 광고판에 붙여놓기도 합니다. 집에서 노인이 세상을 뜨면 지전을 태우지 않고 한 다발 한 다발 진짜 지폐를 태운다니까요."

그들이 말했다. "신기한 공연이라고 해서 꼭 어려운 건 아니에요. 지금 하고 있는 묘기 외에 마오즈 할머니께서 직접 공연에 나서주시기만 하면 될 것 같아요. 마오즈 할머니께서 마지막에 등장하시는 것만으로 모든 묘기를 압도할 수 있을 겁니다."

그들이 말했다. "그 백스물한 살 먹은 장수 노인 순서를 맨 뒤로 돌려 무대 아래 있는 사람들이 많은 나이에 놀라고 있을 때, 우리가 휠체어에 할머니를 태우고 무대 위로 올라가 할머니의 연세가 이백마흔하나이고 아홉쌍둥이가 바로 할머니의 증증증손녀들이라고 소개하는 겁니다. 아홉쌍둥이가 할머니의 구대 손녀들이 되는 셈이지요. 이 공연의 제목은 아홉 세대가 한집에 산다는 뜻의 '구세동당'이라고 지을 생각입니다."

그들이 말했다. "저희가 서둘러 할머니의 호구본과 신분증을 만들어놓도록 하겠습니다. 사실 할머니께서 출연하시고 안 하시고는 큰 문제가 아닙니다. 출연등록부에 비 때문에 공연을 중지한다고 쓰는 것도 중요한 문제는 아니지요. 저희가 마지막 몇 회의 입장료 수입을 챙기는 것도요. 할머니께서 서우훠마을 사람들을 퇴사시키느냐 마느냐가 하늘만큼 중요하지요."

그들이 말했다. "잘 생각해보세요. 저희가 밤새 원저우로 가는 것에 동의하시면 내일 저녁부터 원저우에서 공연을 시작하실 수 있습니다. 할머니는 한 번 출연하실 때마다 의자 세 개 몫을 버시게 됩니다. 마음에 안 차신다면 저희가 의자 네 개 몫을 챙겨드리도록 하겠습니다."

얘기를 다 들은 마오즈 할머니는 잠시 생각에 잠겼다가 입을 열었다.

"돈은 필요 없어요."

그들이 말했다. "그럼 뭐가 필요하신가요?"

마오즈 할머니가 말했다. "잠시 생각할 틈을 주세요."

그들이 말했다. "최대한 빨리 생각을 정해주세요. 밤사이 원저우로 이동할 예정이거든요. 게다가 비가 와서 길이 미끄러워요."

그들은 곧 발을 옮겼다. 극장 안으로 들어갔다. 마오즈는 극장 밖 도로를 따라 발길 닿는 대로 앞으로 걸었다. 비틀비틀 걸으며 동쪽을 바라보지도 않고 서쪽으로 눈길을 던지지도 않았다. 그저 가끔씩 등뒤에서 날듯이 달려오는 자동차와 날리는 빗방울을 쳐다볼 뿐이었다. 이 도시 사람들은 비 때문에 전부 문밖으로 나오지 않아 거리가 텅 비어 있었다. 인적이 드문 묘지 같았다. 땅바닥에 쌓인 빗물이 땅의 갈라진 틈새를 하얗게 파고들면서 거리 곳곳에 무수히 은백색의 소용돌이를 만들었다. 빗속에서 눈앞의 건물이 바람 불고 빗물 부딪는 맑고 하얀 소리를 냈다. 한여름 바러우산맥의 버드나무숲이 바람 속에 울리는 것 같았다. 저멀리 건물과 집들이 비안개에 파묻힌 채 한덩어리로 뒤엉켜 수면 위에 마비되어 검정과 잿빛으로 멈춰 있는 듯했다. 그 위로 한줄기 거센 수증기가 천천히 다가왔다가 다시 물러갔다.

마오즈 할머니는 정말로 하늘까지 침수될 것 같다는 생각을 하며 그 자리에 서서 주위를 자세히 살펴보았다. 비에 엉겨 뭉쳐진 것이 아니라 아스팔트길과 시멘트길이 빗속에서 빛을 반사했다는 것을 알게 되었다. 그리고 멀지 않은 사거리에서 두 대의 자동차가 부딪혔다. 각 운전자가 차에서 내려 뭐라고 하는지는 불분명했지만 곧 각자 차를 몰고 다시 빗속을 뚫고 들어가는 모습이 보였다. 마오즈 할머니는 차가 부딪힌 사거리를 향해 걸음을 옮겼다. 사거리에 도착해보니 땅바닥 가득 깨진 유리 파편이 콩알처럼 널려 있었다. 깨진 유리 조각 위로 중간 크기의 얼룩무늬 개 한 마리가 빗속에서 꼼짝달싹 못하고 있었다. 개가 흘린 피가 빗속에서 서서히 번지면서 짙은 색에서 옅은 색으로 검정색과 붉은색이 섞인 것처럼 보이다가 이내 선홍빛으로 변하더니 다시 분홍색으로 흩어져 차츰차츰 빗물 속으로 사라졌다.

빗방울이 핏물로 떨어지면서 매끄럽고 빛나는 소리를 냈다. 그 핏물 속에서 퍼지는 붉은 물방울이 도시의 맑은 날 거리에 가득 받쳐놓은 빨간 종이우산들 같았다. 물방울이 터지면서 우산을 접는 것처럼 치익 소리가 났다. 우산이 접히는 소리는 길지만 물방울이 터지는 소리는 아주 짧았다. 물방울이 터질 때마다 비릿한 냄새가 연하게 올라와 허공에 퍼지다가 이내 흩어져 사라졌다. 마오즈 할머니는 자동차 두 대가 부딪히면서 깨진 유리 파편 옆에 섰다. 비릿한 냄새 옆에 서서 개를 바라보았다. 개가 간절한 눈으로 그녀를 바라보았다. 자신을 부축해달라고 부탁이라도 하는 듯이.

마오즈는 문득 집에서 돌보고 있는 장애견들이 생각났다.

그녀는 무릎을 꿇고 앉아 그 얼룩무늬 개를 어루만졌다. 피를 흘리고 있는 개의 뒷다리를 어루만졌다. 그러면서 입장권 한 장이 정말로 칠백 위안에 팔린다면 열 장이면 칠천 위안, 백 장이면 칠만 위안, 천 장 되면 칠십만 위안이 되는 것을 생각했다. 지난 두 달의 공연에서는 매번 최소한 천삼백 장의 표가 팔렸었다. 천삼백 장이면 수입금이 구십일만 위안이었다. 구십일만 위안이면 서우훠마을 사람들에게 의자 값을 주고도 그들에게 최소한 팔십오만 위안이 돌아갈 수 있었다. 이 팔십오만 위안의 돈을 이 지역 여덟 개 현에서 파견된 간부와 공연단의 회계 및 출납요원, 매표원, 보관요원 등이 차지하게 될 것이었다. 모두 온전한 사람들이었다. 서우훠마을의 장애인 마흔다섯 명을 제외하면 온전한 사람들은 다 합쳐도 열다섯 명밖에 되지 않았다.

다시 말해서, 공연을 한 번 할 때마다 이 열다섯 명의 온전한 사람들이 팔십오만 위안의 수입을 챙기는 것이었다.

다시 말해서, 그녀의 서우훠마을 사람들은 무대 위에 올라가 공연을 하고 한 사람이 매일 의자 두 개 값을 받을 때, 온전한 사람들은 한 사람이 매일 적어도 평균 오만 위안이 넘는 돈을 벌게 되는 것이었다.

다시 말해서, 온전한 사람들은 매일 한 사람 평균 최소한 오만 위안을 벌게 되니까 열흘 동안 열 번 공연을 하면 최소 오십만 위안의 수입을 올리는 셈이었다.

다시 말해서, 마오즈가 비가 와서 공연을 중지한다고 쓰인 종이에 자기 이름을 써넣지 않고, 손도장을 찍지 않으면 그들은 그 오십여만 위안의 돈을 벌 수 없게 되는 것이었다.

이번에도 눈앞의 모든 일을 마오즈 할머니가 결정하도록 되어 있었다.

빗줄기는 갈수록 더 세졌다. 마오즈 할머니는 그 빗물 속에, 그 버둥대는 얼룩무늬 개 옆에 쪼그리고 앉았다. 그녀는 약간의 냉기를 느꼈다. 온몸에 실오라기 하나 걸치지 않은 느낌이었다. 하지만 동시에 약간의 온기도 느꼈다. 서류양식을 건네받은 자신이 지장을 찍지만 않으면 온전한 사람들이 한 푼도 벌 수 없게 된다는 생각을 했을 때였다. 몸 아래에서 위쪽으로 뭔가 따스한 것이 용솟음쳐 올라왔다. 그 온기가 머리끝에 이르자 그녀는 어지러우면서도 온몸이 따스해지는 것을 느꼈다. 그러자 조금 전에 느꼈던 냉기가 흔적도 없이 사라졌다.

마오즈 할머니는 마지막으로 개의 머리를 쓰다듬어주었다. 어린아이 얼굴에 흘러내린 눈물을 닦아주듯 얼룩무늬 개의 얼굴을 적신 빗물을 닦아주고는 개가 길가 안전한 땅으로 걸어갈 수 있도록 가볍게 안아 옮겨주었다. 그러고는 잠시 멍하니 있다가 몸을 돌려 뒤로 돌아가기 시작했다. 갑자기 뭔가 주장하려는 듯이 다리를 절면서 아주 민첩한 걸음으로 걷기 시작했다. 한 걸음은 깊고 그다음 걸음은 얕았다. 오른발로 땅을 디딜 때는 절룩거리는 왼발로 디딜 때보다 더 힘이 들어갔다. 빗물 위에 이는 물보라도 왼발을 디딜 때보다 더 많이 생겼다. 이렇게 몇 걸음 걷자 그녀의 왼쪽 바지통이 온통 물에 젖어버렸다.

대로에는 인적을 전혀 찾아볼 수 없었다.

그녀는 그렇게 빗물 위를 철벅거리며 돌아왔다. 도시를 지나는 시골 노인 같았다. 몇 걸음 걸었을 때, 그녀의 등뒤에서 아주 미세하게 누군가 흥얼거리는 소리가 들렸다. 어느 집 길 잃은 아이가 멀리서 엄마를 부르는 소리 같았다.

고개를 돌려보니 그 얼룩무늬 개가 뒷다리를 질질 끌면서 따라오다가 그녀가 몸을 돌리는 것을 보고는 엄마를 본 아이처럼 있는 힘을 다해 그녀를 향해 달려왔다. 고개를 들어 그녀를 바라보는 개의 눈에 뭔가 애걸하는 듯한 기색이 가득했다.

개는 이 도시의 떠돌이 개였다. 그녀는 한동안 머뭇거리다가 뒤로 몇 걸음 절뚝거리며 걸어가 있는 힘을 다해 개를 품에 안았다. 물에 젖은 밀가루 포대를 품에 안는 것 같았다. 그녀는 금세 개의 몸에서 뿜어져나오는 냉기와 감격에 몸을 떨었다. 차에 치여 다리가 부러진 개를 안고 극장 골목으로 들어선 그녀는 어느 도시 어느 거리에서 왔는지 모를 서너 마리의 들개들이 자신을 에워싸며 다가오는 모습을 발견했다. 검은 개, 흰 개, 하나같이 추하고 늙은 개들로 전부 물에 젖어 부들부들 몸을 떨고 있었다. 하나같이 털이 몸에 찰싹 붙어 있었고, 비쩍 말라 앙상한 늑골이 다 드러났다. 대겹년 기근의 세월에 사람이 굶주려 극도로 말라 갈비뼈가 피부 위에 그대로 드러났던 모습과 다르지 않았다.

마오즈 할머니는 그 자리에 서서 움직이지 않았다.

그 몇 마리 개들도 간절한 눈빛으로 그녀를 바라보았다. 거리에서 밥을 구걸하는 사람이 먹을 것을 든 사람을 보고 자신에게 좀 나눠 주기를 기대하는 것 같았다.

그녀가 말했다. "너희 모두가 이 할멈을 따라올 수는 없단다."

들개들은 아무 소리도 내지 않고 여전히 갈구하는 눈빛으로 그녀를 바라보았다.

그녀가 말했다. "너희들이 날 따라와도 나는 너희들에게 아무것도 먹여줄 수 없단다."

개들은 여전히 그녀를 바라보고 있었다.

그녀가 발길을 옮기자 개들도 그녀 뒤를 따랐다.

그녀가 걸음을 멈추자 개들도 그녀 뒤에서 걸음을 멈췄다.

그녀가 맨 앞에 있는 개를 향해 가볍게 발길질을 하자 개가 깨갱 울음소리를 냈다. 다른 몇 마리도 서둘러 황급히 뒤로 몇 걸음 물러섰다. 하지만 그녀가 다시 극장 쪽을 향해 걸음을 옮기자 몇 마리 개들이 또다시 꼬리처럼 그녀의 뒤를 따랐다.

그녀는 따라오는 개들을 더이상 개의치 않았다. 주저함 없이 앞을 향해 절룩거리며 걸음을 옮겼다. 중간 정도 크기의 그 얼룩무늬 개를 안고 극장 문 앞에 이르러 뒤를 돌아보니 그녀를 따라오는 들개 무리는 이미 몇 마리가 아니라 열몇 마리가 되어 거대한 대오를 이루고 있었다. 전부 추하고 더러운 들개들이었다. 전부 이 도시에서 사람들에게 버려진 더럽고 추한 장애견들이었다. 서우훠마을 사람들처럼 두 눈이 실명했는지 눈 위로 누런 고름이 흐르고 흰 눈곱이 매달려 있는 것이 거의 맹인이나 다름없는 개도 있었다. 앞다리를 절거나 뒷다리가 부러져 세 다리로만 구석에 서 있는 개도 있었다. 장애인들이 지팡이를 짚고 땅 위에 비스듬히 서 있는 것과 다르지 않았다. 번화가 음식점 앞을 어슬렁거리며 한입 먹을 것을 구하던 개들도 있었다. 그 음식점에서는 펄펄 끓는 육수 한 대야를 녀석의 머리와 등에다 뿌렸다. 이때부터 녀석의 머리와 등은 영원히, 영원토록 썩은 고기 냄새, 고약한 악취가 떠나지 않으면서 파리와 모기의 집이 되었다. 낙원이 되었다.

비가 잦아들기 시작했다. 하늘에는 맑고 밝은 흰빛이 걸렸다.

마오즈 할머니의 몸 앞뒤로 온통 진한 썩은 냄새였다. 전부 개들의 몸에서 나는 피고름냄새와 더러운 악취였다. 극장 앞에 서서 그녀가 개들을 큰 소리로 쫓아버리려 할 때, 갑자기 그녀에게서 가장 가까이, 제일 앞에 있던 뒤뚱뒤뚱 다리를 저는 늙은 개가 그녀를 향해 꿇어앉았다. 마오즈 할머니는 자신의 저는 다리가 잠시 떨리는 것을 느꼈다. 누군가 발밑에서 저는 다리 속의 근육을 힘껏 당기는 것 같았다. 그녀는 절룩거리는 개의 앞다리를 보았다. 녀석이 다리를 접고 앉을 때, 넘어지는 것처럼 앞다리 밑에서 가볍게 철버덕 소리가 나면서 지면의 빗물을 튕겼다. 녀석은 꿇은 건지 누운 건지를 구분하기 위해서인지, 뒷다리로는 땅을 곧게 디뎠다. 이리하여 녀석은 앞은 낮고 뒤는 높은 자세로 꼬리뼈가 허공에 반쯤 들렸다. 녀석의 머리 또한 들려 있는 상태에서 애절한 눈빛으로 마오즈 할머니를 바라보았다. 그렇게 구부리고 있는 자세가 몹시 이상했다.

마오즈 할머니가 물었다. "어떻게 하고 싶은 게냐?"

그러면서 또 품안에 있는 개를 살펴보았다. "이 녀석이 네 새끼인 게냐? 그럼 네게 돌려주마."

마오즈 할머니는 품에 안고 있던 개를 발밑에 내려놓았다. 그러자 뜻밖에도 그 중간 크기의 얼룩무늬 개가 매서운 눈빛으로 늙은 개를 노려보더니 다시 고개를 돌려 자신의 부러진 다리를 마오즈 할머니의 몸에 얹는 것이었다.

그녀는 또다시 그 얼룩무늬 개를 품에 안았다.

다시 품에 안자 늙은 개가 고개를 돌려 다른 개들을 한 번 쳐다보더니 몇 번 끙끙 소리를 냈다. 다른 들개들에게 뭔가를 말하는 것 같았다. 순간, 다른 들개들이 일제히 늙은 개를 따라 그녀를 향해 다리를 접고 앉았다. 모든 개들이 그녀를 향해 몸을 옮기더니 그녀를 바라보고 그녀의 품에 안긴 얼룩무늬 개를 바라보았다. 모든 눈빛이 뭔가를 갈구하고 있었다. 모든 개들이 그녀의 품에 안긴 얼룩무늬 개를 부러워하면서 자신들도 품에 안아주기를 간절히 기대하는 것 같았다. 그녀가 얼룩무늬 개를 품에 안아주었듯 자신들도 어디론가 데려가주길 간절히 바라고 있었다. 그녀가 자신들을 포기하지 않으리라는 걸 알고 있다는 것 같았다. 자신들을 장애인들만 사는 바러우산맥의 서우훠마을로 데려갈 거라는 사실을 잘 알고 있는 것 같았다. 서우훠마을에 있는 그녀의 집에 이미 십여 마리의 장애견들이 있다는 사실을 잘 아는 것 같았다. 마침내 자신들의 주인, 자신들의 친엄마 친할머니를 찾기라도 한 것 같았다. 꿇어앉은 모든 개들이 마오즈를 향해 다가올 때, 녀석들의 눈에는 눈물이 글썽글썽했다.

공기가 눈물의 짠 냄새로 가득찼다.

온 세상에서 녀석들 눈물의 짜고 쓴맛이 느껴졌다. 개들은 눈물을 흘리며 그녀에게 애걸하고 있었다. 목구멍에서는 그르릉 그르릉 이상하게 낮은 소리가 났다. 개들의 몸 어딘가가 몹시 아프고 마음도 심하게 다쳐 땅바닥에 꿇어앉아 사람에게 도움을 구하지 않으면 안되는 지경에 이른 듯했다. 마오즈 할머니는 개들의 서글픈 울음소리를 듣고 있었다. 아이들이 울어대는 것 같았다. 개들의 서글픈 울음이 구름처럼 그녀 주위를 떠다니는 것이 보였다. 개들의 눈물 속 짠맛이 소금을 많이 넣은 국물처럼 진했다. 그녀는 개들이 자신에게 뭘 요구하고 있는지 잘 알았다. 그녀의 마음도 처음에는 모래 속으로 흘러 스며드는 물처럼 촉촉했다. 하지만 나중에는 마른 모래가 그녀의 가슴을 메워버리는 것 같았다.

개들은 그녀가 그 얼룩무늬 개처럼 자신들도 데려가주기를 바랐다. 바러우산맥의 서우훠마을로 데려가주기를 바랐다. 전부 늙고 장애가 있는 개들이었다. 자신들이 어디로 가야 하는지 잘 알고 있었다. 개들은 온전한 사람들로 가득한 이 도시에서 아주 오래 살면서 마침내 마오즈 할머니가 나타나기를 기다린 것 같았다. 할머니를 따라 서우훠마을로 가지 않으면 안 될 것 같았다.

마오즈 할머니는 멍한 표정으로 이 한 무리의 장애견들을 바라보았다.

마침내 비가 완전히 멈추고 하늘에는 하얀빛이 가득했다. 열몇 마리의 늙은 장애견들은 빗물 속에 주저앉아 그르릉 그르릉 누렇고 가련한 신음소리를 내고 있었다. 온통 누런 빗물이 개들 주위를 적시고 있는 것 같았다. 마오즈 할머니는 어떻게 해야 좋을지 몰라 또다시 품안에 있던 얼룩무늬 개를 바닥에 내려놓았다. 얼룩무늬 개를 극장 뒤 공터로 데려가지도 않고 먹을 것을 주지도 않고 뒷다리의 상처를 천으로 싸매주지 않으면, 어쩌면 이 한 무리의 늙은 개들도 더이상 자신을 에워싸고 애걸하지 않을지도 모른다는 생각이 들었다. 그런데 뜻밖에도 땅에 내려놓은 얼룩무늬 개가 앞발로 그녀의 발등에 기어오르면서 깽깽 구슬피 우는 것이었다. 눈물이 얼룩무늬 개의 빨개진 눈에서 샘물처럼 솟아나와 오이 같은 얼굴을 타고 흘러내려 입으로 들어가고 있었다.

마오즈 할머니는 어찌해야 좋을지 몰라 난감하기만 했다.

알고 보니 묘기공연단의 몇몇 현 간부들은 극장으로 돌아가지 않은 터였다. 뜻밖에도 줄곧 극장 입구에서 그녀를 기다리고 있었다. 어쩌면 그들은 집에 돌아가 옷을 갈아입고 다시 나온 것인지도 몰랐다. 마오즈 할머니는 그들이 뽀송뽀송한 옷을 입고 있는 걸 발견했다. 마오즈 할머니가 어찌해야 좋을지 몰라 난감해할 때, 그들은 계단으로 올라와 이상하다는 듯이 바닥에 가득한 개들을 바라보다가, 개들에게 둘러싸인 마오즈 할머니를 바라보았다.

그들이 말했다. "생각 좀 해보셨어요? 저희는 이미 무대 뒤에 있는 사람들에게 오늘밤에 공연장소를 옮길 준비를 하겠다고 통지해두었습니다."

그들이 또 말했다. "파격적으로 대우해드릴게요. 저희는 이미 생각을 끝냈습니다. 공연에 참가하는 모든 출연자들에게 일인당 의자 다섯 개 값을 지불하기로 했습니다. 의자 다섯 개면 삼사천 위안이 되지요."

그들이 말했다. "할머니께서 무대에 오르시면 의자 열 개 값을 드리겠습니다. 의자 열 개 값이면 칠천 위안이나 됩니다. 물론, 가장 중요한 것은 의자 열 개 값이 아니라 저희가 현에 전화 한 통을 하기만 하면, 전화로 현장에게 서우훠 사람들 모두 퇴사를 원한다고, 모두 솽화이현의 관할에서 벗어나기를 원한다고 보고하기만 하면 집에 돌아가자마자 서우훠의 퇴사 서류를 받을 수 있는 겁니다. 그러면 영원히, 영원토록 솽화이현과 바이수향의 관할에 속하지 않게 될 테고, 이 세상에 더이상 할머님네 서우훠마을을 간섭할 사람이 없어지는 것이지요. 그리고 출연료도 전액 서우훠마을에 귀속됩니다."

그들이 말했다. "어서 말씀해보세요, 마오즈 할머니. 퇴사 여부는 할머니의 말씀 한마디에 달려 있습니다."

그들이 말했다. "어서 말씀해보세요. 좋든 나쁘든 할머니께서 의사표명을 해주셔야 한단 말입니다."

마오즈 할머니는 눈앞에 있는 온전한 사람들과 묘기공연단을 이끌고 있는 간부들을 흘깃 보더니 마지막으로 말을 가장 많이 한 현 간부에게 눈길을 멈췄다.

그녀가 말했다. "가서 류 현장한테 전하세요. 서우훠마을에는 퇴사를 원치 않는 사람이 하나도 없다고 말이에요."

온전한 사람들은 곧장 안도의 한숨을 내쉬었다.

"그럼 됐습니다."

그녀가 말했다.

"한 가지 일이 더 있습니다. 서우훠 사람들이 매 공연에 의자 다섯 개 값이 아니라 열 개 값을 받아야 합니다. 하지만 나는 의자 하나 값도 받지 않을 겁니다. 나는 한 푼도 원치 않아요. 앞으로 있을 몇 번의 공연에서 남는 돈은 전부 당신들 몫으로 챙기세요. 대신 차를 한 대 준비해서 오늘 이 개들을 전부 서우훠마을로 보내줘요."

사람들은 잠시 어안이 벙벙해 있더니 이내 전부 웃으면서 그렇게 하겠노라고 약속했다. 그러고는 각자 맡은 일을 처리하기 시작했다. 어떤 이는 공연단에 전화를 해서 현에 보고를 하라고 말했다. 그쪽 서우훠사람들이나 이쪽 서우훠사람들이나 퇴사를 원치 않는 사람이 하나도 없다고 알리라는 것이었다. 또 어떤 이는 그 장애견 열 몇 마리를 바러우로 보내기 위한 차량을 빌리러 갔다. 어떤 이는 밤새 윈저우로 가서 공연하기 위한 공연용품 상자와 차량을 구하러 갔고 또 어떤 이는 서둘러 마오즈 할머니가 무대에 오를 때 사용할 의상과 도구를 사기 위해 거리로 나갔다. 마오즈 할머니가 공연에서 이백마흔한 살까지 산 사람 역할을 해야 하기 때문에 그녀의 호구본과 신분증도 바꿔야 했다. 호구본과 신분증을 만드는 사람도 어느 정도의 시간이 필요했다. 무대의상을 만들려면 하루 밤낮이 꼬박 필요했다. 이백사십일 년 전은 청나라 고종 홍력 연간으로 건륭* 21년에 해당하는 해로서 그때부터 지금까지는 청나라의 흥망성쇠와 8국 연합군의 침략, 위안스카이의 집정, 신해혁명, 민국 시기와 항일전쟁, 해방과 신정부 등 일련의 역사사건들이 이어졌다. 누군가 건륭

---

* 중국 청나라의 제6대 황제(1711~1799). 본명이 홍력, 묘호는 고종, 연호가 건륭이다.

시기부터 지금까지 살아 있다면 당연히 특별한 방법이 있어야 했다. 마오즈 할머니가 이백마흔한 살까지 살 수 있었던 방법은 채식을 하면서 매일 밭에 나가 일을 하는 것이었다. 가장 중요한 것은 그녀가 도광* 17년, 여든한 살이 되던 해에 병을 얻어 수의壽衣를 입기까지 했지만 다시 살아 돌아왔다는 점이다. 살아 돌아온 사람은 한번 죽었던 사람이기도 했다. 이때부터 그녀는 죽음을 두려워하지 않게 되었다. 1년 365일을 매일같이 낮에는 보통 사람들과 똑같이 옷을 입고 밥을 먹고 일을 하다가 밤이 되면 죽은 사람이 입는 수의를 입고 잤다. 잠들면서 다시 깨어나지 않을 준비를 항상 하고 잤다. 하지만 매일 아침 또다시 깨어났다. 광서** 3년 즉, 백스물한 살이 되던 해에는 또 한 차례 큰 병에 걸려 죽었지만 죽은 지 사흘 만에 다시 살아났다. 다시 살아나서도 언제 어디서든지 죽을 준비를 하고서 낮이나 밤이나 수의를 입고 있었다. 밥을 먹을 때도 수의를 입고 밥을 먹었고 밭에 나갈 때도 수의 차림으로 나갔다. 어둔 밤이 오면 침대에 올라 수의를 벗지 않았다.

해마다, 달마다, 날마다 수의를 입고 매 순간 죽을 준비를 갖추고 있었다. 이렇게 그녀는 이백마흔한 살까지 건륭 시대부터 지금까지 산 것이다. 오늘날까지 살아오면서 그녀는 무수한 세상사를 경험했다. 가경과 도광, 함풍, 동치, 광서, 선통, 민국 연간에 걸쳐 이백사십일 년을 살았다. 그녀는 아홉 조대朝代를 거쳤다. 아홉 조대를 거치

---

* 중국 청나라 선종 때의 연호(1821~1850).
** 중국 청나라 광서제 때의 연호(1875~1908).

면서 도광 17년부터 수의를 입기 시작했고 광서 3년부터는 낮이나 밤이나 수의를 벗지 않았다. 이백여 년 동안 그녀가 오래 입어서 해진 수의가 몇 벌이나 되어야 할까. 그녀가 이백마흔한 살의 노인으로 출연하려면 최소한 수의 열 벌은 마련해 사람들에게 보여주어야 했다. 그 열 벌의 수의는 전부 오래되고 낡은 것이어야 했다. 그래야 무대 아래 있는 사람들이 보고서 정말로 백육십일 년 넘게 수의를 입고 지금까지 살아왔다고 믿게 할 수 있을 터였다.

그리하여, 온전한 사람들은 이리저리 바쁘게 움직이기 시작했다. 이날 한밤중이 되어서야 다음 도시에서 성대하고 거창하게 공연을 진행하기 위해 이 도시를 떠날 수 있었다.

7장
레닌기념관이 준공되어 기념공연이 시작되었다

류 현장은 요 며칠 지구와 성에 가서 긴급회의를 열어야 했다.

마오즈 할머니와 묘기공연단 장애인들은 기차와 자동차를 타고 동남쪽 세상에서 서둘러 돌아와 간신히 서우훠마을에서 하룻밤을 보냈다. 아이들과 집, 나무, 크고 작은 거리와 골목들, 그리고 집집마다 원래 익숙했지만 지금은 이미 낯설어진 닭과 돼지, 개, 오리, 양, 소 같은 가축들이 다시 익숙해졌을 때쯤, 류 현장은 황급히 훈포산으로 가서 마지막 기념공연을 진행할 계획을 세웠다.

레닌기념관은 이미 온전히 건립되어 있었다. 산 정상의 기념관으로 통하는 길 위의 화장실도 설치되었다. 화장실 문 입구에 붉은 칠로 '남자' '여자' 표시를 해놓은 것도 이미 오래전에 다 말랐다. 모든 것이 다 갖춰졌다. 동풍만 불어오면 끝이었다.

레닌의 유해를 마련하기 위한 구매단이 쌍화이현을 떠난 지 일고

여덟 날이 지났다. 러시아로 가기 위한 수속도 온전히 끝났다고 했다. 수도에서 다시 하루 반이 지체되어도 비행기에 올라 정북 방향으로 가서 러시아와 거래담판을 진행하면 될 터였다. 이른바 담판이라는 것의 실상은 가격을 흥정하는 것이었다. 한쪽에서는 레닌의 유해를 일억에 사겠다고 하고 상대방은 십억을 주어도 팔지 않겠다고 했다. 한쪽에서는 일억 오천이면 충분하다고 하고 상대방은 십억이 아니면 얘기도 꺼내지 말라고 했다. 한쪽에서 이억이면 안 되겠냐고 하자 상대방은 확실히 살 의사가 있으면 실질적으로 확실한 가격을 말하라고 했다.

이때 우리 쪽 대표단 단장은 천미[1]를 찡그리고 있었다. 환하게 반짝거리는 정문[3]에 한 무더기씩 주름이 잡혔다. 엄청나게 크고 어려운 문제에 봉착한 것 같았다. 실제로 하늘만큼 크고 어려운 문제였다. 너무 낮은 가격을 불렀다가는 상대방이 생각해볼 여지도 없이 레닌의 유해를 팔지 않겠다고 나올까봐 걱정이고, 너무 높은 가격을 불렀다가는 단번에 상대방에게 수백, 수천만, 심지어 일억이나 되는 돈을 더 주게 될까봐 걱정이었다. 사실 제1묘기공연단과 제2묘기공연단이 반년 동안 공연하여 현에 하늘만큼 많은 거액의 돈을 벌어주었고 지구에도 엄청난 액수의 빈곤구제기금을 기부했다. 하지만 이런 돈은 아무래도 흐르는 물이 아니었다. 한곳에 갇혀 있는 죽은 물이었다. 다 써버리면 그만이었다. 상부의 빈곤구제기금은 삼 년 내 음식을 나눠주듯이 쑹화이현에도 절대로 더이상 한몫 떼어줄 리가 없었다. 묘기공연단과 쑹화이현의 계약도 일단 끝난 터였다. 앞으로 이레 동안의 레닌기념관 준공 축하 기념공연도 전부 류 현장이 마오즈 할머니에게 협박 반, 애걸 반으로 간신히 승낙을 얻어낸 것이었다. 이레가 지나면 그들은 이제 더이상 쌍화이현의 재정을 위해 공연하지 않을 뿐만 아니라 더는 쌍화이현 사람들이 아니었다. 쌍화이현의 지도에 서우훠마을이라는 지명은 이제 존재하지 않게 된다.

레닌의 유해는 반드시 구매하여 돌아와야 했다.

돈도 집요한 흥정을 통해 적극적으로 절약해야 했다. 이 돈을 절약하기 위해 류 현장은 직접 구매단을 이끌고 가서 러시아 쪽과 가격흥정을 진행하려 했다. 하지만 요 며칠 사이에 지구와 성에서 아주 긴급한 회의를 열려고 하니 각 현의 현장과 서기는 반드시 참석해야 한다고 알려왔다. 시장과 성장을 뽑는 경쟁선거에 관한 일이기 때문에 병원에 입원하고 있다 하더라도 현장과 서기, 인민대표대회 대표들은 암이 아닌 한 전부 병원에서 나와 지구와 성의 회의에 참석해야 한다는 것이었다. 심지어 암 환자도 초기일 경우에는 최대한 회의에 참석하라는 지시였다.

류 현장은 자신이 가장 신임하는 부현장에게 대표단장으로 가서 담판을 짓고 흥정을 하게 하는 수밖에 없었다. 딱 잘라서 그 부현장이 자신이 가장 신임하는 자기편이라고 말했다. 부현장 집의 응접실에는 류 현장의 명함판 사진이 걸려 있을 정도였다. 게다가 부현장은 현에서 여행관광업을 주관하기도 했다. 말주변이 뛰어난 그는 일찍이 어느 식사 자리에서 성성省城에 투자하러 온 타이완 기업가에게 일상적인 일들에 관해 얘기하면서 성이 다르기 때문에 오히려 성이 같다고 말하고, 성이 같기 때문에 한집안 식구라고 말한 바 있었다. 한집안 식구라는 이유로 같은 조상의 후손이라면서 더없이 가까운 사이라고 말하기도 했다. 집안의 일상적이고 자질구레한 일들을 얘기하면서 과거와 현재, 그리고 사소한 얘기들을 늘어놓아 타이완 기업인으로 하여금 눈물을 펑펑 쏟게 했다. 그리고 아주 결연하게 그 타이완 기업가로 하여금 성성에 투자하려던 수천만 위안의 자금으로 쑹화이현에 발전소를 건립하게 했다. 이때부터 쑹화이현에서는 집집마다 전등을 사용할 수 있게 되었다. 이에 류 현장은 그 부현장을 상무부현장으로 발탁했다. 현 상무위원이 되고부터는 크고 작은 회의에 이 부현장을 배석하게 함으로써 중요한 한 표를 더 확보했다. 이 부현장은 이런 담판에 가장 적절한 인물이었다. 게다가 거액을 주고 초빙하여 부현장과 함께 러시아로 가게 된 통역원이 러시아에서 공부를 했기 때문에 러시아 국내 사정에 대해 류 현장이 쑹화이현을 아는 것만큼이나 잘 아는 인물이었다.

류 현장은 그들이 그곳에 가서 레닌의 유해를 구매하여 돌아오는 일에 대해 불안한 부분이 전혀 없었다. 이 일의 크고 작은 국면들을 집에서 이미 완벽하게 정리한 터였다. 그는 아주 실질적으로 야무지게 레닌의 유해 가격을 불러야 한다고 말했다. 물론 부현장이 입에서 나오는 대로 함부로 가격을 불러서도 안 될 것이었다. 가격을 수백 번, 수천 번 고려하여 대단히 정확하게 상한선을 정하고, 그 상한선을 넘어서는 금액으로는 절대로 상대방의 제안에 응해서는 안 된다고 당부했다. 반드시, 꼭 정해진 금액 안에서 흥정을 성공시키고 반드시, 꼭 레닌의 유해를 사다가 바러우산맥의 깊은 곳, 훈포산에 안치해야 한다고 말했다. 이때 몹시 난처해하던 협상단 사람들은 부현장의 능력을 보기로 했다. 부현장은 틀림없이 이런 능력을 갖추고 있을 것이었다. 어쩌면 그들의 담판이 레닌의 유해 바로 옆방에서 이루어질지도 몰랐다. 바로 수정으로 만든 레닌의 관 서쪽에 있는 접견실에서 말이다. 그 공간은 레닌의 묘지에서 쑹화이현의 집 한 채 정도의 크기도 차지하지 않는 지하궁의 접견실이었다. 벽은 벽돌로 마감되어 있고 내부에는 흰색 특수 도료가 칠해져 있었다. 레닌 무덤의 외관 모습은 중국의 전통 묘실 풍격과 완전히 일치했다. 붉은 광장 한구석에 높이 솟은 석대石臺가 있고 그 석대 끝에서 걸어 들어가면 사람 키 두 배 깊이에 네모반듯한 묘실이 나왔다. 집 세 채 정도 크기의 석재 벽으로 둘러싸인 이곳은 겨울에는 따뜻하고 여름에는 시원했다. 바로 이 공간 한가운데에 수정으로 된 레닌의 관이 놓여 있었다. 이는 레닌에게는 다소 억울한 일이었다. 그의 무덤은 중국 원저우의 돈 많은 부자들이 스스로 준비해둔 무덤보다도 크지 않았기 때문이다. 다른 점이 있다면 레닌의 무덤으로 들어가는 갱도가 중국의 주택 입구보다 약간 높다는 것이었다. 러시아인들은 중국인들보다 키가 더 크기 때문에 그들의 주택 천장이 중국의 주택보다 높은 건 당연한 일이었다. 묘실 벽에는 특수 방수, 방부 도료가 칠해져 있어 온통 흰빛 속에 수정으로 된 관이 놓여 있었다. 이미 칠십오 년이 지났지만 수정으로 된 관이 교체된 적도, 벽의 하얀 특수 도료를 다시 칠한 적도 없었다. 엄격하게 선발된 관리원들이 하루종일 닭털 총채와 부드러운 융으로 수정 관 위를 털고 닦지만 관의 표면은 칠십오 년 전처럼 그렇게 투명하지 않았다. 밖에서 보면 레닌의 유해도 수십 년 전처럼 그렇게 뚜렷하게 보이지 않았다. 몇 제곱

미터밖에 안 되는 그 지하궁의 접견실도 시간에 따라 보수를 받는 관리원들이 매일 쓸고 닦고 청소를 했고, 한 달에 한 번씩 의자를 밟고 올라가 벽면의 먼지를 닦아내고 소파 등판을 닦았으며 벽 구석에 쳐진 거미줄을 걷어냈다. 하지만 하얀 벽면은 칠십오 년의 세월 속에서 흰색에 섞여 있는 누런빛을 다 가릴 수 없었다. 심지어 어떤 부분은 이미 완전히 누렇게 변색되어 있었다. 바러우 사람이나 쌍화이현 사람, 그리고 허난 서부 사람들이 청명절에 무덤 앞에 태우는 지전의 색깔과 같았다. 레닌의 유해와 벽 하나를 사이에 둔 그 지하궁의 극도로 작은 접견실은 레이스 무늬가 조각된 문틀을 넘어 들어가면 가장 먼저 벽에 걸린 자작나무 유화액자 아래 낡고 오래된 나무소파가 눈에 들어왔다. 소파는 뼈대가 나무로 되어 있지만 어떤 목재를 사용했는지는 알 수 없었다. 오랜 세월 덕분인지 목재인데도 반짝반짝 빛이 났다. 하지만 소파의 가죽은 이미 세월에 마모되어 허옇게 갈라지고 벗어져 있었다. 손을 얹는 팔걸이의 찢어진 부분에는 종려나무 껍질이 삐져나왔다. 바로 이 소파 위에서, 반드시 이 접견실의 소파 위에서 부현장은 절도를 갖춰 조리 있게 사업을 얘기해야 했다. 하루 반나절 내에 레닌의 유해를 옮기는 시간을 확정해야 했다. 부현장은 레닌 유해의 구매가격이 자신이 제안한 범위를 초과하면 때려죽여도 사지 않겠다고 말했다. 상대측에서는 자신들이 원하는 금액을 내놓지 않으면 때려죽여도 팔지 않겠다고 말했다.

부현장이 말했다. "레닌의 유해는 우리 아니면 다른 어떤 나라도 사려고 하지 않는다는 사실을 잊지 마세요."

상대방이 말했다. "꼭 그렇지는 않습니다."

부현장이 말했다. "레닌의 유해를 사겠다고 나서는 나라가 또 있다 해도 그 나라가 가난한지 부유한지, 정말로 이처럼 엄청난 돈을 내놓을 생각이 있는지 따져봐야 할 겁니다."

상대방이 말했다. "안 팔리면 팔지 않으면 되지요."

부현장이 말했다. "팔지 않을 경우, 레닌의 유해를 관리하는 돈도 부족하지 않습니까? 레닌의 묘지를 수리할 돈도 없지 않나요? 관리원들의 월급은요? 우리들에게 팔지 않으면 당신들은 눈 뜨고 레닌의 유해가 하루가 다르게 변형되어가는 것을 보게 될 겁니다. 전혀 레닌 같지 않게 변형되는 레닌의 유해를 눈 뜨고 지켜봐야 할 거란 말입니다."

부현장은 레닌 무덤 옆의 접견실 한구석에 앉아 마지막으로 그 사람들의 마음을 움직였다. 마지막으로 우리에게는 가장 작다고 생각되지만 그들은 가장 크다고 여기는 가격을 확정했다. 얘기가 끝나자 계약서 작성 준비를 시작했다. 물론 계약을 체결하기 전에 해야 할 일들이 아주 많았다. 레닌묘지관리소는 그들의 상부에 보고서를 써서 제출해야 했고, 그들의 상부는 또 그 상부에 보고서를 올려야 했다. 그다음에는 최종적으로 국가의 맨 꼭대기에 있는 사람에게 보고해야 했다. 한 차례 또 한 차례의 토론과 연구를 거쳐 결국 토론에 참여했던 고위 간부들은 말하지 않고도 서로 뜻이 통하듯이 일제히 이 일을 암묵적으로 동의했다. 중국의 쌍화이현에서 레닌의 유해를 구매해 가는 일을 암묵적으로 동의한 것이다. 레닌이 중국에 가는 것이, 어떤 의미에서는 그의 집, 그의 고향으로 가는 것과 마찬가지라고 생각했다. 국가의 얼굴을 위해, 세상 사람들에게 이유를 설명하기 위해, 어쩌면 그들은 레닌의 유해를 삼십 년 혹은 오십 년, 심지어 십 년이나 이십 년 동안만 구매하는 것을 허락한다고 말할지도 몰랐다. 특수한 경우, 만부득이한 상황에서 레닌의 유해를 돌려달라고 하면 원래 봉해진 상태 그대로 돌려줘야 한다고 할 수도 있었다. 이런 별도의 가혹한 조건은 류 현장도 예상하고 부현장에게 레닌의 유해를 빨리 가지고 돌아올 수만 있다면 아무리 가혹하고 불합리한 조건이라 해도 다 수용하라고 잘 말해둔 터였다.

류 현장이 말했다. "생각해보게. 하루라도 빨리 레닌의 유해를 가지고 오면 쌍화이현도 그만큼 빨리 큰돈을 버는 걸세."

걱정하면서 속 태울 일은 아무것도 없었다. 레닌의 유해는 얼마나 많은 돈이 들든지 반드시 구매해 와야 했다. 생각할 문제는 다 생각했고 해야 할 조치도 다 했다. 세월은 이미 무인년(1998) 호랑이해에서 기묘년(1999) 토끼해로 접어들었다. 지난 달력 속의 세월이 아직은 올해에 속했지만 양력으로 따지자면 이미 새해의 새로운 시간으로 바뀌었다. 레닌기념관은 이미 온전하게 건립되었다. 서우휘의 제1묘기공연단과 제2묘기공연단도 이미 동남쪽 세상에서 돌아온 상태였다. 남방의 따스함에서 다시 산맥의 겨울 속으로 돌아온 것이다. 그들에게 쌍화이현의 관할에서 벗어나게 해주기로 약속한 날도 이미 이레를 넘어섰다. 이치대로 하자면 그들이 외지에서 돌아오자마자 류 현장이 서우휘마을을 쌍화이현의 행정관할에서 해제한다는 내용의 공문을 각 위위원회와 국, 향, 진, 그리고 각급 촌위원회에 발송하고 동일한 서류를 직접 마오즈 할머니의 손에도 한 부 쥐여줘야 했다. 하지만 류 현장은 서류를 보내지 않았다. 류 현장은 마오즈 할머니와 묘기공연단에게 마지막으로 한번 더 도와달라고 했다. 현에서 묘기공연단의 환향을 축하하는 연회에서 류 현장은 술잔을 단정하게 받쳐들고 마오즈 할머니 앞으로 다가갔다. 얼굴에는 그에게서 아주 보기 드문 애걸하는 미소가 걸려 있었다. 그가 말했다. "서우훠마을이 철저하게 솽화이현 관할에서 벗어나 다시는 솽화이현에 귀속되지 않는다는 내용의 공문이 인쇄되어 도합 아흔아홉 부가 제 사무실 책상 위에 놓여 있습니다. 한 부 한 부마다 현위원회와 현 정부의 직인도 선명하게 찍혔지요. 그런데 서우훠마을이 철저하게 합작사에서 퇴사하여 솽화이현과 바이수향의 관할에서 완전히 벗어나고 다시는 어느 현, 어느 향에도 귀속되지 않기 전에 저 류 현장이 딱 한 가지 부탁드리고 싶은 일이 있습니다."

마오즈 할머니는 현 영빈관의 대형 식당 한가운데서 류 현장을 바라보았다.

류 현장이 말했다. "저는 평생 사람들에게 부탁이라곤 해본 적이 없는 사람입니다. 오늘 처음으로 남에게 부탁을 하는 셈이지요."

류 현장이 말했다. "레닌기념관이 완공되었습니다. 새로운 수정관도 기념관 안에 운반해놓았지요. 훈포산에서 기념관 준공식을 거행해야 하는데, 할머님의 그 묘기공연단이 훈포산에서 이레 동안 공연을 좀 진행해주셨으면 합니다."

류 현장이 말했다. "수백수천 리 길을 모두 걸어왔으니 할머니께서 마지막 한 걸음을 마저 옮길 수 있도록 도와주셨으면 고맙겠습니다. 이레는 너무 길다고 생각되시면 딱 사흘만이라도 해주세요. 사흘째 공연이 끝날 때, 저 류 현장이 무대에 올라가 할머님네 서우훠마을이 솽화이현 관할에서 완전히 벗어난다는 내용의 공문을 다시 한번 읽도록 하겠습니다."

류 현장이 말했다. "레닌의 유해가 곧 도착할 겁니다. 유해가 도착하기 전에 먼저 훈포산에서 분위기를 띄워야 합니다. 분위기를 띄우려면 할머님네 묘기공연단의 공연이 빠질 수 없지요. 공짜로 공연을 해달라는 것도 아닙니다. 이제 누구든지 훈포산에 올라가 레닌기념관을 참관하고 묘기공연단의 공연을 보려면 입장권을 사야 하지요. 우리 현 사람들도 입장권 한 장에 오 위안이고 다른 현 사람들도 오 위안을 냅니다. 이 입장권 수입의 삼분의 일은 공연단 몫이고 삼분의 일은 훈포산 관광관리처 몫이 될 겁니다. 나머지 삼분의 일은 현 재정으로 귀속되지요."

류 현장이 말했다. "이렇게 정하는 게 어떨까요? 첫번째 공연 전에 제가 기념관 앞에 가서 준공식 테이프커팅을 할 겁니다. 테이프커팅이 끝나면 저는 곧장 지구로 가서 회의에 참석해야 합니다. 하루종일 회의를 하고 재빨리 돌아와서 세번째 공연이 끝날 때쯤 무대 위에 올라가 서우휘마을이 합작사에서 퇴사하는 공문을 낭독하여 현 주민 모두가 알도록 하겠습니다. 그 순간부터 서우휘는 합작사에서 철저히 퇴사하여 다시는 솽화이현의 관할에 속하지도 않고 바이수향의 관할에도 속하지 않게 되는 겁니다. 이 세상 어느 현이나 어느 향도 서우휘마을을 관할하지 않는 것이지요."

일은 이렇게 마지못해 억지로 결정되었다. 마오즈 할머니와 서우휘마을 사람들은 다음날 날이 밝을 무렵, 짐을 풀 겨를도 없이 레닌기념관 준공식을 위한 공연을 위해 공연지원용 트럭을 타고 훈포산으로 달려갔다.

1) 천미天眉 : 방언으로 눈썹을 의미한다. 눈썹이 얼굴 위쪽에 있기 때문에 천미라고 부른 것이다.

3) 정문頂門 : 방언이다. 이마를 의미한다. 단어의 연원은 천미와 같다.

9장

무수한 절묘함이 있었다
푸른빛과 자줏빛의 공기도 있었다

원래는 세번째 공연 때가 되면 류 현장이 서둘러 돌아와 무대 위에서 합작사 퇴사 서류를 낭독하기로 했었다. 하지만 그가 산 위에 있었던 시간은 하루도 채 되지 않았다. 준공축하 행사의 붉은 테이프를 끊은 후에 그는 하는 수 없이 황급히 레닌기념관을 떠나야 했다. 그렇게 훈포산을 내려간 이후 더이상 그의 종적을 찾을 수 없었다.

때는 이미 음력 섣달로 접어들었다. 섣달 초하루는 그 전달의 마지막날을 넘어 조용히 다가왔다. 남방의 세상은 따스하고 부드럽기만 했다. 나무는 푸르고 풀과 꽃은 분홍과 자주로 흐드러졌다. 하지만 북방인 이곳의 세상에는 엄동설한이 한 걸음 한 걸음 다가오고 있었다. 동지 다음날부터 팔십일 일의 구간에 들어서면 몹시 추워지는 곳이 있었다. 눈은 내리지 않지만 이른 아침이면 산과 들판에 가득 내려앉은 혹한의 서리를 볼 수 있었다. 서리는 이내 아주 맑고 얇은 얼음이 되었다. 밤에 반쯤 들어 있던 항아리의 물이 이른 아침이면 단단한 얼음으로 변했다. 물통은 부엌 입구에 놓아두는데, 전날 밤, 잔뜩 물에 젖은 채로 두면 그다음날 아침에 항아리가 바닥에 얼어붙어 아무리 흔들어도 움직이지 않았다. 그 물통으로 물을 길려면 벽돌을 가져다 두드려 바닥에서 떼어내야 했다.

벽돌로 두드리다 물통이 깨질까 두려우면 불로 물통을 녹여야 했다.

나무도 말라버렸다. 나뭇잎과 풀잎이 섣달로 들어서기 전에 이미 하나도 남기지 않고 다 떨어져버렸다. 산맥과 마을이 전부 대머리가 되었다. 참새가 나무숲에 숨어도 자기 몸을 감출 수 없었다. 울음소리만 듣고도 고개를 들면 참새가 어느 가지에 앉았는지 알 수 있었다. 돌을 하나 던지면 쉽게 꽁꽁 언 참새의 몸통을 맞힐 수 있었다.

바러우산맥과 산등성이에 사는 산토끼와 꿩, 족제비, 그리고 이미 그다지 자주 모습을 볼 수 없는 여우들까지 그들만의 굴이 아니면 몸을 감출 수 있는 곳이 없었다. 산등성이에서 동그란 돌멩이를 하나 굴리면 똑똑한 여우라면 굴 안에서 미동도 하지 않겠지만 산토끼와 꿩, 족제비는 놀라서 굴 밖으로 튀어나왔다. 녀석들의 몸 뒤에서는 으레 사냥꾼들의 총소리가 울리곤 했다.

겨울날 오후 혹은 해가 질 무렵이면 농번기에는 농사일에 바빴던 사냥꾼들을 쉽게 볼 수 있었다. 그들은 거들먹거리며 총을 메고 산등성이에서 마을 쪽으로 걸어내려왔다. 개머리판을 앞으로 하고 총대를 뒤로 두어 어깨에 멘 사냥용 총의 수수 막대기처럼 길고 곧은

총신에는 꿩 몇 마리 아니면 토끼 두세 마리가 매달려 있곤 했다.

때로는 족제비도 있었다.

어쩌다 여우가 매달려 있을 때도 있었다.

하지만, 기묘년(1999) 토끼해인 이해의 겨울에는 산등성이에서 이런 풍경이 완전히 사라졌다. 사람들은 전부 서우훠마을 사람들의 공연을 보기 위해 훈포산으로 올라갔다. 가서 보기 드문 레닌기념관을 구경했다. 여러 무리의 사람들이 몰려들어 산등성이를 올랐다. 그들의 얼굴에는 하나같이 서둘러 묘회를 구경하러 가는 듯한 밝은 웃음이 걸려 있었다. 어른들은 등에 어린아이들을 업기도 하고 중년의 어른들은 수레에 노인들을 태워 끌고 가기도 했다. 먼 데서 오는 사람들은 구운 만터우나 찐 만터우 같은 음식을 싸 오기도 하고 수레에 이부자리와 솥, 그릇과 젓가락 등을 챙겨 와 길에서 밥을 해 먹거나 노숙을 하기도 했다. 산등성이 길은 사람들의 얘기 소리와 수레가 덜그럭거리는 소리, 그리고 며칠 사이에 갈수록 많아지는 발소리로 가득했다. 바러우 깊은 곳으로 가는 산길에는 먼지가 자욱했다. 흙먼지가 흐르는 물처럼 마구 튀었다. 오후의 따스한 햇볕 속에서 참새들이 이리저리 날아다녔다. 참새들은 사람들의 발소리를 따라 이 나무에서 날아 내려와 저 나무 위로 날아 올라가곤 했다. 이사를 가는 것 같았다. 산비탈의 토끼들은 너무 놀라 날듯이 굴을 찾아들어갔다. 굴 안에서 총성이 들리지 않으면 다시 산비탈로 기어나와 굴 옆에서 불안한 눈을 크게 뜨고서 산속으로 몰려가는 마을 사람들과 먼 곳의 도시 사람들을 바라보곤 했다.

바러우산맥 위의 마을들은 전부 텅 비어버렸다.

산맥 밖의 촌락들도 텅 비어버렸다.

뜻밖에도 도시인들마저 휴가를 내고 자동차로 훈포산을 찾아 올라왔다.

먼저 쌍화이현에서 훈포산에 가까운 바이수향과 렌수향, 샤오류진, 다류진, 위수향, 리수향, 싱화잉향, 그리고 가오류현의 스허와 칭산진, 차오쟈잉, 마차오향, 스산리푸향, 상위현의 자오수향과 타오쯔향, 샤오화이진, 렌쯔향 사람들이 훈포산으로 몰려왔다. 이리하여 세 개 현의 모든 향과 진, 촌과 마을 사람들이 전부 훈포산으로 올라와 공연을 관람하고 레닌기념관을 구경하고 산수를 즐겼다. 때는 마침 겨울이라 농한기였다. 겨울 농한기는 사람들이 취미거리를 찾는 시기였다. 때마침 레닌기념관이 준공식을 거행했고, 서우훠 사람들이 전부 산에 올라와 공연을 했다.

공연을 보고 온 남자들이 말했다. "맙소사, 거기엔 나무들이 전부 싹이 났더라고. 기념관이 금란전*보다 더 멋지더군. 그런데 또 기념관보다는 그 화이화라는 아가씨가 더 아름답더라고." 금란전과 화이화가 어떤 모습인지, 얘기를 듣는 사람들은 알 수 없었지만 북방의 겨울에 풀이 새로 나고 나무에 잎이 나는 때가 왔다는 건 알았다. 분위기가 작년과 많이 달랐다. 서우훠마을에서 선녀 아가씨가 왔다는 소문이 돌기 시작했다.

공연을 보고 온 여자들이 말했다. "빨리 가서 봐요. 거긴 정말 봄날이라니까요. 기념관 안에는 벌써 수정으로 된 관이 설치되어 있

---

* 당나라 때 궁전 이름으로, 천자가 조회를 받던 정전이다.

어요. 화이화라는 아가씨가 있는데 피부가 수정 관처럼 희더라고요. 수정 관은 유리보다 더 빛나고 반짝거리고요. 수정 안경처럼 손으로 살짝 만지면 지문이 찍힌다니까요. 두 촌 정도 두께의 수정 판 안으로 관 바닥에 내려앉은 먼지가 다 보여요. 먼지 입자들도 수정 관 속에서 빛을 발하더라고요."

말은 이렇게 했지만 그 여자들이 정말로 수정 관 속에 먼지를 보았는지는 장담하기 어려웠다. 손으로 수정 관을 만져보았는지도 장담할 수 없었다. 하지만 이렇게 말함으로써 자신이 레닌기념관에 가보았고 레닌의 유해를 위해 준비된 수정 관도 보고 왔다는 걸 증명할 수 있었다.

노인들은 아이들이나 자식들이 끄는 수레를 타고 갔다가 수레를 타고 돌아왔다. 이들은 마을로 돌아오자마자 마주치는 사람들에게 말했다. "어서 가봐요. 어서요. 가서 보면 죽어도 이 세상에 온 게 헛되지 않을 거예요. 레닌이 도대체 얼마나 위대한 사람이기에 그가 오자마자 겨울이 봄으로 변한 건지 모르겠네요."

누군가 물었다. "정말이에요?"

남자가 말했다. "그 금란전이 구름만큼이나 높던데 벽돌과 돌을 어떻게 산 위까지 운반한 건지 모르겠더라니까?"

옆에 있던 사람이 말했다. "그건 금란전이 아니라 기념관이에요."

여자가 말했다. "금란전이나 마찬가지예요. 수정 관은 또 얼마나 희고 빛나던지, 완전히 옥 같다니까요. 그 수정 관을 사는 데 든 돈을 대려면 이 지역 마을들을 전부 팔아도 모자란대요."

옆에 있던 또다른 사람이 말했다. "어째서 모자란단 말이에요? 서우휘 사람들이 외지에 나가 며칠 공연을 하면 충분한 돈을 벌 수 있다고요."

서우휘 사람들의 공연에 대한 얘기가 나오자 한 남자가 탄식하듯 말했다.

"젠장, 나는 장애인만도 못하군. 나도 귀머거리였다면 귀에다 대고 볜파오를 터뜨릴 수 있었을 텐데 말이야."

그의 아내가 그가 끄는 수레에 올라타면서 말했다.

"내가 맹인이었다면 나도 종이나 나뭇잎에 수를 놓을 수 있었을 거라고요."

길 가던 중년 사내가 말했다.

"이해가 안 되더군. 난 나이 쉰셋에 벌써 노안이 와서 앞이 잘 보이지 않고 입안에 남은 이도 얼마 없는데 어떻게 그 절름발이 노파는 백일곱이란 나이에 구운 옥수수를 씹고 자수 바늘에 실을 꿸 수 있냔 말이오."

그를 데리고 가서 함께 공연을 보고 온 딸이 말했다. "아빠, 그분은 매일 수의를 입은 채로 밥도 먹고 잠도 잤대요. 저는 아빠가 저승 갈 때 입는 옷을 입고 집안을 돌아다니시게 하지 않을 거예요."

이때, 일고여덟 살쯤 된 한 무리의 아이들이 흥분이 채 가시지 않은 상태로 산에서 가족들에 이끌려 내려오다가 같은 마을 사람들과 막 산 위로 올라가려는 사람들이 잔뜩 모여 있는 광경을 보았다. 아이들은 산에 오르려는 사람들에게는 아무 말도 하지 않았다. 그저 자신들을 데리고 가는 어른들한테만 말했다.

"나 또 갈래! 한번 더 갈래요!"

가서 뭘 또 보고 싶은지는 말하지 않았다. 하지만 말하지 않아도 됐다. 한번 더 가고 싶다는 아이들의 말은 산등성이에서 구름까지 울려퍼졌다. 결국 아이들은 어른들에게 맞고 나서야 울음을 삼켰다. 하지만 끝까지 고집을 부린 아이들은 친척들을 따라 훈포산에 한번 더 올라갈 수 있었다.

훈포산에 사람이 너무 많은 것이 문제였다. 너무나 많은 인파로 북적거렸다. 산 정상으로 통하는 십 리에 달하는 널따란 시멘트길이 사람들 머리로 온통 새카맸다. 아침부터 저녁까지 개미떼가 이사라도 하는 것 같았다. 매끌매끌하고 깨끗하던 길 위에 종이와 찢어진 헝겊, 땔나무, 만터우 조각, 담뱃갑, 신발, 양말, 모자 등이 마구 흩어져 몹시 지저분했다. 묘회가 끝나고 흩어져 돌아가는 길 같았다. 젓가락과 그릇 조각, 채소, 무, 물컵, 대파 대가리, 삶은 계란 껍데기, 고구마 튀김 등도 길바닥에 가득 널려 있었다. 극장에서 연극이 끝나 집으로 돌아가는 길 같았다. 길 양쪽에는 작은 부뚜막들이 즐비했다. 돌 세 개나 벽돌 세 장을 잘 쌓으면 쉽게 부뚜막을 만들 수 있었다. 사람들은 길가나 산비탈에서 마른 나뭇가지를 주워 와 간이 부뚜막에 불을 붙인 다음 국을 끓이거나 만터우를 쪘다. 그러고 나면 돌이나 벽돌은 새까맣게 그을음으로 뒤덮였다. 부뚜막 옆에는 타다 남은 나뭇가지와 먹다 남은 밥과 국 찌꺼기, 식사할 때 앉기 위해 옮겨다놓은 돌덩이, 미처 끄지 못한 불씨, 깜빡 잊고 챙겨 가지 않은 성냥과 라이터, 아이들이 벗어놓았다가 깜박 잊고 입고 가지 않은 옷들, 왜 도로 가져가지 않았는지 알 수 없는 오래된 솥, 그리고 왜 안 가져갔는지 모를 책과 신문, 잡지, 장난감, 담뱃대, 목제 장난감

권총, 종이비행기, 종이 지갑, 알루미늄 목걸이, 유리 팔찌 등도 있었다. 이렇게 온갖 잡다한 물건들이 산과 들판에 가득 넘쳐나면서 낡은 물건들의 세상을 만들었다.

가는 길 내내 온통 사람들 모습이었다.

가는 길 내내 온갖 물건들이 다 나와 있었다.

가는 길 내내 전부 밥을 짓고 난 뒤의 잿더미였다. 여기 한 무더기 저기 한 무더기 연기가 피어오르고, 땔나무가 탔다. 산비탈이 온통 불타다 남은 황무지 같았다. 그런 황무지 여기저기에 팻말이 꽂혔고, 팻말에는 '산불 주의'라는 문구가 쓰였다. 한 무더기 한 무더기의 연기와 불꽃이 별처럼 늘어서고 바둑알처럼 널렸다.

겨울이라 바러우산 밖 여러 곳에 큰 눈이 내렸다. 어느 마을 구석에서는 양이 얼어죽었다. 돼지도 얼어죽었다. 밭을 갈 소가 얼어죽었다. 가오류현과 상위현에서 온 관광객들은 자신들이 사는 지역에는 눈이 내린 데 그치지 않고 내린 눈이 아예 집 대문을 막아버렸다고 했다. 아침 일찍 잠자리에서 일어나 보니 대문을 밀어도 열리지 않더라는 것이다. 하지만 십 리 길을 걷고 백 리 가까운 길을 걸어 산을 하나 넘어 바러우에 이르면 정말로 겨울이 겨울의 모습이 아니었다. 산맥은 여전히 나뭇잎이 다 떨어져 민둥산 같아 보였지만 나무 아래 산비탈의 도롱이풀과 월백초, 띠, 봄이 되면 초록으로 물드는 갯천문동, 칡이 무성했다. 잎이 다 떨어지고 줄기가 하얗게 변하는 겨울이 눈 깜짝할 사이에 지나가버렸다. 말라버린 가지의 표층 아래에 벌써 새싹이 움트고 있었다. 산비탈의 홰나무와 느릅나무는 이미 신록으로 물들었다. 색이 잘 변하지 않는 소나무와 측백나무도 며칠 사이에 푸른빛이 눈에 띄게 짙어졌다.

농작물이 있는 곳이면 어김없이 엷은 초록빛과 파란빛이 어른거리기 시작했다.

레닌이 이곳에 온다고 하자 봄이 일찌감치 앞당겨 서둘러 다가왔다. 이는 정말로 하늘의 뜻인 것 같았다. 레닌기념관 준공식을 거행하자 겨울인 이곳에 봄이나 가을의 날씨가 이어졌다. 심지어 초여름의 날씨도 나타났다. 해는 노랗게 하늘 산꼭대기에 걸려 천지를 따스하게 비춰주었다. 구름은 아주 적고 얇아 비로드나 면사처럼 하늘을 떠다녔다. 사람들은 거대한 홍수가 밀려오는 것처럼 산꼭대기를 향해 몰려갔다. 요란하게 떠들어대는 소리가 큰비가 쏟아지는 것처럼 산비탈 위로 흩어져 내렸다.

허공에는 아주 무더운 날의 갑갑한 냄새가 가득했다.

사람들의 목소리와 설이나 명절의 즐거운 벤파오 폭발음이 섞여 있었다.

이 잡다하고 요란한 사람들의 목소리와 그림자 속에 레닌기념관이 모습을 나타냈다. 저멀리에 위용을 드러냈다. 비범한 사람을 보기 위해 산중턱에 이른 사람들은 저멀리 산꼭대기에서 기다리고 있는 레닌기념관을 바라보았다. 기념관 네 처마 모퉁이에 얹힌 유리기와가 겨울인데도 오히려 봄날보다 더 따스한 햇볕 속에서 수정처럼 영롱한 빛을 발했다. 전설적인 금란전과 똑같이 휘황찬란한 빛을 쏟아냈다. 저멀리 보이는 산맥은 오르락내리락하는 소의 등이나 낙타 등처럼 고요했다. 소떼나 낙타 무리처럼 천천히 움직이는 듯도 했다. 나무는 연한 녹색이고 산맥과 계곡도 연한 녹색이었다. 세상이 모두 깊이가 다른 청록색 천지였다. 이 거대한 세상의 청록 속에 돌연 기념관이 눈앞에 나타나는 것이다. 허공에 금빛과 은빛으로 빛나는 전당이 모습을 드러내자 사람들의 눈도 휘둥그레지면서 반짝반짝 빛났다. 유리기와의 빛과 색은 너무나 선명했다. 찬란한 순금 빛속에서 대리석 벽면의 광채를 뚜렷하게 구분할 수 있었다. 무거운 납과 알루미늄 속에서 기념관으로 통하는 쉰네 개의 개대[1] 양쪽에 하얗게 빛나는 한백옥 난간이 선명하게 보였다. 그 빛 속에는 은청색 옥빛도 섞여 있었다. 순금과 납, 알루미늄, 은과 옥, 그리고 쉰네 개의 청석 계단이 햇빛 속에서 청동색으로 빛났다. 이 모든 사물들의 빛이 허공에서 뒤섞여 수은 빛이 되었다. 무겁고 힘이 넘치는 빛이었다. 물기를 머금은 흰 비단 띠들이 빽빽이 들어차 서로 당기지도 않고 잇지도 않으면서 허공에 걸려 있는 것 같았다. 사람들이 흔히 말하는 신비롭고 상서로운 자줏빛 공기가 하늘에서 반짝거리는 듯했다. 전당을 보는 순간, 사방이 온통 사람들이 왁자지껄 떠드는 소리로 가득했다. 자줏빛 공기를 보는 순간 모든 사람들이 왁자지껄 떠들어대기 시작했다.

"맙소사, 상서로운 자줏빛 공기가 반짝이네."

"맙소사, 어떻게 이렇게 풍수가 완벽한 자리를 찾아낸 거지!"

"하느님, 맙소사! 여기서는 정말 황상 같은 사람들이 자야 할 것 같아!"

떠들썩한 가운데 사람들의 발걸음이 자신들도 모르게 빨라지기 시작했다.

바로 그 기념관 아래, 레닌기념관의 앞 처마 아래에는, 마오주석기념관의 앞 처마에 커다란 예서체로 "위대한 영도자 마오주석은 영원히 불후할 것이다"라고 쓰여 있는 것처럼, 커다란 예서체로 "세계 인민의 위대한 스승 레닌은 천추에 길이 빛날 것이다"라는 문구가 쓰여 있는 게 보였다. 곧이어 산 정상에 우뚝 솟은 기념관의 모습이 보였다. 맥장만큼 컸다. 그 아래에는 맥장 두 개만한 광장이 있었다. 전부 시멘트로 마감된 광장은 양곡을 말린다면 한 마을 전체의 수수와 좁쌀, 밀을 다 내다 말릴 수 있을 것 같았다. 한 마을의 한 해 수확물을 전부 내다 말릴 수 있을 것 같았다. 광장 양쪽은 세상의 모든 관광지들과 다르지 않았다. 두 채의 작은 간이 건물이 있고 그 안에서는 현지의 특산물을 팔았다. 목이버섯이나 은행, 팽이버섯, 표고버섯 같은 것들이었다. 외지에서 운송해 온 여행 기념품들도 있었다. 난양에서 싸게 사다가 비싸게 파는 싸구려 옥 제품들이었다. 옥 팔찌와 옥 목걸이, 옥으로 만든 말과 양, 칼, 옥에 새긴 십이지, 옥으로 만든 불탑과 향로 등이었다. 물건들은 저마다 보기 드문 것들이기도 하고, 또 어디선가 본 것 같기도 했다. 멀리 외지로 나갔던 경험이 있는 사람들은 자신들의 식견에 따라 이런 물건들의 품질이 아주 좋지 않다는 걸 잘 알고 있었다. 사자상을 맨 처음에는 거창하게 백 위안으로 부르지만 손님은 십 위안을 제시했다. 그런데 뜻밖에도 십 위안에 물건이 팔렸다. 그러고도 이윤이 남는 것이다. 사람들은 물건을 아주 싸게 샀다고 좋아했다. 경험과 식견이 부족한 사람들도 있었다. 집안에서만 지내는 부유한 사람들은 옥 목걸이 하나에 십 위안이라는 말에 정말 싸다고 생각했다. 사람들에게 자신이 행복한 삶을 누린다고 증명하고 싶은 터에 수중에 잔돈이 있는

데 어떻게 사지 않고 넘어갈 수 있겠는가. 그러면서도 시험삼아 한 번 깎아보았다. "구 위안에 안 될까요?" 상인은 잠시 생각에 잠기는 척하다가 몹시 아쉽다는 듯한 표정으로 말한다. "그렇게 하세요. 레 닌기념관 준공 기념으로 싸게 드리는 거예요. 돈을 벌려는 게 아니 라 상서로운 이윤을 추구하는 거라고요."

수많은 관광객들이 장난감이나 기념품을 사 들고 기념관을 향해 올라갔다. 사람들이 말했다. 레닌은 너무 일찍 죽었어. 겨우 쉰넷에 이 세상을 등졌으니 말이야. 자세히 세어보니 전당으로 올라가는 개대가 쉰네 칸이었다. 다시 개대 양쪽의 난간 기둥을 세어보니 한 쪽에 스물일곱 개씩이었다. 합치면 쉰네 개였다. 층계를 오르는 사람들은 노인과 어린아이들, 남자와 여자 할 것 없이 전부 숫자를 중얼거리고 있었다. 초등학교에 입학하여 1, 2, 3, 4, 5를 세는 아이들처럼 54 혹은 그 절반인 27까지 수를 세고 있었다. 그러고는 정말로 쉰네 칸이라는 걸 확인하고는 일제히 얼굴에 미소를 띠었다. 정말 재미있고 의미심장하다고 생각했다. 이렇게 사람들은 기념관 입구에 이르렀다. 어떤 사람은 두세 걸음에 기념관으로 성큼성큼 들어갔다. 하지만 마음이 깊은 사람들, 식견이 많은 사람들, 특히 베이징에 가본 사람들, 마오주석기념관을 참관한 적이 있는 사람들은 걸음걸이가 느리지도 않고 성급하지도 않았다. 그들은 아주 섬세하게 레닌기념관과 마오주석기념관이 어디가 같고 어디가 다른지 유심히 살폈다. 물론, 멀리 떨어진 곳에서는 두 기념관의 유사점을 쉽게 찾을 수 있었다. 우선 둘 다 아주 크고 높았다. 돌로 된 벽과 아주 반듯한 지붕, 네 처마를 장식하고 있는 노란 유리기와 등 두 건물이 아주 똑같았다. 사람들은 레닌기념관 공사 초기에 류 현장이 특별히 공사 기술자와 인부들을 데리고 베이징에 가서 하루종일 마오주석기념관을 이리저리 살피고 왔다는 사실을 잘 알고 있었다. 모두가 마오주석기념관 안에 들어갔다 나오기를 반복하면서 세심하게 관찰했다. 한 사람이 일고여덟 번씩 건물 안팎을 드나들면서 마오주석기념관의 배치를 세밀하게 기록했을 뿐만 아니라 멀리 숨어서 사방팔면을 섬세하게 관찰했었다. 걸음으로 마오주석기념관의 길이와 폭, 높이를 재고 먼 거리에서 사진도 무수히 찍었다. 마오주석기념관 안에서 여러 지점 간의 거리를 측정하기도 했다. 그러니 레닌기념관이 마오주석기념관과 똑같지 않을 리가 없었다.

억지로 다른 점을 꼽자면 마오주석기념관은 중국의 수도인 베이징에 있고 레닌기념관은 중국 북방의 솽화이현이 있다는 것뿐이었다. 또하나 다른 점이 있다면 마오주석기념관은 베이징의 톈안문광장에 있지만 레닌기념관은 바러우산맥 깊은 곳의 훈포산에 있다는 것이었다.

또 어디가 다를까? 다른 곳이 없었다. 하지만 생각이 깊은 사람들은 다른 점을 더 찾아낼 수 있었다. 레닌은 쉰네 살까지 살았기 때문에 기념관 개대가 쉰네 칸이고 난간 기둥도 쉰네 개이지만 마오주석기념관 주위에는 커다란 기둥이 열여섯 개나 세워져 있었다. 레닌기념관의 큰 기둥은 앞에 네 개, 뒤에 열 개이고 좌우에는 없었다. 도합 열네 개였다. 마오주석기념관의 열여섯 개에 비하면 두 개가 적은 셈이었다. 왜 그럴까? 공부를 잘했고 국가의 사교와 당교에 다닌 바 있으며 교과서 내용을 많이 외운 사람들은 우리에게 말해줄 수 있을 것이다. 앞에 네 개, 뒤에 열 개인 것은 레닌의 생일에 맞춘 것이다. 레닌은 두 갑자 전인 경오년(1870) 말해 음력 사월 초십일에 태어났다. 앞에 넷, 뒤에 열 개의 기둥은 레닌이 이 기념관 안에서 새로운 삶을 얻어 영원히 불후하게 되었다는 점을 암시하는 것이다. 레닌이 탄생한 날짜를 아는 사람은 기념관 양쪽에 기둥은 없지만 왼쪽에 열두 주의 아주 굵은 중년 소나무, 오른쪽에는 사발만한 굵기의 중년 측백나무 열여섯 주가 심어졌다는 점을, 높이가 몇 장丈에 달해 수관이 해를 가린다는 점을 알아차렸을 것이다. 이 왼쪽에 열둘, 오른쪽에 열여섯이라는 숫자가 레닌이 서거한 날짜를 의미한다는 것도 알 테다. 레닌은 한 갑자 전인 갑자년(1924) 12월 16일에 세상을 떠났다. 물론 이 왼쪽 열두 주의 소나무와 오른쪽 열여섯 주의 측백나무도 레닌의 영생을 상징한다. 왜 양쪽에 신생의 소나무와 측백나무 묘목을 심지 않고 다 자란 중년의 나무들을 옮겨다 심어놓은 것일까? 그렇게 큰 나무를 옮겨 심어야 큰 나무가 하늘을 가리고, 그 수관과 잎사귀가 하늘을 덮어야 그 자리에서 천년만년 산 것 같아 보이기 때문이다. 옮겨 심은 나무들은 그 자리에서 절묘하게 아주 잘 자랐다. 당신이 기념관을 관리하는 사람들과 잘 아는 사이라면 절창絶唱의 이야기를 들려줄 것이다. 이 중년의 소나무와 측백나무들이 바로 레닌이 서거하던 나이와 같은 수령이라고, 정확히 쉰네 개의 나이테가 있다고 말할 것이다. 한 그루 한 그루 옮겨심을 때마다 현의 임업 전문가를 동원하여 뿌리 부분에 쇠로 커다란 구멍을 뚫었고, 그 구멍에서 나온 나무 부스러기에 근거하여 그 나무의 수령이 쉰네 살임을 확인했으며 쉰네 개의 나이테가 있는 것도 확인했다고 말할 것이다. 그래서 이곳으로 옮겨 심게 되었다고 말할 것이다. 사실 나무들의 수령은 레닌의 나이와 같지 않았다. 레닌보다 한 살 많은 것도 있고 여러 해 어린 것도 있었다. 얼마나 곧고 보기 좋게 생겼든, 수관이 얼마나 커서 하늘을 가리든, 전부 뭉뚱그려서 심은 것이 아니라고 말할 것이다. 이처럼 수령이 쉰네 살인 열두 주의 소나무와 열여섯 주의 측백나무를 찾기 위해 산림전문가들이 임장의 노동자들을 데리고 훈포산에 올라와 반년 동안이나 샅샅이 뒤졌고, 중년 소나무와 측백나무를 오십 주 넘게 조사해 겨우 수령 쉰네 살인 나무를 한 주 구할 수 있었다고 말할 것이다. 하지만 산비탈 하나에 소나무와 측백나무는 백여 주에 불과했고, 그중에서 중년 소나무나 측백나무가 있는지의 여부도 알 수 없었다. 어쩌다 한 주 있다고 해도 어딜 가야 쉰네 살의 중년수를 찾아낼 수 있단 말인가.

산림전문가들은 산비탈 몇 개를, 숲 몇 곳을 샅샅이 뒤지면서 찾아다녔다. 현 절반을 뒤져서야 간신히 한 주를 찾을 수 있었다. 이런 식으로 각고의 노력을 기울인 끝에 마침내 열두 주의 소나무와 열여섯 주의 측백나무를 구할 수 있었다.

당연히 열두 주의 소나무는 '레닌소나무'라고 불렸고 열여섯 주의 측백나무는 '레닌측백나무'라고 불렸다. 레닌소나무와 레닌측백나무는 레닌기념관 양쪽에 나뉘어 심기면서 레닌기념관의 절창이 되었다. 레닌소나무와 레닌측백나무의 수령을 증명하기 위해 이 소나무와 측백나무들은 뿌리 부분에 구멍이 남았다. 지금은 이 구멍들을 전부 시멘트로 메워놓은 상태였다. 시멘트로 메운 부위에서 수액이 울퉁불퉁 새어 나와 누렇게 흘러내리고 있었다.

소나무와 측백나무 기름의 아주 진한 향기를 맡을 수 있었다.

물론, 레닌기념관의 이러한 절묘함은 마오주석기념관과 크게 다르지 않았다. 하지만 이런 나무들을 보면서 사람들을 따라 레닌기념관 안으로 들어서면 더 신비로운 것들을 더 많이 발견할 수 있었다. 예컨대 기념관 대청에는 화표*와 크고 작은 기둥들이 다 합쳐서 열세 개가 있었다. 왜 열세 개일까? 레닌의 본명은 블라디미르 일리치 우리야노프로 다 합쳐서 열세 글자였다. 이 열세 개의 화표는 레닌의 본명을 상징하는 것이었다. 이런 사실들을 자세히 알면 더 많은 절묘한 장치와 내용들을 알 수 있었다. 그리고 이런 것들을 알고 싶으면 한 번 또 한 번 반복해서 기념관을 참관해야 했다.

기념관 내부의 사람 키 두 배 높이의 대청에 들어서면 누구나 엄숙함을 느낄 수 있었다. 벽 속에 감춰진 등불은 젖처럼 부드러웠다. 사람들은 그 젖빛 속에서 밧줄로 조성된 저지선을 따라 이동해야 했다. 대청은 맥장 두 개의 면적이라, 커다란 저택에 버금가는 규모를 자랑하지만 모퉁이를 돌아 전시실로 들어갈 수 있는 통로는 하나뿐이었다. 레닌의 유해가 아직 도착하지 않았지만 새로 제작된 수정 관은 이미 대청 중앙에 놓여 있었다. 대청 안의 분위기는 대단히 엄숙하여 관람객들이 얘기를 주고받는 것도 허락되지 않았다.

어린아이가 울면 곧장 밖으로 데리고 나가야 했다.

담배를 피우거나 사진을 찍어도 곧장 쫓거나 질책을 당하고 벌금

---

* 고대 중국에서 궁전이나 능(陵) 같은 대형 건축물 앞에 아름답게 조각한 석주 장식.

을 내야 했다.

사람들은 줄을 서서 다리를 건너듯이 앞사람을 따라 앞문으로 비집고 들어가 뒷문으로 나왔다. 골목을 지나고 다리를 건너는 것처럼 천천히 움직이면서 남녀노소가 대청 안의 음산한 냉기를 느꼈다. 한여름에 깊은 호수를 감춘 협곡에 들어선 것 같았다. 모두들 일제히 숨을 죽였다. 대청 한가운데 놓인 수정으로 된 관을 보았기 때문이다. 장방형인 수정 관의 받침대는 대리석 벽돌이었다. 크기는 돗자리 하나만했다. 수정 관을 그 대리석 받침대 위에 올려놓으니 벽록색으로 빛이 통하는 청유리 같기도 하고 우윳빛이 관통하는 수정옥 같기도 했다. 관 주변의 약 대여섯 자 정도 되는 공간에 나일론 줄이쳐 있어 관람객들은 그 줄 밖에서 보기만 할 뿐, 손을 뻗어 만질 수는 없었다. 손으로 만질 수 없어서인지 수정 관은 더욱 신비한 빛을 더했다. 자세히 바라볼수록 오히려 흐리게 보였다. 관의 형태는 사람들이 흔히 보아오던 것과 다르지 않았다. 머리가 놓일 부분은 상대적으로 넓고 발 부분은 좁다. 허리 부분도 시골의 일반적인 검정 목관과 같아서 너비가 두 자 일곱 치, 높이가 두 자 일곱 치였다. 하지만 머리 부분은 시골의 관보다 폭도 넓고 높이도 더 높았다. 발 부분은 시골의 관보다 폭이 좁고 약간 낮은 것 같았다. 관 전체의 길이는 반 자 정도 길었다.

요컨대 기념관의 그 수정 관은 비율이 맞지 않았다. 하지만 그 수정 관에 며칠만 지나면 위대하고 성스러운 인물이 누울 예정이었다. 게다가 외국에서 온 위대한 인물이었다. 세계의 절반이 존경하는 인물이었다. 때문에 모두들 관이 어째서 그 모양으로 생겼냐고 따져 묻지 못하고 그저 사람들의 흐름을 따라 아무 소리 없이 조용히 걸음을 옮기면서 외나무다리를 건너듯 천천히 앞을 향해 이동할 뿐이었다. 수정 관 옆에 가까이 가면 차가운 한기가 밀려오는 것을 느낄수 있었다. 두 눈을 크게 뜨고 수정 관을 한참 자세히 살펴보면 텅비고 투명한 그 관 바닥판에 머리카락 몇 가닥이 떨어져 있는 것을 볼 수 있었다. 하얗게 세어 있는 머리카락을 보고서 사람들은 온몸에 전율을 금치 못했다.

또 한번 몸을 떨어야 했다.

커다란 대청에 아무 기척도 없었다. 사람들의 발소리는 나뭇잎이 떨어지는 소리 같았다. 사람들이 숨쉬는 소리까지 들을 수 있었다. 사람들의 호흡은 허공에 날리는 흰 실 같았다. 우윳빛 불빛 속에서 유동하는 공기도 볼 수 있었다. 겨울날 산등성이에 얼어붙은 안개 같았다. 참지 못하고 손으로 입을 가린 채 기침을 하는 사람도 있었다. 말라 갈라진 기침소리가 하늘에서 떨어지는 바위처럼 기념관 대청을 울리고 사람들의 고요함을 깨뜨렸다. 그리하여 수정 관을 바라보던 사람들이 일제히 고개를 돌려 대청 바닥으로 떨어지는 기침소리에 눈길을 모았다.

기침을 한 사람은 하늘만한 죄를 범하기라도 한 것처럼 고개를 깊이 숙였다.

천천히 줄 같은 길을 따라 걸음을 옮기던 노인과 어린아이들도 기침을 하던 사람의 얼굴에서 눈길을 거둬들이는 순간, 어떻게 된 일인지 벌써 수정 관을 지나쳐버리고 말았다.

수정 관을 제대로 보지 못했다는 생각이 들었지만 뒤에 따라오는 인파에 떠밀리는 바람에 기념관 대청을 나와야 했다. 이렇게 기념관 앞문으로 들어갔다가 뒷문으로 떠밀리듯 나오고 말았다.

수정 관을 보았든 못 보았든 결과는 마찬가지였다. 모든 사람들이 얼굴에 공허한 표정을 지으면서 기념관 뒷문의 공터나 계단 위에 서서 그다지 구경할 만한 것도 없다는 생각을 했다. 이렇게 아무런 수확도 없었다는 기분으로 기념관을 나왔다. 장날인 줄 알고 천리만 리 밖에서 달려왔더니 뜻밖에도 장이 서지 않은 상황 같았다. 밤낮 을 가리지 않고 길을 재촉해 달려 극장에 도착했더니 연극이 이미 끝나고 사람들이 다 흩어져가고 있는 듯했다.

햇빛은 맑고 밝았고 날씨는 따스하고 부드러웠다. 사람들은 뭔가 에 도취된 것 같았다. 멍하니 그곳에 서 있으면 수많은 사람들의 푸 념소리가 들렸다. 한 번쯤은 볼 만하다는 사람도 있고 한 번도 볼 가 치가 없다고 말하는 사람도 있었다. 이때, 수많은 사람들이 마흔이 조금 넘고 머리가 하얗게 센 한 사내를 에워쌌다. 기념관의 관리인 인 것 같았다. 그는 그 수정 관을 자신이 직접 그 자리에 들어다 놓 았다고 말했다. 자신이 그 기념관을 관리하고 있다면서 그가 입을 열었다. "여러분 아세요? 이 기념관 대청에 왜 세 칸의 곁방이 설치 되어 있는지 말이에요. 두 칸이나 네 칸, 여섯 칸이 아니라 왜 세 칸 일까요? 현장이 레닌의 옛집을 관람하고 와서 레닌의 집 다락방이 큰 방 한 칸에 작은 방 세 칸으로 구성되어 있다고 말했기 때문입 니다."

그러면서 또 물었다. "저 수정 관이 왜 일곱 자가 아니라 일곱 자 다섯 치인지는요? 수정 관의 머리 부분은 길이와 너비, 높이가 전부 두 자 일곱 치가 아니라 두 자 아홉 치일까요? 발 부분은 길이와 너비, 높이가 보통 나무 관처럼 한 자 아홉 치가 아니라 한 자 다섯 치일까요? 왜 그런 줄 아세요? 누구 아는 사람 없어요?"

그가 또 말했다. "여러분 중에 아무도 모른다는 걸 잘 알아요. 제가 설명해드리지요. 저 수정 관의 길이가 일곱 자 다섯 치이고 머리 부분은 길이와 너비, 높이가 전부 두 자 아홉 치, 발 부분은 한 자 다섯 치인 것은 류 현장이 러시아에 가서 레닌의 묘를 측량하고 온 결과예요. 수정 관은 레닌 무덤의 크기를 십분의 일로 축소해서 제작한 것이지요. 류 현장의 말에 의하면 레닌의 묘는 좁고 기다란 모양이래요. 길이는 스물세 걸음 반이고요. 스물두 걸음으로는 못 미쳤다네요. 그의 세 걸음이 정확히 한 장丈이니까 스물두 걸음 반이면 일곱 장 다섯 자가 되는 셈이지요. 이를 십분의 일로 축소하면 일곱 자 반이 되는 거예요. 레닌 묘의 너비는 두 장 아홉 자였대요. 이것 역시 십분의 일로 축소하면 머리 부분의 너비는 두 자 아홉 치가 되는 것이지요. 레닌 묘지의 높이는 한 장 다섯 자니까 십분의 일로 축소하면 수정 관의 발 부분의 크기가 한 자 다섯 치가 되는 겁니다."

그의 설명은 계속되었다. "레닌기념관 안에는 절묘한 부분들이 무수히 많아요. 그 안에 담긴 이야기를 다 엮으면 책 한 권이 되고도 남지요. 문 안에 들어서자마자 보이는 레닌상의 높이가 왜 다섯 자 한 치인지 아세요? 레닌상 받침의 너비가 왜 두 자 한 치이고 길이가 석 자 여덟 치이며 높이가 여섯 치인지는요? 류 현장이 어려서부터 사교에서 자라면서 레닌의 저작에 아주 익숙했기 때문이에요. 류 현장의 말에 의하면 레닌상의 높이가 다섯 자 한 치인 것은 다섯 자

한 치가 바로 서양의 미터법으로 1미터 70센티미터이고 레닌 선집이 딱 열일곱 권이기 때문이래요. 레닌상 받침의 너비가 두 자 한 치인 것은 두 자 한 치가 서양 미터법으로 70센티미터이고 레닌 선집에서 가장 중요한 문장을 뽑은 것이 도합 칠십 편이기 때문이래요. 레닌상 받침의 길이가 석 자 여덟 치인 것은 레닌의 책 가운데 중국에 소개된 것이 서른여덟 종이기 때문이고 받침의 높이가 여섯 치인 것은 레닌의 책을 바닥에 쌓으면 높이가 여섯 치가 되기 때문이래요."

사내는 기념관 뒷문 앞에 서서 설명을 이어갔다. 청산유수로 끊이지 않고 이어갔다. 그를 에워싸고 듣는 사람들은 갈수록 많아졌고 그의 설명도 갈수록 더 자세하고 신비해졌다. 기념관의 모든 벽돌마다 이야기가 한 가지씩 담겨 있고, 모든 이야기가 강연 같았다. 기념관의 돌 하나하나가 레닌의 일생과 아주 밀접하게 연관되어 있는 듯했다. 그가 말했다. "문에 들어설 때 주의깊게 살펴보세요. 기념관 대청 바닥에는 벽돌로 동그란 도안이 조성되어 있어요. 그 도안에는 귀뚜라미와 메뚜기가 가득하지요. 이는 레닌이 살던 옛집에 반원형의 화단이 있었는데 레닌이 아주 어렸을 때 항상 이 화단에서 메뚜기를 잡거나 귀뚜라미 싸움을 하면서 놀았기 때문이래요. 이 도안이 레닌의 유해가 이곳에 온 것이 자기 집으로 돌아온 것과 어린 시절로 돌아온 것을 상징하는 셈이지요. 아무리 위대한 인물이라 해도 늙으면 어린 시절로 돌아가는 법이잖아요. 어린 시절로 돌아간다는 것은 새로운 삶을 또 얻는 것과 같지요. 대청 안에는 여섯 개의 커다란 기둥도 세워져 있는데요. 이중 세 개에는 중국의 용과 봉황, 화표,

기린, 그리고 톈안문과 톈안문광장의 경물들이, 나머지 세 개에는 러시아의 교회당과 각종 건축물, 노동운동의 장면, 레닌의 저작, 그리고 노동자계급을 상징하는 낫과 도끼, 마오주석의 저작, 여러 혁명 사건들의 연표 등이 새겨져 있지요. 그 밖에 러시아 시월혁명의 투쟁 장면과 차르 황제에 대항하여 투쟁하는 군중의 모습, 제2차세계대전에서 히틀러를 패퇴시킨 인민들의 환호하는 모습 등도 그려져 있습니다." 이 모든 이야기들이 이미 해가 기울기 시작한 시각에 머리가 하얗게 센 그 사내의 입을 통해 주구장창 쏟아져나왔다. 기념관이 신비한 전고典故로 가득한 공간임을 역설하고 있었다. 그가 마지막으로 설명을 마무리하면서 말했다. "이게 바로 구경만 하는 게 아니라, 핵심까지 들여다보는 방법이지요. 해가 아직 높이 떠 있을 때, 다시 한번 기념관에 들어가 자세히 살펴보시는 걸 권하고 싶네요. 그러지 않고는 그냥 허탕 치는 것이나 다름없으니까요. 아니면 레닌의 유해가 전시된 다음에 다시 한번 입장권을 사시는 것도 좋을 것 같습니다."

말을 마친 그는 기념관 아래쪽으로 걸어내려갔다. 바로 그때, 누군가 그를 기억해냈다. 바이수향 향장이었던 그는 원래 매부수수한 사람이었는데 기념관이 완공되자 이처럼 똑똑한 사람으로 변한 데 대해 감탄을 금치 못했다. 사람들은 그에게 뭔가를 더 묻고 싶었지만 저쪽에서 누군가 그를 부르고 있었다. 그렇게 그는 가버렸다. 그 자리에 남아 기념관을 구경하면서 아무것도 얻은 것이 없다고 느끼던 마을 사람들 모두 그 자리에 서서 그의 뒷모습을 바라보기만 했다. 그의 학문과 식견이 뛰어나다고 칭찬하면서 자신의 무지와 짧은 식견을 한탄했다.

바로 그때, 산맥이 이미 온통 붉은빛으로 물들었다. 해는 남쪽으로 넘어가 서서히 기울고 있었다. 기념관은 지는 해의 따스하고 붉은빛 속에서 편안하고 조용한 모습이었다. 곧 해가 완전히 떨어질 시각이라 황급히 두번째 관람을 서두르는 사람들도 있었다. 어떤 사람들은 곧 어둠이 내릴 것이라 생각했지만 산 위에는 아직 수많은 경물들이 사람들의 눈길을 받지 못한 채 기다리고 있었다.

이리하여 사람들은 서둘러 그런 경물들이 있는 곳으로 달려갔다.

가장 중요한 것은 서우휘마을의 그 묘기공연단의 공연을 한 대목도 구경하지 못했다는 것이었다. 그 공연을 보지 못하면 바러우산에 들어온 것이 정말로 백탑탑³⁾이 되고 말 터였다. 훈포산에 올라온 것이 완전히 헛걸음인 셈이었다.

해설

1) 개대磕臺: 계단을 의미한다. 옛날에는 계단이 대부분 묘우廟宇 앞에 있었고 사람들이 묘우에 들어가려면 한 걸음에 한 번씩 개두를 해야 했다. 그래서 바러우 사람들은 계단을 '개대'라고 불렀다.

3) 백탑탑白搭搭: 아무 수확도 없는 것을 말한다. 공연히 걸음했다는 뜻이다.

11장

날이 갈수록 더워졌다
겨울이 한여름이 되었다

    서우훠의 공연은 한곳에서만 하기로 되어 있지 않았다. 류 현장이 레닌기념관 앞 준공식에서 붉은 주단으로 된 테이프를 자를 준비만 갖추면 첫번째 날만 기념관 앞 광장에서 모두 공연을 하기로 했다. 형식적인 이 공연이 대충 끝나면 다시 여러 경물이 있는 곳으로 흩어져 공연을 할 예정이었다. 외다리 원숭이의 멀리뛰기는 소아마비 소년의 유리병 신발 신기와 함께 흑룡담에서 공연될 예정이었고 귀에 대고 벤파오 터뜨리는 묘기는 다른 몇몇 출연자들을 대동하여 은행나무숲에 가서 공연될 예정이었다. 나뭇잎에 수를 놓는 앉은뱅이 아줌마의 공연은 맹인 소리 맞히기의 주인공 퉁화와 함께 녹회두의 강변에서 진행될 예정이었다. 마오즈 할머니와 아홉나비는 일출과 일몰을 볼 수 있는 또다른 산등성이에서 공연할 예정이었다.

    기념관 관람을 마친 사람들은 구룡폭포와 절벽 석각, 산꼭대기의 석림石林, 청사靑蛇와 백사白蛇가 산다는 수중동굴, 그리고 가장 신선한 경물로 쌍화이현 출신 지식인들이 지어낸 고대 전설에 등장하는 검은 용 괴물이 출몰한다는 흑룡담 등을 두루 관람했다. 이런 경물들은 전부 계곡을 타고 흐르는 물길을 따라 펼쳐져 있었고 공연은 이 수로 양쪽에서 분산되어 이루어졌다. 어쩌면 사람들에게는 이런 경물들이 그다지 신선하거나 희귀하지 않을 수도 있었다. 하지만 서우휘 사람들의 공연은 정말로 세상에 둘도 없는 것이라 서둘러 가서 관람하지 않을 수 없었다.

레닌 유해를 구매하기 위한 거액의 자금이 서우휘마을 사람들의 공연을 통해 벌여들여졌다는 사실은 누구나 다 알았다. 서우휘 사람들 공연의 입장권이 남방 세계에서는 한 장에 천 위안이 넘는 금액에 거래된다는 사실도 누구나 다 알았다. 천 위안이 아니라 팔백 위안이라 해도 바러우 사람들에게는 한 가구의 한 해 수입에 해당하는 큰돈이었다. 한 가구의 한 해 수입으로 공연 입장권 한 장을 사서 맹인과 벙어리, 절름발이, 앉은뱅이 등 온갖 장애인들의 공연을 관람하는 셈이었다. 두말할 것도 없이 이들의 묘기는 일반적인 묘기와 달랐다. 온전한 사람들은 영원히 펼칠 수 없고 감히 선보이지도 못하는 절세의 묘기들이었다.

해가 산 아래로 기울고 있었다. 황혼 직전 마지막 순간의 고요함이 내려앉았다. 먼 곳의 산골짜기들이 전부 이 고요 속에 잠겼다. 세상 전체가 마른 우물 속으로 깊이 빠져드는 듯했다.

이전에는 손에 뭔가를 든 사람들이 거의 없었지만 이제는 기념관 앞으로 서우휘마을 공연을 보러 가면서 모든 사람이 각자 손에 먹을 것과 마실 것을 챙겼다. 하얀 만터우나 땅콩 봉지, 누에콩, 노랗게 튀긴 빵, 작은 가게에서 만들어 파는 과자와 케이크, 어디서나 살 수 있는 차단 등 온갖 주전부리가 요란한 소리를 내면서 쉬지 않고 사람들의 입속으로 들어갔다. 꿀꺽꿀꺽 뭔가를 마시는 소리가 일제히 울려퍼졌다.

산 위에 가까이 살고 있어 먹고 마실 것을 내다 팔 수 있는 마을 사람들은 며칠 사이에 큰 재운을 만났다. 몇 해나 묵혀두어 거무튀튀하게 상한 밀가루로 찐 만터우가 한순간에 다 팔려나갔다. 먹을 것을 팔 수 없는 농민들은 돼지를 잡을 때 쓰던 커다란 솥에 끓인 물을 통에 담아 산 위로 가져다 팔았다. 이런 물은 전부 금수옥탕金水玉湯이 되었다.

겨울이었지만 여름날의 황혼처럼 따스하기만 했다. 여름의 혹서 때도 산 위는 무척 시원했다. 지금도 산 위는 아주 시원했다. 다른 점이 있다면 여름의 시원함은 뜨거운 더위 속의 시원함이었지만 이 겨울의 시원함은 시원함 속에 약간의 따스함이 담긴 맛이었다. 도시 사람과 시골 사람, 남녀노소를 불문하고 모든 사람들이 수백수천의 무리를 이루어 광장에 서 있었다. 광장에서 기념관으로 통하는 쉰네 칸의 개대 위에도 앉아 있었다. 이 개대는 하늘의 뜻을 살필 수 있는 전망대가 되었다. 돌로 만들어진 개대 양쪽의 난간은 하늘의 뜻이 젊은이들에게 내어준 돌 의자인 셈이었다.

공연을 위한 무대는 이미 설치되었다. 기념관 맞은편의 광장에 설치된 무대의 삼면은 새로 마련한 노란 범포로 덮였다. 무대도 전체가 노란색 새 범포로 장식되어 있었다. 범포의 칠 냄새가 오뉴월 한

여름의 밀향기처럼 진하게 사람들의 폐부를 찔러댔다. 알고 보니 현縣 바러우조 극단의 단장과 부단장은 이미 서우훠 사람들의 공연을 적극적으로 지원하고 있고, 또한 류 현장을 적극적으로 본받아 마오즈 할머니가 이끄는 서우훠 사람들의 공연을 류 현장보다 몇 배는 더 존중했다. 그들이 무엇보다도 잘 알고 있는 것은 서우훠 사람들이 공연을 한번 더 할 때마다 쐉화이현에 더 많은 돈을 벌어다주고, 그들 자신의 집에도 더 많은 수입을 안겨준다는 점이었다.

류 현장이 말했다. "서우훠는 곧 우리 쐉화이현 관할에서 벗어나게 될 걸세. 설마 이런 사실을 모르는 건 아니겠지?"

공연단장이 말했다. "마오즈 할머니, 낮에는 흩어져서 공연을 하다가 황혼 무렵에 다시 모여 공연을 하는 식이니, 때려죽인다 해도 공연을 몇 차례 더 해야 할 것 같습니다."

마오즈 할머니가 말했다. "류 현장, 마지막 공연 때 무대에 올라가 우리 마을이 합작사에서 퇴사하는 내용의 공문을 읽기로 하지 않았나?"

류 현장이 말했다. "그건 이미 확정된 일입니다. 우선은 공연단이 밤낮을 가리지 않고 공연을 잘해서 모든 사람들이 훈포산에 올라와 우리의 위력이 하늘보다 높고 땅보다 크다는 것을 알게 하는 것이 중요합니다."

마오즈 할머니가 말했다. "류 현장께서 훈포산에서의 공연 수입 가운데 삼분의 일을 우리 서우훠마을 몫으로 돌려준다고 하지 않으셨었나?"

외다리 원숭이가 말했다. "현장님이 공연이 끝나면 출연료 정산을 해주신다고 하지 않았습니까?"

공연단장이 말했다. "자, 어서 가서 서우훠마을 사람들을 전부 불러와요. 마오즈 할머니도 불러오고. 관중들이 애타게 기다리고 있잖아요. 더 기다리다가는 관중들이 무대를 부숴버릴 것 같다니까요."

공연은 한 시간 정도 지연되어 시작될 수밖에 없었다.

류 현장이 서둘러 달려와 무대 위에서 서우훠마을의 퇴사와 관련된 공문을 낭독하기로 약속했던 바로 그 마지막 공연이었다. 하지만 공연이 시작될 때까지도 류 현장은 산 위에 올라오지 않았다. 마오즈 할머니가 말했다. 그 양반이 안 오지는 않겠지? 현에서 일하는 사람이 말했다. 류 현장님은 실행하지 못할 일은 절대로 말을 하지 않습니다. 류 현장님이 어느 회의에 참석한다고 말하면 반드시 참석하십니다. 다른 사람들이 아무리 기다려도 류 현장님이 오지 않아 결국 예정된 시각에 회의를 시작해서 예정된 시각에 회의를 끝내면서 류 현장이 오지 않는다고 단정하고 산회를 선포하면, 그 순간에 류 현장님이 회의장에 나타나시기도 하지요.

현에서 일하는 사람이 말했다. 류 현장님이 안 오실 리 없다니까요.

이렇게 공연은 시작되었다. 공연의 내용은 서우훠 사람들이 외지에 나가 수백수천 번 반복했던 묘기들이라 시골의 아낙네들이 밥을 짓고 밀가루 반죽을 미는 것처럼 익숙했다. 실을 잇고 신발을 갈무리하는 것처럼 쉬운 일이었다. 다른 점이 있다면 외지에서는 두 개의 공연단이었지만 바러우에선 하나로 합쳐졌다는 점이다. 두 공연에서 중복되는 내용을 없애고 순서도 다시 짜야 했다.

류 현장이 왔다면 이렇게 말했을 것이다. "공연을 진행하세요. 남들이 보지 못한 묘기를 유감없이 보여주시라고요. 가장 잘하는 묘기에는 제가 상금으로 천 위안을 더 드리도록 하겠습니다."

마오즈 할머니가 말했다. "그럼 공연을 하도록 하지요. 정말 이게 마지막 공연입니다."

이 마지막 공연은 과거의 평범한 공연들과 확실히 달랐다. 맨 처음 시작부터 달랐다. 사회자 화이화의 아름다움은 인간 세상을 뛰어넘는 수준이었다. 지난 반년 사이, 그녀는 키가 크고 싶다고 말하면 그만큼 키가 자라는 식으로 해서 온전한 사람으로 변해 있었다. 아무도 생각하지 못한 일이었다. 온전한 사람 중에서도 여신이었다. 날렵한 몸매에 달처럼 환한 얼굴. 몸 전체를 몇 세대 동안 우유 속에 담가두기라도 했던 것처럼 물처럼 희고 매끄러웠다. 무대 앞에서 사회를 보는 그녀는 아주 깨끗하고 단정한 치마 차림이었다. 버드나무에 걸린 달 같았다. 불빛이 전부 그녀의 머리에 몰려 빛을 발하는 것처럼 머리칼이 검었다. 입술은 가을이 지나 빨갛게 익어 나무 위에 매달린 감 같았다. 치아도 백옥이나 마노처럼 희었다. 맨 처음 그녀가 서우훠를 떠날 때는 퉁화나 위화, 어얼과 마찬가지로 난쟁이 아가씨였다는 걸 누구나 다 알고 있었다. 하지만 서우훠를 떠나 반년 동안 공연을 하고 다니는 사이에 온전한 사람으로 성장하여 언니와 여동생들과는 완전히 다른 모습이 되었다. 제1묘기공연단 사람들은 그녀의 키가 크는 과정과 원래 성격보다 훨씬 생기발랄해진 모습을 전부 목격했다. 하지만 매일 보니 그다지 신기하게 느끼지 못했다. 부모가 딸의 성장하는 모습을 지켜보면서 이상하거나 신기하다고 느끼지 못하는 것과 다르지 않았다. 하지만, 솽화이현으로 돌아와 제2공연단의 서우휘 사람들과 대면하게 되자마자 사람들은 그녀의 달라진 모습에 놀라 눈이 휘둥그레지고 입이 다물어지지 않아 어찌해야 좋을지 몰랐다. 그들은 바러우조 극단 극장에서 그녀를 보았다. 그녀를 보자 제2공연단 사람들은 전부 놀라 옷을 정리하다가 멈춰 서서는 더이상 정리를 계속하지 못했다. 공연용 물품이 담긴 상자를 손에 든 채 더이상 움직이지 못하는 사람들도 있었다. 바닥에 주저앉아 뭔가를 하고 있던 사람들은 몸을 일으키다가 그녀를 보고는 너무 놀라 일어서는 동작이 나무처럼 뻣뻣해졌다. 화이화가 저절로 선녀 같은 온전한 사람이 되더니 전처럼 편하지 않다며 흠을 잡기도 했다. 화이화를 화이화로 대할 수 없는 것 같았다.

제2공연단에서 나뭇잎에 비단 수를 놓는 앉은뱅이 아줌마는 화이화를 보고는 잠시 멍한 표정을 짓더니 갑자기 바닥에서 허공으로 몸을 튕겼다. 일어서서 화이화를 안아주려는 것 같았다. 몸이 다시 땅바닥에 내려앉자 그녀가 잔뜩 놀란 표정으로 말했다.

"어머나, 맙소사, 화이화 너 어떻게 이렇게 큰 거야?"

마오즈 할머니는 저멀리 서서 외손녀를 바라보면서 한참 동안이나 멍한 표정을 짓다가 마침내 웃으면서 입을 열었다. "잘했어. 정말 잘한 일이야. 반년 동안 공연을 다니길 정말 잘했어." 서우휘 사람들을 데리고 외지로 나가 반년 동안 공연을 한 것이 합작사에서 퇴사하기 위한 것이 아니라, 화이화를 절세의 미모를 갖춘 온전한 사람으로 성장시키기 위한 목적이기라도 한 것 같았다. 그리고 마침내 절세 미모의 온전한 사람이 되었으니 그 목적이 달성된 것 같았다.

어얼은 어땠을까? 어얼은 대놓고 놀란 표정을 드러내고 그 자리에 서 있었다. 이윽고 화이화를 갑자기 한쪽 구석으로 끌고 가서는 물었다. "둘째 언니, 어떻게 해서 이렇게 큰 건지 말 좀 해줘."

화이화는 어얼을 더 구석진 곳으로 데려가 주위를 살폈다. 그러고는 낮은 목소리로 말했다.

"어얼, 말해준 뒤에도 이 언니를 모른 척하진 않을 거지?"

어얼이 말했다. "그럴 리가 있어?"

화이화가 말했다. "퉁화 언니하고 위화는 나를 거들떠보지도 않아. 마치 내가 그애들의 뭔가를 훔쳐서 이렇게 온전한 사람으로 자라기라도 한 것처럼 말이야."

어얼이 말했다. "말해봐, 언니, 나는 다른 언니들처럼 굴지 않을 테니까."

화이화가 말했다. "너도 열일곱 살이 넘었잖아. 남자를 만나야 해. 온전한 남자를 사귀어서 그 남자랑 자는거야."

어얼은 갈수록 더 놀라움을 금할 수 없었다. 그렇게 놀란 표정으로 멍하니 온전하게 예쁜 둘째 언니 화이화를 바라보았다. 또 뭔가를 말하려고 하는 순간 갑자기 누군가 극장 입구로 들어오는 것이 보였다. 다름 아닌 류 현장의 스 비서였다. 스 비서는 현장의 지시로 하루 늦게 쑹화이현의 공연을 보러 온 터였다. 스 비서를 보자 화이화가 미소를 지으며 어얼에게서 벗어나 그를 향해 달려갔다.

잠시 후 화이화는 스 비서와 함께 현 정부에 가서 일을 좀 처리해야 한다고 말하고는 그를 따라 밖으로 나갔다. 화이화는 줄곧 스 비서의 집에서 머물다가 두 개의 공연단이 밤중에 훈포산에서 공연을 하고 공연단을 태우고 갈 차가 현성을 떠날 때가 되어서야 서둘러 공연단과 합류했다.

때마침 달이 떠올랐다. 별들도 어김없이 하늘에 나와 걸렸다. 산맥 수십 리, 수백 리 밖에서는 겨울날의 혹한에 사방이 전부 얼어붙었지만 바러우는 이상하리만치 따스하기만 했다. 하늘도 여름밤 같았다. 쪽으로 아주 진하게 물을 들인 듯, 가짜인 것처럼 파란 하늘이었다. 극도로 고요했다. 바람도 없었다. 유백색 밤의 공기가 산비탈과 계곡, 그리고 이런저런 경물들이 펼쳐진 곳들을 물처럼 흘러 다녔다. 세상 전체가 정적에 잠긴 가운데 기념관에만 불이 환하게 밝혀져 있고 사람들의 목소리로 시끌벅적했다. 온 세상 사람들이 전부 사라지고 이곳 사람들만 살아남은 듯했다. 살아 있음을 미친듯이 축하하고 즐기는 것 같았다. 화이화가 천천히 무대 앞으로 다가왔다. 맑은 물빛 치마가 달빛 같은 그녀의 얼굴을 잘 받쳐주자 정말로 달이 걸린 버드나무가 무대 앞, 밤의 한가운데 서 있는 것 같았다. 이때, 무대 아래 수백수천의 사람들이 그녀의 희고 아름다운 얼굴을 보고는 놀라서 몸이 굳어져버렸다. 요란하게 떠들어대던 소리가 갑자기 침묵으로 바뀌었다. 산맥의 모든 참새들이 봉황을 본 것처럼 눈길을 무대 위로 돌려 화이화의 몸과 얼굴에 고정시키고는 그녀가 입을 열어 얼른 공연을 진행하기를 기다렸다. 하지만 그녀는 조용히 무대 앞에 서서 미소만 지을 뿐, 말을 하지 않았다. 그러다가 무대 아래 사람들이 그녀가 입을 열지 않아 조급해하기 시작하자 가볍고 부드럽게 입을 열었다.

"동지 여러분, 친구 여러분, 고향의 어르신 여러분, 레닌기념관의 성대한 완공을 경축하기 위해, 사나흘 안에 레닌의 유해가 도착해 훈포산의 레닌기념관에 안치되는 것을 축하하기 위해 저희 서우훠 제1묘기공연단과 제2묘기공연단이 오늘밤 이 무대에서 뛰어난 묘기를 엄선하여 보여드릴 것입니다."

"이번 공연에서 보여드릴 묘기들은 여러분이 듣고도 믿지 못하고 보고도 믿지 못할 것들입니다. 믿고 안 믿고는 여러분 자유입니다. 백문이 불여일견이라 하지요. 자, 이제 공연을 시작하도록 하겠습니다. 첫번째 보여드릴 묘기는, 귀에 볜파오 터뜨리기입니다."

아무도 예상하지 못했다. 바러우산 서우훠마을의 화이화가, 난쟁이 아가씨에서 절세 미모의 온전한 사람으로 변했을 뿐만 아니라 무대에서의 목소리 역시 부드럽고 매끄러워 입을 열었다 하면 방송에서 나오는 목소리와 같으리라고는. 뜻밖에도, 너무나 뜻밖에도 그녀의 생김새와 공연을 진행하는 그녀의 목소리 그 자체가 하나의 묘기인 듯했다. 하지만 그녀는 말하는 것이 아깝기라도 하다는 듯, 극도로 압축된 몇 문장으로 공연의 시작을 알리고는 무대 아래를 향해 허리를 굽혀 인사를 하고 뒤로 두 걸음 물러서더니 몸을 돌려 사라져버렸다. 제비 한 마리가 무대 위에서 날아 내려가는 것 같았다. 사람들의 눈과 마음이 곧 텅 비었다. 가장 아끼는 물건을 잃어버리기라도 한 것 같았다.

다행히 그녀가 몇 걸음 뒤로 물러서기 무섭게 공연이 시작되었다.

원래 첫번째 묘기는 외다리 원숭이가 한쪽 다리로 도약해서 불바다를 뛰어넘는 것이었지만 이제는 귀머거리의 귀에 대고 볜파오를 터뜨리는 것으로 바뀌었다. 산맥의 노천에서 펼쳐지는 대규모 공연이라 도시의 극장에서 진행했던 순서에 따라 공연을 할 수 없었다. 시끌벅적하고 혼란한 관중을 일거에 제압하고, 모든 사람을 단번에 멍한 놀라움의 구덩이 속으로 빠뜨리기 위해 귀머거리 마씨의 묘기가 가장 먼저 무대에 올랐다. 묘기는 모든 관중이 일거에 놀라 입을 다물게 했다. 모두가 어찌해야 좋을지 몰라 안절부절이었다. 귀머거리 마씨는 이날 온몸을 잡사* 연기자들처럼 하얀 등롱 비단으로 휘감고 무대에 올랐다. 이제 그는 무대에 올랐다 하면 벌벌 떨던 예전의 마씨가 아니었다. 이미 그는 최고 수준의 묘기 연기자였다. 서우휘마을의 장애인들은 누구나 최상급의 연기자가 되어 있었다. 그가 천천히 무대에 올라 무대 아래 청중들을 향해 왼손으로 오른손 주먹을 감싸 읍揖을 하고 가볍게 고개를 숙여 인사를 하자마자 진행요원들이 그의 귀에 이백 연발 벤파오를 걸어주었다. 무대 아래 청중들은 바로 벤파오가 모두 터져 그의 얼굴 양쪽이 검게 그을어 오사석烏沙石 표면처럼 검고 거칠게 변하는 모습을 보게 됐다.

무대 아래 관중석이 갑자기 조용해졌다. 누군가 관중들 앞에서 절벽이나 고층 건물에서 떨어져 목숨을 끊기라도 한 것 같았다.

사방이 조용해지자 다시 화이화가 나섰다. 그녀가 무대 한쪽 구석에서 또박또박 정확한 음조로 귀머거리 마씨는 올해 나이가 마흔셋이고 어려서부터 벤파오 터뜨리는 것을 좋아해서 양쪽 귀가 진동에 익숙하게 훈련이 되었다고 말했다. 그가 어려서부터 귀머거리였기에 아주 작은 소리도 듣지 못한다는 얘기는 하지 않았다. 그녀는

---

* 큰 거리나 공공 연예장 따위에서 하는 가무와 마술, 성대모사 등의 잡기.

그가 일곱 살 때부터 양쪽 귀의 내진耐震 기술을 수련하기 시작하여 귀에 아무리 강력한 폭음이 들려도 두려워하지 않으며, 대포 소리조차 가볍게 여기게 되었다고 말했다. 그러고 나서 화이화는 무대 구석에서 범포로 된 비옷을 가져다 그에게 입혀주었다. 비옷으로 그가 입고 있는 무대의상을 보호하려는 것이었다. 그가 무대 앞에 서자 아주 얇은 양철판이 그의 귀와 벤파오 사이에 걸렸다.

그런 다음 화이화가 직접 그 요란한 폭음을 내는 벤파오에 불을 붙였다.

이백 발의 홍지紅紙 벤파오가 한줄기 연기를 내뿜으며 파박 파바박 그의 왼쪽 얼굴에서 폭발했다. 무대 아래 사람들은 깜짝 놀라며 어른 아이 할 것 없이 얼굴이 서리처럼 하얗게 질려버렸다. 한 가닥 핏기조차 없었다. 자신이 벤파오가 폭발하는 것을 정말로 두려워하지 않는다는 사실을 증명하기 위해 귀머거리 마씨는 왼쪽 얼굴을 무대 아래 사람들에게 향하고 관중들도 폭발음을 함께 듣도록 했다. 관중들의 어수선한 혼란을 철저하게 진압하여 아무 소리도 내지 못하게 하기 위한 방법이었다.

벤파오가 터지기를 기다리면서 귀머거리 마씨는 편안한 표정으로 얼굴 위의 양철판을 내려 관중 앞에서 가볍게 두드렸다. 징을 두드리는 것 같았다. 그러더니 무대 위에서 미처 터지지 않은 벤파오를 주워 양철판 위에 놀려놓고 다시 불을 붙였다. 징 위에 놓고 폭죽을 터뜨리는 것 같았다. 이어서 그는 연기에 검게 그을린 왼쪽 얼굴을 무대 앞을 향해 내밀어 관중들로 하여금 자신의 왼쪽 얼굴이 폭발로 검게 그을리긴 했지만 큰 상처 없이 무사하다는 것을 믿게 했다. 마지막으로 그는 관중을 향해 천진한 미소를 지어 보였다.

놀라움에서 깨어난 관중들의 박수 소리가 요란하게 울렸다. 마씨를 불러대는 환호성도 대단했다. 고요한 밤의 산맥에 거대한 메아리가 울려퍼졌다. 그 찬란하게 하얀 박수 소리와 자줏빛 환호성이 한데 어우러져 광장을 날아올랐다. 먼저 레닌기념관에서 아주 선명하고 거대한 메아리가 울리더니 이어서 산의 계곡 사이로 휑뎅그렁하고 거대한 메아리가 울려퍼졌다. 이 메아리 소리는 밤의 정적을 타고 한 겹 또 한 겹 파장을 이루어 서로 이어지면서 밤의 먼 곳까지 퍼져나가 이 낡은 세상을 찬란하고 하얀 박수 소리와 자줏빛 환호성으로 가득 채웠다. 그 고요한 밤은 반대로 요란한 박수 소리와 환호성을 타고 꿈에서 깨어나 이 오래된 세상의 사면팔방을 메아리로 쌓아올리고 있었다.

뒤를 돌아보니 관중들은 또 이 밤의 소리에 격앙되고 있었다. 그들의 환호성은 갈수록 커졌고 박수 소리도 커지면서 무대를 향해 주먹을 휘두르며 소리쳤다.

"얼굴에 징을 하나 걸어봐!"

"얼굴에 징을 하나 걸어보라고"

관중들은 귀머거리가 엄마 뱃속에서 나올 때부터 귀머거리였고 평생 소리가 뭔지, 폭발이 뭔지, 천둥이 뭔지 몰랐다는 사실을 알 리가 없었다. 그는 평생 무수한 번개를 보았지만 천둥소리는 한 번도 들어본 적이 없었다. 그는 정말로 작은 솥뚜껑 같은 누렇게 빛나는 구리 징을 오른쪽 귀 밑에 가져다댔다. 그리고 정말로 구리 징을 댄 얼굴에 오백 발짜리 볜파오를 터뜨리고 아울러 폭약이 두 겹으로 장전되어 있는 얼자오티도 함께 터뜨렸다. 관중들이 더욱 열광적으로 소리를 지르며 환호를 보내자 귀머거리 마씨가 구리 징을 땅바닥을 향해 내던지고는 또 한번 천진한 표정으로 빙긋이 웃었다. 하늘도 예상하지 못한 일이었다. 그러더니 돌을 하나 던지듯 자신의 편안한 얼굴을 툭툭 치고서 무대 위에 깔린 범포 위에 옆으로 누운 뒤 주머니에서 무 반쪽 정도 되는 크기의 대형 폭죽을 꺼내 하늘을 향하고 있는 귀 가까운 곳에 올려놓고는 무대 아래쪽으로 손을 흔들어 관중 가운데 아무나 올라와 폭죽에 불을 붙여달라고 했다.

이때, 무대 아래서는 완전히 죽음 같은 정적 속에서 박수 소리도 환호성도 전혀 들리지 않았다. 세상 전체가 죽음의 깊은 계곡 속에 빠져버린 것 같았다. 모든 사람이 무대 위의 불빛이 발밑에 떨어지는 소리를 듣고 있었다. 모든 사람의 눈빛이 불빛을 향해 달려드는 나방처럼 무대 위에 집중되었다.

귀머거리 마씨는 여전히 그 자리에서 무대 아래를 향해 손을 흔들고 있었다.

화이화가 미소를 지으며 무대 한쪽 구석에 나타났다. 그녀가 말했다. "젊은이 여러분, 친구 여러분, 어서 올라와서 불을 붙여주세요. 이 묘기는 저희가 남방에서 입장권 한 장에 천 위안이 넘었던 공연에서도 선보이지 않았던 묘기에요. 오늘 특별히 저희 고향분들을 위해 준비한 거라고요."

무대 아래에 있던 젊은이 하나가 무대 위로 올라왔다.

젊은이가 정말로 성냥불을 그어 담배에 불을 붙인 다음, 바닥에 쭈그려앉아 그 무 반쪽만한 폭죽에 불을 붙였다.

그렇게 폭죽이 폭발했다.

하늘을 울리고 땅을 뒤흔들면서 폭죽이 터졌다. 불같은 빛이 날아올랐다. 머리 위로 높이 매달린 전등갓이 쉬지 않고 흔들렸다. 하지만 귀머거리는 아무 일도 없는 것처럼 너무나 편안한 모습으로 무대 위에서 몸을 일으켜 재를 털고는 얼굴을 매만졌다. 약간의 피와 검은 재를 뒤집어쓴 것이 보이자 화이화가 손에 쥐고 있던 손수건으로 재를 털어주고 새까만 얼굴 위의 피를 닦아주었다. 마씨는 무대 아래 관중을 향해 허리를 굽혀 인사를 하고 무대 뒤로 사라졌다.

무대 아래서는 심장이 놀라 미친듯이 뛰는 한순간이 지나자 또다시 우레 같은 박수 소리와 환호성이 폭발했다.

마오즈 할머니가 무대 한구석에 섰다.

마씨가 얼굴 위로 흘러내리는 피를 문질러 닦으며 물었다. "제가 류 현장이 약속한 상금을 받을 수 있을까요?"

마오즈 할머니가 뭐라고 말을 하기도 전에 현 공연단장이 재빨리 웃으면서 말했다. "물론이지요. 틀림없이 마씨가 상금 천 위안을 받게 될 거예요."

귀머거리 마씨는 웃으면서 얼굴의 상처를 싸매줄 사람을 찾으러 갔다.

두번째 묘기가 시작되었다. 첫번째 묘기가 아주 위험하고 요란한 것이었기 때문에 두번째 묘기는 신기하고 조용한 것으로 배치했다. 외눈박이의 바늘에 실 꿰기 묘기였다. 예전에 외눈박이가 바늘에 실을 꿸 때는 신발이나 이불을 꿰매는 대바늘 여덟아홉 개를 왼손 엄지와 식지 사이에 끼우고 오른손으로 실을 한 가닥 잡고서 손을 한

번 놀리면서 눈을 한 번 깜빡거리면 그 여덟아홉 개나 되는 바늘이 전부 한 줄로 나란히 배열되면서 그 사이로 침에 적신 서양 실 한 가닥이 화살이 골목을 꿰뚫는 것처럼 나는 듯이 통과했었다. 하지만 이번에는 달랐다. 그는 손을 뻗어 종이상자에서 자수용 바늘을 한 줌 꺼내 오른손 다섯 손가락과 그 사이 네 개의 틈새에 네 줄로 백 개가 넘는 바늘을 나란히 배열했다. 그런 다음, 손바닥을 아래로 향해 나무판 위에 가볍게 내려놓자 그 백 개가 넘는 바늘들이 어깨와 머리를 나란히 하여 하나로 이어졌다. 이어서 그는 손바닥을 위로 향해 불빛에 대고 외눈을 커다랗게 뜨고서 오른손 식지와 엄지로 왼손의 바늘 네 줄을 눌러 바늘이 전부 위로 올라오게 했다. 이리하여 한 줄로 정렬된 네 줄의 바늘귀가 그의 눈빛을 따라 불빛 아래서 희고 휘황한 빛을 발했다. 이어서 가는 구리철사처럼 다듬어진 서양 실이 왔다갔다하면서 단번에 여러 줄의 바늘을 한데 꿰어 제자리로 돌아왔다. 눈 깜짝할 사이에 네 줄의 바늘이 전부 한 가닥 붉은 실에 꿰어져 있었다.

먼저 그는 침 한 번 삼키는 시간에 여덟아홉 개의 바늘을 실에 꿰었고 만터우 하나 씹어 먹을 시간에 마흔일곱 개에서 일흔일곱 개의 큰 바늘을 실에 꿰었다. 이날 밤에 그는 똑같이 침 한 번 삼키는 짧은 순간에 백스물일곱 개의 자수용 바늘을 실에 꿰었고 만터우 하나 씹어 먹는 시간에 이런 동작을 세 번이나 반복하여 이백아흔일곱 개의 바늘을 실에 꿰었다.

그가 말했다. "제가 현장님이 말한 상금을 받을 수 있을까요?"

공연단 단장이 말했다. "받을 수 있지. 틀림없이 받게 될 거야."

나뭇잎과 종이에 수를 놓는 아줌마도 이번에는 달랐다. 이 앉은뱅이 아줌마는 아주 얇은 종이에 풀과 꽃, 메뚜기와 나비를 수놓을 수 있을 뿐만 아니라 겨울에도 아직 나무에 매달려 있는 누런 매미의 허물에 아주 작은 불나방을 수놓았다. 그 나방이 붉은빛을 띠게 하기 위해 그녀는 빨간 실을 사용하지도 않았다. 수를 다 놓고 나서 꽃을 수놓던 바늘로 자기 손가락을 찔러 피를 한 방울 낸 다음 그 작은 나방을 꽃 위에 내려앉은 빨간 나방이 되게 했다.

소아마비 소년의 공연도 예전과 달랐다. 그는 발에 유리병을 신고 절룩거리며 무대 위를 앞으로 세 바퀴, 뒤로 세 바퀴 돌았다. 그런 다음, 갑자기 걸음을 멈추고 무대 아래 아득하게 펼쳐진 관중들을 바라보다가 아주 세게 힘을 주어 바닥에 대고 발을 몇 번 굴렀다. 발에 신고 있던 유리병이 발밑에서 깨졌다. 그가 다시 발을 들자 무대 아래 관중들은 껍질 벗긴 삼대 같은 그의 가는 다리 아래 세 치밖에 안 되는 기형적인 발바닥에 유리 조각 몇 개가 박혀 있는 모습을 볼 수 있었다. 유리는 희고 빛났고 그 유리조각 위로 흐르는 피도 선명하고 붉었다.

공연이 아주 오랫동안 수없이 반복되었기 때문에 무대 아래 관중들은 더이상 서우훠 사람들이 피를 흘리는 묘기에 그다지 크게 반응하지 않았다. 무대 위 소아마비 소년의 작은 발은 허공에 반쯤 들렸다. 핏방울이 비처럼 새로 간 범포 위로 뚝뚝 떨어졌다. 아이의 얼굴은 절반은 누렇고 절반은 창백했다. 빛이 투과되는 종이 같았다. 이때, 무대 아래서 누군가 큰 소리로 물었다.

"아프냐?"

아이가 말했다. "참을 수 있어요."

또 누군가 무대 아래서 물었다.

"무대에서 일어나 한 바퀴 돌 수 있겠니?"

아이는 정말로 무대 위에 일어섰다. 이마 위에 땀방울이 맺히고 입가에는 실낱같이 가는 미소가 걸렸다. 그렇게 소년은 유리 조각이 박힌 발을 땅바닥에 내려놓고 자신의 몸을 비스듬히 기울여 그 껍질 벗긴 삼대처럼 비쩍 마른 다리로 눌렀다. 그런 다음 피가 줄줄 흐르는 발로 앞으로 세 바퀴 뒤로 세 바퀴를 더 돌았다.

이미 밤은 무척 깊어졌다. 검고 깊은 우물 같은 그윽한 적막 속으로 시간이 빠져들고 있었다. 류 현장은 이날 이 공연의 막바지에 서둘러 돌아와 서우휘마을이 솽화이현에서 빠지기로 한 결정을 선포하겠다고 말했었다. 이렇게 많은 관중들 앞에서 서우휘의 퇴사 문건을 낭독하기로 했던 것이다. 하지만 마지막 묘기가 진행될 때까지 그는 돌아오지 않았다. 마오즈 할머니는 무대 뒤에서 오래전부터 어정거리고 있었지만 산 아래 도로에는 줄곧 자동차 불빛이 보이지 않았다. 멀리서 도로 위를 달리는 자동차 엔진소리가 은은하게 들려오지도 않았다. 그녀가 말했다. "류 현장은 안 오시나?" 현 간부가 말했다. "그럴 리가 있겠습니까? 아마 오시는 도중에 차가 고장났거나 다른 급한 일 때문에 지체되고 있는 걸 겁니다." 그러고는 마오즈 할머니에게 제안했다. "이렇게 하시지요. 할머니도 공연에 출연하세요. 몇 가지 묘기를 더 선보이면서 류 현장님을 기다리는 겁니다. 류 현장님이 안 오실 리가 없어요. 틀림없이 오십니다. 틀림없이 오셔서 할머님네 서우휘마을의 퇴사 서류를 낭독하실 겁니다."

마오즈 할머니는 묘기 몇 가지를 더 공연하면서 류 현장을 기다리기로 마음먹었다.

마오즈 할머니가 무대 위에서 피를 흘리고 있는 어린 소아마비 소년을 가볍게 불렀다. "아가, 걸을 수 있으면 무대 위에서 몇 바퀴만 더 돌거라."

달은 이미 산꼭대기로 자리를 옮겨갔다. 북쪽 사람들이 해가 뜨는 것을 보러 가던 산꼭대기로 올라가, 커다란 나무에 걸려 있는 것 같았다. 하현달이라 표주박 모양이었다. 그 나뭇가지에 거꾸로 걸려 땅으로 연결되어 있는 것 같았다. 별은 아주 드물었고 평소보다 조금 빨리 서늘해진 것 같았다. 여름날의 한밤중 같았다. 하지만 어디까지나 겨울이었다. 아무리 따스하다 해도 한기가 밀려들어오고 있었다. 무대 아래에서는 벗었던 솜저고리를 주워 입거나 옆구리에 꼈던 스웨터나 융으로 된 겉옷을 다시 입는 사람들도 있었다. 평소 같았으면 깊은 꿈을 꿀 시각으로, 이 세상 모든 사람들이 꿈길에 깊이 빠져 있었을 테다. 하지만 레닌기념관에 와 있는 이 사람들은 전혀 피곤하거나 졸리지 않은 듯했다. 하나같이 두 눈을 크게 뜨고 무대 위의 묘기에 집중하고 있었다.

아이는 이미 유리 조각이 잔뜩 박힌 기형의 발을 질질 끌면서 무대 위를 다시 걷기 시작했다. 걷다가 뛰고 뛰다가 걷기를 반복하면서 절룩절룩 앞으로 세 바퀴, 뒤로 세 바퀴를 돌았다. 아이가 걸어지나간 자리는 물을 뿌려놓은 것처럼 피가 스며들었다. 새로 깐 노란 범포는 한 자에 하나씩 피로 찍은 작은 발자국이 선명하게 남았다. 진한 빨간색이었다. 몹시 끈적끈적했다. 그 빨간색은 한순간에 적갈색으로 변하더니 이내 검은 잿빛이 되었다. 아이의 이런 모습에 사람들은 탄복을 금치 못했다. 사람들의 이마에 땀방울이 맺혔다. 물방울이 매달려 있는 듯했다. 아이의 얼굴에 걸린 미소는 너무나 달콤하고 찬란했다. 마침내 자신을 이겨낸 듯한 모습이었다. 자신이 유리 신발을 신을 수 있을 뿐만 아니라 유리 조각이 잔뜩 박힌 발로 무대 위를 쉬지 않고 걸을 수 있었다는 사실에 자신감이 솟아난 모양이었다. 아이는 정말로 자신을 이겨냈다. 아이는 여섯 바퀴를 돌고 나서 무대 앞쪽으로 나와 관중들을 향해 인사를 올리면서 참죽나무 잎사귀 같은 그 기형의 발을 들어올려 사람들에게 보여주었다. 무대 아래 관중들은 발바닥에 드러나 있던 유리 조각들이 모두 없어진 것을 볼 수 있었다. 조각들이 전부 발바닥 안으로 들어가 박혀버리고 희미한 핏물만 발바닥 위로 흘러내렸다. 아이가 들어올린 것이 발이 아니라 도시 사람들이 흔히 사용하는 수도꼭지인 것 같았다. 수도꼭지에서 피가 나오는 것 같았다.

맨 마지막으로 마오즈 할머니와 어얼이 무대에 오를 차례가 되었다. 달빛은 이미 산 저쪽으로 옮겨갔고 산맥 위에는 아주 깊은 고요가 매끄럽게 빛나면서 땅과 하늘을 끝없이 뒤덮었다. 소란스러운 사람들의 웅성거림 사이로 나뭇가지가 바람에 거세게 흔들리는 소리가 들려왔다. 어느 산 낭떠러지인지 숲인지 모를 곳에서 갑자기 새들 우는 소리가 들렸다. 요란한 박수 소리에 놀란 새들이 날개를 푸드득거리는 소리도 들렸다. 조명이 화살처럼 한 다발 한 다발 하늘을, 그리고 산맥의 다른 골짜기를 비추었다. 공기 중에는 겨울밤의 차가운 냄새가 가득했다. 여름밤의 시원하고 쾌적한 냄새도 섞여 있었다.

마오즈 할머니가 말했다. "돌아오면 잊지 말고 현에 가서 우리 서우훠마을이 퇴사한다는 내용을 담은 서류를 챙겨가지고 산으로 올라오게."

류 현장이 말했다. "사흘 있다가, 사흘째 되는 날 밤에 때려맞아도 늦지 않게 돌아와 퇴사 서류를 낭독하겠습니다."

위에 있는 사람이 말했다. "마오즈 할머니, 무대로 올라오실 차례가 되었습니다. 저 산 아래서 자동차 엔진소리가 희미하게 들립니다."

마오즈 할머니는 무대에 올라가 자신의 가장 멋진 묘기를 펼쳤다. 그녀의 묘기가 펼쳐지기 시작하자 무대 아래 관중들이 일제히 놀라 눈이 휘둥그레졌다. 사전에 바러우조 극단 단장이 알려준 대로 아름다운 온전한 사람으로 성장한 외손녀가 무대 앞쪽으로 나와 무대 아래 관중들을 향해 아주 엄숙하고 진지한 표정과 어투로 수많은 질문을 던졌다. 이를테면 이런 질문이었다. 여러분 댁에 연세가 여든이 되신 노인이 계십니까? 여러분 마을에 연세가 아흔이 되신 노인이 계신가요? 여러분이 사시는 도시에 연세가 백 세가 되신 노인이 계세요? 계시다면 치아가 멀쩡하신가요? 눈이 흐려지진 않으셨나요? 아직 이로 땅콩이나 호두를 깨무실 수 있나요? 콩을 씹으실 수는 있나요? 바늘귀에 실을 꿰어 신발을 꿰매실 수 있나요? 이렇게 한 바구니나 되는 질문을 던지고 나서 그녀가 무대를 내려가면 마오즈 할머니가 다른 사람이 밀어주는 휠체어를 타고 무대 위로 올라와, 나이가 백아홉이라고 소개되었다. 일찌감치 백 세가 넘은 지 오래인 노인이다보니 위에는 민국 시기 북방의 노파들이 즐겨 입던

502

거친 군청색 천으로 지은 품이 넓은 마고자를 입고 있었다. 아래에
는 윗부분은 헐렁헐렁하고 발목 부분은 딱 붙게 만든 이른바 등롱
바지를 입고 있었다. 어느 모로 보나 완전히 백 년 전 사람의 모습이
었다. 그녀의 머리칼은 하얗게 셌고 늙어서인지 동작이 부자유스러
웠다. 방금 관에서 꺼낸 듯한 모습이었다. 바로 이런 이유 때문에 사
람들의 눈을 자극하면서 의아함과 놀라움의 대상이 되었다. 그녀는
이미 백 살 하고도 아홉 살이 더 많은 노인인데다 평생 다리를 절었
던 것으로 소개되었기 때문에 온전한 사람들이 휠체어를 밀고 무대
에 등장하는 것이 아주 자연스러웠다. 그녀를 휠체어에 태워 밀고
나온 사람은 알고 보니 남방에서 공연할 때 나이 백스물한 살의 노
인으로 출연했던 사내였다. 사람들의 연출에 따라 여기서는 이 나이
백아홉 노인의 아들로 등장하여 입만 열었다 하면 마오즈 할머니를
어머니라고 불렀다.

남방에서 그랬던 것처럼 마오즈 할머니를 이백마흔한 살이라고
하고 그녀의 증손녀가 백스물한 살이라고 하지 않고 그녀의 나이를
백아홉이라고 정한 것은 온전한 사람들의 세심한 고려에 따른 것이
었다. 바러우 사람이라면 누구나 서우휘마을을 잘 알고 있었기 때문
에 마오즈 할머니가 이백마흔한 살이라고 우겨댈 수 없는 것이 당
연했다. 백아홉이라고 해야 모든 사람이 믿을 수 있었다. 바러우산
맥에서는 백 세가 넘은 노인이 드물긴 하지만 아주 없지도 않았다.
그녀가 백아홉이라고 말하면 서우휘 인근 마을 사람들도 감히 의심
할 수가 없었다. 인근 마을이긴 하지만 서우휘마을 사람들은 대부분
이 장애가 있었기 때문에 서로 왕래하는 일이 거의 없었고, 서우휘

마을을 찾아가 뭔가 조사하거나 알아보려고 시도하는 일도 없었다. 때문에 서우훠마을에 백 세가 넘은 노인이 있는지 없는지 아는 사람은 없었다.

무대 위에서 그녀의 휠체어를 밀고 있는 아들은 완전히 성실한 시골 마을 사람의 모습이었다. 그는 자신의 어머니가 백구 년 전인 전 갑자의 신유년(1889) 토끼해에 태어나 청나라와 민국 시기를 거쳐 지금까지 살아 백구 세에 이르렀다고 말했다. 그러면서 자기 집 호구본과 어머니의 신분증명서를 꺼내 무대 아래 있는 사람들에게 돌려보라고 건넸다. 그러고는 현의 류 현장이 친필로 쓰고 서명한 다음 직인까지 찍은 노수성老壽星*이 장식으로 새겨진 거울 틀을 들어 올려 무대 아래 사람들에게 보여주었다. 류 현장의 서명과 직인을 보고 사람들은 자연히 마오즈 할머니가 백구 세가 아니라 일흔한 살이라는 의심을 갖지 않게 되었다. 아들이라는 사람이 관중들을 향해 말했다. "사람이 백 살 넘어서까지 산다는 것은 희귀한 일이 아닙니다. 어머니가 백아홉이신데도 귀가 먹지도 않고 눈이 흐려지지도 않았으며 치아가 빠지지도 않으셨다는 점이 중요하지요. 걸음을 걸을 때 다리를 약간 저시기만 할뿐이지요." 치아 상태가 양호하다는 것을 증명하기 위해 그가 주머니에서 호두를 두 개 꺼내 마오즈 할머니에게 건네자 마오즈 할머니는 딱딱한 호두를 곧장 입안에 넣고 몇 번 힘을 주어 깨뜨렸다. 눈이 흐려지지 않았다는 것을 증명하기 위해 그가 마오즈 할머니에게 은으로 된 바늘을 하나 건네자 마

---

* 장수를 상징하는 남극노인성.

오즈 할머니는 무대 위에서 가장 밝은 등을 껐다. 무대 위의 희미한 불빛은 시골집에 기름등을 켠 것처럼 그다지 밝지 않았다. 마오즈 할머니는 은 바늘을 그 어스름한 불빛에 몇 번 비추더니 정말로 바늘귀에 실을 꿰었다.

바늘귀에 실을 꿰고 호두를 깨물어 깨고 땅콩과 볶은 콩을 씹어 먹는 것이 사람들에게는 엄청난 놀라움을 안겨주는 묘기였다. 일상생활에서 어느 집 부모나 할아버지 할머니가 백 살 가까이 살 수 있겠는가? 누가 백아홉 살까지 살면서 귀가 먹지 않고 눈이 흐려지지 않으며 치아가 빠지지 않을 수 있단 말인가? 이처럼 약한 불로 천천히 닭을 삶는 듯한 놀라움 속에서 그녀의 아들은 그녀가 장수하도록 보양한 비결을 밝혔다. 마오즈 할머니가 입고 있는 민국 시기에 유행했던 그 거친 군청색 천으로 지은 마고자와 윗부분은 헐렁헐렁하고 발목 부분은 딱 붙게 만든 등롱바지를 무대 위에서 벗게 한 것이다. 마고자와 바지를 벗자 마오즈 할머니는 갑자기 반짝거리는 흑단 수의 차림으로 변신했다.

무대 아래의 놀라움은 이처럼 문文의 상태에서 거센 함성 소리와 함께 무武의 상태로 옮겨가면서 사방이 온통 사람들이 떠드는 와자지껄한 소리로 가득했다. 넋이 나간 모든 시선이 무대 위로 집중되었다. 마오즈 할머니의 몸에 집중되었다. 정확히 말해서 그녀는 백구 세이고 아직 살아 있는 사람이었다. 방금 이로 호두를 깨물어 깼고 바늘귀에 실을 꿰며 얼굴에는 웃음기를 띄면서 "아이고, 며칠 더 지나면 바늘귀에 실 꿰는 일은 못할 것 같아"라고 중얼거리기도 했다. 하지만 이런 노인이 눈 깜짝할 사이에 죽은 사람처럼 수의로 탈의한 것이었다.

아주 좋은 천으로 지은 수의였다. 흑단으로 아주 작고 가늘게 빛나는 꽃무늬가 흐트러져 있었다. 무대 위의 조명은 밝게 빛났다. 수의는 이런 조명 속에서 반짝거렸다. 수의 치마의 밑단에는 가죽 벨트 너비의 금빛 레이스가 둘러져 있었다. 레이스는 전부 노란 실과 흰 실로 짠 것이었다. 노랑과 흰색이 서로 엇섞였다. 레이스의 반짝거리는 빛은 검은 비단의 광택과 달랐다. 검은 비단의 광택은 불빛 아래서 순은 혹은 흰색이었지만 레이스의 광택은 금빛 찬란한 이른 새벽 여명의 빛깔이었다. 해가 막 동쪽 산에 솟으면서 뿌려대는 빛살 같았다. 그 빛깔이 가차없이 사람들의 눈을 자극했다. 수의의 그 넓은 상의 소매는 무대 위에서 더 특별해 보였다. 소매단과 목깃에 노란 줄이 대어 있고 앞섶에는 가는 실로 용과 봉황이 수놓여 있었다. 왼쪽 치맛자락에는 살아 있는 듯한 황룡이 똬리를 튼 모습으로 수놓였다. 다 펼치면 한 장丈이 넘을 것 같은 길이로 치마 맨 밑단에서부터 어깨까지 이어졌다. 발톱과 비늘도 아주 세밀하게 수놓여 얼핏 보면 실물 같았다. 금방이라도 무대 아래로 기어내려올 것만 같았다. 오른쪽 치맛자락에는 봉황이 수놓였다. 진빨강과 자주, 분홍, 주홍 등 다양한 색깔이 사용되어 봉황이 잠시 치맛자락에 내려앉은 것처럼 너무나도 그럴듯했다. 이런 노랑과 빨강의 대비 속에서 검정에서는 하얀빛이 나고 빨강에서는 갈색빛이 났으며 노랑에서는 깊은 금동金銅의 광택이 났다. 이처럼 울긋불긋하고 화려한 빛과 색이 단번에 수백수천의 관중들을 놀라게 했다. 수백수천 쌍의 눈이 무대 위로 빨려 올라갔다. 이 사람들 모두가 놀라움 속에서 정신을 차리지 못하고 있을 때, 마오즈 할머니의 아들을 자칭하는 사람이 등을 돌려 다가왔다. 그녀의 검게 빛나는 등뒤로 대야만한 크기로 망자에 대한 예를 표하는 '전奠' 자가 무대 위에서 빛을 발하고 있었다. 이 '전' 자는 네모반듯한 글자였으나 수의를 짓는 사람이 기교를 부려 둥그렇게 수를 놓았다. 수를 놓는 데 사용된 실도 금박을 입힌 가는 자수용 실이었다. 가로세로로 비스듬히 삐친 부분만 해도 두께가 한 자 정도 됐고 삐침 사이의 틈은 향 한 가닥이 간신히 들어갈 수 있을 정도로 좁았다. 그녀의 등에 수놓인 이 '전' 자는 일출 같아 보였다. 지는 해 같기도 했다. 그리고 '전' 자 둘레 두 겹의 둥근 테두리와 나란히 동전만한 작은 글씨로 '수壽' 자가 수놓여 '전' 자가 더더욱 죽음의 숨결을 발하면서 사람들을 압도하는 음기를 토해냈다. 여기까지 이어진 묘기는 이미 절정에 도달해 있었다. 공연 전체가 절정에 이르렀다. 사람들이 산꼭대기의 봉우리를 넘고 있는 것 같았다. 공연단의 온전한 사람들은 언제나 장애인들보다 똑똑하고 식견도 더 많았다. 그들은 공연 전체를 잘 알았다. 모든 묘기가 관중들을 놀라게 하고 탄식이 그치지 않게 하리라는 점을 잘 알았다. 공연이 절정에 이르면 더이상 큰 소리로 환호할 필요도 없고 손바닥이 빨개지도록 박수를 칠 필요도 없다는 것을 잘 알고 있었다. 그들은 이미 목이 쉬었고 손바닥이 아팠다. 너무 피곤하고 졸리기도 했다. 졸려서 고개를 숙이는 사람은 없다 해도 더이상 텅 빈 위장을 지탱하는 것이 어려웠다. 그들은 움직여야 할 때는 움직이고 가만히 있을 때는 가만히 있어야 한다는 걸 잘 알았다. 가만히 있고 싶을 때 움직여야 하고 움직이고 싶을 때 가만히 있어야 한다는 이치도 알고 있었다. 귀에 대고 폭죽을 터뜨리면 얼굴에 검은 피가 흐르고 바늘귀에 실을 꿰는 사람은 한순간에 삼백 개의 자수바늘에 실을 꿸 수 있으며 외다리 원숭이는 일부러 셔츠에 불이 붙게 하고 맹인은 이미 돼지털이나 말의 갈기가 석판 위에 떨어지는 소리도 구분할 수 있다는 사실도 잘 알고 있었다. 물론 이제는 불난 데 기름을 붓는 묘기는 더이상 진행할 수 없고 오히려 큰불 위로 비가 내리게 하는 묘기를 보여야 했다. 수천수백의 관중들을 미친듯이 더운 하늘에서 우르릉 요란한 소리와 함께 차가운 물구덩이 속으로 떨어뜨려 놀라움에 말이 막히고 세상이 온통 무언과 침묵 속에 빠지도록 해야 했다.

살아서 입는 마오즈 할머니의 수의가 정말로 관중들을 뜨거운 하늘에서 차가운 물속으로 빠지게 했다. 아무도 말을 하지 못했다. 모두들 어찌해야 좋을지 몰라 근심하는 표정이었다. 살아 있는 사람이 왜 종일 수의를 입고 있는 건지 알 수가 없었다. 깊은 밤, 마른 우물 맨 밑바닥으로 깊이 떨어진 것 같았다. 온 세상이 꿈속에 빠졌다. 세상 모든 사람들이 생사의 경계선에 서 있는 것 같았다. 백구 세의 노인이 수의를 입고 산 채로 무대 위에 나타나 그들 맞은편에 서자 모든 사람의 얼굴이 똑같이 달빛처럼 창백해졌다. 핏기가 없어졌다. 막 죽음이 있는 곳에서 돌아온 것 같았다. 혹은 살아 있는 곳에서 곧 죽음이 있는 곳을 향해 가는 듯했다. 무대 아래는 전부 죽음처럼 고요한 침묵이었다. 무대 아래 관중이 하나도 없는 것처럼 조용했다. 무대 위에서는 어느 집 엄마의 품안에서 자고 있는 아기의 코고는 소리도 들렸다. 그 아기가 잠꼬대로 엄마를 부르는 소리도 들을 수 있었다. 이렇게 잠기가 하나도 없는 온전한 이들의 눈길 속에서, 온전한 이들의 간절한 기대 속에서 사실은 예순한 살이지만 아흔한 살로 소개된 아들이 무대 아래 관중들을 향해 두 마디 아주 평범한 말을 했다. 믿지 않을 수 없는 말을 했다. 그가 말했다.

"우리 어머니는 지난 수십 년 동안 한 번도 수의를 벗지 않으셨습니다. 반평생을 이 수의를 입고 주무셨지요."

그는 이번 갑자의 무자년(1948) 쥐해, 그러니까 민국 37년 겨울에 어머니가 산에 올라가 땔나무를 해가지고 내려오시다가 미끄러져 계곡으로 떨어지면서 다리가 부러졌다고 말했다. 너무 놀란 어머니는 큰 병을 앓아 이레 밤낮을 혼수상태에서 깨어나지 못하셨고, 그래서 수의를 입혀드리고 하늘나라로 보내드릴 준비를 했다고 했다. 그런데 한참 장례를 준비하고 있는 차에 어머니가 깨어나셨고, 깨어나신 뒤에 곧장 수의를 벗겨드리자 병세가 금세 위중해지면서 다시 혼수상태에 빠졌다고 했다. 그래서 다시 수의를 입혀드리자 병세가 금세 가벼워지면서 다시 깨어나셨다고 했다. 이러기를 서너 차례나 반복하다가 마지막에는 더이상 수의를 벗기지 않았을 뿐만 아니라 수의를 몇 벌 더 마련해드려 돌아가면서 갈아입게 했고, 그때부터 낮이나 밤이나, 달과 해가 바뀌도록 수의를 입은 채 식사를 하고 밭을 갈고 거름을 나르고 가을걷이를 하고 잠을 잤다고 했다. 수의를 입은 채 세월을 보낸 것이다.

어머니의 그 수의는 이미 오십일 년이나 입은 것이라고 했다.

이 오십일 년 동안 어머니에게는 병이나 재난이 전혀 없었다고 했다.

바러우산맥의 중의사나 외지로 공연을 하러 갔을 때 대도시의 의

사나 다 그녀가 오십일 년 동안 병이 없고 재난도 없는 것은 수의를 입고 오십일 년을 살았기 때문이라고 말했다고 했다. 사람은 원래 누구나 죽음을 두려워하고 열 명 가운데 아홉 명이 병을 앓는 것은 죽음을 두려워하는 생각이 쌓여 작은 병이 큰 병이 되고, 큰 병이 죽음의 재난으로 이어지기 때문이라고 했다. 사람이 죽는 것을 두려워하지 않으면 정말로 죽음을 집으로 돌아가는 것으로, 깊이 잠들어 꿈속에 빠지는 것으로 여길 수 있고, 그런 사람의 뼈와 피 속에는 우울한 기운도 없게 되며, 우울한 기운이 없으면 혈맥이 밤낮으로 잘 순통하여 일 년 내내 막힘이 없어 십 년, 이십 년, 오십 년, 백 년 넘게 병이 나지 않는다고 했다. 병이 없으니 장수하고 너무나 자연스럽게 이상하리 만큼 건강한 일상생활을 유지하게 된다는 것이다.

그는 마오즈 할머니의 몸이 어느 정도로 건강한지 아느냐고 물었다. 그러고는 백구 세인데도 이불을 꿰매고 신발을 지을 수 있을 뿐만 아니라 아들과 증손자, 증손녀들에게 밥도 해주고 빨래도 해줄 수 있으며, 농사일이 아주 바쁠 때에는 밀 수확을 거들기도 하고 맥장에 나가 마을 사람들과 함께 도리깨를 들고 콩이나 깨를 털기도 한다고 했다. 그리고 지금 당장 관중들이 보는 앞에서 지팡이로 백 근 혹은 이백 근에 달하는 물건을 들 수 있고 아니면 지팡이에 사람 아홉 명을 달아 들어올릴 수도 있다고 말했다.

그러자 장정 넷이 뭔가가 가득 든 빵빵한 범포 자루 두 개를 무대 뒤에서 들고 나와 멜대 하나를 두 개의 자루 사이에 걸었다. 마오즈 할머니가 정말로 자루를 들어보았다. 자루 두 개가 가볍게 그녀의 얼굴까지 들어올려졌다.

그다음에는 어떻게 됐을까? 자루를 내려놓자 뜻밖에도 자루 안에서 아홉 명의 어린 여자아이들이 뛰어나왔다.

어얼 같은, 나비 같은 난쟁이 아가씨 아홉 명이었다.

이 아홉 명의 아이들이 한배에서 나온 아홉쌍둥이라고 소개되더니 무대 위에서 노래하면서 춤을 추기 시작했다. 나비처럼 날아다니기 시작했다.

제11권

꽃

1장

새하얀 천에 드문드문 붉은빛이 흩어졌다

공연이 끝에 다다랐다. 뜻밖에도 이날 밤 류 현장은 서둘러 돌아오지 않았다. 서우훠마을 사람들이 숙소로 돌아가 잠자리에 들려는 차에 갑자기 하늘이 무너지고 땅이 꺼지는 큰일이 터졌다.

레닌기념관의 곁방을 숙소로 사용하던 서우훠 사람들은 반년 넘게 바러우 바깥세상을 돌아다니며 공연을 할 때와 마찬가지로 통로만 남기고 바닥 전체에 자리를 깔고서 가족들은 함께, 남녀는 서로 떨어져 잠을 잤다. 하지만 이날 밤, 무인년(1998) 호랑이해의 세밑 동지인 이날, 공연이 끝나고 허둥지둥 무대 위의 옷가지를 다 정리하고 방에 돌아와 잠자리에 들려고 할 때가 되어서야 원래 잠자리 맡에 개켜져 있던 이불이 그 자리에 없고, 베개 역시 원래의 자리에 있지 않은 걸 발견하게 되었다. 이불과 요 안의 솜도 너저분하게 뜯겨 나와 있고 보따리 안에 든 옷가지들도 전부 사방에 마구 흩어져 있었다.

그 이불과 요, 베개 안에 들어 있던 돈도 전부 사라지고 없었다. 모두가 반년 동안 힘들게 공연을 하여 번 돈이었다. 그 돈이 상자 안에 없었다. 다른 어느 곳에서도 찾을 수 없었다.

누군가 하나도 남기지 않고 깡그리 훔쳐가버린 것이었다.

온전한 사람들이 하나도 남기지 않고 전부 훔쳐가버린 것이었다.

공연을 관람한 수백수천의 사람들이 전부 훈포산의 각처로 흩어져버린 뒤였다. 어수선한 발걸음마저 일찌감치 소리 없이 사라져버렸다. 세상은 차가운 겨울이었지만 이곳은 겨울이 가기도 전에 봄이 서둘러 다가왔다. 나무마다 싹이 트고 산비탈에 푸른 얼굴을 드러냈으며 따스함 속에 은은하고 청담한 향기가 흘렀다. 날이 따스해지니 어디에 가든지 하룻밤 누워서 보낼 수 있었다. 처마 밑이나 개울가, 큰 나무 밑이나 바람을 피할 수 있는 커다란 바위 위에서도 밤을 보낼 수 있었다.

온전한 사람들은 눈 깜짝할 사이에 그림자 하나 보이지 않고 전부 흩어져버렸다. 인근 마을에 사는 바러우 사람들은 이날 밤에 이 위안이면 돗자리를 하나 빌릴 수 있었고 사 위안이면 담요를 한 장 빌릴 수 있었다. 맑고 깨끗한 레닌기념관 앞 개대에 서면 산비탈의 어둠 속에서 온전한 사람들이 목청을 높여 외치는 소리를 들을 수 있었다.

"돗자리 차해[1]드립니다. 한 장에 이 위안이요—"

"이불 차해드립니다. 한 장에 오 위안이요—"

그들이 외치는 소리에 서우훠 사람들의 놀란 가슴이 다소 진정되고 있었다. 한차례 폭우가 지나간 자리를 때맞춰 불어오는 가벼운 바람이 토닥토닥 덮어주는 것 같았다. 두말할 것도 없이 외치는 소리는 곁방 쪽에서 들려왔다. 곁방에서 무언가가 폭발한 것처럼 우르릉 쾅하고 터져 한데 엉킨 소리가 온 세상에 울려퍼졌다.

"맙소사, 내 돈이 어디로 갔지?"

"세상에, 내 이불과 베개를 전부 누가 찢어놨네!"

"맙소사, 도둑이다! 도둑을 맞은 게 분명해! 앞으로 어떻게 살아가라고 이러는 거야?"

가장 먼저 곁방으로 돌아온 사람은 마을의 외다리 원숭이였다. 외다리 원숭이는 걸음이 빠른데다 곁방으로 돌아올 때 옷이나 도구를 하나도 들고 오지 않았기 때문에 가장 먼저 기념관으로 들어와 수정 관 바로 맞은편의 곁방 문을 열고 불을 켠 것이었다. 그의 눈앞에 온통 강탈당하고 도둑맞은 정경이 펼쳐졌다. 기념관의 곁방은 다른 곁방과 연결되고 세번째 곁방의 문안에 들어서면 다 합쳐서 열 개도 넘는 작은 방들이 이어져 있었다. 외다리 원숭이는 앞쪽 곁방 안쪽에서 두번째 칸에 묵었다. 문을 열고 들어가보니 방에 남아 공간을 지키던 마을 청년의 얼굴이 온통 피범벅이 되어 있었다. 몸은 고깃덩어리처럼 묶였고 입에는 바지가 물려 있었다. 그 상태로 공처럼 방 한구석에 내던져져 있었다. 외다리 원숭이는 재빨리 두번째 방으로 건너갔다. 그 방을 쓰는 사람이 네모반듯하게 개켜 벽에 기대두었던 이불이 찢겨져 있었고 베개 안에 쑤셔넣었던 옷가지들은 바닥과 깔아놓은 자리 위에 여기저기 널브러져 있었다. 귀머거리 마씨와 외눈박이, 절름발이 목수, 물건과 상자를 지고 나르는 일을 전담하고 있던 육손이와 벙어리는 바닥에 자리를 깔고 잤었는데 그들의 상자와 보따리, 이부자리 역시 어지럽게 흩어져 난장판이 되었다. 누구의 이불 안에 있던 것인지 모르지만 솜뭉치가 문 앞에 버려졌고 귀머거리가 가장 즐겨 입던 빨간색 잠방이 역시 창가로 날아가 걸려 있었다. 뭔가 큰일이 벌어졌음을 직감한 외다리 원숭이는 얼른 지팡이를 내던지고 무대 위에서 불바다를 건너듯이 건너편 벽쪽으로 뛰어가 자신이 묵었던 방의 이불을 살펴보았다. 자신이 덮고 자던 이불의 네 귀퉁이가 가위로 잘려나갔고, 그 네 귀퉁이 안에 만 위안이나 되는 빳빳한 백 위안짜리 지폐를 한 뭉치씩 끼워넣은 다음 다시 기워두었던 것이 한 뭉치도, 아니 한 장도 남아 있지 않았다. 다시 황급히 요 안에 넣어둔 돈을 찾아봤지만 요 역시 갈기갈기 찢어졌고 커다란 구멍만 위로 드러나 있었다.

그는 말라비틀어지는 심정으로 그 자리에 꿇어앉아 목이 찢어져라 소리를 질렀다.

"내 돈이 어디로 간 거야?"

"내 돈이 전부 어디로 간 거냐고!"

그의 고함소리는 하나의 덩어리가 되어 산과 들판을 가득 메우며 퍼져나갔다. 앉은뱅이 아줌마와 절름발이 목수, 맹인 여자, 육손이, 벙어리, 다리 잘린 사내, 퉁화, 어얼, 화이화, 위화, 그리고 마을 사람들에게 밥을 해주기 위해 따라온 온전한 여자들까지 다 합쳐서 백 명이 넘는 서우휘마을 사람들이 전부 레닌기념관 안에서 소리를 지르고 울부짖었다. 문틀을 붙잡고 발을 동동 구르는 사람, 땅바닥에 앉아 빈 보따리를 끌어안고 울면서 보따리를 탁탁 치는 사람도 있었다. 돈을 넣고 기워둔 이불은 뜯겼고, 깊숙이 돈을 넣어둔 베개는 밀짚과 쌀겨로 된 속만 남았다. 솜 안에 돈을 넣어둔 요는 다 뜯겨나가 돈은 사라지고 흰 꽃처럼 솜만 온 천지를 날아다니고 있었다. 돈을 넣고 자물쇠로 잠가둔 상자도 자물쇠가 비틀린 채 열렸거나 아예 부서져 산산조각나 있었다. 화이화는 도시 사람들이 즐겨 사용하는 꽃무늬 가죽 상자를 사서 돈과 귀중품을 전부 그 안에 넣고 잠가두었는데 가죽 상자가 보이지 않았다. 도둑이 가죽 상자째 들고 가버린 것이었다.

마을에서 나이 좀 든 사람들은 벌어온 돈을 전부 철통 안에 넣어두었다. 어디에 가서 공연을 하든 그들은 잠자리 베개 밑에 구덩이를 파서 그 철통을 묻고는 다시 자리를 깔고 베개로 덮어두었었다. 아무도 그 철통을 어디에 묻었는지 몰랐어야 했다. 하지만 지금, 바로 이 순간에 그들의 빈 철통들은 레닌의 수정 관 옆에 버려져 있었다.

요컨대 서우훠 사람들에게 하늘이 무너지고 땅이 꺼지는 재난이 찾아온 것이었다.

레닌기념관 대청과 레닌의 수정 관 옆, 세 칸의 커다란 곁방 바닥이 절망하여 주저앉은 맹인과 절름발이, 귀머거리와 벙어리들로 가득찼다. 남자와 여자, 늙은이와 젊은이가 울부짖으며 저주를 퍼붓는 소리가 칼로 벤 대나무가 말라비틀어지는 것 같았다. 쉰 목소리가 몹시 귀를 자극했다. 기념관에서 많은 사람들이 떼를 지어 시끌벅적하게 떠들어대고 있는 것 같았다.

밖에서 적지 않은 온전한 사람들이 들어왔다. 밤 공연을 보고 난 뒤 기념관 주변에서 잠을 청하려던 사람들이었다. 서우훠 사람들이 울며불며 소리를 지르는 것을 보고서 그들은 바로 서우훠 사람들을 위로했다.

"울지 말아요. 돈은 잃어버렸어도 다시 벌 수 있잖아요."

"푸른 산이 남아 있는데 땔나무를 걱정하겠어요?"

"맞아요. 올해에 장애인분들이 그렇게 돈을 많이 버는 걸 보고서 속이 뒤틀린 사람들이 있었을 거예요."

위로를 마치고는 다들 졸려워하며 원래의 자리로 돌아가 잠을 청했다.

수정 관은 하얗게 타는 불빛 아래서 파르스름한 빛을 발하고 있었다. 수정이 아니라 차갑고 부드러운 옥판 같았다. 한참을 울고 소리를 지르다가 언제부턴가 서우훠 사람들은 더이상 울거나 소리지르지 않았다. 모두들 곁방에서 나와 기념관 대청 동쪽에 몇 명, 서쪽에 한 무리씩 까마귀 떼처럼 새까맣게 몰려 선 채로 눈길을 마오즈 할머니의 얼굴에 집중했다.

마오즈 할머니의 얼굴에는 흙 같은 잿빛이 덕지덕지 붙어 있었다. 그 흙 같은 잿빛 안에 희미하게 죽은 사람의 자줏빛이 섞인 시퍼런 기운이 섞여 있었다. 그녀는 나무토막처럼 수정 관 머리 쪽에 서 있었다. 지팡이는 관 가운데 부분에 기대어졌고 검은 비단 수의는 하얀 천 보자기 안에 잘 개켜진 채로 파랗고 부드러운 레닌의 수정 관 뚜껑 위에 놓였다. 바늘과 실이 반짇고리 안에 들어 있는 것처럼, 양초가 촛대에 꽂혀 있는 것처럼 아주 적절했다. 불빛 아래서 수정 관의 푸른빛은 하얀빛 아래 펼쳐진 새파란 하늘 같았고 검은 비단 수의는 불빛 아래인데도 검은 유리 같았다. 이 모든 것이 무척 빛났다. 더없이 밝게 빛났다. 그리고 무겁게 침묵하고 있었다. 마오즈 할머니는 무대 위의 공연에 쓰인 온갖 물건들을 정리해놓고 나서 다시 무대 뒤로 가 산 아래쪽을 잠시 바라보다가 기념관 안으로 돌아와서는 류 현장이 한밤중에 산 위로 올라오진 않을 것이라고 판단하고, 그제야 마음속 깊은 곳에서 터져나오는 긴 탄식을 내뱉었다. 그러고는 다리를 절뚝거리며 숙소로 돌아갔다.

밤은 이미 깊어 달이 지고 별도 드문드문해졌다. 기념관은 산 위에 있는 터라 산맥이 기념관을 허공에 들어올린 것처럼 극도로 조용했다. 기념관 처마 밑으로 바람이 불어오면서 무수한 사사로운 이야기들을 남겨놓고 가는 것 같았다. 바로 이 순간 마오즈 할머니는 기념관 안에서 무수한 고함 소리가 터져나오는 것을 들었다. 그녀는 다리를 절뚝거리며 황급히 자신과 자신의 외손녀 넷이 머물렀던 가장 가까이에 있는 곁방으로 뛰어들어갔다. 셋째 손녀 위화가 바닥에 앉아 이불을 끌어안고 울고 있는 모습이 눈에 들어왔다. 위화가 울면서 말했다. "아까워서 옷도 맘대로 못 사 입었어! 옷 한 벌도 제대로 못 사 입었다고!" 넷째 어얼 역시 바닥에 주저앉아 베개를 끌어안고서 말했다. "저녁을 먹고 왔을 때까지도 있었어. 공연하러 갈 때도 만져봤는데!" 둘째 화이화와 첫째 퉁화도 각자의 잠자리에 서 있었다. 앞이 보이지 않는 퉁화는 새카만 어둠 속에서 정면을 뚫어지게 응시할 뿐, 아무 말도 하지 않았다. 이런 액운을 일찌감치 예상하기라도 한 것 같았다. 하지만 화이화는 달랐다. 그녀는 울지 않고 발만 동동 구르면서 다른 자매들을 나무랐다. "됐어, 다들 이제 그만해.

누구도 내가 돈 쓰는 걸 아까워하지 않았다고 말할 필요 없어. 내가 옷 한 벌 사는 데 밀밭 한 무에 해당하는 돈을 썼다는 걸 굳이 말할 필요가 없단 말이야."

마오즈 할머니는 방안으로 들어오며 입구에서 외손녀 넷을 힐끗 쳐다보고서 곧바로 무슨 일이 일어났는지 알아차리고는 황급히 다리를 절뚝거리며 두번째 곁방 쪽으로 달려가보았다.

다리를 절뚝거리며 세번째 곁방 쪽에 가보았다.

다리를 절뚝거리며 네번째 곁방 쪽에 가보았다.

일곱번째 곁방 입구에 이르러 갑자기 몸을 돌린 그녀는 상부 사람을 찾아야 한다는 생각이 들었다. 현의 상부인 온전한 사람들을 찾아가 말해봐야겠다는 생각이 들었다. 하지만 침실로 쓰는 수정 관 뒤쪽에 있는 커다란 곁방에 이르러 문을 밀어 열고 살펴보니 온전한 사람들의 옷가지와 이부자리가 하나도 보이지 않았다. 방안은 아주 깨끗하게 정리되어 있고 물건은 하나도 없었다.

사람 그림자 하나 보이지 않았다.

마오즈 할머니 속마음이 쿵 하는 소리와 함께 갑자기 서늘해졌다. 맷돌 같은 차가운 돌이 그녀의 가슴을 내리누르는 것 같았다. 공연을 했던 무대 앞으로 황급히 달려가보니 반년 동안 자신들을 실어 나르던 두 대의 자동차도 그 자리에 없었다. 타이어 자국과 땔감만 무수히 남았다.

기념관 입구에 손으로 그 차가운 홍목 문틀을 잡고 서 있던 마오즈 할머니는 이내 흐느적거리면서 바닥에 주저앉고 말았다.

울지도 않고 소리를 지르지도 않았다. 그저 기념관 입구의 청석판

바닥에 한참을 멍하니 주저앉아 있었을 뿐이다. 그렇게 아주 오래 앉아 있었다. 구경을 나온 사람들의 떠들썩한 행렬이 그녀 곁을 지나 전부 잠자리로 돌아가고 나서야 그녀는 다시 문틀을 붙잡고 몸을 일으켜 대청의 수정 관이 있는 곳으로 돌아와서는 수정 관에 몸을 기댄 채 꼼짝도 하지 않고 곁방에 있는 서우휘마을 사람들을 전부 나오라고 불렀다. 대청에 남아 집을 지키고 있던 청년도 나오라고 했다.

공연을 했던 마을 사람들에 비하면 기념관에 남아 집을 보던 청년은 사실 온전한 사람에 가까웠다. 눈이 멀지도 않았고 다리를 절지도 않았으며 벙어리도 아니었다. 단지 왼쪽 손가락이 일 년 사계절 내내 한데 굽어 있어 닭발같이 생긴 것이 온전한 사람과 다를 뿐이었다. 태어날 때부터 왼손이 한데 둥글게 뭉쳐진 상태였다. 수십 년이 지났지만 손은 여전히 펴지지 않고 한데 뭉쳐진 모습 그대로였다. 마오즈 할머니와 얼굴을 마주하고 바닥에 쭈그리고 앉은 그의 얼굴에도 죽음의 잿빛이 서려 있었다. 서우휘마을 사람들이 약탈을 당한 게 전부 그의 잘못과 죄의 결과라도 되는 것 같았다. 그의 얼굴에는 사람들에게 따귀를 얻어맞은 자국이 남아 있었다. 얼굴 한쪽은 원래 모습 그대로였지만 한쪽은 멍이 들었다. 멍 때문에 그의 입과 코가 비뚤어져 있었다. 누군가에게 묶였던 손도 뻘겋게 부어 있었다. 작고 가는 왼손은 부어서 보통 사람의 손만큼 커졌다. 마오즈 할머니를 바라보다가 또 서우휘마을 쳐다보던 그는 마음속의 잘못과 죄가 머리를 내리누르는지 고개를 푹 숙였다. 눈물이 돌멩이처럼 대리석 바닥을 깨뜨릴 듯이 뚝뚝 떨어졌다.

마오즈 할머니가 물었다. "어떤 사람들이 그랬니?"

그가 말했다. "여러 사람이 떼[3]를 지어 들이닥쳤어요."

마오즈 할머니가 물었다. "도대체 어떤 자들이었냐고?"

그가 말했다. "전부 상부 사람들이었어요. 우리랑 같이 남방에 가서 공연을 했던 온전한 사람들이었어요. 어지럽게 무리를 이루어 쳐들어왔고, 적어도 열 명이나 스무 명은 넘는 것 같았어요."

마오즈 할머니가 말했다. "왜 소리를 질러 사람들을 부르지 않은 거야?"

그가 말했다. "들어오자마자 저를 움직이지 못하게 묶어버렸어요. 들어오자마자 한 사람은 입구에서 초자[5]를 맡았고 어떤 사람은 이불을 뒤지고 상자를 열었어요. 어느 집 돈이 어디에 숨겨져 있는지 전부 정확히 알고 있는 것 같았어요. 자기 집 물건인 것처럼 아주 정확하게 알고 있었어요."

마오즈 할머니가 말했다. "어째서 사람을 부르지 않은 거야?"

청년이 말했다. "그들은 전부 온전한 사람들이었어요. 소리지르면 때려죽이겠다고 겁을 주더라고요. 그러더니 아예 제 입을 틀어막았어요."

마오즈 할머니가 말했다. "그자들이 뭐라고 말하더냐?"

청년이 말했다. "아무 말도 안했어요. 그냥 세상이 뒤집혔다는 말만 했어요. 세상이 뒤집혀서 서우훠마을 사람들 같은 맹인과 절름발이의 세상이 되었다고 했어요."

마오즈 할머니가 또 물었다. "또 뭐라고 하더냐?"

청년이 한참이나 생각에 잠겼다가 입을 열었다. "그러더니 여기서 쭉 기다려보라고, 죽을 때까지 기다려봤자 류 현장은 다시 돌아오지 않을 거라고 했어요."

마오즈 할머니는 더이상 아무것도 묻지 않았다. 청년도 아무 대답이 없었다. 기념관 안은 쥐죽은듯이 고요했다. 원래 수정 관 외에는 아무것도 있지 말아야 했던 것처럼 고요했다. 그 죽음 같은 고요함 속에서 사람들은 마오즈 할머니의 얼굴로 눈길을 돌렸다. 뜻밖에도 마오즈 할머니의 얼굴을 덮고 있던 초조함이 서서히 사라지고 회색과 자주색, 푸른색이 뒤섞여 있던 낯빛도 서서히 옅어졌다. 겨울날 얼음이 녹아서 물이 되는 것 같았다. 생기 있고 부드러운 분위기와 여유 있는 빛이 밀려오는 듯했다. 그리고 그 여유로움 속에서 그녀는 뭔가를 생각해내고 뭔가를 붙잡은 모양이었다. 아주 진지하게 해야 할 말이 생긴 것 같았다.

그리고 정말로 입을 열었다.

그녀가 말했다. "온전한 사람들이 도대체 어떤 사람들인지 이번에 모두 알았겠지요. 내가 여러분에게 한 가지만 묻겠어요. 여러분은 도대체 퇴사를 하고 싶은 건가요, 안 하고 싶은 건가요? 원래의 서우훠마을의 삶을 살고 싶은 마음이 있는 건가요?" 이렇게 묻고 나서 예전처럼 눈빛으로 마을 사람들에게 대답을 강요하지는 않았다. 그저 몸을 돌려 수정 관 위에 놓여 있던 수의 보자기를 풀 뿐이었다. 수의 안에 있는 하얀 안감을 이로 물어 한 조각 찢어낸 다음 다시 좌우로 잡아당겨 찢었다. 하얀 천이 반듯하게 찢어졌다. 만터우를 찔 때 찜통에 까는 천 같기도, 커다란 백지 같기도 했다. 마오즈 할머니는 그 하얀 천을 레닌의 수정 관 위에 깔아놓고는 다시 곁방으로 가서 가위를 가져다가 사람들 앞에서 가위 끝으로 자신의 왼손 중지를 찔러 상처를 냈다. 손에서 나는 피를 수정 관 위에 동전 크기만하게 떨어뜨린 그녀는 오른손 식지에 피를 찍어 그 새하얀 천 위에 묵직하게 눌렀다. 하얀 천 위에 매화 같은 핏빛 지장이 찍혔다. 그런 다음 휙 몸을 돌려 마을 사람들을 바라보며 말했다.

"모두들 온전한 이들이 어떤 사람들인지 알았을 겁니다. 퇴사에 동의하는 사람들은 전부 이리 와서 이 하얀 천 위에 지장을 찍으시고 동의하지 않는 사람들은 거기 남아서 온전한 이들이 가져다주는 흑재[7]와 홍난[9]을 겪도록 하세요."

이렇게 말하는 마오즈 할머니의 목소리는 그다지 높지 않았지만 말 속에 충분한 힘이 담겨 있었다. 말을 마치고 나서야 그녀는 사람들의 얼굴을 쳐다보았다. 그 모든 얼굴들이 기념관의 불빛 아래서 약간 멍한 표정을 짓고 있었다. 무슨 말을 하고 뭘 물어야 하는지 몰라 난감해하는 것 같았다. 사람들 모두 약탈당한 원망과 분노 속에 빠져 있는데 갑자기 마오즈 할머니가 퇴사 문제를 다시 꺼내니, 길을 가다가 모퉁이를 돌지 못하는 느낌이었다. 말馬이 좁은 골목 안에서 몸을 돌려 나오지 못하고 있는 것 같았다. 이러지도 저러지도 못하고 머뭇거리면서 말없이 기다리고 있는 사이에 시간은 나무의 진액처럼 천천히 흘러내렸다. 약탈당한 데 대한 분노와 원망이 마침내 무수한 흑죄[11]와 홍죄[13]를 거쳐 나이 많은 사람들의 얼굴에서 저절로 옅어져갔다. 그리고 다들 다른 일을 생각하기 시작했다. 퇴사를 해야 하는지 말아야 하는지가 아주 근본적이고 중대한 일이라는 생각이 들기 시작했다.

그렇게 큰 기념관에 이미 다른 사람들은 없었다. 현에서 파견되어 기념관 관리를 전담하던 관리요원들도 어디 갔는지 보이지 않았다. 어쩌면 상부의 온전한 사람들을 따라갔는지도 몰랐다. 어쩌면 아직도 각자 자기 집 침상에서 자고 있는지도 몰랐다. 높고 커다란 건물은 사방의 벽과 바닥이 전부 반짝이는 대리석이었고, 대청 한가운데에는 레닌의 동상과 수정 관이 놓여 있었다. 그 안에 있는 사람들은 전부 서우훠마을 사람들이었다. 맹인과 절름발이, 귀머거리, 벙어리 등 각양각색의 장애를 가진 사람들이 서거나 앉아 있었다. 문틀과 차가운 벽에 몸을 기댄 사람도 있었다. 건물 안에는 숨소리 하나 들리지 않았다. 아무 소리도 들리지 않다보니 분위기가 몹시 엄숙하고 장엄했다. 대단히 중요한 일을 눈앞에 두고 있는 것 같았다. 하얀 천에 지장을 찍느냐 안 찍느냐의 여부가 집안의 생사를 결정하기라도 하는 것 같았다.

모두가 서로의 얼굴을 쳐다보기만 하면서 어찌할 바를 모른 채 누군가 먼저 나서주기를 기다리고만 있었다.

외다리 원숭이가 말했다. "퇴사를 해도 우리 서우훠마을 사람들이 외지에 나가 공연을 할 수 있나요?"

마오즈 할머니는 대답하지 않았다. 그저 싸늘한 눈초리로 그를 쳐다볼 뿐이었다.

이때, 기념관에 남아서 마을 사람들의 돈과 물건을 지키던 청년이 바닥에서 일어섰다. 그가 말했다. "젠장, 저는 맞아 죽는다 해도 반드시 퇴사하고 말 겁니다. 이런 세상에서는 사람들을 두려워하면서 살아야 하잖아요. 사람들을 두려워하면서 사느니 차라리 죽는 게 낫지요."

그가 가장 먼저 수정 관 위의 마오즈 할머니 피에 손가락을 찍어 하얀 천 위에 지장을 찍었다.

나뭇잎에 수를 놓는 앉은뱅이 아줌마는 바닥에 몸을 붙인 채 다가와 말했다. 저는 죽어도 다시는 공연을 하러 나가지 않을 거예요. 죽는 한이 있어도 서우훠마을에서 예전과 같은 세월을 보낼 거예요. 이렇게 말하면서 몸을 옮겨 수정 관 아래로 다가가서는 머리에서 바늘을 하나 뽑아 오른손 식지를 찔렀다. 그러고는 그 손을 들어올려 하얀 천 위에 피 도장을 찍었다.

그러자 마침내 나이가 많은 서우훠 사람들도 다가와 지장을 찍었다. 새하얀 천에 드문드문 붉은빛이 흩어졌다. 그다음에는 움직이는 사람이 없었다. 더이상 아무도 나서서 지장을 찍지 않았다. 기념관 대청의 공기가 다소 무겁게 정체되었다. 누런 흙탕물이 공중에 흐르고 있는 것 같았다. 집집마다 모든 사람들이 약탈을 당한 데에 분노하고 슬퍼해야 할 때에, 마오즈 할머니는 약탈에 대해서는 어떻게 처리해야 할지 말하지 않고 뜬금없이 사람들에게 이런 재난 앞에서도 퇴사할 것인지 말 것인지를 결정하라고 요구하고 있었다. 퇴사할 것인가 말 것인가를 결정하기에는 적절한 때가 아닌 것 같았다. 사람들이 우물에 빠져 있는 터에 우물 속에 있는 사람들에게 어떤 물건을 요구하는 것과 같은 상황이었다. 마을의 젊은이들 중에는 관에 다가가 지장을 찍는 사람이 하나도 없었다. 모든 젊은이들의 눈길이 외다리 원숭이에게 집중되었다. 마오즈 할머니의 네 외손녀들마저 외할머니 뒤에 서서 꼼짝도 하지 않았다. 셋째 위화와 넷째 어얼도 외할머니의 얼굴을 힐끗 쳐다볼 뿐이었다. 반면에 둘째 화이화는 다른 젊은이들처럼 대담하게 외다리 원숭이를 쳐다보고 있었다. 외다리 원숭이가 지장을 찍으러 가지 못하도록 눈짓으로 말리는 것 같았다. 외다리 원숭이가 가서 지장을 찍으면 자신들도 하는 수 없이 가서 찍고. 그가 찍지 않으면 자신들도 절대로 찍지 않으려는 것 같았다.

외다리 원숭이는 이때 젊은이들의 우두머리가 되었다.

마오즈 할머니의 눈길이 외다리 원숭이에게로 향했다.

외다리 원숭이는 고개를 한쪽으로 돌린 채 혼자 뭐라고 중얼거리다가 갑자기 입을 크게 벌리고 말했다.

"퇴사를 하면 앞으로 신영[15]조차 없어질 것이고, 신영이 없어지면 공연을 할 수 없게 되지요. 돈을 도둑맞았는데 공연을 안 하면 어떻게 되겠어요?" 이렇게 큰 소리로 외쳤다. 다른 사람들을 향해 뭔가 중요한 이치를 설파하는 것 같았다. 마을 사람들을 일깨우는 것 같기도 했다. 말을 마친 그가 먼저 쩔뚝쩔뚝 다리를 절면서 자신이 묵는 곁방으로 돌아갔다.

화이화도 외할머니를 힐끗 쳐다보고는 결국 외다리 원숭이를 따라 곁방으로 돌아갔다.

젊은이들 모두 꼬챙이에 꿰인 생선처럼 줄줄이 뒤따라 곁방으로 돌아갔다. 터덕터덕 계속해서 발소리가 이어졌다. 시골 마을의 저녁 잔치가 끝나고 흩어져 집으로 돌아가는 것 같았다.

마오즈 할머니 곁에 남아 있는 마을 사람은 얼마 되지 않았다. 열 몇 명 혹은 스물 몇 명쯤 되는 것 같았다. 대부분 나이가 마흔이나 쉰이 넘은 사람들이었다. 그들은 서로를 쳐다보기만 할 뿐, 말이 없었다. 마침내 마오즈 할머니의 얼굴로 눈길을 돌리자 마오즈 할머니가 담담한 어투로 말했다. 모두들 돌아가서 주무세요. 내일 날이 밝자마자 우리 서우훠마을로 돌아갑시다. 말을 마친 그녀는 천천히 지팡이를 끌고 자신이 묵는 곁방을 향해 걸어갔다. 아주 느린 걸음으로 천천히 걸었다. 발걸음이 허공에 떠 있는 것 같았다. 조금이라도 더 빨리 걸으면 금방이라도 바닥에 넘어질 것처럼.

3장

해설 – 흑재, 홍난, 흑죄, 홍죄

1) 차하다借: 세를 놓는 것을 말한다. 바러우 사람들은 많은 지역에서 세를 놓는 것을 차한다고 칭한다. 세를 놓는 관계에서 일종의 친밀감을 느끼게 된다.

3) 퇴堆: 원래는 흙더미를 가리키는 말이다. 여기서는 사람 수가 많은 것을 가리킨다.

5) 초자哨子: 보초병을 가리킨다. 초자를 맡는다는 것은 곧 보초를 선다는 의미다.

7) 흑재黑災 9) 홍난紅難 11) 흑죄黑罪 13) 홍죄紅罪: 흑재, 홍난은 흑죄, 홍죄와 동일한 뜻이다. 여기에서는 서우훠마을 사람들이 자주 말하는 두 개의 단어로, 서우훠에서 마흔 살이 넘은 사람만이 역사적 의미를 진정으로 이해할 수 있다.

흑죄와 홍죄에 어떤 전고典故가 있지는 않다. 하지만 깊은 내력과 체계를 갖고 있다. 사건은 이십여 년 전인 병오년(1966) 말해에 일어났다. 그해에 천둥 번개처럼 혁명이 이 나라의 땅과 바다를 다 포함하여 산 안팎, 도시와 농촌을 완전히 휩쓸었다. 세상의 모든 사람들이 낡은 것을 타파하고 새로운 것을 세우자고 외치면서 일부 사람들에 대한 투쟁과 가두시위를 일삼았다. 노수성과 조왕신, 관공, 종규鍾馗*, 여래와 보살 등의 형상을 전부 떼어내고 그 자리에 마오주석의 형상을 가져다 붙이거나 몸에 걸고 다니기에 바빴다. 그 이듬해부터는 투쟁의 대상이 사람으로 옮겨갔다. 혁명의 과정에서 인민공사는 모든 대대에게 보름에 한 번씩 돌아가면서 지주와 부농, 반혁명분자, 불순분자, 우파분자를 색출해 보낼 것을 요구했다. 배가 고프면 음식을 먹어야 하는 것처럼 혁명이 필요로 할 때마다 이런 제물을 끌어내 투쟁**을 진행했고, 투쟁하지 않을 경우에는 종이로 된 기다란 고깔모자를 씌워 대로에서 끌고 다님으로써 사회의 정치적 풍경과 기상을 장식하게 했다. 또한 각 대대에서는 명절을 맞을 때마다 비판투쟁 집회를 열어야 했다. 이전에 명절을 보낼 때마다 노래와 연극으로 공동체의 사람들에게 즐거움을 주던 것과 같은 맥락이었다. 이리하여 세월이 가면서 지주와 부농을 돌아가면서 괴롭히기에 부족하게 되자 인민공사에서는 혁명이 이미 병오년 말해에서 기유년(1969) 닭해까지 계속되었다는 사실을 깨닫게 되었다. 삼 년이라는 시간이 지나는 동안 인민공사는 바러우 깊숙한 곳에 서우훠라는 마을이 있다는 것을 까맣게 잊고 있었다. 기세

---

* 중국 신화에서 역귀를 몰아내는 신.

** 여기서 투쟁이란 물리적 폭력을 의미함.

등등하던 삼 년간의 혁명 과정을 생각해보니 서우훠의 부농과 지주들에 대해서는 한 번도 비판투쟁이 진행되지 않았다. 이리하여 인민공사는 마오즈에게 다음달 초하루에 지주 한 명을 인민공사로 보내 혁명에 사용하게 하라는 내용의 통지를 보냈다.

마오즈는 서우훠에는 지주가 없다고 말했다.

혁명이 말했다. 부농은?

마오즈가 말했다. 부농도 없습니다.

혁명이 말했다. 지주도 없고 부농도 없으면 상중농을 하나 보내도록 하시오.

마오즈가 말했다. 상중농이나 중농, 하중농, 빈농, 소작농 모두 없습니다. 마을 전체의 모든 가구가 혁명 계급입니다.

혁명이 말했다. 이런 젠장, 감히 혁명 앞에서 말장난을 하는 걸 보니 목숨이 아깝지 않은 모양이군.

마오즈가 말했다. 서우훠마을은 합작사가 시작되고 나서 맨 마지막에 가까스로 현과 인민공사의 관할에 속하게 되었습니다. 아예 빈농이나 지주 같은 계급의 경계가 없었지요. 마을 사람들은 누구도 자기 집이 지주인지 부농인지, 빈농인지 중하농인지 인지한 적이 없습니다.

혁명은 날카로운 소리와 함께 정신이 번쩍 들면서 눈을 크게 뜨고 입을 다물었다. 알고 보니 서우훠마을이 혁명의 역사에 누락되었다는 사실을 알게 된 것이다. 이런 사실을 알게 된 이상 서우훠마을로 하여금 혁명의 역사에서 가장 중요한 수업을 받게 해야만 한다고 생각했다. 서우훠마을에 새로운 역사의 삽화 한 페이지를 갖게 해야겠다고 마음먹은 혁명은 서우훠에 공작대와 조사조를 파견하여 그해 가을에 지주와 부농, 빈하중농을 구분하는 작업을 마치게 했다.

마오즈가 말했다. 서우휘는 이미 현에 퇴사를 요구한 상태라 계급을 구분할 필요가 없습니다.

혁명이 말했다. 우리는 당신이 현위원회 양 서기하고 아는 사이라는 걸 알고 있소. 당신과 양 서기가 둘 다 옌안에 간 적이 있다는 것도 알고 있지. 하지만 양 서기는 현행 반혁명 범죄자로 지명된 뒤에 처벌이 두려워 목을 맸소. 앞으로 어떤 반혁명자가 감히 당신들의 퇴사 요구를 받아주게 되는지 두고 보겠소.

마오즈가 말했다. 그럼 제가 지금 요구하는 걸로 치면 안 되나요?

혁명이 말했다. 젠장, 살고 싶지 않은가보군?

마오즈가 말했다. 서우휘에는 원래 지주나 부농이 없었어요. 계급을 구분한다 해도 전부 빈하중농에 속할 겁니다.

혁명이 말했다. 지주나 부농, 악질 토호가 없다면 마오즈 당신이 매일 인민공사에 가서 인민투쟁을 받으면서 머리에 고깔모자를 쓰고 길거리로 끌려다니면 되겠군.

마오즈는 아연실색하여 아무 말도 하지 못했다.

옥수수 모종이 젓가락만큼 자랐을 무렵, 산맥에는 도처에 푸릇푸릇한 초목과 농작물 냄새가 떠돌았다. 바로 이런 시기에 공작조가 서우휘마을에 도착하여 먼저 마을 사람들을 상대로 한차례 회의를 열고는 집집마다 기축년(1949) 소해의 해방 전까지 자기 집에 논밭이 얼마나 있었고 소는 몇 마리가 있었으며, 말은 몇 마리나 있었는지, 집에 한 해에 쌀과 밀, 수수, 콩을 얼마나 거뒀는지, 평소에 쌀겨와 밀기울, 검은 밀가루, 산나물 등을 먹었는지, 흉년에 음식을 얻기 위해 걸식하거나 남의 집에 가서 주인 대신 장기간 소작농으로 산 적이 있는지, 품팔이를 한 적이 있는지, 지주나 악질 토호의 집에 가서 지주를 위해 어깨나 등을 두드려주거나 허리를 주물러준 적이 있는지, 남의 집 솥이나 그릇을 닦아준 적이 있는지, 형편없는 식사를 하지는 않았는지, 지주의 마누라가 송곳으로 손등이나 얼굴 등을 찌르지는 않았는지 상세하게 보고하도록 했다. 이 회의에서 마오즈는 모든 마을 사람들에게 사실대로 보고하라고 말했다. 이십여 년 전에 집에 땅이 얼마나 있었는지 사실대로 말하되 다른 얘기는 하지 말라고 했다. 불필요한 말을 많이 하게 되면 곧바로 지주가 된다고 했다. 그렇다고 적게 말해서도 안 된다고 했다. 적게 말하면 자신은 빈농이 되지만 다른 사람이 지주가 된다고 했다. 집집마다 전부 맹인이나 절름발이인데 누군가 빈농이 되고 지주가 되면 평생 지워지지 않을 양심의 가책을 그 누가 견뎌낼 수 있느냐는 것이었다. 공작조 사람들은 마을 한가운데 있는 팔선탁에서 각 가구가 해방 전에 소유했던 논밭과 재산을 등록했다. 각 가구는 돌아가면서 그 탁자 앞으로 가서 이십여 년 전의 논밭 소유 내역과 날짜를 보고했다. 마을 사람들이 말을 하면 공작조원이 재빨리 받아 적었다. 그런데 등록을 마치고 보니 뜻밖에도 서우훠마을 집집마다 해방 전에 십여 무의 땅을 가지고 있었고 하나같이 다 먹지 못할 만큼의 식량을 보유하고 있었다. 또한 집에서 소를 키우거나 쟁기나 써레 혹은 쇠바퀴수레 등을 소유한 바 있었다.

공작조 사람이 맹인에게 물었다. 당시에 당신 집안에 식량이 충분했나요?

맹인이 말했다. 어떻게 다 먹을 수 있었겠어요.

설날에 하얀 만터우나 만둣국 반 그릇을 먹을 수 있었나요?

평소에도 먹고 싶으면 얼마든지 먹었어요. 그게 뭐 그리 대단한 거라고요.

당신은 맹인인데 어떻게 농사를 지었나요?

저는 대나무 장인이라 마을 사람들을 위해 집집마다 대나무 광주리나 바구니를 짜주었습니다. 대신 농사일이 바빠지면 마을 사람들이 저희 집 밭을 갈고 씨를 뿌려주었지요.

또 어느 절름발이에게 물었다. 당신 집에는 땅이 얼마나 되나요?

열 무 남짓 됩니다.

당신은 절름발이인데 어떻게 농사를 지었나요?

저희 집에는 소가 한 마리 있습니다. 평소에 우리 소를 쓴 집에서 농번기에 와서 농사를 거들어주었지요.

생활에 어려움은 없었나요?

지금보다는 좋았습니다.

어떻게 좋았나요?

양곡도 다 못 먹을 만큼 많았고 채소도 다 못 먹었을 만큼 많았습니다.

마지막으로 또 아주 큰 소리로 귀머거리에게 물었다. 당신네는 땅이 그렇게 넓은데 장기간 소작인을 고용해서 농사를 지었나요?

귀머거리가 말했다. 아니요.

그럼 어떻게 그 넓은 땅을 경작할 수 있었나요?

귀머거리가 말했다. 저희 집에는 소는 없지만 수레가 한 대 있었지요. 이웃들이 수레를 언제든지 갖다 쓰고 농번기에는 또 이웃들이 와서 저희 집 일을 도와주었습니다.

조사를 마쳤지만 빈농과 부농, 지주를 구분할 수 없었다. 집집마다 다 경작할 수 없을 정도의 땅을 가지고 있었고, 집집마다 먹어도 끝이 없는 양식이 있었으며, 집집마다 다른 사람을 불러 일을 할 수 있었고, 또다른 집의 일을 도우러 갈 수도 있었다. 그 시절에는 절름발이가 맹인의 다리를 이용할 수 있었고, 맹인이 절름발이의 눈을 이용할 수 있었으며, 귀머거리가 벙어리의 귀와 떨어질 수 없었고, 벙어리가 귀머거리의 입과 떨어질 수 없었다. 모든 마을 사람들의 생활이 한집안 사람들처럼 화목하고 풍족하고 부유했기 때문에 다툼이 전혀 없었다. 그리하여 결국 공작조 사람은 집집마다 검정색 표지로 된 손바닥만한 소책자를 한 권씩 나눠주었다. 표지에는 호주의 이름을 쓰도록 되어 있었고 안쪽의 내지는 겨우 두 쪽에 불과했다. 한쪽에는 마오주석의 연설이, 한쪽에는 공공의 일을 중시하고 법을 준수하며 인민을 위해 복무하라는 내용의 어록이 인쇄되어 있었다. 그러고 나서 공작조 사람들은 돌아갔다. 인민공사로 돌아간 그들은 서우휘 사람들에게 마을 어귀 첫 번째 집부터 시작하여 맨 끝 줄에 있는 집까지 맹인이든, 절름발이든, 귀머거리든, 벙어리든 간에 모든 가구가 보름에 한 번씩 그 검정 표지의 소책자를 들고 인민공사에 와야 한다고 통지했다. 다른 중요한 일이 있어서가 아니라 고깔모자를 쓰고 거리로 끌려다니며 조리돌림을 당하거나 혹은 비판투쟁대회를 열어 단상에 서서 한차례 투쟁을 당해야 한다는 것이었다.

그들이 물었다. 당신네는 지주 집안인가?

서우휘 사람이 대답했다. 아닙니다.

그럼 부농인가?

부농도 아닙니다.

지주도 아니고 부농도 아닌데 어째서 그 검정색 소책자를 들고 있는 건가?

그러고는 몇 사람이 뺨을 때리고 허리를 발로 찼다. 쿵 하는 소리와 함께 서우휘마을 사람은 수백수천 명이 참가한 비판투쟁대회에서 단상 앞에 무릎을 꿇었다.

그들이 물었다. 물건을 훔친 적이 있나?

어떤 물건도 훔친 적이 없습니다. 서우휘 사람들은 도둑질을 하지 않습니다.

먹을 양식이 없는데도 옥수수나 고구마를 훔친 적이 없단 말이야?

양식은 항상 다 먹지 못할 만큼 있었습니다. 몇 년 전 현에서 온전한 사람들이 마을에 들이닥쳐 양식을 약탈해 가지만 않았다면 집집마다 보관하고 있던 양식은 십 년을 먹어도 다 못 먹었을 겁니다.

또다시 퍽퍽 때리는 소리가 들렸다. 그들이 말했다. 장애인으로 보지 마. 나쁜 놈들은 어디까지나 나쁜 놈들이라고. 그 집에 양식이 얼마나 숨겨져 있었는지를 보란 말이야. 인민들이 이자의 집에서 양식을 가지고 돌아온 걸 가지고 이자는 아직도 인민들이 자신의 양식을 약탈해 갔다고 하잖아. 이번에는 지난번보다 훨씬 더 심하게 때렸다. 주먹이 코와 입, 눈가를 가격했고 몽둥이가 머리와 다리를 향했다. 주먹이 코로 날아오자 코에서 피가 났다. 주먹이 입을 향하자 이가 빠졌고 눈을 향하자 눈두덩이 시퍼렇게 변했다. 몽둥이가 다리를 가격하자 다리를 절지 않았던 사람은 절름발이가 되었고, 절름발이였던 사람은 앉은뱅이가 되었다. 그리하여 보름이 지나 사람들은 집으로 돌아와 상처를 치료했다. 다음 집 차례가 되어 그 검정색 소책자를 들고 가면 흑죄, 흑재를 당했다. 하지만 그때, 집으로 돌아와 상처를 치료하는 사람들은 마을에서 마오즈를 만나면 험악한 눈빛으로 그녀를 노려보았다. 마오즈네 집 돼지를 만나면 사정없이 발로 걷어찼고 멀리서 마오즈네 집 닭을 보면 있는 힘을 다해 돌을 던졌다. 마오즈가 키우고 있는 집 뒤의 왜과[1]나 콩줄기를 보면 마구 따서 바닥에 내던진 다음, 발로 여러 번 짓이겨 국물로 만들어 가져다 자기 집 돼지나 양에게 먹였다.

어느 날 아침, 잠자리에서 일어난 마오즈는 다 자란 돼지가 자기 집 돼지우리 안에서 독살당해 있는 걸 발견했다. 알을 낳는 암탉도 돼지구유의 돼지 먹이를 먹고 죽어 마당에 널브러져 있었다. 그녀가 넋이 나가 마당 대문을 열자 마을 사람들 가운데 인민공사에 가서 비판투쟁을 당했거나 조리돌림을 당한 사람, 혹은 아직 조리돌림이나 비판투쟁의 차례가 돌아오지 않은 사람을 포함하여 집집마다 호주와 그 아내들이 그녀의 집 대문 앞에 서 있는 모습이 눈에 들어왔다. 사람들의 손에는 하나같이 그 검정색 소책자가 들려 있었다. 그녀가 나타나자 사람들은 먼저 한동안 차가운 눈길로 노려보더니 갑자기 누군가 그녀의 얼굴에 가래침을 내뱉고 그 검정색 소책자를 집어던지면서 말했다. 당신이 우리한테 상부에 가서 사실대로 말하라고 했지. 사실대로 말했더니 집집마다 전부 지주나 부농이 됐고, 집집마다 상부에 불려가 거리로 끌려 다니며 조리돌림을 당하고 비판투쟁을 당했다고. 가서 두 눈으로 확인해보란 말이야. 맹인 린씨는 어제 진에서 사람들에게 맞아 죽었어. 사람들이 그에게 지주인지 부농인지 묻자 그는 자신이 지주도 아니고 부농도 아니라고 있는 그대로 대답했지. 그랬더니 사람들이 몽둥이로 그의 머리를 내려쳤어. 그는 숨도 제대로 내뱉지 못하고 단상 옆에서 죽고 말았다고.

마오즈는 황급히 마을 어귀에 있는 맹인의 집을 찾아갔다. 정말로 맹인 린씨가 죽어서 문짝 위에 눕혀져 있고 온 가족이 그를 둘러싸고 몹시 서럽게 울고 있었다.

더이상 할말이 없었다.

집으로 돌아온 마오즈는 대문 앞 땅바닥에 잔뜩 널브러진 검정색 소책자들을 일일이 주워들고는 지팡이를 짚고 바이수향 인민공사를 찾아갔다. 해가 저물어 날이 어둑어둑해질 무렵에서야 간신히 혁명위원회에 도착한 그녀는 서우훠마을에 검정색 소책자를 나눠준 사람을 찾아가 쿵 하는 소리와 함께 그의 면전에 무릎을 꿇고 말했다. 어떻게 서우훠마을 사람들 전부가 지주일 수 있습니까? 이 세상에 집집마다 모두 지주인 마을이 어디에 있느냔 말입니다?

혁명이 말했다. 천하에 지주가 없는 마을도 없잖소.

마오즈가 말했다. 제가 사실대로 말하겠습니다. 저희 집은 해방 전에 땅을 몇십 무 소유하고 있었고 장기 및 단기 소작인을 두어 경작하게 하면서 온 가족이 손가락 하나 까딱하지 않고 편하게 먹고 입으면서 살았으니 저희 가족을 지주로 구분하도록 하세요.

이 말이 놀랍기도 하고 반갑기도 한 혁명은 그녀를 한참 동안 쳐다보다가 그녀에게 아주 많은 것들을 묻고는 그녀의 손에 들려 있는 그 검정색 소책자들을 전부 받아 사무실로 가져갔다. 그러고는 검정색 소책자들을 전부 빨간색 소책자로 바꿔주었다. 빨간 소책자는 크기가 검정 소책자와 같았고 내지 역시 두 쪽에 불과했다. 표지에는 서우휘마을의 각 가구의 호주 이름이 적혀 있고 내지 한쪽에는 마오주석의 어록이 쓰여 있었다. 다른 쪽에는 국가의 노선과 방침, 정책에 관련된 내용이 쓰여 있었다. 혁명은 그 빨간 소책자 열두 권을 그녀에게 건네면서 말했다. 가봐요. 당신네 서우휘마을이 손해보는 일은 하지 않을 테니까 말이오. 해방 전 토호들을 타도하고 토지를 분배하던 토지개혁의 비율에 따르면 당신네 서우휘에도 최소한 지주 한 명과 부농 한 명은 있어야 하는데 이제 당신이 바로 이 한 명의 지주가 되었으니 그걸로 됐소. 그러니 당신은 밤새 서둘러 마을로 돌아가 내일까지 이부자리를 짊어지고 오도록 하시오. 모레 인민공사에서 만인萬人대회를 열 것이고, 그때 당신에 대한 비판투쟁이 진행될 것이오.

마오즈는 밤새 걸음을 재촉하여 마을로 돌아와 집집마다 모두 빨간 소책자를 나눠주면서 말했다. 빨간 소책자는 전부 혁명 계급이고 빈하중농이래요. 마을마다 지주가 한 명씩 필요한데 바로 제가 지주가 됐어요. 앞으로 마을에 지주나 부농이 필요한 일이 있으면 전부 저 혼자 담당하게 될 거예요. 빨간 소책자를 다 나눠준 그녀는 짐과 이부자리를 챙긴 다음, 이미 열한 살이 된 딸 쥐메이에게 밥을 해주고 딸이 먹을 수 있도록 만터우를 찜통에 하나 가득 쪄놓았다. 딸을 재운 그녀는 마을에 유일하게 남은 검정색 소책자를 들고 요와 이불을 어깨에 메고는 검은 죄를 받으러 인민공사로 향했다.

그때, 옥수수가 이미 무르익어 산 전체가 옥수수 단내로 뒤덮여 있었다. 달빛은 물처럼 마을 어귀에 깔렸다. 그녀가 막 인민공사를 향해 출발하려는 순간 서우휘마을 사람들이 또다시 모두 나와 그녀를 배웅하면서 말했다. 다녀오세요. 쥐메이는 우리가 잘 보살필게요. 어서 가세요. 혁명 역시 착하고 좋은 사람이니까 그가 뭐라고 하면 그대로 잘 따르도록 해요. 마오즈 당신을 매몰차게 걷어차는 일은 없을 거예요.

그녀가 말했다. 모두들 돌아가세요. 옥수수를 거둬야 하잖아요. 제가 마을에 없더라도 모두들 해야 할 일들을 열심히 하세요. 옥수수를 다 따면 땅을 갈아야 하고, 땅을 다 갈면 곧장 밀을 심어야 해요.

그렇게 그녀는 떠났다.

다음날 만인대회는 바이수향 거리 동쪽의 모래톱에서 열렸다. 예전부터 끊임없이 강물이 흐르던 곳이라 대회를 열려면 며칠 전부터 물길을 바꿔놓아야만 온통 모래와 자갈로 뒤덮인 강바닥을 회의 장소로 사용할 수 있었다. 회의 내용은 '반혁명 현행범'에 대한 공개재판이었다. 재판 당사자는 막 아이들을 가르치기 시작한 지 며칠 안 되는 교사였다. 아이들을 가르치기 시작한 지 사흘밖에 안 된 그는 뜻밖에도 칠판에 '마오주석 만세'라고 써야 할 것을 감히 '스징산 만세'라고 썼다. 스징산은 그의 이름이었다. 그의 아명은 검은 콩이라는 뜻의 스헤이더우였다. 원래 그에게는 성년 이름이 없고 아명만 있었다. 교사가 되었는데도 헤이더우라고 불리는 것이 마땅치 않다는 생각이 들어 스스로 스징산이라는 성년 이름을 지은 터였다. '징산'이라는 두 글자는 혁명의 성지인 징강산에서 따왔다. 그는 자신의 학생들에게 자신을 스징산으로 불러달라고 하면서 칠판에 '스징산'이라는 세 글자를 쓰다가 실수로 '스징산 만세'라고 썼던 것이다.

두말할 것도 없이 그가 지은 죄는 죽을죄였고, 죽어도 여죄가 남을 죄였다. 혁명이 그를 붙잡았을 때 그는 자신의 죄상을 숨김없이 자백

했다.

혁명이 말했다. 자신이 무슨 죄를 지었는지 아는가?

그가 말했다. 압니다.

혁명이 말했다. 무슨 죄를 지었나?

그가 말했다. 칠판에 '스징산 만세'라고 썼습니다.

혁명이 탁자를 내려치면서 말했다. 네가 쓴 그 다섯 글자는 입 밖에 내서도 안 된다. 그 다섯 글자를 내뱉을 때마다 너의 죄는 한 단계씩 가중될 것이다.

그가 물었다. 그럼 어떻게 말해야 합니까?

혁명이 말했다. 솔직하게 말하면 된다. 있는 그대로 말하란 말이다.

그는 고개를 숙인 채 생각에 잠겼다.

혁명이 또 그에게 물었다. 자신이 무슨 죄를 지었는지 아는가?

그가 말했다. 압니다.

혁명이 물었다. 무슨 죄인가?

그가 말했다. 칠판에 다섯 글자를 썼습니다.

혁명이 물었다. 어떤 글자였나?

그가 고개를 들고 혁명의 얼굴을 쳐다보면서 말했다. 스징산 만세!

화가 난 혁명이 온몸을 부들부들 떨면서 탁자에 있는 조서와 잉크병을 그의 얼굴로 집어던졌다.

또 한번 그 다섯 글자를 내뱉었다간 당장 총살해버릴 테니까 그런 줄 알아.

그럼 제가 어떻게 말해야 하나요?

스스로 생각해봐라.

그가 또 고개를 숙이고 잠시 생각에 잠겼다.

혁명이 물었다. 자신이 무슨 죄를 지었는지 아는가?

그가 대답했다. 압니다.

혁명이 물었다. 무슨 죄인가?

그가 말했다. 칠판에 다섯 글자를 썼습니다.

혁명이 물었다. 어떤 글자였나?

그는 또다시 혁명의 얼굴을 힐끗 쳐다보고서는 아무 말 없이 손가락으로 땅바닥에 '스징산 만세' 다섯 글자를 썼다. 혁명은 화가 머리끝까지 치밀어 얼굴이 시퍼렇게 변하더니 온몸을 부들부들 떨었다. 그가 말했다. 이런 염병할 놈! 글자로 쓴 것이 말로 내뱉는 것보다 더 악질범죄란 말이다. 죄를 한 등급 더 가중시키게 된다고!

이렇게 죄가 한 등급 또 한 등급 가중된 결과 마침내 그를 총살시키기로 결정되었다. 총살을 집행하려면 반드시 만인대회에서 공개재판을 열어야 하고, 공개재판에는 반드시 배심요원이 한 사람 있어야 했다. 때는 마침 추수하기 직전 장날이라 말이 만인대회지, 그날 모래톱에 모인 사람은 최소 오만 명이 넘었다. 너비가 일 리, 길이가 이 리에 달하는 강줄기에 서 있는 사람들의 머리통이 밀밭에 검은 콩알이 끝없이 펼쳐져 있는 것 같았다. 게다가 모든 사람의 앞가슴에 자신의 신분을 증명하는 빨간 소책자가 걸려 있었다. 가을날의 해가 하늘 위에서 누렇게 빛나며 타올랐다. 부드러운 불길이 타오르면서 펄럭이는 것처럼 따스했다. 모래톱에 모여 있는 사람들은 인근 십 리, 이십 리, 수십 리 떨어진 시골에서 대회에 참석하는 김에 장터에 가려고 급히 올라온 사람들로, 모래톱을 빈틈 하나 없이 가득 메웠다. 가슴 앞에 걸린 빨간 소책자의 붉은빛이 온통 불의 바다를 이루었고 그 번화한 광경은 삼십 년 뒤 서우훠마을 사람들이 훈포산에서 공연한 유일무이한 묘기공연 때 다시 재현되었다. 그 나머지 세월에는 누구도 이런 광경을 구경하지 못했다. 사람들끼리 서로 몸이 부딪히며 어깨와 어깨가 맞닿고 고함소리가 부딪히면서 만 필의 말이 한목소리로 우는 것 같았다. 이 전무후무한 광경 속, 마오즈 할머니가 혁명에 의해 오라에 몸이 묶인 채 만인대회의 단상 앞에 끌려나왔다. 여자였기 때문에, 그리고 지팡이를 짚을 수 없었기 때문에 두 사람이 그녀를 끌고 갔다. 길을 가는 내내 그녀의 몸이 이리 쏠리고 저리 기울어졌다. 다리가 세 개뿐인 메뚜기가 단상 위에서 폴짝거리는 것 같았다. 폴짝거릴 때마다 그녀의 목에 걸린 종이 팻말이 이리저리 흔들렸다. 종이 팻말을 묶은 줄에 쏠려 목에는 붉게 핏자국이 남았다. 당시 그녀는 나이 갓 마흔을 넘긴 터라 아직 칠흑같이 검은 머리칼에 두 섶이 겹치지 않는 짙은 파란색 적삼을 입고 있었다. 감아올리지 않아 마구 헝클어진 머리칼이 무명 적삼 위로 흩날리는 마오즈의 모습이 수면 위를 떠다니는 민망초 같았다. 목에 걸린 하얀 종이 팻말에는 '반혁명 여지주'라는 여섯 글자가 쓰여 있었다. 글자 바로 위에 붙여놓은, 그녀가 최근에 새로 받은 검정 소책자는 그 여섯 글자를 명확하게 증명하기 위해서인 것 같았다.

그녀가 단상에 도착하자 수만 명이 모인 대회장은 둔중한 몽둥이로 내려치기라도 한 것처럼 일시에 조용해졌다.

끌려나온 사람이 여자인데다 절름발이일 거라고 생각한 사람은 아무도 없었다.

그렇게 심문이 시작되었다.

단상 앞쪽에 무릎을 꿇린 그녀는 얼굴이 온통 죽은 재처럼 창백했고 입술은 푸르죽죽했다. 흰 종이에 채소 빛깔의 줄을 두 가닥 그어놓은 것 같았다. 이어서 물 흐르는 듯한 일문일답이 확성기를 타고 모래톱의 광야로 퍼져나갔다.

계급이 어떻게 되나?

대지주입니다.

어떤 죄를 지었나?

반혁명 현행범입니다.

사실의 경과를 말해보라.

그녀가 말했다. 저는 홍군 전사도 아니면서 혁명의 성지인 옌안에 간 적이 있다고 우겼습니다. 저는 혁명가의 후손이 아니면서 아버지 어머니가 모두 성소재지에서 정묘년(1927) 토끼해의 철도파업에 참여했었다고 우겼습니다. 저는 당원이 아니면서 홍군으로 있을 때 입당했다고 우겼습니다. 스스로 홍군이라 말했지만 홍군증이 없고, 당원이라고 말하지만 당원증도 갖고 있지 않았습니다. 사실 저는 반혁명 현행범으로 바러우산맥으로 도망쳐 들어와 은신한 대지주입니다. 저희 집은 해방 전에 몇십 무의 땅을 가지고 있었고 소 몇 마리와 큰 마차를 한 대 소유하고 있었으며, 장기 및 단기 소작인을 부렸습니다. 손가락 하나 까딱하지 않고 입만 벌리면 먹을 것이 들어오고 손만 벌리면 누군가 옷을 입혀주는 그런 세월을 보냈습니다. 그녀가 말했다. 혁명님, 동지 여러분, 빈농중하 농민 여러분, 보세요. 저는 만 번 죽어 마땅한 죄를 저질렀습니다. 스징산과 함께 총살을 당하는 것이 맞습니다.

그들이 또 물었다. 해방 전에는 집에서 뭘 먹었나?

그녀가 말했다. 맛있는 건 다 먹었습니다. 다 먹지 못한 하얀 만터우나 편식은 돼지에게 던져주었고 장기 소작인이나 단기 소작인들에게 먹으라고 준 적은 없습니다.

무얼 입고 살았나?

능라로 지은 옷만 입고 살았습니다. 마구간의 가림막조차 수숫대가 아니라 검정 주단으로 되어 있었습니다.

해방 후에 최근까지 무슨 일을 했나?

저는 밤낮으로 세상이 바뀌어 다시 해방 전처럼 먹을 것 걱정 안 하고 입을 것 근심 안 하는 그런 세월로 돌아가는 것만 생각하고 있었습니다.

그들은 더이상 그녀에게 아무것도 묻지 않고 단상 아래 있는 수천수만의 사람들을 향해 외쳤다. 이런 반혁명 현행범인 여지주에 대해 사원 여러분은 어떤 처분을 내려야 한다고 생각합니까?

단상 아래 군중은 숲처럼 팔을 들어올리고 큰 소리로 대답했다.

총살시켜라.

총살시켜라.

그렇게 미친듯이 외쳐대는 대답이 그녀의 명도[3]를 결정했다. 겨우 사흘 아이들을 가르쳤다는 스헤이더우라고 불리기도 하고 스징산이라고 불리기도 하는 교사에 대한 심문을 마치고 그를 모래톱 어귀로 끌고 가 총살하려 할 때, 그녀 역시 부축을 받으며 그곳으로 함께 끌려갔다. 그들은 그녀와 스징산을 미리 파둔 구덩이 옆에 함께 꿇어앉게 했다. 등에는 사형수의 등에만 꽂는 나무 팻말이 꽂혀 있었다. 맑고 아름다운 햇빛이 모래톱을 하얗게 비추었다. 세상에서 가장 짙푸른 색을 자랑하는 하늘에는 흰 구름도 한 점 보이지 않았다. 모래톱의 큰 둑 주변에 자란 옥수수는 벌써 따야 할 때가 되어 검붉게 변한 술이 줄기 위에 걸쳐 있었다. 공기 중에는 금빛 찬란한 옥수수의 단내가 떠다녔고 사람들이 함께 북적대고 움직이고 환호하면서 나는 땀냄새도 섞여 있었다. 시간이 되어 혁명이 방아쇠를 당기려 하자 이제 스물두 살밖에 안 된 교사 스징산은 놀라서 흙구덩이 옆에 진흙더미처럼 몸을 움츠린 채 꼼짝도 하지 못했다. 그런 그의 몸에서 지린내가 풍겼다. 하지만 그녀, 중년의 마오즈는 이 순간 갑자기 얼굴의 창백함이 사라지고 입술의 푸르죽죽한 빛도 사라졌다. 그 자리에 꿇어앉은 그녀는 길을 가다 지친 사람처럼 평안하고 조용하기만 했다. 쉬기 위해 잠시 쪼그려앉아 있는 것 같았다.

혁명이, 곧 죽겠지만 아직은 살아 있는 젊은이의 뒤로 가서 물었다. 하고 싶은 말이라도 있나?

젊은이가 몸을 부들부들 떨면서 말했다. 있습니다.

혁명이 말했다. 말해봐라.

그가 말했다. 제 아내가 곧 아이를 낳습니다. 번거로우시겠지만 제 아내에게 한마디만 전해주십시오. 아이를 낳으면 귀머거리나 절름발이로 만들어달라고 말입니다. 그런 다음 불구가 된 아이를 데리고 바러우산맥 깊은 곳으로 가라고 전해주십시오. 사람들의 말에 의하면 그곳에 마을이 하나 있는데 마을 사람들이 전부 장애인이라고 하더군요. 마을 사람들이 전부 장애인이라 어느 지구나 현의 인민공사도 그들을 원하지도 않고 관리하지도 않아서 자신들이 농사짓고 직접 수확하며 한가롭고 즐거운 나날을 보내고 있답니다. 천당과 다름없는 곳이라고 들었습니다. 제 아내에게 아이를 데리고 그곳으로 가라고 전해주십시오.

혁명이 그의 등뒤에서 그러겠다고 약속하면서 차갑게 웃었다.

마오즈는 그 젊은이를 바라보면서 그에게 무슨 말인가 하고 싶었다. 하지만 혁명이 또 그녀 등뒤로 다가와 물었다. 자네도 뭐 하고 싶은 말이 있나?

그녀가 말했다. 있습니다.

혁명이 말했다. 말해봐라.

그녀가 말했다. 제가 죽으면 번거로우시겠지만 바러우 깊숙한 곳에 있는 서우훠마을에 한번 다녀와주십시오. 가서 그 마을 장애인들에게 전해주십시오. 평생 뭐든지 다 잊어버려도 되지만 절대로 퇴사하는 일은 잊지 말라고 해주십시오. 무슨 일이 있어도 퇴사를 해서 아무도 관할하거나 간섭하지 않던 옛 시절로 돌아가야 한다고 말이에요.

그녀가 말을 마치자 그녀 옆에 무릎을 꿇었던 젊은이가 멍하니 그녀를 바라보았다. 그녀에게 뭔가 물어보고 싶어하는 듯했다. 하지만 바로 그 순간 그의 등뒤에서 총성이 울렸다. 그는 양곡이 가득 담긴 자루처럼 앞에 있던 흙구덩이 안으로 떨어졌다. 튀어오른 핏방울이 붉은 구슬처럼 마오즈의 얼굴과 모래사장 사방에 뿌려졌다.

마오즈는 물론 아직 살아 있었다. 알고 보니 그녀는 그냥 젊은이 옆에 함께 꿇어앉아 있기 위해 끌려온 것이었다. 총성이 울리는 순간 그녀의 몸이 약간 흔들렸다. 누군가가 등뒤에서 밀어 그 구덩이 안으로 떨어지게 하려 한 것 같았다. 하지만 뒤에서 그녀를 민 힘은 너무 약했다. 그저 가볍게 한번 흔들리고는 안전하게 꿇어앉은 자세를 유지했다.

총살당하는 젊은이 옆에 함께 꿇어앉은 뒤로 그녀는 인민공사 앞의 도로를 보름 동안 청소해야 했다. 그녀에게 다시 마을로 돌아가라는 허락이 떨어졌을 때 마을에는 사람이 늘어 있었다. 아이를 낳은 지 며칠 되지 않은 젊은 아낙네였다. 아이는 온전했지만 그녀가 어쩌다가 앉은뱅이가 됐는지 알 수 없었다. 그녀는 마오즈가 뭐라고 말해도 서우훠마을에서 살겠다고 했다. 누가 뭐래도 서우훠 사람이 되겠다는 것이었다. 그러면서 자신이 어려서부터 자수를 잘했다고 말했다. 누런 포장지에도 꽃을 수놓을 수 있다고 했다. 자신이 서우훠에서 살 수 있도록 허락해주면 어느 집이든지 필요할 때면 언제든지 그 집에 가서 수를 놓아주겠다고 했다.

그녀는 그렇게 서우훠에 정착하게 되었다. 마오즈는 그녀에게 빨간 소책자를 하나 주었고, 그녀는 이를 매일 호신부처럼 목에 걸고 다녔다.

하지만 빨간 소책자 역시 빨간 소책자의 재앙을 갖고 있었다. 그 재앙의 상황이 검정 소책자의 재앙과 다르긴 했지만 재앙은 재앙이었다. 고난이 검정 소책자에 비해 조금도 덜하지 않았다. 세월은 하루하루 지나갔다. 마오즈는 매일 바이수향 대로에서 도로를 청소하고 비판투쟁을 당했다. 하지만 마을에서의 임금은 예전 그대로 기록되었고 양식도 그대로 분배되었다. 마을로 돌아왔을 때는 오히려 사람들로부터 존경을 받게 되었다. 귀머거리네와 맹인네, 벙어리네, 그리고 얼뜨기 온전한 사람네 할 것 없이 그녀가 집으로 돌아온 것을 보고는 전부 그녀의 집을 찾아 안부를 물었다. 모두들 그녀에게 맛있는 만터우를 가져다주었다. 원래 종자를 만들려 했던 이과생[5]을 가져다주는 사람도 있고 어디서 가져왔는지 숨겨두었던 고유한 재래종인 흑도黑桃와 왕밤 같은 것들을 가져다주는 사람도 있었다. 이 모든 것들을 아이들은 그 릇에 담아, 아낙들은 옷섶과 호주머니에 담아 그녀의 집으로 가져왔다.

그녀는 자발적으로 혼자 마을 사람들을 대신해 검은 재앙과 검은 죄 를 감당함으로써 사람들이 붉은 행운을 누릴 수 있도록 해주었다. 그 래서 사람들은 그녀를 더욱더 마을의 중요 인물로 여기게 되었다.

이삼 년이 지나자 온 세상이 제전[7]을 조성하는 일로 분주해졌다. 인 민공사에서는 각 마을과 대대에 빨간 소책자를 소지한 사람들을 전부 바러우산맥 바깥의 산마루에 모이게 한 다음, 비탈을 사람수 대로 각 마을에 분배했다. 물론 서우훠 사람들에게도 비탈 하나가 분배되었다. 혁명은 장애인이나 온전한 사람을 구별하지 않았고 오로지 혁명의 손 에서 받아 간 빨간 소책자의 수량만 따졌다. 빨간 소책자 한 권에 겨울 철에 두 무에 해당하는 제전을 조성하는 임무가 책정되었다. 서우훠마 을에는 서른아홉 가구의 사람들이 모두 빨간 소책자를 소지하고 있었 기 때문에 혁명은 마을에 최소한 일흔일곱 무의 제전을 조성해놓을 것 을 요구했다. 이리하여 홍난과 홍죄의 고역이 시작되었다. 온 세상의 비탈마다 마을 사람들이 모였고 붉은 깃발이 꽂혔으며 붉은 표어가 붙 었다. 황무지에 불을 질러놓은 것처럼 세상이 온통 붉은빛으로 뜨겁게 활활 타올랐다. 눈부시게 찬란했다. 세상은 온통 호미로 땅을 일구는 소리로 가득했다. 삽을 땅에 박는 소리와 스삭 흙을 뿌리는 소리로 가 득했다. 삽과 호미를 수리하는 소리와 대장장이가 용광로에서 꺼낸 쇠 를 두드리는 소리로 가득했다.

물론 서우훠마을도 집집마다 온전한 사람들과 똑같이 동원되어 그

황무지 산비탈에서 먹고 자면서 일을 해야 했다. 조성해야 하는 제전의 크기는 빨간 소책자에 따라 분배되었다. 빨간 소책자는 이미 세대원의 수에 따라 분배되어 있었다. 서우훠 사람들의 가구 내 장애 상황이 어떻든, 다섯 식구 가운데 세 사람이 맹인이든 일곱 식구 가운데 다섯이 절름발이든, 혹은 겨우 세 식구 가운데 하나가 온전한 사람이지만 나이가 몇 살 밖에 되지 않았든 별 문제가 되지 않았다. 어느 집에서 남자가 맹인이고 여자가 앉은뱅이이면 앉은뱅이가 남자의 다리에 의지해 수레를 끌고 다녀야 했고, 맹인은 앉은뱅이의 눈에 의지해 생활해야 했다. 이 집에도 겨울철에 완성해야 할 제전 두 무가 분배되었다. 방법이 있든 없든 반드시 두 무의 제전을 만들어내야 했다.

사람들이 어떤 방법을 생각해냈을까? 집집마다 제전의 삼분의 일 정도가 완성되었을 때였다. 마을에 맹인 가구가 한 집 있었다. 큰 눈이 내리던 날 그 집 아버지가 호미를 들고 땅을 팠다. 파고 또 파다가 호미를 바닥에 내려놓고 역시 맹인인 열네 살짜리 아들의 얼굴을 쓰다듬으면서 또 맹인은 아니지만 앉은뱅이인 아내의 손을 잡아끌면서 말했다. 나 뒷간에 좀 다녀오겠소. 그가 제전의 가장자리로 다가가자 아내가 뒤에서 큰 소리로 말했다. 동쪽으로 꺾어서 가야 돼요. 동쪽으로 꺾으라고요. 하지만 그는 한사코 서쪽을 향해 걸어가더니 골짜기 밑으로 뛰어내려 목숨을 끊었다. 몸은 골짜기 바닥으로 굴러떨어져 산산조각이 났다.

혁명은 그의 아내가 두 무의 제전을 조성해야 하는 일을 면제해주면서 마을로 돌아가 남편을 묻으라고 했다.

또 어느 집은 온 가족이 대대로 유전으로 소아마비를 앓고 있었다.

다섯 식구 가운데 세 아이가 모두 깡마른 다리였다. 어느 날 아버지가 산마루에 있는 대장간에 호미를 만들러 가다가 도중에 목을 매어 죽었다. 혁명은 그 집 식구들에게도 마을로 돌아가 그를 묻으라고 지시했다.

또 어떤 집은 가족 전체가 온전한 사람들이었다. 하지만 남자가 없었다. 엄마 혼자서 열세 살, 열다섯 살 난 딸을 데리고 가서 제전을 일구고 있었다. 열심히 논밭을 일구던 엄마가 딸들을 향해 웃으면서 말했다.

너희들 마을에 돌아가서 쉬고 싶니?

딸들이 말했다. 쉬고 싶어요.

그녀가 말했다. 그럼 너희들은 짐을 챙겨서 내일 돌아가도록 해라.

두 딸은 별 뜻 없이 한 이야기인 줄 알고 밤에 제전의 대피소에서 잠을 자고 이튿날 아침에 일어나보니 엄마가 쥐약을 먹고 이불 속에서 죽어 있었다. 혁명은 그녀를 향해 몇 마디 욕을 내뱉고는 그녀의 두 딸들에게 엄마의 시신을 끌고 마을로 돌아가라고 명령했다.

그해 겨울 서우훠마을 사람들 가운데 제전에서 빨간 소책자를 소지하고 있던 가구는 서른아홉 집이었지만 그 가운데 열세 가구의 주인이 빨간 소책자를 손에 쥔 채 세상을 떠났다. 결국 격분한 혁명은 홧김에 서우훠 사람들 가운데 장애인들을 전부 마을로 돌려보냈다. 식구가 전부 온전한 사람들인 집은 한 가구도 돌아갈 수 없었다. 하지만 혁명은 그 산비탈에 가서 통계를 내보고 나서야 눈이 멀었든 절름발이든 간에 서우훠에는 온전한 사람만 있는 가구가 한 집도 없다는 사실을 알게 되었다. 하는 수 없이 혁명은 혁명적 인도주의를 발휘하여 그들을 전부 바러우 깊숙한 곳에 자리잡고 있는 서우훠마을로 돌려보냈다.

이것이 바로 검정 소책자와 빨간 소책자가 가지고 온 흑재와 홍난이다. 여러 해가 지나고 나서 서우훠마을에서는 나이든 사람들만이 마오즈 할머니가 말하는 흑재와 홍난, 흑죄와 홍죄라는 말을 알아들었다. 때문에 레닌기념관에서도 나이들고 기억력이 좋은 사람들만 나서서 그 하얀 천 위에 퇴사를 위한 피도장을 찍었던 것이다.

15) 신영身影: 방언이다. 여기에서는 사람의 그림자를 말하는 것이 아니라 퇴사를 한 후에 살아 있어도 신분이나 증명서가 없어 사회에서 생존의 증거가 없는 사람들을 가리킨다.

해설

1) 왜과倭瓜: 방언이다. 표준어는 호박南瓜이다.

3) 명도命道: 방언이다. 표준어는 운명命運이다.

5) 이과생耳瓜生: 방언이다. 표준어는 땅콩花生이다.

7) 제전梯田: 제전은 방언이 아니라 역사에 남은 특수한 명사다. 한 계단 한 계단 올라가는 계단처럼 평평한 논밭을 말한다. 한편으로는 특수한 시기의 농업에서의 '다자이大寨 배우기 운동'을 지칭하기도 한다. 이는 노동이라는 방식으로 체현한 혁명의 형식이다.

5장

겨울과 봄을 건너뛰고 여름이 왔다

뜻밖이었던 것은, 이날 밤 류 현장이 서둘러 돌아오지 않아 서우 훠 사람들 모두가 재난을 겪은 일만이 아니었다. 이날 밤 이후로 무인년(1998) 호랑이해 세밑의 고요함 속에서 또다시 하늘과 땅이 뒤집히는 사건이 발생했다.

때는 혹한의 겨울이어야만 했지만 봄을 건너뛰고 무더운 여름이 찾아와 바러우산맥을 지키게 되었다. 세월이 정신착란을 일으킨 것이 분명했다. 미친 것이다. 보름 동안 산맥 위가 따스하기는 했지만 그 따스함은 아직 겨울에 속한 온난함이었다. 하지만 이날 밤이 지나자 해가 겨울의 투명한 노란빛이 아니라 여름날의 작열하는 하얀 빛이 되었다. 숲은 며칠 전까지만 해도 따스한 겨울날의 초록빛이었는데 어느새 나무들마다 왕성하게 싹이 트고 있었다. 풀밭에도 짙은 비취빛이 확연했고 나뭇가지 사이에는 매미 우는 소리가 요란했다.

더위에 초조해진 참새들도 짹짹 요란하게 지저귀고 있었다. 산 위에는 여름철 먼산과 가까운 봉우리 사이에 피어오르는 하얀 연기가 서렸다.

이렇게 여름이 왔다.

아무런 기척도 없이 쿵 하는 소리와 함께 왔다. 서우훠마을 사람들 가운데 가장 먼저 잠자리에서 일어난 사람은 소아마비 소년이었다. 지난밤에 이 아이는 발바닥에 박힌 유리 조각들을 뽑아낸 다음 피를 닦고 발을 싸맸다. 그러고는 아야, 아야야 신음을 내뱉으면서 아파하다가 날이 셀 무렵이 되어서야 정신이 흐릿해지면서 꿈속으로 들어갔었다. 잠에서 깨어나니 목이 너무 마르고 입술이 여름철 모래밭 같았다. 그래서 다른 누구보다도 먼저 일어난 것이었다.

방안에는 윙윙 귀찮은 소리가 멈추지 않았다. 어디선가 모기들이 때를 맞춰 여름의 한가운데로 날아든 것이었다.

아이는 먼저 눈부터 비볐다. 소아마비로 인한 작은 발에 통증이 밀려왔다. 벌에 쏘인 것 같았다. 잠시 후에는 발이 마비되는 것처럼 아프다가 다시 평소에 가까워졌다. 극도로 목이 말랐다. 물을 찾아 마시고 싶었던 소년이 눈을 비비던 손을 내리는 순간, 갑자기 크고 높은 유리 창문을 통해 쏟아져 들어온 햇빛이 곁방을 불태우듯이 가득 내리비쳤다. 벽의 흰 가루 때문에 그 순간, 벽에서 희미하고 가느다란 연기가 피어오르는 것 같았다. 공기 중에는 여름의 햇빛 속에만 있는 황금빛 먼지가 떠다녔고 여름철에만 있는 담담한 탄내가 퍼지고 있었다. 소년은 약간 어리둥절했다. 지난밤에는 곁방에 묵는 서우훠 사람들 모두가 멍한 표정으로 약탈당한 돈에 대해 탄식을 내뱉거나 상부 사람들과 극단 사람들을 욕하면서 다음날 곧장 상부에 가서 고발하겠다고, 현장을 찾아가 고발하겠다고 말했었다. 너무나 고통스러워 밤새 잠을 이루지 못할 것 같은 모습이었다. 하지만 소년이 잠에서 깨어나보니 방안은 온통 옷을 벗고 누워 자고 있는 마을 사람들로 가득했다. 해는 이미 높이 떴지만 사람들은 하나같이 석판으로 목구멍을 막아놓기라도 한 것처럼 드르렁드르렁 요란하게 코를 골면서 깊은 잠에 빠져 있었다. 게다가 모두들 이불을 한쪽으로 걷어차버리고 알몸을 드러냈다. 어쩌다 얇은 홑이불을 덮은 사람도 있고 배에 한기가 들까 무명 적삼으로 배꼽만 가린 사람도 있었다.

정말로 여름이 온 것이었다. 소년은 목구멍에서 연기가 날 정도로 목이 말라 일어나자마자 밖으로 나가 수도꼭지가 있는 곁방으로 달려갔다. 수도꼭지를 맨 끝까지 틀었지만 물이 한 방울도 나오지 않았다.

다시 다른 수도꼭지를 틀어봤지만 역시 물이 한 방울도 나오지 않았다.

소년은 곁방을 나와 기념관 밖으로 물을 찾으러 나가려 했지만 기념관 대문이 바깥쪽에서 굳게 잠겨 있었다. 원래 그 대문은 항상 안에서 걸어 잠갔었다. 안에서 고리를 풀어 잡아당기면 붉은 칠을 한 두 짝의 대문이 열리는 식이었다. 하지만 이번에는 소년이 몇 번을 잡아당겨도 문이 열리지 않았다. 어린 소년이라 세상이 이미 완전히 뒤집혔다는 걸 알지 못했다. 대문밖은 이미 겨울이 아닐 뿐만 아니라 여름이 봄을 뛰어넘어 찾아와 산 위에 꼼짝하지 않고 앉아 있다는 걸 소년은 알지 못했다. 게다가 모든 일에도 순서와 원리가 뒤집혀 있었다. 건곤乾坤이 바뀐 것이다. 왕조가 바뀐 것처럼 세상이 더이상 전과 같지 않았다. 소년이 탕탕 문고리를 잡아당기면서 화가 난 목소리로 밖을 향해 소리쳤다.

"문 열어요. 목말라 죽겠어요."

"문 열라고요. 목말라 죽겠단 말이에요."

이어서 문밖에서 온전한 어른 하나가 쿵 하고 문짝을 발로 차면서 목청을 높여 문 안쪽을 향해 물었다.

"일어났니?"

아이가 말했다. "저 목말라 죽을 거 같아요."

문밖에서 또 물었다. "다른 사람들은 안 일어났어?"

아이가 말했다. "아직 안 일어났어요. 문 좀 열어주세요. 물 좀 마시고 싶어요."

밖에서 또다시 물었다. "목만 말라? 배는 안 고프고?"

아이가 말했다. "배는 안 고파요. 목만 말라요."

문밖의 온전한 사람이 웃었다. 차가운 웃음이었다. 소리도 약간 거칠었다. 차로 공연 도구를 운반해주던 그 건장한 기사의 목소리인 것 같았다. 이 기사는 온몸이 돌처럼 딱딱한 근육질인데다 땅딸막했다. 어깨가 문짝처럼 넓어 한 손으로 차에 달린 타이어를 들어올릴 수 있었다. 또한 도구 상자를 발로 차서 수화물 칸 이쪽에서 저쪽으로 옮길 수 있었다. 기사의 목소리를 알아챈 소년이 말했다. "아저씨, 목이 말라요. 문 좀 열어주세요."

기사가 말했다. "물을 마시고 싶다고? 그럼 가서 마오즈 할머니를 불러오너라."

소년은 수정 관 맞은편 두번째 방으로 가서 마오즈 할머니를 불렀다. 그녀도 이제 막 잠에서 깬 터였고 방안에는 네 명의 외손녀와 앉은뱅이 아줌마가 자고 있었다. 뜻밖에도 그녀들 역시 남자들처럼 깊은 잠에 들었고 이불을 한쪽으로 밀어놓은 채 몸을 밖으로 내놓고 식히고 있었다. 소년은 마오즈 할머니의 몸을 바라보았다. 한 다발로 묶어놓았지만 살짝 건드리기만 해도 다시 흐트러질 장작 같았다. 앉은뱅이 아줌마는 한쪽 구석에 잡초 더미처럼 펑퍼짐하게 누워 자고 있었다. 외손녀들은 일렬로 나란히 누워 있었는데, 몸집은 작아도 가슴은 하나같이 유방만터우처럼 부풀어올라 있었다. 방금 찜통에서 꺼내놓은 것처럼 아주 말랑말랑하고 부드러워 보였다. 그는 문득 왜 그걸 유방만터우라고 부르는지 알 것 같았다. 갑자기 입안이 더 바짝 마르면서 배도 몹시 고파왔다. 저 유방만터우 위에 기어올라가 세게 몇 모금 빨고 싶은 충동이 일었다. 더 중요한 것은 화이화가 창문 아래 맨 가장자리에서 자고 있어 다른 사람들과 상당한 거리를 두고 있다는 점이었다. 남들과 가까워지는 것을 두려워하는 것 같았다. 그녀는 빨간 이불을 한 장 바닥에 깔고 창문 아래 쏟아져 들어오는 밝은 빛 속에서 삼각팬티 하나만 입은 채 자고 있었다. 가슴에는 도시 소녀들이나 착용하는 볼록하고도 둥근 흰색 브래지어를 하고 있어 다른 사람들과 대비를 이루었다. 다른 사람들은 전부 알몸이라 하얀 물고기 같기도 하고 백사白蛇 같기도 한 몸이 그대로 드러나 있었다. 소년은 그녀의 몸에서 푸른 버드나무 향기를 맡았다. 그녀의 다리와 배, 얼굴이 모두 달처럼 희고 옥처럼 아름다웠다. 이

제 막 둥지를 날아오르기 시작한 꾀꼬리처럼 연해 보였다. 소년은
화이화의 하얀 몸 앞에 쪼그리고 앉아 그녀를 만지고 싶은 충동을
달래고 있었다. 가까이 다가가 몸을 숙이고서 그녀의 몸에 입을 맞
추고 싶었다. 그녀를 누나 하고 부르면서 머리를 받치고 있는 그녀
의 손을 잡아당기고 싶었다. 하지만 바로 그때 마오즈 할머니가 일
어났다. 몸을 일으켜 앉은 마오즈 할머니는 머리맡을 휘저어 여름철
에 입는 자신의 홑옷을 찾으면서 중얼거렸다. "아니 날씨가, 날씨가
왜 이런 거지!" 그러고는 베개 밑에서 짙은 청색의 무명 적삼을 찾
아내 몸에 걸치며 문득 문 앞에 서 있는 소년을 보았다.

마오즈 할머니가 물었다. "발 안 아프니?"

소년이 말했다. "목이 말라 죽겠어요."

마오즈 할머니가 말했다. "그럼 물을 마시지 그러니."

소년이 말했다. "대문이 밖에서 잠겨 있어요. 밖에 있는 사람이 할
머니를 모시고 나오래요. 차를 운전하는 그 아저씨가 문밖을 지키고
있어요."

무슨 말인지 잘 이해하지 못하겠다는 듯 마오즈 할머니는 눈을
가늘게 뜨고 희미한 눈빛으로 소년을 쳐다보다가 갑자기 뭔가 생각
난 것 같았다. 어떤 일이 인증을 받은 것처럼 분명해진 것 같았다.
시커멓고 마른 마오즈 할머니의 얼굴이 새하얗게 변하더니 갑자기
바닥을 손으로 딛고 몸을 일으켜 소년과 함께 수정 관이 놓인 대청
을 지나 대문에 이르러서는 거친 동작으로 붉은 대문 고리를 잡아
당겼다. 얼굴의 창백함이 두터운 구름처럼 짙어졌다.

그녀가 문틈에 대고 밖을 향해 소리쳤다. "이봐요. 댁은 누구요?

할말이 있으니 문을 좀 열어봐요."

대답하는 소리가 들리지 않자 그녀는 또다시 큰 소리로 외쳤다. "나 마오즈 할머니예요. 어서 문을 좀 열어봐요."

마침내 문밖에서 인기척이 들렸다. 먼저 몇 사람이 계단 쪽으로 올라오는 발걸음소리가 들렸다. 이어서 그 몇 사람은 문 앞에 멈춰서서 한참 동안 아무 말도 하지 않고 조용히 있었다. 그러더니 정말로 공연 도구를 운송하는 차를 운전하는 기사의 쉰 목소리가 들려왔다. 그가 말했다. 마오즈 할머니, 제가 누군지 아시죠? 당당한 사람은 뒤에서 구린 짓을 하지 않는 법이에요. 저는 지난 반년 동안 할머니네 묘기공연단을 따라다니며 차를 몰았던 기사예요. 여기 있는 사람들은 기념관의 관리인들이고요. 솔직하게 말씀드릴게요. 저희가 밖에서 문을 완전히 걸어 잠갔습니다. 할머니네 공연단 사람들에게서 약간의 돈을 받기 위해서예요. 공연단 사람들이 어떻게 돈을 빼앗겼는지는 저희도 잘 알아요. 그게 전부 상부의 더러운 간부 새끼들과 염병할 극단 간부들이 저지른 짓이에요. 그들은 공연단의 공연이 끝에서 두번째 묘기에 이를 때쯤 벌써 손을 쓰기 시작했지요. 공연이 다 끝나고 사람들이 일제히 흩어져 공연장을 떠나려 할 때, 혼란을 틈타 저에게 차를 몰고 산 아래로 내려가라고 하더군요. 제가 아무것도 모른다고 생각했는지 돈을 나누면서 저한테는 한 푼도 주지 않았어요. 마오즈 할머니, 제가 정말로 한 푼도 받지 못했다는 걸 할머니께 말씀드리고 싶어요. 길에 나섰다가 차가 고장나서 수리를 해야 했어요. 그들이 가고 나서야 다시 차를 몰아 돌아왔지요. 저희는 그들처럼 그렇게 욕심이 많지 않아요. 할머니가 가진 돈을 한 사람 앞에 팔천 위안에서 만 위안씩만 나눠주시면 돼요. 그래야 제가 공연단을 위해 반년 동안 차를 운전해준 것이 헛수고가 되지 않고, 제 옆에 있는 몇몇 형제들도 할머니네 공연단을 위해 수고한 것이 헛되지 않게 되지요. 저희는 요 며칠 동안 기념관을 지키면서 한 발짝도 자리를 뜨지 않았고 밥도 돌아가면서 교대로 먹었습니다.

기념관 안에서 또 누군가 잠에서 깨어 일어났다. 귀에 대고 볜파오를 터뜨리는 묘기를 담당하는 귀머거리 마씨였다. 이쪽의 동정을 전혀 듣지 못한 그는 곧장 화장실에 가서 몸을 씻은 다음 이쪽을 향해 기웃거리다가 다시 곁방으로 돌아갔다. 해가 아직 남쪽을 비추고 있지 않은 것 같았다. 어쩌면 시간은 이미 정오에 가까워졌는지도 몰랐다. 기념관의 그 높고 큰 창문을 뚫고 쏟아져 들어오던 햇빛은 붉은빛을 띠면서 숯불처럼 창가에 잔뜩 쌓여 있었다. 여름이면 기념관의 높고 큰 대청이 시원하고 상쾌해야 했다. 하지만 이 여름은 겨울 끝자락에서 끼어든 터라 모든 창문이 아직 굳게 닫혀 있었다. 때문에 대청 안이 몹시 덥고 갑갑했다. 사람들이 모두 틈새 하나 없는 상자 안이나 조롱박 속에 갇혀 있는 것 같았다. 마오즈 할머니는 몸을 돌려 그 창문의 유리들을 살펴보았다. 모든 창문의 높이가 한 장丈이 넘었다. 두말할 필요도 없이 이 기념관은 산꼭대기에 지어져 있기 때문에 창문이 바닥에서 사람 키의 두 배 정도 높이 떨어져 있고 바깥쪽은 바닥에서 사람 키의 세 배, 네 배, 심지어 다섯 배 정도의 높이로 떨어져 있었다. 가장 높은 곳은 건물 이삼 층 높이에 해당했다. 문이 열리지 않는다면 기념관 밖으로 나가는 일은 절대로 불가능한 일이었다. 이곳 서우휘마을 사람들이 대부분 장애인이라는 것은 말할 것도 없고, 온전한 사람이라 해도, 팔다리가 전부 멀쩡한 사람들이 창문까지 올라가 거기에서 뛰어내리면 문밖 어느 바닥에 발을 디딘단 말인가.

마오즈 할머니는 창문에서 눈길을 거둬들였다.

문밖에서 대답을 기다리던 사람들도 더이상 참을 수 없었는지 먼저 문을 발로 몇 번 차더니 문을 부딪으며 소리를 질렀다.

"생각해보셨어요, 마오즈 할머니? 우리는 할머니네 공연단 사람들에게 그리 많은 돈을 요구하는 게 아니에요. 다 합쳐서 여덟 명이니 돈이 있으면 한 사람 앞에 만 위안씩 주시고 돈이 많지 않으면 팔천 위안씩만 주셔도 돼요."

마오즈 할머니가 말했다. "돈이 없어요. 그들이 다 빼앗아갔어요. 정말 돈 가진 사람이 하나도 없다고요."

문밖의 사람들이 또다시 쾅쾅 문에 발길질을 하고서 말했다. "돈이 없으면 그만두세요. 언제든지 돈이 생기면 우리를 부르세요. 불러도 대답이 없으면 이 문을 세 번 두드리시면 됩니다."

말을 마치고 그들도 가버렸다. 사박사박 한동안 발걸음소리만 들려왔다. 개대를 내려가는 소리임을 알 수 있었다. 기념관 안은 갑자기 적막에 휩싸였다. 마오즈 할머니가 몸을 돌려보니 서우훠마을 사람들이 이미 전부 잠자리에서 일어나 그녀 뒤에 서 있었다. 회의를 하는 것처럼 빼곡하게 모여 있었다. 더위 때문인지 남자들 중에는 등을 다 드러내놓은 사람도 있고 무명 적삼을 어깨에 걸친 사람도 있었다. 여자들 중에는 등을 다 드러낸 사람은 없었다. 여자들은 하나같이 여름철 적삼을 입고 있었다. 그들은 작년 여름에 바러우산맥을 떠나 외지로 나가서 공연을 하다가 돌아온 터였지만 다행히 아직 마을로 가지 않고 모두 이 산 위에 와 있었다. 그래서 사람들마다 홑옷과 얇은 바지가 짐에 들어 있는 게 그나마 큰 다행이었다. 서우훠마을 사람들은 무슨 일이 일어났는지 다 알게 되었다. 밖에 있는 사람들이 일인당 팔천 위안 내지 만 위안을 요구하고 있다는 것도 알게 되었다. 여덟 명이면 최소한 육만 위안이 넘는 돈이 필요했다. 하지만 육만 위안이 넘는 돈이 어디 있단 말인가. 마을 사람들 모두가 기념관 대청의 절반을 가득 메우고 서서 서로의 얼굴을 쳐다보기만 할 뿐이었다. 모두가 서로를 힐끗힐끗 쳐다보면서 그 깊고 두터운 고요함 속에서 침묵하고 있었다. 이상한 일이었다. 지금 이 순간 모든 서우훠 사람들에게서 어젯밤의 격분을 찾아볼 수 없었다. 약탈당하고 난 뒤 하루종일 울다 지쳐 눈물이 말라버렸던 어제의 그 처량함과 슬픔은 온데간데없이 사라져버렸다. 뒤이어 오늘 이런 일이 일어나리라는 걸 예감이라도 하고 있었던 것 같았다. 아무도 말을 하지 않고 문 뒤에 서 있거나 기념관 기둥에 몸을 기대고 있었다. 여자들은 남자들의 얼굴을 쳐다보고 있었고, 남자들은 아무 일에도 신경쓰기 싫다는 듯한 표정으로 바닥에 쭈그리고 앉아 담배를 피웠다. 화이화는 여전히 그 맑은 물 같은 치마를 입고 있었다. 다른 사람들처럼 세수를 하지 않았는데도 여전히 얼굴과 몸 전체가 아름답기만 했다. 얼굴과 몸 전체에 사람들을 끌어들이는 힘이 있었다. 그녀가 외다리 원숭이를 힐끗 쳐다보았다. 그는 두 팔을 가슴 앞으로 하여 팔짱을 낀 채 아무 말도 하지 않았다. 그저 말없이 윗입술을 아랫니로 긁고 아랫입술을 윗니로 긁고 있을 뿐, 뭔가 신선한 모습이 보이지 않았다. 그녀는 흥하고 코웃음을 치면서 다른 데로 눈길을 옮겼다.

그렇게 쥐죽은듯한 정적이 이어졌다. 끝없이 고요하기만 했다.

마오즈 할머니도 눈길을 외다리 원숭이에게로 향해 아무 생각 없이 묻는 것 같기도 하고 진심으로 간곡하게 방법을 구하는 것 같기도 한 표정으로 그에게 물었다.

그녀가 말했다. "어떻게 해야 하지?"

외다리 원숭이가 고개를 한쪽으로 돌리면서 말했다. "제게 무슨 방법이 있겠어요. 제게 돈이 남아 있다면 벌써 다 내놨지 이렇게 가만히 있겠어요?"

마오즈 할머니가 다시 귀머거리에게로 눈길을 돌렸다.

서 있었던 귀머거리가 갑자기 바닥에 쭈그리고 앉으면서 큰 소리로 말했다. "저는 한 푼도 없어요. 전부 다 도둑맞았다고요."

마오즈 할머니의 눈길이 다시 팔다리가 온전한 두 남자에게로 향했다. 두 남자가 말했다. "저희는 애초부터 장애인들만큼 많이 벌지도 못했어요. 공연단원들은 한 번 공연할 때마다 의자 두 개 값을 벌었지만 저희 둘은 의자 다리 하나 값도 벌지 못했거든요. 그나마 번 돈은 전부 베개 밑에 넣어뒀는데 지금 한 푼도 없잖아요."

더이상은 뭐라고 말을 할 수 없는 상황이었다. 마오즈 할머니는 잠시 생각에 잠기더니 곁방으로 돌아갔다. 그러고는 잠시 후에 어디서 꺼냈는지 접힌 돈을 한 뭉치 들고 나왔다. 전부 백 위안짜리 붉은 지폐였다. 기왓장만큼이나 두꺼웠다. 그녀가 그 돈을 들고 문가로 가는 동안 그녀의 네 외손녀 모두 멍한 표정으로 할머니를 바라보았다. 벽 모퉁이에 서 있던 화이화의 얼굴이 처음에는 무표정이더니 나중에는 곧 폭발할 듯이 진한 핏빛으로 변했다. 마오즈 할머니가 자기 앞으로 다가오는 순간 그녀는 갑자기 날듯이 외할머니에게 다가가 외할머니 손에서 그 접힌 지폐 뭉치를 빼앗았다. 할머니가 휘청거릴 정도로 거칠게 잡아당기는 바람에 마오즈 할머니는 땅바닥으로 넘어질 뻔했다.

다행히 마오즈 할머니는 이내 안정적인 자세로 다시 섰다. 놀란 눈으로 화이화를 바라보던 그녀가 갑자기 화이화의 얼굴을 한 대 후려쳤다. 마오즈는 이미 늙었지만 하룻밤 사이에 훨씬 더 늙었다. 세게 후려치진 않았지만 얼굴에 맞은 것은 분명했다. 화이화의 얼굴이 곧바로 붉게 물들었다.

"그건 제 돈이란 말이에요!" 화이화가 소리쳤다. "제가 치마 한 장도 아까워서 못 사 입고 모은 돈이라고요."

마오즈 할머니가 말했다. "그렇게 사고도 부족하다는 게냐!" 그러면서 매서운 눈빛으로 얼굴을 감싼 외손녀를 노려보았다. 그러고는 곧장 철문 뒤로 가서 문을 두드렸다. 문밖에서는 곧바로 흥분한 목소리가 들려왔다. "거봐요. 할머니네 서우훼이 사람들은 전부 절묘한 기술을 갖고 있어서 공연 한 번 할 때마다 떼돈을 벌 수 있잖아요. 그러니 이 정도 돈이야 무슨 문제가 되겠어요." 이렇게 말하면서 남자가 개대 아래를 향해 소리쳤다. "어이— 빨리 올라와보라고!"

그러고는 다시 문 안쪽에 대고 말했다. "돈을 문 밑 틈새로 밀어내보내세요. 돈이 나오면 곧장 문을 열어드리겠습니다."

마오즈 할머니가 그 접힌 돈다발을 문틈으로 밀어 밖으로 전달했다. 남자들은 재빨리 문틈으로 돈을 빼내갔다. 돈을 빼내가서는 또다시 소리쳤다. "어서 나머지 돈도 밀어 내보내세요."

마오즈 할머니가 말했다. "정말로 더는 없어. 팔천 위안이 전부일세. 나머지 돈은 어젯밤에 그 사람들이 전부 빼앗아가버렸다고."

밖에 있는 사람들은 그다지 유쾌하지 모양이었다. "귀신을 속여봐요. 아니면 돼지를 속이든가. 우리는 귀신도 아니고 돼지도 아닌데 당신 같은 사람들한테 속아넘어갈 것 같아요?" 그러고는 다시 말을 이었다. "팔천 위안이면 겨우 한 사람 몫이니 아직 팔천 위안씩 일곱 명분이 부족하네요. 팔천 위안씩 일곱 번을 더 밀어 내보내지 않으면 당신들을 그 안에서 굶어죽게 하거나 목말라 죽게 할 테니까 그런 줄 알라고요."

그들이 말을 마치자 또다시 사방이 깊은 정적에 빠졌다. 깊은 정적에 이어 그 기사가 밖에서 사람들에게 큰 목소리로 뭐라고 지시하더니 다시 사람들을 데리고 개대를 내려가는 소리가 들려왔다. 마오즈 할머니가 그 발걸음소리를 좇으며 큰 소리로 말했다.

"이봐, 정말로 돈이 없다니까. 그 팔천 위안은 우리 모두가 몸에 지니고 있던 것을 남김없이 탈탈 털어 모은 거라고."

기사의 대답이 들려왔다. "그만 불러대요. 그런 말도 안 되는 소리는 그만하시고요."

마오즈 할머니가 소리쳤다. "정 못 믿겠으면 문을 열고 들어와서 뒤져봐."

기사가 말했다. "이런 염병할, 할머니는 당신네 장애인들이 우리 같은 온전한 사람들을 이길 수 있을 거라고 생각하는 겁니까?"

마오즈 할머니가 말했다. "당신들은 나라의 법이 무섭지도 않나?"

기사가 말했다. "우리 온전한 사람들이 바로 당신네들의 법이라고요."

마오즈 할머니가 말했다. "류 현장이 두렵지도 않고?"

기사가 깔깔대며 웃었다.

"내가 사실대로 말해드리지요. 류 현장이 큰일을 벌인 게 분명해요. 류 현장이 큰일을 벌이지 않았다면 그 빌어먹을 현 간부 개자식들이 어떻게 감히 당신들의 돈을 빼앗아갔겠습니까? 류 현장이 무언가 일을 벌이지 않았다면 우리도 감히 당신들을 레닌기념관 안에 가둬놓을 수 없겠지요."

할말을 잃은 마오즈 할머니는 문밖의 사람들이 이렇게 떠들어대면서 개대를 내려가도록 내버려두었다. 발걸음소리만이 망치처럼 청석판 개대를 세차게 두드렸다. 기념관의 벽돌 담장과 서우훠 사람들의 몸을 마구 두드려댔다.

날씨는 이미 숨쉬기도 어려울 정도로 갑갑하고 무더웠다. 사람들 모두 마음이 어지럽고 당혹스러워 온몸이 땀에 젖고 입이 바싹 타들어갔다. 모두들 정말로 목이 마르고 배가 고프기 시작했다. 아이는 원래 목이 말라서 깨어난 터라 제일 먼저 기념관이 문밖에서 잠긴 걸 알게 되었다. 이 순간 소년은 이미 극도로 목이 말라 마실 물을 달라고 목소리를 낼 수도 없을 정도였다. 귀머거리가 중얼거렸다. 염병할, 어디 가서 마실 물을 구한단 말이야. 벙어리도 자신의 목구멍을 가리키면서 발을 동동 굴렀다. 수도꼭지에서는 물이 한 방울도 나오지 않는데도 이따금씩 누군가 가서 꼭지를 틀어보았다. 마오즈 할머니는 문득 소년이 생각났다. 몸을 돌려 둘러보니 소년이 언제부터인지 자신의 당숙과 함께 벽 한쪽 구석에 있었다. 소년은 당숙의 품안에 누워 있었다. 젖을 먹는 아이가 엄마 품에 누워 있는 것 같았다. 나이가 예순 하고도 셋인 당숙은 공연단을 따라다니면서 밥을 지어주는 일을 했다. 그가 소년의 머리를 감싸안고 손으로 아이의 허리를 받친 채 마오즈 할머니 앞으로 걸어오면서 연신 같은 말을 반복했다.

"물 좀 구해주세요. 아이 몸이 뜨거워요."

"물 좀 구해주세요. 아이 몸이 뜨거워요."

마오즈 할머니는 손으로 소년의 정수리를 만져보았다. 불덩이를 만지는 것 같았다. 그녀는 황급히 손을 떼었다 다시 올려 한참을 짚어보았다. 그러고는 또다시 달려가 기념관 대문을 두드렸다.

문밖에서 말했다. "돈을 문틈으로 밀어넣으라고요."

마오즈 할머니가 말했다. "아이가 불붙은 숯덩이처럼 열이 나네. 제발 부탁이니 물 한 그릇만 떠다줘."

문밖에서 다른 쪽에 대고 외치는 소리가 들려왔다. "물을 좀 달래요."

다른 쪽에 있던 기사가 대답했다. "돈을 내고 사 마시라고 해."

문밖에서 다시 문 안쪽을 향해 말했다. "물을 마시고 싶다고요? 그럼 돈을 내셔야지요."

마오즈 할머니가 잠시 넋을 잃고 있다가 다시 문밖을 향해 말했다. "당신들은 양심이 눈곱만큼도 남아 있지 않은 건가?"

밖에서 말했다. "우리가 양심을 개에게 줘버렸다고 치세요."

마오즈 할머니는 잠시 생각에 잠겼다가 다시 입을 열었다. "물 한 그릇에 얼마인가?"

밖에서 큰 소리로 대답이 들려왔다. "백 위안이요."

마오즈 할머니가 놀라서 되물었다. "얼마라고?"

"백 위안이요."

"당신들은 정말로 양심이라곤 눈곱만큼도 없군?"

"말했잖아요. 양심은 개에게 줘버렸다고요."

"아이 몸이 불덩이처럼 뜨겁단 말이야."

"그러니까 어서 돈을 문틈으로 밀어넣으시라고요."

더이상 뭐라고 할말이 없었다. 사람들은 모두 마오즈 할머니의 얼굴만 쳐다보았다. 마오즈 할머니는 도저히 방법이 없다는 듯이 벽 한구석에 앉아 있는 소년의 당숙을 바라보았다. 아이 당숙의 얼굴에 당혹스러운 표정이 걸리더니 고개를 아래로 푹 숙였다. 마을 사람들은 또다시 죽음 같은 정적 속으로 빠져들었다. 사람들 모두 무덤 속으로 들어간 것 같았다. 죽음 같은 정적 속에서 외다리 원숭이가 어디 있다가 나왔는지 기념관 문 뒤로 가서는 문밖에 대고 큰 소리로 말했다.

"물 한 그릇이 어떻게 백 위안이나 한단 말이오?"

밖에서 말했다. "사람이 죽어가는데 돈은 뒀다가 뭐하려고 그래."

"일 위안에 안 될까요?"

밖에서 말했다. "이런 염병할, 꺼져버려."

"그럼 십 위안에 합시다."

"염병하고 있네."

"이십 위안에 안 되겠어요?"

"꺼지라고. 오십 위안에도 안 돼."

외다리 원숭이는 더이상 아무 말도 하지 않았다. 이때 마오즈 할머니가 곁방으로 돌아가 십 위안짜리 몇 장과 접혀있는 잔돈 뭉치를 들고 와서는 문을 마주하고 밖을 향해 소리쳤다. "팔십 위안은 어떻겠나?" 밖에서 말했다. "백 위안이 있어야 정발수[1] 한 사발을 마실 수 있다니까요. 이백 위안이면 면탕* 한 그릇을 드리고 오백 위안이면 만터우를 하나 드리지요. 필요하면 말씀하시고 그렇지 않으면 그냥 그 안에서 죽도록 하세요." 마오즈 할머니는 두말하지 않고 그 백 위안을 문틈으로 밀어넣었다. 잠시 후 문밖에서 어수선한 목소리가 들렸다. 문이 열리고 문틈으로 물 한 대접을 전해줄 줄 알았는데 그들은 사다리 하나를 문 위쪽에 받치고는 그 위로 기어올라가 문 위에 난 작고 네모난 유리창을 두드렸다. 안에서 창문을 열고 그 창문을 통해 물을 건네받으라는 것이었다. 안에서 창문을 열고 물을 건네받은 사람은 외다리 원숭이였다. 그가 벙어리의 어깨를 밟고 창틀 위로 올라가 보니 창밖으로 스무 살 남짓 되어 보이는 젊은이의 얼굴이 보였다. 상고머리에 불그죽죽한 얼굴이었다. 외다리 원숭이가 그 불그죽죽한 얼굴의 젊은이에게 낮은 목소리로 말했다. 오늘밤 이 사다리를 창가에 대주면 천 위안을 주겠소. 어때요? 젊은이는 불그죽죽한 얼굴이 갑자기 하얗게 변하더니 말을 받았다. 그랬다간 살아남지 못해요. 그러고는 허둥지둥 내려가 사다리를 한쪽으로 치웠다.

---

* 국수를 삶아낸 물.

정오 무렵이 되자 머리 위에 걸린 잔혹한 해는 더 뜨겁게 내리쬐었다. 날씨는 이미 사람들을 태워 죽일 정도로 더웠다. 서우휘 사람들은 시든 풀처럼 각자 곁방 안으로 돌아가 바닥에 드러누웠다. 창문에서 물을 건네받다보니 외다리 원숭이는 마음속에 한 가지 묘수가 떠올랐다. 그는 몇몇 남자들과 함께 기념관의 여러 방과 통로 구석에서 빈 상자 두 개와 낡은 탁자를 찾아냈다. 그것들을 차례로 쌓아보니 딱 창문가에 닿을 수 있는 높이가 됐다. 그 위로 살금살금 기어올라가 내다보니 밖은 온통 텅 비고 고요한 산맥이었다. 지난밤에 산과 들판에 가득했던 그 많은 관광객들은 전부 어디로 간 것인지 알 수 없었다. 어째서 오늘은 관광객이 한 명도 산에 올라오지 않는 건지 알 수 없었다. 반년 동안 공연 도구를 실어나르던 트럭만이 기념관 앞 커다란 나무 아래 세워져 있었고, 정말로 일고여덟 명쯤 되는 멀쩡한 사내들이 트럭 옆 나무 그늘에서 쉬고 있었다. 그들은 이미 점심을 먹고 나서 그릇과 젓가락을 여기저기 마구 내던진 터였다. 나무 아래에서 카드놀이를 하는 사람도 있고 나무 아래 돗자리를 깔고 낮잠을 자는 사람도 있었다. 두말할 것도 없이 그 서른 남짓 된 키 작고 뚱뚱한 기사가 이 사내들의 우두머리였다. 그는 잠방이 하나만 걸친 채로 사람들 옆에 있는 반들반들한 평상 위에서 자고 있었다. 서우휘 사람들이 문틈으로 돈을 밀어내주지 않은 것에 대해 조금도 조급해하지 않는 것 같았다. 모든 것을 아주 적절하고 타당하게 조치해놓은 것 같았다. 산 아래로 통하는 넓은 시멘트 비탈길은 햇빛을 받아 하얗게 빛났다. 연기가 한 겹 뒤덮은 것 같았다. 사람 그림자 하나 없이 밝고 깨끗했다. 어쩌면 날씨가 너무 더워서 어제 산에 올랐던 사람들은 전부 하산하여 집으로 돌아가고 오늘은 또 날씨가 더워 사람들이 더이상 관광을 하러 산에 올라오지 않는 지도 몰랐다. 또 어쩌면 어제 산에 있던 사람들이 오늘 일찌감치 관리인들에게 쫓겨, 혹은 어떤 거짓말에 속아 서둘러 산을 내려갔는지도 몰랐다. 그리고 오늘 산에 오르려던 사람들은 또다시 산 아래에서 누군가 길을 막아 돌아갔거나 거짓말에 속아 돌아갔는지도 몰랐다. 어쨌든 산은 기이할 정도로 조용했다. 그 일고여덟 명의 온전한 사내들 외에는 옆에 아무도 없었다.

창문을 통해 내다보자 기념관 주변의 소나무와 측백나무, 벼랑가의 밤나무와 홰나무들이 전부 무더운 날씨에 오밀조밀하게 새싹을 틔워 온통 초록으로 빛나고 있는 모습이 눈에 들어왔다. 초록빛이 돌아오자 매미들도 슬그머니 나타나 나뭇가지 사이에서 졸졸 물 흐르듯이 울어대고 있었다. 산비탈의 들풀과 가시나무들도 순식간에 너무도 흐드러지게 초록빛을 드러냈다. 그 초록빛 사이로 메뚜기와 다른 벌레들이 요란하게 울어대며 날듯이 튀어올랐다.

산과 들이 온통 신록의 청신함으로 가득했다.

햇빛이 더 따가워질수록 초록빛도 점점 더 무성해져 사람들을 유혹했다. 산과 들도 점점 더 한없이 광활해 보였다. 때문에 기념관 안에 갇힌 것이 더더욱 고달프고 답답하게만 느껴졌다. 사람이 새장 안에 갇힌 것 같았다. 그들은 이쪽 창문을 통해 잠시 밖을 내다본 다음에 다시 상자와 의자를 저쪽 창가로 옮겨 한참이나 밖을 내다보았다. 기념관 안에 갇힌 것이 새장에 갇힌 것과 다를 바 없을 뿐만 아니라 그 새장이 공중에 매달려 있다는 것이 증명되었다. 설사 창문을 통해 나간다고 해도 밖에는 발을 디딜 만한 곳이 없었다. 뒤쪽과 왼쪽, 오른쪽의 세 창문 아래는 전부 절벽이라 땅바닥에서 몇 장丈이 나 떨어진 높이였다. 겨우 앞쪽 창문 아래만 약간 낮은 편이지만 창문에서 땅바닥까지는 여전히 건물 2층 정도의 높이였다. 차라리 개대 앞쪽 문틀 위에 있는 창문이 어깨를 짚고 기어올라갔다가 내려올 수 있을 것 같았다. 하지만 그 자리에는 젊은 보초 두 명이 문 앞을 지켰다. 만에 하나 그 창문으로 나간다 해도 그들은 옆에 시종 길이가 석 자나 되는 몽둥이를 세워놓고 만일의 사태에 대비하고 있기 때문에 곧장 몽둥이세례를 받을 수도 있었다.

창문을 통해 도주하는 것은 절대로 불가능한 일이었다. 멀쩡한 사람들도 감히 창문밖으로 뛰어내리지 못하는데 서우휘 사람들은 대부분 장애인이라 더 말할 것도 없었다. 게다가 또 어떻게 사람들 눈을 피해 산을 내려갈 수 있단 말인가.

창문에서 내려오자 밑에 있던 사람들 모두 외다리 원숭이의 얼굴을 쳐다보았다. 그의 얼굴에 한 겹 잿빛이 덮여 있었다. 길을 걷고 있는데 바로 앞에 담벼락이 다가오고 있는 것 같았다.

사람들이 물었다. "어때요?"

그가 말했다. "전혀 방법이 없어."

이리하여 또 모두들 이 길로 도망치는 것을 단념했다. 차라리 창문 몇 개를 다 열어 기념관 안으로 바람이 통하고 산과 들의 냄새를 들이마실 수 있게 되자 사람들은 차분히 각자 묵었던 곁방으로 가서 앉거나 누웠다. 시간은 소나 말의 발굽이 풀밭 위에 닿은 것처럼 아무 소리도 없이 아주 천천히 늑장을 부리면서 흘러갔다. 마침내 해가 정남쪽에 이르자 문밖에서 기념관 안에 대고 고함치는 소리가 들려왔다.

"이봐요. 배들 안 고파요?"

"이봐요. 목들 안 말라요?"

"배가 고프거나 목이 마르면 돈을 문틈으로 밀어 내보내요. 그러면 우리가 국이랑 밥을 창문으로 건네줄 테니까요."

고함소리가 문틈을 비집고 들어와 기념관 안에서 번쩍번쩍 메아리쳤다. 하지만 서우훼 사람들은 아무런 반응도 보이지 않았다. 그냥 그들의 고함소리가 바람처럼 금세 사라지게 놔두었다. 하지만 그들이 외치는 소리가 사라지자 사람들의 배고픔이 깨어나기 시작했다. 소떼와 양떼가 깊고 어두운 꿈에서 깨어난 것 같았다. 모든 사람의 뱃속에서 소떼와 양떼가 내달리기 시작했다. 하루라는 시간이 그렇게 지나가고 곧 황혼이 내려앉을 터였다. 바로 그때 갑자기 기념관 창문에서 탕탕 소리가 나기 시작했다. 누군가 곁방에서 나와 둘러보고 돌아와서는 그 사람들이 모든 창문에 못을 박고 있다고 말했다. 하지만 마을 사람들 모두 마치 그들이 틀림없이 창문에 못질을 할 거라고 예상하기라도 했던 것처럼, 그들 모두 장애인이라 누구도 창문을 통해 밖으로 나갈 능력이 없는데도 아예 못을 박아버리는 걸 보면서도 아무런 탓을 하지 않았다. 창문에 못을 박는 소리에 신경을 쓰는 사람이 없었다. 여전히 무력하게 벽에 몸을 기대고 앉거나 누워서 아무 말도 하지 않고 허기와 갈증에 죽은듯이 맞서고 있었다. 갈수록 가까이 타오르고 타오를수록 더 맹렬해지는 불에 모기로 대항하려는 것 같았다.

창문에 못을 박는 망치질소리가 경칩의 우레처럼 사람들의 텅 빈 가슴에 울려퍼졌다. 망치질소리가 울릴 때마다 모두의 가슴이 쾅하고 위로 솟구쳐올랐다. 해가 정남향을 지나 곧 황혼이 내릴 때까지의 백 리길처럼 긴 시간을 서우훠마을 사람들은 쾅쾅 요란하게 울리는 소리 속에서 견뎌냈다.

갈증과 허기가 또다시 전날의 저녁식사 시간에 맞춰 엄습해왔다. 어떤 사람은 자고 있다가 이 시간이 되자 깨어났고, 어떤 사람은 까무러쳐 있다가 이 순간에도 줄곧 그랬다. 창문의 햇빛은 이미 작열하는 하얀빛에서 찬란한 황금빛으로 변했다가 다시 붉은 핏빛으로 변했다. 그러면서 기념관 앞쪽 창문에서 레닌의 동상과 수정 관 쪽으로 옮겨갔다가 다시 기념관 뒤쪽의 창문으로 이동했다. 네모난 유리창 한 칸 한 칸에 붉은 비단이 걸려 있는 것 같았다. 안에서도 밖에서 창문에 대고 박은 대못의 대가리를 볼 수 있었다. 창문에 작은 모자를 걸어놓은 것 같았다. 어쨌든 그들은 전부 온전한 이들이라 키가 컸기 때문에 창문 아래로 가파른 벼랑과 계곡이 있어도 아주 쉽게 올라가 못을 박을 수 있었다. 마오즈 할머니는 줄곧 누워 있지 않았다. 같은 자리에 앉아 멍하니 문가를 바라보고 있었다. 공교롭게도 그 문가에서는 대청 한가운데 있는 수정 관이 보였다. 수정 관 위에 놓인 열 개에서 스무 개 사이의 퇴사 지장이 찍힌 하얀 천도 보였다. 마오즈 할머니가 그곳을 바라보면서 무슨 생각을 하고 있었는지 아는 사람은 아무도 없었다. 해가 질 때가 되어서야 그녀는 수정 관 위에서 눈길을 거두고 자신의 네 외손녀 퉁화와 화이화, 위화, 넷째 어얼을 쳐다보다가 다시 곁방 맞은편에 주저앉아 있는 앉은뱅이 아줌마를 쳐다보았다. 그녀들에게 뭔가를 묻는 것 같기도 하고 또 무심결에 혼잣말을 내뱉는 것 같기도 했다.

"다들 배고프지?" 그녀가 물었다.

모두들 일제히 눈길을 마오즈 할머니에게로 향했다.

"돈이 있으면 사도록 하자." 그녀가 말했다. "산 채로 굶어죽을 수는 없잖아."

"날이 어두워졌어요." 앉은뱅이 아줌마가 말했다. "어쩌면 그 사람들이 내일은 문을 열어줄지도 모르잖아요."

마오즈 할머니는 다른 방으로 가서 바닥에 앉거나 누워 있는 마을 사람들을 바라보았다.

"배고프면 그냥 사 먹도록 합시다." 그녀가 말했다. "사람이 산채로 굶어죽을 수는 없잖소."

모두들 아무 말도 하지 않고 고개를 돌려 창밖에 지는 해와 노을만 바라보았다.

마오즈 할머니는 다시 바로 옆방으로 건너갔다.

"내 말은 사야 할 때는 사자는 거예요. 사람이 산 채로 굶어죽거나 목말라 죽을 수는 없잖소."

또다시 옆방으로 갔다.

"사야 하면 그냥 사자들. 산 채로 굶어죽거나 목말라 죽을 수는 없잖아."

그녀는 방마다 돌아다니며 이렇게 말했다. 하지만 끝내 나가서 물한 그릇이나 만터우 하나 사는 사람이 없었다. 한 사람이 말했다. 난수중에 땡전 한 푼 없어요. 또다른 사람이 말했다. 염병할, 그 빌어먹을 놈들한테 깡그리 도둑맞았다고요. 다들 수중에 가진 돈이 한 푼도 없으니 목말라 죽거나 굶어죽어도 어쩔 수 없다고 말했다.

그렇게 다들 황혼으로 들어갔다가 이내 어두운 밤으로 접어들었다. 문밖에 있는 사람들은 저녁식사 시간을 전후로 하여 쉬지 않고 안쪽을 향해 소리쳤다. 배고프지요? 목마르지 않아요? 배가 고프거나 목이 마르면 돈을 문틈으로 밀어넣어요. 하지만 서우휘 사람들은 정말로 더이상 견디기 어려워 오십 위안을 문밖으로 밀어내고 창문을 통해 물 반 사발을 건네받은 사람을 제외하고는 아무도 그 말에 반응을 보이지 않았다. 이백 위안을 주고 면탕을 사 먹거나 오백 위안을 내고 만터우를 사 먹는 사람은 없었다.

하룻밤이 그렇게 지나갔다.

또 하루가 이렇게 지나갔다.

사흘째가 되자 서우휘 사람들은 이미 너무 굶어 눈구멍이 푹 꺼진 상태였다. 금방이라도 눈알이 눈자위 밖으로 쏟아져나올 것만 같았다. 걸을 때도 모두들 손으로 벽이나 담을 짚고 다녀야 했다. 며칠 전처럼 지독하게 뜨거운 햇빛은 여전히 유리창을 통해 쏟아져 들어오고 있었다. 붉게 달궈진 철사 다발이 창문을 통해 방안으로 뻗어들어오는 것 같았다. 사람들마다 입술이 말라 터지면서 균열과 함께 상처가 났다. 갈증을 조금이라도 줄이기 위해 사람들은 모두 각자의 곁방에 있지 않고 대청에 나와 있거나 원래 수도꼭지가 있던 뒷간으로 갔다. 그곳에는 아직 약간의 습기가 남아 있긴 하지만 똥오줌냄새가 지독했다. 문밖에 있는 사람들은 서우휘 사람들을 들들 볶기로 단단히 마음을 먹은 터였다. 그들은 서우휘 사람들이 배고픔과 목마름을 견디다가 결국에는 무너질 것이고 돈을 문밖으로 내놓을 거라는 걸 잘 알았다. 그래서 밥때가 돌아올 때마다 문밖에서 큰 소리로 배가 고프지 않느냐고, 목이 마르지 않느냐고 외쳐대는 것을 제외하고 나머지 시간에는 서우휘 사람들에게 못되게 굴지 않았다. 그저 시간으로 그들을 괴롭히기만으로도 충분하다는 계산이었다.

결국에는 서우휘 사람들을 무너뜨리게 될 것이었다.

사흘날 정오 무렵, 문밖에 있는 사람들이 또다시 문 안쪽을 향해 물건을 파는 것처럼 큰 소리로 외쳐대기 시작했다.

"이봐요, 물 필요하지 않아요? 물 한 사발에 백 위안이에요."

"이봐요, 국물이 필요하지 않나요? 백면白麵 계란탕 한 그릇에 이백 위안이에요. 사방에 넘쳐흐르도록 가득 담아드립니다."

"이봐요, 만터우 필요하지 않아요? 곱게 간 하얀 밀가루로 찐 만터우라고요. 크기가 어린애 머리통만하고 아줌마들 젖가슴만하다니까요. 노랗게 구운 파전도 있어요. 황금처럼 노랗고 기름전병처럼 고소하지요. 이봐요, 어때요? 구미가 당기지 않아요? 하얀 만터우 하나에 오백 위안, 파전 한 장에 육백 위안이에요."

그들은 그렇게 문 앞에서 쉬지 않고 외쳐댔다. 때로는 사다리를 타고 올라와 얼굴을 내밀고는 웃으면서 안을 들여다보며 외쳤던 말을 다시 창문 안으로 밀어넣기도 했다. 방송용 스피커처럼 방안을 향해 큰 소리로 여덟, 아홉, 열 번씩 외쳐댔다. 그런 다음에는 물 한 사발을 떠다 창문 안으로 내밀면서 마시겠느냐고 물었다. 마실래요? 안 마시면 그냥 버리지 뭐. 말이 끝나기 무섭게 정말로 허공에서 물 한 사발이 기념관 대청 안으로 쏟아졌다. 무수한 물방울이 은빛 구슬처럼 허공에서 갑자기 쏴아 하고 대리석의 바닥으로 쏟아졌다. 바닥이 곧장 물에 젖으면서 온통 진흙투성이가 되었다. 이어서 그들은 만터우를 창문 안으로 내밀면서 먹지 않겠느냐고 물었다. 먹을래요? 그러더니 창가에서 새에게 모이를 주듯이 하얗고 큼지막한 만터우를 비벼서 가루로 만든 다음, 그 가루를 전부 창문 밖으로 뿌렸다. 창문 안쪽에는 진한 만터우 냄새만 남았다. 기근과 흉작의 시기에 어디선가 날아오는 한줄기 밀향기 같았다. 그렇게 말하면서 만터우를 비벼 가루로 만들어버리고 기념관 바닥에 물을 뿌려 서우훠 사람들을 전부 기념관 대청으로 유인해냈다. 사람들 모두 그 문 뒤쪽에 모여 앉거나 선 채로 물이 한 사발 또 한 사발 바닥에 뿌려지고 만터우가 모래알처럼 창문 밖 땅바닥으로 떨어지는 모습을 바라보고 있었다.

정오의 해는 더이상 뜨거울 수 없을 정도로 지독하게 뜨겁게 밭을 달구고 있었다. 지난 수백 년 동안 날이 이렇게 더운 적은 없었다. 새장 같은 기념관 안에는 바람 한줄기 들지 않았고 공기는 누가 다 마셔버린 것만 같았다. 모두들 땀을 흘리고 싶었지만 누구의 몸에도 밖으로 흘러나올 물이 없었다. 날이 앞으로도 계속 이렇게 더웠다가는 몸 안에 있는 피가 땀구멍을 통해 밖으로 흘러나올 것 같았다. 이틀 전, 하루 전에 사람들은 기념관 화장실의 대변 위에다 소변을 보았지만 내릴 물이 없어서 이제는 대변이 발효한 냄새가 지독하게 방안에 퍼져 있었다. 악취가 증기처럼 사람들을 감쌌다.

창문 위에서 물을 뿌리고 만터우를 비벼 뿌리던 온전한 사람들은 모두 낮잠을 자러 내려갔다. 온 세상이 순식간에 무덤 같은 고요함과 답답함 속에 잠겨버렸다. 대청에 있던 서우훠 사람들은 하나같이 갈증과 허기로 탈진해 마비된 것처럼 도처에 앉아 있었다.

사람들 입술이 허옇게 말라버렸다. 갈라진 모래밭 같았다.

기념관 밖에서는 그 멀쩡한 사내들이 떠드는 소리 외에 다른 사람들의 목소리는 전혀 들리지 않았다. 다시 말해서 사흘 동안 다른 사람들은 아무도 산에 올라오지 않은 것이었다. 다른 사람은 누구도 이 산 위에서 하늘이 무너지고 땅이 꺼지는 일이 일어나고 있다는 것을 알지 못했다. 서우훠마을 사람들이 산 위에 있는 레닌기념관에 갇힌 채 사흘 밤낮으로 입에 물 한 방울, 쌀 한 톨 넣지 못하고 있다는 사실을 아무도 알지 못했다. 소아마비 소년이 심하게 열이 나는데도 지난 사흘 동안 물 반 사발을 마실 때마다 매번 문틈으로 오십 위안 혹은 백 위안의 돈을 밀어넣어야 했다는 사실을 알지 못했다.

정말이지 더이상은 버틸 수 없을 것 같았다. 소년의 당숙은 이미 굶주림에 쓰러져 기념관의 화표 옆에 널브러졌다.

귀머거리 마씨는 벽 한쪽 구석에서 하루 밤낮을 미동도 하지 않았다. 눈동자조차도 더이상 움직일 생각이 없는 것 같았다.

공연단을 따라다니면서 밥을 해주던 장애인 아줌마는 더이상 어떻게 할 수 없을 정도로 목이 마르자 그릇에 얼마 되지 않는 자신의 오줌을 받았다. 그런 다음 그걸 마셨다. 마시고 나서는 또다시 한쪽 구석에 가서 깡그리 다 토해냈다.

이런 지경에 이르자 이날 오후 날이 한창 더울 때, 마오즈 할머니가 곁방에서 나왔다. 지팡이를 짚고 벽을 더듬어가며 밖으로 나온 그녀의 얼굴은 바짝 마른 잿빛이었다. 며칠을 불을 쪼여 그을린 잿빛이었다. 하얗게 센 그녀의 머리칼은 마구 엉클어져 하얀 건초 뭉치 같았다. 몸에 걸친 감청색 무명 적삼은 원래 몸에 딱 맞는 크기였지만 지금은 말라비틀어진 대나무에 펑퍼짐한 무명 적삼을 걸쳐놓은 것처럼 보였다. 그녀가 방에서 나왔지만 마을 사람들은 전혀 관심을 보이지 않았다. 지난 사흘 동안 그녀도 다른 사람들과 마찬가지로 여기에 누워 있든지 저기에 앉아 있든지 했던 것 같았다. 그런데 지금 그녀가 입을 열어 몇 마디 말을 했다. 그 몇 마디에 사람들은 그녀를 바라보지 않을 수 없었다. 한 구절 한 마디에 귀를 기울이지 않을 수 없었다. 밖에 있는 사람들이 창문을 통해 기념관 안쪽으로 물을 뿌리고 만터우를 비벼 가루를 내고 있을 때, 그녀는 대청에 있지 않았지만 그들이 물을 뿌리고 만터우를 비벼 으깨는 것을 아주 분명하게 다 알고 있었다. 곁방에서 나와 벽 한 귀퉁이에 선 그녀가 왼손으로는 지팡이를 짚고 오른손으로는 벽을 짚고 모두를 향해 물었다.

"이제 물을 안 뿌리고 만터우를 비벼 으깨지도 않나?"

사람들은 그저 고개를 들어 그녀를 힐끗 쳐다볼 뿐이었다.

그녀가 또 말했다. "여러분 수중에 아직 돈이 남아 있다는 것 다 알아. 누구누구의 돈이 어디에 있는지도 알지. 못 믿겠으면 우리 모두 각자 옷을 벗어서 뒤져보거나 아니면 잠자리 밑에 있는 벽돌을 전부 들춰서 찾아보도록 합시다."

그녀가 또 말했다. "사람이 산 채로 목말라 죽거나 굶주려 죽을 수는 없어. 백 위안이면 물 한 사발을 살 수 있고 이백 위안이면 국 한 그릇, 오백 위안이면 만터우를 하나 살 수 있소. 이것들을 사면 살고 안 사면 죽는 겁니다. 말해봐들. 살 거야, 안 살 거야?"

마지막으로 한마디 덧붙였다. "다들 돈을 숨길 필요 없어. 자기 돈으로 산 물은 자기가 마시고 자기 돈으로 산 만터우는 자기가 먹으면 되니까. 내 말을 믿어주게나. 돈이 없는 사람은 목말라 죽거나 굶어죽는 한이 있어도 다른 사람의 돈은 한 푼도 쓸 수 없도록 하겠네."

그러고 나서 대청 안의 죽음 같은 정적 속에 사람들이 눈길을 뒤집는 소리가 들려왔다. 모두들 눈을 데굴데굴 굴려 벽 모퉁이 한쪽을 바라보았다. 제각기 몰래 감춰둔 것들을 마오즈 할머니에게 들킨 것 같았다. 아무도 모르게 목숨걸고 지키던 약점을 마오즈 할머니가 단 한 마디로 다 까발려버린 것 같았다. 그녀를 미워하는 사람들도 있고 몹시 미안해하는 사람들도 있었다. 기념관 대청에 드리웠던 마지막 한 겹의 창호지를 그녀가 마침내 뚫어버린 것에 대해 고맙게 생각하는 사람들도 있었다. 하지만 모두들 원래 있던 자리에 힘없이 주저앉아 서로의 얼굴만 멀뚱멀뚱 쳐다볼 뿐 방금 마오즈 할머니가 말한 것은 다른 사람들의 이야기고 자기에게는 해당되지 않는다는 듯이 있었다. 다른 사람이 돈을 내고 물을 한 사발 사면 자신에게 한 모금 나눠주는 일은 절대로 없을 것이라고, 자기가 돈을 내고 만터우를 사도 남들에게 한입 나눠주는 일은 절대로 없을 거라 생각하는 것 같았다. 더더욱 겁나고 걱정되는 점은 누군가 먼저 돈을 꺼내 물과 만터우를 사러 가면 사람들이 갑자기 우르르 몰려들어 그를 흠씬 두들겨패고 조상대대를 욕하는 상황이었다. 염병할, 돈이 있으면서도 여기에 갇혀 사흘 밤낮을 목마름과 굶주림에 시달리게 만들었냐고 욕을 해대고는 그 돈을 빼앗아 만터우를 사고 물과 국을 사는 상황이었다. 그래서 모두들 멍하니 앉아 꼼짝도 하지 않았다. 그래도 여전히 한마디도 없어 마치 애초부터 대청 안에는 아무도 없었던 것 같았다.

공기 중에는 지독한 악취가 점점 더해갔다.

말라서 굳어버린 뒷간의 똥통처럼 점점 더 무겁게 가라앉았다.

대청의 고요함 속에 나뭇잎이나 참새 깃털이 바닥에 떨어지면 바닥에 쿵 부딪혀 구덩이를 만들고 스치듯 화표 기둥에 떨어지면 기둥에 금이 가게 만들 것 같았다. 그 낙엽이나 깃털이 빙글빙글 허공을 맴돌다가 레닌의 수정 관 위에 떨어지면 틀림없이 수정 관 뚜껑의 유리조각이 산산조각날 것 같았다. 정말이었다. 적막함이 하늘 끝에 이르러 더이상 적막함의 깊은 곳으로 들어갈 수 없었다. 갑갑함이 하늘 끝에 이르러 그보다 더 갑갑할 수가 없었다. 마오즈 할머니의 얼굴을 바라보던 모든 눈길이 천천히 아무 이유 없이 어찌할 바를 몰랐다. 아무 이유 없이 그렇게 발 앞의 어딘가로 떨어졌다.

당혹스럽고 갑갑한 시간이 그렇게 조금씩 천천히 흘러갔다. 시간이 머리카락을 한 가닥 한 가닥 세고 있는 것 같았다. 어쩌면 아주 긴 시간이 지났을지도 모르고 아니면 머리카락 몇 가닥 세는 시간이 지났을지도 모른다. 이어서 마오즈 할머니가 소아마비 소년에게로 눈길을 돌렸다.

아이는 대청 문에 가까운 한쪽 구석에 앉아 있었다. 몸을 문 옆 벽에 기대고 있어 창문에서 떨어진 물이 전부 아이의 발 앞으로 흘러온 데다 얼굴에까지 튀었다. 문밖에 있는 사람들이 물을 쏟을 때 아이는 하마터면 입을 벌려 그 물을 받아 마실 뻔했다. 하지만 또 입으로 받아내지 못할 것 같다는 생각도 들어 몸을 움직이지 않고 그 자리에 가만히 있었던 것이다. 두말할 것도 없이 소년의 얼굴에는 극한의 배고픔과 목마름이 가득했다. 창백한 잿빛 얼굴이 퉁퉁 부어 다소 반들거리기도 했다. 상해서 흐물흐물해진 사과나 복숭아 같았다. 아이의 입술에는 몇 가닥 말라비틀어진 핏자국이 아주 높고 두껍게 부어 있었다. 마오즈 할머니가 아이를 바라보자 아이도 마오즈 할머니를 바라보았다. 자기 엄마와 닮은 사람을 보고서 다가가 엄마라고 불러 확인하고 싶지만 혹시나 엄마가 아닐까 두려워 눈만 멀뚱멀뚱 뜨고서 계속 바라만 보고 있는 얼굴이었다. 상대방이 먼저 다가와 자신을 확인해주기를 바라는 것 같았다.

마오즈 할머니가 소년을 그렇게 한참이나 바라보다가 말했다.

"애야."

소년은 간단히 네 하고 대답했다.

그녀가 물었다. "먹고 싶으냐?"

아이가 가볍게 고개를 끄덕이고 말했다. "목이 너무 말라요."

마오즈 할머니가 말했다. "바지 호주머니 안에 넣고 꿰맨 돈을 꺼내서 내게 주렴. 내가 물을 사다주마."

아이는 정말로 사람들 앞에서 입고 있던 긴 홑바지를 벗더니 안에 입고 있는 꽃무늬 잠방이를 드러내 보였다. 꽃무늬 잠방이에는 하얀 호주머니가 붙어 있었다. 제법 불룩했지만 호주머니 입구 역시 꿰매져 있었다. 아이는 고개를 숙이고 하얀 호주머니를 꿰맨 실을 이로 물어뜯고는 안에서 손가락 하나 두께로 접힌 돈다발을 꺼내 마오즈 할머니에게 순순히 건넸다. 전부 백 위안짜리 지폐였다. 아이에게 가까이 다가가 돈을 건네받은 마오즈 할머니는 그 가운데 여섯 장을 세어 손에 쥐고는 나머지를 다시 아이에게 돌려주었다. 그런 다음 기념관 문 앞으로 가서 몇 번을 이어 문을 두드리면서 물 한 사발과 만터우 하나를 주문하고 돈을 문틈 사이로 밀어넣었다.

눈 깜짝할 사이에 물 한 사발과 만터우 하나가 문 위에 있는 창문을 통해 전달되어 들어왔다. 아이는 문 뒤쪽 중앙에 서서 물을 받고 만터우를 든 채로 사람들 앞에서 벌컥벌컥 단숨에 물 한 사발을 마시고 큰 입으로 만터우를 베어 물었다. 아직 어린아이이다보니 아무도 간섭하거나 간여하지 않았다. 꿀꺽꿀꺽 물 마시는 소리가 청량하게 울려퍼졌다. 강물이 대청 안을 흘러 지나가는 것 같았다. 쩝쩝 만터우를 씹는 황금빛 소리는 마을 사람들이 생활 형편이 나아져 기름 솥에 뭔가를 튀기는 소리 같았다.

소년은 그렇게 아무 거리낌 없이 게걸스럽게 만터우를 먹었다.

곧바로 만터우 냄새가 회오리바람처럼 기념관 안에서 소용돌이를 일으키기 시작했다. 만터우를 씹는 소리가 기념관 안에 물처럼 철철 흘러넘쳤다. 아이는 몸집이 크지 않았고 고작 열몇 살인 데다 오른쪽 다리가 삼대처럼 말라 있었다. 체격도 껍질이 벗겨진 삼대처럼 비쩍 말라 있었다. 평소에는 입을 아무리 크게 벌려도 달걀 하나가 들어가지 않을 정도였는데 지금은 그렇게 마른 아이가 입을 사발 반만하게 벌려 두세 입으로 그 토끼 머리만한 만터우를 삼분의 이나 먹어치웠다.

모든 사람들의 눈길이 아이의 만터우에 집중되었다. 너무나 맛있게 먹는 아이의 모습에 집중되었다.

모두들 아무 말도 하지 않았다.

모두들 눈으로 아이가 만터우를 먹는 모습을 삼키고 귀로 만터우 먹는 소리를 삼키고 있었다. 외다리 원숭이는 근처에 서서 말라 갈라져 터지고 쓰라린 자신의 입술을 혀로 핥았다. 무슨 이유인지 귀머거리 마씨는 자신의 입을 손으로 틀어막았다. 퉁화와 화이화, 위화, 넷째 어얼은 소년을 쳐다보지 않고 자신들의 외할머니인 마오즈 할머니만 뚫어지게 쳐다보았다. 당장이라도 아이 옆에 있는 마오즈 할머니가 갑자기 어디선가 접힌 지폐를 한 뭉치 꺼내 자신들에게도 각각 만터우 하나와 물 한 사발씩 사주기를 기대하고 있는 것 같았다.

아마도 이미 정오가 지난 것 같았다. 시간과 방안의 공기가 전부 아이에 의해 와그작와그작 씹혀 산산조각이 나버렸다.

갑자기 귀머거리 마씨가 바지의 허리띠를 풀더니 투덜거리듯 말했다. "사람이 다 죽게 생겼는데 이까짓 돈이 있으면 뭐해!" 그러더니 안에 입은 잠방이에서 천이백 위안을 꺼내들고는 문밖을 향해 큰 소리로 외쳤다.

"만터우 두 개하고 물 두 사발 줘요!"

그러고는 돈을 문틈 아래로 밀어넣었다.

이내 서른 살 남짓한 사내의 웃는 얼굴이 창문에 나타나서는 만터우와 물을 창문 안으로 넘겨주었다.

벙어리가 몇 번 끙끙 소리를 내며 발을 동동 구르다가 갑자기 자신이 자던 곁방으로 뛰어 들어가 벽 아래에 요가 깔린 부분의 한가운데로 가서 벽돌 수를 세더니 다섯번째 벽돌에 이르자 요 아래에 있는 벽돌을 들어올렸다. 그 밑에는 여러 겹으로 된 두꺼운 비닐봉지가 들어 있었다. 돈을 한 다발 꺼내든 벙어리는 다시 대청을 향해 걸어가면서 손가락 세 개를 펴고는 끙끙 소리를 냈다. 마오즈 할머니는 그 돈을 받아 아직 창문에 남아 있던 웃는 얼굴을 향해 말했다. "만터우 세 개하고 또 물 세 사발 주십시오. 천팔백 위안이니 세어보시고." 그러면서 돈다발을 창문 안으로 내민 손에 쥐여주었다.

웃는 얼굴은 돈을 받고는 세어보지도 않고 곧장 고개를 돌려 기념관 아래쪽을 향해 소리쳤다. "만터우 세 개랑 물 세 사발이요. 빨리요."

일은 이렇게 뒤죽박죽으로 어지럽게 시작되었다. 서우훠 사람들은 더이상 누구도 다른 사람을 안중에 두지 않았다. 마오즈 할머니가 말한 것처럼 그들은 사흘 전에 온전한 사람들에게 강탈당하고 빼앗겼지만 아직 몰래 따로 챙겨둔 돈이 남아 있었다. 아줌마들은 사람들 앞에서 입고 있던 무명 적삼을 벗어젖혔다. 적삼 안쪽에 바느질로 꿰맨 주머니들이 잔뜩 달렸고 그 주머니마다 돈이 든 채로 박음질이 되어 있었다. 적삼 안에 주머니가 없는 아줌마도 있었다. 하지만 그녀는 사람들의 눈을 피해 뒷간으로 가서는 금세 손에 몇백 위안을 들고 다시 나타났다.

소년의 당숙은 그 자리에 앉아 미동도 하지 않았다. 그는 그 자리에서 바짓가랑이를 찢었다. 바짓가랑이 사이에서 적지 않은 돈이 쏟아져나왔다.

외지 공연에서 백스물한 살의 노인 행세를 했던 늙은 절름발이는 입고 있던 옷 안에서 돈을 꺼내지도 않았고 곁방으로 돈을 가지러 가지도 않았다. 대신 레닌의 수정 관 옆으로 가서는 그 밑에 엎드려 바닥을 더듬더니 이내 도시 사람들이나 가지고 다니는 가죽 지갑을 하나 꺼냈다. 지갑은 배가 튀어나온 것처럼 불룩했고 안에는 백 위 안 지폐 신권이 빽빽하게 채워져 있었다. 그는 지폐를 몇 장이나 꺼냈는지도 모른 채 연신 투덜댔다. "염병할, 사람이 다 죽게 생겼는데 돈이 있으면 뭐하나." 그는 만터우도 사지 않고 물도 사지 않았다. 대신 기름전병 세 개와 면탕 세 그릇을 샀다. 기름전병은 정말로 노랗게 구워져 맛있는 냄새를 풍기고 있었고 면탕 역시 입맛에 딱 맞았다. 창문을 통해 기름전병 세 개와 면탕 세 그릇을 건네받은 그는 먼저 바닥에 면탕 두 그릇을 내려놓았다. 그런 다음 왼손으로 면탕 한 그릇을 받쳐들고 오른손으로 기름전병을 들고서 레닌의 수정 관 쪽으로 가서 그 위에 얌전히 내려놓고는 다시 돌아와 면탕 두 그릇을 들어 옮겼다. 수정 관 표면은 윤이 나고 대단히 매끄러웠다. 그 위에 면탕과 만터우를 펼쳐놓으니 마치 옥으로 된 황제의 식탁에 음식을 차려놓은 것 같았다. 그 모습이 마치 그가 배가 고파 먹으려는 것이 아니라 사람들에게 어서 다들 먹고 마시라고, 살아 있으면 된 거라고 말하려는 것 같았다. 사람들에게 돈은 아무 쓸모도 없고 오로지 먹고 마시는 것만이 천하에서 가장 소중한 일이라고 말하려는 것 같았다. 그가 만터우를 입에 넣고 씹기 시작하자 소가 꼴을 먹는 것 같은 소리가 났고, 면탕을 마시니 모래밭 위로 물이 흘러가는 소리가 났다. 그는 먹고 마시는 데만 집중하면서 아무것도 신경쓰지 않고 아무도 쳐다보지 않았다. 무대 위에서 굶주린 사람을 연기하고 있는 것 같았다.

수많은 사람들이 전부 그가 먹는 모습만 바라보고 있었다. 또 수많은 사람들이 어디서 났는지 모르게 돈을 가져다가 그처럼 통 크게 면탕과 기름전병을 사러 달려가면서 말했다. "염병할, 다 죽어가게 생겼는데 기왕에 먹을 바에는 좋은 걸 먹는 게 낫지. 마시는 것도 좋은 걸로 마셔야 한다고."

이때, 외다리 원숭이는 줄곧 사람들 가장자리에 숨어 꼼짝도 하지 않고 다른 사람들이 먹는 모습만 바라보고 있었다. 다른 사람들이 갑자기 어디선가 돈을 꺼내 오는 모습을 보고만 있었다. 그 나이 백스물한 살의 노인 행세를 하던 절름발이가 수정 관 위에서 기름전병을 먹고 면탕을 마시면서 수시로 고개를 숙여 수정 관 바닥을 응시하는 모습을 바라보았다. 조금 전에 그가 수정 관 밑에서 돈을 꺼내던 곳이었다. 외다리 원숭이는 마음속으로 의심이 가는 바가 있어 욕을 내뱉었다. "이런, 염병할!" 나이든 절름발이 아저씨를 욕하는 건지 아니면 자신을 욕하는 건지 알 수 없었다. 이어서 그는 무대에서 칼의 산을 뛰어넘고 불의 바다를 건너기 위해 특별히 바닥을 단단하게 만든 신발을 벗어버리고 그 냄새나는 신발 바닥에서 백 위안짜리 지폐를 열 장 남짓 꺼내 만터우와 면탕을 사서 먹고 마시기 시작했다.

먹고 마시면서 외다리 원숭이는 수시로 사방을 둘러보았다. 그리고 또 수시로 눈길을 절름발이 아저씨가 끊임없이 힐끗거리는 그 수정 관 밑의 바닥을 바라보았다.

대청 안이 갑자기 소란스러워지기 시작했다. 누군가 만터우 두 개를 사면 또 누구는 물 한 사발을 사느라 떠드는 소리가 이쪽, 저쪽, 사방팔방에서 터져나왔다. 서우훠마을 사람들 모두 일제히 지팡이를 짚거나 다리를 절면서 기념관 문 앞으로 몰려가 절름발이의 말을 흉내내며 말했다. "그러게 말이야, 염병할, 사람이 굶어죽게 생겼는데 돈이 있으면 뭘 해!"

"먹자고, 마시자고, 먹고 마시다 죽는 한이 있어도 굶어죽거나 목말라 죽을 수는 없지."

"물 한 사발에 백 위안이든 천 위안이든 됐고, 나는 더이상 이 고생 못하겠어."

대청은 온통 만터우를 먹고 물을 마시는 소리로 가득했다.

대청 안이 창문으로 가서 돈을 건네는 손과 팔로 넘쳐났다.

몹시 무더운 해가 노랗게 밝게 떠 있었다. 누군가 물 한 사발을 단숨에 다 마시고는 또다시 빈 사발과 백 위안을 창문 밖으로 내밀면서 큰 소리로 외쳤다. "물 한 사발 더 줘요. 물 한 사발 더 달라고."

또 어떤 사람이 입에 만터우를 하나 쑤셔넣고는 큰 소리로 외쳤다. "만터우 하나만 더 팔아요. 만터우 하나만 더 팔라고요. 기름전병도 하나 줘요!"

바로 그때 기념관 대문 위의 작은 창문 네 개가 전부 활짝 열렸다. 온전한 사람 넷의 얼굴이 나타났다. 가운데 있는 기사의 얼굴에는 다른 온전한 사람들의 득의양양하게 미소 짓는 모습이 보이지 않았다. 그는 창밖에서 안으로 머리를 들이밀고는 대청 안을 내려다보면서 목청을 돋워 말했다.

"진작 이랬으면 며칠을 굶는 일이 없었을 것 아니에요!"

그러고는 또다시 큰 소리로 외쳤다.

"미안하지만 여러분— 만터우 가격이 올랐어요. 하나에 팔백 위안이 됐어요. 물도 값이 올랐어요. 한 사발에 이백 위안이에요."

갑자기 대청 안의 서우휘 사람들 모두 조용해졌다. 아무 소리도 나지 않았다. 그 기사가 갑자기 불 위에 물을 한 통 뿌린 것 같았다. 돈을 들고 만터우와 물을 사겠다고 아우성치던 사람들 가운데는 얼른 팔을 거둬들이는 사람도 있고, 멍하니 넋을 잃고는 손에 돈을 든 채로 팔을 그대로 내밀고 있는 여자도 있었다. 갑자기 창가에 있던 온전한 사내 하나가 재빨리 그녀의 손에 들려 있던 돈을 빼앗아가 버렸다. 그녀가 창문에 대고 큰 소리로 외쳤다.

"야, 왜 내 돈을 빼앗아가는 거야."

"왜 돈을 빼앗는 거냐고."

돈을 빼앗아간 사람이 대청을 향해 낭랑한 목소리로 웃으면서 말했다. "돈을 빼앗을 생각이 아니라면 누가 여기서 사흘 밤낮을 기다리겠어!"

그 날카로운 소리에 입이 막혀 아무 말도 하지 못한 그녀는 황급히 문 뒤쪽으로 물러나면서 손으로 자신의 무명 적삼 안에 기워 넣은 주머니를 가렸다. 외다리 원숭이의 눈에 또다시 멀리서 절름발이가 본능적으로 수정 관 밑을 힐끗 쳐다보는 모습이 포착되었다. 레닌기념관 대청에 모인 서우휘 사람들이 하나같이 아무 말도 하지 못하고 시선을 전부 기둥 옆에 서 있는 마오즈 할머니에게로 향하는 모습도 포착되었다.

마오즈 할머니는 시종 대청 한가운데 있는 기둥 옆에 서 있었다.

하지만 화이화는 살짝 한쪽으로 몸을 숨겼다. 그녀는 손에 만터우 반 개와 물 반 사발을 들고서 아주 맛있게 먹고 마셨다. 아무 소리도 내지 않았다. 그녀가 언제 어디에서 돈을 꺼내 만터우와 물을 샀는지 아무도 알지 못했다. 그렇게 벽 구석에 몸을 숨긴 채 먹고 마시면서 쉴새없이 여전히 물처럼 맑고 생기가 넘치는 큰 눈을 돌려 외할머니와 맹인인 언니, 난쟁이 여동생을 힐끗힐끗 쳐다보고 있었다. 해는 여전히 따갑게 창문을 통해 빛을 쬐었다. 허공에는 구린내 외에도 만터우 냄새, 그리고 소란 속에 사람들이 허둥대면서 바닥에 흩뿌려진 물에서 올라오는 습기가 가득찼다. 아직 다 먹지 않은 사람은 계속 자기 만터우를 먹으면서 물을 마시고 있었지만 조금 전에 비해 먹는 소리와 마시는 소리가 더 작을 수 없을 정도로 작아졌다. 다른 사람이 들을까봐 두려워하는 것 같았다. 쥐떼와 참새떼가 도둑질이라도 하고 있는 것 같았다. 아무도 더는 그 창문에서 만터우와 물을 사지 않았다. 다들 대청에서 몹시 괴롭고 서글픈 눈빛으로 마오즈 할머니를 바라보았다. 그녀가 당장이라도 먹을 것과 마실 것이 생기게 하기를 바라는 것 같았다. 모두들 누런 잿빛 얼굴로 후회를 하고 있는 것 같았다. 살 수 있는 기회를 놓친 것 같았다. 이제 곧 굶어죽거나 말라죽을 것처럼 모두들 축 늘어져 벽을 기대고 바닥에 주저앉아 마오즈 할머니를 쳐다보고 창가에 있는 온전한 사람들을 쳐다보더니 결국 고개를 푹 숙였다.

사정은 여기서 또 갑자기 바뀌었다. 창가의 온전한 사람들 얼굴에 하나같이 고소해하는 웃음이 걸렸다. 그 얼굴들을 뚫고 들어오는 햇빛이 백금처럼 하얗게 타오르면서 서우훠 사람들의 눈을 찔렀다. 해가 온전한 사람들의 머리 위에 걸려 있는 탓인지 그들 모두 머리와 얼굴이 온통 하얀 땀으로 뒤범벅이 되었고 무명 적삼이나 홑저고리를 벗어던져 드러난 어깨는 전부 검붉은 기름을 바른 것처럼 붉게 빛났다. 이들의 우두머리인 기사는 여전히 가운데 있는 사다리에 올라선 채로 맨 가운데 있는 창문에 얼굴이 살짝 스치더니 크고 거친 목소리로 침착하게 안쪽을 향해 말했다.

"여러분 대부분이 수중에 적지 않은 돈을 감춰두었다는 거 다 알아요. 공연 한 번 할 때마다 전부 의자 하나 혹은 두 개 값을 받았으니, 지난 반년 동안 얼마나 벌었을지 다 안다고요. 그 사람들이 빼앗아 간 돈은 많아야 삼분의 이나 삼분의 일쯤 되겠지요. 이제 여러분에게 사실대로 말하지요. 여러분이 내게 십만 위안이나 팔만 위안쯤 주면 나도 더이상 달라고 안 하고 만터우나 물을 팔면서 여길 지키고 있을 겁니다. 물값이 또 올랐네요. 한 사발에 삼백 위안이 됐어요. 만터우도 값이 올랐어요. 하나에 천 위안입니다. 만터우를 먹으려면 짠지도 먹어야지요. 짠지는 아주 싸요. 이백 위안어치만 사면 충분할 겁니다."

그러고는 다시 물었다.

"살 거예요, 말 거예요? 살 거면 이 가격에 사야 합니다. 가격이 또 오를지 모르니까 내일까지 기다리진 말아요."

기사는 마오즈 할머니를 한번 힐끗 쳐다보고는 말을 이었다. "저는 밖에 있는 온전한 사람들의 우두머리고 할머니가 이 안에 있는 장애인들의 우두머리입니다. 할머니가 온갖 세상사를 두루 겪으신 것 잘 압니다. 건넌 다리만 해도 제가 걸었던 길보다 몇백 리는 더

길겠지요. 하지만 지금은 제발 잘못 생각하시는 일이 없기를 바랍니다. 그 안에서 고생하지 말란 말입니다. 결국에는 돈도 남아 있지 않게 될 테니까요."

그러고는 마오즈 할머니의 얼굴을 뚫어져라 쳐다보았다.

"이 가격에 만터우와 물을 살 겁니까, 말 겁니까?"

또다시 마오즈 할머니의 눈을 뚫어져라 쳐다보았다. "살 거예요, 말 거예요? 미안합니다. 마오즈 할머니. 이 만터우를 사지 않으면 저는 또 가격을 올려야겠어요. 만터우 하나에 천이백 위안이고 물값도 올라서 한 사발에 오백 위안입니다. 짠지는 한 봉지에 삼백 위안이고요. 이런 가격에도 굶어죽고 싶으면 사지 마세요. 잘 생각해보세요. 저는 내려가서 혈상[3]이나 자야겠네요. 잘 생각해보시고 사람들한테 저를 부르라고 하세요."

대청은 또다시 이전의 죽음 같은 적막으로 돌아갔다. 물이나 면탕을 다 마시지 않은 사람들은 목구멍에 몇 모금을 억지로 밀어넣어 삼키고 나서는 빈 사발을 바닥에 내려놓았다. 찐 만터우와 구운 만터우를 먹던 사람들은 다 먹어치운 건지 아니면 다 먹지 못하고 남은 걸 어딘가에 감췄는지 알 수 없었다. 어쨌든 서우훠 사람들은 또다시 철저히 조용해졌다. 창문은 원래의 모습을 회복했다. 그 강도들을 이끌고 있는 기사는 올린 가격을 말해주고 난 뒤 창가에서 마지막으로 서우훠 사람들을 향해 웃어 보이면서 다른 사람들을 전부 창가에서 내려가게 하고서 말했다. "이봐요, 마오즈 할머니. 할머니가 서우훠 사람들을 잘 설득해보세요. 어차피 살 거면 일찌감치 사라고요. 얼른 사지 않고 더 지체하다가 날 화나게 하면 짜증나서 가격을 또 올리게 될 테니까."

그러고 나서 그는 창가에서 사라졌다.

대청 안은 또다시 철저하게 원래의 그 무덤 같은 정적 속으로 빠져들었다. 서우휘 사람들은 줄줄이 대청을 떠나 자신들이 자던 곁방으로 돌아갔다. 모두들 곁방에 가서 눕거나 앉아 있었다. 죽음을 기다리고 있는 것 같았다. 혹은 문밖의 온전한 사람들이 갑자기 문을 열고 들어와 자신들을 산 채로 나가게 해주기를, 그것도 수중에 있는 돈을 전부 가지고 나갈 수 있게 해주기를 기다리고 있는 것 같았다.

외다리 원숭이는 곁방으로 돌아가지 않았다. 그는 늙은 절름발이가 수정 관 옆을 벗어나면서 또다시 허리를 숙여 수정 관 밑을 만져보는 모습을 유심히 보았다. 그 자리에서 뭔가를 만지고 갔는지 아니면 또 뭔가를 놓고 간 것인지는 알 수 없었다. 외다리 원숭이는 가서 수정 관 아래를 더듬어보기로 마음먹었다. 그는 먼저 뒷간에 가서 오줌을 누는 것처럼 잠시 서 있다가 다시 뒷간에서 나왔다. 모두들 곁방으로 돌아가 자기 자리에 눕거나 앉아 있었기에 대청은 아무도 없이 텅 비었다. 마오즈 할머니마저도 한 손으로는 눈먼 퉁화의 손을 잡고 다른 한 손으로는 넷째 어얼의 손을 잡고는 셋이서 침상 머리에 앉아 있었다. 할머니는 그렇게 머리를 벽에 기대고 눈을 감고 있었다.

평안하고 조용했다. 죽음처럼 조용했다. 방안에 날아다니는 먼지 소리도 들을 수 있을 것 같았다.

이때 외다리 원숭이는 뒷간에서 나와 수정 관 옆으로 가서 도둑처럼 몰래 수정 관 아래 부분을 더듬어보았다. 수정 관은 대리석 받침 위에 놓여 있었고, 받침 위에는 또 기둥 두 개가 수정 관을 받치고 있었다. 관 아래에 먼지가 한 층 깔려 있는 것 말고는 아무것도 없었다. 두말할 것도 없이 절름발이가 돈을 원래 관 아래 놓아두었다가 조금 전에 전부 꺼내 가고 먼지만 남은 것이었다. 외다리 원숭이는 김이 빠지고 말았다. 조금 전 그곳을 너무 자주 쳐다본 자신이 원망스러웠다. 절름발이에게 속마음을 들킨 게 분명했다.

그는 손을 관 아래에서 빼내 먼지가 잔뜩 묻은 손을 수정 관에 문질렀다. 마음이 차갑게 식었지만 그렇다고 단념할 수도 없었던 그는 곁방 문 입구들을 각각 쳐다보고 또다시 바닥에 엎드려 관 아래 부분을 살펴보았다. 이번에는 먼지가 쌓인 바닥 위 세 군데에서 절름발이가 지갑을 놓았던 직사각형 흔적을 찾을 수 있었다. 이 흔적들은 전부 대리석 받침대 위로 수정 관을 받치고 있는 돌기둥 옆에 남아 있었다. 수정 관 아래의 받침 한가운데에 책 절반만한 검은 구멍이 있는 것도 발견했다. 수정 관 밑에 돗자리 같은 받침을 깔면서 그 자리에 대리석을 한 조각 까는 걸 잊은 것 같았다.

그는 있는 힘껏 바닥에 엎드려 그 책 절반만한 검은 구멍 가까이로 손을 뻗었다. 자신이 그 검은 구멍의 어디를 만졌는지 알 수 없는 상태에서 뭔가를 누른 것 같았다. 갑자기, 너무나 갑자기 발을 딛고 있는 바닥의 대리석 두 개가 천천히 땅속으로 가라앉았다. 곧이어 그가 무슨 일이 일어난 건지 알아차리기도 전에 가로세로 한 자 정도 되는 그 대리석 두 개가 몇 치 깊이로 가라앉으면서 또 천천히 양쪽으로 벌어졌다.

바닥에 아주 깊고 검은 구멍이 나타났다.

그는 너무 놀라 바닥에 주저앉고 말았다.

눈앞에 있는 수정 관 아래 안쪽에 길이가 두 자, 폭이 한 자쯤 되는 구멍 입구가 생겼다. 그는 자신이 방금 관 아래쪽 검은 구멍 안으로 손을 뻗다가 이 구멍의 정교한 기관을 건드렸다는 사실을 깨달았다. 대청 안은 여전히 사람 하나 없이 텅 비어 있었다. 여러 곁방 입구에도 아무도 없었다. 대청 문 위의 창문에도 아무도 없었다. 외다리 원숭이의 양쪽 손바닥에 땀이 솟았다. 어느새 얼굴도 아주 창백해졌다. 레닌의 수정 관을 통해 비쳐 들어오는 빛에 의지하여 바닥에 있는 폭이 몇 배나 되는 네모난 구멍을 들여다보았다. 레닌의 수정 관 밑에 또다른 지하 동굴이 있는 것을 분명히 본 그는 놀라움을 금할 수 없었다. 이 동굴은 위에 있는 대리석 받침보다 조금 작아 폭은 다섯 자 정도이고 길이는 여덟아홉 자, 깊이는 석 자가 넘었다. 이 동굴도 벽면이 대리석 벽돌로 마감되어 있어 유백색을 띠고 있었다. 동굴 벽면에 흰 비단이 걸려 있는 것 같았다. 이 유백색 동굴 안에 놀랍게도 수정 관 하나가 더 놓여 있었다. 이 관은 위에 있는 레닌의 수정 관과 모양은 똑같지만 크기는 조금 큰 것 같기도 하고 조금 작은 것 같기도 했다. 하지만 대체로 같은 모양의 관이었다. 이 동굴 안의 또다른 수정 관을 보고 너무 놀란 외다리 원숭이는 얼굴이 온통 땀으로 뒤범벅이 되었다. 다리가 동굴 안쪽으로 드리워져 있어 그런지 허벅지 양쪽이 차갑고 싸늘했다. 경련이 이는 것처럼 얼얼하고 부들부들 떨리기도 했다. 그는 재빨리 두 다리를 동굴 입구에서 빼내고 싶었지만 동굴 안에 있는 무언가가 그의 다리를 잡아당기고 있는 것 같았다. 도무지 힘을 쓸 수가 없었다. 이에 그는 고개를 숙여 지하 동굴 안을 살펴보았다. 등뒤에서 기념관 창문을 통해 쏟아져 들어오는 서쪽으로 기운 햇빛이 선홍빛으로 찬란하게 레닌의 수정 관 위로 떨어져 수정 관을 담홍색으로 비추는 소리가 들리는 것 같았다. 수정 관이 분홍빛 마노로 만들어진 것처럼 보였다. 이어서 그 부드러운 빛이 방향을 바꿔 동굴 안의 수정 관을 비추자 수정 관이 흑옥黑玉 색깔로 바뀌었다. 똑같이 빛을 내고 있었지만 훨씬 더 깊은 빛이었고 흐릿했다. 흑옥이 물속에 빠진 것 같았다. 그때, 바로 그 순간에 외다리 원숭이는 동굴 안의 수정 관 덮개에 뜻밖에도 세로로 한 줄 적혀 있는 글자들을 발견했다. 글자들은 노란색이었고 빛이 나진 않았지만 아주 선명했다. 글자 하나의 크기는 사발만했고 관 뚜껑 맨 위에서 아래로 내려가면서 쓰여 있었다. 글자 사이의 간격은 손가락 몇 개 정도는 됐고 서체는 예서체로, 가로가 좁고 세로는 넓은 편이었다. 이런 글자들이 관 표면에 나무껍질처럼 두껍게 불룩 솟아 있었다.

관 뚜껑 위에 상감되어 있는 글자는 전부 아홉 자였다. 외다리 원숭이는 첫번째 글자부터 마지막 글자까지 천천히 콩알을 줍듯이 확인했다. 뜻밖에도 이 아홉 글자는 류 현장에 관한 것이었다.

柳鷹雀同志永垂不朽(류잉취 동지는 영원히 불후할 것이다).

외다리 원숭이는 멍해졌다. 뭘 어떻게 해야 할지 알 수 없었다. 이 지하 동굴 안의 수정 관은 뜻밖에도 류 현장이 자신을 위해 준비해놓은 것이라는 걸, 그는 갑자기 깨닫게 되었다. 하지만 류 현장이 버젓이 살아 있으면서 왜 자신을 위해 관을 준비해 놓았는지, 게다가 왜 수정 관이며 왜 레닌기념관 대청에 그 레닌이라는 위대한 인물의 관과 함께 놓아둔 것인지는 알 수 없었다. 그는 동굴 안 류 현장의 수정 관에서 눈을 떼지 못했다. 관 뚜껑에 상감된 아홉 글자를 바라보던 그는 좀더 깊이 있고 먼 부분을 생각해보았다. 볼록하게 상감된 그 예서체 노란색 글씨들이 그를 사로잡았다. 빛을 발하지는 않았지만 노란색은 당당하게 지하 동굴의 회색빛 속에 돌출되어 있었다. 구름 뒤에 한 줄로 숨은 아홉 개의 해 같았다. 그는 그렇게 그 아홉 글자를 죽어라고 바라보았다. 그 아홉 글자의 색깔을 바라보면서 그 글자들이 무엇으로 만들어진 것인지 생각했다. 당연한 반응이었다. 만일 그 글자들이 황동으로 만든 것이라면 습기가 많은 동굴 안에서 오래지 않아 구리 녹이 슬었을 것이다. 하지만 그 글자들은 습기가 가득한 동굴 안에서도 여전히 선명하게 노란빛을 드러내고 있었다. 구름 뒤에 숨어 있는 해 같았다. 그렇다면 그 글자들은 무엇으로 만들어진 것일까?

외다리 원숭이가 생각해낸 건 금이었다.

금을 상감한 글자들이라는 데 생각이 미치자 외다리 원숭이는 동굴 쪽에 내려가 있는 두 허벅지의 한기가 금세 사라져버렸다. 뜨거운 핏물이 동굴 안에서 그의 두 다리를 따라 머리까지 용솟음치고 있었다. 잠시, 아니 한순간도 지체할 수 없었다. 그는 진짜 원숭이처럼 동굴 안으로 미끄러져 들어가 허리를 구부려 그 글자들을 만져보고는 미친듯이 뭔가를 강탈하는 것처럼 관 뚜껑에 기어올라가 상감되어 있는 글자들을 긁고 뜯어냈다. 하지만 그 글자들은 획 하나 하나가 전부 관 뚜껑에 못으로 박혀 있는데다 그의 손은 이미 땀으로 범벅이 되어 있었다. 그는 첫번째 글자를 긁고 뜯고 잡아당기기 시작했지만 '柳(류)' 자부터 시작하여 마지막 글자인 '朽(후)'까지 아홉 글자 가운데 단 한 획도 뜯어내지 못했다.

대청 안에서 공기가 흐르는 소리가 동굴 안에서는 엄청나게 큰 소리로 웅웅 울려댔다. 지하로 흐르는 강줄기가 외다리 원숭이의 발 아래와 몸 주변으로 흘러 지나가는 것 같았다. 그는 몸을 일으켜 허리를 펴다가 천장에 머리를 부딪히듯이 바로 위에 있던 레닌의 수정 관 아래 부분에 쿵 하고 머리를 부딪혔다. 그 소리에 자신도 놀라 몸 전체가 위아래 할 것 없이 땀으로 범벅이 되었다. 그는 소변을 보고 싶었다. 반년 전 쑹화이 무대에서 처음 공연을 하던 때처럼 바지에 소변을 보고 싶었다.

하지만 참았다. 오줌이 몸에서 빠져나오지 못하게 하고 또다시 그 아홉 글자의 삐침 획 하나를 죽어라 잡아 뜯고 가로획 하나를 마구 잡아당겼다. 그는 '永垂不朽(영수불후)'라는 단어에서 '朽(후)' 자 안에 있는 '木(목)' 자의 일부를 조금 뜯어냈다. 손톱만한 크기로 식지의 손톱 모양이었다. 두께는 정말로 백양나무 껍질만큼이나 됐다. 이렇게 작은 조각인데도 손 안에 쥐고 무게를 가늠해보니 그 얼마 안 되는 양이 손 안의 살을 내리누르는 게 느껴졌다. 쇠망치를 든 것처럼 묵직했다.

그 글자는 정말로 금으로 만들어진 것이었다.

뜻밖에도 금으로 만든 가로세로 획과 삐침 획이 류 현장의 수정 관 뚜껑 위의 아홉 글자를 상감하고 있는 것이었다.

柳鷹雀同志永垂不朽(류잉췌 동지는 영원히 불후할 것이다).

그 글자들이 전부 진짜 금이라는 사실을 유추해낸 그는 동굴 안에서 잠시 넋을 잃고 있다가 또다시 몸을 바싹 엎드려 다른 글자를 파내려 시도했다. 한 획의 절반도 떼어내지 못하자 그는 더이상 아무 생각도 하지 않고 곧장 그 동굴에서 기어나와 곧바로 두 개의 대리석 벽돌이 갈라진 자리로 가서 또다시 만져보고 눌러보았다. 그는 자신이 어떤 정교한 기관을 누르고 있다는 것도 알지 못했다. 그 기관의 정교한 부분이 나뭇가지처럼 그의 손바닥을 찌르고 있었다. 그는 손바닥에 닿는 그 나뭇가지 같은 물건을 안으로 눌렀다가 왼쪽으로 비틀고 오른쪽으로 비틀어보았다. 그가 이리저리 손을 움직이자 그 대리석 벽돌 두 개가 또다시 윙윙 작은 소리를 내면서 동굴을 덮어버렸다.

이 순간 외다리 원숭이는 정말로 자신의 오줌이 잠방이에 닿는 것을 느꼈다. 두 다리 사이 잠방이가 온통 축축하게 젖어버렸다. 잔뜩 물을 먹은 모래가 두 다리를 괴롭히는 것 같았다.

그는 죽은듯이 조용한 기념관의 대청을 둘러보고 나서 곧바로 가볍게 다리를 절면서 뒷간으로 가서는 잠방이를 벗었지만 오줌은 몇 방울밖에 보이지 않았다. 사흘 동안 그는 물을 반 사발밖에 마시지 않았다. 그는 너무 흥분해서 빨리 오줌을 누고 싶었지만 오줌이 나오지 않았다. 몸에 있는 물의 마지막 한 방울까지 전부 동굴 안에서 자신의 잠방이에다 쌌기 때문이다.

오줌은 겨우 몇 방울밖에 나오지 않았지만 며칠 동안 참았던 오줌이 모조리 방출된 것처럼 후련하고 시원했다. 그는 그렇게 뒷간 안에서 똑바로 선 채로 잠방이를 다시 추켜 묶지도 않고 두 어깨를 뒤로 젖혀 공중에 팔을 휘둘러댔다. 바로 그때, 기념관 문 쪽 창문에서 또다시 누군가 안쪽을 향해 큰 소리로 사람들을 부르는 소리가 들렸다. 사람들을 부르면서 소리쳤다.

"이봐요. 모두들 나와요. 서우휘 사람들 모두 밖으로 나오라고요. 우리 큰형님이 여러분과 회의를 하시겠다고 합니다. 여러분에게 하실 말이 있대요."

누군가 밖으로 나온 것 같았다. 그쪽에서 또 외치는 소리가 들렸다.

"돌아가서 마오즈 할머니한테 모두들 나오라고 해요. 우리 형님이 서우휘 사람들과 회의를 하시겠다니까 말이에요. 얘기를 들어보고 여러분 모두 풀어줄 생각이래요."

잠시 후 외다리 원숭이는 무수한 발걸음소리를 들었다. 뒷간에서 나와보니 마을 사람들이 전부 곁방에서 나와 마오즈 할머니의 뒤를 따르고 있었다. 대청 가득 사람들이 서 있었지만 수정 관 쪽을 바라보는 사람은 없었다. 늙은 절름발이마저도 그쪽을 향해 눈길 한 번 던지지 않았다. 창문 밖에는 여전히 온전한 사람들 네 명의 얼굴이 보였다. 그중 한 사람의 얼굴에는 여전히 서우휘 사람들을 멸시하는 듯한 웃음이 걸려 있고 또 어떤 사람의 얼굴은 검푸른 빛으로 변해 있었다. 큰형님이라 불리는 기사는 평온한 얼굴로 창문 한가운데서 대청을 향해 힐끗힐끗 곁눈질을 하다가 이내 시선을 마오즈 할머니에게로 던졌다. 그가 말했다.

"이봐요. 서우훠 사람들— 마오즈 할머니— 여러분 모두 들어보세요. 내가 사실대로 말할 테니까 들어보세요. 우리는 밖에서 더이상 기다리지 못할 것 같습니다. 날이 너무 더워 전부 집에 돌아가고 싶어합니다. 두말할 것도 없이 집에 돌아가고 싶은 마음은 여러분이 우리보다 더하겠지요. 서우훠마을로 돌아가 자유롭게 즐거운受活 세월을 보내고 싶겠지요. 모두 집에 돌아가고 싶으면 좀더 솔직해져야 되겠지요. 여러분 모두 완전히 장애인들이기 때문에 자유롭고 즐거운 세월을 보내는 데는 쓸 돈이 별로 필요치 않을 거예요. 소금과 석탄을 마음껏 쓰면서 미친듯이 먹고 마셔도 한 달에 돈을 얼마 쓰지 못할 거라고요. 게다가 나도 여러분이 이 기념관 대청에서 음식을 먹지도 못하고 물을 마시지도 못하면서 갑갑하게 지내는 걸 보는 마음이 편치 않아요. 팔다리가 없어 거동이 불편하고 보지도 못하고 듣지도 못하고 말도 못하면서 살아 있다는 것이 쉽지 않은 일이지요. 그러니 이렇게 합시다. 우리 온전한 사람들이 여러분을 위해 생각해낸 겁니다. 우리는 여러분이 수중에 가지고 있던 돈을 어디에 숨겼는지 다 보아서 알고 있어요. 우리가 계산을 해보니까 여러분이 매번 공연을 할 때마다 적어도 일인당 평균 의자 한 개 반 값을 벌었을 거예요. 지난 반년 동안 얼마나 벌었는지 모르겠지만 남들이 훔쳐가고 빼앗아간 건 절반도 안 될 겁니다. 어쩌면 삼분의 일도 안 될지 모르지요. 남은 건 고스란히 여러분 몸 어딘가에 숨겨두었겠지요. 이제, 바로 지금 갖고 있는 돈을 전부 내놓도록 하세요. 한 푼도 남기지 말고 다 내놓아야 합니다. 다 내놓으면 내가 한 사람 앞에 삼천 위안씩 다시 돌려드리겠어요. 여러분이 여섯 달 동안이나 외지에 나가 일을 했으니 내가 여러분에게 삼천 위안씩 드리면 한 사람이 한 달 임금으로 오백 위안씩 받는 셈이 되지요. 매달 오백 위안이면 도시 사람들에게도 상당히 높은 임금인 셈입니다. 솽화이 현성 사람들도 사분의 삼이나 되는 노동자들이 일 년 내내 출근만 하고 월급은 받지 못한단 말이에요. 내가 여러분에게 매달 오백 위안의 월급을 주는데다 여러분은 먹고 입고 거주하는 데 전혀 돈을 쓰지 않으니 이를 한데 계산해보면 우리가 매달 여러분 한 사람에게 구백 위안에서 천 위안 정도 주는 셈이 됩니다.”

　여기까지 말하고 기사는 잠시 말을 멈췄다. 기념관 밖에서 서쪽으로 기울고 있던 햇빛이 마침 그의 얼굴 오른쪽 절반을 비추었다. 그 오른쪽 얼굴 절반에 땀방울이 맺혔다. 그는 손바닥으로 땀을 훔치면서 창문을 사이에 두고 대청 안을 힐끗 쳐다보았다. 서우휘 사람들의 얼굴에 혈색이 돌기 시작하는 게 보였다. 서우휘 사람들은 대청에서 서로의 얼굴을 쳐다보고 있었다. 이는 두말할 것도 없이 서로 눈빛으로 생각을 주고받으며 의논을 하고 있다는 뜻이었다. 마지막에는 모두의 눈길이 마오즈 할머니의 얼굴로 향했다. 그녀의 결단을 기다리는 것 같았다. 그녀가 온전한 사람들과 뭔가를 이야기하기를 기다리는 것 같았다. 그녀가 다시 마을 사람들에게 뭐라고 말해주기를 기다리는 것 같았다. 하지만 마오즈 할머니는 아무 말도 하지 않고 대청 한가운데 맨 앞쪽에 서 있었다. 반쯤은 서고 반쯤은 기념관 화표 기둥에 어깨를 기댔다. 그렇게 창문 앞에 있는 온전한 사람들의 얼굴을 뚫어져라 쳐다보았다. 말하고 있는 기사의 입을 뚫어져라 쳐다보았다. 그녀의 얼굴은, 창백했다. 구름 같은 잿빛이었다. 수백 수천 대 빰을 세게 얻어맞기라도 한 것 같았다. 게다가 아직 끝나지 않고 계속 빰을 얻어맞고 있는 것 같았다.

"이봐요— 서우훠 사람들— 마오즈 할머니— 다들 잘 알아들었지요?" 기사가 땀을 한번 훔치고는 또다시 그 자리에서 목소리를 높여 물었다. "어서 계산을 끝내자고요. 돈을 전부 내게 넘기고 각자 내가 다시 나눠주는 삼천 위안의 월급을 받아가지고 마을로 돌아가 즐거운受活 세월을 보내거나 아니면 이 기념관 안에서 다 같이 죽는 겁니다. 아니면 돈을 내고 오백 위안에 물 한 사발, 천 위안에 만터우 하나, 삼백 위안에 짠지 한 젓가락을 사시겠어요?"

그가 또 말했다.

"아니면 돈을 계속 지닌 채로 아무것도 사 먹지 말고 산채로 굶어 죽거나 목말라 죽기를 기다리든가요. 사실 목말라 죽거나 굶어죽는 것도 그리 나쁜 일은 아니에요. 기념관 안에 마침 레닌의 수정 관이 있으니 말이에요. 먼저 죽는 사람이 그 관을 쓸 수 있겠네요."

그가 또 물었다.

"다들 잘 생각해보세요. 죽어서 그 수정 관 안에 잠들래요, 아니면 돈을 전부 내놓고 다시 나한테서 반년에 삼천 위안이라는 높은 임금을 받아가지고 서우훠로 돌아가 자유로운 세월을 보낼래요?"

그는 더이상 아무 말도 하지 않았다. 회의라는 게 끝난 것 같았다. 발언을 마치고 나서 회의에 참석한 사람들의 표결을 기다리는 듯한 표정으로 그는 서우훠 사람들을 바라보았다.

서우훠 사람들 모두가 침묵했다. 모두가 마오즈 할머니만 쳐다보았다. 대청 안의 분위기는 극도로 무겁고 갑갑했다. 모든 사람의 머리 위를 수천 근의 공기가 내리누르고 있는 것 같았다. 이때 마오즈 할머니가 화표에 기댔던 어깨를 움직이면서 창가를 향했던 침침한 눈길을 옮겼다. 그녀는 아주 천천히 고개를 돌려 서우훠마을 사람들을 바라보았다. 그리고 잠시 후 뭔가 결심을 내린 것처럼 다시 고개를 돌려 창가를 바라보면서 물었다.

"문을 열지 않고 어떻게 돈을 받겠다는 겁니까?"

기사는 아무런 생각도 하지 않고 평소에 눈대중만으로 자신이 모는 공연 도구 운반용 차를 지금의 자리에 세워둘 수 있었던 것처럼, 창문 안을 향해 가볍게 손을 흔들어 보이면서 말했다. "잘들 생각해 보셨나요? 생각이 정해졌으면 모두 내 말을 잘 들어요. 이봐요, 여러분 모두 지금 당장 대청 남쪽으로 가서 침대보 하나를 가져다 대청 바닥에 깐 다음, 한 명씩 차례로 돈을 침대보 위에 꺼내놓도록 해요. 돈을 다 꺼내놓은 사람은 침대보 북쪽으로 가서 서세요." 그는 말을 마치고 다시 마오즈 할머니의 얼굴을 바라보았다. 마오즈 할머니의 얼굴에서 뭔가를 확인하려는 것 같았다.

하지만 그는 아무것도 확인할 수 없었다. 마오즈 할머니는 곁방에 가서 침대보를 꺼내 오지 않았다. 그녀는 자신의 푸른 무명 적삼을 벗어 대청 한가운데 깔았다. 그런 다음 솔선수범하여 퉁화와 넷째 어얼을 한 발 앞으로 끌어내 무명 적삼 남쪽에 세웠다.

이 순간부터 사정이 변하기 시작했다. 조금 전과는 사뭇 달랐다. 조금 전에 만터우를 먹고 물을 마셔서 그다지 배가 고프지 않은 사람이나 배도 고프고 목도 말라 국수 가락처럼 몸이 흐느적거리는 사람이나 전부 마오즈 할머니가 대청의 남쪽에 서는 것을 바라보다가 또다시 창가에 있는 온전한 사람들의 얼굴을 바라보고는 하나하나 전부 따라서 대청 남쪽에 섰다.

외다리 원숭이와 화이화도 곧장 그 뒤를 따라 남쪽에 섰다.

공기는 또다시 무덥고 답답하게 응축되기 시작했다.

창가에 있는 온전한 사람들의 눈길이 푸르고 하얗게 변했다. 얼음이 언 것 같았다.

대청을 가득 메운 사람들은 누구도 말을 하지 않았다. 마오즈 할머니와 앉은뱅이 아줌마, 귀머거리 마씨, 맹인 통화, 키가 작은 위화와 넷째 어얼은 맨 앞줄에 서거나 앉아 있었고 절름발이와 소아마비 소년과 그의 당숙은 약간 뒤에 한데 뭉쳐 서 있었다. 그리고 맨 마지막 줄에는 화이화와 외다리 원숭이 등 몇 명이 서 있었다. 외다리 원숭이와 화이화는 서로 어깨를 맞대고 섰다. 어깨가 닿자 외다리 원숭이가 어깨로 화이화를 밀어내며 뜻밖에도 웃으면서 작은 목소리로 말했다. "이봐, 서우훠로 돌아가면 내가 돈을 준비해서 널 아내로 맞을 생각이야." 화이화는 그를 힐끗 쩨려보면서 아무런 대꾸도 하지 않았다. 그저 흥하고 콧방귀만 뀔 뿐이었다. 그가 또다시 그녀를 향해 웃는 얼굴을 보이면서 말했다. "네가 온전한 사람처럼 키도 크고 예쁘다고 생각하지? 그래도 내가 돈으로 널 사고 말 거야."

그녀는 또다시 그를 향해 차갑게 콧방귀를 끼고는 아무 대꾸도 하지 않고 옆으로 비켜섰다.

그도 그쪽으로 옮겨가서는 또다시 그녀를 향해 웃음을 지어 보이며 낮은 목소리로 아주 오만하게 말했다. "내게 시집오지 않으면 평생 후회하게 만들어줄 거야." 그러고는 더이상 그녀를 쳐다보지 않았다. 그녀도 더이상 그를 쳐다보지 않았다. 그렇게 다른 마을 사람들과 함께 적삼 남쪽에 서서 아무 말도 하지 않았다. 죽음 같은 정적이었다. 아무도 말을 하지 않았고 움직이지도 않았다. 그렇게 한동안 영원처럼 조용하다가 마침내 마오즈 할머니가 사람들 무리에서 걸어나와 적삼의 북쪽에 서서 자신의 외손녀인 맹인 퉁화를 마주하고 입을 열었다.

"퉁화야, 너는 평생 돈이 어떤 색깔인지도 본 적이 없는데 돈이 있으면 뭐하니. 돈을 넣고 꿰매둔 데서 다시 다 꺼내놓고 우리집으로 돌아가자꾸나."

퉁화는 외할머니가 먼저 자신을 부르자 몸을 가볍게 떨고는 목소리를 따라 외할머니 쪽으로 얼굴을 향했다. 퉁화는 외할머니의 그 평온하면서도 온갖 세상사를 깊이 감추고 있는 얼굴을 보기라도 한 듯이 침묵하고 있었다. 퉁화는 어딘가에 감춰둔 돈을 꺼내는 것이 죽는 것보다도 아까운 모양이었다. 그렇게 침묵하고 주저하면서 외할머니와 대치했다. 바로 그때 놀랍게도 외다리 원숭이가 화이화 곁을 떠나 사람들 뒤쪽에서 앞으로 비집고 나왔다. 그가 그 푸른색 적삼 앞으로 절뚝거리면서 다가가서더니 왼쪽 발에 신고 있던 신발을 벗은 다음, 신발 바닥에서 적어도 몇천 위안은 될 것 같은 새 지폐 다발을 꺼냈다. 사람들의 생각을 크게 벗어난 일이었다. 그는 또 허리띠 어딘가를 매만져 몇백 내지 천 위안에 달하는 둥글게 말린 지폐 다발을 꺼내 허리를 구부리고 적삼 위에 내려놓았다.

"이게 제가 가진 돈 전부입니다. 염병할 돈이 뭐 그리 중요하겠어요. 마을로 돌아가 즐거운受活 세월을 보내는 게 무엇보다도 중요하다고 생각합니다." 마을 사람들을 향해 이렇게 말하고 나서 그는 또 창가에 있는 기사를 힐끗 쳐다보면서 말했다. "당신이 문을 열어 우리를 나가게 해줄 수만 있다면 그보다 좋은 일은 없을 겁니다. 그 삼천 위안을 주든 안 주든 나는 상관없어요. 집으로 돌아가 편한 세월을 보내는 것이 무엇보다도 좋은 일이니까요."

말을 마친 그는 사내대장부처럼 남쪽에서 북쪽으로 건너가 마오즈 할머니 곁에 섰다.

창가의 기사는 얼굴 가득 만족스러운 표정으로 그를 한번 쳐다보고는 그를 향해 고개를 끄덕여 보였다.

이어서 크게 달라진 상황이 펼쳐졌다. 외다리 원숭이가 문을 열고 먼저 한 걸음 밖으로 나가자 다른 사람들도 모두 똑같이 그를 따라 나갈 수 있게 된 것 같았다. 눈이 먼 퉁화도 그를 따라 아무 말도 하지 않고 허리를 숙여 입고 있던 체크무늬 적삼을 벗었다. 적삼 안의 천을 한 겹 뜯어낸 그녀는 그 안에서 한 다발, 또 한 다발 돈을 전부 꺼내 외할머니의 그 푸른색 적삼 위에 내려놓았다. 이 일이 다 끝나자 퉁화는 앞이 보이기라도 하는 것처럼 적삼 북쪽으로 가서 섰다.

마오즈 할머니가 말했다. "어얼아, 외할머니 말을 들어야지."

넷째 어얼 역시 머리에 달려 있던 손가락 굵기의 붉은 머리띠를 풀고는 그 안에서 둥글게 말린 지폐 다발을 꺼내 외할머니의 적삼 위에 내려놓고는 북쪽으로 가서 섰다.

소아마비 아이도 주머니에서 돈을 꺼내 적삼 위에 내려놓았다.

앉은뱅이 아줌마도 꽃을 수놓는 데 쓰는 반짇고리 바닥에서 천 위안이나 되는 돈을 꺼내 마오즈 할머니의 적삼 위에 내려놓았다.

늙은 절름발이도 몸에 지니고 있던 새 지갑 세 개를 전부 꺼내 그 자리에 내려놓았다.

귀머거리 마씨도 사람들 뒤쪽에 있다가 앞으로 나와 바지통에서 돈을 전부 꺼내 그 자리에 내려놓았다.

결정을 내리지 못하고 주저하는 사람들도 있었다. 예컨대 나이가 쉰이나 되는 외팔이가 그랬다. 그는 손이 하나이지만 파를 썰거나 마늘을 다질 수 있어 무를 얇게 써는 묘기공연에 출연했었다. 그는 팔이 잘려 하나밖에 없는 손으로 무와 오이를 종이처럼 얇게 썰 수 있었다. 게다가 이름이 널리 알려진 온전한 요리사들보다 훨씬 더 빨리 썰었다. 때문에 적지 않은 돈을 벌었지만 아무도 그가 돈을 어디에 두었는지 알지 못했다. 이때 마을 사람들 모두가 대청 남쪽에서 북쪽으로 가 있었다. 적삼이 놓인 자리 남쪽에는 몇 사람 남아 있지 않았다. 팔이 하나인 그는 네 개의 창문에 걸려 있는 네 개의 얼굴을 힐끗 쳐다보고 다시 대청 북쪽에 있는 마을 사람들을 쳐다보더니 곁방으로 돌아가 겨울철에 쓰는 솜 모자를 꺼내왔다. 모자 귀마개 선을 뜯어낸 그는 그 안에서 커다란 돈다발을 꺼내 적삼 위에 내려놓았다. 그러고 나서 북쪽으로 가서 섰다. 창밖의 기사가 차가운 어투로 말했다. "모자도 적삼 위에 내려놔요."

그는 모자를 든 채 꼼짝도 하지 않았다.

기사가 말했다. "이런 염병할, 당신은 목숨이 중요하지 않은가보군. 하지만 당신은 팔이 하나밖에 없다는 걸 잊지 말라고!" 그는 하는 수 없이 모자도 그 자리에 내려놓았다. 물론 솜 모자 다른 쪽 귀마개 부분도 안에 판자를 넣은 것처럼 딱딱했다. 척 봐도 그 안에 돈이 들어 있다는 걸 알 수 있었다.

서우훠 사람들은 이미 전부 대청 남쪽에서 북쪽으로 와 있었다. 돈이 있는 사람은 돈을 꺼내놓았고 돈이 없는 사람들은 "기사 양반, 나는 정말 돈이 없어요. 정말로 잘 보관해둔 돈을 사흘 전에 그 사람들이 전부 훔쳐가버렸다고요"라고 말하고는 남쪽에서 북쪽으로 옮겨갔다. 마오즈 할머니의 푸른 무명 적삼 위에 쌓인 돈이 산을 이루었다. 채소가 한 다발씩 묶여 쌓여 있는 것 같았다. 벽돌과 기와가 하나씩 쌓여 있는 것 같았다. 햇빛이 그 돈 무더기를 비추자 지폐 위의 도안이 오색으로 찬란하게 빛났다. 그 돈 무더기 가운데 절반은 빠닥빠닥한 신권이라 잉크 냄새가 대청에 기름 솥을 둔 것처럼 향기로웠다. 말하자면 제각기 몇천, 몇만 위안의 돈을 그곳에 꺼내놓았다. 어떤 사람은 남들의 눈빛 속에서 어쩔 수 없이 억지로 돈을 꺼내놓기도 했다. 그렇게 털어놓은 돈이 쌓아놓고 보니 뜻밖에도 그렇게나 많았다. 사람들이 놀랄 정도로 많았다. 사람들은 금이 쌓여 있는 걸 보는 것 같았다. 돈으로 된 산을 보는 것 같았다. 서우훠 사람들 모두 창문 밖에 있는 사람들이 자신들을 어떻게 할 것인지 보려 하지 않고 눈길을 전부 그 돈 무더기에 집중시켰다. 갓 낳은 자신들의 아기 얼굴에 눈길을 던지는 것 같았다. 다가가서 자신들의 아기를 품에 안으려는 것 같았다. 모두들 서 있고 앉은뱅이 아줌마 둘만 바닥에 앉았다. 모두들 서로 몸을 기대고서 새까맣고, 새까맣게 대청 북쪽에 몰려 있었다.

"마오즈 할머니, 이리 오세요." 이때 기사가 또다시 입을 열었다. 그가 크고 차가운 목소리로 말했다. "모두들 꼼짝 말고 있어요. 할머니만 앞으로 나와서 그 적삼을 잘 묶으세요. 한 장도 빠지지 않게 잘 묶어서 할머니 지팡이에 매달아 내게 전달해주세요."

사람들은 또다시 적막 속에서 마오즈 할머니만 뚫어져라 바라보았다. 마오즈 할머니가 창문 쪽으로 가지 않기를 바라는 것 같았다. 하지만 마오즈 할머니는 그 자리에 잠시 서 있다가 이내 기사가 시키는 대로 했다. 마오즈 할머니는 그 무명 적삼의 끝자락과 옷깃을 하나로 묶고 양쪽 소매를 서로 묶어서 단단히 조인 다음 손으로 들어보았다. 제대로 튼튼하게 잘 묶였는지 확인하려는 것 같았다. 이어서 그녀는 지팡이를 이용해 돈이 가득 든 적삼을 위로 들어올리면서 다시 한번 평온한 표정으로 기사의 얼굴을 바라보며 말했다. "이보게, 난 이미 일흔한 살이나 먹었어. 내가 서우훠 사람들을 밖으로 데리고 나와 공연을 하게 했던 걸세. 돈을 자네에게 다 줄 테니어서 문을 열게. 내가 저들을 다시 서우훠마을로 데리고 갈 수 있게 해주게." 이렇게 말하는 그녀는 기력이 하나도 없었다. 큰 병을 앓고 있는 사람이 의사에게 처방전을 잘 써달라고 간청하는 것 같았다. 의사는 누구였을까? 의사인 그 기사의 어투가 부드럽게 바뀌었다. 차갑고 매서웠던 얼굴에도 붉게 윤기가 돌기 시작했다. 그가 마오즈 할머니를 한번 쳐다보고 다시 돈이 든 그 적삼을 바라보면서 부드럽게 말했다. "돈을 받으면 곧장 문을 열어드릴 겁니다." 그러면서 그는 주머니에서 열쇠 꾸러미를 꺼내 마오즈 할머니에게 보여주면서 가볍게 흔들었다. 철그렁철그렁 열쇠가 흔들려 부딪히는 소리가 났다. 기사가 말했다. "돈을 위로 올려보내요. 저는 자기가 말한 것도 잘 지키지 않는 그런 사람이 아니라고요."

마오즈 할머니는 있는 힘을 다해 그 돈 보따리를 창문으로 들어 올려 기사에게 건넸다.

기사도 전혀 다급해하지 않고 느긋하게 돈 보따리를 받았다.

그 모든 것이 그렇게 순조롭게 이루어졌다. 앞뒤로 말을 하고 돈을 건네는 데까지의 모든 과정에 만터우를 한입 삼키는 시간도 걸리지 않았다. 몹시 갈증이 날 때 꿀꺽 하고 물 한 모금을 넘기는 것처럼 바늘 하나보다도 길지 않은 시간에 돈 보따리는 그렇게 기사의 손으로 넘어갔다. 그는 전혀 서두르지 않고 허공에서 단단히 매어지지 않은 한쪽 귀퉁이를 다시 꽉 조이고는 옆에 있던 다른 사다리 위의 사람에게 건네주면서 말했다. "일단 받아." 말을 마친 그는 눈길을 다시 창가로 돌려 여전히 높은 곳에서 마오즈 할머니를 내려다보면서 가볍고 담담한 어투로 물었다.

"여기 있는 돈이 전부지요?"

"그게 전부라니까."

"정말로 수중에 돈을 감추고 있는 사람이 하나도 없는 거지요?"

"사람들이 돈을 꺼낼 때 자네도 다 보고 있지 않았나."

기사는 더이상 말하지 않고 혀를 약간 내밀어 윗입술과 아랫입술을 가볍게 눌렀다가 다시 혀를 입안으로 당겨넣었다. 그렇게 혀를 넣었다가 다시 내밀고 내밀다가 다시 집어넣기를 반복했다. 그렇게 몇 차례 반복하자 입술이 젖으면서 혈색이 돌았다. 다시 입술을 가늘게 줄 모양으로 펼쳐 잠시 생각에 잠기던 그가 가볍고 담담한 어투로 물었다.

"공연에서 사회를 보던 화이화와 그 세 난쟁이 아가씨들이 모두 할머니의 외손녀 맞지요?"

마오즈 할머니는 사람들 사이에 서 있는 퉁화와 화이화, 위화, 넷째 어얼을 바라보았다. 저들이 왜 그걸 물어보는지 알 수 없었던 그녀는 그들을 향해 고개를 끄덕여 보였다.

"나이가 어떻게 되나요?"

"열일곱이 넘었네."

"이렇게 하지요." 그가 말했다. "여러분 가운데 팔다리가 모두 온전한 사람들이 몇 명 있다는 것 잘 압니다. 방금 그들 모두 만터우를 먹고 물도 마셨기 때문에 온몸에 힘이 넘칠 거예요. 문을 열었을 때 그들이 소란을 피우지 못하도록 보장하기 위해 할머니의 외손녀 넷은 전부 창문을 통해 나오도록 하세요." 그가 말을 이었다. "우리가 할머니의 네 외손녀를 수중에 데리고 있어야 문이 열렸을 때 우물물이 강물을 범하는 일을 막고 각자 자기 일을 하면서 자기 길을 가게 할 수 있을 테니까요."

이때부터 또다시 상황이 크게 달라졌다. 어느새 기사의 얼굴에 붉고 윤기 넘치는 모습이 다시 사라져버렸다. 순식간에 햇빛이 구름에 가려진 것 같았다. 생각해보니 그의 말도 일리가 있고 이치에 맞는 듯했다. 언제부터인지 마오즈 할머니 뒤에 있던 서우훠 사람들이 전부 앞으로 나와 있었다. 모두들 그 대청 한쪽 구석에서 한가운데로 나와 있었다. 햇빛은 이미 기념관 앞쪽에서 기념관 머리꼭대기로 이동한 터였다. 그리고 이제 뒤쪽으로 넘어가고 있었다. 원래 앞쪽 창문을 통해 들어오던 햇빛이 언제부터인지 뒤쪽 창문을 통해 들어오기 시작했다. 대청 안에는 부드럽고 붉은빛이 가득차 있었다. 하루 사이에 뜨겁고 갑갑하던 기운이 옅어지기 시작하더니 시원함과 상쾌함이 대청 안에서 옅게 흩어지면서 약간 서늘하다는 느낌을 주면서 사람들 모두 정신이 들게 했다. 나이가 좀 든 사람들이 또 앞으로 한 걸음 나아가 마오즈 할머니와 어깨를 나란히 하고 서서 창문 위에 있는 기사를 향해 말했다. "여보게, 이 안에 있는 사람들을 좀 보라고. 전부 맹인 아니면 절름발이, 귀머거리, 벙어리, 앉은뱅이, 팔과 다리 어느 한쪽이 없는 사람들이지 않은가. 온전한 사람이 몇 명 있기는 하지만 다들 예순이 넘었다네. 그러니 누가 나가서 자네들을 상대로 소란을 피운단 말인가? 누가 감히 자네들을 상대로 일을 어지럽게 만들 수 있단 말인가? 우리가 나가서 서우훠로 돌아갈 수만 있게 해준다면 우리에게 자네들 앞에 무릎을 꿇으라고 해도 감지덕지일 걸세."

"한가한 소리 그만하세요." 기사가 고개를 돌려 하늘을 쳐다보면서 말했다. "도대체 그 네 아가씨를 내보낼 거예요, 말 거예요?"

이에 더이상 아무도 말을 하지 못하고 눈길을 화이화와 세 아가씨를 거쳐 마오즈 할머니에게로 향했다. 마오즈 할머니의 얼굴에 한 겹 두껍게 하얀 잿빛이 덮였다. 입가의 주름이 실룩실룩 움직였다. 얼굴에 가득한 주름의 맥이 조여졌다 풀리기를 반복했다. 거미줄이 바람의 습격을 받은 것 같았다. 그녀는 외손녀들을 내보내야 할지 말아야 할지 알 수 없었다. 외손녀들이 창문 밖으로 기어나가려고 할지 말지도 알 수 없었다. 대청 안에는 또다시 한 가닥 숨소리조차 들리지 않았다. 지는 해의 빛살이 대청의 창문을 통해 들어오는 소리가 밖에서 석양 속 매미가 울어대는 소리와 똑같이 빛나게 울려대고 있었다. 모든 사람의 귀에 똑같이 쓰르르 하고 울려댔다. 이 우물처럼 깊고 죽음처럼 고요한 정적 속에서 화이화가 갑자기 앞을 향해 한 걸음 내디디며 큰 소리로 말했다.

"전 나갈래요. 나가서 죽는 게 여기에 갇히는 것보다 즐거울受活 것 같아요."

말을 마친 그녀가 뜻밖에도 혼자 창문 아래 있던 탁자를 창문 앞으로 밀어놓고는 그 위에 다리가 세 개밖에 없는 의자를 올렸다. 그런 다음 다리가 없는 부분을 문에 기대놓고 혼자 탁자를 기어오른데 이어 의자에까지 기어올라 팔을 내밀었다. 그러자 밖에 있던 온전한 사내들이 그녀의 손을 잡아당겨 창문 밖으로 꺼내주었다.

위화도 기어올라가 밖으로 나갔다.

넷째 어얼도 기어올라가 밖으로 나갔다.

맹인 아가씨 퉁화만 여전히 마오즈 할머니 곁에 서 있었다. 마오즈 할머니가 그들에게 말했다. "이 아이는 맹인이란 말일세." 그들이 말했다. "맹인이라도 나와야 해요. 맹인이라야 여러분 마음이 아플 테니까요." 이때 퉁화도 외할머니 곁을 떠나면서 말했다. "할머니, 나는 아무것도 보이지 않기 때문에 두려운 게 없어요." 말을 마친 그녀는 곧장 문 입구를 향해 걸어갔다. 마오즈 할머니가 눈이 보이지 않는 퉁화를 부축하여 탁자 옆으로 다가가서는 그녀를 탁자 위로 올려주고 의자 위로 올라설 수 있도록 도와주었다. 창밖에 있던 사내들이 어린 닭을 낚아채듯이 그녀를 창문 밖으로 잡아채 빼냈다.

해야 할 일은 다 했고 줘야 할 것도 다 주었으며 해야 할 말도 다 했다. 이제 그들이 문을 열어주기만 기다리고 있었다. 하지만 바로 그 순간, 그 우두머리인 기사의 얼굴에 자연스럽게 옅은 미소가 피어올랐다. 여름철 유채밭의 유채꽃처럼 황금빛 찬란한 웃음이었다. 빛나면서도 선명한 웃음이었다. 그가 웃으면서 갑자기 대청 안에 있는 서우훼 사람들을 향해 큰 소리로 말했다. "염병할, 아직도 우리 온전한 사람들이 문을 열어주기를 바라면서 내가 사실을 모르고 있다고 생각하나? 내가 정말로 여러분이 가진 돈을 전부 다 꺼내놓았다고 믿는다고 생각하는 건가? 나는 벌써부터 다 봐서 알고 있다고. 여러분 가운데 아직도 적지 않은 사람이 수중에 돈을 숨기고 있다는 걸 말이야. 여러분 잠자리 밑 벽돌 안에도 돈이 있고 화장실의 벽 틈새, 수정 관 아래와 벽 밑에도 돈이 있지. 아직도 도처에 여러분이 공연을 하고 받은 돈이 감춰져 있다는 걸 내가 다 안다고. 내 말 잘 들어요─"그가 갑자기 목소리를 크게 높였다. 목청을 성문처럼 활짝 열어 말했다. "여러분한테 말하는데, 그 돈들을 전부 문 틈새로 밀어넣지 않으면 오늘 저녁에 내가 저 친구들한테 화이화의 아름다움을 실컷 즐기게 할 것이고, 해가 떨어지기 전에 이 세 난쟁이 아가씨들의 온전한 몸을 전부 망쳐놓을 거라고."

말을 마친 그는 곧장 사다리 아래로 내려갔다. 사람이 물속에 잠기는 것처럼 순식간에 그림자조차 보이지 않았다.

해가 지자 예전과 마찬가지로 붉은빛이 뒤쪽 창문을 통해 대청 안으로 쏟아져 서우훼 사람들의 몸과 얼굴을 비췄다.

해설

1) 정발수井拔水: 방금 우물에서 길어올린 차가운 물을 말한다.

3) 헐상歇晌: 정오 전후에 자는 잠

7장

문이 열렸어요
문이 열렸어요

하늘이 무겁고 검게 내려앉기 시작했다.

돈도 조금씩 전부 문틈 사이로 빠져나갔다. 누구의 몸에도, 방안 어디에도 더이상 감춰진 돈이 없었다. 한 푼도 없었다. 먼저 앉은뱅이 아줌마가 마지막 며칠 동안 공연하고 받은 돈을 소맷부리에 집어넣고 꿰맨 채 보관하고 있다가 문틈으로 밀어 밖으로 내보냈고, 이어서 귀머거리 마씨도 양철 판 두 겹 안에 감추어두었던 돈을 바깥으로 밀어냈다. 맨 마지막으로 벙어리도 잠자리 바닥 벽돌 아래에 눌러놓았던 돈을 꺼내다 밖으로 내보냈다. 이로써 모든 사람의 모든 돈이 밖으로 내보내졌다. 이제 일몰 때였다. 뒤쪽 창가에도 붉은빛이 조금도 남아 있지 않았다. 사람들은 어서 문이 열리기를 기다리고 있었지만 문밖에서 돈을 건네받은 사람은 오히려 문 안쪽을 향해 몇 마디 전했다. 그가 큰 소리로 외치듯 말했다.

"이봐요, 날이 어두워졌어요. 다들 내일 가도록 하세요. 기념관에서 수정 관과 하룻밤만 더 보내고 내일 떠날 때 우리가 여러분 모두에게 반년 치 임금을 한 푼도 빠짐없이 지급하도록 할게요."

외치는 소리가 끝나자 모든 것이 다시 거대한 적막 속으로 돌아갔다.

여느 때처럼 밤이 내려왔다. 축축한 습기가 기념관의 모든 곁방으로 스며들었다. 날이 어두워졌으니 떠날지 말지는 내일 다시 얘기하자는 것이었다. 하지만 이런 상황에 누구도 더 말할 기운이 없었다. 더이상 뭔가를 생각할 기력도 없었다. 문이 열리든 안 열리든, 내일 떠나든 말든 자신들과는 아무 상관도 없게 되어버린 것 같았다.

모두들 각자의 곁방으로 돌아가 누운 채 일제히 곁방 천장만 바라보았다. 달빛이 물처럼 창문을 통해 흘러들어왔다. 하얀 천장이 달빛 속에서 연한 푸른빛을 띠었다. 사람들의 낯빛과 다르지 않았다. 한마디 더 말하는 사람도 없었고 한마디 더 묻는 사람도 없었다. 극도로 피곤한 것 같았다. 모두들 누워서 쉬고 싶은 것 같았다. 그렇게 침묵하면서, 기다리면서 될 대로 되라고 포기하고 있었다. 이 밤이 또 그렇게 지나가리라고 생각하는 것 같았다. 하지만 저녁식사 시간이 지나고 얼마 되지 않아 마을 사람들 모두 기념관 밖 아주 먼 곳에서 들려오는 통화와 위화, 넷째 어얼의 날카로운 비명소리를 듣게 되었다. 산 저쪽 혹은 골짜기에서 들려오는 피가 뚝뚝 떨어지는 울부짖음 같았다. 그 소리가 몹시 차갑고도 싸늘했다. 죽음과 삶 사이를 오가며 끊어졌다 이어지기를 반복하고 있었다. 혹한의 겨울에 강물 위를 떠다니는 얼음이 부딪히는 소리 같았다. 간혹 온전한 남자들의 미친 듯한 환락의 외침도 들을 수 있었다. "얼른 와서 해봐. 작은 애들이라 그런지 구멍도 작아. 조여주는 게 아주 끝내준다니까 受活. 안 하는 사람은 평생 후회하게 될 거라고!" 이들의 외침이 끝나 자마자 난쟁이 아가씨들의 더욱더 날카롭고 시퍼런 비명소리가 들려왔다. 그 소리를 들으면서 서우훠 사람들은 처음에는 놀랐다가 나중에는 모두들 잠자리에서 일어나 앉았다. 단속적으로 쉬지 않고 완전히 멈추지 않고 들려오는 그 날카로운 소리가 마침내 마오즈 할머니의 곁방까지 몰려가자 모두들 마오즈 할머니의 방에 불빛이 환한 것을 보게 되었다. 그 환한 불빛 속에서 그녀가 벽 구석에 몸을 기댄 채 넋을 놓고 앉아 그 비명소리를 들으면서 손으로 한 번 또 한번 자신의 얼굴을 후려치는 것을 보게 되었다. 마치 다른 사람의 얼굴을 후려치는 것 같았다. 바짝 마른 고목나무 판자를 때리는 것 같았다. 자기 얼굴을 때리면서 쉰 목소리로 있는 힘껏 욕을 해댔다.

"나가 죽어—"

"나가 죽어—"

"나가 죽어—"

"당장 나가 죽으라고—"

"당장 나가 죽으란 말이야—"

그녀가 자기 뺨을 후려갈기는 소리와 자신을 욕하는 소리가 밖에서 나는 난쟁이 아가씨들의 울음소리와 아우성을 덮어버렸다. 문 앞에 억수같이 퍼붓는 빗소리가 문밖에서 문을 두드리는 소리를 막아 되돌려보내는 것과 너무나 똑같았다. 그녀는 이미 일흔한 살이었다. 이미 그렇게 늙고 쇠약해진 상태로 그렇게 자신을 때리고 자신을 욕하는 것을 지켜보는 서우훠 사람들 모두 마음이 괴로워 황급히 달려가 그녀를 붙잡아 말렸다.

그녀와 같은 곁방에서 자던 앉은뱅이 아줌마가 다가가 그녀의 손을 잡으면서 쉴새없이 말했다.

"아주머니, 아주머니를 탓하는 사람은 아무도 없어요."

"아주머니, 정말로 아무도 아주머니를 탓하지 않는다고요."

마을 사람들도 모두 다가와서는 마오즈 할머니를 붙잡고 말리면서 안정을 되찾게 했다. 그녀가 조용해지자 뜻밖에도 밖에서 울부짖는 소리도 들리지 않았다. 세상이 전부 죽은 것 같았다. 바깥 하늘에 별과 달이 떠가는 소리만 울려 한 올 한 올 창문 틈으로 흘러들어오고 있었다.

이렇게 또 하루의 밤이 지나갔다.

이날 밤, 서우훠 사람들은 모두 곁방에서 자는 둥 마는 둥 했다. 아무 말도 하지 않고, 아무 소리도 내지 않았다. 아무런 움직임도 없이 내일이 빨리 오기만을 기다리고 있었다. 오로지 외다리 원숭이만 밤이 되자 안절부절못하고 있었다. 그가 말했다. 염병할, 온전한 사람들이 준 맹물을 마셨더니 갑자기 설사가 나네. 그렇게 밤새 여러 차례 뒷간을 들락거렸다. 그러더니 레닌 수정 관 아래 지하 동굴에 가서 못을 이용해 류 현장의 수정 관 위에 순금으로 상감된 아홉 글자를 전부 떼어냈다. 그때 이후로 그는 서우훠에서 가장 호스스러운 사람이 되었다. 앞으로 서우훠에서 잔뜩 허세를 부리면서 살 수 있는 대단히 비범하신 인물이 되었다.

그러나 그다음날, 날이 아직 밝기도 전에 소아마비 아이가 뭐하러 그렇게 일찍 일어났는지 모르지만 기념관 입구에서 아이가 외치는 소리가 들려왔다.

"문이 열렸어요ㅡ 문이 열렸어요ㅡ"

"문이 열렸어요ㅡ 문이 열렸어요ㅡ"

사람들 모두 우르르 잠자리에서 일어났다. 앉은뱅이와 절름발이, 맹인 할 것 없이 전부 서로 몸을 부딪히면서 몰려나와 기념관 입구로 달려갔다. 절름발이는 바닥에 넘어졌고 앉은뱅이 아줌마는 벽 모퉁이를 들이받아 이마에서 피가 났다. 귀머거리 마씨는 아이가 외치는 소리를 듣지는 못했지만 사람들이 모두 기념관 입구로 몰려가는 것을 보자마자 옷도 안 입은 채로 방에서 뛰쳐나왔다. 정말로 붉은 칠을 한 대문 네 짝이 다 열려 있었다. 이른새벽의 바람이 성문에서 불어오는 것처럼 기념관 대청 안으로 불어 들어왔다. 하늘은 어슴푸레한 흰빛이었다. 기념관 앞 개대의 청석판 위에는 물처럼 반짝이는 빛이 한 겹 깔렸다. 그 양쪽에는 소나무와 측백나무가 늘어서 있어 어렴풋한 빛 속에서 어둠을 한아름 끌어안고 있었다. 갑자기 지하 동굴과 감옥에서 나온 것처럼 서우휘 사람들 모두 기념관 문 앞에 서서 눈을 비볐다. 팔을 벌리고 허리를 쭉 펴면서 하늘을 품안에 끌어안으려는 듯한 자세를 취하는 사람도 있었다. 이때 누군가 화이화를 비롯한 네 명의 아가씨들을 떠올리고는 말했다. 얼른 퉁화랑 화이화를 찾아봐요. 위화랑 어얼도 찾아봐야지요.

모두들 돌 개대 위에서 아래를 향해 달려갔다.

곧 개대 아래 잡동사니를 팔던 고색창연한 빈집에서 퉁화와 화이화, 위화, 넷째 어얼을 찾아냈다. 방안에는 온전한 사람들이 버리고 간 빈 그릇과 젓가락, 옷가지 등이 잔뜩 널브러져 있었다. 먹다 남은 밥과 음식에서 나는 시큼하고 역겨운 냄새가 얼굴 위로 덮쳐왔다. 네 아가씨들은 한 줄로 이어진 방안에서 옷이 다 벗겨진 채로 발견되었다. 몸에 실오라기 하나 걸치지 않은 채 각자 네 개의 방에 나뉘어 묶여 있었다. 퉁화와 화이화는 각자 서로 다른 방 침대 위에 묶여 있었고 위화와 넷째 어얼도 서로 다른 방 의자에 묶여 있었다. 퉁화와 위화, 넷째 어얼은 그 온전한 사람들에게 순결을 잃었을 뿐만 아니라 워낙 몸이 작다보니 온전한 사내들의 물건에 받쳐 밑부분이 찢어졌다. 세 아가씨 모두 다리 사이와 다리 아래가 피로 범벅이 되어 비린내가 코를 찔렀다. 그곳에서 검붉고 찐득한 물이 흐르고 있는 것 같았다. 네 아가씨들의 입은 소리를 지르지 못하도록 각자 입고 있던 무명 적삼이나 바지로 막혀 있었다. 넷째 어얼의 입에는 그녀가 입고 있던 팬티가 물려 있었다. 마을 사람들이 네 아가씨들을 찾았을 때는 날이 이미 환하게 밝은 터라 어슴푸레하고 하얗던 하늘은 이미 투명하게 맑아져 있었다. 때문에 네 아가씨들의 빛나고 연한 몸이 모두 검푸르게 변한 것이 선명히 보였다. 검푸른 빛 속에는 온전한 사람들에게 능욕당한 하얀 흙빛도 섞여 있었다. 하지만 화이화의 얼굴에는 다른 아가씨들 얼굴에 가득한 검푸르고 하얀 흙빛이 전혀 없었다. 오히려 촉촉하고 부드러운 붉은빛이 감돌았다.

모두들 생각해보니 어젯밤 아가씨들의 비명소리 속에 화이화의 목소리는 전혀 섞여 있지 않은 것 같았다. 이때 서우휘 사람들은 마오즈 할머니가 기념관에서 나오지 않았다는 것을 깨닫고는 서둘러 기념관 곁방으로 달려갔다. 마오즈 할머니는 뜻밖에도 멀쩡하게 살아 있으면서도 공연할 때만 입었던 그 수의를 입고 있었다. 비단이 검게 빛나면서 방안 가득 빛을 발산하고 있었다. 그녀는 그 자리에 앉아 있었다. 멍하면서도 평온한 표정이었다. 기념관 밖에서 무슨 일이 일어나고 있는지 다 알고 있는 것 같았다. 천하의 모든 일을 일찌감치 다 알고 있었던 것 같았다.

마을 사람들이 말했다. "아주머니, 문이 열렸어요."

마오즈 할머니가 말했다. "나는 살고 싶지 않네. 자네들이 서우휘 사람들에게 어서 산을 내려가서 집으로 돌아가라고 하게."

마을 사람들이 말했다. "온전한 사람들은 어젯밤에 모두 도망쳤어요. 할머니, 할머니가 우리를 서우휘에서 데리고 나왔잖아요. 그러니 할머니께서 우리를 데리고 집으로 돌아가셔야죠."

그녀가 말했다. "서우휘 사람들한테 어서 빨리 집으로 가라고 하게."

마을 사람들이 말했다. "화이화를 비롯한 난쟁이 아가씨들이…… 그놈들에게 짓밟혔어요."

그녀는 잠시 넋이 나간 듯하더니 다시 생각에 잠겼다가 입을 열었다. "그것도 다행이야. 앞으로 마을 사람들 모두 천하의 온전한 사람들이 전부 무서운 사람들이라는 걸 알게 되었으니 말이야. 모두들 다시는 공연 같은 걸 할 생각도 안 하겠지. 모두들 서우휘를 지키는 것이 좋다는 것을 깨달았을 거야."

해가 뜨자 산맥은 또다시 여름처럼 뜨거워지기 시작했다. 마오즈 할머니는 수의를 입은 채로 서우휘 사람들을 인도했다. 사람은 서로 끌고 당기고 부축하면서 마을을 떠나올 때 챙겨왔던 짐과 이부자리를 들쳐 메고 훈포산을 내려와 서우휘를 향해 길을 떠났다. 정확히 얘기하자면 세상은 아직 겨울이었다. 바러우 바깥세상의 산과 들에는 온통 눈이 내리고 얼음이 얼었다. 바러우산만 봄을 건너뛰고 여름이 된 것이었다. 나무에 싹이 났을 뿐만 아니라 나뭇잎도 생겨났고 산비탈의 풀밭에도 온통 초록빛이 걸렸다. 산비탈 전체가 비취빛이었다.

사람들은 이렇게 여러 무리를 지어 서우휘를 향해 길을 나섰다. 걷고 또 걸으면서 가는 길 내내 수많은 풍경들을 보았다. 온전한 사람들, 그러니까 눈이 밝은 사람들이 밭머리에서 방망이를 들고 검은 천으로 눈을 가린 채 여기서 두드리고 저기서 부딪히면서 맹인이 음악을 듣는 연습을 하고 있었다. 수많은 사람들이 마을 어귀에서 귓구멍에 솜이나 옥수수 줄기를 쑤셔넣고 귀에는 목판이나 딱딱한 종이를 걸고서 귀에 가까이 대고 폭죽을 터뜨리는 연습을 하고 있었다.

또 어떤 아가씨와 아줌마들은 마을 어귀 양지바른 곳에 앉아 종이와 나뭇잎에 한 땀 한 땀 수를 놓고 있었다. 나이가 마흔이나 쉰이 넘은 사람들은 전부 검은 수의를 입고 밀밭에서 김을 매고 똥거름을 지고 거름을 주고 있었다. 산등성이를 천천히 걸으면서 보니 도처에 수의를 입은 멀쩡한 사람들의 모습이 보였다. 어떤 마을에서는 사람들이 모두 나와 산비탈에 밀 묘종을 심고 있었다. 수백여 명이나 됐지만 뜻밖에도 그 백 명은 족히 넘는 사람들 전부 검은 비단으로 지은 수의를 입고 있었다. 등에는 하나같이 대야만한 크기로 황금색 수壽 자와 제祭 자, 전奠 자가 수놓여 있었다. 그들이 웃고 떠들고 앉았다 일어섰다 하면서 호미질을 하는 동안 산 전체가 획획 비단이 펄럭이는 소리로 가득찼다. 수많은 수의들이 햇빛을 받아 번쩍번쩍 빛을 쏟아내고 있었다.

이 마을을 지나면서 보니 나이 마흔이나 쉰이 넘은 사람들만 수의를 입고 있는 것이 아니라 학교에 다니는 사내아이와 계집아이들까지 전부 수의 차림으로 학교를 다니고 있었다. 젊은 아낙의 품에 안겨 있는 젖먹이 아기까지 등에 모두 금빛으로 빛나는 수 자와 제자, 전 자가 새겨져 있었다.

온 세상에 수 자와 제 자와 전 자가 가득 걸렸다.

세상은 이렇게 장수와 제사와 장례의 세상이었다.

제13권

열매

1장
날이 저물 무렵,
류 현장이 솽화이 현성으로 돌아왔다

날이 저물 무렵, 류 현장이 솽화이 현성으로 돌아왔다.

수도에서는 러시아로 레닌의 유해를 구매하러 갔던 일행도 모두 돌아왔다. 그들은 오전에 솽화이 현성에 도착했다. 거기서부터 류 현장은 사람들에게 차에서 내려 성내로 들어가 우선 전부 집으로 돌아가라고 지시했다. 그리고 자신은 차를 몰고 바러우 깊은 곳의 훈포산으로 가서는 아주 세심하게 레닌기념관을 살펴보았다.

훈포산에서 다시 솽화이현 동성東城 입구에 이르렀을 때는 이미 황혼이 짙어 있었다. 류 현장은 곧장 현성으로 들어가지 않았다. 그는 또 기사에게 먼저 돌아가라고 하고는 자신을 외롭게 성 밖에 남겨두었다. 사람이 두렵기라도 한 것처럼 길가에 몸을 웅크리고 있다가 이러저리 떠다니는 혼백처럼 성문 어귀에서 휘청였다.

그는 날이 철저히 어두워지기를 기다렸다가 다시 자신의 솽화이현으로 돌아가 집에 갈 생각이었다.

때는 경진년 대한이었다. 말이 대한이지 날은 그다지 춥지 않았다. 강가에 희고 얇은 얼음이 약간 얼었을 뿐이다. 하지만 강 한가운데는 물이 거세게 흘렀고, 이리저리 움직이는 물결이 하얀 띠를 이루고 있었다. 바러우 깊은 곳은 한여름처럼 나무가 푸르고 풀도 싱싱했다. 산 위 레닌기념관 주변은 진한 초록과 파란색으로 덮여 있었다. 하지만 그 모든 것이 바러우 깊은 곳의 이상기후였다. 바깥세상에서는 세상사와 기상이 전부 예전과 다르지 않았다. 겨울은 겨울 같았다. 나무들은 알몸이 되었다. 산은 거무튀튀한 먼지로 뒤덮여 있었다. 밭에서는 아직 동면중인 밀의 싹이 창백한 누런빛과 잿빛으로 어찌할 도리 없이 땅속에 깔려 있었다. 사람과 땅의 전개를 기다리고 있었다. 마을과 집들은 모두 영봉*처럼 생기가 없이 누워 있었다. 바람이 불었다. 된바람이 칼날처럼 날카롭게 집 처마 밑과 골목 안, 그리고 산맥 사이 도로를 헤집고 지나갔다.

햇빛이 없었다.

잿빛 하늘이었다. 저녁이 되어 날이 어둑어둑해질 무렵 하늘에는 안개가 흐르기 시작했다. 말이 안개이지 사실은 땅과 산, 그리고 산 등성이와 골짜기 사이에 남아 있는 진한 한기였다. 온 세상이 깊은 적막에 잠겼다. 사람이 잠을 충분히 자지 못한 상태에서 어쩔 수 없이 침대 위에 일어나 앉아 멍하니 께느른하고 서글픈 표정을 짓고 있는 것 같았다. 고개를 들면 구름과 안개에 깊이 숨겨진 진흙투성

---

* 장례를 치르기 위해 친 천막.

이 해를 볼 수 있었다. 옥수수떡 한 덩이가 철판 뒤에 붙어 있어 철판을 가볍게 흔들기만 하면 번쩍하면서 얼굴을 드러낼 것 같았다.

원래는 눈이 내려야 하는 날씨인데 겨울 내내 메마른 추위라 축축한 눈이 내리는 모습을 볼 수가 없었다. 그냥 매섭게 춥기만 했다. 세상 사람들 모두가 감기에 걸려 몸에서 열이 났다. 하늘 아래 하루 종일 밤낮으로 기침소리가 울려퍼졌다. 감기와 발열을 치료하는 약이 무섭게 팔려나갔다. 흉년에 양식이 팔리는 것 같았다. 가축들은 감기를 두려워하지 않았다. 돼지는 우리 안에 누워 아주 길고 먼 잠을 자다가 먹어야 할 때가 되면 잠에서 깼고, 다 먹고 나면 쩌렁쩌렁하게 재채기를 하고는 다시 우리로 돌아갔다.

양은, 낮이면 산에서 마른 풀을 뜯어먹다가 날이 어두워지면 축사로 돌아와 겨울밤을 보냈다.

닭은, 낮이면 햇볕이 내리쬐는 땅에서 먹이를 쪼아먹고, 위와 담을 건강하게 해주는 누런 모래알도 먹었다. 해가 사라지고 또 바람이 불면 닭들은 산장이나 골목 모퉁이로 숨어 바람을 피했다.

류 현장은 이처럼 몹시 추운 날, 자신의 부하들을 이끌고 솽화이현으로 돌아왔다. 차 한 대에 예닐곱 명이 탔다. 모두들 얼굴에 서리가 맺혀 있었다. 일은 뜻밖에도 이렇게 사람들의 예상을 빗나갔다. 베이징에 간다고 갔는데 난징에 도착한 것 같았다. 보름 전에 류 현장은 이미 영산靈山에 올라가 레닌기념관 낙성 테이프커팅을 위해 붉은 비단 띠까지 사둔 터였다. 비단 띠 가운데에는 매듭으로 만든 커다란 꽃도 달아두었다. 붉은 손잡이가 달린 가위도 준비해두었다. 류 현장은 가위를 들어 책을 상대로 시험까지 해보았다. 책 한구석이 바람처럼 빠르게 잘려나갔다. 서우훠 사람들이 여기저기 경물이 있는 곳에 흩어져 공연하는 모습도 살펴보았다. 그들은 반년 동안 바깥세상에 나가 온갖 비바람을 이겨내며 묘기공연을 해왔다. 장애인들의 묘기공연은 이미 절정의 단계에 도달해 있었다. 테이프커팅을 하는 그날을 생각할 때마다 틀림없이 아주 원만하고 보기 드문 광경이 연출되리란 걸 확신할 수 있었다. 바러우산맥으로 수천수만의 인파가 몰려들어 광적인 환희에 젖을 게 분명했다. 그는 이미 이런 상상을 마친 상태였다. 기념관 준공 공연 전에 테이프커팅을 할 수는 없었다. 공연이 절정에 이르렀을 때 테이프 앞으로 가서 기념관이 성대하게 준공되었음을 선포하고, 레닌의 유해를 구매하러 간 사람들이 이미 경성에 도착하여 현재 러시아로 가는 수속을 밟고 있고, 사나흘 뒤면 수속이 끝나 러시아로 가게 될 것이라고, 열흘이나 보름, 길어야 이십일 뒤에는 레닌의 유해를 러시아에서 운반해와 레닌기념관의 수정 관 안에 안치할 수 있을 것이라고 장엄하게 선포할 생각이었다. 그런 다음에 공연은 중간 휴식시간을 갖게 되고, 자신은 들판을 가득 메운 수천수만의 사람들 앞에서 일장 연설을 할 것이다. 종소리처럼 우렁찬 목소리로 수천수만의 주민들에게 러시아로 간 사람들이 사나흘 뒤에 레닌의 유해를 가지고 돌아오면 내년부터 솽화이현의 재정수입은 적자에서 오억 위안 정도의 흑자로 전환될 것이고, 후년에는 십억, 삼 년 뒤에는 이십억으로 늘어날 것이라고 선포할 것이다. 사 년 뒤에는 솽화이현의 모든 백성들이 집집마다 네모반듯하고 하늘을 찌를 정도로 높은 서양식 건물을 한 채씩 짓고, 레닌의 유해가 기념관에 안치되는 그날부터 솽화이현의 농민들은 어떤 형태의 세금이나 양곡을 납부할 필요가 없이 국가에 납부할 모든 항목의 세금을 현 재정에서 일괄적으로 납부할 것이며, 레닌의 유해가 기념관에 안치된 다음달부터 모든 농가에서는 아침마다 백설탕이 든 우유를 먹게 될 것이라고 선포할 작정이었다. 우유에는 칼슘이 많기 때문에 어느 집이든 우유를 마시지 않으면 다시 지급하지 않고, 그 집에는 냉장고와 컬러텔레비전도 지급하지 않으며 이미 지급한 것은 회수하겠다고 선포할 생각이었다. 어느 집이든 점심식사 때 갈비와 계란을 먹지 않으면 앞으로 매달 말에 인삼과 오골계 같은 보양음식을 지급하지 않을 것이다. 요컨대 레닌의 유해가 훈포산에 안치되고 나서 반년쯤 지나면 솽화이현 백성들의 세월이 상전벽해로 변하는 계획이었다. 모든 농민들에게 농사를 지으면 임금을 지급하고 임금의 고하는 양곡을 잘 재배했느냐의 여부에 따라 결정하는 것이 아니라 길가 농지에 신선한 꽃을 얼마나 많이 심었고 꽃이 얼마나 많이 생산되었는지로 결정할 것이다. 길가에 반 무 이상 꽃을 심으면 매달 그 노력에 대한 대가로 수천 위안을 지급하고 연말에는 수만 위안을 상여금으로 추가 지급할 것이다. 밭머리에 사시사철 꽃이 피어 있는 집에는 매달 수만 위안의 임금을 지급하고 연말에 십여 만 위안의 상여금을 지급할 예정이었다. 레닌이 바러우 깊은 곳의 훈포산에 잠들어 있는 만큼, 솽화이현의 현성은 현성이 아니라 새롭게 발전하기 시작한 번화한 도시가 될 것이고, 거리에 끊임없이 물이 흘러 먼지 하나 없이 깨끗할 것이며 길 양쪽의 인도는 구운 벽돌이 아니라 화강암이나 대리석으로 포장할 것이었다. 사거리나 현위원회, 현 정부 입구의 중요한 지점에는 화강암을 덮지도 않고 대리석을 덮지도 않으며 푸뉴산에서 가지고 온 남양옥南阳玉으로 덮을 것이었다. 남양옥은 그다지 좋은 옥이 아니지만 도로를 포장하는 데는 아주 훌륭한 자재였다. 하지만, 다시 말하지만, 돈이 극도로 많을 때는 그다지 훌륭한 물건이 되지 못했다. 사람은 돈에 의해 변하기 마련이었다. 류 현장은 일찌감치 생각해두었던 이런 것들을 연설할 때 말함으로써 사람들을 놀라게 할 계획이었다. 우선 쌍화이현의 칠십삼만여 농민들과 칠만여 도시 주민들에게 경고를 하고 싶었다. 그들에게 때가 되면 현성에서 현 전체를 통틀어 가장 편벽한 바러우산까지 집집마다 의식주와 자동차가 해결될 것이고 돈이 생기면 생각이 짧아져 돈을 돈으로 여기지 않게 될 것이라고 알리고 싶었다. 쌍화이현의 십구만 가구에 대해 어느 집이든 모든 아이들이 공부를 하고 신문을 읽으며 집집마다 승용차를 한 대씩 보유하여 어디든지 몰고 다닐 수 있게 하고 맛있는 음식을 배불리 먹고 마실 수 있게 하며 황금을 흙처럼 뿌리게 해주겠다고 말할 생각이었다. 가만히 앉아서 남들이 고생해서 얻은 성과를 누릴 수 있게 해주겠다고 말할 작정이었다. 외지의 다른 현에서 사람들을 불러다 가정부로 부릴 수는 없지만 남들의 지시를 받는 일도 없게 하겠다고 말할 작정이었다. 심지어 아주 멀고 편벽한 곳에도 도박이 성행하고 마약을 복용하는 등의 악습이 자리잡을 수도 있었다. 그때가 되면 쌍화이현에 몇 가지 새로운 법률 조항을 제정하게 될 것이었다.

(1) 문 앞이나 집 뒤, 길가나 밭머리에 두 무 이상의 꽃을 심지

않은 농민은 연말에 지급할 장려금을 절반으로 깎는다. (단 삭감
액은 오만 위안을 넘지 않는다.)

(2) 자녀가 대학을 졸업하지 못한 가정에는 삼 년 동안 상여금
과 임금의 지급을 중단한다. 자녀가 대학에 다니는 가정에는 임
금과 상여금을 두 배로 지급한다. (단 자녀가 대학에 다니는 가정
에는 두 배의 임금과 상여금을 지급하되 금액은 최소 이만 위안이
넘어야 한다.)

(3) 어느 집이든 다 쓰지 못한 돈이 있으면 최대한 소비할 데를
찾아 소비하도록 한다. 예컨대 마을 노인들을 위한 양로원의 마작
탁자를 교체해주거나 각 마을의 화원으로 통하는 길을 벽돌로 포
장하거나 시멘트를 입히는 것이다. 그런 방식으로 지출한 돈에 대
해서는 현에서 두 배로 보상해준다. 하지만 다 쓰지 못한 돈을 도
박이나 마약에 사용하는 사람이 있을 경우 현에서 그를 인근 현의
가장 빈궁한 지역으로 보내 농사를 지으면서 예전처럼 가난한 세
월을 보내게 한다. 아울러 그 일가의 임금과 상여금 수십만 위안
을 전부 인근 현의 가난한 학교나 마을에 기부한다. 개조가 끝나
면 다시 솽화이현으로 귀환시켜 농민으로 생활하게 한다.

류 현장은 미래의 현 주민들이 갑자기 벼락부자가 되어 정신병이
만연하게 될 것을 방지하기 위해 자신의 공책에 이미 열 몇 가지 규
정과 법조문을 기초하여 적어놓았다. 그는 정말로 기념관 완공의 축
하 분위기가 절정에 이르는 지점은 서우휘 사람들의 묘기공연이 아
니라 사람들의 영혼을 뒤흔들 정도로 감동적인 자신의 연설일 것이

라는 사실을 잘 알고 있었다. 자신의 연설이 끝나면 무대 아래에 있는 사람들이 미친듯이 펄쩍펄쩍 뛸 것이고 무신년(1968)에 마오주석 만세를 외치던 것처럼 류 현장 만세를 외치게 될지도 모르며, 레닌기념관에서 레닌을 추앙하는 것처럼 집집마다 보란듯이 안방 벽에 자신의 초상을 걸어놓고 추앙하게 되리라는 것도 알고 있었다. 말하자면, 며칠 전 레닌의 유해를 구매하러 가는 사람들이 현을 떠나 베이징으로 간 뒤로 그는 밤이나 낮이나 잠을 이루지 못했다. 피가 몹시 뜨거운 물처럼 혈관 속을 거세게 흘러다녔다. 그러다가 서우휘 사람들이 훈포산에서 공연을 시작한 뒤에는 뜻밖에도 전혀 줄리지 않았다. 사흘 밤낮 동안 그는 한순간도 눈을 붙이지 않았는데도 충분히 자고 나서 목욕까지 하고 나온 것처럼 정신이 맑았다.

류 현장에게는 다가오는 기념관 준공 선포가 호수에 가득한 물이 목이 타는 사람을 기다리고 있는 것처럼 느껴졌다. 하지만 아무리 목이 마르고 혀가 탄다 해도 호숫가까지 가려면 아직 며칠이라는 시간과 여정이 남아 있었다. 그는 무척 조급했다. 하지만 현장이었기 때문에 다급하고 초조할수록 더더욱 물처럼 평온해야 했다. 그리하여 레닌의 유해를 구매하러 가는 사람들을 전송하고 지구와 성에 가서 회의를 한 다음에 현으로 돌아온 그는 비서를 데리고 바러우산보다 더 먼 현 남쪽으로 내려갔다. 청정함으로 마음의 혼란과 불안을 다스리기 위해 그는 전화조차 통하지 않는 현 남쪽의 깊은 산간지역으로 들어갔다. 그곳에서 조사나 탐방 따위는 하지 않고 한적한 저수지 근처에서 아주 즐겁게 사나흘을 보냈다. 그러다가 테이프커팅 전야가 되어 외지로 공연을 나갔던 서우휘마을 묘기공연단이 돌아올 때쯤에 맞춰 그 역시 훈포산이 있는 현으로 돌아왔다. 또다시 마음과 정신의 즐거움受活과 격동이 시작되었다. 하지만 바로 이때, 그가 서우훠마을 사람들과 함께 훈포산에 막 올랐을 때, 묘기 공연단이 막 몇 가지 묘기를 선보이기 시작했을 때, 막 레닌기념관 안에 들어가 앉았을 때, 엉덩이가 따뜻해지기도 전에 너무나 다급한 일이 터지고 말았다.

너무너무 다급한 일이었다.

만 리에 구름 한 점 없는 날씨에 갑자기 우르릉 쾅쾅 천둥소리가 울리고, 이어서 하늘이 안개로 덮이더니 커다란 비가 쏟아지는 것 같았다. 한 가닥 햇빛도 없고 달빛도 없는 것 같았다.

"지구위원회 뉴 서기께서 빨리 지구로 오라고 하십니다."

"언제요?"

"지금 당장이요. 지금 곧장 오라십니다."

"내일 기념관 테이프커팅을 하기로 되어 있단 말입니다."

"뉴 서기님께서는 밤길을 달려서라도 빨리 오라고 하셨습니다."

"꼭 오늘이어야 한다던가요? 내일 가면 안 된다고 하시던가요?"

"오늘밤까지 서기님 댁에 도착하도록 하라고 하셨습니다."

"뭐 그리 급한 일이 있단 말인가요? 나만 찾으신다는 건가요?"

"류 현장님, 현장님 말고 뉴 서기께서 단독으로 집으로 부를 만한 사람이 또 누가 있다고 생각하십니까?"

그에게 이런 전갈을 해준 사람은 현의 부서기였다. 그는 지구위원회의 전화를 받고 나서 아무리 해도 현장과 연락이 되지 않자 하는 수 없이 직접 차를 몰고 훈포산까지 올라온 터였다. 현장과 얘기를 나누는 동안에도 그는 산에 오르느라 뒤집어쓴 먼지도 털지 않아 땀방울이 진흙 물방울처럼 이마에 매달려 있었다.

류 현장이 말했다. "젠장, 준공 의식 때 오지 않을 생각인가? 하필 이럴 때 상황을 복잡하게 만들 게 뭐람."

부서기가 바빠서 겨를이 없다는 듯이 다급한 어투로 말했다. "류 현장님, 지금 가도록 합시다. 좀 피곤하긴 하겠지만 내일 서둘러 돌아오면 기념관 준공 행사에는 늦지 않을 테니까 말이에요."

이렇게 그는 떠났다. 아무도 대동하지 않고 차에 올라 황급히 훈포산을 떠나 지구의 모처로 향했다. 가는 길에 전화통화가 가능해지자 류 현장은 지구위원회 뉴 서기와 통화를 했다. 뉴 서기가 말했다. "얼마나 큰일인지 알고 싶다고? 하늘보다 몇천, 몇만 배 더 큰일이야. 도착하면 알 것이네." 말을 마치고 뉴 서기는 곧장 전화를 끊었다. 목소리를 들으니 뉴 서기가 나뭇가지를 뚝하고 부러뜨리는 것 같았다. 류 현장은 기사에게 말을 채찍질하듯 미친듯이 밟으라고 지시했다. 오백 리가 넘는 길을 달려 황혼 무렵에 이미 주두에 도착한 그는 곧장 뉴 서기의 집을 향해 차를 몰았다.

밖에는 달빛이 차갑고 소슬했다. 땅 위에는 아주 얇은 얼음이 언 것 같았다. 하지만 뉴 서기의 단층 사합원 안쪽은 여름을 맞은 훈포산 위의 이상기후처럼 따스하기만 했다. 그 사합원 정방正房의 응접실은, 과거에 류 현장이 들를 때면 매번 자기 집에 온 듯한 기분이 들어, 들어서자마자 소파에 엉덩이를 깔고 앉곤 했었다. 하지만 이번에는 안으로 들어서자마자 뉴 서기의 서리처럼 차가운 얼굴과 마주해야 했다. 그가 객청 입구에 서자 뉴 서기가 텔레비전을 끄고 손에 들고 있던 신문을 걸레 집어던지듯이 다탁 위로 던져놓았다.

류 현장은 예전처럼 아주 편하고 자연스럽게 말했다. "배고파 죽 겠습니다."

뉴 서기가 말했다. "그럼 굶어죽게. 아주 큰일이 터졌네."

류 현장이 말했다. "하늘처럼 큰일이 터졌다 해도 우선 식사부터 좀 해야겠습니다."

뉴 서기가 그를 매섭게 노려보았다. "나도 하루종일 굶었는데 밥 이 넘어가지 않는 판에 자네는 꼭 밥을 먹어야겠단 말인가!"

류 현장은 정말로 큰일이 터졌다는 걸 알아차리고는 그제야 그 자리에 선 채 멍한 표정으로 뉴 서기의 얼굴을 쳐다보았다.

"우선 물 좀 한 잔 마실 수 있을까요?"

뉴 서기가 소파에서 일어서며 말했다.

"자네에겐 물 마실 시간도 없어. 성장님께서 자넬 만나자고 하시 니 내일 출근하자마자 사무실로 성장님을 찾아뵙도록 하게."

류 현장의 눈길이 뉴 서기의 몸을 따라 움직였다.

"무슨 일이 생긴 겁니까?"

뉴 서기가 그에게 물을 한 잔 따라주며 말했다.

"레닌의 유해를 구매하러 갔던 사람들이 베이징에 구류되었네."

류 현장은 물잔을 건네받지도 못하고 얼굴이 차갑게 굳었다. 굳은 얼굴에 멍청한 흰빛이 가득했다.

"어떻게 그럴 수가 있지요? 수속이 전부 끝났고 그들이 수시로 필 요에 따라 써넣을 수 있는 백지 추천장도 여러 장 소지하고 있었는 데 말이에요."

뉴 서기가 물잔을 받쳐들고 말했다.

"어떻게 그럴 수가 있냐고? 성장님을 만나보면 알게 될 걸세."

류 현장이 말했다.

"하지만 전 아직 한 번도 성장님을 뵌 적이 없습니다."

뉴 서기가 탁자에 몸을 기댔다. 붉은빛이 진한 아주 오래된 단향목 탁자였다.

"이번에는 성장님께서 단독으로 자네를 보자 하시는 걸세."

류 현장은 뉴 서기의 손에서 물잔을 건네받아 벌컥벌컥 단숨에 들이키고는 입가를 훔치며 말했다.

"그럼 만나뵙도록 하지요. 레닌의 유해지 마오주석의 유해를 사겠다는 것도 아닌데요, 뭘."

뉴 서기가 류 현장을 힐끗 쳐다보고는 잠시 멈췄다가 다시 입을 열었다.

"가보게. 밤새 서둘러 성성省城으로 가야지. 이번에 성장님을 뵙고 나면 자네는 더이상 현장이 아닐지도 모르네. 나도 지구위원회 서기가 아니고 말이야."

류 현장이 잠시 멈칫하더니 목소리를 높이며 말을 받았다.

"뉴 서기님, 너무 걱정하지 마세요. 하늘같이 큰일이라 해도 제가 앞에서 다 막아내도록 하겠습니다."

뉴 서기의 입가에 서서히 얇은 미소가 한 겹 걸렸다.

"내가 두려울 게 뭐가 있겠나? 어차피 연말에는 퇴임할 사람인데."

류 현장은 스스로 물을 한 잔 더 따랐다. 약간 뜨거웠다. 그는 손으로 잔을 흔들며 말했다.

"물 한 잔만 더 마시고 성성으로 출발하겠습니다. 마음놓으세요, 뉴 서기님. 건너지 못할 강도 없고 건너가지 못할 다리도 없는 법입니다. 성장님을 뵙게 되면, 레닌의 유해를 구매하여 훈포산에 안치하면 어떤 이득이 있는지, 지구에 어떤 이득이 있고 성에는 얼마나 거대한 이익을 가져오게 되는지 잘 설명드리도록 하겠습니다."

뉴 서기는 여전이 빙긋이 웃기만 할 뿐이었다. 얼굴에 창망한 누런빛이 가득했다. 안개 속에서 잘 구운 만터우를 안고 있는 것 같았다. 그는 더이상 아무 말도 하지 않았다. 그저 류 현장의 손에서 물잔을 건네받아 다시 물을 채워줄 뿐이었다. 그에게 물을 다 마시게 한 뒤 뉴 서기는 어서 가라고, 성성으로 출발하라 재촉했다. 그러면서 주두에서 성성으로 가는 도로가 공사중이라 통행에 지장이 있으니 최대한 서둘러 가라고 덧붙였다.

이리하여 황급히 어둠을 헤치며 성성을 향해 달려갔다. 가는 길에 기사는 하도 열심히 가속페달을 밟아서 발이 부었다고 말했다. 너무 피곤하다고 했다. 차바퀴가 노면의 달빛을 눌러서 덜덜 떨리는 소리가 났다. 가는 길 내내 강 양쪽 나무 위에서 밤을 보내던 참새들이 전부 놀라 사방으로 날아가버렸다. 그리고 마침내 류 현장은 날이 밝아올 무렵이 되어 건물이 숲처럼 들어선 성성에 도착했다.

현으로 돌아오자 류 현장은 스스로에게 무릎을 꿇고 개두의 절을 하고 향을 올리면서 자신을 위해 눈물을 흘리고 싶었다. 잘했든 잘못했든 그는 일개 현의 수장으로서 팔십일 만의 주민들이 보기만 해도 무릎을 꿇고 개두의 절을 올리고 싶어하는 그런 인물이었다. 이른 아침인데도 뜻밖에도 그는 순두부 한 사발조차 먹지 않고 거리에서 시간을 지체할까 두려워했다. 이른 아침인데도 뱃속이 텅 빈 채로 성 정부의 사무동을 향해 서둘러 달려갔다. 사정을 설명하고 등록을 한 다음, 성 정부 사무동의 갈색 대리석 마당 문으로 들어선 그는 십몇 층짜리 건물 밑에서 또다시 현장증을 꺼내 경비원에게 보여주며 성장 비서에게 연락해달라고 말했다. 성장은 그에게 건물 밑에서 잠시 기다리라고 했다. 이렇게 기다린 잠시가 뜻밖에도 반나절이 되었다. 기다린 시간은 뜻밖에도 샹화이현 거리보다 열 배는 더 길었다. 간신히 정오 무렵까지 기다린 끝에 위에서 전화가 한 통 걸려왔다. 6층으로 오라는 전갈이었다. 그는 성장이 자신에게 젓가락 반 토막 정도 길이의 말밖에 하지 않으리라고는 전혀 생각지 못했다. 성장과 통화하는 데 걸린 시간도 물방울 하나가 처마 끝에서 땅바닥으로 떨어지는 시간에 불과했다.

성장이 말했다. "앉아요."

성장이 또 말했다. "별일 아니에요. 류 현장을 오라고 한 것은 그냥 어떤 사람인지 보고 싶어서예요. 내 수하에 감히 자금을 조성해서 러시아에 가서 레닌의 유해를 구매해 올 생각을 하는 현장이 있으리라고는 미처 생각지 못했군요."

성장의 얘기가 이어졌다. "안 앉을 생각이오? 안 앉을 거면 그만 돌아가봐요. 난 이미 류 현장이 위대하다는 걸 잘 알고 있어요. 가봐요. 밖에 나가거든 크렘린궁보다 더 좋은 곳을 찾아가도록 해요. 내가 이미 베이징으로 사람들을 보내 러시아로 레닌의 유해를 구매하러 가려던 사람들을 데려오라고 했어요. 이삼일이면 그들 모두 성성으로 돌아올 것이고, 나도 직접 만나볼 생각입니다. 아무리 바빠도 쌍화이현의 고위 간부들은 만나봐야지요. 내가 당신네 쌍화이현 간부들을 만나고 나면 당신은 그들을 이끌고 다시 쌍화이현으로 돌아가도록 해요. 돌아가서 모든 업무를 후임자에게 인계할 준비를 하도록 하세요."

밤새 성성으로 달려왔는데 성장이 그에게 한 말은 이 몇 문장이 전부였다. 이렇게 말하는 성장의 목소리는 높지 않았다. 겨울날 추위를 피해 문을 닫아걸었는데 그 문틈으로 가늘게 새어 들어오는 바람 같았다. 하지만 류 현장은 이 몇 문장을 듣자마자 머릿속이 하얗게 텅 비어버렸다. 머릿속에는 손에 잡히지 않는 검은 안개 덩어리와 흰구름 조각만 남았다. 그는 이미 세 끼나 연달아 식사를 하지 못했다. 어젯밤에 뉴 서기의 집에서 물을 두 잔 마신 것이 전부였다. 이 순간, 그는 갑자기 정신을 가눌 수 없을 정도로 배가 고파왔다. 이러다가는 성장의 사무실에서 졸도할 것만 같았다. 다리에 힘이 빠져 봄날의 버들가지처럼 후들거렸다. 쌍화이현 사람들이 그를 위해 특별히 반죽하여 만든 쫄깃쫄깃한 국수 같았다. 성장의 사무실에서 졸도해선 안 된다는 건 두말할 필요도 없었다. 그는 현장으로서 팔십일만이나 되는 인구를 관리하고 있었다. 팔십일만 명이나 되는 사람들이 그를 보면 엎드려 절을 하지 못해 안달이었다. 그런 그가 성장의 사무실에서 졸도해선 안 된다는 건 너무나 당연한 일이었다. 밖에는 해가 노란빛으로 건물 위에 걸려 있었다. 햇빛은 성장 사무실의 창문에도 달라붙어 있었다. 갑자기 눈앞이 흐려졌다. 머리도 어지러웠다. 류 현장은 성장을 바라보았다. 이 년 전에 그가 무슨 까닭인지 쌍화이현의 감옥에 갇혀 있을 때, 함께 수용되어 있는 그 죄수들이 그를 바라보던 것과 같은 눈빛으로 지금 자신이 성장을 바라보고 있었다. 그는 적극적으로 앉아야겠다는 생각을 했다. 엉덩이 바로 뒤에 소파가 있었다. 하지만 성장이 앉으라고 할 때 앉지 않았고, 이제는 성장이 가라고 한 터라 감히 앉을 수도 없었다. 그는 몹시 목이 말랐다. 어디든지 가서 물 한 방울로 목구멍을 적시고 싶었다. 성장의 등뒤에는 특별히 산에서 운송해 온 숲속의 미네랄이 풍부한 자연수가 플라스틱통에 담겨 있었다. 물통 밑에는 빨간색과 초록색 두 개의 손잡이가 있었다. 빨간색 손잡이를 돌리면 더운물이 나오고 초록색 손잡이를 돌리면 완전히 천연 그대로의 찬물이 나왔다. 그는 그 물통에 든 자연수에 잠시 눈길을 던졌다. 성장도 그가 물통을 쳐다보는 것을 목격했다. 하지만 성장은 그에게 물을 따라주어 타들어가는 목을 축일 수 있게 해주지 않았다. 성장은 매정하게 커다란 사무용 책상 위에 놓인 검정 가죽 공문케이스를 들어 옆구리에 꼈다.

성장이 어서 가보라고 그를 재촉했다. 파리를 내쫓듯이 그를 쫓아냈다.

그는 하는 수 없이 자리를 떠야 했다.

떠나기 전에 그는 애써 다시 한번 성장의 사무실을 살펴보았다. 이것이 그의 평생에 처음으로 성장 사무실에 들어올 수 있었던 기회였다. 두말할 것도 없이 마지막 기회이기도 했다. 그는 속으로 스스로에게 힘을 내어 성장의 사무실을 한번 보지 않으면 안 된다고 말했다. 성장 사무실은 그가 생각했던 것처럼 그렇게 크지도 않고 화려하지도 않았다. 세 칸으로 나뉜 엉성한 방에 커다란 탁자가 하나 놓였고 가죽 의자 하나, 큰 책장 하나, 화분 열 몇 개, 그리고 그의 엉덩이 뒤에 한 줄로 나란히 놓인 소파가 전부였다. 더 있다면 커다란 탁자 위에 놓인 서너 대의 전화기가 고작이었다. 나머지 물건들은 류 현장의 눈에 뚜렷하게 들어오지 않았다. 제대로 기억도 나지 않았다. 물론 성장의 얼굴과 몸은 분명하게 보았고 기억도 뚜렷했다. 레닌기념관 안의 수정 관 크기를 기억하는 것과 마찬가지로 한 치의 오차도 없었다. 성장의 얼굴은 거무튀튀하면서 새빨갰다. 오랫동안 인삼탕에 담궈놓은 것처럼 얼굴이 번들번들하고 둥글었다. 좁은 이마에 흰 머리칼 때문에 오래되어 진한 향기를 내뿜는 좋은 품종의 사과처럼 보였다. 좋은 품종의 사과는 시간이 지날수록 소나무 껍질처럼 쪼글쪼글하게 주름이 생기긴 하지만 오히려 그런 시간 덕분에 갈수록 보기에도 나쁘지 않고 그윽한 사과향기를 발산하기도 했다. 그는 미색 털스웨터에 아주 고급으로 보이는 회색 셔츠를 입고 그 위에 옅은 남색 외투를 걸치고 있었다. 신발은 검정 둥근 코 구두를 신고 있었고 바지는 이름은 모르지만 남색 천으로 된 것이었다. 말하자면 그의 복장에는 신선하고 기이한 구석이 전혀 없었다. 큰길에 걸어다니는 신분이 좀 있는 노인들과 크게 다르지 않았다. 전체적으로 특별한 것 없이 평범하기만 했다. 하지만 유일하게 다른 점이 있다면 그의 어투였다. 아주 평화로우면서도 그 안에 차가운 냉기가 담겨 있었다. 그는 성장이라 하늘이 무너지고 땅이 가라앉을 만한 일도 평소에 바람이 불고 비가 오는 일 정도로 가볍게 얘기할 수 있었다. 모든 것이 그렇게 놀라거나 두려워할 일이 아니었다. 하지만 그 바람과 비는 집을 무너지게 하고 큰 나무를 뿌리째 뽑히게 할 수도 있었다. 거꾸로 그는 또 사람을 아주 춥게 만들 수 있는 일을 화롯불처럼 따스하게 말할 수도 있었다. 사실 그 화로 안에는 아무리 오랜 세월 불을 때도 다 녹이지 못할 맑은 얼음이 감춰져 있었다.

정말 그랬다. 성장은 하늘이 무너지는 일을 버들가지가 땅 위에 한들거리는 것처럼 얘기하고 땅이 꺼지는 일을 참깨 한 알이 소의 발자국이 팬 곳에 떨어진 것처럼 얘기했다. 그때, 류 현장은 성장이 얘기하는 시간이 바다의 깊이를 능가하리라고는 미처 생각지 못했다. 그는 단지 밤새 서둘러 길을 달릴 생각만 했고, 그렇게 반나절을 기다렸으니 아무리 잘못한 일이 많다 해도 이렇게 몇 마디만 해선 안 될 것 같았다. 그에게 몇 마디 말할 기회를 주어야 할 것 같았다. 콩나물이나 성냥불처럼 짧은 반 마디라도 할 수 있게 해주었어야 했다. 하지만 성장은 검정 가죽 서류철을 옆구리에 끼고 가버렸다. 류 현장은 그의 사무실에서 물러나오는 수밖에 없었다.

그 몇 마디뿐이었다. 젓가락 절반만한 길이의 시간에, 길어야 집 처마에서 물 몇 방울 떨어지는 시간에 텅 빈 머리에서 한 가닥 뭔가를 짜내지도 못하고 류 현장은 그렇게 후들거리는 다리로 성장의 사무실을 나와야 했다. 그제야 그는 갑자기 성장이 자신을 만났고 자신 역시 이미 성장을 만난 셈이라는 것을 깨달았다. 성장은 자신이 하고 싶은 말을 다 했다. 성장은 그의 일생의 노력을 똥 한 자루를 내다버리는 것처럼 산 위에서 절벽 아래로 던져버렸다. 불같이 더운 여름에서 차가운 겨울로 내던져진 것 같았다. 그의 평생의 노력을, 버들가지가 바람에 날리자 눈 깜짝할 사이에 바람을 따라 흩어져 어딘가에 달라붙지도 못하고 땅에 떨어지지도 못한 채 어디로 갔는지 모르게 되는 것처럼 헛된 것으로 만들어버렸다. 류 현장 그는 성장을 만나고 성장의 사무실에서 나올 때까지 성장에게 한마디도 하지 못했다.

류 현장은 성성의 한 영빈관에 묵으면서 병이 나고 말았다. 갑자기 감기에 걸려 심하게 열이 났다. 솽화이현이었다면 비서와 현 의원 의사들이 가장 좋은 약을 침대 머리맡으로 가져다주었겠지만 성성인 이곳에서는 혼미한 상태로 사흘 내내 잠만 자는 수밖에 없었다. 감기약을 먹는 것이 볶은 콩을 먹는 것 같았다. 한 줌 또 한 줌 계속 약을 먹었지만 열은 물러갈 기미를 보이지 않았고 기침이 멈추지 않더니 폐엽에 병이 생겼다. 그러다 레닌의 유해를 구매하기 위해 파견되었던 사람들이 베이징에서 성위원회 간부들에 의해 이끌려 되돌아오고, 성장도 물 몇 방울처럼 짧은 시간 동안 그들을 만나본 뒤에 그의 감기가 갑자기 호전되면서 열도 물러갔다. 한기가 들었다 열이 났다 했던 것이 마치 그들이 돌아오기를 기다리면서 잠을 자기 위해서였던 것 같았다. 그들이 돌아와 그 몇 마디를 해주기를 기다리기 위해서 말이다.

"성장님이 뭐라고 하시던가?"

"성장님은 아무 말씀도 안하셨습니다. 성장님께서는 저희를 한번 만나보고 싶었다고만 하셨지요. 저희에게 무슨 문제라도 있는 게 아닌지 보고 싶었다고 하셨습니다. 그러면서 필요하면 정신병원에 솽화이현을 위한 전문 병동을 설치하겠다고 하셨습니다."

"뭘 설치한다고?"

"정치정신과를 설치하겠다고 하시더군요. 저희가 모두 정치병에 걸렸을지 모른다고 하시면서요."

"이런 염병할― 또 무슨 말을 하던가?"

"저희더러 빨리 쌍화이현으로 돌아가 마지막 며칠 동안 남은 일을 잘 처리하라고 하시더군요. 며칠 지나면 저희 일을 대신 맡게 될 후임자들이 올 거라면서요."

"이런 염병할 새끼! 조상 대대로 썹이나 하라고 그래."

류 현장은 이렇게 욕을 해대면서 사람들을 데리고 성성을 떠나 현으로 돌아오는 수밖에 없었다. 힘들게 십 년 공부한 사람들이 고사장에 들어가기 직전에 시험관들에 의해 고사장 밖에서 거부당해 고사장 안으로 들어가지 못한 것 같았다. 이리하여 십 년 공부의 고생이 한순간에 흰구름처럼 흩어져 사라졌을 뿐만 아니라 평생 기대했던 것들이 전부 등뒤로 포기되고 말았다. 날이 흐릴 때 성성에서 쌍화이현으로 길을 나섰다. 먼저 기차를 타고 지구에 도착한 다음, 다시 현에서 보내준 자동차를 타고 쌍화이현까지 왔다. 오는 길 내내 현장부터 옆에 있는 사람들까지 누구도 입을 열지 않았다. 오는 길 내내 류 현장의 얼굴은 시퍼런 감색이었다. 죽은 사람의 얼굴 같아 사람들의 마음을 놀라게 했다. 수백 리에 달하는 장거리를 달리는 동안 그는 앞자리에 앉은 사람들에게 아무 말도 하지 않았다. 그리하여 다른 사람들도 감히 입을 열 수 없었다. 그들은 성성에서 러시아로 가기 위해 한 무더기나 되는 수속을 다 밟고 나서 베이징에 갔었다. 베이징에서 러시아로 가는 비행기 표도 다 사놓은 터였지만 이제 러시아로 가서 붉은광장 지하에 안치되어 있는 레닌의 유해를 구매하려면 국가기관에서 그들 현으로 직인이 찍힌 증명서를 발급해주어야 했다. 도장 하나에 불과하지만 붉은 테두리가 있어야 하고 테두리 안에는 열 자가 넘는 글자가 찍혀 있어야 했다. 그들이 직인을 받기 위해 그 기관을 찾아갔을 때, 기관의 담당자는 급할 것 없으니 잠시 앉아서 물이나 마시면서 기다리라고 했다. 그러면서 모든 사람에게 물을 한 잔씩 따라주며 마시라고 권하고는 어디론가 가버렸다. 순간처럼 짧은 그 시간에 또 어떤 사람이 그들을 어디론가 데리고 가서 많은 것들을 물어보았다. 예컨대 레닌의 유해를 구매하기 위한 돈을 얼마나 준비했는지, 레닌의 유해를 안치할 기념관은 어디에 건립했는지, 기념관의 규모는 얼마나 되고 유해 보존을 위해 오만한 기술은 얼마나 빈틈이 없는지 물었다. 또한 레닌의 유해를 훈포산 삼림공원에 안치하면 입장권은 한 장에 얼마이며 현이 벼락부자가 되면 그 돈을 어디에 쓸 것인지도 물었다. 요컨대 물을 수 있는 건 전부 물었고 그들도 대답할 수 있는 건 전부 대답했다. 마지막으로 그들은 조급해하지 말라고 하면서 직인을 관리하는 사람이 방금 외출하여 바다링 장성*으로 놀러갔지만 서둘러 돌아오라고 연락을 취해놓은 상태라고 말했다. 그러면서 인내심을 갖고 조금만 더 기다리라고 했다. 식사할 때가 되면 먹을 것을 보내주겠다고도 했다. 그들은 그렇게 기다려야 했다. 성의 간부들이 오기를 기다리고 그들의 지도자가 돌아오기를 기다려야 했다.

---

* 만리장성의 일부분.

이제는 모든 것이 끝났다. 요란한 전통극 한 편이 끝나서 무대를 정리하고 복장을 챙겨 집에 가야 할 것 같았다. 가는 길 내내 류 현장이 마음속으로 무슨 생각을 하고 있었는지 아는 사람은 아무도 없었다. 류 현장 혼자 훈포산 위의 레닌기념관으로 가서 무얼 보았는지 아는 사람도 없었다. 어차피 훈포산에서 돌아와 현성의 동쪽 관문에 이르렀을 때는 날이 이미 어두워져 있었다. 황혼이 무겁게 내려앉고 있었다. 류 현장의 얼굴은 철저하게 죽은 사람의 낯빛으로 변했다. 짙은 푸른색과 짙은 회색이었다. 짓무를 때까지 썩어서 코를 찌르는 악취를 퍼뜨리는 완전히 썩은 감 같았다. 게다가 그의 머리칼도 갑자기 하얗게 세어버렸다. 성장을 면담하고 난 다음에 센 것인지 레닌기념관에 가서 뭔가를 본 뒤로 그렇게 센 것인지는 알 수 없었다. 아주 확연하게 흰머리가 절반 이상을 덮고 있었다. 흰 새가 둥지를 튼 것 같았다.

갑자기, 류 현장이 늙었다.

늙기 시작하더니 철저하게 늙어버렸다.

류 현장은 노인 같은 모습으로 자신의 쌍화이현성을 향해 걸어갔다. 힘이 풀린 다리가 후들거렸다. 조심하지 않으면 넘어질 것만 같았다.

따져보니 류 현장이 마오즈 할머니가 이끄는 공연단의 훈포산 공연을 보고 자리를 뜬 뒤로 족대족[1]한 것 같지만 사실은 며칠밖에 되지 않았다. 그는 쌍화이현을 떠난 그 짧은 며칠의 시간이 몇 년, 아니 반평생처럼 느껴졌다. 쌍화이현 백성들도 더이상 그를 알아보지 못하는 것 같았다. 전에는 이 오래된 도시의 시가지를 무수히 지나다녔고 성문을 통과하여 시골로 향하거나 도로를 따라 지구로 회의를 하러 가기도 했었다. 당시에 그는 항상 차를 타고 다녔고 모든 경치와 사물이 차창 밖으로 스쳐지나갔다. 바람이 그의 눈앞에서 불어 지나가는 것 같았다. 지나가면 그냥 지나가는 것이었다. 아무것도 남아 있지 않았다. 가끔씩, 무슨 일로든 차에서 내릴 때면 거리의 백성들이 한눈에 그를 알아보면서 금세 어수선한 분위기가 연출되었다. 혼란스러운 가운데 모두들 친근한 어투로 류 현장을 불러대면서 그를 에워쌌다. 그의 손을 잡아끌면서 자기 집에 가서 식사를 같이 하자는 사람이 있는가 하면, 의자를 가져다 그의 엉덩이 밑에 받쳐주는 사람도 있었다. 자기 집에 가서 잠깐 앉았다 가라는 것이었다. 혹은 방금 태어난 어린 아기를 그의 품에 넘겨주면서 한번 안아달라고 부탁하는 사람도 있었다. 그가 아기에게 복과 행운의 기운을 가져다주기를 바라는 것이었다. 이어서 아기에게 이름을 지어달라고 부탁하기도 했다. 액운을 막기 위해 일부러 의미가 별로 좋지 않은 글자로 가게 문 앞에 붙일 말을 써달라는 사람도 있고 숙제장이나 교과서를 내밀면서 사인을 해달라고 부탁하는 어린 학생들도 있었다. 그가 시내를 걸어가면 황제가 거리를 걷는 것처럼 사람들이 너무 놀라고 즐거워하는 바람에 그는 거리 양쪽의 풍경을 제대로 구경할 수도 없었다. 그런데 황혼 무렵인 지금은 날도 건조하고 차가워서 그런지 거리에는 인적이 드물었고 가게와 음식점들도 전부 문이 닫혀 있었다. 큰 거리나 작은 골목 할 것 없이 나다니는 사람들이 적었다. 길고 긴 거리가 빈집처럼 조용하기만 했다. 뒤늦게 거처로 돌아가는 매춘부들만 거리에서 얼굴을 반짝거리고 있었다.

무언가가 눈에 띄는 것이 두려워 도시 관문에서 차에서 내린 그
는 오래된 도시의 거리를 뚫고 지나갔다. 하지만 거리는 사람 그림
자 하나 없이 텅 비어 있고, 과거처럼 한눈에 그를 알아보는 사람들
도 없었다. 류 현장은 그 시절에 대한 그리움이 조금, 아니 조금보다
는 더 간절히 솟구쳤다. 이 현성은 그의 현성이었다. 이 현은 그의
쌍화이현이었다. 이 현에는 그가 바로 류 현장이라는 사실을 모르는
사람이 없었다. 그가 거리를 두 발로 걸어간다는 것은 대단히 놀라
운 일이어야 했다. 하지만, 지금 거리는 완전한 적막이었다. 어쩌다
지나가는 사람도 추위를 피해 집으로 향하는 걸음을 총총히 재촉했
다. 애당초 고개를 돌려 류 현장을 한번 쳐다보지도 않았다. 부녀자
둘이 문을 열고 나와서는 아이들에게 어서 들어와 밥 먹으라고 소
리치다가 분명 류 현장에게 눈길이 한참이나 머물러 있었지만 결국
잘 모르는 사람인 것처럼 아이들만 몇 번 부르다가 이내 문을 닫고
들어가버렸다. 구시가지는 신시가지와 비교가 되지 않았다. 거리 주
변에는 전부 벽돌과 기와가 부서진 낡은 건물들뿐이었다. 가끔씩 새
로 지은 건물이 끼어 있어 네모반듯한 윤곽에 붉은 벽돌을 그대로
드러내고 있었다. 이해 겨울에 새로 지은 이런 서양식 건물들은 만
들어놓고 미처 칠을 하지 못한 적송赤松관 같았다. 이렇게 류 현장
은 아주 천천히 거리를 걸었다. 혼자서 묘지를 거니는 듯한 기분이
었다. 죽었다가 살아나 다시 돌아오는 사람 같았다. 그래서, 사람들
은 그를 보고도 감히 바라보지 못했다. 바로 이때, 맞은편에서 과일
을 실은 멜대를 어깨에 멘 사람이 둘 걸어오고 있었다. 두말할 것도
없이 신도시의 번화한 곳에 가서 과일 장사를 하다가 돌아오는 사

람들이었다. 두말할 것도 없이 이런 사람들은 모두 솽화이현 사람들이었고 대부분 구시가지 사람들이었다. 류 현장은 그들이 자신이 류 현장인 것을 알아보기만 한다면, 걸음을 멈추고 서서 류 현장님 하고 불러주기만 한다면, 내일 당장 두 사람을 각각 상업국 부국장, 외무국 부국장으로 임명해야겠다고 생각했다. 지금 그는 아직 솽화이현 현장 겸 서기였다. 자신이 어떤 직위에 임명하고 싶은 사람이 있으면 얼마든지 임명할 수 있었다. 부국장이 여의치 않으면 국장으로 임명할 수도 있었다. 그들이 자신을 알아봐주기만 한다면, 자기 앞에서 과일 멜대를 내려놓고 허리를 구부려 인사를 해주기만 한다면 얼마든지 임명이 가능했다. 누구든 예전처럼 거리에서 그를 만나면 류 현장님 하고 불러주기만 하면 얼마든지 가능한 일이었다.

류 현장은 그 자리에 멈춰 서서 움직이지 않았다. 그들이 다가와 자신을 알아보고 자신을 불러주기를 기다렸다.

하지만, 두 사람은 맞은편에서 다가오면서 힐끗 쳐다보기만 할 뿐, 그냥 어깨를 스쳐지나가버렸다. 과일 멜대가 삐걱삐걱 소리를 내면서 가까워졌다가 다시 멀어지면서 갈수록 작고 희미해지다가 결국 아무 소리도 들리지 않았다.

류 현장은 멍하니 그 자리에 서서 두 사람이 저녁 어둠 속으로 완전히 사라질 때까지 바라보았다. 그들은 그가 류 현장이라는 것을 알아보지 못했다. 그들의 이런 태도에 류 현장의 마음은 뱀에게 물리고 벌에게 쏘이는 것 같았다. 하지만 류 현장의 얼굴에는 미소가 걸려 있었다. 결국 그들 스스로가 현의 부국장이나 국장의 자리에 앉을 수 있는 기회를 백왕왕[3] 놓쳐버렸기 때문이었다.

그렇게 혼자 외롭게 구시가지에서 신시가지로 걸어가면서 류 현장은 사람을 보았다 하면 얼른 걸음을 멈추고 그들이 자신을 알아봐주기를 기다렸다. 자신을 알아보기만 하면 그 사람에게 국장의 자리를 줄 생각이었다. 하지만 끝내 그를 알아보는 사람은 하나도 없었다. 과거처럼 멀리서 그를 보기만 하면 황급히 달려와 길가에 서서 얼굴 가득 웃음을 머금고 그를 향해 고개를 끄덕이거나 허리를 구부려 "류 현장님" 하고 가볍게 불러주는 사람이 하나도 없었다. 철저하게 어둠이 내리고 있었다. 도시의 거리가 시골의 어두운 밤 골목에 들어서는 것처럼 컴컴했다. 그가 현의 관사에 도착하고 나서야 등뒤로 거리의 가로등이 켜지기 시작했다. 류 현장은 오늘처럼 사람들이 멀리서 자신을 알아보고 자신을 불러주기를 바랐던 적이 없었다. 그는 사람들을 만나봐야만 저녁의 어둠을 타고 다시 도시로 돌아갈 수 있을 것 같았다. 하지만 정말로 그와 마주친 사람이 없었고, 혹시 마주쳤다 해도 날이 어두워 그를 알아보지 못했을 것이다. 그의 마음은 사람들이 깡그리 약탈당한 텅 빈 창고 같았다. 알곡 한 알도 남아 있지 않았다. 커다란 집만 텅 빈 채 덩그러니 남아 있었다. 두말할 것도 없이 관사의 그 문지기 노인은 그를 한눈에 알아보고는 황급히 건물에서 나와 그의 이름을 불렀을 것이다. 하지만 그가 문 앞에 거의 다 왔는데도 문지기 노인마저 황급히 달려나와 그를 류 현장이라고 불러주지 않았다. 류 현장은 멀찌감치 떨어져 건물 안에 불이 환하게 밝혀져 있는 모습을 바라보았다. 하지만 가까이 다가가보니 관사 입구는 묘지처럼 조용하기만 했다.

문지기 노인은 어디로 갔는지 보이지 않았고 문은 열려 있었다.

건물은 사람 하나 없이 텅 비어 있었다.

문 앞에서 발을 몇 번 구르다가 류 현장은 관사 안으로 들어섰다.

집으로 돌아가야 했다.

얼마나 오래 집에 돌아가지 않았는지 생각이 나지 않았다. 아주 오래전에 아내가 능력이 있으면 석 달 정도 집에 돌아오지 말라고 말했던 것이 생각났다. 그때 그는 자신의 능력을 보여주겠다고, 적어도 반년 동안은 집에 돌아오지 않을 거라고 말했었다.

그는 정말로 반년이나 집에 돌아가지 않은 것 같았다. 그때는 초봄이었는데 지금은 이미 엄동이었다.

시골에 가거나 아니면 회의를 하러 가거나, 그것도 아니면 레닌기념관 공사장을 찾아가느라 그는 반년 동안 집에 돌아가지 않은 것 같았다. 아니 몇 년이나 집에 돌아가지 않은 것 같았다. 때로는 몸이 현성에 있을 때도 사무실에서 먹고 자고 할지언정 집에 돌아가지 않은 적도 있었다. 이번에는 관사로 들어서는 순간 갑자기 아내가 어떻게 생겼었는지 정확히 기억이 나지 않았다. 아내의 피부가 흰지 검은지, 몸매가 뚱뚱한지 말랐는지, 어떤 유형의 옷을 즐겨 입었는지 제대로 기억이 나지 않았다. 날은 완전히 어두워져 있었다. 별도 보이지 않고 달도 보이지 않았다. 구름은 검은 안개처럼 하늘을 덮고 있었다. 그 안개 짙은 어둠 속에 서서 류 현장은 애써 한참을 생각하고 나서야 서서히 아내가 올해 서른셋이나 서른다섯 살쯤 되었을 것이고 키가 무척 작으며 희고 깨끗한 얼굴에 검은 머리칼을 항상 어깨까지 늘어뜨리고 있었다는 것을 기억해냈다. 그는 또 아내의 얼굴에 콩알만한 사마귀가 있었던 것을 기억해냈다. 사람들이 항상 말하는 미인 사마귀였다. 절반은 검정색이고 절반은 갈색이었다. 하지만 그 사마귀가 얼굴 왼쪽에 있었는지 오른쪽에 있었는지는 죽어도 기억이 나지 않았다.

집안에 들어서면 가장 먼저 사마귀가 아내 얼굴의 왼쪽에 있는지 오른쪽에 있는지 살펴봐야 할 것 같았다. 류 현장은 속으로 생각했다. 무슨 말을 하든지 그 사마귀가 마누라 얼굴 어디에 나 있는지 기억해야 해. 관사 대문에 들어서자 류 현장은 고개를 들어 잠시 자기 집 창문 쪽을 바라보았다. 아내의 그림자가 새처럼 부엌으로 개조한 발코니에 반짝 스쳐지나가자 그의 마음을 무언가가 가볍게 쓰다듬는 것 같았다. 그는 곧장 걸음을 재촉하여 자기 집을 향해 다가갔다.

그는 집으로 돌아갈 생각이었다.

하지만, 몇 걸음 걷다가 또 왼쪽으로 방향을 틀고 말았다. 먼저 경앙당에 들러봐야 할 것 같았다. 어쩌면 반년이나 집에 돌아오지 않았기 때문에 경앙당이 어떤 모습으로 변했는지 보고 싶었던 것인지도 몰랐다.

역시 먼저 경앙당으로 갔다. 문을 열고 들어가 다시 닫은 다음 불을 켰다. 등불이 환하게 비치는 순간 맞은편 벽면에 걸린 초상들을 바라보는 그의 마음이 예전처럼 그렇게 즐겁지는 않았다. 마르크스와 엥겔스, 레닌, 스탈린, 마오주석, 호자, 티토, 호찌민, 김일성, 카스트로 등의 초상이 전부 순서대로 원래의 모습으로 벽에 걸려 있었다. 중국 10대 원수들의 초상도 원래 모습으로 그의 등뒤 벽면에 걸려 있었다. 유일하게 다른 점이 있다면 류 현장의 초상이 둘째 줄 린뱌오의 초상이 걸려 있던 원래의 자리에 걸려 있지 않고 첫째 줄 마

658

르크스와 엥겔스, 레닌, 스탈린의 초상 바로 다음에 걸려 있다는 것이었다.

류 현장은 그렇게 오래 경앙당 한가운데 서 있었다. 시간이 경앙당 안을 흐릿하게 흘렀다. 마침내 그는 자신의 초상화를 마오주석 초상화 바로 뒤에서 떼어내 마르크스 앞으로 옮겨 걸었다. 첫째 줄 맨 앞에 건 것이다. 그런 다음, 자신의 초상 밑에 있던 탑 모양의 표 빈칸에 하나하나 글자를 써넣고 붉은 줄을 가득 그어놓았다. 마지막으로 맨 위 칸을 채워넣은 그는 펜을 잠시 멈췄다가 다시 두 줄의 문구를 써나갔다.

전 세계에서 가장 위대한 농민 지도자
제3세계에서 가장 뛰어난 무산계급혁명가

이어서 그는 이 두 줄의 문구에 아홉 가닥의 붉은 줄을 그었다. 붉은 줄이 한 가닥 한 가닥 겹쳐지면서 한 마리 용이 되었다. 눈에 확 들어오면서 눈을 자극하기도 했다. 그는 그렇게 서서 자신이 쓰고 그린 문구와 용을 잠시 바라보다가 무릎을 꿇고서 맨 앞줄의 초상을 향해 머리가 땅에 닿도록 세 번 절을 했다. 그런 다음 다시 몸을 돌려 양아버지의 초상을 바라보다가 그를 위해 향 세 개비를 태우고 경앙당을 나왔다.

문밖의 고요한 밤 속으로 자동차들이 움직이는 소리가 들려왔다. 그 낮고 거친 소리가 왠지 익숙하게 느껴졌다. 자신의 자동차 소리 같았다. 어쩌면 비서가 자신이 이미 현성으로 돌아온 것을 알고서 집으로 자신을 만나러 오는지도 모른다는 생각이 들었다. 두말할 것 없이 비서는 그를 만나면 "현장님!" 하고 불러줄 것이 분명했다.

류 현장은 그렇게 경앙당을 나오면서 불을 껐다. 정말로 자신의 그 검정색 승용차가 집 앞에 세워져 있었다. 정말로 비서가 그를 집으로 찾아온 것이었다. 비서는 그가 현장이 되었을 때부터 그의 비서로 일해왔다. 당연했다. 세상 모든 사람이 그를 현장이라고 부르지 않아도 비서는 여전히 입을 열었다 하면 그를 현장이라고 불러야 했다.

정말이었다. 정말로 비서는 입을 쉬지 않고 그를 현장이라고 불렀다.

해설

1) 족대족足對足: 방언이다. 시간이 아주 길어져 모든 것을 계산에 넣는 것을 의미한다. 실제로 발과 발을 맞대는 행위와는 무관하다.

3) 백왕왕白枉枉: 방언이다. 헛되이 기회를 놓쳐버리고 억울해하는 것을 의미한다.

3장

류 현장님, 류 현장님, 제가 현장님께
무릎을 꿇으면 안 되겠습니까?

"류 현장님, 죄송합니다. 류 현장님 정말 죄송합니다!"

"이런 염병할 새끼, 네 목을 잘라버리고 말겠어! 총으로 쏴버리고 말겠어! 네놈의 목을 자르고 총으로 쏴버려도 내 한이 풀리진 않겠지만 말이야."

"류 현장님, 류 현장님, 정말 죄송합니다, 류 현장님!"

"무릎 꿇어, 너희 둘 다 무릎 꿇으란 말이야!"

"저 사람은 나무라지 말아요. 스 비서는 탓하지 말라고요. 모든 게 다 제 잘못이에요!"

"닥쳐, 이 더러운 년아! 이 암퇘지, 암캐, 족제비 같은 년!"

"류 현장님, 사모님을 때리지 마시고 차라리 저를 때리세요. 보세요. 얼굴이 온통 피투성이잖아요. 더 때렸다가는 목숨을 잃을 수도 있습니다. 모든 것이 다 제 잘못입니다. 전부 이 스 비서가 저지른 일입니다."

"이 여자를 때리지 말고 널 때리라고…… 내가 그냥 넘어갈 것 같아?"

"악…… 아악…… 아야……"

"이제 넌 파면이야. 감옥살이를 마치면 고향으로 돌아가 농사나 지으면서 살 수 있게 해주지."

"때리세요, 류 현장님, 저를 발로 차고 짓밟아 죽여주세요. 아예 육장肉醬으로 만들어주셔도 좋습니다."

"이런 조상 팔대까지 썹이나 할 놈이! 내가 지금 공안국에 얘기해서 너를 당장 감옥에 처넣고 말겠어. 내 말 한마디면 네놈 집안을 풍비박산하게 할 수 있고 네놈의 명예를 다 쓸어버려 길거리 생쥐 꼴이 되게 할 수도 있어. 그러면 쌍화이현에서 한 발짝도 움직일 수 없게 되겠지. 네놈이 도망쳐도 쌍화이현에서는 밥 한 그릇 얻어먹을 곳도 없을 거라고."

"제발 부탁이에요. 그 사람을 때리지 말아줘요. 봐요. 거의 혼절할 지경이잖아요. 여보, 류 현장님, 차라리 날 때리라고요."

……

"이런 조상 대대로 썹이나 할 년 같으니라고, 어서 사실대로 말해봐. 지금 네년이 밖에 나가면 사람들은 모두 네년을 류 현장 사모님이라고 말할 거야. 네년을 사모님이라고 부른단 말이야. 알아, 몰라?"

"알아요. 하지만 난 사모님이 되고 싶지 않아요. 나는 그냥 보통 사람의 아내가 되고 싶을 뿐이에요. 퇴근해서 집에 오면 밥하고 청소하고, 남편이 소파에 앉아 신문을 보는 동안 부엌에서 쉴새없이 일하는 그런 생활을 하고 싶단 말이에요. 음식을 식탁에 올리면 남편이 신문을 내려놓고 나랑 식사를 함께 하는 그런 생활 말이에요. 밥을 다 먹고 나면 이번에는 내가 소파에 앉아 신문을 보고 남편이 부엌에 들어가 설거지를 하고, 설거지가 끝나면 둘이 함께 소파에 앉아 텔레비전을 보면서 얘기를 나누다가 마지막에는 함께 침대에 올라 잠을 자는 그런 생활을 하고 싶다고요."

"류 현장님, 우리가 그렇게 할 수 있게 도와주세요. 그렇게 해주시지 않으면 이렇게 무릎을 꿇은 채로 날이 밝을 때까지 일어나지 않겠습니다."

"물은 어디 있지? 물 어디 있나? 염병할, 집에 마실 물 한 방울 없다니."

"물이 다 떨어졌습니다. 이 물은 현장님을 위해 끓인 겁니다. 이 물을 따라드리도록 하겠습니다."

"이런 씨팔놈, 너를 비서라고 데리고 다녔는데 오히려 이렇게 내 마음에 상처를 주리라고는 생각도 못했구나. 레닌의 유해도 구매해오지 못했는데 너까지 내게 큰 타격을 주는구나."

"죄송합니다 류 현장님, 정말 죄송합니다 류 현장님."

"됐어, 입 닥쳐. 네놈이 피가 나도록 이마를 땅바닥에 찧는다 해도 내가 널 용서할 리는 없을 거다."

"용서를 구하는 게 아닙니다. 벌을 받을 만한 짓을 했으니까요."

"물 드세요. 조금 뜨겁습니다. 먼저 좀 식혀서 드세요."

"차는 어디 있나?"

"홍차를 우릴까요 아니면 녹차를 우릴까요?"

"너 편한 대로 해."

"그럼 녹차로 하겠습니다. 녹차는 열을 내려주거든요."

"일어서! 어떻게 할 건지 말해봐."

"류 현장님, 용서해주신다고 한마디 하시기 전에는 죽어도 일어나지 않겠습니다."

"그럼 그렇게 앉아 있어. 어떻게 할 건지 말해봐."

"류 현장님께서 저희 두 사람이 합칠 수 있게 도와주셨으면 합니다."

"우리가 합칠 수 있게 해줘요. 합칠 수 있게 해주지 않으면 여기 이렇게 무릎을 꿇은 채로 당신 앞에서 죽고 말 거예요."

"어떻게 합치게 해달라는 건지 말해봐."

"우리 둘이 결혼할 수 있게 해줘요. 쌍화이현에서는 너무 창피하다고 생각되면 우리 두 사람의 일자리를 아주 먼 곳으로 옮겨주면 되잖아요."

"류 현장님, 현장님의 은혜와 은덕은 영원히 잊지 않겠습니다. 제가 이렇게 오래 현장님의 비서로 일했기 때문에 현장님께서 마음속으로 원하시는 것이 무엇인지 가장 잘 알고 있습니다. 우리 둘이 합칠 수 있도록 도와주신다면 제가 현 주민 모두가 현장님께 무릎을 꿇고 개두의 절을 올릴 수 있도록 해드리겠습니다. 레닌의 유해가 올 수 없다는 것도 잘 압니다. 레닌의 유해를 구해 오지 못했다 해도 저는 현성의 주민 전부가 현장님께 무릎을 꿇고 개두의 절을 올리게 할 수 있습니다. 현 주민 전체가 현장님을 보면 곧장 무릎을 꿇고 개두의 절을 올리게 할 수 있다니까요. 정 못 믿으시겠다면 한번 시험해보세요. 제가 내일 거리에 있는 모든 사람들이 현장님을 보면 무조건 무릎을 꿇고 개두를 하게 하겠습니다. 신시가지와 구시가지 할 것 없이 집집마자 전부 대청에 현장님의 초상화를 걸어놓게 하 겠습니다. 어떻습니까?"

"흥…… 네놈은 자신이 무슨 신선이라도 되는 줄 아는구나? 내 말 잘 들어, 하늘에게도 그런 능력은 없단 말이다."

"류 현장님, 저는 한 번 말한 건 반드시 실행하는 사람입니다."

"꺼져! 너희 둘 다 꺼져줘. 멀리 꺼질수록 좋아."

……

"반년이나 집에 돌아오지 않았잖아요. 단 하룻밤이라도…… 당신 과 밤새 애기를 나눌 수 있었으면 좋겠어요."

"그런 말은 할 필요 없어. 이 집에 있는 물건들 가운데 갖고 싶은 게 있으면 다 가져가도 좋아."

"전 아무것도 필요 없어요. 우리 아버지 초상화만 가져가면 돼요."

"가져가. 갖고 싶은 게 있으면 뭐든지 가져가라고."

"그럼 저희는 가보겠습니다."

"가, 빨리 가버리라고. 가서 다시는 내 앞에 나타나지 말란 말 이야."

"고맙습니다, 류 현장님…… 저는 은혜를 입으면 반드시 갚는 사 람입니다. 현장님의 대은대덕大恩大德을 절대로 잊지 않겠습니다. 내 일 현 전체 주민이 현장님께 무릎을 꿇고 개두의 절을 올리게 하겠 습니다. 그리고 집집마다 현장님을 신으로 숭배하게 하겠습니다."

5장
온 세상 사람들이 전부 무릎을 꿇었다

마침내 류 현장의 얼굴에 기쁨의 눈물이 흘러 바닥에 떨어졌다.

뜻밖에도, 다음날 류 현장이 문을 나서는 순간, 정말로 온 세상 사람들이 전부 그를 향해 무릎을 꿇고 개두의 절을 올렸다.

잠에서 깨어보니 이미 날은 정오가 지나 있었다. 점심식사 때가 지난 지도 한참이었다. 류 현장은 며칠 사이에 하늘이 무너지고 땅이 꺼지는 엄청난 일들이 이렇게 많이 일어나리라고는 미처 생각지 못했다. 어젯밤 그는 침대에 쓰러져 깊은 잠에 빠졌고, 뜻밖에도 지구위원회 뉴 서기에게서 온 몇 통의 전화 벨소리도 그를 깨우지 못했다.

너무 피곤했다. 그는 실컷 푹 자고 싶었고, 아주 편안하게 한숨 자고 일어났다.

"집에 있으면서 어째서 전화를 받지 않는 건가?"

"죄송합니다, 뉴 서기님. 제가 너무 깊이 잠이 들었나봅니다."

"성장님한테서 전화가 왔네. 별말씀은 없었고 지구위원회에서 사흘 안에 쌍화이현에 신임 서기와 현장을 내려보내기로 했다는 말씀만 하시더군."

전화를 끊고서 류 현장의 머릿속은 안개로 가득해 온통 하얀빛이었다. 뉴 서기는 그에게 레닌의 유해를 구매하겠다는 내용을 담은 문서 따위를 러시아 쪽에 보냈는지 물었다. 류 현장이 말했다. 어떻게 안 보낼 수가 있겠습니까? 레닌의 유해를 구매하는 하늘만큼 엄청난 사업을 하면서 어떻게 서류를 보내지 않을 수 있겠습니까? 하지만 레닌 유해 구매 의향서 두 통과 보충설명 자료 같은 걸 보낸 것이 전부입니다. 러시아는 우리 나라와 입장이 달라서 그런지 처리할 일이 한 보따리인데도 직접 대면해서 얘기하긴 어렵다고 해서 먼저 서류를 보냈을 뿐입니다. 뉴 서기가 큰 소리로 호통을 치며 말했다. 이런 망할 놈들— 러시아에서는 그 의향서와 함께 자신들의 항의서를 함께 베이징으로 보내왔네. 성의 고위 간부들 모두 금방이라도 터질 것처럼 화가 잔뜩 나 있단 말일세. 너무 화가 나서 창자가 흘러내릴 지경이라고.

류 현장은 자신이 쌍화이현 현장 겸 서기라는 걸 잘 알고 있었다. 이제 벼랑 끝에 도달한 것 같았다. 더이상 길이 없었다. 성장님께서 저를 어떻게 처리하신다고 하던가요? 뉴 서기기 말했다. 내가 자네를 위해 적당한 자리를 찾아놓았네. 지구에서 방금 고묘古墓박물관을 하나 건립했네. 주두에 매장된 역대 황친국척皇親國戚들과 대신들의 고묘를 전부 한곳으로 이전하여 관광객들에게 공개하려는 걸

세. 기관 직급은 실장급이니 자네가 가서 고묘박물관 관장을 맡도
록 하게. 뉴 서기가 말을 마치자 류 현장도 뭔가 말을 하려고 했지만
뉴 서기는 찰칵하고 전화를 끊어버렸다. 마침내 사태가 이런 지경에
이르고 말았다. 두세 마디 말이 결국 그를 강직시켰다. 앞으로 그에
게 어떤 처분이 내려질지에 관해 뉴 서기는 다음 단계를 기다리라
고 했다. 성 쪽의 의중을 알아봐야 한다는 것이었다. 강직되면 강직
되는 것이었다. 정말로 어떤 처분이 내려진다 해도 그리 대단할 것
은 없었다. 무엇보다도 중요한 것은 자신이 뭔가를 말하려고 했는데
뉴 서기가 역병을 피하듯 기다리지 않고 얼른 전화를 끊어버렸다
는 사실이다. 전화를 끊는 소리가 칼로 얼음을 베는 것처럼 차가웠
다. 얼음을 칼로 벤 다음에 다시 자박자박 부수는 것 같았다. 류 현
장은 침대 한쪽에 멍하니 앉아 있었다. 한참이 지나서야 자신이 몸
에 옷을 걸치지 않고 있다는 걸 깨달았다. 빗자루를 내던지듯 전화
기를 탁자 위에 던져놓은 그는 거위 털로 된 저고리를 걸쳤다. 류 현
장의 머릿속은 시신의 유골과 관을 떠올리게 하는 고묘박물관이라
는 이름 외에는 온통 막막하고 하얀빛이었다. 뜻밖에도 침대 가장자
리에 앉아 텅 빈 방을 바라보던 그의 마음이 변하기 시작했다. 어떤
처량함이나 비애 같은 것은 없었다. 나무나 돌 같은 갑갑함도 없었
다. 단지 모든 일이 거짓처럼 느껴질 뿐이었다. 꿈에서 깨어나지 않
은 것 같았다. 이 한 무더기나 되는 변고가 철저하게 꿈속에서 일어
난 것 같았다. 그는 손으로 허벅지나 손등, 아니면 어디라도 꼬집어
보고 싶었다. 통증이 느껴지면 모든 일이 진실임이 증명되는 것이고
통증이 없으면 전부 거짓이라는 게 증명될 터였다. 하지만 오른손을

드는 순간, 그는 또 꼬집었을 때 통증이 느껴질까봐 두려워졌다. 한 무더기나 되는 하늘이 무너지고 땅이 꺼질 사건들이 과연 진실일까 두려웠다. 그리하여 들었던 오른손을 도로 내려놓고 그렇게 한동안 멍하니 앉아 있었다. 아주 천천히 머릿속에서 뭔가 흐르는 것이 느껴졌다. 바람이 머릿속의 안개를 불어 흘러다니게 하는 것 같았다. 그는 애써 머릿속을 흘러다니는 것이 무엇인지 손에 움켜쥐고 싶었다. 이에 그는 두 눈에 힘을 주어 벽을 응시하면서 생각해내려 애썼다. 문득 자신이 서우훠마을의 퇴사를 약속했지만 아직 현에서 논의조차 되지 못했다는 점이 생각났다. 서우훠의 퇴사 문제가 생각나자 류 현장은 잠시 멍해졌다. 안개로 가득한 그의 머릿속이 천천히 바람에 씻기면서 한가닥 틈이 벌어졌다. 틈이 생기자 이어서 갑자기 문이 열린 것처럼 한줄기 빛이 그의 머릿속을 환하게 밝혀주었다.

류 현장은 집에서 나왔다.

그는 즉시 현위원회 상무위원회를 열어야겠다고 생각했다. 신임 현장과 서기가 오기 전에 마지막으로 상무위원회를 열어야 할 것 같았다.

하지만 건물 밖으로 나서자마자 그 도시에 가득한 사람들과 세상에 가득한 사람들이 그를 향해 허리를 숙여 인사를 하고 머리를 바닥에 조아려 절을 올리는 일이 척척 발생했다. 먼저 매일 관사에서 쓰레기를 치우는 노인이 웃으면서 다가왔다. 그는 나이가 이미 쉰이 훨씬 넘었지만 관사에서 적어도 십몇 년째 청소를 하고 있었다. 그의 얼굴 가득 말없는 미소가 걸렸다. 쓰레기 속에서 금이나 은이라도 주운 것 같았다. 류 현장 앞에 이르러서는 아무 말도 하지 않고 먼저 허리를 깊이 구부려 인사를 하고는 나뭇가지 같은 허리를 펴고서 치아가 다 빠져 바람이 쉭쉭 새는 입으로 말했다. "감사합니다, 류 현장님. 어떤 사람이 그러더군요. 연말이면 저처럼 청소하는 사람들도 매달 천 위안 혹은 수천 위안의 월급을 받게 된다고 말이에요."

말을 마친 노인은 쓰레받기를 들고 쓰레기통을 향해 걸어갔다. 류 현장은 한동안 무슨 일이 일어난 건지 알 수 없었다. 하지만 관사 대문 앞에 이르자 문을 지키는 노인이 마침 설거지를 하다가 고개를 돌려 류 현장을 보더니 그릇을 던져놓고 손에 묻은 물을 털면서 문밖으로 나와 류 현장을 향해 허리를 깊이 숙이며 말했다. "류 현장님, 원래 제가 현장님께 개두의 절을 올려야 하지만 나이가 너무 많으니 개두는 생략하도록 하겠습니다." 그러고는 말을 이었다. "정말 꿈에도 생각지 못한 일이에요. 저는 아들딸 없이 한평생을 살았고 마침 연말부터는 일을 그만둘 작정이었는데 현장님께서 현에 양로원을 건립해주신다고 하더군요. 예순이 넘은 노인이면 양로원에 방을 하나씩 주고 임금의 두 배나 되는 노휴연금을 주기로 하셨다면서요." 말을 마친 그는 집안 연탄난로 위에 올려놓은 물주전자가 끓는 소리가 나자 황급히 집안으로 뛰어들어갔다

이어서 류 현장은 큰 거리로 나섰다. 거리에 겨울날 과쯔나 사탕수수, 월동 사과 등을 파는 좌판을 지키던 사람들이 남녀노소 할 것 없이 전부 그를 보자마자 얼굴 가득 진지한 미소와 함께 공경과 감사의 표정을 지으면서 그를 향해 고개를 숙여 절을 하리라고는 미처 생각지 못했다. 어떤 사람이 그를 향해 말했다. "류 현장님, 감사합니다. 현장님 덕분에 쌍화이현에 좋은 행운이 밀려오고 있습니다.

앞으로 저는 한겨울에 이 자리에서 과쯔를 팔지 않아도 될 것 같아요." 또 어떤 사람이 말했다. "정말 감사합니다, 류 현장님. 평생 사과를 팔아왔는데 노년이 되어 매달 집에서 쉬면서 먹고 마실 수 있게 되리라고는 꿈에도 생각지 못했습니다."

한편, 서른몇 살쯤 된 아낙네가 길가에 있다가 머뭇거리며 다가오기도 했다. 그녀는 시골에서 도시로 자신이 만든 호랑이 머리 모양의 어린아이들 신발을 팔러 와서는 바람을 피할 수 있는 모퉁이에 자리를 잡고 있었다. 그녀가 조심스럽게 다가와 류 현장 앞에 서서는 갑자기 무릎을 꿇고는 절을 올렸다. 얼굴에는 미소와 함께 눈물 방울이 걸려 있었다. 그녀가 말했다.

"류 현장님, 사람들 말로는 연말이 되면 저희가 사는 시골에서 농사를 짓지 않아도 된다고 하더군요. 매달 집집마다 양곡과 채소, 고기를 배급해준다고 하네요. 그러면서 제가 만드는 호랑이 머리 신발은 관광과 위락을 위해 솽화이현을 찾는 사람들이 한 켤레에 몇 십 위안씩 주고 사다가 벽에 걸어놓게 될 거라고 하더군요."

류 현장은 이날 밤 현성에 또하나의 하늘만큼 큰 변고가 발생했다는 것을 알게 되었다. 모든 사람들이 그를 보고서 허리를 숙이거나 개두의 절을 하면서 감사의 인사를 건넸을 뿐만 아니라 모든 사람의 얼굴에 신의 계시 같은 미소가 번지고 있었다. 지난밤에 보살님이 이 도시에 내려와 사람들에게 뭔가를 말하고 간 것 같았다. 어제는 세상 전체가 자욱한 안개 속에 묻혀 있었는데, 오늘은 하늘이 만 리 밖까지 맑았다. 해는 머리 위에 노란빛으로 찬란하게 걸렸고 하늘은 사방팔방이 짙은 쪽빛으로 가득한 가운데 물로 씻은 것처럼

맑고 깨끗했다. 간혹 몇 가닥 가느다란 구름이 떠 있기도 했다. 하늘
과 땅 사이가 그렇게 하얀 실 같고 하얀 비단 같았다. 따스했다. 춘
삼월처럼 따스했다. 이런 날씨가 사나흘 계속된다면 버드나무와 백
양나무가 전부 초록빛 새싹을 틔울 것이고 들풀과 들꽃도 붉게 필
것이었다. 보름 전 바러우산맥의 훈포산과 같아질 것이었다.

어쩌면 그런 따스함이 일종의 징조일 수 있었다.

류 현장은 그렇게 사람들에게 둘러싸여 감사인사를 받고 있었다.
그가 느끼지 못하는 사이에 관사에서 현 정부 사무동으로 가는 큰
길을 따라 앞으로 걷는 동안 어느새 그를 둘러싼 사람들은 갈수록
많아졌다. 허리를 숙여 절을 하는 사람들도 갈수록 많아졌다. 무릎
을 꿇고 개두를 하는 노인들도 갈수록 많아졌다. 일 리도 안 되는 길
에 한순간에 그가 제대로 걸음을 옮기지 못할 정도로 사람들이 많
아졌다. 그들의 입에서 무엇 때문에 사람들이 그를 에워싸고 절을
하고 개두를 하는지 들을 수 있었다. 갑자기 세상에 나타난 신을 에
워싸고 경배하는 것 같았다. 알고 보니, 이날 아침 그들은 며칠 전부
터 들려오던, 레닌의 유해를 구매하러 갔던 사람들이 실패하고 돌아
왔다는 얘기가 사실은 헛소문이라는 말을 들었던 것이다. 성과 지구
에서 앞다투어 레닌의 유해를 자신들의 도시에 며칠이라도 유치하
려고 일부러 솽화이현에 어려운 문제를 하달함으로써 류 현장에게
암암리에 보복을 했던 것이라고 했다. 지금은 상황이 다 좋아졌고
문제도 해결되었다고 했다. 베이징의 어느 부처에서 솽화이현과 류
현장을 지지하게 되었다고 했다. 사나흘이면 솽화이현이 예정대로
레닌의 유해를 러시아에서 구매해 와서 훈포산으로 운송할 수 있을

뿐만 아니라 류 현장이 일찌감치 독일이라는 곳으로 사람을 보내 마르크스와 엥겔스의 유품을 구매하는 문제로 연락을 취하고 있다고 했다. 독일로 갔던 사람들도 이미 돌아와서 독일에서 마르크스의 편직물 잠옷을 쌍화이현에 주기로 했을 뿐만 아니라 쌍화이현 사람들의 마르크스에 대한 경앙의 마음을 헤아려 마르크스가 책을 쓸 때 사용했던 책상과 의자, 닭털 펜 등을 전부 쌍화이현 사람들에게 증정하기로 했다고 전했다고 했다. 엥겔스의 후손들도 그들 조상이 입었던 연미복 등 의상을 전부 쌍화이현의 류 현장에게 증여하기로 결정했다고 했다. 엥겔스가 쌍화이현의 의관총에 봉묘封墓될 때, 엥겔스 집안의 후손들도 쌍화이현에 와서 봉묘 의식에 참석할 것이고, 왕복 비행기票값도 쌍화이현에 요구하지 않을 것이라고 했다. 베트남의 혁명가 호찌민의 후손들도 호찌민이 생전에 사용했던 물건들의 절반을 쌍화이현에 기부하기로 결정했다고 했다. 호자의 알바니아와 티토의 유고슬라비아는 한술 더 떠서 통쾌하게 호자와 티토가 사용했던 물건들을 전부 중국의 쌍화이현에 기부할 수 있다고, 쌍화이현의 류 현장에게 헌납하되 단 한 푼의 돈도 요구하지 않는다고 말했다고 했다. 여기에는 이 두 지도자의 유골도 포함된다고 했다. 쿠바 주석 카스트로는 아직 직위에 있는 현임 주석이었다. 하지만 카스트로 주석은 다른 사람들보다 더 시원하게 그들에게 자신만 쿠바에 남아 있으면 되니까 필요한 것이 있으면 뭐든지 다 가져가도 좋다고 말했다고 했다. 유일하게 시원하게 해결되지 않는 것은 북한 김일성의 유물이었다. 김일성의 아들 김정일은 아직 북한의 영도자 자리를 차지하고 있었다. 그는 김일성이 생전에 사용하던 펜 한 자루나 김일성이 생전에 입었던 옷에서 떨어진 단추 같은 물건에 대해서도 쐉화이현에 십일만 위안 혹은 십오만 위안의 돈을 요구했다고 했다. 류 현장이 김일성이 사용하던 낡은 권총을 사겠다고 하자 북한에서는 구천만 위안을 요구했다고 했다.

그런데, 구천만 위안이나 되는 거액인데도 류 현장은 그걸 사겠다고 약속했다.

그렇게 되면 레닌기념관이 곧장 영업을 시작할 수 있을 것이고, 게다가 또다른 영도자들의 유골묘와 의관총, 유물전시실 등도 내년에 전부 완공하여 영업을 시작할 수 있을 터였다. 이곳 훈포산 위의 열 개 산머리에 세계 대형 인물들의 기념관이 세워지고 관광객들이 찾아오기 시작하면 매일 원래 레닌기념관 하나만 있을 때 벌어들일 수 있을 것으로 추산했던 엄청난 액수에 비해 적어도 세 배 내지 다섯 배는 더 벌어들일 수 있을 것이고, 이웃 현이나 지구, 성 전체, 중국 전역에서 사람들이 찾아오고 외국인들이 중국에 오면 베이징에 들르지 않을 수 없는 것처럼 세계 각지에서 온 관광객들이 베이징에 갔다가 쐉화이현에 들르지 않을 수 없게 될 것이었다. 어쩌면 수많은 사람들이 중국에 오는 목적이 쐉화이현을 방문하는 것이 될 터이고, 베이징은 구경할 생각조차 하지 않게 될 것이었다. 자세히 생각해보니 어마어마한 수입이 될 것 같았다. 사람들은 류 현장이 이 쐉화이현에 철도와 공항을 건설하는 일을 계획하고 있다고도 말했다. 쐉화이현에서는 한 장에 백 위안이나 하는 유람표를 판매하기 위해 현에 대형 인쇄 공장도 서너 군데 지어서 쉬지 않고 오로지 유람표만 찍어내게 할 예정이라고 했다. 중국의 수많은 은행들이 쐉화이현에 가장 큰 지점을 설치하여 쐉화이현이 다 쓰지 못한 돈을 예치하려 준비하고 있다고 했다. 지난 몇 년 동안 쐉화이현에서 매일 벌어들인 산더미 같은 돈을 쟁취하기 위해, 쐉화이현이 다 쓰지 못한 돈을 자신들의 금고에 예치할 수 있도록 은행들이 앞다투어 쐉화이현에 대출을 해주어 쐉화이현에서 훈포산으로 가는 고속도로를 건설하게 하고 도로 양쪽으로 호텔을 비롯한 건물들을 짓게 하고 있다고 했다.

정말이었다. 하룻밤 사이에 쐉화이현의 세월이 완전히 정반대로 뒤집혀버렸다. 천국처럼 좋은 세월이 벌써 내일이나 모레쯤에 당도하려고 저쪽에서 기다리고 있었다. 이런 상황에서 쐉화이 사람들이 어떻게 류 현장에게 감사하지 않고 그를 존경하지 않을 수 있겠는가. 쐉화이현 사람들 가운데 그 누가 류 현장이 레닌의 유해 구입을 위해 심혈을 기울였다는 사실을 모를 수 있겠는가. 누가 류 현장이 서우훠 묘기공연단을 조직하기 위해 성심을 다 쏟았다는 사실을 모를 수 있겠는가. 하지만 류 현장이 레닌의 유해 구매를 위해 애쓰는 동시에 세계적으로 잘 알려진 대형 인물들의 유해와 유물을 구할 계획에 계산기를 두드리고 있었다는 것을 또 누가 알았겠는가? 이 순간 한 무더기나 되는 하늘처럼 큰일들이 전부 이루어졌다. 어제까지만 해도 현성의 모든 거리와 골목마다 레닌의 유해를 구매하지 못하고 돌아왔다는 얘기들이 넘쳐났다. 하지만 알고 보니 그 모든 것이 헛소문이었다. 지금 이 순간, 레닌의 유해와 다른 위대한 인물들의 유품을 구매해 오는 일이 전부 이루어졌다는 얘기를 누구나 다 분명히 듣고 있었다. 전부 구매에 성공했고 곧 쐉화이현에 도착할 예정이라는 것이었다.

류 현장이 웃으면서 사람들에게 물었다. 누가 그런 얘기를 하던가요?

사람들이 말했다. "현장님 비서가 그러던데요. 비서가 말한 건데 거짓말일 수 있나요?"

류 현장의 마음이 아득해졌다. 하지만 지금 당장은 그 아득함이 자신을 둘러싸고 있는 사람들에 의해 묻혀버리고 말았다. 사람들이 개두를 하고 허리 숙여 절을 하면서 비집고 들어오는 것은 그저 류 현장과 말 한마디 주고받기 위해서였다. 류 현장과 악수 한 번 하기 위해서였다. 류 현장이 손을 들어 자기 아이의 머리를 한 번 쓰다듬게 하기 위해 그가 똑바로 서지도 못할 정도로 따라붙고 있는 것이었다. 정말로, 수많은 사람들이 서로 비집고 들어오거나 떠밀려가면서 한순간에 거리에서 류 현장을 에워싸고 있는 인파가 물도 새나가지 못할 정도로 빽빽해졌다. 거리의 좌판이나 상점마다 사람들이 외쳤다. "우리 사과 가게에도 좀 들러주세요. 우리 가게에도 좀 들러주세요!"

"우리 과쯔 자루를 발로 차서 뒤집어 엎어주세요. 우리 과쯔 자루를 발로 차서 뒤집어 엎어주세요!"

원래 도로 맨 가장자리에 있던 가게 덧문에는 설을 쇠기 위한 홍지紅紙와 볜파오 등이 진열되어 있었다. 그 가게 덧문이 인파에 부딪혀 땅바닥으로 떨어지면서 홍지 대련과 문련[*], 부뚜막신 초상, 볜파

---

[*] 문 양쪽에 붙이는 길상의 문구나 시구.

676

오 더미 등이 한꺼번에 땅바닥에 떨어져 흩어졌다. 가게 주인이 재빨리 물건들을 주워 품안에 쑤셔넣으면서 외쳤다.

"저는 벤파오가 터지는 것도 두렵지 않아요!"

"벤파오가 터지는 것도 두렵지 않다고요!"

별다른 일은 없었다. 모든 것이 류 현장에게 다가와 절을 하거나 개두를 하면서 축하와 감사의 인사를 올리기 위한 움직임이었다. 상점에서 물건을 파는 사람들은 물건을 내려놓고 상점 밖으로 뛰어나왔다. 음식점에서 식사를 하던 사람이나 술을 마시던 사람들도 술잔과 젓가락을 내려놓고 밖으로 나왔다. 허리를 숙여 절을 하거나 머리를 땅바닥에 대고 절을 하면서 신에게 드린 기도가 응답을 받은 양 감사의 인사를 건넸다. 물론 류 현장에게 한마디 하는 것도 잊지 않았다. "류 현장님, 들리는 바에 의하면 우리집 앞의 저 거리가 내년에는 전부 대리석으로 포장된다면서요?" 또 이렇게 묻는 사람도 있었다. "앞으로 집집마다 출근하지 않아도 매달 오천 위안의 월급이 보장된다면서요?"

사람들의 질문은 계속되었다. "들리는 소문에 의하면 먹고 싶은 것이 있으면 뭐든지 현에서 지급해준다면서요?"

"정말로 모든 가구에 새집을 지어주는 건가요?"

겁을 먹은 듯 조심스럽게 묻는 사람도 있었다. "그렇게 되면 사람들이 갈수록 더 게을러지지 않을까요?"

"아이들이 공부도 안 하려고 하면 어떻게 하지요?"

사정이 정말 그랬다. 인생이 아주 생동감 넘치게 그의 눈앞에 펼쳐지고 있었다. 햇빛 속에는 사람들이 빽빽하게 한데 모여 그를 불

러대는 땀냄새가 가득했다. 겨울날의 따스한 햇볕 속에는 햇볕에 그
을린 뜨거운 먼지 냄새가 가득했다. 시골 사람들이 쓰고 있는 몇 년
째 빨지 않은 모자의 기름때 냄새도 섞여 있고 도시 사람들이 입은
새 저고리와 새 목도리에서 나는 목화솜 향기도 섞여 있었다. 류 현
장은 이런 사람들 사이에 둘러싸여 이 사람의 손에 이끌리면서 저
사람의 질문에 대답하고 있었다. 그 진실한 즐거움受活이 옷을 적게
입으면 춥고 많이 입으면 더운 것처럼, 몸에 피가 흐르면 아픈 것처
럼 절절하고 선명했다. 사람들은 한 무리, 또 한 무리 류 현장을 향
해 몰려와 개두를 하고 절을 올리며 감사의 인사를 건넸다. 이렇게
한 무리가 물러가면 또 한 무리가 다가왔다. 해는 머리 위에서 황금
빛으로 반짝반짝 빛나고 있었다. 따스한 기운이 거리를 흘러다녔고
사람들의 머리가 오이밭처럼 빽빽했다. 남자들은 솜 모자를 쓴 사람
도 있고 얇은 천 모자를 쓴 사람도 있었다. 겨울 내내 머리에 아무것
도 쓰지 않는 사람도 있었다. 어쨌든 모두가 검정색, 남색, 흰색의 머
리칼 색깔이었다. 하지만 여자들은 달랐다. 여자들은 대부분 목도리
를 두르고 있었다. 도시 사람들은 전부 털실로 짠 긴 목도리를 하고
있었다. 빨간색도 있고 노란색, 파란색, 초록색도 있었다. 나이와 편
흥[1]에 따라 자신들이 좋아하는 색으로 목을 두르고 있었다. 날이 추
워지면 목도리를 머리에 두르고 날이 따스하면 목에 둘렀다. 혹은
장식으로 어깨에 걸치기도 했다. 시골 마을의 여인들 가운데 젊은
사람들은 도시 사람들의 기호를 따라 기다란 편직물 목도리를 두르
기도 했다. 하지만 대부분은 네모난 목도리를 좋아했다. 저가의 물
건이긴 하지만 색깔은 하나같이 진한 빨간색 아니면 초록색이었다.

그리하여 거리가 온통 알록달록한 색깔로 가득했다. 개두를 하는 사람도 그렇고 절을 하는 사람도 그렇고 세상 전체가 화려한 색깔로 춤을 추고 있었다.

세상 전체가 류 현장의 안부를 묻고 있었다.

세상 전체가 부대껴 흘러가는 인파였다.

류 현장은 마음속 깊은 곳에서 일종의 희열과 흥분을 느끼고 있었다. 그는 이런 장면이 그저 레닌기념관 준공이나 레닌 유해 안치 의식에서나 나타날 수 있을 것이라고 생각했다. 아니면 현이 돈을 나뭇잎으로 여길 정도로 부유해지고 모든 마을과 촌락이 정말로 더 이상 농사를 짓지 않아도 되며 먹고 싶은 것이나 필요한 것이 있으면 뭐든지 정부가 지급해주고 백성들은 필요에 따라 모든 것을 정부에서 받아갈 수 있을 때가 되어야 나타나기 시작할 것이라고 생각했다. 하지만 지금 갑자기 이런 광경이 나타나고 말았다. 그의 눈에 수많은 시골 사람들이 손에 설을 쇠기 위해 준비한 홍지와 벤파오, 부뚜막신 초상 들을 들고 있는 모습이 보였다. 수많은 부뚜막신 초상 위로 유광지에 인쇄된 또다른 초상이 한 장 말려 있는 모습도 보였다. 그는 그들이 거리에서 산 초상이 바로 자신의 표준 초상이라는 것을 한눈에 알아보았다. 폭 두 자에 길이가 석 자였다. 종이의 테두리는 붉게 반짝거리며 빛이 났다. 그는 이미 그 표준 초상의 붉은 테두리에 주목하고 있었다. 벽에 걸려 있던 자신의 초상을 떼어낸 것이 아닌가 하는 생각이 들어 시험삼아 물어보았다. 올해는 홍지와 벤파오가 비싼가요? 사람들이 말했다. 비싸지 않아요. 현장님의 초상화를 파는 곳에서는 홍지나 벤파오도 다른 곳에 비해 절반 정도 싸더군요.

그가 말했다. 제 초상화를 사서 거는 건 좋지 않아요. 차라리 노수성이나 종규의 상을 사다 걸지 그러세요.

사람들이 말했다. 노수성과 종규의 상도 여러 세대에 걸쳐 집에 걸어봤지만 둘 다 우리에게 좋은 세월을 보내게 해준 적이 없어요. 류 현장님만이 우리에게 머지않아 좋은 세월을 보내게 해주실 것이라고 믿습니다.

그의 마음속에서 뼛속부터 솟아나는 따듯한 즐거움愛活이 일렁였다. 비서의 조치에 감사한 마음이 들었다. 이내 하늘이 무너지고 땅이 꺼질 정도로 가슴 아픈 일들이 더 많이 우르릉 쾅쾅 벌어지고 있음을 감지했다. 이 순간 수천수만의 백성들이 절을 하는 의식을 하는 것으로 충분했다. 만족할 줄 알아야 했다. 이 정도로도 충분히 가치 있는 일이었다. 그의 얼굴에 한 겹 붉고 찬란한 빛이 출렁거렸다. 그는 천천히 사람들 틈바구니에서 앞을 향해 걸어갔다. 현위원회와 정부 사무동의 문 앞에 이르러서야 그는 그 길이 그렇게 짧았다는 걸 깨달았다. 너무 빨리 걸은 게 후회됐다. 애당초 이 도로를 경성의 창안가처럼 팔 리에서 십 리 정도 길게 설계하지 않은 게 후회됐다. 하지만 현위원회와 현 정부 사무동 문 앞의 도로는 광장도 아니고 길 한가운데 탁 트인 입구인데도 이미 무수한 백성들이 빼곡하게 들어서 있었다. 그들의 손에는 붉은 줄로 묶은 그의 표준 초상화가 들려 있었다. 모두들 손에 조심스레 신에게 바칠 향을 한 묶음씩 들고 있는 것 같았다. 사람들은 그 집회에서 그가 오기를 기다리고 있었던 것처럼 모두 고개를 치켜들고 깨금발을 하고 뜨거운 눈길을 그에게 집중시키고 있었다. 그가 오기를 백 년, 아니 수천 년 동안 기다리고 있다가 마침내 그가 온 것을 보고는 온 얼굴에 감격과 즐거움이 가득한 것 같았다. 행복과 기쁨이 넘치는 얼굴로 그가 가까이 다가오기를 기다렸다. 그가 현위원회와 정부 사무동 건물 입구에 이르자 인파의 맨 앞에 있던 도시와 시골에서 온 쉰 살 넘은 노인들이 갑자기 한꺼번에 길 한가운데서 그를 향해 무릎을 꿇었다. 한꺼번에 구령에 맞추기라도 하듯이 땅에 머리를 대고 개두를 했다. 입으로는 한목소리로 똑같은 말을 외쳤다. "류 현장님, 안녕하세요! 류 현장님께서 저희에게 가져다주신 큰 복에 깊이 감사드립니다ㅡ"

"류 현장님께서 백세까지 장수하시길, 만수무강하시길 기원합니다. 만수무강하세요!"

"류 현장님. 우리 쌍화이현의 백성들 모두 감사의 개두를 올립니다ㅡ"

큰 소리로 말했다. 한목소리로 일제히 큰 소리로 외쳤다. 갑자기 그 드넓은 곳에 수백수천의 백성들이 전부 부름을 받기라도 한 듯이 서너 번을 외치고 한 줄 한 줄 질서정연하게 바닥에 무릎을 꿇고서 류 현장을 향해 절을 했다. 새카맣게 모인 온갖 화려한 색깔의 머리들이 마치 들판에 가득 자란 작물들이 바람 속에서 고개를 꺾었다가 다시 고개를 드는 것 같았다. 그렇게 여러 차례 머리를 숙였다 들기를 반복했다. 머리를 바닥에 대는 순간 온 세상이 적막에 휩싸였다. 사람들이 숨 쉬는 소리가 바람소리보다 더 크게 들릴 정도로 고요했다. 대부분이 그렇게 숨을 죽였다. 장엄했다. 그 옛날의 신과 황제가 쌍화이현에 온 것 같았다. 신과 황제가 와서 수천수만의 창화이현 백성들 앞에 서 있는 것 같았다. 대낮이었다. 햇빛이 찬란했다. 구름이 하늘 중간쯤 떠서 지나가는 소리마저도 귀에 들려올 정도였다. 바로 이때, 류 현장은 무수한 이마가 아스팔트 바닥에 부딪히는 소리를 들었다. 나무망치가 큰 북 한가운데를 때리는 것 같았다. 둥, 두둥 소리와 함께 눈물이 멈추지 않고 그의 눈두덩을 넘어 흘러내렸다.

그는 곧장 다가가 맨 앞에 있는 노인 몇 사람을 일으켜 세우고 싶었다. 하지만 그들에게 적어도 세 번은 개두를 할 수 있게 놔두는 것이 좋겠다는 생각이 들었다. 그들이 감사의 인사를 전할 기회를 빼앗고 싶지 않았다. 그는 사람들이 무슨 일로 개두를 하든지 꼭 세 번씩 하고, 충분히 개두를 해야 예의를 갖추는 것이라고 생각한다는 걸 잘 알고 있었다. 그가 이렇게 주저하고 있는 사이에, 수백수천의 백성들이 류 현장을 위해 개두를 하고 있는 사이에, 그는 온통 허리를 굽힌 그 사람들의 머리와 등 위로 현위원회와 현 정부의 모든 간부들이 현위원회와 현 정부 사무동 대문 안에 서 있는 모습을 보았다. 레닌의 유해를 구매하는 임무를 띠고 갔다가 빈손으로 돌아온 부현장도 있고 여러 해 동안 그를 수행했지만 어제 저녁에 그의 아내를 자신의 집으로 데리고 간 스 비서도 있었다.

모든 간부들의 얼굴에 바짝 마른 막막함이 가득했다. 비서의 얼굴만 촉촉하고 또렷했다. 빙긋이 미소까지 짓고 있었다.

류 현장은 눈가의 눈물을 훔치고 현 간부들이 있는 쪽으로 다가갔다.

"회의합시다." 그가 비서에게 가벼운 어투로 말했다. 얼굴에 의혹이 가득한 현위원회의 부서기들에게도 말했다. "상무위원들 모두 회의실로 오라고 하세요. 곧장 상무위원회를 시작하겠습니다."

말을 마친 류 현장은 또다시 고개를 돌려 대로 위에 있는 수백수천의 백성들을 바라보았다. 뜻밖에도 온통 무릎을 꿇은 솽화이현 사람들이 세 번 개두를 하고 나서도 일어서지 않고 원래의 자리에 무릎을 꿇은 채 그대로 남아 있었다. 아주 먼 옛날 황상이 입을 열어 뭐라고 말을 하기 전에는 감히 몸을 움직이지 못했던 것과 다르지 않았다. 한편으로는 무릎을 꿇고 있지만 또 한편으로는 고개를 등 뒤로 돌렸다. 목을 길게 빼고서 뭔가를 바라보는 것 같았다. 류 현장은 현 간부들이 있는 곳에서 다시 문 쪽으로 몇 걸음 다가갔다. 그는 문 앞에 있는 일 미터 높이의 화단 앞에 섰다. 겨울이라 그런지 화단에는 꽃이 하나도 없었다. 화단 안의 흙도 기어올라온 아이들의 발길에 평평하게 다져져 있었다. 화단 가장자리에 서서 류 현장은 많은 주민들을 따라 앞을 바라보았다. 수백수천의 백성들 뒤쪽에는 현성 인근의 마을에서 비집고 들어온 수백수천의 농민들이 한데 몰려 있었다. 그들의 손에는 향이 한 묶음 들려 있는 것처럼 류 현장의 표준 초상화가 들려 있었다. 사람이 너무 많다보니 류 현장에게 가까이 다가오지는 못하고 서로 몸을 바짝 붙인 채 대로 쪽에 무릎을 꿇고 있었다. 세계의 저편에 꿇어앉은 것 같았다.

류 현장은 앞쪽에 있는 백성들이 무릎을 꿇은 채 일어서지 못하는 것이 뒤에 있는 사람들의 시야를 막지 않기 위해서라는 걸 잘 알고 있었다. 그래서 그렇게 오래 무릎을 꿇은 채 일어서지 못하면서도 뒤쪽에 늦게 온 사람들이 멀리서나마 류 현장을 볼 수 있게 한 것이었다. 류 현장을 한 번 본 사람들은 다시 앞사람들에 이어 그 자리에 무릎을 꿇고 세 번 머리가 바닥에 닿도록 절했다.

백성들은 그렇게 수십 명 혹은 백 명 넘게 무리를 지어 도시 외곽과 시골에서 시내로 몰려들었다. 현위원회와 정부 사무동 문 앞의 대로 위에서 반 리 혹은 일 리 정도의 거리를 두고 멀리서 류 현장을 바라보았다. 그런 다음 땅바닥에 무릎을 꿇고서 류 현장을 향해 개두를 했다.

오후가 되자 해는 서쪽으로 기울기 시작했다. 백성들은 이미 인산인해를 이루고 있었다. 현성 전체가 무릎을 꿇은 사람들로 가득했다. 온 세상이 무릎을 꿇은 사람 천지였다. 이때, 류 현장의 얼굴에는 조용하고 평온한 미소가 걸렸다. 마침내 기쁨受活의 눈물이 뺨을 타고 땅바닥으로 떨어졌다.

해설

1) 편흥偏興 : 방언이다. 편애 혹은 지나친 사랑을 말한다.

7장

서우훠마을의 퇴사에 동의하지 않는 사람들은
오른손을 들어주세요

정부 사무동 마당 문밖으로 무릎을 꿇고 앉은 사람들이 끊이지 않고 이어졌다. 류 현장은 세상 가득 꿇어앉은 사람들 사이에서 몸을 빼내 현위원회 사무실에서 솽화이현의 마지막 상무위원회를 개최했다.

류 현장이 말했다. 여러분이 어떤 반응을 보이든 간에 나는 이미 서우훠마을에 정착하기로 마음을 정했습니다. 지금부터 나는 서우훠마을 사람입니다. 물론 서우훠에 정착하는 데는 조건이 있습니다. 적어도 팔과 다리가 온전하면 안 되지요. 온전한 사람은 서우훠 사람이 될 수 없습니다.

류 현장이 말했다. 이제 서우훠마을의 퇴사에 동의해주시기 바랍니다. 지금부터 서우훠마을이 솽화이현과 솽화이현 바이수향에 귀속되지 않는다는 데 동의하시는 상무위원께서는 손을 들어주시기 바랍니다.

온통 침묵이었다. 류 현장을 제외하고는 아무도 손을 들지 않았다.

상무위원들 가운데 자신을 제외하고는 아무도 손을 들지 않는 것을 보고서 류 현장은 들었던 오른손을 내렸다. 그러고는 또 말했다. 이렇게 합시다. 지금 모두 내 앞에서 서우휘의 퇴사에 동의하지 않는 분들은 모두 오른손을 들어주세요.

여전히 온통 침묵이었다. 손을 든 사람이 하나도 없었다.

"손을 든 사람이 없으니 만장일치로 서우휘 퇴사의 건은 통과된 걸로 하겠습니다." 류 현장은 옆에서 회의 내용을 기록하고 있던 비서에게 말했다. "만장일치로 통과되었네. 내가 말한 그대로 기록하도록 하게." 그러고는 또 말했다. "기사에게 당장 차를 가져오라고 하게."

류 현장은 또 상무위원 전체를 눈길로 훑으면서 물었다. "여러분 모두 서우휘에 정착하실 생각은 없나요? 그럴 생각이 없다면 이만 산회하기로 하겠습니다." 산회를 선포하고 나서 류 현장은 먼저 회의실을 나섰다. 모두들 그가 현위원회와 정부 사무동 마당 밖에 무릎을 꿇고 있는 수천수만의 백성들을 염려해 그러는 것이라고 생각했다. 하지만 뜻밖에도 그가 막 건물 밖으로 내려갔을 때, 시간이 젓가락 반 토막밖에 되지 않았는데 현위원회와 정부 사무동 아래서 피비린내 나는 비명소리가 울렸다.

"누구 없어요? 큰일났어요. 차가 현장님을 치었어요—"

"누구 없어요? 현장님의 차가 현장님의 두 다리를 깔아뭉개 부러졌어요—"

　그 외침소리가 한바탕 붉은 피의 비 같았다. 붉고 축축하게 현위
원회와 정부 사무동의 마당에 흩뿌렸다. 세상 전부를 적셨다.

제15권

씨앗

1장
이후의 사정은 이후의 사정일 뿐이다

마오즈 할머니가 순했다[1].

설이 지난 터라 날씨도 약간 따스했다. 버드나무와 백양나무, 그리고 들풀에 정말로 초록빛이 돌더니 싹이 나기 시작했다. 봄이 정말로 음력 정월에 한 달을 앞당겨 찾아왔다. 바러우산맥 도처에 비릿한 풀향기가 가득했다. 이 겨울 끝자락 봄의 온기 속에서 갑자기 바이수향에 어떤 사람이 찾아와서는 바러우 깊은 곳에 있는 친척집을 찾았다. 서우훠마을을 지나면서 그는 서우훠마을 어귀의 언덕 위에 서서 외쳤다. 목청을 다해 외쳤다.

"이봐요— 서우훠 사람들— 서우훠마을 사람들—"

"안 들리나요— 여기 당신네 마을로 온 편지가 한 통 있다고요— 서류인 것 같아요—"

이날, 따스하긴 했지만 날씨는 마침내 겨울의 끝자락을 지키고 있는 것 같았다. 마을 사람들 모두 마을 한가운데 있는 오래된 쥐엄나무 주위에 모여 햇볕을 쬐고 있었다. 마오즈 할머니는 이미 검은 머리칼이 한 가닥도 없을 정도로 늙어 전혀 생기를 찾아볼 수 없었다. 하얗게 말라갔다. 말라서 하얗게 변한 풀줄기 같았다. 묘기공연에 나섰던 마을 사람들을 이끌고 훈포산에서 내려온 뒤로 마오즈 할머니는 정말로 수의를 벗지 않았다. 정말로 대낮에도 수의를 입은 채 밥을 짓고 식사를 하고 햇볕을 쬐다가 밤에도 수의를 입고 침상에 올라가 잤다.

그녀는 말수가 아주 적어졌다. 입을 꿰매버린 것 같았다. 죽은 것 같았다. 하지만 입을 열었다 하면 항상 똑같은 몇 마디였다.

"내가 빨리 죽어야 해. 죽는다고 했으니 죽어야지. 사람이 죽으면 몸은 딱딱하게 굳겠지. 살아 있는 동안 마을 사람들을 합작사에서 퇴사시키는 일을 이루지 못해 마을 사람 모두로부터 미움을 사고 말았어. 죽을 때는 수의를 입고 있어야 마을 사람들이 기회를 놓치지 않고 내 팔과 다리를 전부 분리하겠지."

그녀가 말했다. "난 수의를 벗지 않을 거야. 마을 사람들에게 내 팔과 다리를 마음대로 잘라버릴 수 있는 기회를 줘야 하거든."

그러고는 하루종일 수의를 입은 채 집안을 어슬렁대거나 마을 안을 돌아다녔다. 그런 그녀의 주위에는 항상 열예닐곱 마리의 눈이 멀고 다리도 저는 반신불수의 개들이 따라다녔다.

귀에 대고 볜파오를 터뜨리는 묘기를 보이던 귀머거리 마씨는 지난 반년 동안 얼굴 반쪽이 볜파오 화약과 폭발로 인해 엉망진창이 되어 있었다. 매일 볜파오를 터뜨리면서 공연을 할 때는 아무렇지도 않았는데 공연을 그만두고 나니 얼굴 반쪽이 겨울 내내 고름과 진물 투성이가 되어 한순간도 깨끗한 적이 없었다. 그래서 그는 겨울 내내 할일이 없을 때면 마을 한가운데 가서 햇볕을 쬐었다. 망가진 얼굴 반쪽에 햇볕을 쬐인 것이다. 누군가 그에게 햇볕이 모든 병을 치료할 수 있으니 겨울 내내 햇볕을 쬐면 다 나을 것이라고 말했기 때문이다.

앉은뱅이 아줌마는 더이상 종이나 나뭇잎에 수를 놓지 않았다. 그녀는 매일 마을에서 햇볕을 쬐면서 신발 밑창을 꿰맸다. 밑창을 꿰매면서 아이들에게 연신 잔소리를 해댔다. 아이들 발에 이가 난 게 분명해. 이가 나지 않았다면 어떻게 며칠 안 신었는데도 신발 코가 문드러질 수 있겠어?

외다리 원숭이는 마을로 돌아왔을 때 수중에 돈은 한 푼도 없었지만 커다란 주머니에 평생 먹고도 남고 다 쓰지도 못할 금 조각들이 들어 있었다. 아무리 먹고 마셔도 돈이 남자 그는 늘 산마루에 집을 두 채 지어 잡화점과 밥집을 하나씩 내고 싶다고 말했다. 자신이 주인이 되어 서른 살이 되기 전에 몇 가지 큰 사업을 하겠다고 호언하기도 했다. 지금 그는 목수네 집에 있는 도구들을 전부 빌려다가 매일 집에서 잡화점 진열대를 만드느라 여념이 없었다. 온 마을과 산마루에 쿵쿵 탕탕 소리가 멈추지 않았다.

화이화는 이미 아이를 가져 배가 하루가 다르게 불러오고 있는데도 항상 붉은 스웨터를 즐겨 입었다. 가느다란 막대기처럼 몸이 수척한데 배가 불러오자 막대기에 붉고 둥그런 바구니를 하나 매달아놓은 것 같았다. 그녀가 지금 뱃속에 아이를 가진데다 훈포산에서 사생아를 임신한 것이다보니 엄마인 쥐메이는 사람들을 볼 면목이 없었다. 그래서 쥐메이는 매일 두문불출하고 집안에만 틀어박혀 있었다. 맹인인 통화와 난쟁이 위화, 넷째 어얼도 화이화의 불러오는 배와 관련하여 어떻게 된 일인지 잘 알고 있었고 자신들도 온전한 남자들에게 화이화와 똑같은 일을 당했다는 걸 알기 때문에 마을에 좀처럼 모습을 드러내지 않았다.

하지만 화이화는 아무것도 두려워하지 않는 듯한 모습이었다. 사람들은 임신을 하면 몸을 많이 움직이고 흔들어야 한다고 말했다. 그래서인지 그녀는 매일 마을 여기저기를 돌아다녔다. 공이 이리저리 굴러다니는 것 같았다. 얼굴에는 항상 찬란한 미소가 걸려 있었고 입에는 항상 주전부리를 달고 다녔다. 그녀가 그렇게 왔다갔다하는 모습이 마치 뱃속에 아기가 들어 있는 것을 자랑스러워하는 것 같기도 했다.

사람들이 물었다. "화이화, 이제 몇 달이나 됐지?"

그녀가 과쯔를 먹으면서 말했다. "몇 달 안 됐어요."

또 누군가 물었다. "예정일이 언제야?"

그녀가 말했다. "아직 멀었어요."

또 누군가 물었다. "아들이야 딸이야?"

그녀가 말했다. "몰라요. 어쨌든 온전한 아이라는 건 분명해요."

소아마비 소년은 목공일을 배우기 위해 매일 외다리 원숭이의 집을 찾아가 잰걸음으로 분주하게 그를 도왔다.

한쪽 눈으로 바늘에 실을 꿰던 젊은이는 겨울 내내 무얼 하는지 알 수 없었다. 그는 사람들이 거리에 나와 한가하게 쉬고 있을 때는 모습을 드러내지 않았다. 반대로 거리에 마을 사람들이 보이지 않을 때면 혼자 한가로이 어슬렁거렸다. 여유 있게 거닐다가 사람이 보이면 다가가 물었다. "마을 사람들은 어디 있나요? 마을 사람들 모두 어디 간 거예요? 혹시 나 몰래 공연하러 간 것 아니에요?"

이런 상황이었다. 모든 것이 맨 처음 모습 그대로인 것 같았다. 약간의 변화가 있는 것 같기도 했지만 사실은 작년에 묘기공연에 나서지 않았을 때와 다르지 않았다. 아무런 변화가 없는 것 같기도 했지만 사실 어떤 것들은 맨 처음 모습과 달랐다. 바로 이날 마오즈 할머니가 수의를 입은 채 쥐엄나무 아래서 햇볕을 쬐고 있었다. 열예닐곱 마리의 장애견들이 그녀의 손자 손녀이기라도 한 듯이 그녀 곁에 다소곳이 엎드렸다. 앉은뱅이 아줌마는 서쪽으로 좀 치우친 곳에 자리를 잡고 나무 걸상에 앉아 신발 밑창을 꿰맸고 귀머거리 마씨는 바람을 피하기 가장 좋은 양지에 문짝을 받쳐놓은 채 옆으로 돌아누워 고름과 진물이 흐르는 얼굴 반쪽에 햇볕을 쬐고 있었다. 또 어떤 사람들은 한쪽에서 카드놀이를 하거나 자갈로 바둑을 두고 있었다. 그렇게 일이 없는 겨울을 견디고 있을 때 산마루에서 지나가는 누군가가 목청을 돋워 외치는 소리가 들려왔다.

"서우훠마을 사람들— 내 말 들려요? 여기 향에서 여러분에게 전하는 문건이 하나 있어요—"

소아마비 소년은 산마루에 가서 외다리 원숭이의 잡화점에 진열대 다리를 만들기 위해 죽은 홰나무를 베어가지고 돌아오고 있었다. 오는 길에 그가 산마루에서 편지를 받아 왔다. 굵기가 밥그릇만한 홰나무를 어깨에 짊어지고 나뭇가지 한 무더기를 등뒤로 질질 끌면서 다리를 절면서 돌아왔다. 소년의 등뒤로 걸어온 길 위에 먼지가 일고 길게 한 줄로 쓸고 온 자국이 남아 있었다. 마을 한가운데 이르자 소년은 햇볕을 쬐기 위해 앉아 있는 마오즈 할머니 앞에 서서 말했다.

"할머니, 할머니 편지예요."

마오즈 할머니는 약간 어리둥절한 표정을 지었다.

아이가 말했다. "저 사람이 그러는데 현에서 할머니한테 보내는 문건이래요."

마오즈 할머니의 얼굴에 멍한 표정이 사라지고 이내 놀라움과 의아함이 가득했다.

그녀가 손을 내밀어 누런 서류봉투를 건네받을 때, 팔이 움직이면서 온몸의 검은 비단 수의가 부스스 거무스름한 소리를 냈다. 편지가 건네지자 그녀의 손이 봉투를 열 수 없을 정도로 심하게 떨렸다. 밀봉하지 않은 봉투 입구를 너덜너덜하게 만들고 나서야 안에서 여러 겹으로 접혀 있는 뻣뻣하고 희끄무레한 종이를 꺼낼 수 있었다. 편지를 펼쳐 그 위에 찍힌 검게 빛나는 글자들과 편지지 하단에 찍힌 솽화이현 당위원회와 현 정부의 두 개의 둥근 선홍색 직인을 보고서 마오즈 할머니는 갑자기 대성통곡을 하기 시작했다. 갑자기 나무 걸상에서 몸을 일으키며 와앙 하고 울음을 터뜨렸고, 그녀의 말라버린 누렇고 하얀 얼굴에서 회백색 눈물이 구슬처럼 뚝뚝 떨어져 내렸다.

햇빛은 따사롭기만 했다. 마침 정오 무렵이라 마을 안에는 햇빛처럼 도처에 고요함이 깔려 있었다. 바로 이때 마오즈 할머니가 갑자기 벌떡 일어나 소리 내어 울기 시작한 것이다. 정말로 이미 죽은 늙은이가 갑자기 몸을 일으킨 것처럼 사람들을 놀라게 했다. "아, 아!" 하는 소리가 그녀의 입에서 폭발하듯 터져나왔다. 부뚜막에서 장작불이 타다가 터진 것 같았다. 몸이 불편한 개들이 그녀 주위에 엎드려 있다가 갑자기 일제히 눈을 크게 뜨고는 모두들 고개를 들어 어쩔 줄 몰라 하는 표정으로 그녀를 바라보았다.

소아마비 소년은 그녀를 바라보면서 뒤로 한 발 물러났다.

앉은뱅이 아줌마는 신발 밑창을 꿰매던 바늘로 자신의 손을 찌르고 말았다.

귀머거리 마씨는 문짝 위에서 급히 몸을 일으켜 앉았다. 햇볕을 쬐고 있던 고름이 목을 타고 흘러내렸다.

카드놀이를 하던 마을 사람들은 종이카드를 허공에 치켜든 채로 몸이 굳었다. 몸 전체는 살아 있는데 손만 갑자기 허공에서 죽어버린 것 같았다.

마을 어귀에서 천천히 걸어오던 화이화는 멀리서 외할머니의 울음소리를 듣고는 재빨리 배를 움켜쥐고 달려왔다. 그녀가 미처 쥐엄나무 아래까지 도착하기 전에 할머니를 부르는 소리가 한걸음 먼저 굴러왔다.

"할머니! 할머니! 무슨 일이에요!"

"할머니, 할머니, 왜 그러세요?"

한가로이 카드놀이를 하던 마을 사람들과 앉은뱅이 아줌마, 귀머거리 마씨도 덩달아 일제히 목청을 돋우며 물었다.

"왜 그러세요?"

"무슨 일이에요?"

마오즈 할머니가 갑자기 울음을 그쳤다. 울지 않는데도 눈물은 여전히 한줄기 또 한줄기 쉬지 않고 흘러내렸다. 눈물을 흘리면서도 그녀의 얼굴에는 오히려 흥분으로 촉촉하게 젖은 붉은색이 번지기 시작했다. 놀라고 의아해하는 마을 사람들을 바라보면서 마오즈 할머니는 허리를 구부려 자신이 앉아 있던 대나무 걸상을 들어 쥐엄나무 아래 종이 매달려 있는 쪽으로 걸어갔다. 걸어가면서 말라서 컥컥대는 목소리로 혼잣말하듯 중얼거렸다.

"퇴사하게 됐어. 우리가 퇴사했다고."

"이번에는 정말로 퇴사하는 거야. 퇴사를 허락하는 문건이 내려온지 한 달이 넘었다니까. 설 전에 바이수향에 도착했어야 하는데 저 사람들이 이제야 마을로 가져다준 거야."

마오즈 할머니는 걸으면서 계속 중얼거렸다. 아무도 쳐다보지 않고 똑바로 성큼성큼 걸어갔다. 주변에 아예 사람들이 없는 것처럼 걸었다. 중얼중얼 혼잣말을 하면서 그렇게 쥐엄나무에 매달린 종 밑으로 갔다. 대나무 걸상을 종 밑에 받친 그녀는 손이 닿는 대로 동그란 돌멩이를 하나 주워 걸상 위에 올라섰다. 그러고는 달구지 바퀴로 된 종을 두드려 울렸다. 땡, 땡, 땡 종소리가 쟁쟁하게 울려퍼졌다. 기묘년(1999) 정월 말일인 이날, 정오의 시간에 서우휘마을에 갑자기 하얗게 빛나는 종소리가 울려퍼졌다. 산비탈에도 온통 녹슨 종소리가 울려퍼졌다. 바러우산 전체에 선명하게 붉은 종소리가 울려퍼져나갔다. 온 세상이 땡, 땡, 땡, 땡 종소리로 가득찼다.

서우휘마을 사람들 모두 집에서 뛰어나왔다. 노인과 아이, 남자와 여자, 맹인과 절름발이, 귀머거리와 벙어리, 팔이 없는 사람과 다리가 짧은 사람 할 것 없이 모두가 그 요란한 종소리에 모습을 드러냈다. 외다리 원숭이는 밖으로 나오면서 허리에 목수의 범포 허리띠를 매고 있었다. 손에는 대패가 들려 있었다. 쥐메이는 밥을 하고 있었는지 손가락에 밀가루 반죽이 잔뜩 들러붙어 있었다. 퉁화와 위화, 넷째 어얼도 무얼 하느라 바빴는지 모르겠지만 이 순간에는 모두 사람들 앞에 나와 서 있었다. 마을 사람들 모두가 쥐엄나무 아래 새까맣게 모여들었다.

"무슨 일이에요?"

"몰라요."

"어째서 이 시각에 종을 치는 거예요!"

"틀림없이 다급한 일이 생겨서 종을 쳤을 거예요."

온통 와자지껄한 소란 속에서 마오즈 할머니는 사람들 앞에 있는 외다리 원숭이를 발견했다. 그녀가 앞으로 다가가 손에 들고 있던 편지를 그에게 건네주면서 말했다. 자네가 마을 사람들에게 이걸 한번 읽어주게. 목청을 한껏 높여 큰 소리로 읽어야 하네. 외다리 원숭이가 뭘 읽으라는 거냐고 묻자 마오즈 할머니는 일단 읽어보면 알게 된다고 말했다. 외다리 원숭이는 편지를 건네받아 훑어보고는 놀라움을 금치 못하더니 잠시 멍한 표정을 지었다. 금세 마오즈 할머니가 그랬던 것처럼 그의 얼굴에 흥분의 기색이 가득했다. 그는 다리를 절뚝거리며 나무 아래에 있는 석대 쪽으로 다가가서는 그 위로 펄쩍 뛰어올라갔다. 그러고는 목청을 가다듬고 손을 휘저으며 자신이 무슨 대단한 인물이라도 된 듯이 마을 사람들을 향해 큰 소리로 말했다. "모두들 조용히 하세요— 조용히 하시라고요— 염병할, 우리 서우훠마을의 퇴사 허가 문건이 도착했단 말입니다. 지금 내가 이 대단한 문건을 읽어드리겠습니다. 여러분 앞에서 지금 당장 낭독 해드리겠다고요!"

정말로 쥐엄나무 아래가 조용해졌다. 사람이 하나도 없는 것처럼 조용해졌다.

외다리 원숭이는 대나무가 쪼개지는 것 같은 목소리로 석대 위에서 큰 소리로 솽화이현 현위원회와 현 정부가 공동으로 발행한 문건을 읽어나가기 시작했다.

각 부部, 국局, 진鎭, 향鄕의 당위원회에 알림:

본 현 서북 경계 지역에 자리한 바러우산맥의 서우훠마을이 지난 몇십 년 동안 줄곧 '퇴사'를 요구해왔다. 솽화이현 및 그 현에 속한 바이수향의 행정관할에서 자원하여 이탈코자 하는 강렬한 요구에 대해 솽화이현 현위원회와 현 정부는 진지한 논의 끝에 다음과 같은 결정을 내렸다.

1. 당일부로 바러우산맥 깊숙한 곳에 자리한 서우훠마을의 행정관할권은 앞으로 솽화이현과 바이수향에 귀속되지 않는다.

2. 본 문건이 발행된 날부터 한 달 이내에 바이수향은 서우훠마을 사람들의 호구와 신분증을 모두 회수하여 말소한다. 서우훠마을 사람 누구든지 해당 향의 호구본과 신분증을 사용하다가 적발될 경우 이를 위조로 간주하여 위법으로 처리한다.

3. 솽화이현은 앞으로 인쇄되는 본 현 행정구역과 지도에서 원

래 본 현 경내에 있던 바러우산맥의 한쪽 가장자리와 이 가장자리 안에 있는 서우훠마을을 자동으로 삭제한다. 본 현의 행정구역과 지도에서 다시는 바러우산맥 안에 있는 서우훠마을은 존재하지 않는다.

4. 서우훠마을은 앞으로 개인적 자유와 관할권 즉, 공민권과 토지권, 주택권, 재해구제권, 의료지원권 등의 모든 사안에서 솽화이현 및 바이수향과 일체 관련되지 않는다. 단, 솽화이현과 바이수향은 서우훠마을과 해당 현, 향 각처 사이의 모든 민간 왕래에 관여할 수 없다.

마지막으로 솽화이현 현위원회와 현 정부의 낙관과 직인이 찍혀 있고 문건의 날짜가 명기되어 있었다.

다 읽고 나서 외다리 원숭이는 그 문건을 다시 접어 서류봉투 안에 집어넣었다. 그 순간, 해는 이미 나무 꼭대기 위로 옮겨가 있었다. 뜨거운 물이 마을 전체에 흐르고 있는 것처럼 따스했다. 쥐엄나무 가지에는 산비둘기 몇 마리와 참새 떼가 날아와 앉아 있었다. 새들의 울음소리가 비처럼 허공에서 뚝뚝 떨어져 사람들의 머리와 몸을 때렸다. 마을 사람들 모두 문건의 내용을 똑똑히 들었지만 여전히 서거나 앉아서 외다리 원숭이의 손만 뚫어져라 쳐다보았다. 문건의 낭독이 다 끝나지 않을 것 같았다. 가장 분명한 부분을 아직 안 읽은 것 같았다. 아직 불분명한 부분이 많아서 사람들 모두 얼굴에 평온한 빛을 띠거나 멍한 표정을 짓고 있는 것 같았다. 서우훠의 퇴사가 원래 너무나 당연한 일이고 전혀 놀랄 것이 없는 일인 것 같았다. 또

한 퇴사는 하늘처럼 거대하고 중요한 일인데 어떻게 퇴사하라는 말 한마디에 퇴사가 되고, 종이 한 장에 도장 두 개로 서우훠마을을 퇴사시킬 수 있는 것인지, 이 퇴사가 진짜가 아니라 아무래도 가짜 같아서 누구도 감히 믿지 못하는 것 같았다. 그래서 그렇게 멍하니 굳은 표정으로 조용히 서거나 앉아 있었다. 잠자리에 들어 반쯤은 깨어 있지만 또 반쯤은 꿈속을 헤매고 있는 것 같았다. 바로 이때 외다리 원숭이는 문건을 다시 편지봉투에 집어넣고 석대에서 뛰어내려왔다. 그러고는 가장 먼저 한 가지 일을 생각해냈다.

그가 큰 소리로 물었다. "이렇게 되면 우리 서우훠마을이 앞으로 스스로 공연단을 만들 경우 어디 가서 추천장을 받아야 되나요? 이제 정부나 공공단체의 추천장이 없이 우리가 어떻게 외지에 나가 공연을 해서 돈을 벌 수 있나요?"

이 말은 원래 마오즈 할머니를 향해 묻는 것이었다. 그가 이렇게 물으면서 몸을 돌리는 순간 마오즈 할머니가 앉은뱅이 대나무 걸상에 앉아서 쥐엄나무에 등을 기대고 잠을 자는 것처럼 미동도 하지 않고 있는 모습이 눈에 들어왔다. 그녀의 수의는 새것이라 여전히 햇빛에 반짝거렸다. 해는 외지에 나가 공연할 때 무대를 비추던 조명처럼 그렇게 밝게 내리비추었다. 그녀는 그렇게 나무에 몸을 기댄 채 앉은뱅이 걸상에 앉아 있었다. 고개는 한쪽으로 기울어져 있고 얼굴에는 붉고 당당한 빛이 어렸다. 얼굴에 편안한 미소와 억제할 수 없는 즐거움受活이 가득했다. 아이가 잠을 자다가 아주 신나는 꿈을 꾸고 있는 것 같았다. 외다리 원숭이는 이어서 마오즈 할머니에게 두 번 더 물었지만 가까이 다가가서도 그녀의 대답을 들을 수 없자 세번째로 다시 묻다가 도중에 말문이 막히고 말았다.

그가 놀란 표정으로 마오즈 할머니를 불렀다. "마오즈 할머니—마오즈 할머니—"

쥐메이가 소리쳐 엄마를 부르면서 황급히 다가갔다. "엄마—엄마—"

어린 세 아가씨들과 화이화도 일제히 사람들 틈새를 비집고 나오면서 소리쳤다. "할머니— 할머니— 왜 그러세요? 할머니, 왜 아무 말씀도 안 하시는 거예요?"

인파가 폭발하기 시작했다. 마을 전체, 산맥 전체가 제각기 다른 호칭으로 소리쳐 마오즈 할머니를 불러대기 시작했다.

마오즈 할머니는 수천 번을 부르고 흔들어도 아무 말도 하지 않았고 움직임도 전혀 없었다.

그렇게 세상을 떠났다.

편안하게 미소를 지으면서 세상을 떠났다. 세상을 떠나면서 마음속 만족하는 즐거움受活이 그녀의 얼굴에 햇빛처럼 한 겹 따스하게, 충만하게 쌓여 있었다.

일찌감치 일흔하나를 넘겼으니 호상이었지만 하늘이 울리도록 슬퍼하는 울음소리도 없지 않았다. 사람들은 사적인 자리에서도 그녀가 충분히 가치 있는 삶을 살았다고 말했다. 그녀가 세상을 떠날 때 얼굴에 걸렸던 편안한 미소는 누구나 죽을 때면 다 그런 것이 아니라고도 했다.

사흘 뒤에 마오즈 할머니를 매장하게 되었다. 수의는 급히 준비할 필요가 없었다. 관 역시 일찌감치 준비해둔 터였다. 모든 것이 그렇게 차분하기만 했다. 당황스럽지도 않았고 다급하지도 않았다. 단지 그날 몇 리 떨어진 바러우산 깊은 곳에 있는 무덤을 향해 마오즈 할머니의 관을 떠메고 출발하려는 순간, 마을 사람들이 전혀 생각지 못했던 일이 발생했다. 화이화가 임신을 했기 때문에 자신의 외할머니를 보내러 무덤까지 갈 수 없게 된 것이다. 이는 몇백 년 동안 이어져 내려온 마을의 규칙이었다. 쥐메이와 퉁화, 위화, 넷째 어얼이 모두 여인이고 어린 계집아이들인데다 마오즈 할머니의 후대에는 남자가 없이 삼대가 전부 여자들뿐이었기 때문에 발인할 때 이들이 남자와 소년 역할을 하는 것이 당연했다. 마을의 남녀노소, 맹인과 절름발이를 비롯한 모든 장애인들이 그녀에게는 아랫사람들이었기 때문에 나이가 많든 적든 간에 모두들 효도하는 마음으로 마오즈 할머니를 무덤까지 배웅하는 것은 너무나 당연한 일이자 도리였다. 하지만 발인하는 날 마오즈 할머니가 키우던 열예닐곱 마리의 눈멀고 다리를 저는 개들도 전부 출상 행렬을 따라간 것은 아무도 생각지 못한 일이었다. 의식을 치르고 나서 관이 마을을 떠날 때, 사람들은 이 열예닐곱 마리의 장애견들이 전부 처량하고 슬픈 모습으로 장례 행렬의 뒤를 따르는 것을 보았다. 개들은 사람들처럼 울부짖으며 마오즈 할머니를 보내지는 않았지만 하나같이 두 눈에 두 줄기 잿빛 흙이 묻어 있었다. 더러운 진흙투성이 눈물 흔적이었다. 개들은 관과 마을 사람들의 장례 대오를 따라 아주 천천히 걸으면서 소리 없이 눈물을 흘렸다. 예전에 어디든지 마오즈 할머니를 따라 가던 모습과 다르지 않았다.

그런데 장례 행렬이 마을 산마루에서 반 리 정도 벗어났을 때 이 열예닐곱 마리의 개들은 어느새 열예닐곱 마리가 아니라 스물 내지 서른 마리 남짓으로 늘어나 있었다. 이 개들이 어디에 있다가 여기까지 따라왔는지는 알 수 없었다. 이웃 마을 어디에선가 왔을 수도 있고 바러우산 밖 어딘가에서 모여든 것일 수도 있었다. 검은 개도 있고 하얀 개, 회색 개도 있었다. 비쩍 마른데다 지저분한 모습의 고양이들도 섞였다. 계속 걷다보니 개와 고양이의 행렬이 서른 남짓에서 백 마리 넘게 늘어나 있었다. 온통 눈이 멀고 다리를 저는 개와 고양이 무리가 서우훠마을 사람들보다 훨씬 더 많았다.

마오즈 할머니를 묻어야 하는 곳에 이르렀을 때는 산비탈이 온통 슬피 울면서 눈에 잔뜩 눈물을 머금고 있는 집개와 들개, 고양이 등으로 가득찼다. 대부분 눈이 멀거나 다리를 절거나 귀가 없거나 꼬리가 없는 불구의 짐승들이었다. 한 무리, 한 무리가 가을 논밭 위에 묶어놓은 볏짚처럼 여기저기 마오즈 할머니의 무덤 앞과 주변 산비탈에 흩어져 있었다. 아무런 소리도 내지 않고 어떤 움직임도 보이지 않았다. 그렇게 조용히 땅에 엎드린 채 마오즈 할머니가 땅에 묻혀 평안을 얻는 광경을 바라보았다.

서우훠마을 사람들이 무덤에서 다시 마을로 돌아가려 할 때까지 개와 고양이 무리는 마오즈 할머니의 무덤 앞에 그대로 엎드려 있었다.

누군가 말했다. "개들이 정말 많네. 내 평생 이렇게 많은 개들은 처음 보네."

또 누군가 말했다. "게다가 전부 몸이 불편한 개들이야."

잠시 후 사람들은 갑자기 뒤에 있는 무덤 위에서 우우웅 소리 내어 우는 소리를 들었다. 그렇게 큰 무리의 장애견과 장애묘들이 단체로 소리 내어 슬프게 울부짖고 있었다. 장애견과 장애묘들이 우는 모습은 사람들과 달랐다. 사람들은 울면서 뭔가를 하소연했지만 개와 고양이들은 줄곧 목청을 높여 단조롭게 우우웅 울기만 했다. 겨울날 마을 골목을 지날 때 정면에서 휘이이 휘이이 불어오는 바람 같았다. 마오즈 할머니를 보내는 장례 행렬에 참여했던 그녀의 가족과 마을 사람들이 산비탈에서 일제히 고개를 돌려 무덤 쪽을 바라보았다. 알고 보니 비탈 여기저기에 흩어져 있던 장애견과 장애묘들이 사람들이 떠나자 하나둘씩 마오즈 할머니의 무덤 앞으로 모여들고 있었다. 무덤이 있는 산비탈은 경작지가 아주 넓어 이미 곧고 푸른 보리 싹이 고개를 내밀고 반질반질한 모습을 뽐내고 있었다. 새 무덤의 붉은 흙이 그 경작지 안에서 선명하게 눈을 자극했지만 그 거대한 무리의 개들은 푸르고 반질반질한 경작지에 엎드려 한결같이 머리를 마오즈 할머니의 무덤을 향한 채 마오즈 할머니가 묻혀 있는 경작지를 바라보았다. 논의 수면 위로 온갖 모양의 크고 작은 자갈들이 뛰어나와 있는 것 같았다. 녀석들은 그렇게 우우웅 울어대면서 그 가운데 열몇 마리, 아니 수십 마리의 장애견들이 새로 덮은 무덤 위로 기어올라가 무덤의 흙을 파헤치기 시작했다. 새 무덤의 흙이 사방으로 마구 날리도록 미친듯이 파헤쳤다. 마오즈 할머니를 무덤 안에서 파내려는 것 같았다.

서우훠 사람들이 산마루 쪽으로 고개를 돌려 큰 소리로 외쳤다.

"뭘 파헤치는 거야. 사람이 죽었는데 흙을 파헤친다고 무슨 소용이 있다고 그래."

또 소리쳤다. "어서 돌아가. 이제 마오즈 할머니는 없다고— 서우
휘마을에는 아직 너희들의 집이 남아 있잖아."

천천히 그 거대한 무리의 개들이 흙을 파헤치던 움직임을 멈췄다.
대신 더 큰 목소리로 멍멍 왈왈 서럽게 울어댔다. 온 세상이 겨울날
마을 골목에 불어대는 바람소리로 가득찬 것 같았다.

이렇게 마을 사람들은 눈이 먼 사람과 다리를 저는 사람이 서로
를 부축하고 받쳐주면서, 그 개와 고양이들에게 무수한 말들을 건네
면서 서우휘마을로 향해 걸어갔다. 서우휘마을 어귀의 비탈에 이르
자 갑자기 바러우산 밖에서 바러우산 안으로 무리를 지어 몰려오는
한 무리 또 한 무리의 이주민들의 모습이 눈에 들어왔다. 뜻밖에도
그들은 하나같이 서우휘 사람들과 마찬가지로 장애인들이었다. 맹
인도 있고 절름발이도 있었다. 앉은뱅이와 귀머거리, 벙어리도 있었
다. 팔이 하나 없고 손가락이 많은 사람들도 있었다. 그 한 무리 또
한 무리의 사람들 가운데 온전한 사람은 아주 적었다. 그들 역시 서
로를 부축하고 받쳐주면서 가구별로 수레를 끌거나 멜대를 메고 있
었다. 수레와 멜대에 실린 것은 전부 이부자리 아니면 식량이었다.
옷이나 솥과 사발, 주걱과 수저, 질솥과 질항아리도 있었다. 탁자와
궤짝, 의자와 침대 틀, 전선, 새끼줄도 있었다. 그리고 수레 위에 엎
드린 닭과 오리, 고양이, 새끼 돼지, 면양도 있었다. 온갖 잡동사니들
과 뒤죽박죽으로 어지럽게 수레와 멜대에 실려 있었다. 개들은 사람
들 뒤를 따라 혀를 길게 내밀고 뛰어오고 있었고 소는 사람이 끄는
대로 천천히 길을 걸었다. 커다란 산양은 사람 손에 끌려 종종걸음
으로 따라오고 있었다. 이렇게 거대한 대오가 듬성듬성 흩어져 천천

히 산 밖에서 산 안쪽을 향해 걸어오고 있었다. 맹인은 수레를 끌었고 앉은뱅이는 수레에 앉아 그에게 길을 일러주었다. 귀머거리와 벙어리는 멜대를 메고 큰 소리로 무언가를 말하거나 손짓을 주고받았고 절름발이는 소와 양을 끌었다. 소와 양이 제대로 걷지 않으면 나뭇가지로 등을 때리기도 했다. 온전한 남자가 끄는 수레에는 다른 짐들은 실려 있지 않고 노인과 어린아이들이 타고 있었다. 아마도 어린아이들은 맹인이거나 벙어리인 것 같았다. 맹인이 뭔가를 물으면 벙어리는 수화로 대답했지만 맹인이 보지 못하자 둘이 수레에서 싸우는 것 같았다. 이렇게 이주민 대오는 느릿느릿 서우훠마을 어귀의 산비탈에 도착했다.

장례를 마치고 돌아오는 서우훠마을 사람들이 놀란 표정으로 길가에 서서 물었다. 댁들은 지금 어디로 이주해가는 길인가요?

대오를 이루어 길을 가던 사람들이 물었다. 혹시 서우훠마을분들이신가요? 저희는 산 밖 아주 멀리서 왔습니다. 그곳 정부에서 하늘처럼 큰 저수지를 짓는다면서 사람들에게 전부 다른 곳으로 이주하라고 했거든요. 그러면서 집집마다 돈을 나눠주더군요. 모두 다 같이 한 지역으로 이주해도 좋고 받은 돈으로 가구별로 따로 적당한 곳을 찾아가도 된다고 하더군요. 그들은 이미 봐둔 곳이 한 군데 있다고 했다. 바러우산의 아주 깊은 곳에 있는 서우훠마을보다 더 좋은 곳이라고 했다. 서우훠는 쌍화이와 가오류, 다위 세 현 모두 관할하지 않는 경계 지역이지만 그들이 가는 곳은 바이스현과 칭수이현, 멘마현, 완보쯔류수현 등 여섯 개 현이 서로 만나는 지역으로 지도상 여섯 개 현의 어느 구획에도 들어가지 않는 곳이라고 했다. 계곡이라 땅도 기름지고 물도 풍부하며 누구도 관할하지 않는 지역이라고 했다. 그래서 지금 함께 길을 가는 백 명 남짓한 장애인들이 서로 마음을 합쳐 그 계곡 쪽으로 가서 임시 거주지를 마련하고 밭을 일구며 행복하게受活 살 생각이라고 했다.

그들이 말했다. "걱정하지 마세요. 저희의 세월이 틀림없이 여러분의 서우훠보다는 나을 테니까요."

"댁들이 말하는 그곳이 도대체 어디인가요?"

"바러우산 끝자락에 있는 지역인데 훈포산이라는 산을 하나 넘으면 되지요. 훈포산이 있는 쪽이에요."

그들은 묻고 대답하기를 계속하면서도 쉴새없이 소곤대고 쑥덕거렸다. 그렇게 수레를 끌고 멜대를 메고 길을 가면서 서우훠 사람들과 헤어지고 서우훠마을과 헤어져 바러우산의 더 깊숙한 곳으로 들어갔다. 천천히 흩어지는 대오가 비탈을 지나 멀어져갔다. 서우훠 사람들은 비탈길에 서서 그 외지의 온전한 사람들 세상에서 모여 이곳까지 온 백여 명의 맹인과 절름발이, 귀머거리, 벙어리 등의 장애인 대오를 바라보고 있었다. 그들의 모습과 세간이 전부 시야에서 사라지고 나서야 갑자기 뭔가를 잃어버린 것처럼 실의에 빠진 모습으로 서우훠로 가는 갈림길로 꺾어 들어갔다. 계속 길을 가다가 화수파³⁾를 지날 때, 그 산언덕에 가득 깔려 있는 옥토를 바라보았다. 농사를 짓지 않았는데도 산언덕에는 온통 천인국과 월백초, 그리고 짙은 초록의 여름 꽃들이 가득 피어 있었다. 마을 사람들이 말했다.

"퇴사를 했으니 이런 산지⁵⁾에도 농사를 지어야겠지요?"

누군가 대답했다. "당연히 산지에 농사를 지으면서 산일자⁷⁾를 해야지. 어떻게 산지에 농사를 짓지 않을 수 있겠어."

누군가 물었다. "산일자를 보내면 용절[9)과 봉절[11], 노인절[13)은 어떻게 하나요?"

또 누군가 말했다. "그런 건 나한테 묻지 말게. 마오즈 할머니가 안 계시니 나이가 가장 많은 사람을 찾아가 물어보라고."

또 누군가 물었다. "수활가[15)는 창법이 어떻게 되던가요?"

또 누군가 말했다. "마오즈 할머니가 돌아가셨으니 아마 이제 그 가사를 기억하는 사람이 아무도 없을 거야."

또 누군가 물었다. "마오즈 할머니가 안 계시니 누가 마을의 대사들을 주재하지요?"

또 누군가 말했다. "아무도 서로를 관리하지 않는데 주재할 일이 뭐가 있겠어요."

그렇게 모두들 다리를 절면서 여기저기 더듬어가면서 서우훠마을로 돌아왔다. 마을에 도착해보니 배가 불룩해진 화이화가 놀란 얼굴로 마을 입구에서 마을 사람들을 기다리고 있었다. 그녀는 마을 사람들이 외할머니 장례를 마치고 돌아오는 모습을 보고는 멀리서 그들을 향해 소리쳤다.

"여러분, 제 말 좀 들어보세요. 류 현장이 교통사고를 당했대요. 두 다리를 못 쓰게 됐고 더이상 현장도 아니래요. 그가 우리 서우훠에 정착하겠다고 찾아왔어요. 지금 마을에 있는 사당에 있어요. 앞으로 쭉 사당에서 지내겠대요."

서우훠 사람들 모두 놀란 표정으로 마을 입구에 걸음을 멈추고 서서 미동도 하지 않았다. 퉁화와 위화, 넷째 어얼은 너무 놀라 땅에 떨어진 새처럼 사람들 틈바구니에 서 있었다. 그녀들의 엄마인 쥐메이는 그녀들의 등뒤에서 너무 놀란 나머지 얼굴이 온통 핏빛으로 달아올라 있었다. 누가 그녀의 얼굴을 때리거나 입술에 입을 맞추기라도 한 것 같았다.

곁에 있던 다른 서우훠 사람들도 서로 얼굴만 쳐다보면서 난감한 표정을 지었다. 유독 외다리 원숭이만 얼굴에 신나는 표정이 걸려 있었다.

이렇게 류 현장은 서우훠마을에 정착하여 남게 되었다. 서우훠의 또 한 명의 장애인이 된 것이다.

화이화는 어떻게 되었을까? 그녀는 반년 뒤에 정말로 아기를 낳았다. 뜻밖에도 아주 가냘픈 여자아이였다.

여자아이이긴 했지만 어디까지나 한 세대를 이루는 성원이었다. 이후의 사정은 이후의 사정일 뿐이었다.

3장

해설 ― 화수파, 명절, 수활가

1) 순하다 殉: 죽음을 의미한다. 망자에 대한 존경의 뜻도 어느 정도 포함되어 있다. 바러우산맥에서는 생전에 사람들로부터 존경을 받던 망자에 대한 일종의 존경의 의미로 쓰이기도 한다.

3) 화수파花嫂坡(화사오포): 서우훠마을 모처의 지명이다. 화사오는 인명으로, 어느 여인의 이름이다. 서우훠 사람들은 누구나 화사오와 화사오포의 이야기를 알고 있다. 말하자면 네 갑자 즉, 지금으로부터 이백사십 년 전 경자년(1720) 쥐해의 일이었다. 그해에 화사오의 나이는 열일곱이었다. 부모 중 한 명은 귀머거리이고 또 한 명은 벙어리였다. 그런데 그녀는 태어나자마자 귀와 입은 멀쩡했지만 다리가 약간 불편했다. 다리가 약간 불편하긴 했지만 아주 영민하고 수려한 자태와 기질을 지니고 있었다. 피부는 맑은 날 구름처럼 희면서도 불그스름한 윤기가 돌았고 물에 뜬 연꽃 같은 분홍빛을 띠었다. 부모가 살아 있는

동안 그들 일가 세 식구는 서우휘에서 그리 멀지 않은 이곳 산언덕에서 살았다. 초가 몇 칸에 우물이 하나 있었고 소와 양, 닭과 오리를 키웠다. 산언덕의 땅은 젓가락을 심어도 싹이 날 정도로 비옥했다. 그렇게 평안하고 쾌적하여 여유로운 세월을 보냈다. 열일곱 살이 되던 해에 화사오는 이미 보기 드물게 아름다운 용모를 자랑했다. 바로 이해에 때는 바로 청나라의 국태민안國泰民安의 태평성대 시기였다. 서안에서 곧장 푸뉴산을 가로질러 솽화이현으로 부임한 젊은이가 하나 있었다. 그는 길이 너무 멀다고 탓하면서 지름길을 찾기 시작했다. 바러우산맥을 가로질러 푸뉴산 쪽의 솽화이현으로 가는 길에 서우휘에 이르렀을 때, 목이 몹시 말랐던 그는 물을 마시기 위해 화사오의 집에 들어가 물 한 사발을 청했다. 그러다가 화사오를 보게 되었다. 게다가 화사오의 집 문 앞에서 물이 든 사발을 들고 바라보니 저멀리 화사오의 부모가 키우는 농작물이 왕성하게 자라고 있었다. 산언덕에 심은 밀의 이삭이 가지런하게 허공을 향해 고개를 쳐들고 있었다. 그해의 밀만 거둬 집으로 가져가도 최소한 삼 년은 먹을 것 걱정을 안 해도 될 것 같았다. 가까이 보이는 집 처마에는 몇 해 전에 수확한 옥수수가 잔뜩 매달려 있었다. 한 꿰미 한 꿰미, 바싹 달라붙어 매달린 옥수수 꿰미는 앞으로 십 년 동안 흉작이 든다 해도 다 먹지 못할 것 같았다. 집 앞뒤에는 각종 채소와 꽃이 심겨 있었다. 해바라기도 있었다. 마침 한창 꽃이 피는 계절이라 생명력이 강한 붉은 영춘화와 녹왕하綠旺夏, 천인국, 백산하白山荷, 월백초, 달맞이꽃, 일조홍日照紅, 야생에서 자라는 자등과 야광나무, 담장을 타고 오르는 담쟁이덩굴도 보였다. 온갖 꽃들이 도처에 울긋불긋 화려한 자태를 뽐내 사방이 온통 풀과 꽃나무의 향기로 가득했다. 이런 풍광 속에서 칠품 지부知府*로 부임해 가던 그는 솽화이현으로 가서 현관이 되는 대신 서우훠에서 사오 리 남짓 떨어진 이곳에서 화사오를 아내로 맞아 가정을 꾸리고 편안하게 살기로 마음먹었다.

물론 화사오의 가족들은 전부 화사오가 출가하지 않고 반대로 현관을 데릴사위로 맞으려는 것에 단호하게 반대했다. 그러면서 자신들은 모두 농민들인데 어떻게 현관을 데릴사위로 맞아들일 수 있겠느냐고 말했다.

지부는 부임에 필요한 어수御書와 어인御印, 그리고 오는 길 내내 공명을 얻기 위해 등에 지고 있던 서책들을 전부 꺼내 비탈 위에서 계곡 바닥으로 내던져버렸다.

화사오의 부모가 말했다. "우리 가족은 전부가 장애인인데 어떻게 온전하고 건강한 사람을 데릴사위로 맞이할 수 있겠소이까."

지부는 화사오의 집 부엌으로 들어갔다. 물을 마시던 그릇을 내려놓으러 가는 줄 알았는데 그가 부엌에서 식칼을 들고 나와 자신의 왼손 손목을 잘라내 스스로 장애인이 될 줄을 누가 알았겠는가.

화사오는 하는 수 없이 이 지부에게 시집을 가야 했다.

지부는 결국 지부가 되지 않고 화사오포로 가서 화사오 집안의 데릴사위가 되었다. 화사오의 부모님은 어려서부터 책만 읽으며 살아온 이 손이 하나밖에 없는 젊은이에게 농사짓는 방법을 가르치기 시작했다. 한 손으로 호미를 사용하는 법과 한손으로 괭이를 부리는 법, 한손으로 낫을 잡고 보리를 베거나 넉가래질을 하는 법을 가르쳤다. 화사

---

* 청나라 부(府)의 행정 수장.

오는 그에게 채소를 심는 법과 꽃을 심는 법을 가르쳤다. 그들의 천당 같은 세월은 이렇게 시작되었다. 화사오의 부모가 세상을 떠났을 때쯤 지부는 이미 좁쌀을 심을 줄 알게 되었고 콩을 파종할 줄 알게 되었다. 수수를 점뿌림하고 보리쌀을 구별하고 보리를 파종할 줄 알게 되었으며 넉가래질과 종자를 고르는 데 달인이 되어 있었다. 이리하여 산비탈에는 여름이면 항상 햇볕을 쬐는 보리가 천지를 뒤덮었고 가을에는 옥수수 열매가 몽둥이만하게 컸다. 면화밭에 면화가 하얗게 필 때가 되면 하늘에서 구름이 내려앉은 같았다. 음력 이월이 되면 유채밭이 노란빛으로 찬란하게 빛났다. 햇빛이 물에 잠겨 내려온 것 같았다. 일 년 사계절 내내 채소들은 항상 신선했고 화초들도 항상 푸르렀다. 닭과 오리는 아침부터 저녁까지 밭머리에서 배불리 먹으면서 깍깍 꼭꼭 쉬지 않고 울어댔다. 화사오는 용모가 아주 빼어났을 뿐만 아니라 어려서부터 집 앞뒤에 화초를 심고 키우는 것을 유난히 좋아했다. 산에 있는 개나리나 야생 천인국, 월백초 같은 화초들을 옮겨 심는 것을 무척 좋아했다. 그래서 봄이면 산비탈 도처에 개나리 향기가 가득했고 여름이면 밤낮으로 일조홍과 월백초의 울긋불긋한 향기가 진동했으며 또 가을에는 도처에 들국화와 호박이 달렸고 콩 넝쿨이 기어오르는 막대기마다 향기가 넘쳤다. 추운 겨울이 오면 그녀는 바람을 피할 수 있는 처마 밑에 야생 굴싸리를 심었고 절벽 꼭대기에는 산매화가 피게 했다. 자신이 옮겨 심고 키우는 월백초가 침상머리에서 따스한 햇볕을 받아 천인국처럼 작고 빨간 빛깔의 꽃을 피우게 했다. 햇빛 아래에서는 늘 고개를 축 늘어뜨리고 있다가 흐린 날만 되면 녹음이 왕성해지고 무성해지는 달맞이꽃은 아주 추운 겨울에 월계화나 작약처럼 아주 화려한 자색 꽃을 피웠다. 이렇게 이곳은 사계절이 항상 봄 같았고 사계절 모두 꽃향기가 가득했다. 봄, 여름, 가을, 겨울 할 것 없이 일 년 사계절 내내 사방팔방에서 바러우산 깊은 곳으로 걸어들어가다 보면 화사오포에서 아주 멀리 떨어져 있어도 진한 봄 향기가 느껴졌다.

더없이 좋은 곳이었고 천국의 땅이었다.

지부는 낮에 열심히 일했고 화사오는 옷을 꿰매거나 천을 재단했다. 한 사람은 밭에서 바쁘게 일했고 한 사람은 집안에서 바쁘게 일했다. 항상 멀지도 가깝지도 않은 거리에 떨어져 서로 묻고 대답하곤 했다.

당신은 어떻게 손목을 자르겠다고 말하고는 정말로 그렇게 잘라버릴 수 있었던 거예요?

내가 불구가 되지 않았으면 당신이 나한테 시집을 왔겠어?

안 갔겠지요.

그러게 말이야.

때로는 그가 호미질로 밭을 가느라 집에서 제법 멀리 떨어지면 서로 말하는 소리가 들리지 않았다. 그러면 화사오는 버드나무 물레를 가지고 그가 있는 밭머리로 가서 그가 밭에서 농사일을 하는 동안 옆에서 하얀 목화에서 실을 뽑았다. 밭머리에서 신발 밑창을 꿰매거나 옷을 깁기도 했다.

그가 말했다. 이 땅은 정말 기름져. 땅속에 기름이 아주 많은가봐.

그녀가 말했다. 사실 당신은 가서 지부가 되었어야 해요. 그게 바로 남자가 이루어야 할 공명이니까요.

그가 말했다. 내가 당신한테 사실을 말해주지. 일곱 살이 되던 해에 꿈을 하나 꿨어. 꿈속에서 누군가 이생에 천당의 삶을 살려면 공부를

716

열심히 해야 한다고 말하더군. 열심히 공부해서 관원이 되면 그 천당 같은 세월이 임지로 부임하러 가는 길에 날 기다리고 있을 거라고 했지. 그래서 힘들게 십삼 년 동안 열심히 공부했고 진사進士에 합격하여 지부가 됐던 거야. 하지만 당신 집 앞을 지나는 순간, 십삼 년 전의 그 꿈이 나무 한 그루 풀 한 포기까지 아주 선명하게 머릿속에 떠오르겠지. 당신을 보고 나니 경작지와 화초들까지 십삼 년 전의 꿈속 풍경과 너무나 똑같은 거야. 꿈속에 닭이 아홉 마리였던 걸 기억하고 있었는데 당신네 집에서도 정말로 닭을 아홉 마리 키우고 있더군. 꿈속에 또 오리가 예닐곱 마리 있었는데 당신 집에서 정말로 예닐곱 마리의 오리를 키우고 있었어. 꿈속의 그 아가씨는 나보다 세 살이 어렸는데 정말로 그때 나는 스무 살이었고 당신은 열일곱이었지. 그 꿈속에서는 양곡이 산처럼 쌓여 있었고 신선한 꽃들이 산비탈을 가득 채우고 있었는데 당신네 집에 정말로 양곡이 산처럼 쌓여 있고 온갖 화초가 산비탈을 가득 메우고 있었어.

내가 당신 집에 남지 말았어야 했을까?

밤이 되자 두말할 것도 없이 두 사람은 침상에 올라 서로를 껴안았다. 그는 그녀에게 그 끝나지 않는 책 속의 일들을 이야기했고, 그녀는 그에게 다하지 못할 산과 들의 일들을 이야기했다. 세월은 물처럼 화초처럼, 양곡의 향기처럼 흘렀다. 그렇게 하루하루 한 해 또 한 해가 지나갔다. 어느 날 그녀가 그에게 말했다. 당신한테 아이를 하나 낳아드리고 싶어요.

그가 말했다. 나는 당신이 온전한 아기를 낳을까봐 걱정이오.

그녀가 말했다. 저는 온전한 아기를 낳았으면 좋겠어요.

그가 말했다. 온전한 아이는 나중에 커서 사람이 이런 세월을 보낼
수 있다는 걸 이해하지 못할 거요. 그 아이는 천당 같은 세월을 저버릴
것이고, 바깥세상에 뛰어들어 결국 괴롭고 힘든 삶을 살게 될 거요.

그녀는 한참을 더 생각하다가 결국 더이상 아무 말도 하지 않았다.
하지만 그래도 그녀는 아이를 가졌다. 그녀가 아이를 가졌을 때, 주州
에서는 지부가 솽화이현으로 부임하러 가는 길에 서우훠마을의 세월
을 만나고는 끝내 부임하지 않았다는 사실을 알게 되었고, 이런 일을
조정에 알렸다. 조정에서는 이것이 장애인들의 서우훠마을의 세월로,
온전한 사람들의 태평성대를 기만한 것이라고 생각했다. 분노한 조정
에서는 손이 하나뿐인 불구이니 전쟁은 할 수 없지만 불을 때고 밥을
지을 수는 있을 것이라고 판단하고는 사람을 보내 그를 붙잡아다 군대
로 보내버렸다. 때마침 옛 전滇나라 지역인 운남 땅에 전쟁이 자주 발
생하게 되자 그에게 청나라 군대를 따라 전나라 지역에 가서 전쟁을
하는 군사들을 위해 밥을 짓게 했다. 그가 떠나던 날 화사오는 그의 다
리를 붙잡고 울고불고 소리쳤다. 그가 말했다. 그때 두 손을 다 잘라버
렸어야 했어. 두 손이 다 잘렸다면 어떻게 오늘 같은 일이 있었겠소. 그
러고는 한마디 덧붙였다. 지난 몇 년 동안의 서우훠마을에서의 세월은
충분히 가치가 있었소. 하지만 한 가지 마음이 놓이지 않는 일이 있었
다. 아이가 태어났을 때 화사오가 마음을 모질게 먹지 못해 아이를 불
구로 만들지 못할까 하는 점이었다. 그가 말했다. 지금부터 내가 하는
말 잘 기억해둬요. 첫째, 내가 돌아올 때까지 꼭 기다려야 하오. 둘째,
아이가 태어나면 무슨 일이 있어도 최소한 다리 하나를 절게 만들어서
걷는 것이 불편하게 해야 하오. 불구가 되게 해야 한단 말이오.

그는 그렇게 청나라 병사들에게 붙잡혀 서우훠를 떠났다.

그녀는 화사오포에서 두 사람 사이의 아이를 낳았다. 온전하고 건강한 아이였다. 그녀가 아이를 낳을 때 난산을 우려한 서우훠의 아낙네들이 전부 그녀의 침상 곁에서 지켰고 그녀가 온전한 아기를 낳은 것을 기뻐했다. 생각해보라. 아이의 생모인 그녀가 어떻게 모진 마음을 먹고 자신의 온전한 아이를 불구로 만들 수 있단 말인가. 그녀는 아기의 손 피부가 살짝 벗겨지는 것만으로도 마음이 아파 눈물이 날 정도였다. 그렇게 그녀는 화사오포를 지키면서 아이와 함께 전나라 지역으로 간 남편이 어느 날 갑자기 돌아와주기만을 기다리고 있었다. 기다리고 기다리는 사이에 아이는 열일곱 살이 되어 바러우를 떠나 아버지를 찾으러 가겠다고 했다. 어느 날 아이는 정말로 바러우를 떠났다. 서우훠마을을 떠나 산을 넘고 물을 건너 아버지를 찾기 위해 세상을 떠돌기 시작했다.

이렇게 떠난 아이는 제 아버지처럼 다시는 돌아오지 않았다.

화사오는 남편과 아이가 바깥세상에서 돌아올 수 있도록 화사오포 비탈에 농작물은 거의 심지 않고 꽃과 풀만 심었다. 천인국이나 일조홍, 개나리, 백산연, 달맞이꽃, 영월춘迎月春, 동자홍冬紫紅, 추천엽秋天葉, 현애개懸崖開, 노변록路邊綠 등 향기가 십 리 밖까지 날아가는 화초들이었다. 이 모든 화초들은 가을에는 향기가 진했고 겨울에는 색이 붉었다. 일 년 사계절 내내 꽃향기가 끊이지 않았고 바람이 한 번 불었다 하면 십 리, 백 리 밖까지 꽃향기가 가득했다.

화사오는 남편과 아이가 바깥세상에서 그녀의 꽃향기를 맡고 바러우로 돌아올 수 있기를 기대했다. 그리하여 그녀는 매년 꽃 피는 시기가 되면 화초가 가득 피어 있는 언덕에 앉아 바깥세상 쪽을 바라보았다. 눈물로 바라보았다. 바라보고 또 바라보았다. 초목이 가장 왕성해지고 바러우산맥 가득 꽃향기가 퍼져나가던 그해에 예순 살이 된 그녀는 두 눈의 시력을 잃었고 그렇게 산 채로 화초가 가득한 언덕에서 죽고 말았다.

그녀가 세상을 떠났는데도 남편과 아이는 돌아오지 않았다. 그뒤로 서우훠 사람들과 바러우 사람들은 더이상 화초가 가득 핀 그 언덕 옥토에 농작물을 심지 않고 영원히 꽃과 풀만 가득 자라게 했다. 이리하여 그 언덕은 화사오포라 불리게 되었다.

5) 산지散地: 산지는 집집마다 따로 농사를 짓는 가구 소유의 땅을 의미할 뿐만 아니라 집단 노동을 통한 공동 경작에 상응하는 서우훠마을 특유의 오랜 경작방식이자 생활방식을 지칭하기도 했다. 서우훠 사람들이 심고 거둔 것을 전부 서우훠 사람들이 소비하되 양곡 납세를 하지 않았다. 정부와는 어떤 유형의 연관도 일절 없는 생존방식이다.

7) 산일자散日子: 아무런 구속 없이 평안한 세월을 말한다. 산지散地 경작에서 유래한 아주 오래되고 원시적인 생활방식이다.

9) 용절龍節 11)봉절鳳節 13)노인절老人節: 서우훠마을에서 이미 수십년 전에 사라진 마을 고유의 남자의 날과 여자의 날, 그리고 노인의 장수와 지혜를 경축하는 날을 말한다. 남자의 날인 용절은 매년 음력 유월 육일이고 여자의 날인 봉절은 매년 음력 칠월 칠일이다. 노인절 역시 노인들을 위한 명절로 매년 구월 구일이다. 이 명절들은 명나라 시기에 시작되었다. 대규모 이민이 이루어진 뒤로 바러우에 서우훠마을이 생겼다. 그런데 서우훠마을 사람들은 대부분 맹인과 귀머거리, 절름

발이, 벙어리들이라 남자들은 대부분 장애로 인해 농사일에 능숙하지 못했고 수확이 어려웠다. 고요하고 썰렁한 세월을 보내다보니 수많은 사람들이 서우휘의 생활방식과 생존방식에 대해 마음을 놓지 못했다. 이때 마을에 한 노인이 찾아와 동남쪽으로 계속 걸어가기만 하면 맹인이 눈을 뜨고 귀머거리가 청각을 되찾으며 절름발이는 건강해진 발로 날 듯이 걸을 수 있게 되고 벙어리는 입을 열어 말을 하거나 노래를 부를 수 있게 된다고 말했다. 심지어 극도로 못생긴 온전한 사람도 인내심을 갖고 동남쪽으로 계속 걸어가면 아주 멋진 외모와 늠름한 풍모를 갖게 된다는 것이었다. 그리하여 어느 날, 남자들이 서로 약속이나 한 듯이 여자들을 속이고 몰래 야음을 틈타 동남쪽을 향해 길을 떠났다.

걷고 또 걷다가 배가 고프면 남의 집에 대신 파종을 해주거나 잡일을 해주고 밥을 얻어먹었고 목이 마르면 강가나 연못으로 가서 물을 찾아 마셨다. 가는 길 내내 온갖 고생을 다 하고 지칠 대로 지친 상태로 일 년 반쯤 걸었을 때, 은빛 수염에 백발이 성성한 노인 하나가 길가에 누워 있는 것을 보게 되었다. 오래 굶주렸던 노인은 그들에게 마실 것과 먹을 것을 요구했고 그들은 노인에게 선뜻 먹을 것과 마실 것을 내주었다. 먹을 것과 마실 것을 주면서 비로소 노인이 맹인인데다 절름발이이고 귀머거리라는 사실을 알게 되었다. 노인이 배불리 먹고 충분히 마신 다음에야 그들은 목청이 찢어지도록 큰 소리로 노인에게 말했다. 저희는 장애인이긴 하지만 그래도 전부 젊고 장애도 한 가지씩밖에 없습니다. 눈이 멀었거나 절름발이거나 귀머거리이거나 벙어리일 뿐이지요. 하지만 할아버지는 연세가 여든이 넘은데다 맹인이고 절름발이이며 귀머거리에 팔도 하나가 없으시면서 어째서 집에 계시지 않고 밖으로 나오신 건가요?

노인이 말했다. 나는 이미 길 위에서 꼬박 육십일 년을 걸으면서 한 갑자甲子를 보냈네. 열아홉 살이 되던 해에 스스로 완전한 불구자라는 사실 때문에 몇 번이나 안 좋은 생각을 하기도 했지만 나중에 하느님께서 내 꿈에 나타나서는 계속 서북쪽을 향해 걸어가라고 하시더군. 서북쪽으로 가면 바러우라는 산이 하나 있는데 그 산 속에는 서우훠라는 마을이 있다고 하셨어. 서우훠마을에는 크고 굵은 쥐엄나무가 한 그루 있는데 그 나무 밑에 맹인이 눈을 뜨고 귀머거리가 청각을 되찾으며 벙어리가 말을 하고 절름발이가 뛸 수 있게 하는 비방이 묻혀 있다고 했지. 노인의 얘기는 계속됐다. 나는 그 비방을 구하기 위해 동남쪽 맨 끝에서 집을 나서 육십일 년을 꼬박 걸었다네. 열아홉 살부터 걷기 시작하여 이제 여든하나가 되었지. 앞으로 한 해 반만 더 가면 바러우에 있는 서우훠마을에 도착할 수 있다는 걸 알지만 안타깝게도 이미 여든하나가 넘은 나이라 이 남은 일 년 반을 더 살 수 없을 것 같네. 말하면서 노인은 울기 시작했다.

서우훠 사람들은 이 여든한 살의 완전한 장애인 노인을 들고, 업고, 정성껏 모시며 몸을 돌려 바러우산맥을 향해 가기 시작했다. 하지만 그들이 이 노인을 들고, 업고, 부축하면서 먹을 것을 주고 마실 물을 따라주었지만 사흘이 지난 어느 깊은 밤 노인은 아무런 질병도 없이 세상을 떠나고 말았다. 숨을 거두기 직전에 노인이 서우훠 사람들에게 말했다. 여든 한 해를 살면서 한 갑자 내내 길을 걸었지만 지난 사흘 동안 좋은 시절을 보냈으니 헛살지는 않은 것 같네. 말을 마친 노인은 그날 밤 잠이 들었고 이튿날 다시는 깨어나지 못했다.

노인에게 적당한 묘지를 골라 장례를 마친 서우훠 남자들은 또다시 일 년 반을 걸어 서우훠마을로 돌아와서는 서둘러 각자의 집에서 괭이와 쇠 삽을 들고 나와 그 쥐엄나무 밑을 파기 시작했다. 얼마를 파들어가자 정말로 배가 불룩한 도자기 단지가 하나 나왔고, 단지 안에는 작은 홍목 상자가 들어 있었다. 단지의 입구가 너무 좁아 나무 상자를 꺼낼 수 없었던 그들은 단지를 깨뜨리고서야 나무 상자를 꺼내 열어볼 수 있었다. 뜻밖에도 나무 상자 안은 아무것도 없이 텅 비어 있었다. 비방이 적힌 종이 한 조각도 없었고 흙 한 알갱이조차 없었다.

　마을 사람들은 상자를 버리고 그 노인을 원망하고 욕하면서 각자 집으로 돌아가 쉬었다. 집을 나서 동남쪽을 향해 일 년 반을 걷고 서북쪽에 있는 바러우산맥을 향해 또다시 일 년 반을 걸어 돌아온 남자들은 이렇게 삼 년을 쉬지 않고 걸은 탓에 모두 극도로 피곤하여 누구도 더이상 서우훠와 여자들 곁을 떠날 생각을 하지 않게 되었고, 편안하게 농사를 지으며 자기 집에서 생활하게 되었다. 하지만 보리를 베고 옥수수를 심어야 하는 이 계절에 팔이 하나밖에 없는 남자들은 집을 나서 삼 년 동안 몹시 고생을 하고 나니 한 손으로도 보리를 벨 수 있고 땅을 팔 수도 있게 되었다. 한 손으로도 두 손이 모두 온전한 사람들의 육체노동을 전부 할 수 있게 된 것이다. 절름발이는 집을 나서 삼 년 동안 길을 걷는 동안 한쪽 다리가 연마되어 두 다리를 가진 사람과 마찬가지로 힘차게 빨리 걸을 수 있게 되었다는 걸 깨달았다. 맹인은 많이 걸으면서 손에 쥐고 있던 지팡이로 이리 두드리고 저리 부딪히면서 뜻밖에도 막대기를 눈처럼 사용할 수 있게 되었다. 귀머거리 역시 삼 년 동안 길을 걸으면서 다른 사람들과 많은 이야기를 하다보니 입이 움직이는 모양만 보고도 상대방이 무슨 말을 하는 지 알아차릴 수 있게 되었다. 벙어리는 길을 걷는 동안 계속 손짓을 해야 했던 덕분에 제법 손짓과 수화를 하게 되었다.

뜻밖에도 그들은 온전한 사람들처럼 이곳 서우훠마을에서 농사를 지으며 살 수 있게 되었다. 그리고 문득 여든한 살의 완전한 장애인이었던 노인의 은덕을 생각하게 되었다. 그래서 구월 구일을 노인절로 정하게 되었다. 여자들은 남자들이 외지에서 돌아왔을 뿐만 아니라 모두들 가장 큰 단점이었던 살아가는 능력과 남다른 기술을 갖추게 된 것을 축하하기 위해 그들이 돌아온 유월 육일을 남자의 날로 정하고 용절이라 명명했다. 남자들은 자신들이 집을 떠났던 삼 년 동안 여자들이 집 안팎의 일로 바쁜 나날을 보낸데다 아이를 키우고 농사까지 지었던 것에 감사하는 의미로 칠월 칠일을 여자의 날로 정해 봉절이라 명명했다. 노인절에는 손아랫사람들이 노인들에게 개두를 올리고 좋은 음식과 마실 것을 바칠 뿐만 아니라 노인을 위해 준비해두었던 일년 사계절의 홑옷과 솜옷을 전부 꺼내 마을에서 경선을 벌이고 전시한 후에 노인들에게 증정했다. 유월 육일은 아주 바쁜 시기임에도 용절인 이날만은 남자들이 아무것도 하지 않고 먹고 마셨다. 여자들만 밭에 나가 일했고 남자들은 하루종일 집에서 쉬었다. 하루를 다 쉬고 나면 남자들은 다시 밭으로 나가 두 배의 일을 해야 했다. 칠월 칠일이 되면 바쁜 일이 다 지나간 뒤라 여자들 역시 피곤하기 때문에 하루종일 쉬었다. 이날에는 남자들은 밥을 지을 뿐만 아니라 가장 맛있는 음식을 여자들에게 먼저 맛보게 해야 했다.

물론 용절과 봉절, 노인절에는 사람을 불러 바러우조 창을 듣기도 했다. 큰돈을 들여 수십 리 밖에서 온전한 사람들을 서우훠마을로 불러 사자춤을 추게 하기도 했다. 물론 아이들은 벤파오를 터뜨리고 새 옷을 입었다. 이런 모습이 설을 쇠는 것과 다르지 않았다.

15) 수활가受活歌(서우훠가): 서우훠가는 바러우조의 원형이자 바러 우조의 전신이라 할 수 있다. 서우훠가의 곡조는 대부분 여럿이 큰 소리로 합창하는 것이고 독창은 적다. 노래를 부르는 방식도 다양하여 어떤 사람은 산에서 혼자 일을 하다가 피곤하고 외로워서 이 노래를 부르기도 했고 또 어떤 사람들은 산비탈 양쪽에서 서로 상대방의 노래에 화창話唱하는 방식으로 이 노래를 부르기도 했다. 여러 사람이 무리를 이루어 마을 어귀에서 쉬면서 함께 큰 소리로 합창하기도 했다. 그 선율에는 고유의 독특한 규칙이 있지만 가사는 장소와 세월에 따라 얼마든지 변해갔다.

지난 몇 세대에 걸쳐 장애인들이 가장 많이 불렀던 화창의 가사는 이런 것이었다.

이봐요— 하하하······
그쪽 산비탈에 있는 귀머거리양반 들리시오
하늘에서 선녀가 노래를 하고 있네요
선녀가 당신에게 시집가겠다고 하는 소리가 선명하게 들리네요
그 소리가 안 들리면 당신은 평생 혼자 살아야 해요
······

이봐요— 하하하······

맞은편 산비탈의 맹인 양반 보이시나요
금토끼 한 마리가 당신 발 앞에 엎드려 있어요
그걸 잡으면 당신은 평생 좋은 세월을 보내겠지만
잡지 못하면 평생 만터우만 먹어야 할 거요
……

이봐요— 하하하……
저기 계곡 아래 있는 절름발이 양반 듣고 있소
단숨에 산비탈 위로 뛰어올라올 수 있다면
뛰어올 수 있다면 당신은 온전한 사람이 될 것이고
뛰어오지 못하면 평생 절뚝거리면서 살아야 할 거요
……

이봐요— 하하하……
산마루에 있는 앉은뱅이 양반 듣고 있소
선녀가 허공에 적막하게 멈춰 서 있다오
당신이 일어서면 그녀가 손을 내밀어
자기 집으로 데려가 당신의 색시가 되겠다고 하네요

독창은 대부분 혼자 산마루에서 농사일을 하다가 외로울 때 기분을
풀기 위해 부르는 노래로 곡조는 화창과 비슷했다. 하지만 화창보다
훨씬 부드럽고 서정적이었다. 오늘 이 소설을 쓰기 위해 나는 서우휘
마을에 여러 해를 거주했지만 수집할 수 있었던 주요 독창 가사는 두

곡밖에 되지 않았다.

첫번째 곡:
땅이 비옥하여 기름이 흐를 것 같고
보리 알갱이는 돌처럼 무겁네
길에서 보리 알갱이를 하나 주워
집어던지면 사람 머리가 박살난다네……

두번째 곡:
나는 맹인 너는 절름발이
너는 수레에 올라 나더러 끌라 하네
나의 발이 너의 발을 대신할 테니
너의 눈을 내게 빌려다오……

2002년 10월부터 2003년 4월까지 초고 완성
2003년 7월부터 9월까지 베이징 칭허에서 퇴고

주의主義를 초월하는 현실을 찾아서

정말로 갈수록 문학의 성취와 발전을 저해하는 최대의 적은 다른 것이 아니라 줄기가 지나치게 굵고 뿌리가 지나치게 깊으며 잎이 무성한 현실주의, 즉 흔들리지 않을 정도로 굵은 줄기에 깊은 뿌리, 무성한 잎으로 일찌감치 하늘을 가리는 큰 나무가 되어버린 현실주의라는 생각이 든다. 리얼리즘은 샤오랑디 공사와 싼샤댐처럼 문학의 황하와 창강 위를 횡단하면서 격류를 끊어버리고 풍경을 침몰시켜버렸다. 그러고도 황하와 창강을 구한 영웅으로 인식되고 있다.

오늘날의 상황에 미루어 보건대 현실주의는 문학을 모살한 최대 범죄 집단의 괴두라고 할 수 있다.

적어도 우리가 수십 년 동안 제창하고 이끌어왔던 현실주의가 문학을 모살한 최대의 원흉인 것이다.

루쉰 이후로, 5·4 운동 이후로, 현실주의는 이미 소설에서 그 원래의 방향과 성질이 변해버렸다. 우리가 절개를 지킨 열녀를 고상하고 세련된 창녀로 만들어놓은 것이나 마찬가지다. 그리하여 그녀는 우리에게 항상 정숙한 열녀들이 갖추지 못한 요염하고 달콤한 미소만 바치고 있다. 곰곰이 생각해보면 마음속으로 깊은 아픔을 느끼지 않을 수 없다. 현실주의의 거대한 깃발 아래 벌떼처럼 모인 작품들이 전부 어떤 허위와 경박함, 천박함, 용속함, 어떤 개념과 교조를 담고 있음을 체감하지 않을 수 없기 때문이다. 오늘날 문학은 이미 용속한 현실주의에 의해 질식되었고, 현실주의 때문에 성장의 목구멍이 막혀버렸다. 하지만 아무리 그렇다 해도 이들 이른바 현실주의 작품들은 여전히 우리의 열독의 대로 위에서 까딱까딱 몸을 흔들면서 거리를 관통하여 지나가고 있다. 게다가 마치 가두시위라도 하듯이 플래카드와 깃발을 들고 저 위에 앉은 학자나 이론가들이 내려준 상장과 상패처럼 매끈하게 빛나는 현실주의의 양복을 입고 있다. 열독의 대로는 그들의 전시를 위한 쇼윈도가 되어버렸다. 거리 양쪽이 전부 그들이 예술의 이름으로 펼쳐놓은 고급 판매대로 채워졌다. 그리고 독자들은 그들의 손에서 마음대로 가지고 놀 수 있는 진흙을 빚어 만든 장난감 신을 받아들고 비렁뱅이처럼 자신들에게 예술과 사상을 하사해줄 신을 기다리는 것이다.

바로 그들이, 예술을 강간했다.

문학을 강간했다.

독자들을 강간했다.

한때는 그토록 위대하고 신성했던 현실주의를 강간했다.

현실주의는, 그들이 창녀들의 화대로 공양하는, 언제든지 마음대로 문학의 성욕을 발산할 수 있는 경험 많고 노련한 창녀이자 천고의 명기다. 그래서 문학의 모든 성장이 창녀들의 속박으로부터 벗어나도록 하기 위해 어머니를 희생하는 대가를 치러야 한다. 보라, 톨스토이는 그들의 머리에 쓴 모자에 지나지 않았고 발자크는 그들의 넥타이에 지나지 않았다. 루쉰과 조설근*은 그들의 가슴 앞에 달고 다니는 두 개의 장식용 단추에 지나지 않았다. 때로는 카프카나 포크너, 마르케스 같은 작가들의 글쓰기도 그들이 현실주의의 경주로 위에서 껑충껑충 뛰며 좋아하는 신발끈이자 구둣주걱이었다. 하지만 발자크와 톨스토이, 루쉰과 조설근의 영혼은 그들의 침에 엄몰되거나 그렇지 않으면 그들의 글쓰기의 오줌에 휩쓸리고 말았다. 카프카와 포크너, 마르케스 같은 작가들이 보여주었던 글쓰기 자체에 대한 관심과 탐색, 사회와 생활에 대한 관심과 초조, 불안은 그들의 미소 같은 글쓰기와 아름다운 얼굴에 의해 흰구름이 해를 가리듯 깨끗이 가려져버렸고 그들의 미소 같은 글쓰기는 성교를 마친 창녀의 얼굴에 드러나는 신선한 꽃 같은 웃음처럼 요염함으로 사람들의 눈길을 사로잡고 달콤한 향기로 사람들의 코를 자극한다.

정말이다. 무슨 '현실'이나 '진실'이나 하는 것들을 믿지 말고 "예술은 삶에서 나온다"는 말과 "생활이 창작의 유일한 원천이다"라는 고담활론高談闊論을 믿지 말아야 한다. 사실 우리 앞에 펼쳐진 진실한 삶은 존재하지도 않는다. 모든 형태의 진실, 모든 개별적 진실은 작가들의 두뇌에 여과된 다음에는 전부 허위로 변한다. 진실의 피는

---

*『홍루몽』의 작가(1724?~1763).

글 쓰는 사람의 펜끝을 거치면서 전부 국물이 되어버린다. 진실은 절대로 삶 속에 존재하지 않고 불처럼 뜨거운 현실 속에는 더더욱 존재하지 않는다. 진실은 어떤 작가들의 내면에만 존재한다. 작가의 내면과 영혼에서 나온 모든 것이 진실하고 강대하고 현실주의적이다. 내면에서 생산된 애당초 인간 세상에 존재하지 않는 풀 한 포기일지라도 진실의 영지버섯이 된다. 이것이 바로 글쓰기의 현실이고 주의를 초월하는 현실이다. 억지로 현실주의라는 커다란 깃대를 세워야 한다면 이것이 진정한 현실주의, 주의를 초월하는 현실주의여야 한다.

현실주의는, 생활과도 무관하고 사회와도 무관하며, 그 영혼인 '진실'과도 무관하다. 진실은 현실주의와 별 관계가 없다. 진실은 오로지 작가의 내면이나 영혼과 관계가 있을 뿐이다. 진실은 삶 속에 존재하는 것이 아니라 작가의 마음속에 존재한다. 현실주의는 생활과 사회 속에 존재하는 것이 아니라 오로지 작가의 내면세계에만 존재한다. 현실주의는 생활에서 나오는 것이 아니라 사람들의 마음속에서 나온다. 내면세계가 풍요로운 것이 창작의 유일한 원천이다. 그리고 생활만이 뛰어난 작가들의 내면세계를 살찌우는 영양분이다. 우리는 항상 현재 활발하게 운행되는, 일정한 시작과 방향을 갖고 우리 시야 안의 거리를 왔다갔다하는 이른바 현실주의에 눈이 침침해져 방향을 잃었다. 그래서 어쩌다 깨어나 정신을 차리는 때를 거의 모든 사람이 오히려 뇌가 부은 듯 머리가 어지럽고 신경이 교란되는 때로 간주하게 된다. 그렇다면 그냥 그렇게 놔두자. 창녀의 상태에서 벗어나기 위해서는 반드시 어머니를 희생해야 한다. 그럼 어머니를 희생하자. 그래봤자 어머니는 우리의 뺨을 후려치는 것으로 그칠 것이다. 그러면 우리는 왼뺨이나 오른뺨을 내밀어 어머니의 따귀를 받아들이면 되는 것이다. 문학의 성장은 항상 현실주의에서 벗어나 또다른 현실을 얻는 것을 전제로 하기 때문이다. 그렇다면 우리는 왜 이를 시도하지 못하는 것일까?

어쩌면, 현실주의는 문학의 진정한 신선한 꽃인지 모른다.

어쩌면, 현실주의는 문학의 진정한 무덤인지 모른다.

우리가 현실주의를 신선한 꽃으로 간주해온 지 이미 수십 년이 되었다. 이제 우리는 현실주의를 글쓰기의 가장 큰 무덤으로 간주해야 할 필요가 있다. 우리가 무덤에서 벗어나 살아갈 수 없다면 무덤에서 벗어나기 위해 죽는 수밖에 없다. 다시 말해서 우리의 글쓰기가 무덤의 순장품이 되게 하는 것이다.

나는 이 일을 자랑스럽게 생각할 것이다.

2003년 11월 18일 베이징 칭허에서
옌롄커

일종의 정신병으로서의 혁명

플라톤은 이성 간의 사랑을 일종의 정신병으로 규정한 바 있다. 사랑이라는 감정이 자체적인 에너지에 의해 상대에 대한 맹목적인 열정으로 변질되어 이성과 감성이 정상적으로 작동하는 데 장애를 일으킬 수 있다는 의미이다. 사회 변화의 중요한 수단 혹은 기제여야 할 혁명도 이성 간의 사랑처럼 언제든지 변질될 수 있는 열정의 에너지를 내포하고 있다. 그래서 대부분의 혁명은 과도한 폭력과 파괴를 동반한 열정의 분출로 변질되어 이성적이고 건설적인 뒷수습은 이루어지지 않았다. 모든 혁명은 미완의 혁명이었다. 인류의 역사에 진정으로 진보와 발전을 실현할 수 있었던 성공적인 움직임들은 사실 혁명이 아니었다. 그저 혁명이라는 이름으로 불리고 있을 뿐이다. '혁명'이 거창하고 무거운 수사로만 작용하고 있는 것이다.

중국의 현대사는 혁명의 점철이었다. 신해혁명을 비롯하여 5·4

운동, 러시아의 시월혁명을 계승한 사회주의 혁명, 문화대혁명 등 수많은 혁명이 중국인들의 앞길을 열었지만 그 진행은 여의치 않았다. 따라서 중국인들은 오늘날 중국 사회의 모습을 위대한 혁명의 결과로 규정하고 있지만, 사실은 혁명이라기보다는 반혁명反革命의 결과라고 하는 것이 더 정확한 단정일 것이다. 개혁개방은 중국의 혁명사유에 대한 부정이자 반혁명임에 틀림이 없다. 혁명은 중국 사회와 중국인들의 인성에 엄청난 파괴의 고통과 혼란만 안겨주었다. 그래서 20세기 말 중화권에서 가장 추앙받는 학자이자 공공지식인인 철학자 리저허우와 문학평론가 류짜이푸는 지난 백 년의 중국 사회를 회고하고 성찰하면서『고별혁명』이라는 책에서 혁명의 무수한 부작용을 지적하는 동시에 사회 변화의 보다 이상적이고 합리적인 장치로서 혁명이 아닌 개량을 제시하기도 했다. 그래서 책 제목도 '혁명에 이별을 고하자'는 의미의 '고별혁명'이었다. 하지만 중국 역사에서 혁명은 이미 신화가 되었고 중국공산당의 정신적 유전자가 되어 일종의 권력으로 작용한다. 그리고 개혁개방 사십 년의 시장화를 거치면서 이러한 혁명의 권력에 자본이라는 또다른 권력이 추가되었다. 혁명의 신화와 자본과 시장에 대한 맹종이 오늘날 중국 사회를 이끄는 운용원리가 되고 있는 것이다.

놀랍게도 '즐거움'이란 뜻을 갖는 마을 이름 '서우훠受活'가 원제인 이 소설에서는 혁명을 자본의 대척점에 놓고 양자를 동시에 희화화하면서 동진東晉 시기의 시인 도연명의 작품 '도화원기桃花源記'를 연상케 하는 유토피아를 제시하고 있다. 전 세계 사회주의혁명의 대부이자 원조인 레닌의 유해를 통해 집단적 부를 추구하려는 류 현장의 훈포산의 꿈은 혁명과 자본의 왜곡되기 쉬운 정신병적 에너지를 상징한다. 공교롭게도 훈포산은 이 소설에서 우화적으로 제시하고 있는 서우훠마을이라는 유토피아와 지리적으로 매우 가깝다. 혁명과 자본의 정도正道와 사도邪道가 얼마든지 서로 역전될 수 있다는 위험한 가능성을 암시한다고 할 수 있다. 류 현장이 혁명과 자본을 광적으로 왜곡함에 따라 국가는 그에게 '정치정신과'라는 처방을 내린다. 혁명과 자본을 둘 다 일종의 정신병으로 치부하는 것이다. 개혁개방 이전의 중국은 광적인 혁명 사유가 역사의 흐름을 이끌었지만 개혁개방 사십 년이 지난 지금은 금전만능이라는 정반대의 법칙이 사회를 이끌고 있다. 과거에 자본은 혁명의 대상이었지만 이제는 혁명을 압도하는 삶과 역사의 원동력이 되어 굴기하는 중국의 밑천이 되고 있는 것이다. 옌롄커는 이처럼 부조리한 상황을 현실주의라는 전통적 소설미학으로 소화하기 어려웠을 것이다. 그는 오늘날 중국의 현실에서는 리얼리즘을 포함한 기존의 어떤 문학적 관념도 진정으로 중국인과 중국의 현실을 표현해낼 수 없다고 말한다. 중국에는 너무나 많고 너무나 복잡하며 너무나 깊고 부조리한 '눈에 보이지 않는 진실과 진실 밑에 감춰진 진실, 그리고 아직 미처 발생하지 않은 진실'이 있기 때문이다. 이 세 가지 진실이야말로 현실의 가장 깊은 곳에 감춰져 있는 진실이자 가장 진실한 중국이요 가장 깊이 있고 실재하는 중국인이다. 이러한 진실의 소설적 재현을 위해 그가 창조해낸 소설미학이 이른바 '신실주의神實主義'다. 그래서 후기에서 토로한 것처럼 옌롄커는 중국 현대문학의 정통인 현실주의를 철저히 부정하고 있다.

지금 옌롄커는 여러 나라에서 중국의 반체제 작가로 소개되고 있
다. 그의 적지 않은 작품들이 중국에서는 금서가 되었다. 대부분의
작가들이 작가협회로부터 다양한 지원을 받고 있는 반면, 그는 이런
혜택에서 완전히 배제되어 있다. 중국 사회의 온갖 현상들에 대해
지식인으로서 비판적인 지적과 발언을 지속하고 있기 때문이다. 하
지만 옌롄커가 중국 사회에 기대하는 것은 현실에 대한 또다른 혁
명이 아니라 개량이다. 개혁개방 이후 사십 년 동안 중국 사회가 이
룩한 변화와 발전이 유발한 부정적인 현상들은 혁명이 아니라 개량
을 통해서만 개선될 수 있다. 옌롄커는 중국의 체제에 반대하는 것
이 아니라 이러한 부정적 현상들에 대한 디테일한 제언과 소견을
말 대신 글로 밝히면서 지식인으로서의 책임을 실천하고 있는 것이
다. 시진핑 이후 다시 권위주의 시대로 회귀하는 중국 사회에 던지
는 작가로서의 책임감 있는 발언이 없다면 이는 진정한 지식인의
애국이라 하기 어려울 것이다.

김태성

옌롄커 연보

1958년 8월 24일, 허난성 뤄양시 쑹현 톈후진 톈후촌에서 출생.

1960년 중국의 경제성장을 위한 대약진운동과 더불어 이해 천만 이상
의 인구 감소를 야기한 '3년 자연재해'로 지독한 가난과 기아에
시달리기 시작함.

1966년 톈후초등학교 입학.

1968년 농촌의 교육 정체와 마오쩌둥 우상화의 일환으로 『마오주석
어록』을 비롯하여 「인민을 위해 복무하라」 「노먼 베쑨을 기념
하며」 「우공이산愚公移山」 같은 글을 외우는 것으로 교육이 대
체됨.

1971년 톈후중학교에 입학하면서 소설을 읽기 시작함. 처음에는 주로
『금광대도金光大道』나 『청춘의 노래青春之歌』 같은 혁명소설에
심취하다가, 나중에 루쉰, 마오둔, 라오서 등 현대문학 작가들
의 작품과 외국문학을 접하게 됨.

1972년 문화대혁명 시기, 산악지구나 농촌에서의 인민공사를 위한 도
시 지식청년의 농촌이주 운동인 '상산하향上山下郷'의 일환으로
톈후촌을 찾은 지식청년들로부터 그들의 갈망과 무력감을 실
감하고 당시의 총살사건으로 커다란 정신적 충격을 경험함. 옌
롄커에게 이들은 아청, 왕안이, 한샤오궁 등이 묘사한 낭만적

생활과는 동떨어진 이미지로 각인됨.(1968년과 1973년 사이, 팔백만 명이 넘는 청년들이 농촌으로 이주했으나 문화대혁명의 끝 무렵에는 거의 모두 도시로 다시 귀환했다고 함.)

1974년 쑹현 제4중학교 입학. 도시와 농촌의 심각한 차별을 인식하면서 자신의 운명을 스스로 바꾸어나가기로 마음먹음.

1975년 어려운 가정형편으로 잠시 학업을 접고 허난성 신샹에 있는 시멘트 공장에서 노동자로 일하기 시작함. 당시의 기억과 삶의 풍경은 그의 산문집 『나와 아버지我與父輩』에 기록되어 있음.

1977년 시멘트 공장에서 매일 수레를 끌고 돌을 나르는 생활을 2년 동안 계속함. 계급투쟁을 다룬 삼십만 자 분량의 장편소설 『산향혈화山鄕血火』를 씀. 형의 권유로 갓 부활된 대학시험에 응시하나 낙방함.

1978년 또다시 대입에 낙방하여 연말에 군에 입대. 처음으로 기차와 텔레비전을 구경하고 소설에 단편·중편·장편의 구분이 있다는 사실을 알게 됨. 아울러 〈인민문학〉이나 〈해방군문예〉 같은 문예지의 존재를 알게 됨.

1979년 군대 내 문학창작학습반에 참여하기 시작함. 첫 단편 「천마 이야기天痲的故事」가 데뷔작으로 군구 〈전투보戰鬪報〉에 실림. 2월, 중국과 베트남 사이의 국경전쟁이 발발하면서 전쟁이 어떻게 개인과 가정을 파괴하는지 실감하게 됨.

1980년 단편 「열풍熱風」 발표. 글쓰기를 통해 자신의 운명을 변화시키겠다는 목표가 점점 확실해짐.

1981년 제대해서 고향으로 돌아갈 준비를 함. 단막극 〈두 개의 편액二挂區〉으로 전군문예공연 수상과 동시에 부대로 복귀함. 이해에 단편 「채소굴 속의 세 병사菜庵子裏的三個兵」 발표.

1982년 부대에서 간부로 진급함과 동시에 사단의 정치문화 간사가 됨.

단편 「닭구이대왕燒鷄大王」 발표.

1983년   허난대학교 정치교육과 입학. 단편 「보조금을 받은 여인領補助
金的女人」 발표.

1984년   「사병 사병士兵 士兵」 「시집갈 여자待嫁女」 「장군」 「아내들의 휴
가妻子們來度假」 등 군대생활과 관련된 네 편의 단편 발표. 음력
11월 13일, 부친 사망. 부친의 힘든 노동을 통해 고난과 인내,
토지에 대한 기본적인 인식과 사유가 완성됨.

1985년   단편 「돌아가다歸」 발표.

1986년   포스트모던한 분위기와 구조를 지닌 단편 「구불구불한 시골길
村路彎彎」 「작은 마을 작은 강小村小河」 발표. 이 두 작품을 계기
로 글쓰기의 기교에 대한 탐색을 시도하기 시작함.

1987년   소설 「영웅은 오늘밤 전선으로 가네英雄今夜上前線」 발표.

1988년   소설 「양정고리兩程故里」 발표. 잡지 〈쿤룬崑崙〉과 〈소설선간小說
選刊〉 편집부가 연합하여 '옌롄커 문학학술대회' 개최. 농촌생
활의 내부적 논리에 대한 뛰어난 통찰력이 인정되어 「양정고
리」로 〈해방군문예〉 우수작품상 수상.

1989년   「사당祠堂」과 「마지막 휘황함最後的輝煌」 등 여섯 편의 소설 발
표. 그 가운데 「사당」으로 또다시 〈해방군문예〉 우수작품상
수상.

1990년   문학계와 비평계의 집중 관심을 받기 시작함. 「투계鬪鷄」 「향난
鄕難」 「슬픔悲哀」 등의 중편과 「넷째 아저씨의 신분四叔的身份」
등의 단편을 포함해 여덟 편의 소설 발표. 제4회 〈소설월보〉 백
화중편상, 제4회 〈10월〉 문학상 등 수상. 비평계로부터 서사에
자아를 개입시키기 시작했다는 평가를 받음.

1991년   해방군예술대학교 문학과 졸업. 폭발적 글쓰기 상태로 돌입. 장
편, 중편, 단편을 포함하여 열두 편을 발표. 이 가운데 첫 장편

『정감옥情感獄』은 자전적 작품으로 평가됨.

1992년 「종군행從軍行」「화평설和平雪」 등 군대생활을 배경으로 한 소설 여섯 편을 발표. 이중 중편 「여름 해가 지다夏日落」가 〈소설월보〉와 〈중편소설선간〉〈중화문학선간〉에 연재되는 한편, 〈중편소설선간〉 우수작품상 수상. 또한 이 작품을 계기로 '군인'에서 '인간'의 기본적인 위치로 돌아왔다는 평가를 받음. 작가에게는 영웅주의와 이상주의 서사에 대한 반기의 시발점이 된 작품이나, 당시 '정신오염'이라는 이해할 수 없는 이유로 「여름 해가 지다」는 판금조치를 당함.

1993년 여전히 한 해에 여섯 편의 소설을 발표하는 속도를 유지하면서, 중편 다섯과 단편 하나를 발표. 이 작품들의 등장인물은 대부분 '농민' 출신 '군인'들임. 이 두 가지 신분의 교차를 핵심으로 하여 군인들의 복잡한 존재 상태와 평화 시기 군인들의 영혼에 대한 탐색을 시도함으로써, 비평가들로부터 '농민의 아들'이라는 칭호를 받음. 이 시기에 발표한 작품들은 주로 옌롄커가 소설의 구조와 의식 면에서 전통에서 현대로 넘어가는 과도기로, 향토중국 내부의 논리에 대한 작가의 이해력과 정신상태를 잘 대변하고 있음. 두번째 장편 『마지막 여자 지식청년最後一名女知青』 출간. 인간들의 세계와 귀신들의 세계, 농촌과 도시를 넘나드는 독특한 구조로, 우언과 상상력으로 가득한 부조리 서사를 전개했다는 평가를 받음. 이 작품 발표 이후, 몸에 심각한 문제가 발생하여 더이상 책상에서 글을 쓸 수 없게 되자 엎드려서 글을 쓰기 시작함. 나중에는 장애인용 의료기기를 특별 주문하여 침대에 엎드려 글을 씀.

1994년 중편 「즐거운 가원歡樂家園」「천궁도天宮圖」「전쟁이 평화를 방문하다戰爭造 訪和平」「바러우산맥耙耬山脈」 등 발표. 「바러우산

맥」으로 〈주화문학선간〉 우수작품상과 제3회 상하이 우수중편
상 수상. 베이징 제2포병 텔레비전 연속극 제작센터로 발령받
아 허난에서 베이징으로 이사함.

1995년 옌렌커 작품활동에 있어 '중편소설의 해'로 평가됨. 중편 「평화
로운 날들在和平的日子裏」「빛나는 지옥문輝煌獄門」「시골의 사망
보고鄕村死亡報告」「4호 금지구역四號禁區」「도시의 빛都市之光」
등과 단편 「생사노소生死老小」 등 발표.

1996년 중편 「평담함平平淡淡」「황금동黃金洞」, 단편 「한限」 발표. 이중
「황금동」으로 제1회 루쉰문학상 수상.

1997년 중편 「연월일年月日」로 제2회 루쉰문학상, 제8회 〈소설월보〉
백화상, 제4회 상하이 우수소설상 등 수상. 이 작품은 우언과
상징의 방식으로 강인함과 환상의 세계를 묘사하는 동시에 감
성적인 언어와 부조리한 상상력으로 독특한 기질을 창조해냈
다는 평가를 받음. 타이완의 유명 평론가인 왕더웨이는 「연월
일」과 이듬해에 발표된 『일광유년日光流年』이 샤즈칭이 말한 중
국 현대소설의 '노골적 리얼리즘'을 잘 계승하고 있고, 고통과
자학이 서사를 지속시키는 원동력이 되고 있으며, 서사 자체가
예지라고 평가함.

1998년 10월, 『일광유년』 발표 및 출간. 건강이 극도로 악화된 상황에
서 목숨을 걸고 써낸 작품으로 전해짐. 단편 「4월 6일에서 8일
까지, 집으로 돌아가라4月6日至8日, 回你家去吧」「농민군인」「병동
兵洞」 발표. 중편 「대위大校」로 제8회 〈해방군문예〉 중편소설상
수상. 『일광유년』에 관해 유명평론가 천샤오밍은, "인간의 생명
에 대한 묘사를 극단으로 몰아간 대단히 용기 있는 작품으로서
고통의 가장 직접적인 수용"이 담긴 작품으로 평가함. 문화평
론가이자 베이징대 중문과 교수인 다이진화는, 이 작품이 "시

간의 전도라는 완벽한 구조형태를 갖추고 있다"고 평가함. 유명 평론가 왕이촨은, 이 작품을 문학의 근원을 추구한다는 의미로 '색원체索源體'라고 명명하여 평론계 전체로부터 주목받음. '향토중국'의 고난을 순수 상징의 형식으로 묘사해낸 이 작품은 민족 전체 생명의 가장 원시적 형태를 그려낸 민족의 정신사이자 영혼의 종교사, 생명의 속죄사로 평가되면서 출판계에서도 중국 시대문예출판사를 비롯하여 인민일보출판사, 베이징시월문예출판사 등이 2년 단위로 연이어 출간하는 성황을 보임.

1999년   중편 「동남쪽을 향해 가다朝着東南走」로 〈인민문학〉 우수작품상 수상, 「바러우천가耙耬天歌」로 제5회 상하이 우수중편소설상 수상.

2000년   단편 「1949년의 문과 방1949年的門和房」 발표.

2001년   장편 『물처럼 단단하게堅硬如水』 발표 및 출간. 나중에 구두조 장편소설상 우수작품상 수상. 이 작품은 『일광유년』에 이은 또 한차례의 철저한 자기번복으로 평가됨. 유명 평론가이자 상하이 푸단대학 교수 천스허는 '악마적 요소'라는 단어로 이 작품을 분석함. 작가 본인은 '붉은 언어'와 '혁명 언어'로 권력의 부조리를 묘사했으며 언어의 구조와 방식, 밀도 등을 통해 시대의 정신논리를 나타냈다고 자술함. 소설집 『바러우천가』 『통과穿越』 『투계鬪鷄』 등 출간.

2002년   단편 「지뢰」 「몽둥이 세 개三棒槌」 「사령관 집의 정원사」 「사상 정치공작」 「검정 돼지털 흰 돼지털」 「할아버지 할머니의 사랑」 등 발표. 이중 「검정 돼지털 흰 돼지털」로 〈소설선간〉 우수단편상 수상. 두번째 산문집 『몸을 돌려 집으로返身回家』, 소설집 『세 개의 몽둥이』 『연월일』 등 출간. 10월, 문학평론가 량훙과의 대담집 『무당의 빨간 젓가락』 출간. 이 책에서 자신을 본질적으로 '농민'으로 규정하면서 밭에 씨를 뿌리지는 않지만 땅으로 이뤄진 인간 내면과 영혼에 씨를 뿌린다고 천명함.

2003년   중국 산둥대학과 뤄양대학 등에서 문학강좌 진행. 10월, 장편 『레닌의 키스受活』 발표(원제는 수활受活로 '즐거움'이란 뜻이나, 프랑스어판 번역자에 의해 '레닌의 키스'로 붙여져 유럽과 영미에 유통된 제목임).

2004년   『레닌의 키스』 출간. 『일광유년』이나 『물처럼 단단하게』에 뒤지지 않는 기서로 평가됨. 상하이대학에서 왕샤오밍, 왕지런, 차이샹, 쉬밍, 리얼 등 20여 명의 평론가와 작가들이 모여 『레닌의 키스』에 대한 학술토론회 개최. 이 자리에서 방언을 매우 적절히 구사하여 실제 경험을 통해 행복이 없는 비극적 사회 발전을 폭로하고 있다는 등의 평가를 받음. 작가 리얼은 이 작품을 중국 사회와 문화 전체에 대한 비판이자 반론이라고 평함. 유명 평론가 난판은 『레닌의 키스』를 '부조리 현실주의'라고 규정하면서 풍자와 부조리의 요소를 극단으로 몰아갔다고 평가함. 왕더웨이, 리퉈 등 정상급 평론가들도 『레닌의 키스』에 주목하고 "리얼리즘의 새로운 경지"라는 높은 평가를 내림. 상하이대학을 비롯하여 베이징대학, 산둥대학, 산둥사범대학, 칭다오대학, 칭다오사범대학, 중국인민대학 등 중국 유수의 대학에 초청되어 문학 강연 및 강좌 진행.

2005년   중편 「인민을 위해 복무하라爲人民服務」를 발표했다가 잡지가 전부 회수되는 상황이 발생함. 마오쩌둥의 위대한 명제인 "인민을 위해 복무하라"를 폄훼하고 혁명을 모독했다는 이유로 작품의 출판과 유통이 전면 금지되는 동시에 문단과 출판계에 커다란 쟁의를 일으킴. 2월, 『레닌의 키스』로 제3회 라오서문학상

수상. 아울러 '민족의 정신사'라는 평가와 함께 2004년 중국소
설 베스트셀러 목록에 오름. 3월, 『레닌의 키스』로 제2회 21세
기 딩쥔문학상 수상. 군대생활에서 완전히 퇴역하여 베이징작
가협회 소속 전업작가가 됨.

2006년 1월, 장편 『딩씨 마을의 꿈丁莊夢』 발표 및 출간. 재판 출간금지
조치와 함께 출판사와의 소송에 휘말림으로써 '중국에서 가장
쟁의가 많은 작가'라는 평가를 받음. 『인민을 위해 복무하라』가
20여개 국가 및 지역에서 번역, 출간됨. 일본의 '오에 겐자부로
문학학술대회'를 비롯하여 난징대학, 정저우대학, 베이징사범
대학, 랴오닝사범대학 등에 초청되어 문학 강연 및 강좌 진행.

2007년 『딩씨 마을의 꿈』이 타이완 독서인상을 수상함과 동시에 〈아주
주간亞洲周刊〉 2006년 전지구 화어華語 10대 양서 가운데 하나
로 선정됨. 아울러 한국, 일본 등을 비롯해 영미권, 유럽권 등지
에서 번역, 출간됨. 『옌롄커 문집』(전12권)과 문학수상집 『나의
현실, 나의 주의』 출간. 9월 15일, 〈당대작가평론〉에서 여러 대
학과 연합하여 '옌롄커 문학학술토론회' 개최. 류짜이푸, 왕야
오, 쑨위, 청광웨이, 천샤오밍 등 중국의 정상급 평론가들이 옌
롄커 문학에 관한 수많은 글을 발표함.

2008년 2월, 장편 『풍아송風雅頌』 발표 및 출간. 발표되자마자 "베이징
대학을 겨냥한 소설"이라는 비판과 함께 대대적인 논쟁을 일으
킨 이 작품은, 최초로 지식인을 소재로 한 소설로서, 한 지식인
이 수치와 억압 속에서 자아존재의 자리를 찾아가는 내용을 담
고 있음. 작가 스스로도 한국어판 서문에 밝혔듯, '옌롄커의 정
신적 자서전'이라는 평가를 받음. 베이징외국어대, 한국외국어
대, 영국의 당대중국 문화축제, 홍콩 시티대, 영국 케임브리지
대 등에 초청되어 강연과 강좌 진행. 4월, 인천문화재단이 주최

한 AALA문학포럼에 참가. 프랑스 제4회 국제소설포럼에 초청
되어 강연함.

2009년   단편 「샤오안小安의 뉴스」, 중편 「도원춘성桃園春醒」 발표. 『연월
일』 프랑스어판 출간. 역자 브리지트 기보가 이 작품으로 프랑
스 국가번역상 수상. 장편 산문집 『나와 아버지』 출간과 동시에
CCTV, 중국산문협회, 〈신경보新京報〉〈광저우일보〉〈남방도시
보南方都市報〉 등의 기관에 의해 2009년 최우수작품으로 선정.
『물처럼 단단하게』 재판, 소설집 『천궁도天宮圖』 『4호금구四號禁
區』 최신 수정판 『정감옥情感獄』 등 출간.

2010년   53세. 중국인민대학교 문학원 교수로 정식 임용됨. '글쓰기의
반도'로서 출판을 위해 함부로 책을 쓰지 않는다는 선언과 함
께, 장편 『사서四書』 완성. 중국 내 이십여 개 출판사로부터 출
판을 거절당함. 타이완 성공대학과 노르웨이 오슬로문학센터,
스페인 마드리드도서전, 싱가포르문학축제 등에 초청되어 강
연과 문학포럼 진행. 소설집 『연월일』 재출간. 『레닌의 키스』
가 유명 학술지인 〈남방주말南方周末〉에서 30년 내 10대 우수
도서로 선정됨. 평론집 『소설의 발견發見小說』 발표 및 출간. 이
책에서 리얼리즘을 '강구控構 현실주의, 세상世相 현실주의, 생
명 현실주의, 영혼 현실주의' 등으로 구분함. 아울러 자신의 창
작을 '신실주의神實主義'라고 명명하고 창작의 과정에서 기존의
진실의 표면적 논리관계를 포기하고 일종의 '존재하지 않는 존
재'의 진실, 보이지 않는 진실, 진실에 덮인 진실을 찾는다고 천
명함. 10월, 산문집 『나와 아버지』로 제1회 시내암문학상 수상.
12월, 홍콩과 타이완에서 각각 『사서』 출간. 〈아주주간〉에서
'보석 허가를 받아 치료중인 기서'라고 평가함. 『풍아송』 베트
남어판 출간. 시드니대학 공자학원을 비롯하여 미국 뉴욕작가

축제와 마이애미도서전, 한국 경성대학, 이탈리아 밀라노문화 센터, 로마 제3국제대학 등에 초청되어 강연 및 강좌 진행. 장편『딩씨 마을의 꿈』이 구창웨이 감독에 의해 영화화되어 여러 차례의 심의 끝에 상영 허가를 받음.

2012년 1월, 『딩씨 마을의 꿈』이 영국 맨아시아 문학상 최종후보, 〈파이낸셜 타임스〉 올해의 책으로 선정됨. 일본에서 라오서 작품 이후로 두번째 점자본 도서로 출간됨. 『사서』 한국어판 출간, 프랑스의 페미나문학상 최종후보로 선정됨. 『여름 해가 지다』 한국어판 출간. 3월부터 6월까지 홍콩 침례대학 초청으로 객좌교수로 활동하면서 장편『작렬지炸裂志』 집필 시작. 3월, 장편 산문집『베이징, 마지막 기념: 나와 711호 원자』 출간. 4월 21일에 〈뉴욕 타임스〉에「집 잃은 개 1년」이란 제목의 글을 발표하여 비분과 무력감의 감정을 토로함. 5월, 해외강연 모음집 『헛소리들』 출간.

2013년 『레닌의 키스』 영문판 출간 이후 〈뉴요커〉〈뉴욕 타임스〉, 영국의 〈가디언〉 등으로부터 호평받음. 재미 화인작가 하진은 이 작품을 "유연한 상상력과 과장된 수사로 부조리와 현실을 잘 묘사한 대단히 희극적인 작품"으로 평가함. 『레닌의 키스』 노르웨이어판 출간. 『물처럼 단단하게』 한국어판 출간. 3월부터 4월까지 미국 듀크대, 버클리대, 하버드대, 캐나다의 일부 대학 등을 순회하며 강연 및 강좌 진행. 7월, 신작 장편『작렬지』 발표.

2014년 말레이시아 '화종花踪' 세계 화문 문학대상 수상. 체코 프란츠 카프카상 수상. 『작렬지』로 홍콩홍루몽상 수상.

2015년 『레닌의 키스』로 일본 트위터국제문학상 수상. 『물처럼 단단하게』로 베트남 국가 번역상 수상.

2016년 『사서』로 영국 맨부커 인터내셔널상 최종 후보에 오름. 『일식日

蚀』으로 홍콩 홍루몽상 최고상 수상.

2017년   잡지 〈수확〉에 장편소설『속구공면速求共眠』을 발표.

2018년   산문집『밭과 호수의 아이田湖的孩子』출간.

2019년   『속구공면』출간.

2020년   산문집『그녀들她們』출간.

지은이 **엔렌커**

1958년 중국 허난성 쑹현에서 태어나 1985년에 허난대학교 정치교육과를 졸업하고 1991년에 해방군예술대학교 문학과를 졸업했다. 1979년 단편 「천마 이야기」로 데뷔한 이후 활발한 작품활동을 이어가고 있다. 주요 작품으로 『물처럼 단단하게』 「인민을 위해 복무하라」 『딩씨 마을의 꿈』 『풍아송』 『사서』 등이 있으며, 제1회, 제2회 루쉰문학상과 제3회 라오서문학상을 비롯, 이십여 건의 문학상을 수상했다. 세계 여러 매체들에 의해 '가장 폭발력 있는 중국 작가'라는 극찬을 받으며 2016년 맨부커 인터내셔널상 최종 후보에 올랐고, 오랫동안 노벨문학상 후보로 거론되고 있다.

옮긴이 **김태성**

1959년 서울에서 태어나 한국외국어대학교 중국어과를 졸업하고 동 대학원에서 타이완문학 연구로 박사학위를 받았다. 중국학 연구공동체인 한성문화연구소를 운영하며 중국 어언대학 산하 번역전문 기관인 CCTSS 고문, 〈인민문학〉 한국어판 총감 등의 직책을 맡고 있다. 『풍아송』을 비롯해, 「인민을 위해 복무하라」 『침묵과 한숨』 등 옌롄커의 주요 작품들을 번역했고, 『사람의 목소리는 빛보다 멀리 간다』 『방관시대의 사람들』 등 백여 권의 중국 책을 한국어로 옮겼다. 2016년 중국 광전총국에서 수여하는 '중화도서 특별공헌상'을 수상했다.

문학동네 세계문학
레닌의 키스

초판 인쇄 2020년 8월 12일 | **초판 발행** 2020년 8월 24일

지은이 옌롄커 | **옮긴이** 김태성 | **펴낸이** 염현숙
책임편집 박인숙 | **편집** 백도라지 손여람 이현정
디자인 김이정 최미영 | **저작권** 한문숙 김지영 이영은
마케팅 정민호 이숙재 양서연 박지영
홍보 김희숙 김상만 지문희 우상희 김현지
제작 강신은 김동욱 임현식 | **제작처** 상지사

펴낸곳 (주)문학동네
출판등록 1993년 10월 22일 제406-2003-000045호
주소 10881 경기도 파주시 회동길 210
전자우편 editor@munhak.com | **대표전화** 031) 955-8888 | **팩스** 031) 955-8855
문의전화 031) 955-3578(마케팅) 031) 955-2699(편집)
문학동네카페 http://cafe.naver.com/mhdn | **트위터** @munhakdongne
북클럽문학동네 http://bookclubmunhak.com

ISBN 978-89-546-7407-2 03820

www.munhak.com